JULIE
FINSTERBERG

Stellari
Chroniken
Verknüpftes Schicksal

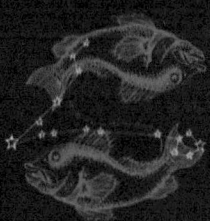

Stellari
Chroniken

Impressum

Auflage 2022
Copyright © 2022 Juliane Hörl
Instagram: @julie.finsterberg
Mail: julie.finsterberg@gmx.de
Lektorat: Mia Gries, Federrauschen | Lektorat & Textmanufaktur
Covergestaltung und Buchsatz: Désirée Riechert, www.kiwibytesdesign.com
Bildnachweise: Adobe Stock: kharchenkoirina, 273606779
Marina Storm, 298490698, d1sk, 369260000

Herausgeberin: Juliane Hörl (alias Julie Finsterberg)
Luisenstraße 35, 12209 Berlin

Alle Rechte vorbehalten. Ein Nachdruck oder eine andere Verwertung dieses
Werks in seiner Gesamtheit oder seiner Teile erfordert zwingend die schriftliche
Genehmigung der Autorin. Davon ausgenommen sind kurze Auszüge
zum Zweck einer Rezension. Alle Figuren und Handlungen sind frei erfunden.

Selfpublishing-Portal: Bookmundo
Gedruckt in Deutschland

Playlist

0	Oh Ana – Mother Mother
1	September – Tom McKenzie
2	Do You Believe in Magic? – The Lovin' Spoonful
3	Get To Know You – Samantha Harvey
4	Magic – One Direction
5	Written in the Stars – The Girl and The Dreamcatcher
6	Past Lives – BØRNS
7	Zodiac – Axelle Lioness
8	Desire – Years & Years
9	If I Die Young – The Band Perry
10	parents – YUNGBLUD
11	Olivia – One Direction
12	It Must Be Halloween – Andrew Gold
13	we fell in love in October – girl in red
14	Broken Heart – Escape the Fate
15	It's Christmas Eve – Alex Khaskin
16	New Perspective – Panic! At The Disco
17	Wish I Was Better – Kina, yaeow
18	Breakaway – Lennon Stella
19	Hero – Enrique Iglesias
20	Kiss Me – Ed Sheeran
21	Beautiful Day – Jamie Grace
22	Sun and Moon – Victoria Groff
23	Quit Playing Games – Backstreet Boys
24	Sweet Goodbyes – Krezip
25	Thinking Out Loud – Ed Sheeran
26	Please Don`t Go – Joel Adams
27	Twisted – MISSIO

Prolog

★

Das Ende eines Krieges

Langsam schritt die Frau auf das verlassen wirkende Haus zu. Die schäbigen Wände, von denen bereits der Putz an einigen Stellen abbröckelte, waren mit obszönem Graffiti besprüht. Einige der schmutzig trüben Fenster waren eingeschlagen. An einem solchen Haus wäre sie sonst naserümpfend vorbeigegangen, doch wusste sie genau, dass es nur den Anschein einer leerstehenden Ruine erweckte. Ihr hellblondes, hüftlanges Haar wehte im Wind und sie blickte sich aufmerksam um, damit sie sicher sein konnte, dass ihr keiner folgte. Dieser graue Morgen im Mai war kalt und verregnet und in den Augen der Frau spiegelte sich das Sturmgrau der Wolken wider. Nachdem sie die Treppen zum Eingang des Hauses erklommen hatte, schloss sie ihren schwarzen Schirm. Sie versicherte sich ein letztes Mal, dass sie unbeobachtet war, bevor sie die große, massive Holztür öffnete und mit einem flauen Gefühl im Magen hindurchtrat.

Im Eingangsbereich entledigte sie sich ihres Regenmantels. Prompt stieg ihr der metallische Geruch von Blut in die Nase, eine leichte Übelkeit stieg in ihr auf. Vor der Schwangerschaft hatte ihr dieser Geruch nichts ausgemacht. Im Gegenteil, sie verband mit ihm Macht, Überlegenheit und Triumph über die Schwachen, die sich seiner unvermeidbaren Herrschaft entziehen wollten. Sie hatte gehofft, dass sie nach der Geburt ihrer Kinder diesen Geruch wieder lieben lernen würde, aber auch jetzt ließ er ihr die Nackenhaare zu Berge stehen. Doch sie schüttelte den Gedanken ab. Sie durfte keine Schwäche zeigen, sie wollte keine Schwäche zeigen.

Die Absätze ihrer Schuhe gaben bei jedem ihrer Schritte ein lautes Klacken von sich, während sie den langen, verlassenen Flur mit den hohen Decken und dem schwarz-weiß gefliesten Boden entlangging. Als sie die morsche Holztreppe erreichte, die in den ersten Stock führte, hörte sie bereits die jämmerlichen Klageschreie des heutigen Opfers. Bei diesem Geräusch drehte sich erneut ihr Magen um. Eigentlich hatte sie sich darauf gefreut, den Mann, der für diese Schreie verantwortlich war, wieder bei der Arbeit beobachten zu dürfen.

Auch das war seit der Schwangerschaft nicht mehr so wie früher. Die Klageschreie seiner Opfer waren immer Musik in ihren Ohren gewesen. Sie hatte sich dadurch überlegen und mächtig gefühlt. Heute empfand sie eher Mitgefühl. Ihre Stirn legte sich in Falten bei diesem Gedanken. Mitgefühl? Sie musste sich zusammenreißen. Diese Art von Emotion war hier eindeutig fehl am Platz.

Ein weiterer markerschütternder Schrei drang die Treppe hinunter. Seine Foltermethoden waren zielführend, das war nicht von der Hand zu weisen, und er schien seinen Spaß daran zu haben. Dennoch wünschte sie sich, die Geräuschkulisse wäre eine andere. In der Hoffnung, ihrem Alltag zu Hause entfliehen zu können, war sie heute an diesen Ort gekommen, und nun hatte sie hier auch die Beschallung durch weinerliche Laute zu ertragen.

Sie atmete kurz aus, sammelte sich und schritt die letzten Stufen der Treppe nach oben. Entschlossen griff sie nach dem runden, silbernen Knauf einer Tür im ersten Stock, drehte ihn nach rechts und öffnete die spärlich in den Angeln hängende Holzplatte mit einem lauten Knarren.

„Oh, hallo, Fiona, mit dir habe ich heute gar nicht gerechnet!"

Der Mann war Anfang dreißig, groß und gut gebaut, seine

lockigen dunkelbraunen Haare lagen perfekt gestylt über seiner rechten Gesichtshälfte. So verdeckte er die leere Höhle, die sein sonst so makelloses Gesicht entstellte, seitdem er im Kampf mit dem Komitee für magische Ordnung vor drei Jahren sein Auge verloren hatte.

Er stand über einen Tisch gebeugt, auf dem eine Gestalt lag, vor Todesangst zitternd. Die Arme und Beine des Individuums standen in bizarren Winkeln vom Körper ab und waren an den vier Tischbeinen festgebunden. Man konnte nicht mehr recht erkennen, ob es sich bei der Person um eine Frau oder einen Mann handelte. Zum einen, da eine riesige Schlange auf ihr lag und somit ihren Körper gänzlich bedeckte. Zum anderen, weil das Gesicht der Gestalt von den Bissen der Schlange mittlerweile so entstellt war, dass man kaum noch Gesichtszüge erahnen konnte.

Es war Fiona ein Rätsel, wie dieses Subjekt dazu imstande war, solch laute Klagerufe von sich zu geben. Auf einem kleinen Holztisch neben der bizarren Szenerie befanden sich einige Folterwerkzeuge wie Messer, Sägen und verschiedene Giftflaschen, die ab und an zum Einsatz kamen. Heute schien der Mann jedoch vor allem auf Folter durch Schlangengift zu setzen, seine Lieblingsmethode.

„Wie geht es den Zwillingen?", fragte er über das Winseln nach Hilfe hinweg, das von dem entstellten Fleischhaufen auf dem Tisch ausging.

„Gut, gut. Schreien, essen, schlafen. Viel mehr machen sie mit eineinhalb Monaten noch nicht, aber das müsstest du ja kennen." Schulterzuckend wandte Fiona sich ab und legte ihren Regenmantel über einen nahestehenden grauen Ohrensessel.

Der Mann wischte seine blutverschmierten Hände an einem Küchentuch ab. „Ja, Ava berichtet Ähnliches. Mit dreieinhalb Monaten ist es wohl auch noch nicht besser."

Die Gestalt zuckte. Anscheinend hatte sie nun Fionas Anwesenheit bemerkt, denn sie versuchte, mit einem Winseln auf sich aufmerksam zu machen. „Bitte, bitte helfen Sie mir!"

Der Mann nickte der Schlange zu. Mit einem zufriedenen Hissen öffnete sie ihr überdimensional großes Maul und versenkte die scharfen Giftzähne im Hals des winselnden Etwas, woraufhin es verstummte. Angewidert presste Fiona die Lippen aufeinander, als sie dabei zusah, wie die Schlange die Überreste dieser einst menschlichen Gestalt verzehrte. Für das Tier ein perfekter Snack.

Unbeeindruckt wandte sich der Mann mit einem Lächeln an die blonde Frau. „Ich vermute, Silas passt auf die Zwillinge auf?"

„Ja, er probiert gerade eine neue Technik bei ihnen aus. Nennt sich wohl Frequenzmusik. Keine Ahnung, was genau das ist, aber es soll die Babys beruhigen. Ich weiß nur, dass es mich in den Wahnsinn treibt. Also dachte ich, schaue ich mal vorbei und mache mir ein Bild davon, wie es bei dir so läuft." Fionas Blick glitt unweigerlich zurück auf die Gestalt, von der die Schlange mittlerweile einen großen Teil verspeist hatte. „Hast du alles erfahren, was du wissen wolltest?"

Ein abfälliges Schnauben entfuhr ihm. „Leider nicht. Auch er konnte mir nicht sagen, wo sich Rebecca versteckt." Ratlos fuhr er sich mit den Händen durch das Gesicht, was den Blick auf sein fehlendes Auge freigab. Mit einem erschöpften Seufzen setzte er sich auf den großen dunklen Ohrensessel am Fenster.

„Und du bist dir wirklich sicher, dass Rebecca den neuen Rarlim gebären wird?" Angewidert schritt Fiona an dem Tisch vorbei, auf dem die Schlange immer noch genüsslich ihr Festmahl verdrückte. Die Geräusche, die diese Bestie beim Vertilgen ihrer Beute von sich gab, waren widerwärtig, aber immer noch erträglicher als das Geschrei und Gewinsel der Opfer.

„Zu einhundert Prozent. Ich habe es genau gesehen, Rebecca trägt den neuen Rarlim in sich."

Seine dunkle Stimme wirkte bereits in einem normalen Tonfall furchteinflößend, doch mit der Ernsthaftigkeit, die bei diesem Satz mitklang, versetzte er Fiona einen Anflug von Gänsehaut. Mit zusammengekniffenen Augen sah er sie an.

„Du bist dir sicher, dass Silas nicht weiß, wo sie ist?"

„Glaub mir, er hat seit einigen Jahren nichts mehr mit ihr zu tun." Fiona blickte nachdenklich aus dem Fenster zur anderen Straßenseite, wo sich zwei Gestalten unterhielten. „Deine Spione im Komitee konnten also nichts in Erfahrung bringen?"

Der Mann presste verärgert die trockenen Lippen aufeinander, während er mit seiner linken Hand die eingetrockneten Blutreste unter seinen Fingernägeln an der anderen Hand hervorpulte. „Nein, anscheinend weiß nicht mal das Komitee über ihren Aufenthaltsort Bescheid."

„Nach Rosalie und Herbert hast du wahrscheinlich auch schon gesucht?", erkundigte sich die Frau, abgelenkt von der Gruppe, die sich nun auf der anderen Straßenseite versammelt hatte.

„Na, aber sicher, das war einer meiner ersten Anlaufpunkte, nachdem ich die Vision von ihr und dem Rarlim hatte. Aber auch die beiden sind wie vom Erdboden verschluckt."

Fiona schärfte ihren Blick. Immer mehr Menschen stießen zu der Gruppe hinzu, was für diese verlassene Gegend sehr ungewöhnlich war. Weiterhin konnte sie keine Gesichter ausmachen und nur Schemen erkennen.

„Hast du ein Treffen einberufen?", fragte sie angespannt.

„Nicht für heute, wieso?" Der Mann erhob sich von seinem Stuhl und ging zu der Stelle, an der Fiona stand, um zu sehen, was ihre Aufmerksamkeit auf sich zog. „Verdammt! Das sind Procieri. Da rechts, das ist Tanaka."

Der Verlust des rechten Auges hatte den Mann keineswegs in seiner Sehfähigkeit beeinträchtigt. Fiona staunte, dass er aus dieser Entfernung einzelne Personen in dieser Menschenansammlung ausmachen konnte. Die ganze Truppe setzte sich mit einem Mal in Bewegung und näherte sich im Gleichschritt dem Haus, in dem sie sich gerade befanden. Als sie unter dem Fenster standen, konnte auch Fiona die mitternachtsblauen Procieri-Uniformen erkennen und das Gesicht von Nilay Tanaka in der Masse ausmachen. Was hatten die Procieri hier zu suchen? Das

Haus machte nach außen hin einen unscheinbaren Eindruck. Sie konnten also unmöglich wissen, dass er sich hier versteckte. Jemand musste gepetzt haben.

Nervös und mit aufgerissenen Augen wandte sich Fiona vom Fenster ab und sah in das entspannte Gesicht des Mannes. „Die bewegen sich genau auf uns zu, meinst du–"

„Niemals", unterbrach sie der Mann. „Das Haus ist mit Täuschungsmagie getarnt. Sie müssten schon genau wissen, wie–"

Es ertönte ein lauter Knall vom Erdgeschoss, Fionas Sinne schärften sich alle auf einmal. „So viel zu deiner Theorie, Jo."

Mit einem breiten Grinsen, das sein Gesicht noch schöner erscheinen ließ, wandte er sich zu ihr. Das Funkeln in seinem Auge ließ ihren Magen freudig zusammenzucken.

„Bereit zum Kampf, Fiona?"

Elektrisierende Funken bahnten sich den Weg aus ihrer beider Hände. Die Schritte der Procieri wurden immer lauter, je weiter sie die morsche Treppe hinaufrannten.

Fiona grinste breit. „Wenn es darum geht, Mitglieder des Komitees abzuschlachten, immer."

Zu lange war es her, dass sie Procieri-Blut unter ihren Fingern gespürt hatte. Das würde ihr erster Kampf seit der Geburt der Zwillinge werden. Und dann direkt gegen Nilay Tanaka und seine Truppe? Die Vorfreude ließ ihr Herz wie wild schlagen.

Mit einem lauten Knall flog die Tür zu dem Zimmer im ersten Stock auf, wo sich die blonde Frau und der einäugige Mann befanden. Vor ihnen stand ein muskulöser, großer Mann mit blauschwarzen Haaren in einer mitternachtsblauen Uniform. Die Robe zierte das Wappen des Komitees: eine Sonne und ein Mond, hinter denen sich zwei Schwerter kreuzten.

Mit überraschtem Blick sah er die Frau an. „Fiona? Du hier?" Das Entsetzen stand ihm nicht nur ins Gesicht geschrieben, sondern war auch deutlich in seiner Stimme zu hören.

„Freut mich auch, dich zu sehen, Nilay. Noch mehr wird es mich freuen, dir gleich den Garaus zu machen!" Ohne Vorwarnung schoss sie einen strahlenden Blitz aus ihrer Handfläche direkt auf den Mann in der Uniform.

Gekonnt wich Nilay Tanaka der Attacke der blonden Frau aus. An der Stelle, an der er gerade noch gestanden hatte, war er nicht mehr zu sehen. Stattdessen tauchte er im Bruchteil einer Sekunde hinter Fiona auf. In Windeseile drehte sie sich um ihre eigene Achse und starrte ihm im nächsten Moment erneut in die Augen. Er war hinter sie teleportiert und ließ nun selbst elektrisierende Blitze aus seinen Händen schießen.

„Mit meinen eigenen Waffen willst du mich schlagen, Fiona? Ich dachte, du hättest mehr in petto, oder hat dich das Muttersein etwa weich werden lassen?"

Ein angriffslustiges Lächeln umspielte ihre Lippen. Mit ihrer linken Hand griff sie hinter ihren Rücken und zog einen Dolch aus der Hosentasche ihrer Jeans. Er wollte ohne Magie kämpfen? Das konnte er haben. Mit erhobenem Dolch rannte sie zornig auf den uniformierten Mann zu. Es entfachte ein erbitterter Kampf, der nur mit dem Tod einer der beiden enden würde.

Neben ihnen bedrängten fünf weitere Mitglieder des Komitees den einäugigen Mann, der sich jedoch nicht in die Enge treiben ließ, sondern sich gekonnt vom Boden abstieß und wie ein Vogel über den Procieri schwebte. Alle fünf blickten ihn erstaunt und panisch an, als grüne Flammen in seinen Händen auflodlerten, die unheilvoll knisterten. Eine schmächtige Frau mit pechschwarzem Haar setzte sich ihm entgegen, und aus ihrer Hand schoss ein Wasserstrahl. Gekonnt wich der Einäugige der Attacke aus. Im selben Moment schoss er einen Flammenstrahl auf die Frau und traf sie mitten in die Brust. Ihr Körper leuchtete für kurze Zeit giftgrün auf, bevor er leblos zu Boden stürzte. Ohne weitere Zeit verstreichen zu lassen, setzte ein gedrungener, kleiner Mann mit langem Bart seine Windmagie ein. Er wollte den schwebenden Mann in die Arme des großen, schmalen Mannes gegenüber treiben, der bereits mit seinen orange-roten Flammen erwartungsvoll bereitstand. Vergebens. Der Einäugige breitete beide Arme aus und von dem Beistelltisch, neben dem die Schlange im Blut seines vorherigen Opfers badete, flogen zwei scharfe, lange Messer genau auf die zwei Procieri zu. Beide Waffen erreichten ihr Ziel. Die Messer trafen jeden Mann genau in die Mitte der Stirn, wobei die Klingen am Ende ihrer Köpfe wieder austraten.

Drei weitere Procieri betraten den Raum und konnten nur noch mit ansehen, wie Fiona dem Mann zu Hilfe eilte. Ohne ein Wimpernzucken verwandelte sie den Procieri, der mit einem Eisstrahl auf den Mann in der Luft zielte, durch eine geschickte Handbewegung zu Stein. Immer noch in der Luft lieferte sich der fliegende Mann einen Kampf mit einer Frau und ihrer Feuermagie, wobei ihre roten Flammen auf seine grünen trafen. Der Mann, dessen giftgrünes Feuer bedrohlich knisterte, pfiff. Die Schlange, die gerade noch neben dem Tisch gelegen hatte, setzte sich geschwind in Bewegung. Ihr langer, glitschiger Körper hinterließ geschwungene Blutspuren auf dem Boden. Der Procieri, dem die Schlange am nächsten war, hatte seinen Blick auf die Kampfszene gerichtet und bekam nicht mit, dass die Schlange sich auf ihn zubewegte. Ohne Vorwarnung öffnete sie ihr riesiges Maul, um ihre spitzen Giftzähne in ihm zu versenken. Mit einem markerschütternden Schrei sackte er zu Boden.

„Nilay!", rief die Frau, die gerade versuchte, mit ihren Flammen gegen den Einäugigen anzukommen.

Anspannung zeichnete sich in Nilay Tanakas Gesicht ab. „Genevieve, halte durch! Ich bin gleich bei dir!"

„Na, das wage ich zu bezweifeln", zischte Fiona und schoss einen Magiestrahl auf Nilay Tanaka.

Er rollte sich über den Boden, um dem Angriff zu entkommen. Dann musterte er die Frau mit einem enttäuschten Blick. „Fiona! Was würde Silas sagen, wenn er dich so sehen würde?" Mit unmenschlicher Schnelligkeit erhob er sich vom Boden und machte sich zu einem Gegenangriff bereit.

Die blonde Frau lachte kalt auf. „Oh, Nilay, Nilay, Nilay. Deine Naivität beeindruckt mich."

„Fiona!", zischte der Mann, dessen grüne Flammen immer mehr die roten Flamen der Frau verdrängten, und bedeutete ihr somit, zu schweigen.

„Nilay, ich kann ihn nicht länger zurückhalten. Nimm!", rief Genevieve. Schweißperlen liefen über ihre Stirn.

Sie unterbrach mit einer Hand ihren Feuerstoß, griff in ihre Jackentasche und warf Nilay Tanaka ein Paar silberne Handschellen zu. Dies war der Augenblick der Ablenkung, der über Sieg und Niederlage entscheiden würde.

Mit einem triumphierenden Grinsen bündelte ihr Gegner all seine Macht. Plötzlich pulsierten seine grünen Flammen vor lauter Energie, verdrängten Genevieves und trafen sie mitten ins Herz. Ein leiser Schrei entfuhr ihr, und wie die Frau davor leuchtete ihr Körper in einer giftgrünen Farbe, bevor er leblos zu Boden fiel. Nilay Tanaka stieß einen klagenden Schrei aus.

Die blonde Frau lachte gehässig. Sie wollte Nilay Tanakas Bestürzung über den Tod seiner Teamkollegin ausnutzen, ihm in diesem Moment mit ihren magischen Blitzen den Garaus machen. Doch das Lachen blieb Fiona im Halse stecken. Ein metallischer Geschmack breitete sich in ihrem Mund aus. Blut! Langsam merkte sie, wie sich die warme, dickliche Flüssigkeit in ihrem Mund verteilte. Warum? Dazu gesellte sich ein plötzlicher Schmerz an ihrem Rücken. Mit der Hand ertastete sie einen Pfeil. Einen Pfeil? Bevor sie nach dem Bogenschützen Ausschau halten konnte, blickte sie an sich hinab. Der Pfeil hatte ihren Rücken durchdrungen und seine Spitze ragte aus ihrem Brustkorb. Mit letzter Kraft drehte sie sich zur Tür um. Da war sie! Die Bogenschützin. Fionas Augen weiteten sich vor Überraschung. Wenn man vom Teufel sprach ...

„Rebecca?" Ihr letztes Wort wurde von der Menge an Blut gedämpft, die aus ihrem Mund quoll. Ausgerechnet Rebecca Fuchs war das Letzte, das Fiona auf dieser Welt zu Gesicht bekommen würde. Ohne eine weitere Regung stürzte sie zu Boden. Alles um sie herum wurde schwarz, ihre leblosen Augen starrten ins Leere.

„Rebecca?", keuchte auch der einäugige Mann vor lauter Überraschung und glitt aus der Luft zurück auf den Dielenboden.

„Überrascht, mich zu sehen, Josef?", fragte Rebecca mit angewidertem Blick.

„Das kann man wohl sagen." Überraschung war das eine, das dem Mann ins Gesicht geschrieben stand. Dazu gesellte sich schnell ein verheißungsvolles Lächeln. Triumph. So lang hatte er nach ihr gesucht und jetzt war Rebecca Fuchs mit ihm in einem Raum. Zum Greifen nah. Aus freien Stücken.

Es stand nun vier gegen einen. Ein älterer Procieri mit grauen Haaren und Hornbrille nutzte die Ablenkung und erzeugte eine Rauchwolke, die allen Beteiligten die Sicht vernebelte. Nilay Tanaka ergriff die Chance, zog sein Schwert aus der Scheide an seinem Gürtel und stürzte sich auf den einäugigen Mann. Das Überraschungsmoment kam ihm zugute und er schaffte es, ihn zu Boden zu werfen.

Langsam lichtete sich der Rauch. Alle Beteiligten sahen nun Nilay Tanaka, wie er auf dem Boden kniete und sein Schwert gegen die Kehle seines Gegners presste. Mit der Hand, deren Griff sich nicht um die silberne Klinge schloss, umklammerte er die Handschellen, die ihm Genevieve mit ihrem letzten Atemzug überlassen hatte.

„Es ist aus, Schlangenträger!", bellte Nilay Tanaka mit einem triumphierenden Lächeln, das sich verrückterweise auch im Gesicht des anderen Mannes widerspiegelte.

Plötzlich katapultierte ihn ein Windstoß von dem Körper des Mannes weg in die Ecke des Raumes. Die Handschellen flogen ihm aus der Hand, schlitterten über den blutverschmierten Boden, außerhalb seiner Reichweite. Mit dem Kopf knallte Nilay Tanaka heftig gegen die Wand. Schmerzverzerrt blickte er auf, um herauszufinden, was passiert war. Der letzte Procieri mit ihnen im Raum – ein muskulöser, großer, braungebrannter junger Mann, der erst seit kurzem für das Komitee arbeitete – stand in der Mitte des Raumes und streichelte sanft den Kopf der riesigen Schlange.

Bevor der grauhaarige Procieri mit der Hornbrille eine weitere Bewegung machen konnte, feuerte Schlangenträger – noch vom Boden aus – grüne Flammen auf ihn. Wie unzählige andere vor ihm fiel er zu Boden, radioaktiv leuchtend und von jedem Funken Leben verlassen.

„Pascal? Du? Aber …", stotterte Nilay Tanaka, der noch immer am Boden lag und sich seinen schmerzenden Kopf hielt.

„Das hast du nicht vermutet, oder, Nilay? Du würdest dich wundern, wie viele Verbündete ich im Komitee habe!" Zügig richtete sich Schlangenträger auf und bewegte sich mit großen Schritten auf die Ecke zu, in der Nilay Tanaka lag. „Zu schade, dass du es niemandem erzählen kannst, weil du den heutigen Tag nicht überleben wirst."

Mit einem Schlenker seiner Hand flog Nilay Tanakas Schwert genau in die ausgestreckte Hand des Mannes. Mit einem breiten Grinsen beugte er sich über ihn.

„Zuerst revanchiere ich mich dafür, dass ich wegen dir mein rechtes Auge verloren habe."

Mit einer freien Hand ergriff er mit knochenzermürbender Stärke Nilay Tanakas Kiefer. Die Spitze des Schwertes setzte Schlangenträger in der Mitte seiner rechten Wange an, versenkte es tief in seiner Haut und zog es genüsslich in Richtung seines Auges. Nilay Tanaka versuchte mit zusammengebissenen Zähnen, keinen Mucks von sich zu geben. Diese Genugtuung wollte er Schlangenträger nicht auch noch bescheren.

„Verdammt, Weib!", rief der junge Procieri neben der Schlange.

Schlangenträger hielt in seiner Bewegung inne und drehte sich um. „Nein! Nicht!"

Der junge Procieri riss sich einen von Rebeccas Pfeilen aus dem verwundeten Fleisch seines Oberarms. Blut spritzte über den Boden, als er das Wurfgeschoss fluchend fallen ließ. Finster starrte er Rebecca an. Bevor sie einen weiteren Pfeil aus dem Köcher auf ihrem Rücken in den Bogen einspannen konnte, erschien ein violetter Blitz in der Hand des jungen Mannes.

Ohne auf die Rufe seines Meisters zu hören, feuerte er ihn auf Rebecca ab.

In dem Moment, in dem die Frau vom Blitz getroffen wurde, ließ Schlangenträger das Schwert fallen und schoss eine grüne Flamme auf den Mann mit der Elektrizitätsmagie ab. Der Spion erstrahlte in einem leuchtenden Grün und fiel nach vorn um.

Nilay Tanaka schaffte es, Schlangenträger mit einer gekonnten Bewegung seiner Beine von seinem Körper zu drücken, rollte sich zur Seite weg, griff sein Schwert, das neben ihm auf dem Boden lag und richtete sich auf. Dann stürzte er sich erneut auf seinen Gegner, der sich ebenfalls vom Boden aufgerichtet hatte. „Rebecca! Die Handschellen!", rief er, als er sich auf den Mann zubewegte.

Rebecca reagierte blitzschnell, ließ ihren Bogen fallen, glitt über den Boden zu den Handschellen, ergriff sie und warf sie zielgenau in Nilay Tanakas Richtung. Er reckte den Arm in die Luft und fing die Handschellen mit der Hand, in der er kein Schwert hielt. Mit großen Schritten ging er auf seinen Gegner zu. Dabei wich er mit schnellen Bewegungen den Flammen Schlangenträgers aus. Seine volle Macht schien er nicht auszuspielen, um die Frau nicht zu treffen. Dies nutzte Nilay Tanaka als seinen Vorteil und teleportierte sich direkt hinter ihn. Mit der Klinge seines Schwertes an der Kehle des Mannes und seinem Knie in seinem Rücken legte er ihm mit einem befriedigenden Klicken die Handschellen um seine Handgelenke.

Der Gefangene lachte nur überlegen. „Bist du wirklich so dumm, Nilay? Mir Handschellen aus Metall anzulegen? Du weißt ganz genau, was ich mit Metall anstellen kann."

„Deshalb sind es Handschellen aus dem silbernen Holz der Elsbeere, das deine Kräfte unterdrückt. Du bist mit diesen Dingern also genauso mächtig wie ein Nubiqui." Nilay Tanaka grinste triumphierend. Er sah zum ersten Mal, wie das Lachen aus dem Gesicht des Mannes verschwand.

In die Enge gedrängt blickte er zu der Schlange, die neben einer der Leichen auf dem Boden lag.

„Auch deine Telepathie wird mit den Handschellen unterdrückt, also spar dir die Mühe, es zu versuchen. Du wirst der Schlange deinen Willen nicht aufzwingen können." Das Grinsen, das Nilay Tanakas Lippen umspielte, wurde noch ein Stück breiter.

Endlich hatte er es geschafft. Schlangenträger war in Gefangenschaft. In seiner Gefangenschaft. Nicht auszumalen, welche Auszeichnung das Komitee ihm dafür verleihen würde. Vielleicht hatte er sogar die Chance, dessen Leiter zu werden. Mit einem Blick auf Genevieves starre Augen, die sonst immer so voller Leben gewesen waren, gesellte sich Schmerz zu dem freudigen Gefühl. Er hatte Schlangenträger zwar endlich dingfest gemacht, doch der Preis, den er und seine Kollegen heute dafür hatten zahlen müssen, war unfassbar hoch gewesen.

Ungläubig blickte der Gefangene Rebecca an und riss Nilay Tanaka mit seiner Frage aus seinen Gedanken. „Du bist unversehrt?"

„Mein Elementarzeichen ist Jungfrau, schon vergessen?", erwiderte sie, vom Anblick des Mannes angeekelt.

„Immun gegen Elektrizität, ja ich weiß. Aber das Baby?" Groteskerweise schwang Besorgnis in seiner Stimme mit.

Die Frau legte beschützend die Hand auf ihren deutlich sichtbaren Schwangerschaftsbauch. Sie musste im sechsten oder siebten Monat sein. „Auch ihr geht es gut."

„Ihr? Der Rarlim ist ein Mädchen?", fragte der Mann verwundert.

Rebecca rollte genervt mit den Augen. „Wie oft soll ich dir das noch sagen? Mein Baby wird nicht der nächste Rarlim, und selbst wenn, wird es nicht in dieser Welt aufwachsen und sicher nicht deine Vision erfüllen!"

„Rebecca, was machst du überhaupt hier?", unterbrach Nilay Tanaka sie. „Wir haben überall nach dir gesucht."

„Ich wusste, dass du meine Hilfe brauchen wirst. Frag nicht, wie, ich wusste es einfach. Das wird das letzte Mal sein, dass du mich siehst, Nilay. Meine Tochter wird nicht in der

Welt der Stellari aufwachsen. Nicht, solange er ...", sie nickte in die Richtung des einäugigen Mannes, „... noch lebendig unter uns weilt."

„Er wird von dem Stellari-Gericht verurteilt und weggesperrt. Deine Tochter wird vor Schlangenträger und seinen Anhängern sicher sein."

Mit einem Mal wurde Schlangenträgers Auge glasig. Er verharrte regungslos für einige Momente, bevor er wieder zu sich kam und mit einem breiten Grinsen auf dem Gesicht sagte: „Vor mir musst du sie nicht beschützen. Sie wird für meine Befreiung verantwortlich sein. Der Rarlim wird für meine erneute Herrschaft sorgen und nur der Rarlim kann sie wieder beenden."

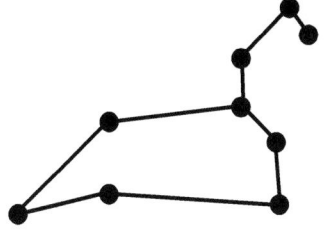

Kapitel 1

Dahlow-Akademie

17 Jahre später …

„Bist du aufgeregt?", fragte Rosalie.

„Ein wenig." Olivias Antwort blieb ihr fast im Halse stecken. Die Aufregung schnürte ihre Kehle zu.

Sie saß auf dem Beifahrersitz des SUV ihrer Oma Rosalie und schaute angespannt aus dem Fenster. Seit einer gefühlten Ewigkeit fuhren sie über ruhige Landstraßen, auf denen sich kaum ein anderes Auto zu ihnen gesellte. Daneben erstreckten sich links und rechts kilometerweite Wälder, die so grün und gleichzeitig so schwarz wirkten. Sie vermittelten Olivia das Gefühl, als würden sie niemals enden. Als wäre die Freiheit hinter diesen Bäumen zum Greifen nah.

Es war einer dieser späten Sommertage, wenn die große Hitze des Jahres schon überstanden schien, die Tage aber immer noch warm und lang waren. Olivia liebte den Übergang vom Sommer in den Herbst, wenn die Blätter der Bäume langsam ihre Farbe änderten, die Nächte wieder kühler wurden und sie allmählich den Duft des Herbstes in der Luft spüren konnte. Der Herbst war mit Abstand Olivias liebste Jahreszeit. Die bunten Blätter, die kühleren Temperaturen, Kürbisse, die man zu grandiosen Keksen verarbeiten konnte, und zu denen am besten ein großes Glas heiße Schokolade passte ... Das waren nur wenige der Punkte, die sie am Herbst so faszinierten. Doch der anstehende Herbst löste bei ihr gemischte Gefühle aus, schließlich würde sie ihn fern von ihrer Heimat, fern von ihren Freunden und fern von ihrer Großmutter verbringen. In einer neuen Schule mit neuen Menschen und neuem, ihr unbekannten Schulstoff.

Olivias Großmutter schien ihre Anspannung zu fühlen. „Sicher bist du aufgeregt, was für eine Frage. Aber meine Kleine, das musst du nicht sein. Natürlich ist es schade, dass deine Mutter heute nicht hier ist ..."

Prompt spürte Olivia heiße Tränen in sich aufsteigen bei der Erwähnung ihrer Mutter – Tränen der Wut und der Trauer.

„Aber ich verspreche dir, wenn du erst einmal angekommen bist, deine Kräfte zu kontrollieren lernst und Freunde gefunden hast, sieht die Welt schon ganz anders aus. Ich bin stolz auf dich, dass du deine eigene Entscheidung getroffen und dich gegen deine Mutter gestellt hast, schließlich bist du jetzt siebzehn und dein Leben liegt in deinen Händen. Am Ende wird auch Rebecca erkennen, dass du in diese Welt gehörst und sie dich nicht ewig vor deinem Schicksal beschützen kann. Wenn sie genug Zeit zum Nachdenken gehabt hat, wird sie zur Vernunft kommen und zu uns zurückkehren."

Olivia blickte ihre Großmutter traurig an. Es waren acht Monate vergangen. Wenn ihre Mutter zu ihnen hätte zurückkommen wollen, hätte sie dazu alle Zeit der Welt gehabt. Wenn sie nach acht Monaten nicht mit der Entscheidung der eigenen Tochter einverstanden war, dann würde mehr Zeit daran auch nichts ändern. Bereits vor einer Weile hatte Olivia die Hoffnung aufgegeben, dass ihre Mutter zurückkehren würde, doch ihre Großmutter war immer noch fest davon überzeugt, dass sie nur noch etwas Zeit bräuchte.

Der längste Zeitraum, in dem Olivia nicht mit ihrer Mutter gesprochen hatte, weil sie sich gestritten hatten, hatte vor ihrem Weggang zwei Tage gedauert. Es war kurz vor Olivias erstem Schultag in der Grundschule gewesen und der Streit war entbrannt, weil sie auf Teufel komm raus in ihrem Prinzessinnen-Faschingskostüm eingeschult werden wollte.

Das war der einzige Streit mit ihrer Mutter, an den Olivia sich so richtig erinnern konnte. Klar hatte es ab und an die üblichen Zankereien gegeben, aber im Großen und Ganzen hatte sie eine Bilderbuchbeziehung zu ihrer Mutter gehabt. Bis zum letzten Weihnachtsfest, als ihr großes Geheimnis geplatzt war und woraufhin sich alles verändert hatte – es war nicht das beste Weihnachtsfest gewesen, aber auch nicht das schlechteste, wenn sie an das dachte, an dem ihr Vater gestorben war.

Erneut versuchte Olivia, die heißen Tränen zu unterdrücken, die in ihr aufstiegen. Sie vermisste ihren Vater so sehr und hatte eine Scheißwut auf ihre Mutter, weil sie Olivia ebenfalls im Stich gelassen hatte. Ihr Vater konnte nichts dafür. Er wurde einfach so von einem betrunkenen Autofahrer aus ihrem Leben gerissen. Ihre Mutter hingegen hatte sich dazu entschieden. Aus freien Stücken. Diese Tatsache machte Olivia nicht nur wütend und traurig, sondern ließ in ihr auch die Frage aufkommen, ob ihre Mutter sie überhaupt liebte. Wie konnte sie so lange nichts von sich hören lassen? Sie musste Olivia ganz einfach nicht vermissen. Zumindest war das die einzig plausible Lösung, die ihr in den Kopf kam.

„Schau, dort ist das Ortsschild für Waren an der Müritz, wir brauchen also noch höchstens zwanzig Minuten bis zur Akademie", erklärte Rosalie.

Olivias Herz raste und sie versuchte, die traurigen Gedanken an ihre Eltern abzuschütteln. Zwanzig Minuten, und sie würde ihre Großmutter fast vier Monate lang nicht wiedersehen. Zwanzig Minuten, und sie würde ein vollkommen neues Leben beginnen. Sie hatte sich dafür entschieden. Sie wollte erkunden, wer sie wirklich war und was ihre Zukunft bringen würde. Dafür musste sie das Leben, wie sie es bis jetzt kannte, hinter sich lassen und nach vorn schauen.

„Oma? Magst du mir noch einmal von der Akademie erzählen?" Olivia hoffte, dass eine Geschichte ihrer Großmutter ihr ein wenig die Angst nehmen konnte.

„Aber natürlich. Ich habe dir ja bereits erzählt, dass die Dahlow-Akademie die beste Akademie für junge Stellari in ganz Europa ist. Deshalb kommen Stellari aus verschiedenen Ländern extra nach Deutschland, um hier unterrichtet zu werden und zu lernen, wie sie ihre Kräfte beherrschen können."

„Gibt es in anderen Ländern keine Akademien für Stellari?" Diese Frage plagte Olivia schon, seit sie von Dahlow wusste. Ihr Kopf war jedoch mit so vielen Fragen zur magischen Welt gefüllt, dass eben diese bis jetzt immer untergegangen war.

„Doch, doch. Es gibt in jedem Land auf der Welt eine Akademie für Stellari, die jedes Jahr um die zwölf bis fünfzehn der vielversprechendsten Kandidaten aufnimmt, die sich eingeschrieben haben. Die Dahlow-Akademie hat in der Regel die meisten Einschreibungen und viele Eltern ziehen ihre Kinder zweisprachig auf, um sie auf den Unterricht in Deutschland vorzubereiten, sollten sie an der Dahlow-Akademie angenommen werden." Der Stolz in Rosalies Stimme hätte einen Außenstehenden vermuten lassen können, dass sie selbst die Schule gegründet habe.

„Hattest du mich auch an einer anderen Akademie eingeschrieben, für den Fall, dass ich nicht angenommen werde?"

Mit einem Lächeln auf den Lippen und den Blick weiter auf die Straße gerichtet schüttelte Rosalie heftig mit dem Kopf. „Süße, ich musste dich nirgends einschreiben. Direkt nach deiner Geburt kamen die besten Akademien aus Europa auf deine Mutter zu und wollten einen Platz für dich reservieren. Für das Jahr, in dem du siebzehn wirst. Deine Mutter hat natürlich alle Angebote abgelehnt, aus den bekannten Gründen. Als die Dahlow-Akademie auf sie zukam, konnte ich jedoch nicht anders und habe hinter ihrem Rücken gemeinsam mit der Schulleiterin beschlossen, dass du auf ihrer Liste stehst. Schließlich ist die Dahlow-Akademie nicht nur die beste in

Europa, sondern auch die Akademie, die deine Mutter und ich besucht haben."

Olivia presste verärgert ihre Lippen zusammen. Ihr Leben lang hatte ihre Mutter ihr verheimlicht, dass sie Kräfte hatte, dass sie etwas Besonderes war, weil sie Olivia vor der magischen Welt hatte beschützen wollen. Vor einer Welt, der ihre Mutter nach Olivias Geburt den Rücken gekehrt hatte.

„Wenn nur die Besten der Besten auf diese Akademie gehen, bedeutet das, dass sie ihre Kräfte schon beherrschen? Oder wie wählt die Akademie sie aus?" Nervös spielte Olivia an ihrem linken Daumen herum. Verärgert sah sie, dass sie ihren pinken Nagellack schon abgeknibbelt hatte. So konnte das nicht weitergehen. Sie schob ihre Hände unter ihre Oberschenkel und setzte sich darauf. Die Wärme ihrer Beine tat unheimlich gut. Erst jetzt merkte sie, wie kalt ihre Hände waren.

„Einige können vielleicht ihre Kräfte schon gezielt einsetzen oder beherrschen den einen oder anderen Trick, andere wiederum werden ihre Kräfte noch nicht kontrollieren können." Mit dem Blick weiterhin auf die Straße gerichtet, tätschelte sie kurz Olivias Bein. „Bedenke, dass ihr alle gerade erst siebzehn geworden seid und euer erstes Jahr in Dahlow startet. Keiner ist von Anfang an perfekt. Ihr seid dort, damit ihr lernt, welche Kräfte in euch stecken und wie ihr sie einsetzt. Die Akademie kommt auf diejenigen zu, die entweder eine lang zurückreichende Traditionslinie in der Dahlow-Akademie vorweisen, oder deren Sternenkonstellation am vielversprechendsten ist."

Angespannt kaute Olivia auf ihrer Lippe herum. Was, wenn sie die Einzige war, die ihre Kräfte nicht beherrschen, ja, nicht einmal heraufbeschwören konnte?

Rosalie bog nach rechts ab. Sie befanden sich nun mitten in einem Wald, zwischen tausenden Bäumen auf einem Trampelpfad, der nicht aussah, als wäre er dafür vorgesehen, dass ein Auto darauf fuhr. Auf einer kleinen Lichtung, die kaum anders aussah als der Rest des Waldes, parkte Olivias Großmutter das Auto.

„Wieso hältst du an?", fragte Olivia verwundert.

„Das wirst du gleich sehen." Rosalie stieg aus dem Auto.

Sie ging ein paar Schritte zum hellsten Punkt der Lichtung und blieb stehen. Olivia sah ihrer Großmutter dabei zu, wie sie mit ihren Händen eine Vielzahl merkwürdiger Bewegungen machte. Sie staunte, als plötzlich vier leuchtende Symbole in der Luft erschienen. Olivia konnte nicht wirklich ausmachen, was die Symbole darstellten, denn sie verschwanden direkt, als Rosalie eines davon berührte. Es glich einem Dreieck mit einem waagerechten Strich durch die Mitte.

Eine Stimme ertönte. „Ihr Begehr?"

„Rosalie Wächter, ich bringe Olivia Fuchs, die morgen ihr erstes Schuljahr an der Dahlow-Akademie beginnt."

Eine Zeit lang war es ruhig und Olivia wunderte sich, was nun geschehen würde. Dann ertönte ein klingelndes Geräusch. Fast so, als hätte man einen korrekten Code in ein Computerprogramm eingegeben, und doch ganz anders. Rosalie stieg zurück ins Auto, startete den Motor und fuhr in die Richtung, aus der die mysteriöse Stimme gekommen war.

„OMA, STOPP!", rief Olivia, denn es wirkte für einen Moment, als würde ihr Auto gleich mit einem Baum zusammenstoßen. Doch einen Augenblick später verschwanden die Bäume vor ihnen und auch einige um sie herum lösten sich in nichts auf. Der Boden unter ihnen verwandelte sich in eine graue Straße aus Backsteinen, an deren Ende Olivia ein großes, schlossähnliches Gebäude erblickte.

„Habe ich zu viel versprochen?", fragte Rosalie mit einem Lächeln auf den Lippen.

Olivia hatte vor Erstaunen den Mund weit aufgerissen und starrte ihre Großmutter ungläubig an. „Das – was – wie – ich meine, das war ..." Olivia konnte keinen klaren Gedanken fassen.

„Magisch?!"

Rosalie parkte das Auto am Ende der gepflasterten Straße und stieg aus. Sie standen direkt vor einem Tor aus schwarzen

Eisenstäben mit zwei riesigen, offenstehenden Flügeltüren – allem Anschein nach war dies der Eingang zum Schulgelände. Rechts und links des Tores erstreckte sich eine alte, graue Steinmauer, die übersät war mit unzähligen Efeuranken, deren Farbe im Sonnenlicht erstrahlte. Hinter der Mauer zog sich ein kleiner Hof entlang mit Grünflächen, Wegen aus rotem Sand und Laubbäumen, die ebenso wie der Efeu an der Mauer durch den Sonnenschein im saftigsten Grün erstrahlten. Am meisten beeindruckte Olivia jedoch das Akademiegebäude selbst. Nach den Erzählungen ihrer Oma hatte sie sich die Akademie eindrucksvoll ausgemalt, doch die Realität übertraf all ihre Vorstellungen. Sie ähnelte vom Aufbau und der Fassade ein wenig dem Schloss Sanssouci, nur mit einem Touch mehr … nun ja, Magie.

„Kommst du? Oder bekommt meine kleine Löwin etwa Muffensausen?", rief Rosalie, die bereits Olivias Gepäck aus dem Kofferraum geräumt hatte.

Löwin – so nannte ihre Oma Olivia, seit sie sich erinnern konnte. Als Kind hatte sie sich immer gewundert, wie ihre Oma darauf gekommen war, und doch hatte sie es immer mit Stolz erfüllt, dass sie ihr einen so einzigartigen Spitznamen verliehen hatte. Vor kurzem war sie hinter die wahre Bedeutung dieses Namens gekommen. Seitdem verspürte sie nun eine gewisse Anspannung, und zwar immer, wenn ihre Oma sie so nannte.

„Ich komme schon!"

Sie schnappte sich ihre rosa Handtasche und ihre hellblaue Jeansjacke vom Rücksitz, strich ihren Plisseerock glatt und atmete einmal tief durch, bevor sie aus dem Auto stieg.

Beim Aussteigen atmete sie den herrlichen Duft von Wäldern ein, kombiniert mit Zitrone und Weihrauch. Nicht nur der Weg hierher, der Anblick der Akademie, sondern auch der Duftakkord in der Luft versprühte einen Hauch von Magie. Sie schloss die Augen und atmete tief ein. Etwas Vergleichbares hatte sie noch nie gerochen. Der Duft nahm ihr ein wenig die Angst. Sie wusste nicht genau, warum, aber er vermittelte ihr das Gefühl, dass alles gut werden würde.

„Ich werde dich vermissen, Kleines. Ruf mich an, wann immer du kannst. Ich schicke dir nächste Woche direkt ein Care-Paket mit deinen Lieblingskeksen und allem, was du sonst noch brauchst." Rosalie drückte ihre Enkelin, so fest es ging.

„Die Kekse werde ich aber nicht essen können, wenn du mich vorher erdrückst, Oma!", sagte Olivia halb scherzhaft, halb schmerzverzerrt.

„Entschuldige Süße, da ging es wohl mit mir durch." Rosalie strich durch Olivias langes, seidig schimmerndes rotes Haar.

„Ich werde dich auch sehr vermissen." Olivia gab ihrer Oma einen Kuss auf die Wange. Anschließend wischte sie das bisschen Farbe von der Haut ihrer Großmutter, das ihr pinker Lippenstift hinterlassen hatte.

„Mach's gut und pass auf dich auf!", rief Rosalie schlussendlich, als sie ins Auto stieg und wegfuhr.

Olivia winkte dem Auto hinterher, bis es außer Sicht war, dann drehte sie sich um und betrachtete ihr neues Heim für die nächsten vier Jahre. Eine ganze Welt voller Zauberkräfte und Fantastischem lag vor ihr. Neue Freunde, neue Wege, neue Herausforderungen. Sie spürte, dass das nächste Jahr viele Veränderungen für sie bereithalten würde, und hoffte, dass zumindest der überwiegende Teil positiv sein würde. Sie erinnerte sich an die Worte, die ihre Mutter ihr seit Kindheitstagen immer wieder gesagt hatte, wenn sie vor etwas Angst gehabt oder mit einem negativen Ergebnis gerechnet hatte: „Positives Denken zieht Positives an." Und recht hatte sie! Denn wer sich vorher schon ausmalte, welche schlimmen Dinge passieren konnten, hatte eine ganz andere Ausstrahlung als jemand, der positiv auf neue Erlebnisse zuging.

„Man kann übrigens auch durch das Tor durchgehen, wusstest du das?"

Olivia, die ihre Umwelt gedankenverloren ausgeblendet hatte, bemerkte nun jemanden neben sich. Sie drehte sich um. Zu ihrer Rechten stand ein hübscher, schlanker Junge, der gut einen Kopf größer war als sie. Er trug eine schwarze, enge Jeans, die an den Knien zerrissen war, und ein weißes, schlichtes T-Shirt. Seine schwarzen Haare, die ihm unordentlich ins Gesicht hingen, waren nicht einfach nur schwarz, sie schimmerten grün im Licht. Eine ungewöhnliche Haarfarbe, die Olivia direkt in ihren Bann zog. Zumindest, bis sie seine Augen bemerkte. Sie erstrahlten in einem ebenso dunklen Grün. Und zwar nicht in irgendeinem, sondern in dem Grün der Wälder, an denen sie auf dem Weg hierher vorbeigefahren waren, dem Grün des Efeus, der sich im Sonnenlicht an der Steinmauer entlangzog, und zugleich dem Grün einer Tanne bei Nacht. Stundenlang hätte sie sich in seinen Augen verlieren können.

„Mhm? Was?", sagte Olivia, als sie realisierte, dass der Junge sie ansah und auf eine Antwort von ihr wartete.

Ein schüchternes Lächeln umspielte seine Lippen. „Du sahst aus, als würdest du abwägen, ob es ungefährlich ist, durch das Tor zu gehen oder nicht. Und ich dachte, ich helfe dir bei deiner Entscheidung."

„Ich glaube, ich lasse dir lieber den Vortritt, für den Fall, dass es doch nicht so ungefährlich ist und feuerspeiende Drachen oder dreiköpfige Hunde jeden zerfleischen, der das Akademiegelände betritt." Olivia wies mit einer einladenden Geste in Richtung der Akademie.

„Guter Zug. Dann werde ich mich mal in die bedrohlichen Gefilde stürzen." Der Junge schritt durch das Tor und drehte sich zu ihr um.

„Siehst du, komplett–" Er schrie plötzlich und tat so, als würde ihn etwas hinter die Mauer ziehen.

„Haha, sehr witzig!" Olivia verdrehte mit einem Schmunzeln amüsiert die Augen und folgte ihm auf das Schulgelände.

Der Junge kam wieder hinter der Mauer hervor. „Nur gut, dass wir hier nicht auf einer Schauspielschule sind, sonst wäre ich jetzt doch sehr geknickt, dass du mir meine Performance nicht abgekauft hast. Ich bin übrigens Darragh, Darragh Pisano – heute ist auch mein erster Tag an der Dahlow-Akademie." Er verbeugte sich überschwänglich vor ihr.

Eine Verbeugung? Wirklich?! Er wollte wohl tatsächlich die Schauspielschule besuchen.

„Woher willst du wissen, dass heute mein erster Tag ist?", fragte Olivia stirnrunzelnd.

„Warum solltest du sonst solche Angst haben, das Gelände zu betreten?"

„Vielleicht hatte ich ja gerade einen krassen Flashback von den ganzen schlimmen Dingen, die mir letztes Jahr hier passiert sind, und du hast mich einfach nur in meinen Erinnerungen unterbrochen?"

Darragh kniff die Augen zusammen. Dabei zeichnete sich eine kleine Falte zwischen seinen Brauen ab. Für einen kurzen Moment schien er zu überlegen, ob Olivia ihm die Wahrheit erzählte. Der verwirrte Blick stand ihm gut. Sie überlegte, wie weit sie ihr Spielchen treiben sollte, bis sie sich das Lachen nicht mehr verkneifen konnte und zugeben musste, dass er recht hatte. Als sich sein Gesicht entspannte und sein Lächeln ein Grübchen auf seiner linken Wange zum Vorschein brachte, wurde ihr mit einem Mal ganz warm.

„Gut, ich gebe es zu: Heute ist mein erster Tag. Und mein Name ist im Übrigen Olivia. Olivia Fuchs."

„Na, der Nachname passt ja perfekt zur Haarfarbe." Darraghs Grinsen wurde breiter. „Aber ich bin sicher nicht der Erste, der mit diesem originellen Spruch um die Ecke kommt."

Olivia hatte diesen Spruch in der Tat schon öfter gehört, doch zum ersten Mal verdrehte sie dabei nicht die Augen, sondern lachte kurz. „Nicht der Erste und sicher auch nicht der Letzte, aber immerhin der Erste in Dahlow, wenn dich das glücklich macht."

„Wenn du es so siehst, wirst du in Dahlow noch viele erste Male erleben."

„Macht es das nicht gerade aufregend?" Olivia zwinkerte Darragh zu.

„Da sieht jemand die Dinge gern positiv." Darragh schien beeindruckt zu sein.

„Wenn du wüsstest …", murmelte Olivia, nahm den dunkelbraunen Lederkoffer, der einst ihrem Vater gehört hatte, in die Hand und wandte sich Darragh zu. „Dann lass uns doch mit den ersten Malen direkt weitermachen und zum ersten Mal durch diese Tür schreiten."

Sie ging auf die große mahagonifarbene Holztür zu, doch Darragh kam ihr zuvor.

„Gewähre mir doch bitte die Ehre, der Erste zu sein, der dir hier die Tür aufhält", scherzte er und trat nach ihr durch den Eingang des Haupthauses.

Witzig und ein Gentleman? Olivia war erstaunt. Doch nicht nur Darragh versetzte sie in Staunen. Auch der beeindruckende Anblick der Akademie ließ sie mit den Ohren schlackern. Das Gebäude bestand aus einem Haupthaus und zwei Seitenflügeln, links und rechts davon. Die Eingangshalle im Haupthaus wirkte wie in einem edlen Museum, fast schon majestätisch, wie der Eingangsbereich eines Königshauses. Die Wände waren mit purpurroter Tapete bedeckt und die Decke war mit Stuck verziert. In der Mitte der Eingangshalle hing ein riesiger Kronleuchter von der Decke. Der Boden war mit hellen Marmorfliesen ausgelegt und führte zu riesigen Treppenstufen, die mit schwarzem Teppich aus Samt ausgekleidet waren. Eine Treppe ragte nach oben in den ersten Stock, die andere führte nach unten in den Keller.

Olivia suchte in ihrer Tasche nach ihrem Zimmerschlüssel und der Akademiebeschreibung. Die Akademie war laut Beschreibung wie folgt aufgeteilt: Im Haupthaus befanden sich der Speisesaal, das Waffenlager, das Waffentrainingscenter und die Turnhalle im Keller, dahin führte also die erste Treppe. Im ersten und zweiten Stock befanden sich die Klassenzimmer und im dritten Stock die Lehrerzimmer zusammen mit der Bibliothek. Im Dachgeschoss war das Büro der Schulleiterin zu finden. Die Nebengebäude waren aufgeteilt in den Ostflügel, in dem sich die Zimmer für die Mädchen über zwei Stockwerke verteilten, und in den Westflügel, in dem die Jungs ihre Zimmer hatten, ebenfalls auf zwei Stockwerke verteilt. Ihr Zimmer Nummer 207 war also im Ostflügel der Akademie. Olivia blickte auf und schaute zu dem Gang, der nach rechts führte, und dann zu dem Gang, der in die andere Richtung verlief.

„Laut dem Plan hier liegt mein Zimmer im Ostflügel und deins müsste im Westflügel sein. Wie finden wir jetzt heraus, welcher Gang zu welchem Flügel führt?", fragte Olivia an Darragh gewandt.

„Indem wir auf die Schilder an den Wänden schauen, die uns sagen, dass der rechte Gang zum Ostflügel und der linke zum Westflügel führt", antwortete Darragh neunmalklug und zeigte auf die schwarzen Schilder mit goldener Schrift, die Olivia erst in diesem Moment ins Auge fielen.

Als Olivia ihn ansah, erspähte sie ein breites Grinsen auf seinem Gesicht. Es belustigte ihn wohl, dass sie den Orientierungssinn eines Schuhkartons besaß und dazu auch noch blind durch die Welt ging. Schon an ihrer alten Schule war sie regelmäßig zu spät zum Unterricht erschienen, weil sie sich im Schulgebäude verlaufen hatte. Sie hoffte inständig, dass ihr das hier nicht passieren würde.

„Gut erkannt. Ich wollte nur testen, wie gut du deine Umgebung wahrnimmst. Besser als ich anscheinend, also Test bestanden."

Darragh lachte. „Welche Zimmernummer hast du?"

Olivia setzte eine gespielt entsetzte Miene auf. „Findest du es nicht ein wenig unverschämt, ein Mädchen, das du gerade einmal zehn Minuten kennst, nach seiner Zimmernummer zu fragen? Für diese Information musst du dir schon ein wenig mehr Mühe geben, als mir einmal die Tür aufzuhalten." Sie zwinkerte ihm zu.

Darragh lachte erneut und verbeugte sich ein weiteres Mal vor ihr. Das schien sein Ding zu sein. „Ich bitte vielmals um Entschuldigung, Mylady. Man könnte meinen, ich wurde von Bauern großgezogen. Können Sie mir diesen Fauxpas noch einmal verzeihen?"

„Ich werde nun mein Zimmer aufsuchen und eingehend darüber nachdenken, ob ich dieses Benehmen entschuldigen kann. Ich denke, man sieht sich zu gegebenem Anlass, dann werde ich Ihnen meine Entscheidung mitteilen, Mylord." Olivia hob ihren Rock leicht an und machte einen Knicks vor ihm.

Irgendwie lud das Ambiente der Akademie sowohl Darragh als auch sie dazu ein, in solch geschwollenem Ton zu sprechen. Olivia fand es amüsant. Darragh war amüsant. Kein Junge an ihrer alten Schule hätte so einen Quatsch mitgemacht. Die hätten sie wegen ihrer roten Haare aufgezogen, mit ihr über die letzte Party gesprochen oder von der fetten Karre ihres Vaters geschwärmt, die sie mit dem Führerschein ab siebzehn in seiner Begleitung fahren durften.

„Wenn nicht einer von uns vorher von Drachen entführt oder von dreiköpfigen Hunden zerfleischt wird", entgegnete Darragh.

Olivia schmunzelte und machte sich auf in Richtung Ostflügel. „Möge der Stärkere überleben." Belustigt bog sie in den Flur ein, der zu den Zimmern der Mädchen und somit ihrem neuen Zuhause führte.

Der Flur unterschied sich nicht sonderlich von der Eingangshalle. Die gleiche purpurne Tapete zierte die Wände und der Boden war ebenfalls mit hellen Marmorfliesen ausgelegt. Zusätzlich hingen an den Wänden Gemälde, auf denen die Akademie und der Campus in verschiedenen Jahrhunderten abgebildet waren. Ab und an war eine Vitrine mit Auszeichnungen verschiedener Schüler aufgestellt: Gold-, Silber- und Bronzemedaillen für die unterschiedlichsten Verdienste, wie „bester Bogenschütze", „grüner Daumen", „aufwendigste Geschichtsrecherche" oder „größte magische Weiterentwicklung". Bei allen Rubriken tauchte unter den Top drei wiederkehrend ein Name auf: „Josef Theissen 1982–1986". Olivia vermutete, die Jahreszahl hinter dem Namen stand dafür, wann die Person hier zur Schule gegangen war, und dieser

Josef Theissen schien es in jeder Rubrik faustdick hinter den Ohren gehabt zu haben.

Beeindruckt wandte sich Olivia von der letzten Glasvitrine ab. Sie fragte sich, ob ihr Name nach den vier Jahren an der Akademie auch in einer der Vitrinen auftauchen würde ...

Erst einmal ankommen. Dann würde sie weitersehen. Konzentriert blickte sie auf die Zahlen an den Zimmertüren: 201, 202, 203. Merkwürdig, dass die Zimmernummern im Erdgeschoss mit der 2 begannen. Ob das wohl einen tieferen Sinn hatte? 204, 205. Olivias Herz schlug schneller. Noch zwei Türen und sie würde vor ihrer Zimmertür stehen. Von ihrer Oma wusste sie, dass sie sich zusammen mit zwei bis drei Klassenkameradinnen eine Art Wohnung teilen musste. 206, und da war ihre Tür: 207. Bevor sie ihren Schlüssel im Schloss umdrehte, blieb sie kurz stehen, stellte ihren Koffer auf den Boden und wischte ihre klatschnassen Hände an den Seiten ihrer Jeansjacke ab.

Ob ihre Mitbewohnerinnen wohl schon da waren? Wie sie wohl auf Olivia reagieren würden? Die Angst beschlich sie, dass die Mädels direkt nach ihren Kräften fragen würden. Schließlich war das hier eine Schule für Stellari – Menschen mit magischen Kräften. Sie waren alle hier, weil ihre Kräfte sich an ihrem siebzehnten Geburtstag entwickelt hatten und sie nun lernen mussten, diese zu kontrollieren. Da war es das Normalste der Welt, dass eine der ersten Fragen hier die Frage war, welche Kräfte der jeweils andere wohl besaß. Sie schluckte und ein enormer Druck baute sich auf ihrem Brustkorb auf.

Darragh hatte nicht nach ihren Fähigkeiten gefragt. Dafür war sie ihm unendlich dankbar. Wenn es wirklich so ein großes Ding war, wie ihre Großmutter und die Schulleiterin behaupteten, dann war es besser, wenn die Anderen es so spät wie möglich erfuhren.

Sie fasste sich ein Herz, nahm den Schlüssel, steckte ihn ins Schloss zu Zimmer 207 und sperrte nach rechts auf.

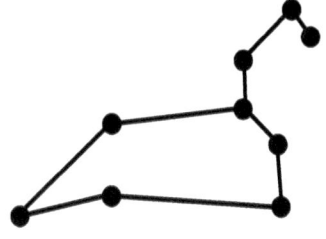

Kapitel 2

Olivias siebzehnter Geburtstag

Ein melodisches Klingeln ertönte von der Eingangstür.
Mit hochgezogenen Augenbrauen betrachtete Rosalie ihre Enkelin. „Erwartest du jemanden?"
Olivia schüttelte den Kopf. Sie hob ihren Kater Charly von ihrem Schoß, steckte sich den letzten Bissen ihres Stück Kuchens in den Mund und ging zur Tür. Ihr Herz pochte schnell, als sie die Türklinke nach unten drückte. Insgeheim hoffte sie, ihre Mutter würde gleich vor ihr stehen. Doch stattdessen stand dort eine Frau, ungefähr im Alter ihrer Großmutter, mit schwarzen, zu einem Dutt hochgebundenen Haaren und einer großen, runden Hornbrille, die ihr halbes Gesicht bedeckte.
„Hallo, Olivia, mein Name ist Selma Roggenkamp. Ich bin die Leiterin der Dahlow-Akademie. Herzlichen Glückwunsch zum Geburtstag. Darf ich reinkommen?"
Frau Roggenmehl? Seltsamer Name. Die Frau schien es eilig zu haben. Dünne Fältchen umspielten ihren feuerroten Mund. Olivia hatte den Eindruck, dass diese Dame genau wusste, was sie wollte, und obwohl Olivia noch keine Ahnung hatte, was das sein konnte, hieß sie ihr, einzutreten. Ohne ein weiteres Wort folgte ihr die schlanke, große Frau in den Wohnbereich.
„Möchten Sie einen Tee oder einen Kaffee?"
„Gerne einen Pfefferminztee, vielen Dank."

Selma Roggenkamp begab sich zum großen Esstisch in der Ecke des Raums. Olivia hatte den Eindruck, als wäre sie schon einmal hier gewesen, so rasch, wie sie sich zurechtfand. Wie selbstverständlich legte sie ihren Regenmantel ab und hing ihn über einen der sechs mit rotem Leder bezogenen Stühle.

Olivias Großmutter kam zu ihnen. Sie und Frau Roggenkamp begrüßten sich mit einer Umarmung, die alles andere als freundlich wirkte. Die beiden schienen sich zu kennen. Doch die Stimmung zwischen ihnen wirkte eisig, als wären sie froh, wenn das Geschäftliche vorüber war und jeder wieder seinen eigenen Weg gehen konnte.

„Lass nur, mein Schatz, ich mach das schon. Setz dich mit Selma doch bitte an den Kaffeetisch."

Ihre Großmutter legte ihr eine Hand auf die Schulter, ging an ihr vorbei und verschwand in die angrenzende Küche. Olivia nahm gegenüber von Frau Roggenkamp am Tisch Platz.

„Ich möchte dich an deinem besonderen Tag nicht lange aufhalten, Olivia. Du hast sicher bessere Pläne, als mit mir über Schulangelegenheiten zu sprechen."

Olivia hatte für diesen Tag keine anderen Pläne, als mit ihrer Oma Filme zu schauen, Pizza zu bestellen und sicher noch ein oder zwei Stücke Kuchen zu verdrücken. All ihre Freunde waren mit ihren Familien im Urlaub, aber das war Olivia gewohnt, so war das nun mal, wenn man im August – dem Reisemonat schlechthin – Geburtstag hatte.

„Also, kommen wir direkt zum Punkt. Ich war sehr erfreut, als Rosalie sich Anfang des Jahres bei mir meldete und mitteilte, dass du dich gegen den Willen deiner Mutter stellst und dich dazu entschieden hast, unsere Akademie ab September zu besuchen. Ich war von Anfang an der Meinung, dass Rebecca einen großen Fehler begeht, wenn sie dich aus unserer Welt ausschließt. Wie soll es dich beschützen, wenn du nicht lernst, mit deinen Kräften umzugehen? Oder wenn du die Kräfte nicht kennenlernst, die sich eines Tages gegen dich stellen könnten?"

Gegen sie stellen? Olivia wusste nicht genau, was Frau Roggenkamp damit meinte, aber die Dame sprach so schnell, dass Olivia keine Zwischenfragen stellen konnte.

„Jetzt bist du endlich siebzehn Jahre alt und es wird Zeit, dass du deine Wurzeln kennenlernst, deine Kräfte entwickelst und lernst, mit ihnen umzugehen. Darum bin ich heute gekommen, um dir deine Schulunterlagen persönlich zu übergeben. Normalerweise stellen wir unseren neuen Schülern die Unterlagen an ihrem siebzehnten Geburtstag per Ofenpost zu, jedoch hielt ich es bei dir für angebracht, persönlich vorbeizukommen, wenn man bedenkt, was für ein wertvoller Teil unserer Welt du werden wirst."

„Ofenpost?", fragte Olivia mit irritierter Miene und streichelte ihrem Kater Charly über den Rücken, der gerade auf den freien Stuhl neben ihr gesprungen war und es sich dort bequem machte. Immerhin leistete Charly ihr Gesellschaft, auch wenn er nicht die leiseste Ahnung hatte, worüber am Tisch gesprochen wurde, konnte er doch immer spüren, wenn Olivia einen Ruhepol benötigte.

„So verschicken wir in der magischen Welt unsere Briefe. Hat deine Oma dir das noch nicht erzählt?"

Olivia zuckte mit den Schultern. „Das muss sie wohl ausgelassen haben."

Ihre Großmutter hatte ihr einiges über die magische Welt erzählt, aber zum Großteil von Olivias Fragen hatte sie stets gesagt: „Ich will dir nicht alles vorwegnehmen, du musst deine eigenen Erfahrungen sammeln, Kleines."

„Es ist auch bei weitem nicht das Spannendste, was es über die magische Welt zu wissen gibt. Es gab eine Zeit, da haben wir auf Eulen zurückgegriffen, aber je nach Entfernung musste man manchmal bis zu einer Woche warten, bis die Post ankam, und den Dreck kannst du dir gar nicht vorstellen, den diese Federviecher hinterlassen haben. Zum Glück ist man mit der Zeit auf eine sauberere und schnellere Variante umgestiegen. Wenn jemand keinen Ofen hat, kann man auch die Mikrowelle benutzen. Theoretisch auch die Spülmaschine oder den Wasserkocher, aber man will den Brief ja trocken lesen und nicht einweichen."

All das erklärte die Schulleiterin in einem Ton, als wäre es die ultimative, logische Lösung, die Post von Ofen zu Ofen hin- und herzuschicken. Olivia schüttelte den Gedanken ab. Zum Thema Ofenpost würde sie später ihre Großmutter weiter ausfragen.

„Und womit habe ich die Ehre eines Hausbesuches der Schulleiterin höchstpersönlich verdient?"

„Rosalie wird dir doch sicherlich erzählt haben, wie besonders deine Konstellation ist?" Frau Roggenkamp starrte Olivia intensiv an.

„Einmal in einhundertfünfzig Jahren, ja das hat sie erwähnt. Aber ich glaube ganz ehrlich, dass da ein Fehler vorliegen muss, ich kann nichts Besonderes. Meine Magie ist noch nicht mal erwacht", unterbrach Olivia sie.

„Ihre Magie ist noch nicht erwacht, Rosalie?" Frau Roggenkamp sah fragend Olivias Großmutter an, die mit einer Tasse frischem Pfefferminztee aus der Küche kam. „Heute ist doch ihr siebzehnter Geburtstag, oder nicht?"

„Ja, heute ist ihr siebzehnter Geburtstag, und es ist gerade einmal kurz nach vier. Ihre Magie hat also noch fast acht Stunden Zeit, zu erwachen."

Rosalie stellte die Tasse vor Frau Roggenkamp auf den Tisch und setzte sich neben sie. Die Stirn der Schulleiterin legte sich besorgt in Falten. Mit ihren schlanken Händen umschloss sie die große X-Men-Tasse, die Olivia vor zwei Jahren zum Geburtstag bekommen hatte.

„Oder sie erwacht nicht, und das Besondere an mir ist, dass ich gar keine Magie besitze. Oma meinte, diese Art von Magie wäre nicht vorherzusehen, also kann doch genauso gut auch dieser Fall eintreten", sagte Olivia entschuldigend.

Seit sie denken konnte, hoffte Olivia, besonders zu sein. Wie eine Figur aus den Filmen, die sie so gern schaute. Jetzt, als es auf einmal real war, sie wirklich etwas Besonderes war und jeder von ihr erwartete, etwas Großartiges zu vollbringen, verspürte sie einen immensen Druck. Sie hatte Angst, dass sie den Erwartungen nicht gerecht werden konnte. Vielleicht war es eben doch nur ein Versehen, ein Rechenfehler, eine Lücke im System. Vielleicht war sie eben auch seit einhundertfünfzig Jahren die erste Ausnahme, die ohne Kräfte geboren worden war. So gesehen auch etwas Besonderes – irgendwie.

„Ach, rede doch keinen Quatsch, Kind!", sagte ihre Großmutter. „Das kommt alles mit der Zeit."

„Hast du sie schon gefordert, Rosalie? Irgendeine Übung mit ihr gemacht?" Die Schulleiterin nahm einen großen Schluck von ihrem Tee.

„Nein, ich werde ihre Kräfte nicht forcieren. Das hat keinen Sinn! Sie erwachen, wenn es an der Zeit ist."

Selma Roggenkamp verdrehte die Augen. „Wenn unser aktueller Meditationslehrer irgendwann ausfallen sollte, frage ich dich, ob du einspringst. Dieser Kram lag dir immer besonders gut. Aber manchmal ist Ruhe und Abwarten einfach nicht das Richtige. Manchmal braucht es eine Aktion, um eine Reaktion hervorzurufen und so das gewünschte Ergebnis zu erzielen, Rosalie."

Okay, die beiden kannten sich definitiv. Olivia konnte eine regelrechte Anspannung spüren, die zwischen den beiden Frauen herrschte. Von der Flut an Informationen über die magische Welt schmerzte ihr bereits der Kopf, sodass sie nicht auch noch in ein ungeklärtes Drama mit ihrer Oma und einer ihrer ehemaligen Bekannten involviert werden wollte. Eine ehemalige Bekannte, die bald ihre Schulleiterin sein würde und über die sie deshalb besser nicht zu viele private Details wissen sollte. Eine Schulleiterin, die ihren kochend heißen Tee trank, als wäre es Wasser in Zimmertemperatur ...

„Ihr Tee ... Ist er nicht noch etwas zu heiß, um ihn so rasch zu trinken?", fragte Olivia nicht allein, um das Thema zu wechseln, sondern weil sie neugierig war, weshalb sich Frau Roggenkamp nicht den Mund verbrannte. Wie oft hatte Olivia selbst zu schnell versucht, ihren Tee zu trinken und es anschließend bereut, da sie sich Zunge, Wange und Gaumen verbrannt hatte!

„Ich bin Skorpion und meine Spezialität ist Frostmagie. Ich habe sie dazu genutzt, um den Tee auf eine angenehme Temperatur abzukühlen." Selma Roggenkamp erklärte auch das, als wäre es das Normalste der Welt.

„Oh, wie bei den X-Men!" In dem Moment, in dem die Worte Olivias Mund verlassen hatten, biss sie sich auch schon auf die Lippe. Sie realisierte, dass sie gerade klang wie eine Vierzehnjährige, die außerhalb von Marvel- oder Disneyfilmen noch nie Magie gesehen hatte. „Entschuldigung, ich meinte, das ist eine sehr beeindruckende Fähigkeit."

Die Schulleiterin grinste. „Ich habe auch eine Enkelin. Sie ist noch keine siebzehn, ihre Kräfte sind also noch nicht erwacht, und sie vergleicht uns Erwachsene auch immer mit den Superhelden aus den Filmen. Ich bin mit den X-Men also durchaus vertraut." Sie hob die Tasse, auf der die Mutantin Mystique in ihrer blauen Gestalt zu sehen war. „Aber kommen wir zu dem Grund, weshalb ich hier bin." Selma Roggenkamp überreichte Olivia drei Briefe. „Hier sind die Formalitäten: Stundenplan, Bücherliste, Beschreibung der Akademie und des Campus, Zimmernummer mit Schlüssel und den genauen Daten, wann du hier abgeholt und zur Akademie gebracht wirst."

„Zur Akademie gebracht?" Olivia blickte zu ihrer Großmutter. „Ich dachte, du wolltest mich bringen?"

„Und das wird auch so bleiben, meine Süße", sagte Rosalie in strengem Ton und sah mit hochgezogenen Augenbrauen zu Selma Roggenkamp.

„Sei nicht albern, Rosalie. Was, wenn es einen Überfall gibt?" Frau Roggenkamp stand vom Kaffeetisch auf.

„Einen Überfall? Wie kommst du denn darauf? Als wir zuletzt gesprochen haben, meintest du, es gäbe noch keine Anzeichen zur Sorge. Hat sich das geändert? Gibt es einen Grund zur Annahme, dass sie zurück sind?"

Überfall? Grund zur Sorge worum? Wer war zurück? Olivias Kopf drohte, zu platzen. Sie verstand kein Wort mehr.

„Nein, es ist nichts bestätigt." Mit ernster Miene und hinter dem Rücken verschränkten Armen lief die Schulleiterin im Esszimmer auf und ab. „Aber das Komitee hat Grund zur Sorge, jetzt, da ein Rarlim wieder unter uns ist und sie ihren siebzehnten Geburtstag erreicht hat."

„Dann sag dem Komitee, ich werde meine Enkelin nicht von einem Fahrer zur Akademie bringen lassen."

Rosalie stand ebenfalls vom Tisch auf und ging auf die Schulleiterin zu. Sie fasste Selma Roggenkamp am Oberarm und sprach in einem flüsternden Ton, sodass Olivia sie nicht genau verstehen konnte. Doch sie meinte, etwas zu hören wie: „... Was wollen ... Obscurati ... unausgebildet ... Rarlim" – also nichts, woraus Olivia schlau wurde, zumal sie keine Ahnung hatte, was Obscurati sein sollten, oder ob sie es überhaupt richtig verstanden hatte.

Als Selma Roggenkamp zurück zum Tisch kam, wirkte sie zornig. Ihr Gesicht hatte einen noch strengeren Ausdruck angenommen und ihre Lippen waren nur noch eine schmale Linie.

„In Ordnung. Olivia, deine Oma wird dich am letzten Augusttag zur Akademie bringen. Wir sehen uns am ersten September – wie du in deinem Stundenplan erkennen wirst, werden wir die ersten beiden Unterrichtsstunden miteinander verbringen."

Die Schulleiterin nahm einen letzten Schluck aus ihrer Tasse. Olivia schob ihren Stuhl zurück und erhob sich, um Frau Roggenkamp zu verabschieden. Mit zusammengekniffenen Augen hielt die Dame kurz inne. Sie musterte Olivia von oben bis unten, hob anschließend ihre freie Hand und hielt sie ruckartig in Olivias Richtung. Weißlich-blaue Eiskristalle bildeten sich in ihrer Handfläche. Ehe sich Olivia versah, schoss Eis in einem Affenzahn direkt in ihre Richtung. Blitzschnell nahm sie beschützend ihre Hände vors Gesicht, schloss die Augen und wartete darauf, von einer kalten Macht getroffen zu werden. Doch es geschah – nichts. Kein kaltes, frostiges Eis traf sie.

Charly sprang von seinem Platz auf und fauchte die Schulleiterin an. Vorsichtig öffnete Olivia die Augen. Im nächsten Moment realisierte sie, dass aus ihren Händen Feuer strömte. Es drängte das Eis zurück! Feuer. Wahrhaftiges, echtes Feuer! Die orange-roten Flammen strahlten kontrastreich gegen das kühle eisige Hellblau der Frostmagie.

Ihr Herz schlug wie wild. Ihre Hände zitterten. Sie konnte es nicht glauben! Flammen strömten aus ihren Händen. Es war doch kein Fehler, sie besaß tatsächlich magische Kräfte!

Frau Roggenkamp ließ von ihrer Attacke ab. Olivia starrte völlig perplex auf ihre Hände, die nun wieder wie ihre ganz normalen, unmagischen Hände aussahen.

„War das jetzt wirklich notwendig, Selma?", rief Rosalie aufgebracht, schnappte sich den großen schwarzen Kater und nahm ihn auf den Arm, um ihn zu beruhigen. „Olivias Kräfte wären auch auf einem anderen Weg erwacht, der vielleicht nicht unser komplettes Esszimmer unter Wasser gesetzt hätte!"

Olivia sah verdutzt nach unten zu ihren Füßen. Ihre Großmutter hatte recht! Der Boden, der Kaffeetisch und die Stühle waren nass, ein Stück der Tischdecke war sogar angesengt.

„Reg dich nicht auf. Das ist nichts, was du nicht im Handumdrehen mit einem magischen Windstoß wieder trocken bekommst, Rosalie. Zum Erwecken der Magie braucht es oftmals eben ein wenig Adrenalin." Mit einem süffisanten Grinsen bedachte Selma Roggenkamp Olivias Großmutter. „Solltet ihr auf dem Weg zur Akademie doch aufgehalten werden, so wissen wir jetzt wenigstens, dass deine Enkelin im Kampf eine gute Hilfe sein wird."

Sie drehte sich mit einem Blick über den Rand ihrer Brille zu Olivia. „Ich wollte dir nur beweisen, dass wir keine Fehler machen. Du besitzt Magie, du bist ein Rarlim und du wirst noch viel Großes schaffen. Was du noch alles kannst, sehen wir dann in der Akademie." Und mit diesen Worten machte sie auf dem Absatz kehrt, öffnete die Tür und ging aus dem Hauseingang nach draußen.

Olivia blickte ihre Großmutter mit aufgerissenen Augen und immer noch vor Aufregung wild schlagendem Herzen an. „Eine Schulfreundin von dir, diese Frau Roggenmehl? Muss ich mich auf weitere Attacken von ihr einstellen?"

Rosalie schnaufte. „Roggenkamp." Sie setzte den schnurrenden Kater wieder auf den Boden und schwang ihre Arme in kreisenden Bewegungen. Mit ein paar kurzen Handbewegungen waren Boden, Tisch und Stühle wieder trocken. Nur die angesengte Ecke der Tischdecke blieb unverändert. „Auf den Schock noch ein Stück Kuchen, Liebes?"

„Ja, und dabei reden wir bitte darüber, wie cool das gerade war, dass aus meinen eigenen Händen Feuer gekommen ist. Kannst du das fassen? Und dann erzählst du mir bitte auch, wieso wir auf dem Weg zur Akademie überfallen werden könnten, wer uns überfallen will und wieso!"

„Eigentlich wäre es mir lieber, wenn du das erst erfährst, wenn du die Akademie besuchst", sagte Rosalie nachdenklich. Als sie in die Küche ging, ergänzte sie: „Und ja, deine Kräfte waren supercool!"

Olivia nahm einen rosa karierten Baumwollschlafanzug aus ihrem Koffer und legte ihn auf das Bett. Da es das letzte Kleidungsstück aus ihrem Koffer war, klappte sie ihn zu und legte ihn auf den großen alten Kleiderschrank aus Kirschholz, den sie gerade mit ihren Klamotten befüllt hatte. Mit einem lauten Knarren schloss sie die zwei großen Türen des Schranks. Sie atmete tief ein, drehte sich zur Tür, die in den Wohnbereich führte, und sah sich in ihrem neuen Zuhause um.

Zimmer 207 war – ähnlich der Beschreibung ihrer Oma – wie eine Wohnung aufgebaut. Der Wohnbereich, den Olivia in diesem Moment sah, war ein großer, runder Raum, der trotz der tristen Farbgestaltung aus vielen Grautönen zum Entspannen einlud. Zwei bequem wirkende graue Ohrensessel, ein ebenso graues Ledersofa und ein runder, heller Holztisch mit drei farblich passenden Stühlen füllten die Mitte des Raums. An einer Seite der Wand erstreckte sich eine kleine, in die Jahre gekommene Küchenzeile mit einer Spüle, einem Sideboard, auf dem ein Wasserkocher stand, einem Hängeschrank und einem Ofen. Olivia fragte sich, ob sie diesen wirklich verwenden konnten, oder ob er nur für die Ofenpost gedacht war. Was wohl passierte, wenn man gerade eine Pizza im Ofen hatte und jemand einen Brief schicken wollte? Kam dann ein Besetztzeichen beim Absender? Olivia hatte vergessen, ihre Oma danach zu fragen.

Die Wände im Wohnzimmer waren schlicht in Weiß gehalten. Bis jetzt wirkte der Raum funktional, aber wenig gemütlich. Es fehlte ihm eindeutig an Farbe. Ein paar hübsche Kissen, Kuscheldecken und Bilder mussten her. Wenn ihre Mitbewohnerinnen auftauchten, wollte sie das Thema direkt ansprechen und ihre Oma bitten, ihr einige Utensilien aus ihrem alten Kinderzimmer zu schicken. Es sollte doch gelacht sein, wenn Olivia diesem eintönigen Grau in Grau kein Leben einhauchen könnte! Eine ihrer unzähligen, geliebten Duftkerzen hatte sie bereits auf dem Couchtisch platziert und angezündet. Der Duft von Wildbeeren und Rosmarin breitete sich nun im Wohnzimmer aus und verdrängte den Geruch von Zitronenreiniger und altem Holz, der zuvor im Zimmer geherrscht hatte.

Olivias Blick fiel auf den runden, schwarzen Teppich auf dem Boden unter dem Couchtisch. In Gold war in ihn ein Symbol eingewebt, das Olivia von Frau Roggenkamps Briefen als Schulwappen erkannte: Ein Kreis mit einem kleineren Kreis in der Mitte, der sich in zwei Hälften teilte. Die rechte Seite des Kreises war breiter und rundlich. Sie stellte die Sonne dar und trug ein weibliches Gesicht. Die linke Seite hatte die Form einer Sichel. Sie stand für den Mond und trug ein männliches Gesicht. Von beiden Kreishälften gingen je sechs geschwungene Linien aus, somit war der größere Kreis in zwölf Segmente unterteilt und in jedem Segment befand sich das Symbol eines der zwölf Tierkreiszeichen. Steinbock, Wassermann, Fische, Widder, Stier, Zwilling, Krebs, Löwe, Jungfrau, Waage, Skorpion und Schütze.

Olivia nahm eine weitere Duftkerze von dem Haufen, den sie auf ihrem Bett ausgebreitet hatte, und ging damit ins Badezimmer. Von der Eingangstür aus befand sich das Bad auf der linken Seite. Von Olivias Zimmer aus lag es rechts. Es war groß und modern mit beigefarbenen Fliesen, einer großen Badewanne, einer ebenerdigen Dusche mit einer verspiegelten Glaswand, einem WC und einem Doppelwaschbecken. Im Gegensatz zum kühlen Wohnbereich, dem es eindeutig an Farbe fehlte, wirkte das Badezimmer warm und einladend, durch die beigen Fliesen und die sonnengelben Badematten vor den Waschbecken auf dem Boden. Sie stellte die nach Meer und Sommer duftende Kerze auf den Fenstersims. Olivia liebte Duftkerzen, in jeder Form und Farbe. Vor allem, wenn sie holzig oder nach Kräutern dufteten! Am liebsten hatte sie den Geruch von Lavendel. Gerüche spielten in ihrem Leben eine große Rolle – auch, was die Sympathie zwischen ihr und ihren Mitmenschen anging. Sie merkte immer direkt, ob sie sich mit ihrem Gegenüber verstehen würde, je nachdem, wie er oder sie duftete.

Angespannt trat Olivia aus dem Badezimmer in den Wohnbereich. Wann würden ihre Mitbewohnerinnen endlich eintreffen? Sie konnte es kaum erwarten, zu erfahren, mit wem sie die nächsten Jahre zusammen in Zimmer 207 leben würde! Die Anzahl der Schlafräume ließ Olivia schlussfolgern, dass sie mit zwei weiteren Mädchen zusammenwohnen würde. Sie war die Erste gewesen, die das Appartement 207 bezogen hatte, und da an den Schlafzimmern keine Namen standen, hatte sich Olivia für den linken Raum neben dem Bad entschieden. Einen Größenunterschied konnte sie nicht ausmachen und auch die Einrichtung war in allen drei Zimmern gleich: ein Kleiderschrank, ein großer Schreibtisch mit einem Stuhl, ein gemütliches Bett und ein Wandspiegel. Nur die Wandfarben unterschieden die Räume voneinander. Es gab ein blaues, ein beiges und ein grünes Zimmer. Olivia hatte sich für die grüne Wandfarbe entschieden. Waldgrün – ihre Lieblingsfarbe – wirkte schon immer beruhigend und friedlich auf Olivia und erinnerte sie an die Freiheit und die Magie der Wälder.

Unweigerlich musste sie bei dieser Farbe jetzt an Darragh denken. Es war verblüffend, wie sehr seine Augen und seine Haare dieser einen bestimmten Nuance glichen, die Olivia so sehr liebte. Wie ein Wald, kurz bevor die Sonne unterging. Dieser eine kurze magische Moment, in dem die Nacht den Tag ablöste und der allerletzte Sonnenstrahl das Grün der Bäume hervorbrachte, bevor es im nächsten Moment vom Nachthimmel beinahe in ein tiefes Schwarz verwandelt wurde. Wie konnte es sein, dass Darraghs Augen genau diese Farbe hatten? Ein Blick in diese außergewöhnlichen, intensiven Augen und …

Verdammt! Es war noch nicht einmal der erste richtige Schultag und Olivias Gedanken kreisten schon um einen Jungen! Dabei hatte sie für Jungs in ihrem Leben gerade gar keinen Kopf, erst recht nicht, wenn sie so gutaussehend, charmant und witzig waren. Diese Kombination konnte nur Ärger bedeuten!

Sie würde sich hier mit ganz anderen Dingen beschäftigen müssen. Schließlich gab es für sie eine vollkommen neue Welt zu entdecken. Eine magische Welt. Da würden Jungs erstmal hintenanstehen müssen!

Sie ging zurück in ihr Zimmer, hinüber zum Bett und ließ sich darauf fallen, neben den Haufen an Duftkerzen. Das Bett war mit weißer Bettwäsche bezogen und roch angenehm frisch. Zum Glück nicht typisch chemisch, wie sie es von Betten in Hotelzimmern kannte, das war ein Pluspunkt. Aus ihrer Handtasche, die sie neben das Bett gestellt hatte, holte sie ihren Stundenplan heraus und schaute sich noch einmal die Spalte für den morgigen Tag an. Warum genau sie den Stundenplan immer noch prüfte, wusste sie nicht, eigentlich konnte sie ihn bereits auswendig, nachdem sie ihn in den letzten drei Wochen fast täglich studiert hatte.

	Montag	Dienstag	Mittwoch	Donnerstag	Freitag	Samstag
06:30–08:30	Frühstück					
09:00–10:15	Einführung in deine magischen Kräfte	Geschichte der Stellari	Basiswissen Aszendentenmagie	Geschichte der Stellari	Meditation	
10:45–12:00		Basiswissen Edelsteine		Basiswissen Edelsteine	Entfachung deiner Fähigkeit	Kampftraining
12:00–13:30	Mittagspause					
13:30–14:45	Basiswissen Sternzeichenmagie	Einführung in deine magischen Kräfte	Kampftraining	Kräuter und ihre Wirkung	Meditation	
14:45–16:00					Entfachung deiner Fähigkeit	Waffentraining
17:00–20:00	Abendessen					

Von neun bis zwölf Uhr hatte sie ihre erste Doppelstunde „Einführung in deine magischen Kräfte". Spätestens dann wäre der

Zeitpunkt gekommen: Alle aus Olivias Kurs würden wissen, dass sie ein Rarlim war, und von diesem Moment an würden all ihre Mitschüler Großes von ihr erwarten. Großes, wozu Olivia zurzeit ganz sicher noch nicht in der Lage war. Ja, sie hatte Feuermagie. Aber es war eine Feuermagie, die sie nicht kontrollieren konnte und die bisher nur einmal erschienen war. Nach dem Vorfall mit der Schulleiterin wollte Olivia üben, ihre Magie einzusetzen, doch so sehr sie sich auch konzentrierte, nichts gelang.

Sie hatte ihre Oma sogar immer wieder gebeten, Wasser auf sie zu schütten, aber das hatte zu nichts außer nassen Klamotten und Haaren geführt. Eines Abends, als sie mit ihrer Oma in der Küche stand und zum wiederholten Male darüber jammerte, dass sie einfach zu blöd war, ihre Magie einzusetzen, und dieser ganze Rarlim-Quatsch gar nicht stimmen könne, nahm ihre Oma ohne Vorankündigung den Topf, den sie gerade mit Wasser gefüllt hatte, und schüttete ihn in Olivias Richtung aus. Da stand sie, komplett durchnässt, und starrte ihre Großmutter völlig perplex an. Diese konnte sich das Lachen nicht verkneifen und auch Olivia musste amüsiert losprusten.

Ab diesem Moment hatte Olivia nicht mehr versucht, ihre Kräfte auf Teufel komm raus heraufzubeschwören. Wenn es passieren sollte, dann passierte es. Schließlich besuchte sie jetzt eine Schule, an der sie lernte, ihre Magie einzusetzen. Auch wenn sie ein wenig Angst hatte, dass alle anderen mit ihren Kräften bereits gut umgehen konnten, zumindest im Vergleich zu ihr ...

Olivia legte das Papier mit dem Stundenplan zur Seite. Da hörte sie plötzlich Stimmen im Flur, die immer lauter wurden und sich Zimmer 207 näherten. Kurz darauf hörte sie das Drehen eines Schlüssels und die Eingangstür, die sich mit einem leisen Knarren öffnete.

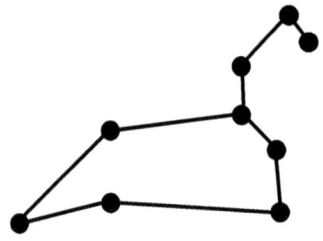

Kapitel 3

Lichtmagie

„Uh, schau nur, Aiko, in diesem Zimmer werden wir das nächste Jahr über gemeinsam viele tolle Stunden verbringen!", erklang eine helle Mädchenstimme in aufgeregtem Ton.
„Juhu, ich kann es kaum erwarten." Eine zweite weibliche Stimme ertönte. Tiefer und kratziger als die zuvor und Olivia konnte den Sarkasmus beinahe schmecken, der in dem Satz mitklang.
Olivia verließ ihr Zimmer, um ihre neuen Mitbewohnerinnen kennenzulernen. Im Türrahmen stehend sah sie die zwei Mädchen, die gerade hereingekommen waren.
Die eine hatte bronzefarbene Haut und ein zartes, freundliches Gesicht. Ihre langen, lockigen braunen Haare hatte sie mit einem hellblauen Scrunchie zu einem lockeren Zopf gebunden. Sie trug eine enganliegende Jeans mit einem weißen Top und darüber ein rotes Karohemd. Sie war sogar noch ein ganzes Stück kleiner als Olivia, was bewundernswert war, da sie in ihrer alten Klasse die Kleinste gewesen war. Ein schwarzer, herzförmiger Rucksack, an dem ein rosafarbener kuscheliger Anhänger baumelte, war auf ihrem großen, gelben Koffer platziert, der neben ihr auf dem Boden stand. Wow! Sie besaß Mut zur Farbe, was sie für Olivia direkt sympathisch machte.

Die Andere hatte bereits auf dem Sofa Platz genommen und die Beine mitsamt ihren weißen Sneakers auf dem Couchtisch abgelegt. Olivias Großmutter hätte bei diesem Anblick einen hysterischen Kreischanfall bekommen. Dieser Gedanke brachte Olivia zum Schmunzeln. Die schulterlangen, schwarzen Haare hatte sie zu zwei Zöpfen zusammengebunden. Und auch ansonsten war an dem Mädel alles schwarz. Ihre Yogapants, deren glänzendes, schwarzes Material leicht schimmerte, ihre leicht transparente Spitzenbluse, über der sie lässig eine rot-schwarz gestreifte Krawatte gebunden hatte. Es fehlten nur noch … Jap, auch ihre Fingernägel waren schwarz lackiert, wie Olivia bemerkte, als sich das Mädchen mit der Hand durchs Gesicht fuhr.

Ihre beiden Mitbewohnerinnen glichen sich vom Aussehen her so wenig wie Tag und Nacht. Ob sie sich auch vom Charakter her so unähnlich waren? Kaugummikauend blickte die Schwarzgekleidete von der Couch auf und ihr Blick fiel auf Olivia.

„Hi, ich bin Olivia", sagte sie direkt, damit sie nicht wie eine unheimliche Stalkerin wirkte.

„Ich bin Aiko", entgegnete das Mädchen auf der Couch und nickte ihr zu.

Die Andere drehte sich überrascht zu Olivia um. „Oh, hallo!" Sie kam auf Olivia zu und umarmte sie. „Ich bin Lucy, schön, dich kennenzulernen."

Olivia war etwas überrascht von dieser herzlichen Begrüßung. Doch sogleich gesellte sich zu ihrer Überraschung eine große Erleichterung: Sie schien tatsächlich so sympathisch, wie ihre farbenfrohe Aufmachung es verheißen hatte. „Ähm … Freut mich auch."

„Daran solltest du dich gewöhnen. Umarmungen sind voll ihr Ding", kam es beiläufig von Aiko, die Olivias Duftkerze in der Hand hielt und eingehend musterte.

„Sorry, so bin ich eben. Ich bin Fische, weißt du? Wir zeigen unsere Gefühle gern. Und außerdem sind wir ja jetzt alle eine große Familie in unserem kleinen Appartement. Besser, wenn du direkt weißt, woran du bist." Lucy grinste breit und nahm neben Aiko Platz. Sie bedeutete Olivia, sich neben sie zu setzen, indem sie mit der Hand auf die kleine freie Fläche neben sich klopfte.

Aiko verdrehte die Augen. „Alles klar, Crazy-Sue, während du hier neue Freundschaften schließt, nutze ich die Chance und such mir das bessere Zimmer aus."

Sie stand von der Couch auf. Hinter Lucys Rücken, die freudig Olivia anstarrte, blieb Aiko stehen. Sie verdrehte die Augen, hielt sich einen Finger an die Schläfen und bewegte ihn in kreisenden Bewegungen. Das allgemeingültige Symbol dafür, dass man jemanden für verrückt hielt.

Olivia versuchte, ein Grinsen zu unterdrücken. Die Dynamik zwischen den beiden war irgendwie witzig, auch wenn sie Aikos Art noch nicht wirklich einzuordnen wusste.

„Typisch Zwilling." Lucy nahm ebenfalls die Duftkerze in die Hände. „Sie macht außen einen auf taff, doch im Herzen ist sie eigentlich ganz sanft." Mit einem freudigen Lächeln stellte sie die Kerze in dem rosa Glasbehälter wieder auf den Tisch. „Hast du die Kerze angezündet? Die riecht unfassbar gut!"

„Ja, die habe ich von zu Hause mitgebracht. Du und Aiko, ihr kennt euch schon länger?" Olivia fand es seltsam, wie vertraut die beiden miteinander umgingen, wenn sie doch genau wie sie ihr erstes Jahr in Dahlow starteten.

„Unsere Väter sind gute Freunde und zusammen nach Dahlow gegangen. Als wir klein waren, haben wir fast nebeneinander gewohnt, und obwohl Aiko und ihr Vater mittlerweile in der Schweiz leben, verbringen wir alle Feierlichkeiten zusammen. Weihnachten, Ostern, Geburtstage und so. Wir sind also eigentlich fast wie Schwestern", erklärte Lucy in schnellem Tempo, dem Olivia kaum folgen konnte.

„Eher wie entfernte Cousinen", unterbrach sie Aiko.

„Siehst du, schon wieder. Eigentlich liebt sie mich, aber das würde sie niemals zugeben. Sie kann manchmal etwas launisch sein, aber daran gewöhnst du dich mit der Zeit. Und solange du kein Skorpion bist, wirst du mit ihr super auskommen. Du bist doch kein Skorpion, oder?"

Olivia schüttelte den Kopf.

„Hey, Luc, willst du Beige oder Blau als Wandfarbe?", rief Aiko, die gerade im blauen Schlafzimmer stand.

„Ist mir egal."

Aiko kam ins Wohnzimmer zurück, nahm ihren schwarzen Koffer, der mit einer Vielzahl von bunten Stickern beklebt war, und sagte schließlich: „Dann nehme ich Beige."

„Ich hoffe, es ist okay, dass ich das grüne Zimmer genommen habe. Ich kann sonst auch noch tauschen." Olivia sprach die Worte in der großen Hoffnung aus, dass niemand mit ihr tauschen wollte. Schließlich war Grün ihre absolute Lieblingsfarbe und Blau konnte sie auf den Tod nicht ausstehen. Es wäre also nicht so einfach für sie, wenn sie jeden Tag aufs Neue auf blaue Wände starren müsste.

„Nein, das ist vollkommen okay. Ich mag Blau." Lucy symbolisierte ihr mit einem lässigen Schulterzucken, dass es ihr tatsächlich egal war, und Olivia fiel ein Stein vom Herzen.

„Und ich mag weder Blau noch Grün", rief Aiko aus ihrem Zimmer.

„Lass mich raten, sie hätte die Wände gern in Schwarz?", flüsterte Olivia Lucy zu.

Lucy kicherte.

Aiko streckte ihren Kopf aus der Tür ihres Zimmers. „Das habe ich gehört und zu eurer Information: Ja, Schwarz wäre die ideale Wandfarbe. Unaufgeregt und mit allem kombinierbar."

Lucy und Olivia lachten.

„Beige ist das im Grunde auch", klärte Olivia Aiko auf.

„Ja, aber es ist so hell und einladend. Das vermittelt Gästen vielleicht ein falsches Bild", gab Aiko zurück.

„Aber ist das nicht das, was Gäste normalerweise sind – eingeladen?" Mit verdutzter Miene blickte Olivia zu Lucy, die feixte.

Darauf sagte Aiko nichts mehr. Lucy folgte ihrem Beispiel und brachte ihre Koffer in ihr neues Zimmer.

Als alle ihre Zimmer bezogen hatten und die Dämmerung

langsam einsetzte, begaben sich die drei Mädchen zum Abendessen. Der Speisesaal befand sich im Keller der Akademie und im Vorbeigehen erhaschten sie einen Blick auf das Waffentrainingscenter. Olivia fragte sich, wieso Stellari Waffen brauchten. Beherrschten sie nicht alle Magie, die sie zum Kämpfen einsetzen konnten? Vielleicht waren die Waffen für hoffnungslose Fälle wie Olivia gedacht, die einfach kein Fünkchen Magie herausbringen konnten ... Diese Stellari mussten eben lernen, sich mit einem Revolver oder Pfeil und Bogen zu verteidigen.

Als sie den Speisesaal betraten, klappte Olivia beinahe der Unterkiefer hinunter. Das imposante Design der Akademie setzte sich auch hier fort. Zwar wusste sie nicht, wie sie sich einen Speisesaal in einer magischen Akademie vorgestellt hatte, aber wohl eher so grau und ungemütlich wie die Schulmensa ihrer alten Schule und nicht wie eine Kunstgalerie mit einem zehn Meter langen Buffetareal! Der Boden war wie der Rest der Akademie mit weißen Marmorfliesen ausgelegt und die Wände mit purpurroter Tapete bestückt, die mit dem Schulwappen in Schwarz bedruckt war. Zur rechten Seite erstreckte sich das Buffet mit allem, was das Herz begehrte. Olivia, die seit dem Frühstück nichts mehr gegessen hatte, lief bei dem Anblick des Essens das Wasser im Mund zusammen. Auf der linken Seite erblickte sie eine Vielzahl von Esstischen aus dunklem Kirschholz und Stühle, deren Bezüge die Farbe und das Muster der Tapete widerspiegelten.

Aiko, Lucy und Olivia waren gerade dabei, die unzähligen Auswahlmöglichkeiten an Nudeln, überbackenem Gemüse, Schokoladensoufflé und verschiedenen Kuchensorten am Buffet zu erkunden, als eine vertraute Stimme nah neben Olivias Ohr ertönte.

„Ganz gute Bilanz, oder? Wir haben es beide lebendig zum Abendessen geschafft."

Als sie sich umdrehte, strahlte ihr Darraghs verschmitztes Grinsen entgegen. Er hatte sich umgezogen und trug nun einen schwarzen Hoodie mit Kapuze, in Kombination mit einer grauen Jogginghose. Die dunkle Kleidung verlieh ihm nicht nur einen lässig-sportlichen Look, sondern brachte auch das Grün in seinen Haaren noch mehr zum Strahlen. Mit einem Mal wurde Olivia ganz heiß. Wie er vor ihr stand, selbstbewusst und mit einem kecken Grinsen auf den Lippen, wirkte er wie einer dieser Prinzen aus diesen unfassbar kitschigen und unrealistischen Liebesfilmen, die ihre Oma sonntagabends im Fernsehen schaute.

„Entweder sind wir beide geborene Überlebenskünstler oder wir hatten bis jetzt einfach unverschämtes Glück", gab sie zurück und versuchte dabei, ihre Nervosität so gut wie möglich zu unterdrücken.

„Was heißt hier Glück? Unverschämtes Talent trifft es eher, schließlich habe ich auf dem Weg hierher zwei Drachen erlegt und einen Kobold ausgetrickst."

Olivia blickte ihn gespielt beeindruckt an und wedelte sich mit ihrer Hand Luft zu. „Mir wird ganz warm, ich habe es hier mit einem echten Helden zu tun!"

Er lächelte und verbeugte sich vor ihr. „Stets zu Ihren Diensten, holde Maid."

Olivia lachte. Bei Darraghs Bewegung wehte ihr ein lieblicher Duft entgegen. Konnte das sein? Lavendel? Jetzt war es aber gut! Ein unglaublich süßer Typ mit Augen in Olivias Lieblingsfarbe, der witzig, schlagfertig und höflich war, roch auch noch nach Olivias liebstem Duft? Das konnte sie doch nur träumen! Aber nein, Darragh war echt.

So beiläufig wie möglich erkundigte sich Olivia danach, wie Darragh mit seinen Mitbewohnern zurechtkam.

Ein unschlüssiger Ausdruck erschien auf seinem Gesicht. „Interessante Farbtypen."

Olivia zog die Augenbrauen hoch. „Wie meinst du das?"

„O Gott, nicht das, was du denkst. Herrje, ich bin diesen Ausdruck so gewohnt ... Ich habe gar nicht realisiert, dass es vielleicht falsch rüberkommen kann." Verlegen kratzte sich Darragh am Nacken. „Ich kann die Aura einer Person sehen, und das schon von Geburt an. Ich ordne Menschen also in Farbtypen ein, je nachdem, welche Farbe ihre Aura hat. Andere hier können anhand der Sternzeichen-Aszendenten-Konstellation ausmachen, mit wem sie gut zurechtkommen und mit wem nicht. Und ich kann das an der Aurafarbe erkennen." Er zuckte mit den Schultern und legte blanchierte Möhren auf seinen Teller.

„Aurafarben sehen, ja?" Olivia schichtete sich allmählich Tofu, Salat und Reis auf den Teller und fragte nach einer kurzen Pause: „Welcher Farbtyp bin ich denn?"

„Das verrate ich dir nicht." Darragh steckte sich eine Weintraube in den Mund.

„Oho, der Herr macht also einen auf geheimnisvoll. Okay."

Er lehnte sich zu ihr nach vorn und flüsterte ihr ins Ohr: „Ich verrate es dir vielleicht, wenn du deinen ersten Drachen selbst erledigt hast."

Olivia lief ein Schauer über den Nacken, als sie seinen Atem an ihrem Ohr spürte. Sie hoffte inständig, ihr Gesicht würde nicht anlaufen wie eine Tomate und verraten, wie nervös Darraghs Nähe sie machte.

„Deal! Aber dann verrate mir wenigstens, ob–"

„Ob du zu den Farbtypen gehörst, mit denen ich mich gern umgebe, möchtest du jetzt wahrscheinlich wissen?", fragte Darragh neckisch.

„Die Fähigkeit, Gedanken zu lesen, glaubt der Herr also auch zu haben, was?"

Darragh beugte sich erneut zu ihr, sodass ihre Gesichter nur wenige Zentimeter voneinander entfernt waren, und sah ihr tief in die Augen. Das strahlende Grün schaute Olivia gefühlt direkt in ihre Seele.

Er hielt sich mit der freien Hand zwei Finger an die Schläfen und kniff die Lider zusammen. „Du überlegst gerade, welchen Nachtisch du dir gönnst. Zur Wahl stehen die Schokomousse und der Apfelkuchen, doch du tendierst stark zur Schokomousse."

Olivia verdrehte die Augen und schlug ihm kurz scherzhaft auf den Oberarm. „Ha ha, sehr lustig."

Kurzzeitig dachte sie, einen merkwürdigen Ausdruck in seinem Gesicht wahrgenommen zu haben, als sie seinen Arm berührt hatte. Doch schon im nächsten Moment blickte ihr wieder ein schalkhaftes Lächeln entgegen. Olivia nahm sich das Stück Apfelkuchen, obwohl sie tatsächlich lieber zur Schokomousse gegriffen hätte, einfach, um Darragh nicht die Genugtuung zu liefern, dass er recht hatte.

„Isst du mit deinen Mitbewohnern?", fragte sie.

Darragh schüttelte den Kopf. „Du?"

„Ja, meine zwei Mitbewohnerinnen und ich sind zusammen hergekommen. Ich glaube, die sind ganz nett, wobei ich dir natürlich nur meine aurafarbenunabhängige Meinung sagen kann. Magst du bei uns sitzen?" Olivia deutete auf den Tisch, an dem Aiko und Lucy soeben Platz genommen hatten. „Für den Fall, dass ein Drache auftaucht und wir einen tapferen Helden brauchen, versteht sich."

Darragh biss sich kurz auf die Unterlippe. „Wie könnte ich dazu denn jetzt nein sagen?"

Zusammen setzten sie sich zu den beiden Mädchen und Olivia stellte die drei einander vor.

„Lucy, Aiko, das ist Darragh."

„Darragh? Das ist ja ein außergewöhnlicher Name. Wie schreibt man den?", fragte Lucy neugierig.

Darragh buchstabierte seinen Namen und noch mehr Fragezeichen erschienen auf Lucys zartem Gesicht. „Das G ist stumm. Mein Name kommt aus dem Irischen. Meine Ma hat irische Wurzeln."

„Ah, verstehe!" Lucys Miene hellte sich auf. „Und woher kennst du Oli?"

Olivia sah sie skeptisch an. „Oli? O nein. Damit fangen wir gar nicht an. Olivia. Ende."

„Gefällt dir Livi besser?", fragte Darragh mit einem süffisanten Grinsen.

Um ehrlich zu sein, mochte Olivia überhaupt keine Kurzform ihres Namens. Ihr Vater hatte sie damals immer Livi oder einfach nur O gerufen. Spitznamen erinnerten sie immer schmerzhaft an seinen Tod, weshalb sie seitdem darauf bestand, bei ihrem vollen Namen genannt zu werden.

Sie schüttelte den Kopf. „Meine Oma ist die Einzige, die mich mit Spitznamen anreden darf. Und selbst ihr fällt etwas Originelleres ein."

„Wie nennt sie dich denn?", fragte Lucy neugierig.

„Löwin", antwortete Olivia verlegen.

„Oh, Löwe also?" Aiko hob den Kopf. Anscheinend verlief die Konversation endlich in eine Richtung, die sie interessierte.

Mist. Olivia blieb fast das Stück Tofu im Hals stecken, das sie gerade im Mund hatte. Jetzt war das Thema „Sternzeichen" wieder auf dem Tisch. Dabei hatte sie gehofft, es wenigstens bis morgen umgehen zu können.

„Mhm ... Aber du wolltest doch wissen, woher Darragh und ich uns kennen. Superwitzige Geschichte, erzähl doch mal, Darragh!" Olivia sah hilfesuchend zu ihm herüber.

Darragh blickte sichtlich verwirrt drein, sagte dann aber: „Ja, superwitzige Story. Also, wir haben uns vor ungefähr drei Stunden kennengelernt, zusammen ein paar Monster bekämpft, das schafft ja, wie man weiß, immer ein starkes Band zwischen zwei Fremden. Und dann habe ich Olivia noch geholfen, den Weg zum Ostflügel zu finden, da sie eindeutig unter einem Bann der Drachen stand, der kurzzeitig ihr Sichtfeld eingeschränkt hat. Und als wir uns eben hier wiedertrafen, hat sie mir das letzte Stück Apfelkuchen vor der Nase weggeschnappt und ich musste ihr folgen, um es zurückzuerobern."

Darragh beugte sich mit seiner Gabel in der Hand zu ihr herüber, nahm einen Bissen von dem Apfelkuchen auf ihrem Tablett, zwinkerte ihr zu und ergänzte leise, sodass nur Olivia ihn hören konnte: „Hättest du mal besser die Schokomousse genommen."

Lucy sah aus, als würde sie die Welt nicht mehr verstehen. „Hier gibt es Mo-Mo-Monster … und Drachen?"

Als Darragh und Olivia sich daraufhin ihr Lachen nicht mehr verkneifen konnten, sagte Aiko gleichgültig: „Sie haben dich verarscht, Luc. Hier gibt es ganz sicher keine Drachen. Und die beiden haben kein enges Band geschlossen, weil sie zusammen Monster erledigt haben, sondern, weil sie beide einen verschrobenen Humor haben."

Diese Aussage brachte Darragh und Olivia noch mehr zum Lachen.

„Sehr witzig." Lucy wandte sich an Darragh, nachdem er und Olivia sich wieder beruhigt hatten. „Bist du etwa auch Löwe?"

Und da war es wieder! Wie konnte sie auch glauben, dass sie dieses Thema in einer Gruppe von Stellari umgehen konnte?

„Wassermann", sagte Darragh.

„Ah, ich bin Fische und Aiko hier ist Zwilling", sagte Lucy aufgeregt.

Aiko nickte Darragh zu, sie war wirklich keine Frau vieler Worte.

„Und was ist euer Aszendent? Also meiner ist–"

„Nehmen wir uns nicht total den Überraschungseffekt, wenn wir jetzt darüber reden?", unterbrach Darragh Lucy. „Ich habe gehört, dass in unserem Schuljahr ein Rarlim sein soll. Wenn wir uns jetzt schon erzählen, welche Aszendenten wir haben, dann ist es morgen nicht mehr so spannend."

Olivia schluckte. Hatte sie wirklich geglaubt, dass keiner wusste, dass dieses Jahr ein Rarlim unter den Erstklässlern sein würde? Als Harry Potter in Hogwarts anfing, wussten schließlich auch alle Bescheid, und das hier war irgendwie eine ähnliche Situation, oder?

„Stimmt, ein Rarlim. Meinst du etwa, er oder sie sitzt mit uns gerade in diesem Raum?" Aufgeregt spähte Lucy an Darragh und Olivia vorbei durch den Speisesaal.

„Oder an diesem Tisch! Das ist es ja, was Darragh uns damit sagen möchte", warf Aiko ein.

„Oh! Warte. Was? Du bist der Rarlim, Darragh?" Lucy war sichtlich verwirrt.

„Das habe ich nicht gesagt. Ich meinte nur, dass ich es sein könnte, oder eben auch eine von euch, und wir wollen uns doch die Spannung nicht kaputtmachen, oder?"

„Ach, Quatsch, ich glaube nicht, dass jemand an diesem Tisch ein Rarlim ist. Das hätte ich sicher schon gespürt. Ich bin nämlich ziemlich gut darin, Aszendenten zu erraten. Lass mich mal probieren! Darragh, du bist Schütze, und Olivia, du bist sicher Krebs." Lucy ließ einfach nicht vom Thema ab.

„Falsch geraten", entgegnete Darragh.

Olivia kaute kurz zu Ende und schluckte ihren Bissen Salat hinunter. „Auch falsch geraten, aber Darragh hat noch gar nicht das Spannendste über sich erzählt! Er hat Auramagie und kann die Farbe eurer Aura erkennen."

„Uh, wirklich?" Lucy machte große Augen. „Welche Aurafarbe habe ich? Ich wette, Hellblau, oder Gelb, oder doch eher Rosa? Auf jeden Fall etwas Fröhliches."

Olivia mied Darraghs Blick. Seine Magie als Ablenkung zu benutzen, war ihm gegenüber zwar nicht fair, aber es gab ihr immerhin ein wenig Zeit. In schnellem Tempo schlang sie ihr Essen hinunter und hoffte, dass Lucy so lange über ihre Aura plapperte, bis sie fertig war.

Darragh erzählte Lucy, welche Aurafarbe sie hatte, aber Olivia hörte nicht richtig zu, meinte jedoch, das Wort „Türkis" aufzuschnappen. Als sie ihren Teller geleert hatte, stellte sie wehmütig den Teller mit dem Stück Apfelkuchen auf Darraghs Tablett und sprang auf. Den Apfel, der noch auf ihrem Teller lag, steckte sie in ihre Jackentasche.

„Ich möchte nicht unhöflich sein, aber ich wollte noch eine Runde laufen gehen und möchte nicht so spät eine unbekannte Strecke entlangjoggen. Also, wir sehen uns dann morgen."

Olivia schaute zu Darragh und formte ihre Lippen zu einem stummen Sorry, dann machte sie auf dem Absatz kehrt und verließ den Speisesaal.

Obwohl es ein sehr milder Spätsommertag war, spürte Olivia, dass der Herbst immer näher rückte. Der Wind blies ihr kalt um die Ohren, als sie den großen Hinterhof mit den ausgedehnten Grünflächen und zahlreichen Sitzgelegenheiten der Akademie überquerte. Dann erreichte sie ein Waldstück, das an den Hof anschloss.

Schnell bereute sie es, dass sie ohne Jacke losgegangen war, aber nach dem Abendessen hatte sie sich in ihrem Zimmer ohne nachzudenken die ersten Joggingsachen geschnappt, die sie hatte finden können. Sie hatte nicht mit einer so frischen Brise gerechnet. Die Akademie lag ein Stück weiter im Norden als ihre Heimatstadt und somit wehte hier ein deutlich frischerer Wind.

Sie wollte einfach nur so schnell wie möglich raus an die frische Luft, den Kopf freibekommen. Bis vor kurzem war sie keine große Läuferin gewesen, überhaupt nicht. Ein bisschen Yoga und ab und an mal einen Tanzkurs in dieser AG ihrer alten Schule, wenn die Klamotten mal wieder ein wenig enger saßen. Das war bei den Backkünsten ihrer Großmutter öfter vorgekommen, aber ansonsten hatte Sport nicht zu Olivias liebsten Hobbys gehört.

Doch zu Beginn dieses Jahres hatte sich Sport als gutes Ventil erwiesen, mit dem sie ihren Frust rauslassen konnte, der sich wegen all den Dingen angestaut hatte, die ihr über den Kopf wuchsen – der Weggang ihrer Mutter, die Enthüllung, dass sie ein Stellari war und Magie wirklich existierte und die Tatsache, dass sie nicht nur irgendein Stellari, sondern sogar ein Rarlim sein sollte. All das hatte Olivia schlaflose Nächte bereitet, und immer wieder hatte sie ihre Großmutter über die Stellari, Dahlow, Rarlim und Magie im Allgemeinen ausgefragt.

Eines Abends im Februar, als sie im Bett lag und einschlafen wollte, hatte Olivia plötzlich dieses beengende Gefühl in ihrer Brust gespürt, als würde sie keine Luft bekommen. Kurz dachte sie damals, ihr habe der ganze Zucker in den Leckereien ihrer Großmutter den Rest gegeben und ihr einen frühzeitigen Herzinfarkt beschert. Sie öffnete ihr Fenster und atmete eine Brise klare, kalte Winterluft ein. Dabei merkte sie direkt, wie sich das beklemmende Gefühl löste. Mit einem Mal verspürte Olivia den Drang, nach draußen zu gehen und ihren Körper so auszupowern, dass ihr Geist endlich zur Ruhe kommen konnte. Ohne Zögern zog sie sich mitten in der Nacht ihre Sportschuhe und irgendein bequemes Outfit an und joggte los, ohne konkretes Ziel. Die nächsten Wochen verbrachte sie damit, sich ordentliche Laufschuhe und schicke Laufsachen – in Rosa, versteht sich - zu kaufen, Joggingrouten mit viel Natur herauszusuchen und vor allem damit, an ihrer Ausdauer zu arbeiten. Schnell steigerte sie ihre zehn Minuten - nach denen sie Seitenstechen hatte und im Gesicht aussah wie eine überreife Tomate - auf fünfzehn Minuten. Immer noch mit Tomatengesicht, aber ohne Seitenstechen. Mittlerweile schaffte sie fünfundvierzig Minuten in moderatem Tempo, ohne Seitenstechen und mit nur noch wenig Tomatenähnlichkeit. Durch das Laufen konnte sie wieder abschalten, die ganze Situation mit ihrer Mutter besser verarbeiten und vor allem erwies es sich als effektives Schlafmittel.

    Dass sie heute Nacht gut schlafen würde, bezweifelte sie jedoch stark. Morgen war der erste richtige Tag an der Akademie! Sie würde nicht mehr so einfach vom Thema ablenken können und somit allen erzählen müssen, dass sie ein Rarlim war. Dagegen konnte ihr auch kein Joggen helfen.

    Was die Anderen wohl gedacht hatten, nachdem sie gerade so übereilt den Speisesaal verlassen hatte? Wahrscheinlich hatten sie bereits eins und eins zusammengezählt, schließlich war ihr Verhalten ziemlich auffällig. Sie kam sich so bescheuert vor! Sie hätte es auch einfach erzählen können, immerhin erfuhren sie es morgen sowieso. Warum musste sie bloß so ein großes Ding daraus machen? Aus Angst vor der Reaktion der Anderen hatte sie sich im Speisesaal lieber zum Narren gemacht, anstatt einfach die Wahrheit zu sagen. Eigentlich hatte sie gehofft, mittlerweile ein solch kindisches Verhalten abgelegt zu haben, und schämte sich dafür. Besonders belastete Olivia, dass sie Darraghs Magie als Ablenkungsmanöver benutzt hatte. Ihr war auf die Schnelle nichts Besseres eingefallen und sie hatte nicht einmal darüber nachgedacht, dass er vielleicht nicht gern sofort jedem von seiner Magie erzählte. Sie wollte schließlich auch nicht jedem erzählen, dass sie ein Rarlim war. Damit hatte sie ihm direkt gezeigt, dass sie kein Geheimnis für sich behalten konnte …

Aber bei ihren eigenen Geheimnissen ging das natürlich. Den guten ersten Eindruck, den sie dachte, bei Darragh hinterlassen zu haben, hatte sie sicherlich verspielt. Manchmal glaubte sie, sie sei verflucht, denn immer, wenn sie einen süßen Jungen kennenlernte, schaffte sie es, die ganze Sache irgendwie zu versauen. So war es zumindest an ihrer alten Schule gewesen und Olivia hatte gehofft, das Muster in Dahlow durchbrechen zu können. Tatsächlich hatte sie gehofft, hier gar keinen süßen Jungen kennenzulernen und sich ohne Ablenkung auf die ganzen neuen Dinge in der magischen Welt konzentrieren zu können. Aber selbstverständlich musste sie, noch bevor sie das Akademiegelände überhaupt betreten hatte, in den am besten aussehenden und charmantesten Typen rennen, den sie je kennengelernt hatte. Sie hatte für kurze Zeit sogar gedacht, er fände sie vielleicht auch gut, aber das hatte sich nach ihrer Aktion bestimmt erledigt. Auf jeden Fall musste sie sich dafür bei ihm entschuldigen und vielleicht verstand er es sogar, wenn er erst einmal den Grund für ihr merkwürdiges Verhalten erfuhr.

Ganz in ihre Gedanken vertieft realisierte Olivia gar nicht, wie lange sie bereits unterwegs war. Sie befand sich nun mitten in den Tiefen des ihr unbekannten Waldes. Langsam sollte sie umkehren, immerhin wollte sie sich nicht verirren. Um herauszufinden, auf welchem Weg sie am schnellsten zurück zur Akademie gelangen könnte, blieb sie kurz stehen. Mist! Der

Forst war so dicht und es war mittlerweile schon so dunkel, dass sie nichts erkannte! Nicht einmal, aus welcher Richtung sie gekommen war. Grandios, sie hatte sich also doch verlaufen und weder eine Jacke noch eine Taschenlampe oder ihr Smartphone dabei …

Plötzlich hörte sie ein Knacken. Ihr Herz schlug vor Schreck schnell. Sie drehte sich in alle Richtungen. In der Dunkelheit versuchte sie, zu erkennen, woher das Geräusch gekommen war. Hätte sie doch nur eine Taschenlampe dabei! Aber sie hatte total vergessen, dass die Tage bereits kürzer wurden und nicht daran gedacht, dass es im Wald sowieso immer finster war.

Als Olivia gerade überlegte, wie sie jetzt am schnellsten aus dem Wald herausfinden konnte, passierte etwas Seltsames: Ein Licht erschien vor ihr auf dem moosbewachsenen Waldboden. Ein heller Strahl, der neben ihrem Schuh auf den Boden traf! Was war das? Magie? Sie verfolgte das weiße Leuchten ihr Bein hinauf bis hoch zu ihrer rechten Hand, aus der es zu kommen schien. Aber wie war das möglich? Licht? Aus ihrer Handfläche? Überrascht von der plötzlich erwachten Magie lief sie rückwärts. Dabei übersah sie eine Wurzel auf dem Boden! Sie stolperte rücklings und landete mit dem Gesäß voran auf dem feuchten Moos. Das Licht aus ihrer Hand erlosch so schnell und überraschend, wie es gekommen war.

Das Knacken ertönte erneut. Super! Hier gab es doch Drachen, und sie präsentierte sich dem Ungeheuer auf dem Silbertablett. Ungeschickt, ohne Orientierung oder Magie, mit der sie sich verteidigen konnte, saß sie auf der kalten, feuchten Erde und wartete darauf, von dem Monstrum verspeist zu werden. Mit rasendem Herzschlag schüttelte Olivia aufgeregt ihre Hand und hoffte so, das Licht erneut heraufzubeschwören. Nach einigen missglückten Versuchen, bei denen sich Olivia wie die unfähigste magische Person auf diesem Planeten vorkam, erschien es endlich. Nervös erhellte sie mit dem weißen Leuchten den Wald, konnte aber nichts erkennen. Furchteinflößend war ihre Lichtmagie beim besten Willen nicht, aber vielleicht scheuten Drachen die Sonne und ihre Magie erinnerte sie daran? Vampirdrachen. Eine vollkommen logische Erklärung.

In der Ferne hörte sie den Ruf eines Uhus. Olivia richtete sich auf und beschloss, das Licht aus ihrer Hand als glückliche Fügung hinzunehmen, anstatt sich darüber Gedanken zu machen, wo diese Fähigkeit auf einmal herkam. Dazu hatte sie später noch genug Zeit, wenn sie erstmal zurück in ihrem Zimmer und in Sicherheit war. Auch wenn sie wusste, dass es keine Vampirdrachen gab und die Geräusche im Wald höchstwahrscheinlich von hier lebenden, eher harmlosen Tieren kamen, beunruhigten sie Olivia. Sie nahm ihre Beine in die Hand und rannte in einem stürmischen Tempo zurück zum Schulgelände, ohne auch nur einen Blick hinter sich zu werfen.

Erst als sie auf dem Hinterhof der Schule angelangt war und im Licht einer Laterne Zuflucht fand, machte sie Halt und drehte sich aus sicherer Entfernung zum Wald um. Außer Bäume, deren Blätter im Wind raschelten, war nichts Ungewöhnliches zu erkennen. Sie stützte ihre Hände auf die Knie und schnappte nach Luft, bis sich ihr Herzschlag wieder beruhigte. Eine eingebildete Verfolgungsjagd und die Fähigkeit, ihre Hand als Taschenlampe zu benutzen, waren ein perfektes Ende für diesen sowieso schon verrückten Tag. Wenn alle Tage an der Akademie so werden würden, bräuchte sie mehr als nur Joggen, um ihr Stresslevel zu senken.

Auf dem Weg zurück zum Akademiegebäude betrachtete sie das riesige Anwesen. Sie konnte immer noch nicht fassen, dass es nun ihr Zuhause für die nächsten vier Jahre war. So gut wie alle Fenster waren hell erleuchtet, in manchen brannte nur ein schwaches Licht – vermutlich von einer Nachttischlampe – und in einigen wenigen Zimmern sah sie Licht in verschiedenen Farben. An einem Fenster glaubte Olivia kurz, eine Gestalt zu erkennen, doch als sie genauer hinsah, war sie schon wieder verschwunden. Ihre Fantasie ging nach diesem Erlebnis im Wald mit ihr durch. Kein Wunder! Sie schüttelte kurz den Kopf, ging durch den Hintereingang zurück in das Gebäude und bog rechts ab in den Flur mit den hellen Marmorfliesen. Dann stapfte sie zügig den Gang zu Zimmer 207 entlang.

Als Olivia die Tür aufsperrte, saßen Lucy und Aiko am Tisch und spielten ein Brettspiel.

„Hi Sportskanone, Lust, mitzuspielen?", fragte Lucy mit einem breiten Grinsen.

„Nee, lasst mal, ich möchte gern noch duschen und dann einfach nur ins Bett. Das war ein langer Tag. Morgen vielleicht."

Olivia gähnte demonstrativ, um zu verdeutlichen, wie müde sie war. Bis jetzt hatte sie es geschafft, das Thema „Aszendenten" zu umgehen, sie wollte es nicht noch zu so später Stunde provozieren. Erschöpft ging sie in ihr Zimmer und schloss die Tür hinter sich. Sie ging zum Schreibtisch, auf dem der Apfel lag, den sie sich vom Abendessen mitgenommen hatte, und biss genüsslich hinein. Der Apfel war knackig, saftig und ein bisschen säuerlich – genau, wie sie es mochte. Neugierig ließ sie ihre freie Hand erneut aufleuchten. Sie hielt den Apfel mit ihren Zähnen fest. Abwechselnd probierte sie es erst mit der Rechten und anschließend mit der Linken. Es funktionierte ohne Probleme und sie wechselte immer wieder hin und her, erst links, dann rechts, dann wieder links. Sie konnte es nicht fassen, sie hatte endlich eine Magie, die sie kontrollieren konnte! Ob diese nun besonders war oder nicht, Olivia war erleichtert und glücklich. Der süßlich-saure Saft des Apfels zwischen ihren Zähnen lief ihr das Kinn hinunter und sie pausierte ihre Lichtershow.

Sie würde morgen nicht wie der totale Verlierer dastehen. Es reichte schließlich schon, dass sie ein Rarlim war. Ein Rarlim, der seine Magie nicht unter Kontrolle hatte, wäre einfach nur peinlich! Vielleicht konnte sie heute Nacht doch beruhigt schlafen.

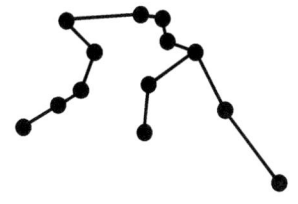

Kapitel 4

Auramagie

Darragh sperrte die Tür zu seinem Zimmer 413 auf und traf auf seinen Mitbewohner Joris Elverding, der den Couchtisch zur Seite geschoben hatte und nun in der Mitte des Raums Sportübungen machte.

„Hey, ich hoffe es stört dich nicht, dass ich mich hier noch ein bisschen auspowere. Mein Zimmer ist zu klein und die Turnhalle war zu, aber ich kann in meinem Training nicht hinterher sein", sagte Joris, als er seine Zehn-Kilo-Hanteln abwechselnd zur Brust hob, um seinen Bizeps zu trainieren.

„Kein Problem. Ich bin in meinem Zimmer." Darragh bog nach links ab.

„Ich will dich aber nicht vertreiben. Du kannst gern mitmachen oder mir Gesellschaft leisten." Joris legte die Gewichte auf den Boden und wischte sich mit einem Handtuch den Schweiß aus dem Gesicht.

„Danke für das Angebot, aber ich passe lieber."

Darragh hasste Sport. Als Kind hatte sein Vater ihn dazu gezwungen, Karateunterricht zu nehmen – Karate, von allen Möglichkeiten. Neben seinem Karatelehrer, den er beim besten Willen nicht ausstehen konnte, waren da auch noch die blauen Flecke, die Darragh jedes Mal vom Unterricht mit nach Hause brachte. Irgendwann konnte er seinen Vater davon überzeugen, dass es verschwendetes Geld sei, da er nie über den gelben Gürtel hinauskommen würde, und schaffte es, Karate nach vier Jahren endlich an den Nagel zu hängen.

„Aber dir noch viel Erfolg und wir sehen uns morgen." Darragh schloss die Tür zu seinem Schlafraum hinter sich, ließ sich auf sein Bett fallen und atmete tief ein.

Er konnte Olivia immer noch spüren und musste sich dafür nicht einmal sonderlich konzentrieren. Gerade musste sie am anderen Ende der Akademie sein, und doch war ihre Aura so präsent, als würde sie direkt neben ihm stehen. Noch nicht einmal seine Schwester Maggie konnte er über eine so weite Distanz spüren.

Im Normalfall spürte Darragh die Auren von Menschen in einem etwa zwei Meter großen Radius um ihn herum. Seine Familie auch auf etwas weitere Distanz, verteilt durch sein komplettes Elternhaus beispielsweise. Zu seiner vier Jahre älteren Schwester Maggie hatte er eine sehr enge Beziehung. Als sie im letzten Sommer ihr Abschlussjahr an der Dahlow-Akademie beendet hatte und in das Haus neben seinen Eltern gezogen war, hatte er sie auch auf die Entfernung zwischen den beiden Häusern hinweg schwach spüren können. Zumindest ihre Anwesenheit, woran er hatte ausmachen können, ob es ihr gut oder schlecht ging.

Bei Menschen, deren Aura Darragh gut kannte, konnte er auch Emotionen erkennen, bei seiner Familie etwa. Was nicht immer von Vorteil war, da er ständig mitbekam, wenn seine Mutter sauer auf seinen Vater war, oder enttarnen konnte, wenn sein Vater ihr mal wieder eine Lüge wegen seiner Überstunden auf der Arbeit auftischte.

Joris, der im anderen Raum seine Gewichte stemmte, konnte er mit dem Abstand zwischen seinem Zimmer und dem Gemeinschaftsraum bereits nicht mehr wahrnehmen. Und das war auch gut so, denn er wusste nicht genau, was er von Joris halten sollte. Seine Aura vermittelte Darragh immer genau das Gegenteil von dem, was Joris tat oder sagte. Sehr merkwürdig, aber damit würde er sich später auseinandersetzen. Erst einmal musste er herausfinden, weshalb er die Aura eines ihm bis heute völlig fremden Mädchens quer über den Campus wahrnahm.

Seitdem Darragh Olivia heute zum ersten Mal getroffen und ihre Aura gespürt hatte, war sie omnipräsent in seinen Gedanken. Zum einen hatte er noch nie eine so reine, friedliche Aura gesehen und zum anderen spürte er sie, als würde diejenige, der sie gehörte, ständig neben ihm stehen und als würde er sie schon eine Ewigkeit kennen. Sogar jetzt noch konnte er jede ihrer Stimmungsveränderungen wahrnehmen.

Vorhin im Speisesaal hatte er das Gefühl gehabt, dass sie ein Geheimnis verbergen wollte, als das Thema auf die Aszendenten und den Rarlim zu sprechen gekommen war. Konnte es sein, dass Olivia der Rarlim war? Das würde zumindest das merkwürdige Verhalten erklären, das Olivia an den Tag gelegt hatte, als sie bei ihren Mitbewohnerinnen Platz genommen hatten, und warum sie so schnell aufgesprungen und verschwunden war. Vielleicht würde es sogar erklären, warum er ihre Aura so stark wahrnahm.

Direkt, als er an der Akademie angekommen war, und noch bevor er Olivia gesehen hatte, hatte er die Präsenz ihrer Aura gefühlt und sich gefragt, zu wem dieses harmonische Gefühl wohl gehörte. Als er die Quelle dieses Empfindens ausgemacht hatte und das Mädchen mit dieser Aura sah, war er überrascht. Ein von Kopf bis Fuß rosafarbenes Outfit hatte er nicht vermutet. Doch als Olivia ihn anblickte und er in ihre großen, blauen Augen sah, die ihn an das Meer erinnerten, das er so sehr liebte, und er die einzelnen kleinen Sommersprossen auf ihrer Nase erspähte, passte ihr Anblick sehr wohl zu dem Gefühl, das von ihrer Aura ausging. Nach ihrer ersten Unterhaltung hatte Darragh einfach nur den unerbittlichen Drang verspürt, sie näher kennenzulernen. Erst, als er sein Zimmer bezogen und seine Koffer bereits zur Hälfte ausgeräumt hatte, wurde ihm bewusst, dass er nicht nur noch an ihre Aura dachte, sondern sie auch spürte, was er sehr verwunderlich fand.

So irritiert er von diesem Gefühl auch war, er genoss es, die Anwesenheit ihrer Aura bei sich zu spüren. Es gab ihm ein Gefühl von Sicherheit, Ruhe und … Verbundenheit? Aber das konnte nicht sein! Er hatte Olivia gerade erst kennengelernt. Anscheinend spielten ihm seine magischen Kräfte hier einen Streich.

Im Speisesaal hatte Darragh zweimal überlegen müssen, ob er sie hatte ansprechen sollen. Der Drang, mit ihr zu reden, war jedoch zu groß gewesen und sie hatte schließlich nicht wissen können, dass sie ihm seit ihrer Begegnung am Nachmittag nicht aus dem Kopf gegangen war. Außerdem wäre es mehr als unhöflich gewesen, sie einfach zu ignorieren.

Was ihm seither aber ebenfalls nicht mehr aus dem Kopf ging, war der Moment am Buffet, als Olivia seinen Arm berührt hatte. Ihn hatte dabei ein komisches Gefühl durchströmt. Er konnte nicht genau einordnen, ob es ein elektrischer Schlag gewesen war, wie man es kannte, wenn man mit Socken über einen Teppichboden lief, oder etwas Anderes. Irgendwie hatte es sich nach mehr als nur einem elektrischen Schlag angefühlt.

Wie in Trance griff er zu der Stelle an seinem Arm, an der sie ihn berührt hatte. Selbst jetzt konnte er ihre Berührung immer noch spüren. Es hatte nichts damit zu tun, dass er Olivia hübsch und lustig fand und ein Knistern bei ihrer Berührung gespürt hatte. Irgendetwas fühlte sich an der Berührung einfach übernatürlich an.

Er strich sich mit beiden Händen über das Gesicht. Der erste Tag in der Akademie und er dachte die ganze Zeit nur an ein Mädchen. Das ging ja gut los! Sein Blick fiel auf den großen grünen Koffer, den er noch nicht fertig ausgepackt hatte. Mit den Gedanken immer noch bei Olivia stand er vom Bett auf, um den Rest seiner Klamotten in den Schrank zu räumen. Dabei wurde er plötzlich von einem Gefühl der Euphorie und Überraschung ergriffen. Woher kam das jetzt? Dass er seine

Klamotten in den altmodischen Holzschrank räumte, bereitete ihm beim besten Willen keine Euphorie.

Aber ... konnte es sein? Nicht er empfand so in diesem Moment. Es waren Olivias Emotionen, die er wahrnahm! Nur einen Augenblick später veränderte sich das Gefühl auf einmal. Furcht! Eiskalte Angst ergriff ihn und sein Herz schlug schnell. Von Olivias Gefühlen komplett überwältigt ging er zum Fenster, um frische Luft in sein Zimmer zu lassen. Wie war es möglich, dass er ihre Gefühle eins zu eins spiegelte, als würde sie direkt neben ihm stehen? Aber die noch bedeutendere Frage war: Wieso hatte Olivia in diesem Moment so eine unbändige Angst? War sie in Gefahr?

Für einen Moment stand er am offenen Fenster und schaute auf den Hinterhof der Akademie. Es war mittlerweile vollkommen dunkel und das menschenleere Areal war nur von ein paar Laternen und dem Schein des Mondes erleuchtet. Der Himmel war wolkenlos und zu dem wunderschönen vollen Mond tanzten tausende strahlende Sterne am Himmel. Plötzlich sah er einen Schatten aus dem Waldstück am Ende des Hofs kommen. In einem aberwitzigen Tempo rannte eine Gestalt auf das Schulgelände, blieb unter einer Laterne stehen und blickte sich, die Hände auf den Knien abstützend, zum Wald um. Im Schein der Laterne konnte er schemenhaft ein Mädchen erkennen. Er kniff die Augen zusammen, um besser zu sehen. Rosa Turnschuhe, rosa Sportoutfit und die langen, rotblonden Haare waren zu einem Zopf zusammengebunden. Es konnte nur Olivia sein! Irgendetwas schien ihr im Wald Angst eingejagt zu haben und darum hatte er ihre Furcht gespürt. Er sah, wie sie mit ihrer Hand in den Wald leuchtete, und fragte sich, ob sie eine Taschenlampe dabeihatte. Dann erkannte er, dass es ihre Hand war, die das Licht abstrahlte. Olivia besaß also Lichtmagie. Interessant!

Langsam spürte er, wie sich sein Herzschlag beruhigte, wie sich *ihr* Herzschlag beruhigte. Die Anspannung ließ allmählich von ihr ab, und somit auch von ihm. Anscheinend war das, was sie im Wald erschreckt hatte, ihr nicht gefolgt. Olivia drehte sich auf dem Absatz um und sah zur Akademie hoch, während sie auf den Hintereingang zuging. Schnell duckte Darragh sich, damit sie ihn nicht sehen konnte. Welchen Eindruck würde sie bekommen, wenn sie ihn wie einen Stalker am Fenster stehen sah?

Er verweilte einen Augenblick auf dem Boden unter seinem Fenster, bevor er sich aufrichtete und abermals vorsichtig auf den Hof spähte. Olivia war verschwunden. Der Hinterhof war wieder menschenleer.

Darragh wollte sich gerade seinen Klamotten widmen, als er aus dem Augenwinkel zum zweiten Mal einen Schatten aus dem Wald kommen sah. Selbst, als die Person in das Licht der Laterne trat, konnte Darragh keine Merkmale ausmachen. Die schmächtige Gestalt trug ein dunkles Laufoutfit und hatte sich die Kapuze des nachtschwarzen Hoodies über den Kopf gezogen. Es war unmöglich, zu sagen, ob es sich um einen Mann oder eine Frau, einen Erwachsenen oder einen Jugendlichen handelte. Vermutlich war diese Person zusammen mit Olivia im Wald gewesen und in der Dunkelheit hatte sie Olivia einen Schrecken eingejagt.

Mit schnellen Schritten bewegte sich die Gestalt auf die Akademie zu. Vielleicht würde er im hellen Schein des Eingangsbereichs der Akademie ein Gesicht erkennen? Doch bevor die Person den Lichtkegel erreichte, vernahm Darragh im rechten Augenwinkel ein grelles Leuchten. Aus dem Fenster eines der Zimmer im Ostflügel kamen flackernde Lichter, als würde jemand eine sehr helle Lampe in einem schnellen Rhythmus ein- und ausschalten. Wie hypnotisiert betrachtete Darragh die Lichtershow und fragte sich, was da wohl vor sich ging, bis sie mit einem Mal aufhörte. Als er seine Aufmerksamkeit wieder dem Hof widmete, war auch die mysteriöse Gestalt verschwunden.

Es war wohl besser, wenn er sich jetzt seinen Habseligkeiten widmete. Wenn er seinen Koffer nicht endlich ausräumte, würde er noch wochenlang daraus leben. Nachdem er all seine Kleidungsstücke im Schrank verstaut hatte, sortierte er seine Zeichensachen in den Beistellcontainer des Schreibtisches. Wobei der Platz dafür etwas spärlich war. Seine Zeichenausrüstung bestand aus einem ziemlich großen Sortiment an Pinseln, Farbtuben, Tusche, Bunt- und Bleistiften. Zusammen mit den Schulbüchern war der Container schnell voll, sodass er seine Leinwände und Zeichenblöcke ebenfalls im Kleiderschrank verstauen musste.

Zeichnen war Darraghs Hobby, seit er fünf Jahre alt war. Leider hatte er nie Zeichenunterricht nehmen können, da sein Vater seine Leidenschaft für Unfug und Zeitverschwendung hielt. Damit könne man kein Geld verdienen, kämpfen oder Ruhm ergattern - also war es für ihn kein sinnvolles Hobby. Im Gegensatz zu Karate, versteht sich. Also hatte sich Darragh alles selbst beigebracht. Am liebsten zeichnete er Porträts. Menschen allen Alters, die ihm auf der Straße zufällig über den Weg liefen, seine Freunde aus seiner alten Schule, seine Ma, seinen Opa oder seine Schwester. Aber auch Tiere und die Natur fanden sich oft in seinen Bildern wieder.

Als er spürte, wie frisch die Nacht mittlerweile schon wurde, dachte Darragh darüber nach, ob er das Fenster wieder schließen sollte. In diesem Moment hörte er einen Knall. Es war von allein zugefallen! Seltsam, war hier noch irgendwo ein Fenster auf, sodass es zog?

Er drehte sich um und schritt auf seine Zimmertür zu, um nachzuschauen. Gerade wollte er die Türklinke greifen, da sprang die Tür wie von Geisterhand auf. Darragh stolperte einen Schritt nach hinten. Beinahe hätte ihn die Tür voll erwischt! Was passierte hier? Abschätzend betrachtete er seine Hände. War es möglich?

Erneut hielt er die Hand in Richtung der Tür und sie fiel wieder ins Schloss. Dies tat er dreimal hintereinander, ohne die Tür überhaupt zu berühren. Joris, der nur mit einem Handtuch bedeckt aus dem Bad kam, erinnerte ihn daran, dass er nicht allein war. Irritiert fragte er ihn, warum er so einen Lärm mache.

„Ich glaube, ein Teil meiner Magie ist gerade erwacht", sagte Darragh verwundert.

„Ach ja? Zeig mal", forderte ihn Joris begeistert auf.

Diesmal spürte Darragh, dass die Begeisterung ernst gemeint war. Also wiederholte er den Trick, um Joris seine neue Magie vorzuführen.

Joris staunte. „Windmagie. Nicht schlecht!"

Phileas Echberg, Darraghs anderer Mitbewohner, der den ganzen Abend lang nicht aus seinem Zimmer gekommen war, streckte den Kopf aus seiner Tür. „Wieso macht ihr so einen Lärm, ich will Musik hören!", rief er.

„Darraghs Windmagie ist erwacht", berichtete Joris.

Phileas verzog keine Miene. „Das ist noch lange keine Entschuldigung dafür, dass ihr um diese Uhrzeit so einen Krach veranstaltet." Dann warf er seine Tür ins Schloss.

„Was ist eigentlich sein Problem?", fragte Joris.

Darragh zuckte mit den Schultern. „Bist du fertig im Bad?"

„Ja, kannst rein." Joris zeigte mit einer ausladenden Bewegung zum Badezimmer, bei der das Badetuch um seine Hüften bedrohlich tief nach unten rutschte. Im letzten Augenblick konnte Joris verhindern, dass er splitterfasernackt vor Darragh stand, und verabschiedete sich mit hochrotem Kopf in sein Zimmer.

Als Darragh aus dem Bad zurückkam, zog er sich sein schwarzes Schlafshirt über und legte sich ins Bett. So ein verrückter Abend! Seine Windmagie war ohne ersichtlichen Grund erwacht und hatte wenigstens für ein paar Momente Olivia aus seinen Gedanken vertrieben.

Halt! Da erinnerte er sich an etwas. Olivia hatte auf dem Hinterhof Lichtmagie eingesetzt. Darraghs Vater besaß als Löwe-Aszendent ebenfalls Lichtmagie. Hatte Olivia beim Abendessen nicht gesagt, ihr Sternzeichen sei Löwe? Löwe, Aszendent Löwe ... Olivia war also tatsächlich der Rarlim!

Kein Wunder, dass sie heute Abend im Speisesaal nicht sofort freudig davon erzählen wollte. Sie hatte sicher ihr ganzes Leben lang die verschiedensten Geschichten, Legenden und Gerüchte über Rarlim gehört und war verunsichert, was andere über sie denken würden, wenn sie erfuhren, dass sie selbst einer war.

Er konnte verstehen, wie Olivia sich fühlte. Die Reaktion Fremder auf seine Auramagie war oft unangenehm gewesen. Den meisten Menschen war es peinlich, dass Darragh ihre Aurafarbe sehen konnte. Gewöhnlich erwähnte er deshalb gar nicht erst, dass sich die Aurafarbe je nach Gefühlslage veränderte und er dadurch Emotionsumbrüche mitbekam. Darum war er wenig begeistert davon gewesen, mit nichts als seiner Auramagie nach Dahlow zu gehen, die weder zu seiner Elementar- noch zu seiner Aszendentenfähigkeit gehörte. An seinem siebzehnten Geburtstag war seine Windmagie nur für einen kurzen Moment erwacht. Dabei hatte er beinahe die kostbare Lieblingsorchidee seiner Mutter vom Fensterstock gefegt, aber seitdem war er nicht mehr imstande gewesen, sie einzusetzen. Doch durch seine soeben entfachte Kraft musste er seine Auramagie morgen im Unterricht vielleicht gar nicht erwähnen und könnte somit unangenehmen Fragen aus dem Weg gehen.

Noch einige Augenblicke lag er wach und dachte über den Tag nach, über seine neue Fähigkeit, über Olivia, ihre Aura und ihr süßes Lächeln, bevor es ihm die Lider zuzog und er schlussendlich einschlief.

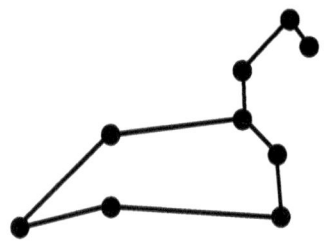

Kapitel 5

Elementarmagie

„Morgen! ‚Der frühe Vogel fängt den Wurm' nimmst du ganz schön ernst, was? Wie lang bist du schon wach?" Aiko begrüßte Olivia am nächsten Morgen im Speisesaal und setzte sich zu ihr an den Frühstückstisch.

Olivia, die sich gerade ihren zweiten Kaffee einschenkte, sah zu Aiko auf. „Oh, guten Morgen! Ich konnte nicht mehr schlafen und mir knurrte so der Magen. Ich wusste nicht, ob ihr schon wach seid und ob ihr überhaupt zusammen frühstücken wollt, also bin ich einfach allein los."

Olivia stellte die Kaffeekanne ab, ließ einen Zuckerwürfel in ihre Tasse fallen und goss sich einen großen Schuss Milch in ihr Getränk. Sie trank erst seit kurzem Kaffee, aber seit ihre Mutter weggegangen war, hatte sie nachts kaum ein Auge zugemacht. Damit sie am Morgen fit war, brauchte sie den Koffeinkick. Mittlerweile schlief sie wieder deutlich besser, aber ein bisschen Koffein gehörte zu ihrem Frühstück jetzt einfach dazu. Wobei sie viel Milch und eine ordentliche Portion Zucker benötigte, damit ihr das ansonsten so bittere Getränk schmeckte.

„Normalerweise bin ich aber definitiv keine Frühaufsteherin", sagte Olivia.

„Sehr angenehm. Mir reicht schon Lucy, die morgens um acht mit einem fröhlichen Grinsen vor mir steht. Das kann ich nicht zweimal gebrauchen." Aiko nahm einen Schluck von ihrem eigenen Kaffee. Schwarz, ohne Milch und ohne Zucker. Ein kleiner Schauder durchfuhr Olivia. So sehr würde sie Kaffee wohl nie lieben können, um ihn in seinem puren, bitteren Zustand zu trinken. Doch irgendwie passte es zu Aikos Persönlichkeit.

„Keine Sorge, ein Lächeln wirst du von mir nicht vor dem ersten Kaffee bekommen", versicherte ihr Olivia.

Aiko lächelte. „Du hast Potenzial, meine neue Lieblingsmitbewohnerin zu werden, Olivia. Erzähl das aber besser nicht Lucy."

Die beiden lachten.

„Einen herrlichen guten Morgen! Schaut mal, wen ich am Buffet getroffen habe!", frohlockte Lucy und setzte sich neben Aiko.

Als Olivia aufsah, erblickte sie Darragh. Nach dem Aufwachen heute Morgen hatte sie gehofft, dass sie sich nur eingebildet hatte, wie gutaussehend er war. Aber nein, das war definitiv nicht der Fall. Darragh trug ein schwarzes Hemd zu einer ebenso pechschwarzen Jeans. Mit einem freundlichen Grinsen, das ein Grübchen an seiner linken Wange zum Vorschein brachte, stellte er sein Tablett mit Rührei, Toast und gebratenem Speck auf den Tisch, dann setzte er sich auf den freien Platz neben sie. Zu dem herrlichen Röstaroma des Kaffees gesellte sich plötzlich ein frischer, angenehmer Duft von Lavendel und Minze.

Olivia reichte ihm die goldene Kanne mit der lebensgeistererweckenden Flüssigkeit. Natürlich waren in einem Gebäude wie diesem die Kaffeekannen aus Gold. Sie hatte gedacht, das Porzellangeschirr mit dem Blumenmuster und dem Goldrand ihrer Oma wäre außergewöhnlich, immerhin wurde es nur zu besonderen Anlässen aus dem Schrank geholt. Aber in Dahlow gehörten Porzellan mit verschnörkelter Malerei und goldene Kaffeekannen anscheinend zur Normalität.

„Was hast du gestern noch gemacht, Darragh, und wie läuft es mit deinen Mitbewohnern? Sind die nett?" Lucy bombardierte Darragh mit Fragen, während sie einen Teebeutel in ihre Tasse hing und ihn mit heißem Wasser übergoss.

„Lucy!", ermahnte Aiko ihre Freundin.

„Was?"

„Du kannst ihn doch nicht so ausquetschen. Es gibt Menschen, die brauchen morgens ihre Zeit, und außerdem kennst du ihn erst seit gestern." Genervt rollte Aiko mit den Augen, während sie mit ihrem Löffel ihr Müsli mit der Milch vermengte.

Darragh grinste. „Alles gut. Tatsächlich ist die Antwort aber ziemlich langweilig. Ich habe nämlich nichts gemacht. Ich bin meinen Mitbewohnern aus dem Weg gegangen, habe meinen Koffer ausgeräumt und war früh im Bett." Er biss in seinen Toast. „Und selbst?"

Lucy warf Aiko einen zufriedenen Blick zu. „Oh, Aiko und ich haben noch Scrabble gespielt. Das war wirklich lustig."

„Wenn du es als lustig bezeichnest, dass ich dich in Grund und Boden gespielt habe, nur zu."

„Beim Spielen geht es nicht darum, dass man gewinnt", belehrte Lucy sie.

„Worum denn dann? Warum spielt man ein Spiel, wenn man es nicht gewinnen will?"

Die beiden verrannten sich in eine Diskussion, ob Gewinnen nun der Kern eines jeden Spiels sei oder nicht. In der Zwischenzeit wandte sich Darragh an Olivia und fragte sie, wie ihre abendliche Joggingrunde gewesen war.

„Spannender, als eine Joggingrunde normalerweise sein sollte. Ich habe mich im Wald verirrt, die Dunkelheit ist mir dann wohl ein bisschen zu Kopf gestiegen und ich habe mich beobachtet gefühlt. Zum Glück ist im richtigen Moment meine Lichtmagie erwacht und ich konnte den Weg aus dem Wald finden. Wahrscheinlich war der Drache, der mir nach dem Leben trachtete, selbst so überrascht von meiner neu entdeckten Magie, dass er sich nicht mehr getraut hat, mich anzugreifen."

Darraghs Mundwinkel zuckten, als sie den Drachen erwähnte. „Diese Magie beherrschst du erst seit gestern Abend?" Interessiert sah er sie an und legte seinen Toast zurück auf seinen Teller.

„Ja, ich hatte schon ein bisschen Bammel, dass ich heute im Unterricht gar nichts Magisches vorweisen kann." Peinlich berührt spielte Olivia mit einer Strähne ihrer feuerroten Haare, die ihr über die Schulter hingen. „Deshalb bin ich gestern auch so schnell los. Es war mir unangenehm, dass ich noch keine wirkliche Magie hatte und das Thema hat mich sehr unter Druck gesetzt."

Lucy ließ von ihrer Diskussion mit Aiko ab. „Oh, Süße, das wusste ich nicht. Hättest du nur etwas gesagt …"

Olivia spielte immer noch nervös an ihrer Haarsträhne und unterbrach Lucy schnell. Sie wollte nicht noch mehr Aufmerksamkeit auf ihre Magie lenken. „Nicht so schlimm, jetzt ist der Druck zumindest ein bisschen geringer."

„Bei mir ist gestern Abend auch eine neue Magie erwacht", berichtete Darragh. „Windmagie. Ich wollte gerade ein Fenster schließen, da ging es wie von allein zu. Ebenso meine Tür, und dann habe ich es noch ein paarmal versucht und gemerkt, dass Magie dahintersteckt."

Er zog seine breiten Schultern nach hinten und streckte seine Brust hervor. Darragh beherrschte also Windmagie, wie Olivias Oma, aber klar, sie waren beide Wassermann.

„Oh, cool, dann kannst du heute im Unterricht direkt von zwei Kräften erzählen!" Lucy war begeistert.

Darragh schaute zerstreut drein. „Genau darüber wollte ich mit euch reden. Könntet ihr meine Auramagie vielleicht für euch behalten? Es wirft immer so viele Fragen auf, und weil ich jetzt die neue Magie entwickelt habe, dachte ich, dass ich nicht notgedrungen sofort von meiner Auramagie erzählen muss. Vor allem meine Mitbewohner müssen nicht unbedingt wissen, dass ich sie so genau lesen kann." Er hatte seine Stimme gesenkt, als wollte er sicherstellen, dass ihn außer den dreien niemand hören konnte.

Verdammt! Genau das hatte Olivia befürchtet. Seine Auramagie war etwas, was er nicht unbedingt jedem auf die Nase binden wollte, und sie hatte nichts Besseres zu tun gehabt, als es bei der nächstbesten Gelegenheit weiterzuerzählen.

„Oh, kein Problem. Dann bleibt das ein Geheimnis unter uns Vieren." Um zu zeigen, wie ernst es Lucy war, legte sie eine Hand auf ihre Brust. An die Stelle, an der ihr Herz saß, als würde sie einen Schwur ablegen.

„Solange Lucy das Wort ‚Geheimnis' nicht noch lauter durch die Gegend ruft, kannst du dich auf uns verlassen." Aikos Mundwinkel zuckten.

Olivia wandte sich leise an Darragh. „Es tut mir leid, dass ich das gestern so rausposaunt habe, ich habe offensichtlich nicht nachgedacht, bevor die Worte aus meinem Mund kamen. Danach habe ich mich auch wirklich mies ge–"

„Alles gut, du konntest es ja nicht wissen", unterbrach er sie.

Olivia blickte in seine Augen. Jetzt, da die Morgensonne durch die bodentiefen Fenster im Speisesaal direkt in sein Gesicht fiel, funkelten sie in einem so facettenreichen Grün, dass sie nicht genau zuordnen konnte, woran sie Olivia erinnerten. Nur, dass sie in einem Maße von ihnen fasziniert war, das sie nie für möglich gehalten hatte. „Doch, ich hätte–"

Darragh schüttelte den Kopf und legte einen Finger auf seine Lippen. „Alles gut. Okay?"

Olivia nickte. Mit einem ehrlichen Lächeln zwinkerte er ihr zu.

Wie sehr sie sich wünschte, den dreien auch ihr Geheimnis anvertrauen zu können und dass es anschließend niemand anderes erfahren müsste! Nur war das leider nicht so einfach wie bei Darragh. Oder vielleicht doch?

Sie überlegte kurz und fragte dann mit zittriger Stimme: „Könnt ihr mir auch etwas versprechen?"

„Was sollen wir dir versprechen?", fragte Aiko.

Olivia holte einmal tief Luft und sagte dann: „Egal, was ihr heute im Unterricht über mich hört ... Könnt ihr bitte nicht anders von mir denken oder mich nicht in eine Schublade stecken?"

Lucy und Aiko schauten sich verwundert an. Darragh hingegen nickte Olivia verständnisvoll zu, ohne eine Frage zu stellen.

Doch Aiko gab sich nicht so einfach mit Olivias Bitte zufrieden. „Wieso erzählst du uns nicht einfach, was wir heute im Unterricht von dir erfahren werden?"

„Weil …", begann Olivia.

Aiko hatte recht, wieso vertraute sie sich den Anderen nicht einfach an? Aber was genau sollte sie denn erzählen? Sie kannte sich mit dieser ganzen Thematik doch selbst gar nicht aus! Das Einzige, was sie wusste, war das, was ihre Großmutter ihr verraten hatte. Es wäre bestimmt besser, wenn Frau Roggenkamp heute im Unterricht davon berichtete. Immerhin konnte sie mehr dazu erzählen. Mit so einem großen Kloß, wie er ihr gerade im Hals steckte, brachte sie es einfach nicht über ihre Lippen.

„Weil wir jetzt zu unserer ersten Stunde müssen und das wahrscheinlich länger dauern würde. Deshalb können wir auch bis zum Unterricht warten."

Olivia beendete ihre fadenscheinige Begründung mit einem Blick auf ihre Armbanduhr. Ohne ein weiteres Wort schnappte sie sich ihre Umhängetasche und stellte ihr Tablett mit dem halb aufgegessenen Schokomuffin darauf zur Geschirrrückgabe. Sie konnte erkennen, dass die Anderen besorgt dreinschauten, als sie eilig den Speisesaal verließ. An den Treppen zum ersten Stock angekommen, raste ihr Herz wie wild. Bei jedem Schritt nahm sie zwei Treppenstufen auf einmal. Am liebsten hätte sie sich selbst dafür geohrfeigt, dass sie so feige war. Von wegen Löwe, das passte ja mal so gar nicht zu ihrem Sternzeichen!

„Olivia! Warte!" Darraghs tiefe und schon so vertraute Stimme ertönte hinter ihr.

Sie versuchte, ihn zu ignorieren. Gerade wollte sie nicht

darüber reden. Mit niemandem. Nicht einmal mit Darragh, obwohl sie sich in seiner Gegenwart so geborgen fühlte, dass sie glaubte, sie könnte ihm alles erzählen.

Mit seinen langen Beinen hatte er Olivia schnell eingeholt. Entschlossen fasste er sie am Arm, damit sie stehen blieb. Sie drehte sich zu ihm um und sah, wie er für einen kurzen Moment seine Hand inspizierte, mit der er sie gerade berührt hatte. Verwunderung breitete sich auf seinem Gesicht aus. Im nächsten Moment war die Verblüffung verschwunden und er blickte Olivia eindringlich in die Augen, wobei sein Gesicht ihrem bedrohlich nah kam. Ihr Herz schlug noch schneller und sie spürte, wie ihre Wangen heiß wurden.

„Drei Dinge. Als Erstes: Ich weiß, was dein Geheimnis ist. Du hast gestern Abend erzählt, dass du vom Sternzeichen her Löwe bist, und mein Vater beherrscht Lichtmagie. Darum weiß ich, dass diese Art von Magie die Fähigkeit eines Löwen im Aszendenten ist. Zweitens: Es ist kein so schlimmes Geheimnis, wie du vielleicht denkst. Es ändert nichts an deinem Charakter und außerdem kannst du nichts dafür. Und zu guter Letzt: versprochen!"

Seine einfühlsame Stimme ließ Olivia für einen Moment all ihre Sorgen vergessen. Vielleicht machte sie hier tatsächlich aus einer Mücke einen Elefanten. Vielleicht war ihr Geheimnis doch weniger schlimm, als sie befürchtete? Zögerlich lächelte Olivia ihn an.

„Aber dir ist hoffentlich klar, dass du jetzt zwei Drachen erledigen musst, damit ich dir deine Aurafarbe verrate?! Schließlich hast du ja jetzt Superkräfte und bist unfassbar stark oder so. Das ist ganz klar ein unfairer Vorteil." Ein verschmitztes Grinsen zierte Darraghs hübsches Gesicht.

Nun lachte Olivia aus vollem Herzen. „Vergiss es. Abgeschlossene Wetten kann man nicht mehr ändern!"

„Und wer sagt das?"

„Das oberste Wettministerium."

Zusammen mit Darragh und einem etwas weniger schweren

Ballast auf ihrem Herzen ging sie die Treppe nach oben zu der ersten magischen Unterrichtsstunde ihres Lebens.

Als Darragh und Olivia das Klassenzimmer betraten, war es noch vollkommen leer bis auf zwei Mädchen, die in der ersten Reihe Platz genommen hatten und fröhlich miteinander plauderten.

Olivia setzte sich an den Fensterplatz in der letzten Reihe des Zimmers und nahm ihre Bücher aus ihrer Tasche. Ein großes, schwarzes Buch auf dem in weißer Schrift <<Sternzeichenmagie – Arten, Verbindungen und wie du sie erkennst>> zu lesen war und ein zweites, kleineres Buch mit kornblumenblauem Einband, auf dem in goldenen Buchstaben <<Umgang mit Elementarkräften Band 1>> eingedruckt war.

Sie legte beide Bücher vor sich hin und blickte aus dem Fenster. Von diesem Klassenzimmer aus konnte man auf den Haupteingang der Akademie blicken. Sie erspähte das große schwarze Eisentor und die efeubewachsene graue Steinmauer, auf der eine Katze saß und ihr rotgetigertes Fell genüsslich in der Sonne putzte.

Als Kind hatte Olivia unzählige Male versucht, ihre Eltern dazu zu bringen, ihr eine Katze zu schenken, doch leider vergebens. Es dauerte bis zum Tod ihres Vaters, bis ihre Mutter endlich nachgab und Olivia eines Tages mit Charly überraschte. Einem moppeligen, schwarzen Kater, den sie aus dem Tierheim gerettet hatte. Charly war bereits sieben Jahre alt, als er bei ihnen einzog, mittlerweile stolze neun und Olivias größter Schatz.

Plötzlich merkte sie, wie die rote Katze auf der Mauer hoch zu ihrem Fenster schaute, ihre leuchtenden Augen genau auf Olivia gerichtet. Schon gestern hatte sie gedacht, dass die magische Welt ihr zu Kopf stieg und sie Dinge sah, die nicht da waren. Und jetzt fühlte sie sich auch noch von einer Katze beobachtet? Sie blinzelte kurz und als sie erneut hinsah, war die Katze wieder emsig dabei, ihre Vorderpfote zu putzen. Vielleicht lag ihre verzerrte Wahrnehmung am Schlafmangel der letzten Nächte?

Darragh, der am Tisch neben Olivia Platz genommen hatte, riss sie aus ihren Gedanken. „Weißt du, dass die Wahl deines Platzes in einem Zimmer sehr viel über deine Persönlichkeit aussagt?"

„Ja, das ist mir bewusst. Die zwei da vorn sind wahrscheinlich Musterschüler und möchten nichts vom Stoff verpassen, was gut dazu passt, dass sie vor allen anderen hier waren. Bestimmt tauschen sie sich gerade über all das aus, was sie bereits wissen, wobei beide den ganzen Sommer damit verbracht haben, die Schulbücher auswendig zu lernen. Ich hingegen mag es nicht, die Blicke anderer Menschen in meinem Rücken zu spüren, deshalb die letzte Reihe. Die Wand neben mir gibt mir eine gewisse Sicherheit und ich kann immer aus dem Fenster schauen, wenn meine Gedanken abschweifen."

Darragh nickte beeindruckt. Er hatte Olivias Erläuterungen interessiert gelauscht.

„Und du hättest vermutlich einen anderen Platz bevorzugt. Du kommst mir nicht wie jemand vor, der gern in der letzten Reihe oder in der Mitte zwischen zwei Tischen sitzt. Anscheinend bist du aber so gern in meiner Nähe, dass du deine persönlichen Sitzpräferenzen außen vorlässt", fügte Olivia mit einem kecken Lächeln hinzu.

Darragh schmunzelte und biss sich dabei auf die Unterlippe. Wurde er gerade ein wenig rot?

„Vielleicht möchte ich dich auch nur vor den Drachen beschützen und habe mich deshalb neben dich gesetzt. Ich bin nämlich noch nicht davon überzeugt, dass du mit denen allein klarkommst und man weiß bekanntlich, dass Drachen gern unbeholfene Erstklässler in Klassenzimmern attackieren."

Olivia lachte. „Mein persönlicher Bodyguard also. Womit habe ich das nur verdient?"

Womit sie das verdient hatte, erfuhr sie jedoch nicht, da in diesem Augenblick Aiko das Klassenzimmer betrat und mit ernster Miene auf Olivia zukam. Entschlossen blieb sie vor Olivias Tisch stehen und beugte sich zu ihr herunter, sodass sie ihr ins Ohr flüstern konnte.

„Eine Frage, Rotschopf: Hat dein Geheimnis damit zu tun, dass deine Eltern Obscurati sind oder du sogar mit Schlangenträger verwandt bist?"

Olivia schaute sie ahnungslos an. „Was? Wer? Nein, ich weiß nicht mal, was das alles bedeutet."

Aiko schaute Olivia kurz an, nickte und setzte sich dann auf den Platz vor ihr. Aiko drehte ihren Stuhl mit der Lehne zur Wand, sodass Olivia ihr Profil sah.

„Dann kann es nicht so schlimm sein." Aiko legte ihre Bücher vor sich auf den Tisch.

Lucy schnappte sich den Platz neben Aiko und somit vor Darragh. Mit einem fröhlichen Lächeln wandte sie sich anschließend an Olivia. „Manchmal ist das alles nur in unserem Kopf und für andere um uns herum gar nicht so schlimm, weißt du?"

Olivia schenkte ihr ein dankbares Lächeln. Lucys Art war einfach stimmungserhellend. Auch wenn sie immer noch einen Knoten im Magen verspürte und ihre Hände nasskalt vor Angst waren, fiel ihr ein großer Stein vom Herzen. Vielleicht hatten sie kein Problem damit, dass Olivia ein Rarlim war. So lang sie kein Obstical war oder mit einem ominösen Schlangenköpfer – oder wovon auch immer Aiko geredet hatte – zu tun hatte, schienen ihre Mitbewohner nicht allzu schnell zu verärgern zu sein. Sie musste Aiko nach dem Unterricht auf jeden Fall fragen, was es mit diesen Obstuci auf sich hatte und wer dieser Schlangentyp war. Ging es hier um dasselbe, was Olivia an ihrem Geburtstag bei dem Gespräch zwischen ihrer Oma und der Schulleiterin aufgeschnappt hatte?

Allmählich füllte sich das Klassenzimmer und ein Platz nach dem anderen wurde besetzt. Punkt neun Uhr betrat Frau Roggenkamp den Raum, ging zum Lehrerpult und stellte ihre große schwarze Ledertasche auf den Tisch. Wie an Olivias Geburtstag hatte sie ihre Haare zu einem strengen Dutt gebunden. Derselbe geschäftliche Ausdruck lag auf ihrem Gesicht. Mit einem freundlichen Lächeln, das Olivia ihr nicht ganz abnahm, drehte sie sich zur Klasse um.

„Guten Morgen! Mein Name ist Selma Roggenkamp, ich bin eure Lehrerin im Fach ‚Einführung in deine magischen Kräfte' sowie ‚Basiswissen Sternzeichenmagie' und außerdem die Schulleiterin dieser Akademie. Auf euren Tischen sollten folgende zwei Bücher liegen: <<Sternzeichenmagie – Arten, Verbindungen und wie du sie erkennst>> und <<Umgang mit Elementarkräften Band 1>>."

Mit prüfendem Blick schaute sie sich im Klassenzimmer um, ob auch jeder diese Lektüre vor sich liegen hatte.

„Mit diesen Büchern beschäftigen wir uns heute Nachmittag. Den Vormittag nutzen wir dazu, uns gegenseitig kennenzulernen. Sehen Sie sich gründlich im Raum um."

Mit ihrem Zeigefinger zeigte sie nach und nach auf ausgewählte Schüler.

„Ich möchte, dass Sie sich eins verdeutlichen: Sie sind die dreizehn Stellari ihres Jahrgangs, die ausgewählt worden, um die beste Akademie Europas zu besuchen. Ihre Zeit in Dahlow wird kein Zuckerschlecken, schließlich wurden Sie nicht umsonst ausgewählt, sondern weil wir denken, dass Sie einmal von großer Bedeutung für unsere magische Welt sein werden. In den nächsten vier Jahren werden wir gemeinsam daran arbeiten, Sie zu der besten Version von sich selbst zu machen, die möglich ist."

Frau Roggenkamp lief bei ihrer Rede durch das ganze Klassenzimmer, wobei ihre Absatzschuhe bei jedem Schritt ein lautes Klackern von sich gaben.

„In den nächsten vier Jahren werden ihre Mitschüler in diesem Raum ihre Verbündeten, ihre Gegenspieler, ihre Freunde, ja, vermutlich sogar ihre Feinde werden. Sie werden lernen, miteinander und gegeneinander zu kämpfen."

Feinde? Gegeneinander kämpfen? So eine Andeutung hatte die Schulleiterin bereits im Haus von Olivias Großmutter fallen lassen. Entweder sie war eine furchtbar argwöhnische Person oder etwas ging in der magischen Welt vor sich, das ihre Oma Olivia verschwiegen hatte.

„Aus diesem Grund möchte ich, dass Sie nicht nur Ihre eigenen Kräfte kennenlernen, sondern auch die Magie aller anderen hier im Raum studieren. Sie sollen in der Lage sein, ihr Gelerntes auf andere Sternzeichentypen übertragen zu können, damit Sie in einer Kampfsituation Ihren Gegner optimal einzuschätzen wissen."

Ein Mädchen aus der ersten Reihe mit dunkelbraunen Zöpfen hob die Hand.

Frau Roggenkamp sah über den Rand ihrer großen Hornbrille zu ihr hinunter. „Ja?"

„Wie wahrscheinlich ist es denn, dass wir in eine Kampfsituation geraten? Meine Eltern sagen, der Krieg sei vorbei."

Olivia war also nicht die Einzige, die Frau Roggenkamps Andeutung verunsichert hatte.

„Wo der eine Krieg endet, beginnt vielleicht schon gleich der Nächste", beantwortete Frau Roggenkamp die Frage mit ernsten und poetischen Worten. Sie ging zu ihrem Pult und lehnte sich mit dem Rücken dagegen, den Blick zur Klasse gewandt. „Viele von Ihnen werden von ihren Eltern die Geschichten des Krieges mit Schlangenträger und seinen Anhängern – den Obscurati – gehört haben."

Olivia erkannte die Begriffe, die Aiko vorhin benutzt hatte. Jetzt würde sie wohl erfahren, was sie bedeuteten!

„Einige Ihrer Eltern werden gesagt haben, dass durch Schlangenträgers Festnahme diese Verbindung gefallen ist und dass wir nun sicher sind. Einige wenige von Ihnen werden aber vielleicht auch von ihren Eltern erzählt bekommen haben, dass diese Verbindung nie verschwindet, dass Schlangenträger wieder an die Macht gelangen wird und dass die Herrschaft der Obscurati kommen wird. Ich möchte Ihrem Unterricht zur

Geschichte der Stellari nicht vorweggreifen, aber lassen Sie sich gesagt sein: Obscurati gibt es immer noch, sie leben unter uns. Ihre Eltern, Tante und Onkel, ja, selbst eure Mitschüler an der Akademie können Schlangeträgers Glaubenssätze teilen und sich bald zusammenschließen, um einen neuen Krieg zu entfachen. Nur, weil der letzte Krieg siebzehn Jahre her ist, heißt es nicht, dass er vergessen ist und schon gar nicht, dass wir vor einem weiteren Krieg geschützt sind."

Olivia lief ein kalter Schauer über den Rücken. Ihre Großmutter hatte ihr zwar erzählt, dass es mal einen Krieg gegeben hatte, aber sie hatte nicht ausführlich darüber reden wollen. Nur eins hatte sie dazu gesagt: dass dies der Grund gewesen sei, weshalb Olivias Mutter ihr die magische Welt verheimlichen und Olivia vor ihr verstecken wollte.

Jetzt, als sie Frau Roggenkamp so reden hörte, wünschte sie sich, dass sie ihre Großmutter genauer über diesen Krieg ausgefragt hätte. Sie kam sich gerade vor, als wäre sie die Einzige im Klassenraum, die Frau Roggenkamps Ausführungen schlecht folgen konnte. Die Stimmung um sie herum war angespannt. Alle Schülerinnen und Schüler schauten gespannt zu der Schulleiterin, die kurz ihre Brille vom Gesicht nahm und mit zwei Fingern erschöpft über ihren Nasenrücken strich.

„Das soll aber nicht Thema unseres heutigen Unterrichts sein, schließlich erfahren Sie noch genug darüber in Ihrem Geschichtsunterricht. Beginnen wir also mit der Vorstellungsrunde. Ich möchte, dass Sie sich alle der Reihe nach vorstellen. Name, Geburtsdatum, Geburtszeit- und Ort, Sternzeichen, Aszendenten und welche Ihrer magischen Kräfte sich bereits bei Ihnen entwickelt haben."

Das Klackern von Frau Roggenkamps Absätzen hallte rhythmisch von den Wänden, als sie weiter durchs Klassenzimmer schritt.

„Ich möchte, dass Sie sich Notizen zu Ihren Mitschülern machen. Legen Sie eine Tabelle an, oder schreiben Sie einfach drauflos, wie Sie wollen, aber am Ende des Tages sollten Sie die besagten Eckdaten zu jeder Person in diesem Raum wissen. Zur Vorbereitung haben Sie drei Minuten Zeit und dann geht es los, der Reihe nach. Also, Notizbücher raus."

In ein paar Minuten würde also Olivias Geheimnis enthüllt werden. Zumindest hatte sie es dann endlich hinter sich und konnte sich mit all den Reaktionen auseinandersetzen, vor denen sie sich so fürchtete. Sie schlug ihr Notizbuch auf und zeichnete eine kleine Tabelle mit den Spalten „Name", „Geburtsdatum/Uhrzeit", „Sternzeichen", „Aszendent" und „Fähigkeit".

Gerade, als sie damit fertig war, waren die drei Minuten um. Frau Roggenkamp bat das Mädchen in der ersten Reihe, das sich zuvor gemeldet hatte, den Anfang zu machen.

Das Mädchen hieß Helena Wattholz, war Jungfrau, Aszendent Krebs und anscheinend immun gegen Elektrizität. Es folgten Sabella Schwarz – das Mädchen, mit dem sich Helena vor Stundenbeginn unterhalten hatte - und ihr Zwillingsbruder Sabriel. Beide hatten hellblonde Haare, graue Augen und trugen ein Outfit, das Olivia unweigerlich an eine Schuluniform erinnerte. Eine weiße Bluse mit einer blau-schwarz gestreiften Krawatte. Dazu trug Sabella einen dunkelblauen Rock und ihr Bruder das farblich passende Äquivalent einer Hose. Mit den abgestimmten Outfits sahen sie sich nicht nur zum Verwechseln ähnlich, sondern auch total spießig aus. Doch es ging hier nicht um den Kleidungsstil ihrer Mitschüler, sondern um ihre Sternzeichen und magischen Kräfte. Vom Sternzeichen waren beide Widder, aber im Aszendenten unterschieden sie sich. Sabella war Skorpion, ihr Bruder Waage. Jeder von ihnen meisterte bereits die identische Elementarmagie.

Als sie der Klasse direkt eine Kostprobe ihrer Rauchmagie vorführten und somit das ganze Klassenzimmer mit einem dichten, grauen Nebel füllten, beschlich Olivia das starke Gefühl, dass die zwei am Ende des Tages nicht unbedingt zu ihren Verbündeten gehören würden. Denn neben ihrem protzigen Getue nahm sie etwas Merkwürdiges und Beunruhigendes von ihnen wahr. Mal ganz davon abgesehen, dass Olivia Angeber nicht leiden konnte.

Der Letzte aus der Reihe war Bjarki Runarson, ein stämmiger Junge mit lockigen Haaren. Vom Sternzeichen war er Skorpion, im Aszendent Fische und er beherrschte genau wie Frau Roggenkamp Frostmagie. Olivia war sehr froh, dass er sie nicht demonstrierte. In der zweiten Reihe ging es weiter mit Maurice Dubois, einem gutaussehenden, muskulösen Jungen mit pechschwarzen Haaren und einem starken französischen Akzent. Vom Sternzeichen war er Steinbock und vom Aszendenten Löwe. Daher besaß er wie Olivia Lichtmagie.

„Mhm ... bei Ihnen hat sich zuerst die Aszendentenmagie entwickelt, interessant. Wobei das nicht wirklich verwunderlich ist, da Versteinerungsmagie eine der kniffligsten Magiearten ist. Diese zu erlernen, kann einige Zeit dauern, aber daran arbeiten wir", erklärte Frau Roggenkamp mit ruhiger Stimme.

Es ging weiter mit Tahmoh Baake - im Sternzeichen Schütze, im Aszendenten Jungfrau. Seine Kraft war Aschemagie. Ihm folgte Cressida Thoma, ein Mädchen mit lila Haaren, das eine Brille mit breitem, grasgrünem Kunststoffrand trug. Color Blocking schien ihr Ding zu sein. Sternzeichen Stier, Aszendent Schütze. Voller Stolz erklärte Cressida, dass sie bereits ihre Elementar- und Aszendentenmagie beherrschte, nämlich Erschaffungsmagie und Zielmagie. Zur Verdeutlichung erschuf sie eine Blume aus dem Nichts, die auf Frau Roggenkamps Platz zu sprießen begann.

Aiko beugte sich zu Olivia hinter und flüsterte: „Dass in der eine Streberin steckt, hätte ich bei dem Style ja nicht vermutet."

Olivia zwang sich zu einem verhaltenen Schmunzeln. Nach Lachen war ihr gerade absolut nicht zumute. Bei den ganzen Fähigkeiten, die ihre Mitschüler vorweisen konnten, fühlte sie, wie der Druck auf ihrer Brust immer größer wurde. Sie war beeindruckt von all die verschiedenen Magiearten, die ihre Klassenkameraden beherrschten. Gleichzeitig war sie besorgt darüber, dass sie der Konkurrenz nicht gerecht werden würde.

In der dritten Reihe ging die Vorstellungsrunde weiter. Zuerst mit Phileas Echberg, einem schlanken, schüchtern wirkenden Jungen mit nahezu weißen Haaren. Vom Sternzeichen war er Krebs, im Aszendenten Zwilling und er beherrschte Telepathie.

Telepathie? Hieß das nicht, dass er die Gedanken anderer lesen konnte? Ab und an fragte sich Olivia selbst, was andere dachten. Beispielsweise würde sie gern wissen, ob Darragh in ihrer Gegenwart genauso nervös war wie sie in seiner. Aber immer ungefragt die Meinung aller Menschen mitzubekommen, war sicher kein Vergnügen. Tauschen würde sie mit ihm definitiv nicht wollen, denn sie konnte sich vorstellen, dass diese Gabe Fluch und Segen zugleich war. Vielleicht war das auch der Grund, wieso er so schüchtern wirkte und den Augenkontakt mit ihren Klassenkameraden eher vermied.

Nun war Lucy Klingenberg an der Reihe, die, wie Olivia bereits wusste, vom Sternzeichen Fische und vom Aszendenten Waage war. Sie erzählte stolz von ihrer Wassermagie, wobei ihre braunen Locken schwungvoll auf und ab hüpften. Nach ihr kam Aiko Tanaka an die Reihe. Gewohnt beiläufig erzählte sie, dass sie im Sternzeichen Zwilling, im Aszendent Krebs war, und verschiedene Gase heraufbeschwören und kontrollieren konnte.

Die Fähigkeiten ihrer Mitbewohnerinnen versetzten Olivia in Staunen. Wasser kontrollieren zu können, klang für Olivia durchaus reizvoll, da sie selbst eine absolute Wasserratte war. Gase erschaffen und kontrollieren war für sie jedoch noch eine abstrakte Fähigkeit. Konnte Aiko jedes beliebige Gas erzeugen? Etwa auch Gift- oder Betäubungsgas, wenn sie jemand angriff? Lachgas stellte sich Olivia unterhaltsam vor, doch wirkte Aiko auf sie nicht wie jemand, der Lachgas aus Vergnügen zum Einsatz bringen würde. Die Lache ihrer Gegner, oder bei wem auch immer sie das Lachgas einsetzen würde, ginge ihr sicher ziemlich schnell auf die Nerven.

Anschließend blieb nur noch Olivias Sitzreihe übrig. Der Erste in der Reihe, mit dem Tisch an der Wand zum Flur hinaus, war Joris Elverding. Sie dachte bereits, dass Maurice für einen Siebzehnjährigen muskelbepackt war, aber Joris setzte dem Ganzen die Krone auf. Er strotzte so arg vor Muskeln, dass Olivia nicht ausmachen konnte, wo seine Schultern aufhörten und der Hals begann. Zur Schaustellung seiner Muskeln trug er ein enges, kurzärmliges Hemd in Meeresblau, das mit Bildern von roten Hummern bedruckt war und über seinen prallen Oberarmen beinahe platzte. Davon abgesehen harmonierte es sehr gut mit seinen ebenso blauen Augen und den aschblonden Haaren. Sein Sternzeichen war Waage, sein Aszendent Widder und er prahlte mit geschwollener, muskulöser Brust von seiner Kampfmagie, die seine Aszendentenmagie war. Teleportationsmagie war seine Elementarmagie und etwas schwieriger zu beherrschen. Einige Versuche waren ihm bereits gelungen, aber vollständig kontrollieren konnte er seine Teleportation noch nicht.

„Ah, auch hier ist die Aszendentenmagie ausgeprägter vorhanden als die Elementarmagie. Ebenso nicht verwunderlich, auch Teleportationsmagie ist eine schwierig zu erlernende Kraft. Wirklich bemerkenswert, dass Sie bereits einige erfolgreiche Teleportationen absolviert haben, Herr Elverding", pflichtete ihm die Schulleiterin bei. „Sie und Herr Dubois werden vielleicht ein wenig mehr Aufmerksamkeit von mir benötigen mit solch beeindruckenden Elementarkräften."

Maurice drehte sich mit einem Zwinkern zu Joris um, der den freundlichen Gesichtsausdruck bemerkte, ihn jedoch nicht erwiderte und stattdessen mit angespannter Miene zur Schulleiterin blickte. Olivia meinte, zu sehen, dass Joris' Gesichtsfarbe leicht rosa wurde. Merkwürdig! Wie der schüchterne Typ wirkte er beim besten Willen nicht auf sie.

Wenn es nach Olivia ging, hatte Joris im Kampf um die beste magische Kraft eindeutig gewonnen. Mit Teleportationsmagie würde sie superschnell von A nach B kommen und viel Zeit damit einsparen, einfach, weil man sich sonst in den Bus, oder das Auto setzen musste! Joris konnte einfach an einen Ort denken und schwupp, war er da. Zumindest funktionierte diese Art von Magie so in Olivias Kopf.

Total vertieft in ihre Vorstellung, wie wohl ein Leben mit Teleportationsmagie wäre, verpasste sie beinahe Darraghs Part in der Vorstellungsrunde. Wie sie bereits wusste, war sein Sternzeichen Wassermann. Steinbock war er im Aszendenten. Er berichtete der Klasse und Frau Roggenkamp von seiner Windmagie, doch seine Auramagie erwähnte er nicht.

Der Moment war gekommen: Olivia war an der Reihe. Vor lauter Begeisterung für die Fähigkeiten ihrer Mitschüler hatte sie in den letzten Minuten schlichtweg vergessen, aufgeregt zu sein. Doch jetzt, als alle Augen auf sie gerichtet waren, kehrten die Anspannung und die Panik zurück.

„Mein Name ist Olivia Fuchs. Ich bin am achten August um Punkt sechs Uhr morgens geboren und somit vom Sternzeichen Löwe und Selbiges auch im Aszendenten." Sie räusperte sich, um ihre belegte Stimme zu klären.

Ein Murmeln ging durch die Klasse. Joris rief: „Uh, ein Rarlim, nicht zu fassen!"

Aiko schaute Olivia mit großen Augen an und Lucy schlug die Hand vor den Mund. Nur Darragh verzog keine Miene und bedeutete Joris, dass er ruhig sein solle.

„Ähm, ja, bei mir ist auch zuerst meine Aszendentenmagie erwacht und ich besitze ebenso wie Maurice Lichtmagie." Um die anhaltende Stille zu brechen, brachte sie ihre Hände kurz zum Leuchten. Anscheinend änderte das nichts. Weiterhin waren alle Augen – außer Darraghs – wie gebannt auf sie gerichtet.

„Und deine Feuermagie, Olivia?" Frau Roggenkamp stand nun direkt vor dem Tisch, an dem Olivia saß.

„Seit Sie vor ein paar Wochen zu Besuch waren, nichts mehr", sagte Olivia kleinlaut.

Frau Roggenkamp nickte. „Ihren Reaktionen kann ich entnehmen, dass Sie alle schon einmal von den sogenannten Rarlim gehört haben?" Einige Schüler nickten. „Sie sind eine

Seltenheit in der magischen Welt. Einmal alle einhundertfünfzig Jahre wird ein Stellari geboren, der dasselbe Tierkreiszeichen als Elementarzeichen und Aszendent besitzt. Rarlim haben nach unseren Aufzeichnungen bis jetzt immer besondere Magie besessen und Großes vollbracht. Auch hierbei möchte ich Ihrem Geschichtsunterricht nicht zu viel vorwegnehmen, aber es schien mir angebracht, ein paar Worte dazu zu verlieren. Ich gehe davon aus, dass wir von dir Großes zu erwarten haben, Olivia! Und ich hoffe, du wirst deine Fähigkeiten weise und für gute Zwecke einsetzen."

Nur das Klackern von Frau Roggenkamps Pfennigabsätzen durchbrach die Stille, als sie sich nach vorn bewegte, zurück zum Lehrerpult.

„Bitte schauen Sie nun alle wieder nach vorn und konzentrieren Sie sich weiter auf den Unterricht. Bis zur Pause sind es noch ein paar Minuten und wir wollen uns anschauen, welchem Sternzeichen welches der vier Elemente – Erde, Wasser, Feuer und Luft – zuzuordnen ist und in welchem Zusammenhang die Elemente mit Ihrer Sternzeichenmagie stehen, der sogenannten Elementarmagie."

Olivia schaute während der ganzen Unterrichtsstunde nicht mehr von ihrem Notizbuch auf. Nichtsdestotrotz spürte sie vereinzelte Blicke auf sich ruhen. Eifrig versuchte sie, alles zu notieren, was Frau Roggenkamp über den Zusammenhang der vier Elemente mit den verschiedenen Elementarkräften erzählte. Doch wirklich konzentrieren konnte sie sich nicht.

„Nach der Pause sehen wir uns dazu das erste Kapitel im Buch an, aber jetzt wünsche ich Ihnen allen erst einmal guten Appetit." Frau Roggenkamp beendete die Stunde und keine Minute später klingelte bereits die Pausenglocke.

Aiko, Lucy und Darragh blieben mit Olivia im Klassenraum zurück, bis alle anderen Mitschüler und die Schulleiterin sich auf den Weg zum Speisesaal gemacht hatten.

„Ein Rarlim. Wow, Olivia, weißt du, wie krass selten das ist? Das hättest du uns doch ruhig gestern Abend sagen können", brach Lucy die Stille, die den Raum erfüllt hatte.

„Ja, Lucy, das ist ihr sicher bewusst, sie wurde ja schließlich nicht von Nubiqui aufgezogen." Dieses Wort kannte Olivia von ihrer Großmutter: Nubiqui waren Nicht-Stellari. Aiko rückte ihren Stuhl näher an Olivias Tisch und legte ihre Arme darauf ab. „Aber du hättest uns das echt erzählen können."

Olivia schüttelte den Kopf. „Ich bin zwar nicht von Nubiqui aufgezogen worden, aber meine Mutter hat mir bis letztes Weihnachten nichts von der magischen Welt verraten. Ich hatte also keine Ahnung, was Stellari sind, geschweige denn, was ein Rarlim ist."

„Wieso hat deine Mutter es dir das so lange verschwiegen? Ist sie selbst kein Stellari?", wollte Lucy wissen.

„Doch, schon, sie ist ein Stellari und ist auch hier in Dahlow zur Schule gegangen. Meine Oma hat mir nie genau erzählt, wieso meine Mutter sich von der magischen Welt abgewandt hat, aber ich vermute, es hat etwas mit dem Krieg zu tun, und damit, dass mein Vater ein normaler Mensch war, also, ein Nubiqui."

„War?" Lucy sah drein, als könnte sie kein Wort glauben, das Olivia gerade gesagt hatte.

Schweren Herzens verriet Olivia den dreien, dass ihr Vater vor zwei Jahren verstorben war und sie danach immer wieder ihre Großmutter und ihre Mutter darüber diskutieren gehört hatte, dass die Geheimnistuerei endlich ein Ende haben müsse. Dann erzählte sie vom letzten Weihnachten, an dem ihre Oma ihr endlich das Geheimnis über die magische Welt der Stellari verraten hatte und welche Besonderheit ihre Sternenkonstellation in dieser Welt bedeutete. Bei dem Gedanken daran, wie ihrer Mutter an dem Tag der Kragen geplatzt war, weil sie nicht gewollt hatte, dass Olivia von der magischen Welt erfahren und schon gar nicht, dass sie nach Dahlow gehen würde, beschlich Olivia noch immer ein reumütiges Gefühl. Seit diesem Abend hatte sie ihre Mutter nicht mehr gesehen, und das nur, weil sie ihr widersprochen hatte und die Akademie besuchen wollte. Sie erwähnte den Besuch der Schulleiterin an ihrem siebzehnten Geburtstag, die Gesprächsfetzen, die sie bei der Unterhaltung zwischen Frau Roggenkamp und ihrer Oma mitbekommen hatte, als die beiden Damen darum gestritten hatten, ob es einen Überfall auf dem Weg zur Akademie geben könnte, und dass sie bis gestern Abend noch keinen Funken Magie auf Kommando hatte erzeugen können.

Lucy, Aiko und Darragh hörten ihr aufmerksam zu und nachdem Olivia ihre Geschichte beendet hatte, sagte eine Weile lang keiner ein Wort.

Schließlich räusperte sich Aiko. „Ich weiß, warum deine Mutter dich von der magischen Welt fernhalten wollte und weshalb Frau Roggenkamp vermutet hat, dass dir und deiner Großmutter ein Überfall bevorstehen könnte."

Olivia starrte sie fassungslos an. „Was? Woher?"

„Mein Vater ist Vorsitzender des Komitees für magische Ordnung. Ich habe vor ungefähr zwei Jahren eine Sondersitzung des Komitees bei uns zu Hause belauscht. Es ging um den Tod deines Vaters, Olivia, wobei ich damals natürlich nicht wusste, dass es um deinen Vater ging. Ein Komiteemitglied berichtete über den Tod eines Mannes, dem Vater des Rarlims unserer Zeit. Mein Vater sah dieses Ereignis als Chance, dass deine Mutter dich nun doch nach deinem siebzehnten Geburtstag an der magischen Welt teilhaben lassen würde und sie beredeten, wie sie dich am besten vor den Obscurati beschützen können."

„Obscunutis? Die hatte Frau Roggenkamp vorhin bereits erwähnt und das klingt auch nach dem Wort, das ich bei dem Gespräch zwischen meiner Oma und ihr aufgeschnappt habe. Wer oder was ist das?", fragte Olivia mit trockener Kehle.

„Obscurati! Nicht, was auch immer du gesagt hast. Und vor allem ohne ‚S'. Wie bei Stellari und Nubiqui ist das sowohl Einzahl als auch Mehrzahl", erklärte Aiko.

Olivia kniff die Augen zusammen. „Das klingt irgendwie falsch. Es muss doch eine Unterscheidung zwischen Ein- und Mehrzahl geben."

„Nope. Ein Stellari, zwei Stellari, drei Nubiqui und hoffentlich kein einziger Obscurati. So ist die Schreibweise", bestätigte Darragh.

„Okay, gut, dann hätten wir die Schreibweise geklärt, aber was sind denn jetzt Obscurati?", wollte Olivia wissen.

„Obscurati sind böse Stellari, die ihre Magie für dunkle Zwecke einsetzen. Seit dem letzten Krieg werden sie oft als Schlangenträgers Anhänger bezeichnet. Er ist einer der mächtigsten Stellari unserer Zeit, der es satthatte, dass wir Stellari uns diese Welt mit den Nubiqui teilen. Diesen Denkansatz teilten damals viele und so hat er es geschafft, eine riesige Gefolgschaft um sich zu scharen. Zusammen hat er mit seinen Anhängern eine Menge Stellari und Nubiqui getötet und versklavt. Vor etwa siebzehn Jahren konnte das Komitee Schlangenträger nach einem legendären Kampf endlich festnehmen und wegsperren. Leider sind etliche Stellari bei diesem Kampf ums Leben gekommen. Mein Vater meint, dass damals unzählige seiner Anhänger entkommen sind. Er befürchtet, dass die Obscurati sich seither neuformieren und einen Plan austüfteln, mit dem sie Schlangenträger befreien wollen. Und dieser Plan, nun ja, beinhaltet dich, Olivia." Die letzten Worte sprach Aiko mit Bedacht aus. Sie sah Olivia dabei hilflos an.

Olivia schluckte. „Und wieso sollte ausgerechnet ich den Obscurati dabei behilflich sein, diesen Schlangenträger zu befreien? Was ist das eigentlich für ein Name – Schlangenträger?"

Darragh ergriff das Wort. „Schlangenträger hieß ein neues Sternzeichen, das eine Verbindung von Stellari im achtzehnten Jahrhundert entdeckt hatte. Es sollte das dreizehnte Tierkreiszeichen werden. Aber weil es nur vom neunundzwanzigsten November bis zum siebzehnten Dezember gelten sollte und den Zeitraum des astrologischen Jahres durcheinandergebracht hätte, wurde es als Hirngespinst abgetan und hat seither keine weitere Bedeutung in der magischen Welt gefunden. Bis Schlangenträger von sich selbst behauptet hat, er könne Dinge tun, die sonst kein Stellari vollbringen könne, und das darauf zurückgeführt hat, dass er diesem dreizehnten Tierkreiszeichen zuzuordnen sei. Er trieb es damit sogar so weit, dass die Nubiqui von diesem dreizehnten Sternzeichen Wind bekommen haben und ernsthaft überlegt haben, es in die Astrologie einzuführen." Darragh schüttelte abschätzig den Kopf, als könnte er selbst nicht glauben, was er da gerade wiedergegeben hatte.

Aiko löste ihn ab. „Und das Komitee befürchtet, dass die Obscurati dich dazu nutzen wollen, Schlangenträger aus dem Gefängnis zu befreien. Es gibt wohl irgendeine Prophezeiung, die besagt, dass ein Rarlim Schlangenträger zu neuer Macht verhelfen wird. Da Rarlim nur alle einhundertfünfzig Jahre vorkommen – nun ja, kann man die Kandidaten, die dafür infrage kommen, an einem Finger abzählen. Das Komitee und wohl auch die Obscurati gehen davon aus, dass sich die Prophezeiung mit höchster Wahrscheinlichkeit auf dich bezieht."

Was? Eine Prophezeiung, laut der Olivia dazu beitragen würde, diesen Schlangenträger zu befreien? Eifrig schüttelte sie den Kopf. „Diese Prophezeiung kann nicht stimmen. Wieso sollte ich diesem Schlangenträger zu neuer Macht verhelfen und wie bitte soll ich das anstellen?"

Jetzt sollte sie nicht nur ein Rarlim sein, sondern auch noch dazu beitragen, irgendeinen bösen Stellari aus dem Gefängnis zu befreien, weil eine ominöse Prophezeiung es sagte? Das war ja grandios! Jeder der von dieser Prophezeiung wusste, würde ihr einen Stempel verpassen. Der Druck auf ihrer Brust wurde größer. Sie fühlte sich ausgestoßen, allein gelassen und hilflos. Hätte ihre Mutter ihr alles verraten, wären die Dinge vielleicht anders gekommen.

„Die Prophezeiung sagt wohl nichts darüber aus, wie du ihm zu neuer Macht verhelfen wirst. Mein Vater meinte, es könnte damit alles Mögliche gemeint sein. Es ist genauso gut möglich, dass du es freiwillig oder unter Zwang machst, oder–" Aiko brach ihren Satz ab und biss sich auf die Lippe.

„Oder was? Rück raus mit der Sprache, schlimmer kann es ja nicht werden." Oder etwa doch?

„Oder ob er durch deinen Tod wieder an die Macht gelangt."

Aikos Stimme war leise und bedacht. Sie sah Olivia mitfühlend an. Lucy und Darragh starrten ihr mit aufgerissenen Augen entgegen, vollkommen schockiert.

„Ah." Olivia ließ sich in ihren Stuhl zurückfallen. „Na ja, zumindest können wir das Erste definitiv ausschließen. Sicher werde ich einem Psycho, der sich selbst den Namen Schlangenträger gibt und einen ganzen Krieg angezettelt hat, nicht aus dem Gefängnis befreien und zu neuer Macht verhelfen."

Darauf wusste keiner etwas zu sagen. Die Informationen lagen Olivia schwer im Magen. Kein Wunder, dass ihre Oma ihr nichts davon hatte erzählen wollen. Olivia hätte es sich wahrscheinlich zweimal überlegt, ob sie die Dahlow-Akademie überhaupt besuchen wollte. Plötzlich unterbrach Lucys Magenknurren die Stille.

„Diese Informationen vertragen sich gerade ganz schlecht mit einem leeren Magen. Wollen wir noch schnell in den Speisesaal und wenigstens ein paar Bissen von irgendetwas Stimmungsaufhellendem greifen?"

Olivia war zwar fest davon überzeugt, dass sie nach diesen Neuigkeiten keinen Bissen herunterbekommen würde, doch ein wenig Ablenkung war genau das, was sie jetzt brauchte. Ein bisschen Zucker in Form eines leckeren Schokopuddings würde vielleicht sogar dabei helfen, alles zu verdauen, was die Anderen ihr gerade offenbart hatten.

„Olivia?" Darragh hielt sie zurück, als sie den Flur betraten.

Sie warteten, bis Aiko und Lucy einige Schritte entfernt waren. Olivias Herz schlug ein wenig schneller. In diesem kurzen Moment überschlugen sich ihre Gedanken. Wollte Darragh sein Versprechen von heute Morgen, dass er nicht anders über sie denken würde, doch zurücknehmen? Jetzt, da er die Prophezeiung kannte? War es ihm unangenehm, wenn ihn jemand mit dem Mädchen sah, das für den erneuten Aufstieg dieses Schlangenträgertypen verantwortlich sein würde? Sie kannte ihn zwar erst seit kurzem, aber irgendwie beschlich sie das Gefühl, als wäre etwas zwischen ihnen. Das wollte sie nicht wegen dieser dummen Prophezeiung aufgeben müssen! Trotzdem beschloss Olivia, dass sie ihm zuvorkommen und einen leichten Weg heraus offerieren wollte.

„Hey, alles gut. Ich verstehe, wenn du dein Versprechen von heute Morgen doch zurücknehmen willst, weil du jetzt von mir und der Prophezeiung weißt." Sie versuchte, dabei verständnisvoll zu klingen, jedoch konnte sie das Zittern in ihrer Stimme nur mäßig unterdrücken.

Darragh sah sie erschrocken an. „Was? Nein, niemals. Im Gegenteil! Ich wollte dir sagen, dass ich nicht zulasse, dass die Obscurati dich für ihre Zwecke benutzen. Wir kennen uns zwar noch nicht lange und vielleicht kommt dir das jetzt ein wenig komisch vor…" Verlegen rieb er seine Hand über seinen Nacken. „Aber ich werde alles Mögliche tun, um dich vor den Obscurati und Schlangenträger zu beschützen!"

Olivias Haut kribbelte. Ihr Magen war plötzlich mit tausenden kleinen Schmetterlingen gefüllt, deren Flügel sie innerlich kitzelten. Hatte Darragh ihr gerade wirklich gesagt, dass er sie vor den Obscurati beschützen wollte? Vielleicht brauchte sie Phileas' Telepathie doch nicht, um herauszufinden, wie Darragh über sie dachte.

„Der typische Heldenkomplex eben. Du meinst also, dass du neben den Drachen auch die Obscurati zur Strecke bringen kannst, ohne dich sonderlich anstrengen zu müssen, ja?"

Darragh grinste. Irgendwie hatte Olivia es geschafft, ihre Stimme cool und lässig klingen zu lassen, obwohl sie innerlich gerade dahinschmolz. Sollte sie ihn umarmen oder wäre das jetzt merkwürdig? Wäre es merkwürdiger, wenn sie ihn nicht umarmte? Irgendetwas musste sie tun, um die angespannte Stille zwischen ihnen zu brechen.

Doch zu einer Umarmung kam es nicht, da Lucy zu ihnen zurückgerannt war und ihre Zweisamkeit unterbrach. „Wo bleibt ihr?", fragte sie ungeduldig. „Ich kann jetzt nicht länger warten, sonst verhungere ich!"

„Danke!", murmelte Olivia Darragh zu, als sie von Lucy zum Speisesaal gedrängt wurden.

Die königliche Speisekammer, wie Olivia den Raum in ihren Gedanken gern bezeichnete, war voller Schüler. Zur Mittagszeit hielten sich alle vier Jahrgänge gleichzeitig im Speisesaal auf. Der Duft von Käsemakkaroni und warmem Streuselkuchen stieg ihr in die Nase. Plötzlich knurrte ihr Magen. Vielleicht würde sie doch einen Happen herunterbekommen. Nachdem die vier sich ihre Teller gefüllt hatten, hielten sie nach einem freien Tisch Ausschau.

Von jetzt auf gleich nahm der Geräuschpegel im Speisesaal merklich ab und Olivia sah einige der Schüler auf sie zeigen und hinter vorgehaltener Hand tuscheln. Großartig! Die Neuigkeit, dass sie der Rarlim war, hatte sich also schneller verbreitet, als sie gedacht hatte. Die Käsemakkaroni und das Kuchenstück auf ihrem Tablett sahen nun doch nicht mehr so unwiderstehlich aus. Am liebsten hätte sie alles stehen und liegen gelassen und wäre weggerannt oder im Erdboden versunken. Joris' Fähigkeit der Teleportation wäre hier unfassbar nützlich. Sie beneidete ihn in diesem Moment so sehr um diese Fähigkeit. Warum musste sie auch so etwas Unnützes wie Feuermagie und Lichtmagie besitzen? Das konnte ihr in dieser Situation überhaupt nicht weiterhelfen. Schließlich konnte sie die ganzen Lästermäuler um sie herum schlecht alle verbrennen. Zumal ihre Magie sowieso nicht so funktionierte, wie sie das eigentlich gern hätte.

„Wisst ihr was? Heute ist ein so sonniger Tag, wollen wir nicht draußen essen?", fragte Darragh.

Lucy und Aiko willigten sofort ein. Zu viert verließen sie den Speisesaal, wobei sich einige Mitschüler nach ihnen umdrehten. Sie suchten sich ein sonniges Plätzchen im Hof und aßen ihr Mittagessen unter den wehenden Bäumen.

Olivia war unfassbar dankbar, dass Lucy, Aiko und Darragh zu ihr hielten und sie trotz ihres Geheimnisses und der Prophezeiung nicht verurteilten. Sie hätte wohl kaum auf eine bessere Gruppe treffen können. Das schien der Beginn einer richtig guten Freundschaft zu sein.

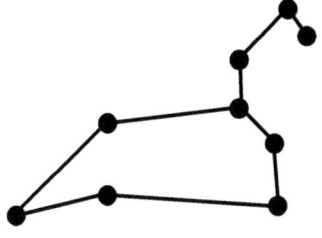

Kapitel 6

Der Aufstieg und Fall des Josef Theissen

Die Klasse verstummte, als ihr Lehrer für „Geschichte der Stellari" am Dienstag den Klassenraum betrat.

„Guten Morgen zusammen, ich bin Professor Toffin und ich begrüße Sie zu Ihrer ersten Unterrichtsstunde im Fach ‚Geschichte der Stellari'. Sie erfahren von mir alles über Ihre Herkunft, die ersten Stellari, den Verlauf der Geschichte und die großen Ereignisse."

Professor Toffin war ein kleiner, gedrungener, alter Mann mit schütterem, grauem Haar und einer kleinen, runden Brille ohne Rand. Er trug ein hellblaues Hemd, darüber einen braunen Pullunder, der aussah, als hätte er seine besten Jahre hinter sich und eine ebenso braune Fliege mit cremefarbenen Punkten. Er wirkte ein wenig wie ein zerstreuter Wissenschaftler, als er seine braune Ledertasche auf dem Lehrerpult abstellte und seine Unterlagen – bestehend aus einer losen Blattsammlung und zwei abgegriffenen Büchern – herausholte.

Sabella, der weibliche Part der arroganten Schwarz-Zwillinge, hob die Hand. Professor Toffin blickte sie an und blinzelte ein paarmal, während er sich mit einer Hand kurz am Haaransatz kratzte. Er schien überrascht zu sein über eine Frage so früh in der ersten Stunde.

„Wie kann ich Ihnen helfen, Frau–"

„Schwarz." Sabella senkte ihre Hand. „Erzählen Sie uns auch etwas über den Krieg, Schlangenträger und die Prophezeiung?"

Durch die Klasse ging ein Raunen. Einige schauten zu Olivia, die wie im Unterricht am Tag zuvor in der letzten Reihe Platz genommen hatte.

„Meine Liebe, ich verstehe, dass das ein Thema ist, das sie alle brennend interessiert, aber der Krieg um Schlangenträger und die Obscurati gehört zur neueren Stellarigeschichte und ist im Lehrplan erst für das Ende des Schuljahres vorgesehen." Professor Toffins Brille rutschte ihm zur Nasenspitze, als er Sabella eingehend musterte.

„Das verstehe ich, aber ich dachte, sie könnten eine Ausnahme machen und uns in der ersten Stunde kurz etwas darüber berichten, in Anbetracht der Tatsache, dass der Rarlim mit uns in eine Klasse geht. Sollten wir da nicht über die Prophezeiung Bescheid wissen?", säuselte Sabella mit heuchlerisch liebreizender Stimme.

Nun drehten sich alle im Raum zu Olivia um. Nur Darragh, Aiko und Lucy waren von ihr abgewandt und funkelten Sabella böse an. Sabella war bereits gestern Nachmittag nach ihrer Stunde „Basiswissen Sternzeichenmagie" auf Olivia zugekommen und hatte sie gefragt: „Wie fühlt es sich an, bald dafür verantwortlich zu sein, dem größten Stellari aller Zeiten wieder zur Macht zu verhelfen?" Danach war sich Olivia ganz sicher gewesen, dass sie und die Schwarz-Zwillinge keine Freunde werden würden.

Anscheinend wusste nicht nur Aiko von der Prophezeiung, aber das hatte Olivia auch nicht erwartet. Jedoch hatte ihr irgendetwas in Sabellas Tonfall das Gefühl gegeben, dass sie eher Neid statt Abscheu dafür empfand, dass durch sie der mächtigste, bösartigste Stellari wieder an die Macht kommen könnte. Darragh und Aiko hatten Sabella direkt unmissverständlich klargemacht, dass sie sich um ihre eigenen Angelegenheiten kümmern sollte. Anscheinend war Sabella es nicht gewohnt, dass man in so einem harschen Ton mit ihr sprach. Sie hatte sich prompt gerächt, indem sie zusammen mit einer Gruppe älterer Schüler Olivia beim Abendessen im Speisesaal ziemlich vulgäre Schimpfwörter zugerufen hatte.

Dass sie und Sabella keine Freunde werden würden, war vielleicht sogar noch zu glimpflich ausgedrückt. Olivia beschlich das Gefühl, dass Sabella sie ganz oben auf ihre Feindesliste gesetzt hatte und sie von dort so schnell nicht wieder herunterfliegen würde. Schon in ihrer alten Schule hatte Olivia Zickenterror gehasst und sich soweit es ging herausgehalten. Das hatte bis jetzt auch immer gut geklappt, da den meisten Tyranninnen schnell langweilig wurde, wenn ihre Opfer sich nicht wehrten. Sie schätzte Sabella jedoch so ein, als würde sie nicht so leicht lockerlassen.

„Oh, nun gut", sagte Professor Toffin mit seiner piepsigen Stimme. „Ich hätte nicht gedacht, dass Kinder in Ihrem Alter überhaupt von der Prophezeiung wissen, aber da Sie es jetzt angesprochen haben, Frau–" Bedächtig schob er sich die Brille zurück auf die Nase.

„Schwarz", sagte Sabella erneut, als Herr Toffin pausierte und sie fragend ansah.

„Frau Schwarz, richtig." Für einen Lehrer hatte er ein schlechtes Namensgedächtnis. „Dann möchte ich Ihnen das Wissen über die Prophezeiung nicht vorenthalten, bevor am Ende Falschinformationen gestreut werden. Besser ist es wahrscheinlich, wenn sie es von mir erfahren. Ist das in Ordnung, Frau Fuchs?"

Professor Toffin blickte durch die Klasse, auf der Suche nach Olivia. Sie hob kurz die Hand, um ihm zu verdeutlichen, dass sie Olivia Fuchs war.

„Ah! Genau, da sind Sie. Ist das für Sie in Ordnung?" Er blickte nun mit analysierendem Blick direkt in ihre Richtung.

Die Schulleiterin hatte die Lehrer sicher allesamt über die Anwesenheit des Rarlims in Kenntnis gesetzt und dabei Olivias Namen erwähnt. Diese Tatsache würde erklären, dass Professor

Toffin ihren Nachnamen kannte, aber nicht wusste, wie sie aussah.

Olivia zuckte mit den Schultern, nickte aber. Schließlich brannte sie selbst darauf, diese ominöse Prophezeiung endlich zu hören.

„Sehr schön, sehr schön. Dann nutze ich die heutige Stunde dafür, Sie über die Prophezeiung zu informieren. Aber in unserer nächsten Stunde geht es dann weiter nach Lehrplan."

Mittlerweile hatten sich alle wieder zum Lehrerpult gedreht und lauschten den Worten des Professors. Olivia öffnete ihr Notizbuch und nahm sich einen Stift, wobei sie sich vorkam wie eine komplette Streberin, die etwas mitschrieb, das nicht einmal zum Lehrplan gehörte. Streberin hin oder her, immerhin würde sie jetzt etwas über eine Prophezeiung erfahren, die von ihr selbst handelte. Da wäre es doch ratsam, sich Notizen zu machen.

„Der Mann, der mittlerweile als Schlangenträger bekannt ist, wurde am 30. November 1964 um 14:34 Uhr unter dem Namen Josef Theissen in Oberwiesenthal, Deutschland geboren. Vom Sternzeichen war er demnach Schütze und Steinbock im Aszendenten. Seine Eltern Wilma und Erasmus Theissen waren beide Stellari. Wilma betrieb einen kleinen Edelsteinladen und Erasmus war der erste Untersekretär des Leiters des KMO."

Professor Toffin sprach, als würde er die Informationen ablesen, aber er stand ohne Buch oder Notizen in der Hand vor der Klasse und redete frei von der Leber weg. Die Namen seiner Schüler schienen das Einzige zu sein, woran er sich schlecht erinnerte.

„KMO ist die Abkürzung für das Komitee für magische Ordnung", fügte er hinzu, als er einige verwunderte Gesichter in der Klasse bemerkte. „Erasmus und Wilma waren also ganz bodenständige Leute. Josef, beziehungsweise Schlangenträger, war von klein auf ein ambitioniertes Kind, und obwohl seine Eltern beide nicht auf der Dahlow-Akademie gewesen waren, war es bereits früh sein Traum, hier zur Schule zu gehen. Er schrieb sogar mehrfach Briefe an den damaligen Schulleiter, mit der Bitte, ihn an der Dahlow-Akademie aufzunehmen. Tatsächlich wurden seine Bemühungen an seinem siebzehnten Geburtstag mit einem Aufnahmebrief für die hiesige Akademie belohnt. Nicht zu Unrecht, denn der junge Josef wies bereits frühzeitig Magie auf, von der die meisten Stellari nur träumen konnten. So sollte er laut seiner Sternzeichen-Aszendenten-Kombination eigentlich Aschemagie und seherische Fähigkeiten besitzen, entwickelte stattdessen aber Feuermagie als erste Fähigkeit."

„Kann es denn nicht sein, dass man sich bei seiner Geburtszeit vertan hat? Meine Mitera war zum Beispiel völlig weggetreten nach der Geburt, sodass sie sich an die genaue Zeit nicht erinnern konnte, und die Hebamme hatte auch nicht recht aufgepasst", warf Cressida Thoma ein.

Sie trug heute ein pinkes Brillengestell, das sich, Olivias Meinung nach, nur unwesentlich besser mit ihren violetten Haaren vertrug als das grüne Gestell von gestern. Olivia bemerkte zudem einen leichten Akzent bei Cressida, und da sie sich noch gut an den Griechenlandurlaub vor vier Jahren mit ihren Eltern erinnerte, wusste sie, dass Mitera Griechisch für Mutter war. Cressida kam also aus Griechenland.

„Ihre Eltern sind Nubiqui, nehme ich an?", fragte Professor Toffin.

Cressida nickte zu Olivias Erstaunen. Sie wusste nicht, wieso, aber sie hatte bis jetzt gedacht, dass zumindest ein Elternteil selbst Stellari sein musste, damit die Magie auf das Kind überging. Anscheinend hatte sie sich dabei getäuscht.

„Ja, dann kommt das öfter vor, weil die Nubiqui nicht so genau bei der Geburtszeit sind. Es ist für sie nicht so wichtig, schließlich wissen die wenigsten von ihnen, was ein Aszendent ist. Bei Josef Theissen jedoch wurde penibel auf die Zeit geachtet, da eine Stellari-Hebamme bei der Geburt anwesend war. Aber selbst, wenn bei der Berechnung des Aszendenten ein Fehler unterlaufen sein sollte: Die Feuermagie gehört zur

Elementarmagie eines Löwen und nicht zur Aszendentenmagie. Außerdem gab es an Josefs Fähigkeit noch eine Besonderheit: Die Flammen, die er heraufbeschwören konnte, waren giftgrün. Keiner konnte sich genau erklären, woher die Fähigkeit kam, und so beschäftigte sich Theissen in seinem ersten Jahr viel mit der Geschichte der Rarlim. Schließlich sind diese die einzigen Stellari, die den Aufzeichnungen zufolge Magie besaßen, die nichts mit der Elementarmagie oder der Aszendentenmagie zu tun hatte. Und ich spreche hier nicht von telepathischen Fähigkeiten, wie dem Handlesen, der Gefühls- oder Auramagie - diese Fähigkeiten kommen unter den Stellari auch ab und an vor, ohne dass es sich dabei gleich um einen Rarlim handelt."

Olivia schaute zu Darragh, der ihren Blick bemerkte, ihn erwiderte und ihr fröhlich zuzwinkerte. Unwillkürlich musste sie grinsen. Sie versuchte, sich wieder auf Professor Toffins Worte zu konzentrieren.

„Feuermagie jedoch – diese hat noch kein Stellari besessen, der nicht im Sternzeichen Löwe geboren oder ein Rarlim gewesen war. Josef Theissen musste irgendwann einsehen, dass er kein unentdeckter Rarlim war, zumal er für den gleichnamigen Aszendenten, wie sein Sternzeichen Schütze, mehrere Stunden früher hätte geboren werden müssen."

Olivia kritzelte Schlangenträgers bürgerlichen Namen nieder und schrieb seine Sternzeichenkombination, seine eigentlichen Kräfte sowie die grünen Flammen als magische Fähigkeit daneben.

„Kurz nach dem Beginn seines zweiten Jahres an der Dahlow-Akademie stieß er auf die Aufzeichnungen von Erwin Roßbach, einem der Entdecker des vermeintlichen dreizehnten Sternzeichens. Von diesem Zeitpunkt an glaubte Josef, im Zeichen des Schlangenträgers geboren zu sein. Schon bald darauf legte er die Aufzeichnungen so aus, als wäre jemand, der in diesem Zeichen geboren ist, mächtiger als alle anderen Tierkreiszeichen und mächtiger sogar als ein Rarlim selbst. Er ging sogar so weit, dass er behauptete, die Entdeckung des Tierkreiszeichens sei damals nur widerlegt worden, da es noch niemanden gegeben habe, der in diesem Zeichen geboren gewesen sei und er selbst der Erste sei."

„Selbstüberschätzend" wanderte als Ergänzung zu Olivias Notizen.

„Als Josef sein drittes Jahr an der Dahlow-Akademie antrat, hatte er bereits einige Anhänger um sich gesammelt, die ihn alle nur noch Schlangenträger nannten. Mittlerweile beherrschte er neben seiner besonderen Feuermagie und seiner Elementar- und Aszendentenmagie auch die Fähigkeit, Tieren seinen Willen aufzuzwängen, sie zu kontrollieren – und sogar die Fähigkeit, zu fliegen."

Erstauntes Schweigen machte sich in der Klasse breit, als Professor Toffin kurz unterbrach, um einen Schluck Wasser zu trinken.

Phileas Echberg hob die Hand. „Was meinen Sie genau damit, dass er Tieren seinen Willen aufzwingen konnte?"

„Er fand irgendwann heraus, dass er sie kontrollieren konnte und sie auf seine Befehle hörten. In der Schulzeit war das nur ein kleiner Trick, den er seinen Freunden vorführte, indem er Eichhörnchen dazu brachte, sich vom Dach zu stürzen oder Vögel zwang, direkt vor die Klauen einer Katze zu fliegen. Später jedoch verwendete er magische Geschöpfe, wie Venesis serpentes – giftige, magische Schlangenwesen – um seine Opfer zu quälen, oder Informationen aus ihnen herauszuquetschen. Das langsam wirkende Gift trieb die Befragten noch lange, nachdem Schlangenträger seine gewünschten Informationen erhalten hatte, in den Wahnsinn. Vermutlich griff er nicht nur gern auf Giftschlangen zurück, weil sie eine gute Foltermethode sind, sondern weil er sein Image als Schlangenträger mit ihnen noch mehr herausstellen konnte."

Professor Toffin pausierte, um zu sehen, ob seine Auskunft Phileas' Frage zufriedenstellend beantwortet hatte. Olivia blickte zu Phileas, dessen Kiefer sich verspannte und der erzürnt die Hände zu Fäusten ballte. Sie erinnerte sich an das T-Shirt, das er gestern getragen hatte: <<Keep calm, I'm vegan>>. Auch ihr lagen Tiere sehr am Herzen und sie hatte bereits seit fünf Jahren keinen Bissen Fleisch mehr heruntergekommen. Den Hass, den Phileas gerade empfand, konnte sie deutlich nachfühlen. Es war eine Sache, Menschen zu tyrannisieren. Jemand, der sich an hilflosen Tieren vergriff, hatte in Olivias Weltbild das härteste Strafmaß überhaupt verdient.

Professor Toffin fuhr unbeirrt fort. „Die letzte Fähigkeit, die er entwickelte, war Magnetismus. Er konnte alles Magnetische und Dinge aus Metall kontrollieren, ohne sie zu berühren. Konnte Telefonverbindungen stören und sogar ganze Stahlbrücken verbiegen, was er im Krieg diverse Male einsetzte und somit zahlreiche Nubiqui und auch Stellari in den Tod stürzte."

„Er hatte also sechs magische Fähigkeiten?", fragte Joris schockiert. „Sechs? Obwohl ein normaler Stellari zwei, maximal drei besitzt?"

„Ganz genau. Das Komitee für magische Ordnung weiß bis heute nicht, wie das möglich ist. Der mächtigste Rarlim, von dem man weiß, besaß schließlich nur fünf verschiedene Magiearten."

„Das ist der Wahnsinn! Grüne Flammen, Aschemagie, seherische Fähigkeiten, Tiere kontrollieren, Fliegen und Magnetismus. Bemerkenswert." Sabella zählte zusammenfassend alle von Schlangenträgers Fähigkeiten auf und war sichtlich beeindruckt – zu beeindruckt für Olivias Geschmack.

„Bemerkenswert? Pass mal auf deine Wortwahl auf, sonst hält man dich am Ende noch für einen Obscurati", zischte Aiko.

Phileas pflichtete ihr bei. „Ganz genau, schließlich ist das, was er mit seinen Kräften angestellt hat, alles andere als bemerkenswert."

„Das war sicher auch nicht so gemeint, oder, Frau Schwarz?" Professor Toffin sah Sabella mit fragendem Blick über seine Brillengläser an.

„Natürlich nicht." Sabellas Stimme klang kleinlaut. Von allen Seiten wurde sie misstrauisch beäugt.

Professor Toffin nickte kurz, als würde er Sabellas Fauxpas damit entschuldigen, und setzte seine Erzählung fort. „Als Schlangenträger mit Auszeichnung die Dahlow-Akademie verließ, hatten bereits Stellari in der ganzen Welt von ihm gehört. Es war ein Leichtes für ihn, seine Anhängerschaft zu vergrößern. Zwei Jahre nach seinem Abschluss blieb er im Untergrund. Keiner weiß genau, was er gemacht hat, aber wenn Sie mich fragen, hat er die Zeit genutzt, seine Gefolgschaft zu vergrößern und die Teile der Welt zu bereisen, die er für die einflussreichsten hielt. Als er schließlich wieder aus der Versenkung auftauchte, arbeitete er im KMO für die Abteilung Magische Gesetzgebung und Beschlüsse. Wo er nicht nur mit seinen exzellenten Fähigkeiten, sondern auch mit seinen kontroversen Meinungen zur Nubiqui-Stellari-Beziehung auffiel."

Nebenbei sortierte der Geschichtslehrer seine lose Blattsammlung, was so laut raschelte, dass Olivia sich anstrengen musste, seine weiteren Worte zu verstehen.

„1990 kandidierte er in einem Alter von nur fünfundzwanzig Jahren zum Leiter des Komitees für magische Ordnung. Die Wahl verlor er nur knapp, wurde im selben Jahr aber noch zum obersten Richter des Stellarigerichts ernannt, was ihm einige Türen öffnete und erlaubte, Gesetze und Beschlüsse zu verabschieden und abzuschaffen. Das war die Zeit, in der er begann, sein wahres Gesicht zu zeigen. Seine Anhänger fingen an, nachts durch die Straßen zu ziehen und Nubiqui zu vergewaltigen, zu foltern und abzuschlachten. Die Nachrichten waren voll von Berichten über diese grausamen Taten, aber man konnte es bis dahin nicht auf ihn zurückführen. Als die ersten Obscurati gefasst wurden und wegen ihrer Taten verurteilt werden sollten, schaffte Schlangenträger die Gesetze ab, die Stellari verbaten, Nubiqui zu unterdrücken. Ab diesem Zeitpunkt konnten keine seiner Anhänger für ihre Verbrechen verurteilt werden, weil es dafür einfach keine Gesetzesgrundlage gab."

Olivia war baff. Da wurde einfach ein Gesetz abgeschafft und schon kann jeder einen unschuldigen Menschen verletzen oder sogar töten? Das wollte ihr nicht in den Kopf.

„Dadurch nahmen die Gewalttaten gegenüber den Nubiqui immer weiter zu. Bis sich 1992 das Komitee der magischen Ordnung gegen Schlangenträger und seine Beschlüsse stellte und verlangte, dass er die Gesetze, die er abgeschafft hatte, neu verabschiedete. Als er sich weigerte, lieferten sich die Obersten des KMO und Schlangenträger einen erbitterten Kampf, in dem viele Stellari starben und Schlangenträger ein Auge verlor. Er konnte diesen Kampf nur gewinnen, da er auch unter den Obersten im Komitee undercover seine Anhänger hatte, die ihm halfen, zu entkommen. Das Komitee verabschiedete nach seiner Flucht direkt die Gesetze gegen die Unterdrückung der Nubiqui. Leider nahmen die Gewalttaten nicht ab und immer mehr Procieri – die Krieger des Komitees – kamen bei dem Versuch, die Angreifer festzunehmen, ums Leben. Der Krieg, der darauf folgte, war der schrecklichste der Geschichte. Bis heute nennt man ihn den Blutmond-Krieg. Obwohl er nur drei Jahre andauerte, forderte er mehr Opfer als der Nachtschwarze Krieg des fünfzehnten Jahrhunderts, der zwölf Jahre dauerte. Als der Krieg dann im Mai 1995 sein Ende fand, zählte man 1,3 Millionen Nubiqui und 20.000 Stellari weltweit zu den Opfern."

Als Olivia die Zahlen notierte, stockte ihr der Atem.

„Es dauerte eine Ewigkeit, bis man die Gedächtnisse aller Nubiqui verändert hatte, sodass sie sich an diesen Krieg nicht erinnern konnten. Man hat dazu einen gedächtnisverändernden Trank ins Grundwasser gekippt. Das war notwendig, um die Nubiqui-Stellari-Beziehung aufrechtzuerhalten. Hätten die Nubiqui sich gegen uns gestellt, wären alle Abkommen des zwölften Jahrhunderts hinfällig gewesen und ein noch viel größerer Krieg zwischen der magischen und nichtmagischen Welt wäre entfacht."

„Wie hat der Krieg sein Ende gefunden?", fragte Bjarki mit zitternder Stimme.

„Schlangenträger wurde gefangen genommen, und das von keinem Anderen als unserem aktuellen Komiteeleiter, der damals noch in der Ausbildung zum Procieri steckte, Nilay Tanaka", antwortete Professor Toffin.

Nun drehten sich alle Köpfe in der Klasse zu Aiko um, die peinlich berührt dreinblickte. „Ja, das ist mein Vater."

„Sehr schön, sehr schön. Ein tapferer Mann, Ihr Vater, ihm haben wir viel zu verdanken", sagte Professor Toffin. Aiko lächelte gezwungen.

Da meldete sich Sabella wieder zu Wort. „Und was ist nun mit der Prophezeiung?"

„Ah, genau, die Prophezeiung. Sehen Sie, als Schlangenträger festgenommen wurde, behauptete er immer wieder, er würde erneut an die Macht gelangen und sprach im Verhör mit dem KMO davon, dass er es in einer Vision gesehen habe. In seiner Gerichtsverhandlung, in der er zu lebenslanger Haft verurteilt wurde, sprach er auch immer wieder von dieser Vision, die ihm erschienen sei, und dass seine Zeit erneut kommen würde. Man bat ein bekanntes Medium darum, seine Aussage zu verifizieren."

„Ein Medium?", fragte Tahmoh.

Professor Toffin blinzelte, wie von jeder neuen Nachfrage, überrascht, bevor er die Antwort wie aus dem Effeff runterratterte. „Stellari im Sternzeichen Krebs verfügen über telepathische Kräfte, das wissen Sie sicher bereits. Nun, einige von ihnen können Gedanken lesen, andere wiederum können ausmachen, ob eine Person lügt oder die Wahrheit sagt, und einige wenige können mittels ihrer Telepathie andere mentale Kräfte channeln und bei Berührung dieser Person deren Kraft ebenso für sich nutzen. Genauso geschah es in der Gerichtsverhandlung gegen Schlangenträger. Das Medium bestätigte seine Vision. Nach seiner Verhandlung wurde Josef an einen der Öffentlichkeit unbekannten Ort gebracht, wo er in eine feuerfeste Zelle gesperrt wurde, ohne Zugang zu magnetischen Gegenständen oder Metall, mit einer Vielzahl an Wächtern. Dort befindet er sich bis zum heutigen Tag und die Vision wurde in das Archiv der Prophezeiungen aufgenommen." Professor Toffin nahm seine Brille von der Nase und rieb sich müde die Augen.

„Und was genau besagt die Prophezeiung? Kennen Sie vielleicht den Wortlaut?", fragte Olivia neugierig.

Alle Augen waren nun wieder auf sie gerichtet. Professor Toffin setzte sich seine Brille zurück auf die Nase, ging zu dem Buchregal hinter seinem Lehrertisch und zog ein großes Buch mit dunkelbraunem Ledereinband heraus.

„Warten Sie kurz, ich kann Ihnen den genauen Wortlaut der Vision direkt vorlesen." Er blätterte durch die Seiten des Buchs. „Ah, hier!"

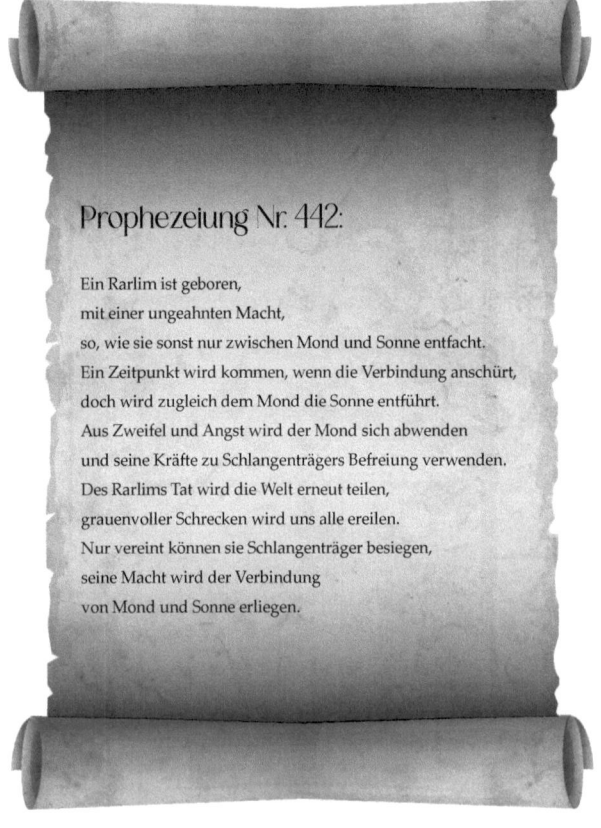

Prophezeiung Nr. 442:

Ein Rarlim ist geboren,
mit einer ungeahnten Macht,
so, wie sie sonst nur zwischen Mond und Sonne entfacht.
Ein Zeitpunkt wird kommen, wenn die Verbindung anschürt,
doch wird zugleich dem Mond die Sonne entführt.
Aus Zweifel und Angst wird der Mond sich abwenden
und seine Kräfte zu Schlangenträgers Befreiung verwenden.
Des Rarlims Tat wird die Welt erneut teilen,
grauenvoller Schrecken wird uns alle ereilen.
Nur vereint können sie Schlangenträger besiegen,
seine Macht wird der Verbindung
von Mond und Sonne erliegen.

„Das ist der Wortlaut der Prophezeiung. Wie Sie sehen, sehr vage, wie jede Prophezeiung eigentlich", schloss Professor Toffin seine Rezitation ab.

Vage traf es ganz gut, und vor allem war es verwirrend. Was hatten Mond und Sonne damit zu tun? War das symbolisch gemeint oder ging es hier tatsächlich um den Mond und die Sonne?

„Du wirst also dafür verantwortlich sein, dass dieser Schweinehund wieder freikommt." Tahmohs Stimme hallte zornig durch den Klassenraum und riss Olivia aus ihren Gedanken.

Bevor Olivia etwas erwidern konnte, mischte sich Sabriel ein. „Du hast doch gehört, dass die Prophezeiung davon spricht, dass der Rarlim spezielle Fähigkeiten hat. Unsere Olivia hier kann gerade einmal ihre Hand als Taschenlampe benutzen, vielleicht ist ja ein anderer Rarlim gemeint."

Ein ketzerisches Grinsen zog sich über sein blasses Gesicht, was in Olivia unweigerlich die Assoziation mit Joker aus den Batman-Comics weckte.

„Aber es gibt doch nur alle einhundertfünfzig Jahre einen Rarlim, vielleicht überrascht uns Olivia ja auch noch und bekommt bald mal etwas wirklich Beeindruckendes zustande." Ein widerliches Grinsen, das dem ihres Bruders glich, erschien in Sabellas Gesicht, als sie Olivia abschätzend musterte.

„Oder eine weitere von Schlangenträgers Fähigkeiten ist die Unsterblichkeit und er wird erst in einhundertfünfzig Jahren und von einem weitaus talentierteren Rarlim befreit", spottete Sabriel.

Was hatte sie den beiden nur getan? Wieso hatten sie Olivia seit dem ersten Schultag auf dem Kieker? Es war die eine Sache, sie zu verurteilen, weil sie der Rarlim war und die komische Prophezeiung davon sprach, dass sie dafür verantwortlich sein würde, einen verrückten Serienmörder zu befreien. Die andere Sache war es, sich über sie lustig zu machen, einfach aus purer Boshaftigkeit.

Plötzlich zog es den Stuhl, auf dem Sabriel saß, ein gutes Stück nach hinten. Er wollte sich an seinem Tisch festhalten, doch schaffte es nicht mehr rechtzeitig. Vollkommen perplex plumpste er mit dem Gesäß voran auf den Boden. Ein paar ihrer Mitschüler lachten.

„Na, na, na, jetzt ist aber gut hier! Ich glaube, Sie bedeuten alle zu viel in diese Prophezeiung hinein. Sie müssen wissen: Nur, weil eine Prophezeiung existiert, heißt es nicht, dass sie in Erfüllung gehen muss. Sie stellt lediglich eine Möglichkeit der Zukunft dar. Und durch ihren Wortlaut eine sehr vage Möglichkeit der Zukunft mit viel Interpretationsspielraum. Niemand kann mit Gewissheit sagen, was die Zukunft bringt, und schon gar nicht mehrere Jahre im Voraus, auch wenn das einige gern glauben wollen. Je weiter das Ereignis in der Zukunft liegt, desto unwahrscheinlicher wird es, dass sie in Erfüllung geht. Dieser Prophezeiung wurde nur so viel Aufmerksamkeit geschenkt, da nur einige Monate danach Frau Fuchs geboren wurde. Seither sind diese kleinen Verse in aller Munde und werden vor allem von den Obscurati als heiliger Gral angesehen."

Er klappte das dicke, alte Buch zusammen und ging zurück zu dem Regal, aus dem er es gezogen hatte. „Lassen Sie mich aber eins klarstellen: Nur, weil Frau Fuchs ein Rarlim ist, und vielleicht der Rarlim, von dem die Prophezeiung spricht, ist noch lange nicht in Stein gemeißelt, dass sie so handeln wird, wie es vorhergesagt ist. Wenn man so handelt, als wäre die Prophezeiung Gesetz, dann ist es auch wahrscheinlich, dass sie eintritt, oder dass Sie im schlimmsten Fall die betreffenden Personen dazu treiben, so zu handeln, wie sie es besagt. Ich hoffe, Sie lassen sich meine Worte gut durch den Kopf gehen …" Professor Toffin pausierte kurz, als die Schulglocke läutete. „Und jetzt viel Spaß bei Ihrer nächsten Unterrichtsstunde."

Die Klasse setzte sich in Bewegung. Olivia, die versucht hatte, den kompletten Wortlaut der Prophezeiung mitzuschreiben, packte gerade ihre Sachen ein, als Tahmoh auf sie zukam.

„Hey, Olivia, Professor Toffin hat recht. Ich wollte mich entschuldigen, dass ich dich so angeblafft habe und die Prophezeiung direkt als gesetzt hingenommen habe. Natürlich hoffe ich, dass sie nicht eintritt."

Seine großen braunen Augen blickten sie entschuldigend an. Wow, das war wirklich nett von ihm. Olivia lächelte ihm zu.

„Danke für deine Entschuldigung! Ich kann dir versichern, dass sie ganz sicher nicht in Erfüllung geht, wenn es nach mir geht."

Zusammen mit ihren Freunden verließ Olivia das Klassenzimmer, um zu ihrer nächsten Stunde „Basiswissen Edelsteine" aufzubrechen. Aiko klopfte Darragh, der vor Olivia herging, lobend auf die Schulter.

„Geile Aktion, Darragh! Sabriel wusste gar nicht, wie ihm geschieht. Schade nur, dass er seine Zimtzicke von Schwester nicht gleich mit vom Stuhl gerissen hat."

Olivia sah die beiden verwirrt an. „Wollt ihr mich aufklären? Was hast du denn gemacht?"

„Na, so doof Sabriel auch ist, von allein wird er nicht vom Stuhl gefallen sein", sagte Lucy.

Olivia runzelte die Stirn. „Okay, aber Darragh saß doch zwei Reihen von ihm weg, wie soll er denn …"

Darragh drehte sich zu ihr um und wackelte mit seinen Fingern. „Mit ein bisschen Magie geht das auch aus der Ferne."

„Oh!" Olivia ging endlich ein Licht auf. „Du hast ihm den Stuhl mit deiner Windmagie weggezogen?"

„Exakt." Ein verschmitztes Grinsen erschien auf seinem Gesicht. Er beugte sich zu ihr, sodass nur sie seine nächsten Worte hören konnte. „Ich habe doch gesagt, ich beschütze dich. Und wenn es nur vor solchen Idioten wie Sabriel ist, die ihr großes Maul nicht halten können, mache ich das mit umso mehr Freude. Die machen immerhin nicht so viel Arbeit wie ein Drache oder ein Obscurati."

Als sich ihre Schultern kurz berührten, schlug Olivias Magen einen Salto. Irgendwie war es schon süß, dass Darragh sich dieses Beschützer-Ding so zu Herzen nahm. Nur hoffte sie, dass er dies nicht tat, weil sie in ihm die Beschützerinstinkte eines Bruders weckte. Das wäre nämlich kontraproduktiv zu den Gefühlen, die sie für ihn hegte.

„Sind eigentlich alle Prophezeiungen in Reimen geschrieben?", fragte sie schließlich, um sich von den tanzenden Schmetterlingen in ihrem Bauch abzulenken.

„Soweit ich weiß, schon", sagte Aiko.

„Also redest du auch bald in Reimen, Darragh? Schließlich besitzt du als Steinbock-Aszendent auch seherische Fähigkeiten." Olivia blickte ihn amüsiert an.

„Sie mögen wohl meinen,
das Reden in Reimen,
ist nicht zu vermeiden.
Das würd' ich verneinen
als Steinbock-Aszendent,
der das Reimen gern mal verpennt."

Darragh gab sein Gedicht in einem geschwollenen Singsang zum Besten.

Olivia schmunzelte. „O je, schon geht's los."

„Gewöhn dich schon mal dran, Süße."

Süße? Hatte Darragh sie gerade „Süße" genannt? Mit hochrotem Kopf tauschte sie einen verlegenen Blick mit Lucy, die gleichwohl überrascht auf den Kosenamen reagierte wie Olivia und ein Grinsen nicht unterdrücken konnte. Wenn sich die Schmetterlinge in Olivias Bauch in dieser Geschwindigkeit vermehrten, würde sie am Ende der Woche wahrscheinlich platzen.

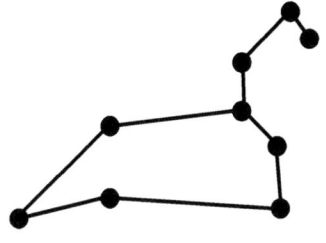

Kapitel 7

Aszendenten

„Zur allgemeinen Definition des Aszendenten lässt sich sagen, dass er der Schnittpunkt des Osthorizonts mit der Ekliptik ist und den am östlichen Horizont aufgehenden Grad des Tierkreises bezeichnet, der zum Zeitpunkt der Geburt am jeweiligen geografischen Geburtsort zu sehen ist."

Herr Bischop, ein großer, kahlköpfiger Mann in seinen Vierzigern mit schokoladenfarbener Haut und einer großen, eckigen Brille mit schwarzem Rahmen, stand am Mittwochmorgen vor der Klasse und deutete auf eine Sternenkarte. Das Licht im Klassenraum war ausgeschaltet und die Vorhänge zugezogen, sodass die Sterne auf der Karte leuchteten. Olivia versuchte mit schweren Augen, bei den Erklärungen des Lehrers für das Fach „Aszendentenmagie" mitzukommen und sich die wichtigsten Punkte zu notieren.

„Einige Stellari, wie auch ich selbst, denken, dass der Aszendent wesentlich für die Persönlichkeitsentwicklung ist und sogar mehr Einfluss auf den Charakter des Menschen hat als das Tierkreiszeichen, welches durch das Geburtsdatum bestimmt wird."

Herr Bischop schritt durch den Raum und zog die ersten Vorhänge zur Seite, sodass das Sonnenlicht den Klassenraum erhellte. Olivia blinzelte. Ihre Augen brauchten einen Moment, bis sie sich an das grelle Licht gewöhnten.

„Wiederum sind andere der Überzeugung, dass der Aszendent nur unwesentlich unser Wesen bestimmt und das Hauptaugenmerk auf dem Elementarzeichen liegt. Da das Elementarzeichen jedoch durch einen mehrwöchigen Zeitraum bestimmt wird und der Aszendent genau die Konstellation der individuellen Geburtszeit und des jeweiligen Geburtsorts widerspiegelt, stimmen Sie mir sicher zu, dass der Aszendent einer wesentlich genaueren Bestimmung unterliegt."

Nachdem Herr Bischop alle Vorhänge geöffnet hatte und zum Lehrerpult gelaufen war, setzte er sich mit überschlagenen Beinen auf seinen Stuhl, den Blick zur Klasse gewandt.

„Im Großen und Ganzen ist jedoch nicht von der Hand zu weisen, dass ein Zusammenspiel des Elementarzeichens und des Aszendenten Auswirkung auf den Charakter, die Handlungen und die Vorlieben einer Person hat. In Ihrem Buch über Aszendentenmagie finden Sie verschiedene Tabellen zu deren Berechnung."

Er hielt das dunkelgrüne Buch mit der geschwungenen weißen Schrift in die Höhe.

„Die Tabellen bieten Ihnen zum einen die Ermittlung der Längen- und Breitengrade ihres Geburtsortes und zum anderen die Ermittlung des Aszendenten mithilfe ihrer Geburtszeit und der zuvor ermittelten Gradzahlen. Auch, wenn Sie alle Ihren Aszendenten bereits kennen, möchte ich, dass Sie sich kurz Zeit nehmen, um ihn mittels der Tabellen im Buch zu berechnen und Ihre Rechenschritte danach der Klasse vorzustellen."

Er blätterte zu einer bestimmten Stelle im Buch.

„Ab Seite dreiundsiebzig finden Sie die Beschreibung der verschiedenen Aszendenteneigenschaften. Ich bitte Sie, zu notieren, welche Eigenschaften Sie mit sich verbinden und welche Sie überhaupt nicht an sich sehen. Bitte machen Sie das sowohl für Ihr Elementarzeichen als auch Ihren Aszendenten, damit wir die Ergebnisse vergleichen können. Sie haben nun vierzig Minuten dafür Zeit."

Olivia blätterte unmotiviert ihr Buch durch. Herrn Bischops Erläuterungen und die spärliche Beleuchtung im Klassenraum machten sie müde. Außerdem hatte sie letzte Nacht sehr unruhig geschlafen. Sie hatte davon geträumt, dass Darragh, Aiko und Lucy sich mit den Schwarz-Zwillingen verbündet und gegen Olivia vereint hatten. In ihrem Traum war Darragh sogar mit Sabella zusammen gewesen und die beiden hatten vor ihrer Nase wild herumgeknutscht.

Ihren Aszendenten zum wiederholten Male zu berechnen, bereitete ihr an diesem Morgen also gar keine Freude. Sie hatte es bereits im Sommer gemacht, als ihre Oma für sie die Schulbücher abgeholt hatte, um auch wirklich ganz sicherzugehen, dass sie ein Rarlim war. Ihre Hoffnung, dass es sich um einen großen Irrtum handelte, hatte sich spätestens bei der fünften Berechnung, die Löwe, Aszendent Löwe ergab, in Luft aufgelöst. Erneut schrieb sie also die Eckdaten zur Berechnung auf.

08.08.1995, 06:00, Stendal, Sachsen-Anhalt

Sie schaute in den Tabellen nach und voilà, das Ergebnis war wie erwartet: Löwe. Ein paar Seiten weiter fand sie die Eigenschaften, die einen Löwen ausmachten, und markierte alle auf sie zutreffenden Punkte. Man müsste meinen, dass alle Eigenschaften auf sie zutreffen würden, da sie doppelt Löwe war, aber so war es nicht. Zumindest glaubte sie das.

Stärken des Löwe-Aszendenten
Selbstbewusst, schöpferisch, unabhängig, optimistisch, heldenmütig, gutherzig, freigebig, treu, ehrlich, vornehm, charakterfest, würdevoll, energievoll, begeisterungsfähig

Schwächen des Löwe-Aszendenten
Prahlerisch, eitel, anmaßend, herrschsüchtig, selbstherrlich, vergnügungssüchtig, verschwenderisch, geltungsbedürftig, egozentrisch, arrogant, steht gerne im Mittelpunkt, liebt die

Bewunderung und das Lob seiner Mitmenschen, Anerkennung ist ihm Antrieb und Motivation

Wenn Olivia ganz ehrlich zu sich war, gab es tatsächlich nur wenige Stellen, die von ihrem Textmarker verschont blieben. Nach zwanzig Minuten war sie bereits fertig mit der Aufgabe und blickte sich im Klassenraum um, während ihre Mitschüler noch über ihren Büchern brüteten.

Sabriel und Sabella steckten die Köpfe zusammen und blickten kichernd zu Olivia. Hätte Sabriel am Montag in „Einführung in deine magischen Kräfte" nicht bereits gesagt, dass seine Schwester und er sich im Aszendenten unterschieden, hätte Olivia glatt gewettet, dass sie ihre Sternzeichenkombination teilten. Sie waren sich ähnlicher, als es für Geschwister typisch war – gehässig, manipulativ und egozentrisch waren noch die nettesten Eigenschaften, die sie mit den Zwillingen verband. Einmal alle negativen Eigenschaften ihrer Aszendenten markieren, bitte.

Sie wandte sich von Sabella und Sabriel ab und ihre Gedanken wanderten zur Prophezeiung. Den ganzen gestrigen Abend lang hatte ihr dieses Thema keine Ruhe gelassen. Sie hatte sich den Kopf zermartert, was mit jeder einzelnen Passage gemeint sein könnte, doch war sie zu keiner schlauen Lösung gekommen. Sie hatte keinerlei Ahnung, mit welch ungeahnter Macht sie geboren sein sollte, denn außer ein bisschen Licht- und Feuermagie hatte sie mit ihren siebzehn Jahren noch nichts wirklich Mächtiges vollbracht. Eine Verbindung, die entfacht werden und der von Mond und Sonne gleichen sollte, war ihr völlig schleierhaft. Und das Ereignis, an welchem dem Mond die Sonne entführt werden sollte, hatte sie erst für eine Sonnenfinsternis gehalten. Doch davon war sie schnell abgekommen, schließlich versteckte dabei eher der Mond die Sonne, als dass sie ihm entführt wurde. Nach Olivias Wahrnehmung war Schlangenträgers Befreiung noch Jahre entfernt – wenn die Prophezeiung überhaupt eintreffen würde.

Herr Bischop räusperte sich und stand von seinem Stuhl auf. „So, ich bitte euch, dass ihr jetzt der Reihe nach eure Ergebnisse vorstellt. Dann bekommt ihr gleich ein besseres Gefühl füreinander, denn es gibt Sternzeichen, die sehr gut miteinander harmonieren und Sternzeichen, die von vornherein nicht zusammenpassen. Aber denkt immer daran: Die Sternzeichenkombination macht den Unterschied." Herr Bischop machte eine vielsagende Pause.

Olivia nahm sich die Tabelle, die sie bereits in ihrer Stunde „Einführung in deine magischen Kräfte" begonnen hatte, um die Details zu den Aszendenten ihrer Mitschüler zu ergänzen. Wenn Herr Bischop recht haben sollte und manche Sternzeichen sich einfach nicht miteinander vertragen, dann war sie sich sicher, dass sie mit Widdern, Skorpionen und Waagen besser nicht verkehren wollte, wenn die alle so drauf waren wie die Schwarz-Zwillinge.

Und wenn man vom Teufel sprach: Sabriel und seine Schwester waren als Erstes an der Reihe. Als Sabella aufzählte, mit welchen Eigenschaften sie sich identifizierte, war Olivia schnell klar, weshalb die beiden nicht auf einer Wellenlänge schwammen: Temperamentvoll, durchsetzungsfähig, nachtragend, hartnäckig, skrupellos und perfektionistisch waren nur einige der Eigenschaften, die Olivia im Kopf blieben.

Obwohl Sabriel und seine Schwester auf den ersten Blick auf Olivia wie ein und dieselbe Person wirkten, hatte er doch ganz andere Eigenschaften für sich ausgesucht, und das nicht nur, weil sie verschiedene Aszendenten hatten. So waren einige seiner gewählten Merkmale über sich selbst: optimistisch, furchtlos, ritterlich, anschmiegsam, hilfsbereit und Streitvermeider.

Liebenswürdig, anschmiegsam und hilfsbereit? Mit zusammengekniffenen Augen musterte sie den blonden Jungen, der vor der Klasse stand. Objektiv betrachtet sah Sabriel gar nicht so schlecht aus. Seine hohen Wangenknochen, das glänzende blonde Haar und die leuchtenden sturmgrauen Augen gefielen Olivia auf gewisse Art und Weise. Doch der Charakter, den er bis jetzt zur Schau gestellt hatte, ließ sein schönes Äußeres wie trockenen Lehm zerbröckeln. Die Eigenschaften, die er für sich als passend erachtete, spiegelten ganz und gar nicht den Sabriel wider, den sie bis jetzt im Unterricht erlebt hatte. Entweder hatte er ein komplett falsches Selbstbild oder er zeigte allen um sich herum ein falsches Bild von sich. Doch warum sollte er das tun? Um seiner Schwester zu gefallen?

Als Joris an der Reihe war, fiel Olivia auf, dass er wie Sabriel Widder und Waage als Sternzeichenkombination hatte, nur in umgekehrter Reihenfolge. Joris wählte vollkommen andere Eigenschaften als Sabriel und beschrieb sich als furchtlosen, starken und barmherzigen Diplomaten. Da hatte wohl jeder der drei noch eine Portion Selbstsicherheit als treibende Kraft mitbekommen.

Es folgten Phileas, Lucy und Aiko. Gemeinschaftlich vertrat jeder von ihnen die Meinung, dass die Charaktereigenschaften ihres Elementarzeichens und Aszendenten nicht optimal auf sie passen würden. Nachdem sie einige Merkmale vorgetragen hatten, war Olivia anderer Meinung. In Phileas sah sie sehr wohl den einfühlsamen und introvertierten Krebs, der auf den gebildeten, aber unbeständigen Zwilling traf. Lucy, die anscheinend ein völlig falsches Selbstbild hatte, schätzte sich weder als träumerischen Fisch noch als ausgeglichene Waage ein. In den paar Tagen, die Olivia Lucy nun kannte, hatte sie auf Anhieb einige Eigenschaften feststellen können, die bestens auf sie zutrafen: sanftmütig, freundlich, lebenslustig, diplomatisch und leichtgläubig. Irgendwas sagte Olivia, dass sie noch mehr Übereinstimmungen mit den Eigenschaften der Waage oder der Fische finden würde, je besser sie Lucy kennenlernte. Auch Aiko konnte sich nicht wirklich mit ihren Sternzeichen identifizieren, wobei Olivia eher das Gefühl hatte, dass es die negativen Eigenschaften waren, die Aiko nicht recht annehmen wollte. So fand sie zwar die Eigenschaften intellektuell, konkret, sachlich und besonnen passend, aber als eigensinnig, praktisch und unverfroren konnte sie sich nicht sehen. Wobei genau das die Eigenschaften waren, mit denen Olivia Aiko beschrieben hätte.

Schlussendlich waren sie und Darragh an der Reihe. Herr Bischop war ganz aus dem Häuschen, als Olivia ihre Sternzeichenkombination erwähnte.

„Oh, ein Rarlim! Ich hatte gehofft, irgendwann mal sehen zu können, wie sich zweimal dasselbe Sternzeichen im Elementarzeichen und im Aszendenten auf die Persönlichkeit und die Kräfte auswirkt. Wirklich interessant." Freudig schlug er die Hände vor der Brust zusammen. „Und dann auch noch ein Löwe. Faszinierend! Das Zeichen Löwe hat per se schon eine große Auswirkung auf den Charakter einer Person, egal ob im Elementarzeichen oder im Aszendenten. Können Sie sich denn mit Ihrem Zeichen identifizieren?"

Herrn Bischops Begeisterung stieg mit jedem Satz und Olivias Aussage, dass sie sich sehr wohl mit fast allen Aspekten dieses Zeichens identifizieren konnte, ließ ihn vor Freude fast in die Luft hüpfen.

„Prächtig! Prächtig! Das wird ein interessantes Jahr für uns Beide, Frau Fuchs. Und jetzt unser letzter Kandidat. Herr Pisano, bitte!"

Als Darragh die Berechnungsgrundlage für seinen Aszendenten vorstellte und mitteilte, dass er in Midleton, Irland geboren worden war, unterbrach ihn Herr Bischop und schnappte erstaunt nach Luft.

„Ja, ist das denn die Möglichkeit! Eine Minute später und *Sie* wären der nächste Rarlim geworden", sagte er mit weit aufgerissenen Augen, während er über der Tabelle im Buch brütete.

Olivia schaute Darragh von der Seite an. Neben der Bewunderung seiner nadelbaumgrün schimmernden Haare und der breiten Schultern, die bei Herrn Bischops Bemerkung unweigerlich zuckten, kam sie nicht drumherum, sich zu wundern, was wäre, wenn Darragh an ihrer Stelle der nächste Rarlim geworden wäre.

Wäre sie dann wie ihre Mitschüler mit dem Wissen der magischen Welt aufgewachsen und ihre Mutter hätte sie zusammen mit ihrer Großmutter am ersten Schultag nach Dahlow begleitet, anstatt ihr sechzehn Jahre lang eine Lüge vorzuleben, um sie zu beschützen?

Wäre ihr Leben jetzt viel unbeschwerter ohne den Weggang ihrer Mutter und der Last der Prophezeiung auf ihren Schultern?

Wie würde Darraghs Leben aussehen? Würde er die Prophezeiung als ebenso belastend empfinden wie Olivia?

Wäre er eigentlich der nächste Rarlim geworden, aber das Schicksal hatte Olivia als die passendere Kandidatin zur Erfüllung der Prophezeiung erachtet?

Die vielen Gedanken, die ihr durch den Kopf kreisten, hatten beinahe zur Folge, dass sie nicht mitbekam, was Darragh mit seinem Sternzeichen verband.

„Mit meinem Aszendenten kann ich mich persönlich nicht wirklich identifizieren und die Eigenschaften eines Steinbocks, zum Beispiel selbstbewusst, geduldig und zurückhaltend, die ich in mir sehe, sind genauso gut auf das Zeichen Wassermann anwendbar. Ansonsten kann ich mich mit den Eigenschaften des Wassermanns sehr gut identifizieren. Zum einen mit den Stärken: energisch, entschlossen, selbständig, kreativ, aber auch mit den Schwächen: ziellos, hin und wieder ein wenig neurotisch, verbohrt und in manchen Situationen auch distanziert."

Darraghs Ausführungen sorgten dafür, dass Herr Bischop in noch größere Begeisterungstiraden ausbrach.

„Herrlich! Noch nie habe ich jemanden kennengelernt, der so knapp daran vorbeigeschrammt ist, ein Rarlim zu werden. Herr Pisano, Sie und ich werden auch ein ganz aufregendes Jahr zusammen erleben!"

Darragh blickte amüsiert zu Olivia. Sie konnte sich ebenfalls ein Grinsen nicht verkneifen. Herr Bischop war ein lustiger Typ. Seine Unterrichtsstunde hatte zwar etwas trocken angefangen, aber umso unterhaltsamer geendet. Er war das genaue Gegenteil von Frau Roggenkamp. So unnahbar und ernst, wie die Schulleiterin wirkte, so umgänglich und euphorisch kam der Lehrer für Aszendentenmagie rüber. Vielleicht sogar ein wenig zu euphorisch für Olivias Geschmack.

„Unglaublich, dass unsere erste Woche in Dahlow schon fast vorbei ist, oder?", sagte Lucy.

Es war bereits Freitagnachmittag. Lucy und Olivia waren nach ihrer letzten Unterrichtsstunde auf dem Weg zu ihrem Zimmer. Die Woche war tatsächlich wie im Zeitraffer vorbeigeflogen, doch gleichzeitig fühlte Olivia sich von den ganzen neuen Informationen total überladen und ihr Kopf platzte fast.

„Herr Schwarz hat eine Art an sich, die einen glatt die Zeit vergessen lässt, oder?" Lucy schwärmte schon seit dem Ende der Stunde von ihrem Meditationslehrer. Ein träumerisches Lächeln erschien in ihrem Gesicht. „Es hat sich gar nicht angefühlt wie Unterricht."

„Mhm … Da muss ich dir widersprechen. Mir kam es unfassbar lang vor und der Weihrauchgeruch hat mich ganz müde gemacht." Ein demonstratives Gähnen entfuhr Olivia, als sie die Arme über ihren Kopf hob und ihren Rücken streckte.

Herr Schwarz unterrichtete die Fächer „Meditation" und „Entfachung deiner Fähigkeit". Meditation war absolut nicht Olivias Ding, zumindest nicht nach der ersten Unterrichtsstunde. Sie fand es ziemlich merkwürdig, zu dieser komischen Klingelmusik in einem vollkommen abgedunkelten Raum mit tausend Kerzen und Räucherstäbchen auf dem Boden zu liegen. Abschalten konnte sie dabei überhaupt nicht und schon gar nicht ihre Kräfte spüren. Lucy dagegen hatte totalen Gefallen an dem Fach gefunden, vielleicht aber auch eher an Herrn Schwarz. Er sah für sein Alter ziemlich jung aus. Mit einem drahtigen, muskulösen Oberkörper und langen schwarzen Haaren, die er nach hinten zu einem Zopf gebunden hatte, und der breiten einzelnen grauen Strähne entlang seiner Schläfe hätte man ihm nachsagen können, dass er gut aussah. Zumindest waren das Lucys Worte gewesen. Wobei sie buchstäblich die Worte „verboten heiß" in den Mund genommen hatte. Widerlich!

Olivia fand Herrn Schwarz mit seinem Selbstbräunerteint und seinen offensichtlich aufgespritzten Wangenknochen unfassbar eingebildet. Er sah aus, als würde er mehr auf sein Aussehen achten, als es ihm guttat. Vielleicht projizierte sie aber auch nur ihre Abneigung gegen die Zwillinge auf ihn, da er nicht nur ihr Lehrer, sondern auch der Vater von Sabriel und Sabella war.

Wenigstens war der Freitag ein kurzer Tag. Herr Schwarz hatte die Klasse in zwei Gruppen aufgeteilt, damit sie besser in die individuelle Arbeit einsteigen konnten. Olivia war zusammen mit Lucy, Phileas, Sabriel, Helena und Maurice in der Nachmittagsgruppe, Darragh und Aiko waren zusammen mit den anderen in der Vormittagsgruppe. Somit hatte sie immerhin den Freitagvormittag frei.

Auf halbem Weg zu Zimmer 207 blieb Olivia abrupt stehen. „Oh, Mist! Ich habe meine Strickjacke im Klassenraum vergessen! Geh ruhig schon mal vor, ich hol sie schnell!"

„Ich kann auch mitkommen!" Lucys Augen strahlten vor Vorfreude darauf, Herrn Schwarz noch einmal zu sehen.

„Oh, bitte nicht! Ich muss mich echt beeilen. Ich bin mit meiner Oma zum Videocall verabredet. Ich kann es nicht gebrauchen, dass du uns in ein Meditationsgespräch verzettelst, nur um einen Mann anzuschmachten, der so alt ist wie dein Vater, Lucy!"

Lucy verzog das Gesicht. Mit schnellen Schritten ging Olivia zurück zum Meditationsraum, der sich ganz am Ende des zweiten Stocks befand. Sie hoffte inständig, dass Herr Schwarz das Zimmer noch nicht abgeschlossen hatte.

Als sie am Klassenraum angekommen war, sah sie mit Erleichterung, dass die Tür nur angelehnt war. Gerade, als sie nach dem Türknauf griff, vernahm sie Stimmen im Klassenraum.

„Und, wie macht sich unser kleiner Rarlim so?", fragte eine helle weibliche Stimme.

Olivia zögerte. Im ersten Moment kam ihr die Stimme der Person unbekannt vor, doch hatte sie das Wort „Rarlim" vernommen, was sie neugierig machte.

Herrn Schwarz' tiefe, melodische Sprechweise erklang. „Irgendwie habe ich das Gefühl, dass ich bei ihr keine Sympathiepunkte gesammelt habe."

Olivias Herz rutschte ihr in die Hose. Hatte sie ihre Abneigung wirklich so offensichtlich gezeigt, oder hatte der Meditationslehrer einfach eine gute Menschenkenntnis? Damit lag er nämlich genau richtig.

„Ist sie auf deinen Charme nicht angesprungen? Das ist neu. Vielleicht ist das ja ihre besondere Fähigkeit: Schleimbolzen enttarnen." Das Mädchen lachte gehässig.

Das Lachen passte auf jeden Fall nicht zu Sabella, also war es nicht seine Tochter, die mit ihm im Raum war. Aber für eine andere Schülerin kam Olivia der Umgangston zu vertraut vor. Wenn sie so mit Herrn Schwarz gesprochen hätte, hätte sie sicher Nachsitzen kassiert. Redete er etwa mit einer anderen Lehrerin? Vorsichtig versuchte sie, die Tür einen weiteren Spalt zu öffnen, um einen Blick auf die Unbekannte zu erhaschen.

„Es scheint mir fast so, als müssten wir auf unseren ursprünglichen Plan zurückgreifen", sagte Herr Schwarz unbeeindruckt von der Stichelei gegen ihn.

Olivia lunzte verstohlen in den Klassenraum. Die Vorhänge waren immer noch zugezogen und mittlerweile waren alle Kerzen erloschen, was den Raum düster und geheimnisvoll erscheinen ließ und die Sicht auf die beiden Sprecher eindämmte. Schemenhaft konnte sie Herrn Schwarz erkennen, der mit dem Rücken gegen sein Lehrerpult gelehnt stand und die Arme vor der Brust verschränkte, seinen Blick auf die zweite Person im Raum gerichtet. Vor ihm stand ein Mädchen mit schulterlangen Haaren, die in dem schummrigen Licht rosa schimmerten. Außer ihrer ungewöhnlich schönen Haarfarbe und einer zierlichen Gestalt konnte Olivia nicht viel erkennen, da sie mit dem Rücken zur Tür stand.

„Das gestaltet sich aber zunehmend als schwierig. Sie ist kaum noch allein anzutreffen. Und nach meinem missglückten Versuch–"

„Olivia!" Herr Schwarz blickte zur Tür. Er hatte sie entdeckt. „Wie kann ich dir helfen? Hast du noch eine Frage?"

Verdammt!

Olivias Herz raste. Sie fühlte sich ertappt. Dabei hatte sie eigentlich nichts Unrechtes getan. Wobei Gespräche belauschen in der Regel nicht als gern gesehen galt.

„Entschuldigung. Ich wollte nicht stören!" Olivia schritt in das Klassenzimmer, ohne Herrn Schwarz anzublicken. „Ich habe meine Strickjacke vergessen und wollte sie nur schnell holen."

Links neben der Tür war der Platz, oder eher das Kissen, auf dem sie gesessen hatte, und daneben lag ihre rosa Jacke. Sie bückte sich, um sie aufzuheben. Als sie aufsah, war das Mädchen von vorhin verschwunden. Seltsam.

„Du hast Glück, dass du mich noch angetroffen hast, ich wollte den Raum gleich abschließen", säuselte der Meditationslehrer und schnappte sich seine Aktentasche, die passend zum restlichen Meditationslook ein einfacher Jutebeutel war. Er überging die Tatsache vollkommen, dass wenige Augenblicke zuvor eine weitere Person im Raum gewesen war, die sich innerhalb eines Wimpernschlags in Luft aufgelöst hatte.

Ohne ein weiteres Wort verließ Olivia eilig den Klassenraum, gefolgt von dem Meditationslehrer, der die Tür hinter sich zuzog und den Schlüssel ins Schloss steckte.

Sie hörte, wie ihr Herr Schwarz noch ein schönes Wochenende wünschte, und rannte den Rest des Weges zurück zum Zimmer 207.

Vollkommen außer Atmen ließ sich Olivia rücklings auf ihr Bett fallen. Sie war so schnell in ihr Zimmer gerannt, dass ihre Lunge brannte. Dazu kam, dass sie immer noch Muskelkater vom Kampftraining am Mittwoch hatte und nun ihr ganzer Körper schmerzte.

Sie konnte die Unterhaltung, die sie soeben belauscht hatte, absolut nicht einordnen. Ging es bei dem Plan, den Herr Schwarz erwähnt hatte, um sie? Wozu wollte dieses Mädchen sie allein antreffen? Olivia richtete sich auf und nahm einen Schluck aus ihrer Wasserflasche, die auf ihrem Nachttisch stand. Vielleicht war es bei dem letzten Satz ja gar nicht um sie, sondern um jemand ganz anderen gegangen, und die Nachfrage nach dem Rarlim war nur eine beiläufige Einleitung gewesen? Aber warum war das Mädchen dann so schnell verschwunden? Sie musste eindeutig teleportiert sein, weil Olivia beim besten Willen nicht mitbekommen hatte, wie sie den Klassenraum verlassen hatte. Das ließ nur den einzig logischen Schluss zu: Herr Schwarz und dieses Mädchen hatten etwas zu verbergen.

Ein melodisches Klingeln ertönte von Olivias Schreibtisch und als sie aufsah, bemerkte sie, wie ihr Laptop blinkte. Mit einem Blick auf die Uhr sah sie, dass es bereits siebzehn Uhr war – die Zeit, für die sie sich mit ihrer Großmutter zum Videochat verabredet hatte! Hastig sprang sie auf und holte ihren Laptop, um ihn vor sich aufs Bett zu legen.

Die rasche Bewegung ließ sie erneut jeden Muskel in ihrem Körper spüren. Aiko hatte es ihr im Kampftraining echt nicht leicht gemacht. In der ersten Trainingsstunde hatten sie sich in Zweierteams aufgeteilt, um Grundtechniken für einen Kampf zu erlernen. Ohne Magie. Es erinnerte Olivia sehr an Kickboxunterricht. Nicht, dass sie schon einmal Kickboxunterricht genommen hätte, aber es fühlte sich zumindest so an, wie es in Serien und Filmen immer aussah – nur zehnmal schmerzhafter. Ducken, Schlag, Kick, Knie nach oben, Rolle, Tritt und das Ganze noch einmal von vorn. Olivia, deren Koordination schlichtweg nicht vorhanden war, hatte diverse Male Kicke, Tritte und Hiebe von Aiko kassiert, mit der sie trainiert hatte. Hätte sie gewusst, dass Aiko seit ihrem fünften Lebensjahr einen Kampfsport nach dem anderen gelernt hatte, von Karate über Taekwondo bis hin zu Krav Maga, hätte sie ganz sicher nicht freiwillig mit ihr trainiert. Morgen würde Lucy als ihre Trainingspartnerin herhalten müssen. Lucy würde auf jeden Fall sanfter mit ihr umgehen, da sie heute ebenfalls über das Training und ihren Muskelkater gejammert hatte. Das Kampftraining zählte wie Meditation bis jetzt nicht zu Olivias liebsten Fächern.

Erwartungsvoll drückte sie auf den grünen Hörer des Videochatprogramms und das freundliche Gesicht ihrer Großmutter mit dem vertrauten Esszimmer im Hintergrund erschien auf dem Bildschirm.

„Hallo Süße! Siehst du mich?", rief ihre Oma in den Computer und winkte eifrig mit der Hand.

„Ja, Oma, und ich verstehe dich auch laut und deutlich, du musst nicht so schreien", erwiderte Olivia amüsiert.

„Hupsi, aber dann ist ja gut. Wie geht es dir, Liebes?"

„Ach, ganz gut. Und dir?"

„Oh, gut. Ich sitz gerade über den Vorbereitungen für heute Abend. Du weißt doch, in zwei Stunden kommen die Mädels zur Bridge-Runde vorbei."

Olivia schmunzelte. Die sogenannte Bridge-Runde bestand aus ihrer Oma und vier weiteren Damen aus der Nachbarschaft, die sich den neusten Klatsch und Tratsch erzählten und dabei eine Merlot-Flasche nach der anderen leerten. Olivia bezweifelte schon länger, dass Frau Dachinger, die zwei Straßen weiter unten wohnte, überhaupt die Regeln von Bridge kannte. Sie war nämlich immer die Erste, die zum Merlot griff. Dann dauerte es nicht mehr lange und sie nahm gar keine Karten mehr in die Hand.

„Und ich habe gerade Schokokekse gebacken. Die schicke ich dir nach unserem Plausch mittels Ofenpost und dann kannst du sie mit Lucy und deinen anderen Freunden teilen, ja?", sagte ihre Oma freudig.

Lucy hatte Olivia bei ihrem ersten Telefonat mit ihrer Großmutter am Mittwochabend das Smartphone aus der Hand gerissen, sich ihrer Oma vorgestellt und eine überschwängliche Entschuldigung geplappert, dass Olivia nicht telefonieren könne, weil sie mit ihr einen Beautyabend machen müsse. Lucys Beautyabend bestand daraus, dass sie sich eine Gesichtsmaske auflegten, sich gegenseitig die Nägel lackierten und jeden Jungen aus ihrer Klasse nach Aussehen, Charakter und seinem Boyfriend-Potenzial beurteilten. Eine Sache, die sie mit Aiko ganz sicher nicht machen konnte. Olivias Oma hatte es ihr nicht übelgenommen, dass sie am Mittwoch keine Zeit für sie gehabt hatte, sondern sich sehr darüber gefreut, dass ihre Enkelin so schnell Freunde gefunden hatte.

„Oh, das klingt wundervoll, danke, Oma." Olivia lief bei dem Gedanken an die Schokoladenkekse ihrer Großmutter direkt das Wasser im Mund zusammen.

„Jetzt erzähl mal, was ist in deiner ersten Woche so passiert?", fragte Rosalie.

„Mhm, lass mal überlegen ... Abgesehen davon, dass ich erfahren habe, dass ich Teil einer komischen Prophezeiung bin, die besagt, ich würde so einem verrückten Schlangenträger zu neuer Macht verhelfen, und dass deshalb alle Schüler und sogar manche Lehrer dieser Akademie hinter vorgehaltener Hand tuscheln, wenn sie mich sehen? Ja, abgesehen davon bin ich auch noch superschlecht im Kampftraining. Mein aktueller Muskelkater hat mich sogar daran gehindert, gestern joggen zu gehen. Aber darin sind immerhin einige meiner Mitschüler schlecht. In allen anderen Fächern, die etwas mit Magie zu tun haben, bin ich die Schlechteste. Aber hey, Gewinner der Herzen, nicht wahr?", sagte Olivia sarkastisch.

Ihre Oma schaute beklommen drein. Eigentlich hatte Olivia nicht so böse klingen wollen. Doch ohne, dass sie es unter Kontrolle hatte, war auf einmal alles aus ihr herausgesprudelt, was ihr die Woche über auf dem Herzen gelegen hatte.

„Wärst du noch nach Dahlow gegangen, wenn ich dir von

der Prophezeiung erzählt hätte?", fragte ihre Oma nach einer langen Pause.

„Vermutlich nicht, und ich mache dir auch keine Vorwürfe, Oma."

Das war die Wahrheit, denn Olivia hatte am Montag intensiv darüber nachgedacht, ob es etwas geändert hätte, wenn sie es vorher gewusst hätte. Dabei war sie zu dem Entschluss gekommen, dass es die ganze Sache nur noch mehr verkompliziert hätte. So hatte sie Zeit, sich erst mal an den Gedanken zu gewöhnen, ein Rarlim zu sein, und konnte jetzt lernen, mit der Last dieser Prophezeiung umzugehen. Oder es zumindest versuchen.

„Ich habe immerhin ein Fach gefunden, in dem ich gut bin: ‚Kräuter und ihre Wirkung'. Dafür brauche ich nämlich keine Magie, wie Frau Osterfeld meinte."

Tatsächlich war „Kräuter und ihre Wirkung" bis jetzt Olivias Lieblingsfach. Das fand nämlich im Gewächshaus der Akademie statt und dort duftete es wahnsinnig gut nach allen möglichen Kräutern. Zudem war es das einzige Fach, in dem es absolut egal war, dass sie ein Rarlim war. Die Lehrerin Frau Osterfeld - eine kleine, gedrungene alte Dame - hatte ihnen direkt in der ersten Stunde erklärt, dass Kräuter immer gleich wirken und ihren Zweck erfüllen, ganz unabhängig davon, welches Sternzeichen oder welchen Aszendenten man hatte. Das war sehr erfrischend, denn Olivia wusste seit dieser Woche, dass sogar der Einsatz von Edelsteinen abhängig von der Sternzeichen-Aszendenten-Kombination war.

„Osterfeld? Das kann nicht sein. Die hatte ich damals schon in diesem Fach. Wie alt ist die denn jetzt? Hundert?"

„Das könnte gut hinkommen", sagte Olivia und beide brachen in lautes Gelächter aus.

„Welche Magie kannst du denn mittlerweile einsetzen? Du hattest mir am Sonntag doch eine Textnachricht gesendet, dass deine Lichtmagie erwacht ist."

Olivia brachte ihre Hand zum Leuchten. „Tada. Das ist aber auch alles, was ich zumindest mit meiner Aszendentenmagie anstellen kann. Mit meiner Elementarmagie habe ich am Dienstagmittag im Unterricht fast einen Tisch abgefackelt – und ich habe keine Ahnung, wie ich das angestellt habe."

Olivia hatte diese Woche gelernt, dass jeder Stellari zwei magische Fähigkeiten besaß. Eine Elementarmagie, die meist auf den Elementen Luft, Wasser, Erde und Feuer basierte und an das Sternzeichen gebunden war, und eine Aszendentenmagie, die – wie der Name schon sagte - durch den jeweiligen Aszendenten bestimmt wurde. Olivias Lichtmagie bewirkte zwar keine Wunder, aber war bis jetzt viel einfacher zu kontrollieren als ihre Feuermagie.

Olivias Großmutter versuchte, sie aufzumuntern. „Das ist doch schon eine enorme Verbesserung. Als ich dich am Sonntag abgesetzt habe, konntest du deine Magie noch gar nicht kontrollieren. Für die erste Woche ist das ein großer Fortschritt!

„Da hast du vermutlich recht. Aber von mir aus könnte es noch schneller gehen."

„Ja, ungeduldig warst du immer schon, kleine Löwin." Ein vertrautes, einfühlsames Lächeln zierte das liebevolle Gesicht ihrer Großmutter. „Hattet ihr schon eure erste Meditationsstunde?"

„Heute, wieso?"

„Meditation hat mir damals am besten geholfen, Herrin meiner eigenen Kräfte zu werden", erklärte Rosalie.

„Mhm … Mir hat das bis jetzt überhaupt nicht geholfen und wirklich entspannen kann ich mich bei diesem Gedudel auch nicht."

Für einen kurzen Augenblick überlegte Olivia, ob sie ihrer Oma von dem Gespräch erzählen sollte, das sie gerade zwischen dem Meditationslehrer und dem unbekannten Mädchen belauscht hatte, entschied sich aber dagegen. Sie wusste ja selbst nicht wirklich, was sie da genau gehört hatte.

„Du darfst auch nicht von heute auf morgen Wunder erwarten, Süße. Ich kann dir nur ans Herz legen, der Meditation noch eine Chance zu geben."

„Du hast vollkommen recht. Man muss auch die kleinen Erfolge feiern." Auch wenn Olivia wusste, dass sie mit Meditation nie warm werden würde, wollte sie nicht mit ihrer Oma diskutieren. „Erzähl mal, was gibt es bei dir denn Neues?"

Die beiden quatschten noch eine Stunde lang darüber, dass Rosalies Freundin Margot schon wieder einen neuen Mann hatte, welche neuen Rezepte Olivias Oma nächste Woche ausprobieren wollte und über den Groschenroman, den sie letzte Nacht vorm Zubettgehen zu Ende gelesen hatte, bevor sie ihr Gespräch beendeten.

Seufzend klappte Olivia ihren Laptop zu. Sie vermisste ihre Oma unheimlich. Das Gespräch mit ihr hatte ihr jedoch ein gutes Gefühl gegeben. Es beruhigte Olivia, dass ihre Großmutter auch ohne ihre Enkelin in dem großen, leeren Haus gut zurechtkam.

Es klopfte an der Tür und Lucy steckte den Kopf in Olivias Zimmer. „Der Ofen hat geläutet. Ich konnte es mir nicht verkneifen und habe reingeschaut. Sind die unglaublich duftenden Schokokekse etwa für dich?"

Freudig sprang Olivia von ihrem Bett auf. „Für uns! Meine Oma hat sie heute frisch gebacken."

„Das klingt nach der besten Oma der Welt!", schmachtete Lucy.

„Das kannst du laut sagen!"

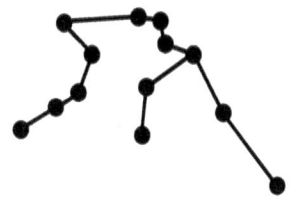

Kapitel 8

Brennender Pfeil

Darragh saß am Samstagmorgen am Schreibtisch in seinem Zimmer und starrte auf ein leeres Blatt Papier, während er seinen Bleistift durch seine Finger gleiten ließ. Zeichnen war schon seit Kindertagen seine große Leidenschaft. Es half ihm, abzuschalten, Geschehenes zu verarbeiten und sich über Dinge klarzuwerden. Seit er an der Dahlow-Akademie war, hatte er schon drei Portraits von Olivia angefertigt, aber keins davon wurde ihr auch nur ansatzweise gerecht.

Mit der Intention, etwas Einfaches zu zeichnen, saß er jetzt schon einige Minuten vor dem weißen, elendig leeren Blatt und doch kam ihm einfach nichts in den Kopf. In den zurückliegenden Tagen hatte er an nichts anderes denken können als an Olivia, und je mehr Zeit er mit ihr verbrachte, desto schlimmer wurde es. Sie war intelligent, schlagfertig, mutig und witzig und er genoss das Gefühl von Geborgenheit, das er in ihrer Nähe spürte.

„Jetzt reiß dich aber mal zusammen, das ist ja nicht mehr auszuhalten!", murmelte er zu sich selbst und fuhr sich mit seinen Fingern durch die glatten, dunklen Haare.

Frustriert stand er von seinem Schreibtisch auf, wobei er ein unangenehmes Ziehen unterhalb seiner Brust verspürte. Vor dem großen Wandspiegel bleib er stehen und zog sein Shirt hoch. Mit zusammengebissenen Zähnen betrachtete er den tennisballgroßen blauen Fleck an seinem rechten Rippenbogen, wo ihm Joris am Mittwoch beim Kampftraining einen mächtigen Tritt verpasst hatte. Mittlerweile war er tiefschwarz, und als er mit seinen Fingern darüberstrich, zuckte er vor Schmerz kurz zusammen. Eigentlich würde er mit dem Kampftraining heute gern aussetzen, bevor sein Trainingspartner diese Stelle erneut malträtieren würde. Joris würde er heute definitiv nicht erneut als Trainingspartner wählen. Das war auch am Mittwoch nicht seine Absicht gewesen, aber als er ihn in der Umkleide protzen gehört hatte, dass er den Rarlim im Zweikampf fertigmachen und damit allen zeigen würde, dass seine Kampfmagie die mächtigste sei, hatte er nicht lange überlegen müssen. Er war fest davon ausgegangen, dass Aiko und Lucy zusammen trainieren würden, und hatte selbst nicht gegen Olivia kämpfen wollen. Nicht, weil er Angst hatte, ihr wehzutun – er hatte beim Karate damals einige Techniken gelernt, die dem Gegner kein bisschen wehtaten – sondern, weil sich bisher jede Berührung von ihr angefühlt hatte, als würde seine Haut verbrennen. Solange er dafür keine Erklärung hatte, gab er alles darum, Berührungen mit ihr zu vermeiden – auch wenn es ein enormes Maß an Selbstkontrolle von ihm abverlangte.

Beim ersten Mal im Speisesaal, als sie ihm neckisch auf den Arm geschlagen hatte, hatte er noch gedacht, es wäre ein elektrischer Schlag gewesen. Ähnlich wie der Effekt, wenn man einen Luftballon rieb und danach jemanden berührte. Als er aber am Montag nach dem Frühstück auf der Treppe vor dem Speisesaal nach ihrem Handgelenk gegriffen hatte, hatte er das Gefühl gehabt, als würde er in eine offene Flamme greifen. Und genauso hatte es sich auch angefühlt, als sich ihre Schultern am Dienstag nach „Geschichte der Stellari" berührt hatten. Vielleicht lag es daran, dass sie ein Rarlim war? Aber wieso nur er dieses Gefühl zu verspüren schien, konnte er sich nicht erklären.

Es klopfte an der Tür und Joris kam herein. Er wartete nie, bis Darragh ihn hereinbat. Deshalb schloss er sein Zimmer immer ab, wenn er allein sein wollte. Als er vorhin aus dem Bad gekommen war, musste er es wohl vergessen haben.

„Ey, der Rarlim ist hier und will dich sehen", sagte Joris.

Darragh erblickte Olivia hinter ihm. Schnell ließ er sein Shirt über den blauen Fleck gleiten, doch es war zu spät.

„Danke, das hätte ich auch selbst gekonnt, und mein Name ist Olivia." Sie drängte sich an Joris vorbei in Darraghs Zimmer und schlug direkt die Tür zu. „Was hast du da an deinem Bauch?" Besorgnis zeichnete sich auf ihrem Gesicht ab.

„Ach, das ist nichts."

Darraghs Miene konnte Olivia nicht überzeugen. „Es sah aber nicht aus wie nichts. Lass mal sehen."

Olivia kam auf ihn zu, Darragh machte einen Schritt zurück. Ein Schatten huschte über ihr Gesicht und er fühlte sich schlecht. Es musste auf sie wirken, als würde er vor ihr zurückweichen, was er ja auch tat. Aber er konnte nicht zulassen, dass sie ihn berührte. Nicht, solange er noch keinen Weg dafür gefunden hatte, dass ihre Berührung für ihn nicht mit Schmerzen einhergehen würde, egal, wie sehr er es doch eigentlich wollte. Der berauschende Geruch von Orangenschalen, Zimt und einem Hauch Vanille, der ihm immer unter die Nase kam, wenn Olivia in der Nähe war, machte die Angelegenheit nicht einfacher.

„Es ist eine Verletzung vom Kampftraining am Mittwoch mit Joris und es ist ziemlich berührungsempfindlich." Er hoffte inständig, diese Erklärung würde sein ruckartiges Zurückweichen vor ihr erklären. „Was machst du eigentlich hier?"

„Oh, nun ja …" Olivia lief leicht rosa an. „Ich war gerade draußen spazieren und bin dann in den falschen Korridor abgebogen. Ich verwechsle immer noch Ost- und Westflügel. Als ich schon durch den halben Korridor gelaufen war, habe ich es gemerkt und gedacht, dass ich dich auch gleich zum Frühstück abholen könnte." Sie mied seinen Blick und starrte verlegen auf den Boden.

„Schilder lesen gehört schon mal nicht zu deiner Spezialfähigkeit", scherzte Darragh.

Olivia schenkte ihm einen gespielt bösen Blick und streckte ihm die Zunge heraus. Darragh lachte. Wenn sie versuchte, böse zu schauen, sah sie unfassbar süß aus.

„Frühstück klingt nach einer super Idee, ich habe mächtigen Kohldampf!"

Dankbar für die Ablenkung von seiner Zeichenblockade schnappte er sich seine Zimmerschlüssel und hielt Olivia die Tür auf. Sie sah ihn nachdenklich an und für einen Moment glaubte er, dass sie etwas sagen wollte, doch dann ging sie ohne ein Wort aus dem Zimmer.

Im Flur konnte Olivia sich ihren Kommentar zu Darraghs Verletzung nicht mehr verkneifen. „Warst du damit schon bei der Krankenschwester?"

Dahlow hatte eine Krankenschwester und auch ein Krankenzimmer, das sich neben den Lehrerzimmern im dritten Stock des Haupthauses befand.

„Wegen eines blauen Flecks?" Darragh zog ungläubig seine Augenbrauen hoch.

„An der Stelle könnte gut und gerne eine Rippe geprellt oder sogar gebrochen sein. Damit solltest du zumindest heute kein Kampftraining machen. Die Krankenschwester würde dir sicher ein Attest ausstellen."

„Ich werde mir heute einfach einen leichteren Gegner aussuchen und dann passt das schon."

Nun zog Olivia die Brauen hoch. „Ich habe mich sowieso gefragt, warum du mit Joris trainiert hast. Ich dachte, du kannst ihn nicht sonderlich leiden. Und dann hat er ja auch noch diese Kampfmagie, die er sicher eingesetzt hat, obwohl Herr Folten es ihm verboten hatte."

Darragh schwieg.

Olivia blickte ihn misstrauisch mit zusammengekniffenen Augen an. „Wolltest du beweisen, wie stark du bist, und ein Mädchen beeindrucken?"

„Was?" Darragh blieb stehen, verblüfft über ihre direkte Frage nach einem Mädchen. Dachte Olivia wirklich, er wäre so ein draufgängerischer Typ und an irgendeinem anderen Mädchen in ihrer Klasse interessiert?

„Nein! Wenn du es unbedingt wissen willst: Er hat in der Umkleide rumposaunt, dass er dich fertigmachen will, um allen zu beweisen, dass er stärker ist als der Rarlim. Und da ich dachte, dass Aiko und Lucy zusammen trainieren, wollte ich dir Joris als Trainingspartner ersparen." Verlegen fuhr er sich mit der Hand durch seine zerzausten Haare.

„Oh." Olivias Gesicht nahm erneut eine leichte Rosafärbung an und sie mied seinen Blick. „Du hättest auch mit mir trainieren können, anstatt dir Joris' Kampfmagie anzutun."

„Ich wollte dir nicht wehtun, ich habe den gelben Gürtel im Karate, weißt du?" Darragh sah sie von der Seite aus an.

Olivias Mundwinkel zuckten. „Mein Held, ich danke dir, o großzügiger Rittersmann!" Sie nahm den Saum ihres rosa Rocks zwischen die Finger, überkreuzte die Beine und machte einen tiefen Knicks vor ihm, bevor sie sich vor Lachen nicht mehr halten konnte.

„Gut, wenn du das nächste Mal vom großen Karatemeister fertiggemacht werden willst, dann gern", stichelte Darragh. Oh, Mist. Was tat er hier? Wie konnte er mit Olivia kämpfen, wenn sie ihn mit jeder Berührung gefühlt verbrannte? Er würde vor ihr dastehen wie der größte Versager, wenn er ihr ständig ausweichen und bei jeder Berührung zusammenzucken würde.

Olivia versuchte, eine ernste Miene aufzulegen. „Deal! Aber sicher nicht heute. Du springst mal über deinen ritterlichen Schatten und gehst nach dem Frühstück zur Krankenschwester. Ich trainiere heute sowieso mit Lucy. Abgemacht?"

„Wie kann ich dazu nein sagen?"

Wie konnte er dazu nein sagen? Aber Darragh musste sich geschlagen geben, denn bei dem Schmerz, der gerade von seiner Rippe ausstrahlte, war er sich sicher, dass er keinen einzigen Schlag überstehen würde. Das viel dringlichere Problem war jedoch: Wie konnte er ein Kampftraining mit Olivia überstehen, ohne sie zu berühren? Er musste bis zum nächsten Mittwoch dringend eine Lösung für dieses Problem finden.

„Ihre Rippe ist eindeutig geprellt." Die Krankenschwester Frau Marquardt begutachtete Darraghs Verletzung. „Wären Sie direkt zu mir gekommen, Herr Pisano, dann hätte ich mit der richtigen Kräutermixtur die Entstehung eines Hämatoms verhindern können. So dauert der Heilungsprozess wesentlich länger und ich werde Sie für die nächsten beiden Trainingseinheiten krankschreiben müssen. Wann ist Ihr nächstes Kampftraining?"

„In zwanzig Minuten und dann am Mittwochnachmittag." Darragh lag im Krankenzimmer mit freiem Oberkörper auf der klapprigen Liege und wurde von Frau Marquardt mit einer Salbe eingerieben.

„Dann möchte ich Sie am Donnerstag zur Nachkontrolle sehen. Bis dahin bekommen Sie einen Tiegel von dieser Salbe, die Sie bitte morgens und abends auf die betroffene Stelle auftragen. Die müsste eigentlich im Handumdrehen helfen." Frau Marquardt reichte Darragh die Salbe. „Sie dürfen sich jetzt wieder anziehen. Wir sehen uns am Donnerstag."

Das passte Darragh ganz gut in den Kram. So hatte er wenigstens eine ganze Woche, um herauszufinden, was mit ihm nicht stimmte und wieso er Olivia nicht berühren konnte. Jetzt, da er vom Kampftraining freigestellt war, konnte er die freie Zeit nutzen und direkt in der Bibliothek nach Antworten suchen. Doch als er in der Turnhalle angekommen war, wurde ihm schnell klar, dass Herr Folten es ihm leider nicht so leicht machen würde.

„Krankgeschrieben? Mhm … Na, Sie können vom Zuschauen auch einiges lernen. Ihre Aufgabe für diese Stunde ist es, jedem Team beim Kämpfen zuzusehen und anschließend die Fehler zu analysieren."

Der Kampftrainingslehrer war ein junger, brünetter Mann mit einem breiten Schnurrbart und einem roten Trainingsanzug. Seine farblich passende und bereits sichtlich abgenutzte Trillerpfeife, die ihm um den Hals hing, nutzte er in regelmäßigen Abständen dazu, um die Trommelfelle seiner Schüler zu malträtieren.

Na klasse! Das passte Darragh gerade gar nicht in den Kram. So musste er die Stunde trotz Attest in der Turnhalle verbringen und konnte die Zeit nicht dazu nutzen, Informationen zu der eigenartigen Verbindung zwischen ihm und Olivia zu sammeln.

Nachdem Herr Folten mit einem scharfen Pfiff in seine Trillerpfeife die Stunde für begonnen erklärte, suchte sich Darragh das erste Team, das er beim Kämpfen beobachten würde. Er wählte Sabriel und Sabella. Tahmoh und Helena hatten keine Chance gegen die Zwillingsgeschwister. Jedem Angriffsversuch wichen sie mit Leichtigkeit aus und trafen mit jedem Hieb, Tritt oder Schlag genau ins Schwarze. Den beiden stand nicht nur in diesem Fach das Wort „Ambition" auf die Stirn geschrieben. Sie waren die Streber der Klasse und hielten sich für besser als jeden anderen Schüler auf Dahlow. Darragh fand die Präsenz ihrer Auren so anstrengend, dass er immer einen Sicherheitsabstand zu ihnen hielt, genau so groß, dass er ihre Auren nicht spüren musste.

Als Nächstes widmete er sich Joris und seinem heutigen Opfer Maurice, wobei sich Maurice besser anstellte als Darragh und ordentlich gegen Joris' Attacken standhielt. Hinter Maurices Muskeln steckte einiges an Kraft. Oder machte Joris es ihm leicht und setzte nicht seine volle Stärke gegen ihn ein? Wieso Joris Maurice absichtlich verschonen sollte, erschloss sich Darragh nicht. Joris bewies doch gern jedem zu jeder Zeit, wie stark er war. Darragh trat näher an die beiden Kämpfer heran, damit er ihre Auren spüren konnte, und war für einen kurzen Moment verdutzt. Konnte das sein? Mit einem Schmunzeln entfernte sich Darragh wieder etwas von den beiden. Das würde zumindest so einiges erklären.

Weiter ging es zum nächsten Pärchen: Aiko und Cressida. Auch hier hatten sich zwei ebenbürtige Kämpfer gefunden. Beide hatten eine gute Deckung, Aiko zeichnete sich durch einen ausgeprägten rechten Haken aus und Cressida überzeugte mit einer guten Beintechnik.

Bjarki und Phileas waren das genaue Gegenteil. Beide wussten nicht wirklich, was sie da genau taten, noch wollten sie dem anderen Schmerzen zufügen. Also deuteten sie nacheinander miserabel ausgeführte Schläge an, übten sich im Ducken, Rollen und zuckten größtenteils weg. Zwar verletzten sie sich nicht, aber Darragh schmerzte es, das mit ansehen zu müssen.

Schlussendlich kam er bei Lucy und Olivia an. Er konnte nicht ganz ausmachen, ob die beiden sich schlechter als Bjarki und Phileas anstellten oder nur ähnlich schlecht. Zumindest kicherten beide ziemlich oft, was Herrn Folten schon mehrmals dazu gebracht hatte, die beiden laut zu maßregeln und von seiner schrillen Trillerpfeife Gebrauch zu machen. Lernen konnten die beiden auf jeden Fall nichts voneinander, so viel stand fest.

„Ihr beiden nehmt das hier richtig ernst, was?", fragte Darragh, als er sich neben ihre Matte stellte.

„Entschuldigung, Herr Lehrer", sagten beide im Chor und kicherten dann wieder.

„Wir perfektionieren hier gerade die sogenannte Kicherattacke, die dir das Überraschungsmoment bei deinem Gegner einbringt und nebenbei deine Bauchmuskeln trainiert." Olivia klang wie die Moderatorin einer Werbesendung.

„Und was macht ihr, wenn das Überraschungsmoment vorbei ist?", fragte Darragh.

Lucy und Olivia sahen einander mit einem breiten Grinsen an, nickten sich kurz zu, schnappten sich dann beide einen von Darraghs Armen und warfen ihn mit dem Rücken voran auf die Matte. Zu guter Letzt stellten beide einen Fuß auf seinen Bauch, grinsten ihn von oben herab an, und als hätten sie es einstudiert, sagten sie gemeinsam: „Das!"

„Okay, die Stunde ist vorbei. Bitte setzt euch alle auf die Bank. Darragh und ich werden jedes Team bewerten!", rief Herr Folten und untermalte seine Worte wie gewohnt mit einem lautstarken Pfiff.

Olivia und Lucy streckten Darragh jeweils eine Hand hin, um ihm auf die Beine zu helfen.

„Als ob ich euch beiden jetzt noch vertraue", sagte er mit einem breiten Grinsen und stand ohne ihre Hilfe von der Matte auf. Durch die überraschende Attacke hatte sich Olivias Berührung ganz normal angefühlt, doch jetzt bemerkte er ein Brennen in seinem rechten Arm. Es übertraf sogar kurzzeitig das Stechen seiner geprellten Rippe. Die Stelle, auf der sie ihren Fuß abgestellt hatte, fühlte sich hingegen ganz normal an. Er hätte sich auch sehr gewundert, wenn er durch die Sohle ihrer Turnschuhe hindurch etwas gespürt hätte. Zumindest hätte er sich spätestens dann richtige Sorgen machen müssen.

„Ich hoffe, das hat dir nicht zu große Schmerzen bereitet?", fragte Olivia ihn leise und setzte sich neben ihm auf die Bank.

Verdutzt schaute er sie an. Es dauerte einige Sekunden, bevor er begriff, worauf sie hinauswollte. „Ach, du meinst wegen meiner Verletzung. Nee, ist halb so wild."

„Na, dann ist ja gut", sagte Olivia und lächelte ihn an.

Er betrachtete die kleinen Grübchen, die sich immer bildeten, wenn sie lachte, und ihre Augen. Sie funkelten durch die Sonne, die in die Turnhalle schien, wie der Ozean an einem herrlichen Sommermorgen. Plötzlich spürte Darragh das Verlangen, sie zu küssen. Ihre erdbeerfarbenen Lippen auf seinen zu spüren, ihre elfenbeinfarbene Haut zu berühren. Dann verbrannte seine Haut eben dabei, es würde schon nicht so schlimm werden, zumindest waren ihm die Schmerzen gerade sowas von egal und er würde alles darum geben, mit ihr allein sein zu können, und …

Aiko, die zu seiner Linken saß, stieß ihm mit dem Ellenbogen in die Seite und holte ihn somit aus seinen Tagträumen heraus.

„Herr Pisano, wenn Sie dann auch mal so freundlich wären

und Ihre Erkenntnisse mit uns teilen würden", sagte Herr Folten genervt.

„Meine Erkenntnisse?"

Herrn Foltens Miene verzog sich zu einer angestrengten Grimasse. „Sind Sie wegen Schwerhörigkeit krankgeschrieben? Welche Schüler gute Trainingskünste aufweisen und wer noch an sich arbeiten muss, möchte ich von Ihnen wissen. Und wer Ihrer Meinung nach heute der beste Kämpfer war."

„Oh, ja …"

Darragh räusperte sich und erzählte, was er beobachtet hatte, wobei er versuchte, nicht allzu sehr über die nicht vorhandenen Kampfkünste von Bjarki, Phileas, Lucy und Olivia zu reden. Am Ende kürte er Maurice zum besten Kämpfer des Tages, da er sich gut gegen Joris behauptet und seine Schläge tadellos ausgeführt hatte. Herr Folten gab seine Kommentare zum Besten und entschied am Ende, das Sabella Schwarz die heutige Gewinnerin war, weil sie noch ein bisschen mehr Engagement gezeigt hatte als Maurice. Er verkündete, dass sie deshalb heute die Erste sein dürfe, die sich ihre Waffe im Waffentraining aussuchen könne. Herrn Foltens Frau unterrichtete dieses Fach und er würde sie über diese Entscheidung in Kenntnis setzen.

Die Klasse wollte gerade aufstehen und in die Umkleiden verschwinden, da hielt Herr Folten sie mit einer weiteren Ankündigung zurück. „Einige Konstellationen von heute haben mir überhaupt nicht gefallen, weshalb ich die Teams für nächste Woche neu mischen möchte. Und zwar so, wie sie meiner Meinung nach am besten zusammenpassen. Sabriel und Phileas, Maurice und Bjarki, Olivia und Joris–"

An diesem Punkt hörte Darragh Herrn Folten nicht mehr zu, der die weiteren Pärchen aufzählte. Stattdessen blickte er zu Joris hinüber.

Joris ballte seine Fäuste in Olivias Richtung und bedeutete ihr, dass sie am Mittwoch dran glauben müsse, indem er seinen Daumen bedeutungsvoll und langsam über seine Kehle strich. Olivia machte mit ihrer Hand eine rüde Geste in seine Richtung.

So leicht würde Darragh es Joris nicht machen. Er würde sich das, was er heute mit seiner Auramagie gefühlt hatte, zu Nutzen machen, und war sich sicher, dass er Joris überreden konnte, sanft mit Olivia umzugehen. Er würde nicht zulassen, dass er ihr wehtat, schließlich hatte er ein Versprechen einzuhalten.

„Ich habe mir übrigens überlegt, dass ich in meinem rosa Kleid mit den Tulpen drauf beerdigt werden möchte, Gänseblümchen, sollen in meinem Sarg verstreut liegen und sagt bitte meiner Oma, wie lieb ich sie habe", meinte Olivia beim Essen. Bis dahin hatte sie kaum ein Wort verloren, seit das Kampftraining beendet war.

Aiko wollte gerade ihre Gabel mit Nudeln zum Mund führen, stoppte und schaute sie vollkommen perplex an. „Wovon redest du?"

„Meinst du, Rosa ist unangemessen für diesen Anlass? Ich dachte, zu seiner Beerdigung darf man tragen, was man will." Mit grüblerischer Miene umklammerte Olivia ihre Tasse mit Pfefferminztee und pustete hinein, damit die heiße Flüssigkeit schneller abkühlte. „Dann muss ich mir wohl etwas von dir leihen, Aiko. Schwarze Sachen besitze ich nämlich nicht wirklich."

Lucy lachte. „So schlimm wird es schon nicht werden. Er wird dich nicht zu Tode prügeln, dann kann er dir ja nicht mehr auf die Nase binden, wie viel besser er ist als du."

„Na, das ist ja noch schlimmer. Dann bricht er mir nur die Beine und ihr beiden müsst mir auf die Toilette und beim Duschen helfen."

„Okay, das wird nie passieren." Aiko widmete sich wieder ihren Nudeln.

„Lucy?" Olivia wandte sich mit flehendem Blick an ihre andere Freundin. „Ich kann schlecht Darragh fragen, ob er mir aufs Klo hilft."

„Olivia!" Lucy schrie vor Lachen. „Nichts davon wird passieren."

Olivia drehte sich nach rechts zu Darragh, der neben ihr am Fenster saß. „Die nehmen mich einfach nicht ernst. Kannst du das glauben?"

Darragh konnte sich ebenso wie Lucy das Lachen nicht verkneifen.

„Ja, weil du überreagierst. Als ob Folten zulässt, dass dir Joris die Beine bricht." Aiko klang ein wenig genervt.

„Als ob er das verhindern könnte. So schnell kann der gar nicht gucken, da hat mich Joris schon auf der Matte und die Hälfte meiner Gliedmaße zertrümmert. Immerhin kann ich vor meinem sicheren Tod am Mittwoch noch dieses Stück Schokoladenkuchen genießen." Olivia schob sich genüsslich die Gabel mit einem großen Bissen Kuchen in ihren Mund.

Lucy hatte mittlerweile Tränen in den Augen vor Lachen und wenn Aiko ihre Augen noch angestrengter in ihre Höhlen rollte, da war sich Darragh sicher, würden sie so stehen bleiben.

„Ich habe dir gesagt, ich regle das, und das werde ich tun", sagte Darragh und blickte Olivia mit ernster Miene an.

Sie schluckte das Stück Kuchen herunter und leckte sich die Krümel von ihren kirschroten Lippen. „Und ich habe absolut keine Ahnung, wie du das anstellen willst, und selbst wenn er dir verspricht, dass er gnädig mit mir ist, kann er sich immer noch im letzten Moment anders entscheiden. Ich traue diesem Kerl kein bisschen über den Weg."

„Aber du vertraust mir, oder? Also lass mich nur machen." Darragh hob die Hand und wollte sie Olivia auf die Schulter legen, erinnerte sich jedoch im letzten Moment an sein kleines Problem. Also legte er seine Hand unbeholfen auf ihrer Stuhllehne ab.

Aiko musterte ihn abschätzend, doch Olivia hatte seine peinliche Bewegung nicht mitbekommen. Sie sah ihn an und presste die Lippen zusammen.

„Okay, fein! Ich lass euch in Ruhe mit diesem Thema – fürs Erste."

„Vielleicht solltest du aber noch mal über die Wahl deines Kleides nachdenken. Willst du wirklich Tulpen auf deinem Kleid, wenn neben dir Gänseblümchen liegen?", neckte Darragh sie, der im selben Moment gekonnt ihrem Ellenbogen auswich, den sie ihm pikiert in die Seite stoßen wollte.

Verblüfft starrte Darragh Olivia an. „Wie hast du das gemacht?"
„Ich habe absolut keine Ahnung, es ist einfach so passiert." Olivia schaute ebenso überrascht drein. Sie stand am Bogenschießstand neben Darragh und hatte gerade einen Pfeil abgeschossen, der zwar nicht ins Schwarze getroffen hatte, aber dessen Spitze dafür auf halbem Weg in Flammen aufgegangen war.
„Das war auf jeden Fall der absolute Hammer, Olivia!"
„Na, lass mal sehen, ob du das wiederholen kannst, Rarlim." Sabriel lehnte an der Wand des Waffentrainingscenters neben Olivia, die Arme vor der Brust verschränkt, und sah mit arrogantem Blick zu ihr herüber.
Olivia schaute zu Darragh und verdrehte die Augen, legte den Pfeil dann wieder an, spannte den Bogen und schoss ihn los. Wieder auf halbem Weg entflammte er und traf den äußeren Rand der Zielscheibe.
„Das mit dem Zielen musst du noch üben, aber der brennende Pfeil ist nicht schlecht, muss man schon sagen." Sabriel stützte sich von der Wand ab und ging auf den Bogenschießstand zu. „Und du, Darragh, was hast du zu bieten?"
Darragh nahm sich einen Pfeil, spannte den Bogen und schoss ihn ab. Mithilfe seiner Windmagie hatte er es bis jetzt immer geschafft, den Pfeil direkt in die Mitte der Zielscheibe zu leiten, doch damit er es diesem hochnäsigen Sabriel so richtig zeigen konnte, schoss er seinen Pfeil genau auf Olivias und spaltete ihn in der Mitte entzwei.
Olivia sah ihn beeindruckt an. Schon dafür hatte es sich

gelohnt, dass er diesen kleinen Trick angewendet hatte. Immerhin konnte er seine Windmagie heute für diesen Zweck einsetzen. In der letzten Woche war sie noch unkontrollierbar gewesen, doch anscheinend war er heute ziemlich im Reinen mit seinen Kräften. Vielleicht hatte der Meditationsunterricht gestern Vormittag die Wunder bewirkt, die ihnen Herr Schwarz versprochen hatte.

„Und was kannst du Besonderes?", fragte Darragh Sabriel und stellte den Bogen ab.

„Kommt mit!", forderte Sabriel sie auf und ging zu der Ecke, in der er vorher trainiert hatte.

Er hatte sich den Kampfstab als Waffe seiner Wahl ausgesucht und zeigte ihnen jetzt angeberisch, wie er ihn durch seine Hände gleiten ließ. Es war Darragh schon fast zuwider, dass er so dachte, aber die schnellen und agilen Bewegungen, mit denen Sabriel den Kampfstab schwang, waren sehr beeindruckend. In manchen Augenblicken konnte Darragh gar nicht ausmachen, wo sich der Kampfstab gerade befand, so schnell bewegte Sabriel ihn von der einen in die andere Hand.

Neugierig blickte Darragh sich im restlichen Waffentrainingscenter um. Die riesige Halle bestand aus fünf verschiedenen Stationen, an denen man mit sechs unterschiedlichen Arten von Waffen trainieren konnte. Es gab den Bogenschießbereich, mit einer Vielzahl an Gummipuppen und Zielscheiben. Der Schusswaffenbereich unterschied sich nicht groß davon, außer dass um ihn herum ein kleines Häuschen aus schalldichtem Plexiglas aufgestellt war und er zudem über eine Tontaubenschießanlage verfügte. In diesem Bereich hielten sich gerade Joris und Maurice auf. Ihr Lachen und ihre Gestik vermittelten Darragh den Eindruck, dass sie ziemlich viel Spaß miteinander hatten. Daneben gab es das Areal, in dem man mit den Kampfstäben trainierte, wo Sabriel, seine Schwester und Cressida ihre Künste präsentierten. Auf der anderen Seite befand sich der Schwertkampfbereich, wo sich Lucy, Aiko und Phileas aufhielten. Helena, Tahmoh und Bjarki beschäftigten sich im letzten Abschnitt mit Wurfsternen und Wurfmessern.

Auf die Frage, die am Anfang der Stunde aufgekommen war, wozu sie den Umgang mit Waffen lernen mussten, obwohl sie ihre Magie im Notfall einsetzen konnten, hatte Frau Folten gemeint, dass nicht jede Magie gegen jeden Stellari zum Einsatz gebracht werden könne. So seien Jungfrauen immun gegen Elektrizität und würden von dieser Magie verschont bleiben. Feuermagie habe nicht immer eine Chance gegen Wassermagie oder umgekehrt, meist würden sich die beiden neutralisieren, und außerdem diene nicht jede Magie zum Einsatz im Kampf, wie die Telepathie eines Krebses. Um im Fall der Fälle ein Ass im Ärmel zu haben, müssten sie lernen, mit Waffen umzugehen.

„Meine Lieben, die Stunde ist vorbei. Kommt kurz alle her!"

Frau Folten war eine kleine, athletische Frau, die ihre braunen Haare zu einem hohen Pferdeschwanz gebunden hatte. Ihr Gesicht war freundlich und zu Darraghs Erleichterung verzichtete sie in ihrem Unterricht auf den Einsatz einer Trillerpfeife. Alle versammelten sich in der Mitte des Waffentrainingscenters.

„Ihr habt heute alle mit der Waffe eurer Wahl trainiert. Nächste Woche wählt bitte alle eine andere Waffe, damit ihr vor den Weihnachtsferien jede ausprobiert habt und euren Favoriten wählen könnt. Auf die ausgewählte Waffe werdet ihr euch dann bis zum Ende des Schuljahres konzentrieren, um darin richtig fit zu werden. Jetzt wünsche ich euch aber erst mal einen guten Start ins Wochenende und wir sehen uns nächsten Samstag wieder."

Wochenende. Super! Endlich konnte Darragh etwas erledigen, wozu er die ganze Woche keine Zeit gefunden hatte. Kurz angebunden wandte er sich Olivia und Aiko zu, die an der Tür auf Lucy warteten. Der kleine Wirbelwind stand noch immer im Schwertbereich und war in ein Gespräch mit Phileas vertieft.

„Wir sehen uns nachher beim Abendessen, ich habe noch etwas zu erledigen." Eilig verließ Darragh das Waffentrainingscenter und hechtete zur Bibliothek in den dritten Stock.

Er musste etwas finden, was ihm bei seinem Problem weiterhelfen konnte. Doch wonach sollte er suchen? Schließlich hatte er noch nicht mal eine Ahnung, woran es liegen könnte. In der Bibliothek angekommen setzte er sich an einen der großen, alten Holztische, holte sein Notizbuch und einen Stift aus seinem Rucksack und schrieb auf, was er bereits wusste. So wollte er herausfinden, wonach er Ausschau halten musste.

Unordentlich kritzelte er Olivias Namen auf die eine Seite des Papiers und seinen auf die andere, dann schrieb er ihre Sternzeichen-/Aszendenten-Kombination auf die jeweilige Seite, ergänzte „Rarlim" auf Olivias Seite und „Auramagie" auf seiner und fügte ihre jeweiligen magischen Kräfte hinzu. Von dem Wort „Auramagie" zeichnete er einen Pfeil zu Olivias Namen und skizzierte ein Blitzsymbol dazu, um die intensivierte Magie zu verdeutlichen.

Vielleicht sollte er damit beginnen.

Er suchte also Bücher über Auramagie und über Rarlim heraus. Zuversichtlich, dass dies ein guter Einstieg war, ging er durch die Regale. Zum Glück war alles alphabetisch sortiert, so fand er schnell, wonach er suchte. Über Auramagie fand er drei Bücher, zum Thema Rarlim jedoch nur ein dünnes, sehr altes Buch.

Zurück an seinen Tisch blätterte er seine Lektüre direkt durch. In den Büchern zu Auramagie stand nichts, was er nicht bereits wusste. Auramagie kam demnach in einer reinen Blutlinie von Stellari vor und übersprang meist eine Generation. Das traf auch bei Darragh zu, sein Großvater mütterlicherseits beherrschte diese Magie ebenfalls und hatte ihm alles Wichtige dazu beigebracht, als Darragh klein gewesen war. In dem Buch stand auch, dass Stellari mit dieser Magie ihre Angehörigen oder engen Freunde intensiver spüren könnten als fremde Menschen. Er fand aber keine Erklärung dafür, warum er Olivias Aura so intensiv über weite Distanz wahrnahm oder ob die Auren von Rarlim stärker wahrgenommen wurden als andere Auren.

Enttäuscht schloss Darragh die Bücher zu diesem Thema und blätterte durch das Buch über Rarlim, das nur spärliche Informationen zu dieser seltenen Form der Stellari lieferte. Es stand geschrieben, dass nur ein Rarlim alle einhundertfünfzig Jahre geboren würde und alle bisherigen Rarlim in den Kriegen ihrer Generation eine große Rolle gespielt hätten. Außerdem waren die letzten zwölf Rarlim porträtiert und ihre Geschichten, was Darragh jedoch keine hilfreichen Informationen lieferte. In keinem Absatz konnte er eine Erwähnung dazu finden, dass irgendjemand Probleme damit hatte, einen Rarlim ohne Schmerzen zu berühren. Es war zwar ganz informativ, dass einer der letzten Rarlim, der im Zeichen Skorpion/Skorpion geboren war, einen Krieg angezettelt hatte, der tausenden Stellari das Leben gekostet hatte, und obwohl er schlussendlich besiegt worden war, noch heute ein ganzer Kontinent an ihn erinnerte, weil er mit seiner Frostmagie die Antarktis erschaffen hatte. Aber für solche Informationen war er nicht hierhergekommen.

Wütend schlug er das alte Buch zu und musste von der Staubwolke, die daraus hervorkroch, mächtig husten.

„Dass ich an einem Samstag so früh im Schuljahr einen Schüler in der Bibliothek finde, ist eine Seltenheit."

Darragh blickte überrascht auf und sah eine ältere, kleine Dame mit hellbraunen, krausen Haaren und einer Halbmondbrille, die an einer goldenen Kette von ihrem Hals hing. Erna Rothschild, die Bibliothekarin. So vertieft, wie er in seine Recherchen gewesen war, hatte er gar nicht mitbekommen, dass sie sich mit ihm im Raum aufhielt.

„Aber mein Lieber, dein Fleiß in allen Ehren, ich schließe jetzt. Du darfst die Bücher gern mit auf dein Zimmer nehmen", sagte sie mit piepsiger Stimme.

Darragh blickte verdutzt auf seine silberne Armbanduhr, es war schon sieben. Er hatte über den Büchern komplett die Zeit vergessen. Mit einem tiefen Seufzer schlug er sein Notizbuch zu und steckte es in den Rucksack. „Danke, aber leider bringen die Bücher mich auch nicht weiter. Ich stelle sie zurück ins Regal."

„Ach, lass nur, ich mach das schon." Frau Rothschild sah ihn nachdenklich an. „Was suchst du denn, mein Junge? Kann ich dir irgendwie helfen?"

Darragh zögerte kurz, entschied sich dann dafür, dass er nichts zu verlieren hatte. „Wenn Sie ein Buch kennen, das mir etwas darüber verrät, weshalb meine Auramagie bei einem Mädchen total verrückt spielt und ich bei jeder Berührung von ihr das Gefühl habe, verbrennen zu müssen, dann immer her damit."

„Alle Bücher, die wir über Auramagie besitzen, hast du bereits hier liegen." Frau Rothschild deutete auf die drei Exemplare auf dem Tisch vor Darragh. „Und der Rest, mein Guter, klingt für mich danach, als wärst du einfach ziemlich in dieses Mädchen verliebt", ergänzte sie mit einem elterlichen Lächeln.

Darragh seufzte. „So ist es nicht. Also, so ist es vielleicht schon, aber das ist nicht das Problem. Zumindest denke ich, dass es nicht das Problem ist. Jedenfalls nicht die Ursache des Problems." Darragh schlug sich die Hände vors Gesicht.

Die Gedanken in seinem Kopf kreisten wild durcheinander und er wusste nicht, wie er es erklären sollte, zumal er nicht dachte, dass Frau Rothschild die beste Ansprechpartnerin dafür war. Darum wünschte er ihr noch einen schönen Abend und verließ schnellen Schrittes die Bibliothek.

Wenn es nur so einfach wäre und Darragh einfach nur verknallt in Olivia wäre! Damit könnte er wenigstens umgehen. Oder vielleicht auch nicht? Schließlich war er noch nie wirklich verknallt gewesen in seinem Leben. Klar, er hatte schon Mädchen geküsst und er hatte auch schon eine feste Freundin gehabt, aber bei keiner hatte er das empfunden, was er für Olivia empfand. Bei keiner hatte er sich so geborgen gefühlt, so frei und wertgeschätzt. Keines dieser Mädchen war auch nur annähernd so witzig, schlagfertig und süß gewesen wie Olivia. Nichts wollte er lieber, als sie den ganzen Tag um sich haben.

Kitschig. Kitschig. Kitschig.

Wo kam dieses Gefühl auf einmal her? Noch nie hatte ihm ein Mädchen so den Kopf verdreht und es machte ihn wahnsinnig. Seit der ersten Minute, in der er Olivia gesehen hatte, ging sie ihm nicht mehr aus dem Kopf. Permanent spürte er ihre Aura um sich und es fühlte sich so an, als hätte er in Dahlow bis jetzt noch keine freie Minute für sich gehabt. Doch das würde er jetzt ändern.

Joris und Phileas waren entweder in ihnen Räumen oder hielten sich außerhalb des Appartements auf, als Darragh in Zimmer 413 ankam. Er ging in sein Zimmer, warf seinen Rucksack aufs Bett und holte seine Zeichensachen hervor. Endlich hatte er ein wenig Ruhe und konnte das Wochenende dafür nutzen, einen klaren Kopf zu bekommen und seinem Hobby nachzugehen.

Hoffentlich half es. Er musste die kitschigen Gedanken an Olivia und das Gefühlschaos loswerden, sonst würde er noch verrückt werden. Mit dem Pinsel tauchte er in die rote Farbe und zog seinen ersten Pinselstrich auf einer frischen Leinwand.

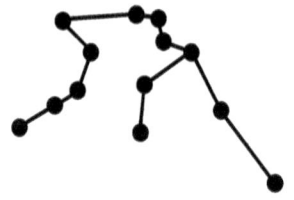

Kapitel 9

Joris' Geheimnis

„Darragh! Wir wollten schon eine Vermisstenanzeige aufgeben, wo warst du das ganze Wochenende?", rief Aiko, als sich Darragh am Montagmorgen zu ihr, Olivia und Lucy an den Frühstückstisch setzte.

Er zuckte mit den Schultern. „Ich war mit Zeichnen beschäftigt."

„Du zeichnest?", fragte Olivia erstaunt. „Was denn genau?"

„Menschen, Tiere oder Landschaften. Alles, was mir so durch den Kopf geht", antwortete Darragh knapp. Er wollte nicht erzählen, was er gezeichnet hatte, er konnte es nicht erzählen. Schließlich würde er sich anhören wie ein Psychopath, wenn er erzählen würde, dass er Olivia beim Bogenschießen oder mit ihrer Lichtmagie gezeichnet und die ganze Nacht von Samstag auf Sonntag damit verbracht hatte, die perfekten Farbtöne für ihre Aura zusammenzumischen. Er kam sich selbst schon verrückt vor, aber er hatte bisher alles, was ihn beschäftigt hatte, mittels seiner Malerei verarbeitet. Und seit er Olivia kannte, war sie nun mal omnipräsent in seinen Gedanken, nicht zuletzt, weil er ihre Aura ständig um sich spürte.

„Was habt ihr so getrieben am Wochenende?"

„Mhm ... also, ich glaube, Lucy hatte ein ganz spannendes

Wochenende im Vergleich zu Aiko und mir." Olivia grinste und sah verheißungsvoll zu Lucy herüber.

„Olivia!" Aufgebracht warf Lucy das Stück Würfelzucker nach ihr, das sie gerade in ihren Tee hatte tunken wollen. Olivia fing es, bedankte sich und steckte es sich mit einem Zwinkern in den Mund.

„Hey, Lucy, ich hab den neuen ‚Wrong Turn' auf dem Laptop. Wenn du Lust hast, können wir ihn heute Abend zusammen gucken?", sagte eine bekannte Stimme.

Darragh drehte sich um und sah Phileas hinter sich stehen.

„Tada. Lucys Wochenendbeschäftigung", flüsterte Olivia ihm ins Ohr.

Er drehte sich zu ihr und fand sein Gesicht nur Millimeter von ihrem entfernt. Der Geruch von süßen Orangen kroch ihm in die Nase und er konnte jede kleine Sommersprosse auf ihrer sonst so makellosen Haut erkennen. Ihre Augen trafen sich, Olivia zuckte ein paar Zentimeter zurück. Ihr Gesicht nahm eine leichte Rosafärbung an, was sie noch hinreißender wirken ließ. Wie gut die Ablenkung am Wochenende doch funktioniert hatte … Absolut gar nicht!

„Die beiden teilen wohl eine Leidenschaft für Horrorfilme und haben Samstagabend und den ganzen Sonntag in Lucys Zimmer Filme geschaut." Olivia setzte die letzten beiden Worte mit ihren Fingern in Anführungszeichen und zwinkerte Darragh bedeutungsvoll zu.

„Oh", sagte er, überrascht über diese Konstellation.

Darragh schaute Lucy und Phileas an, während die beiden sich unterhielten. Er sah direkt, wie gut sich beide in der Gegenwart des jeweils anderen fühlten. Mit seiner Auramagie konnte er zwar keine Gedanken lesen und die Gefühle von Fremden waren schwer zu entschlüsseln, aber Phileas' und Lucys Aura gehörten zu den leichter zu lesenden Auren. Im Gegensatz zu Aikos zum Beispiel.

„Hast du am Wochenende Zeit gehabt, um mit Joris zu sprechen?", fragte Olivia.

„Mhm?" Darragh runzelte die Stirn.

„Na, wegen des Kampftrainings am Mi–"

„Oh, ja." Darragh erinnerte sich. Wie hatte er das nur vergessen können? „Tut mir leid, Olivia. Ich werde heute Abend mit ihm sprechen. Mach dir bitte keine Sorgen." Er blickte Olivia entschuldigend an.

Sie seufzte. „Liebende Enkelin, treue Freundin und eine absolute Modeikone. Ich glaube, das macht sich gut als Grabsteininschrift. Was meint ihr?"

Aiko schnaubte. „Olivia! Wenn, dann schreiben wir so etwas wie ‚Unfähige Ulknudel, die sich viel zu viel Makeup ins Gesicht klatschte und verzweifelt versuchte, Rosa zur Trendfarbe zu machen.'. Schließlich sollte auf einem Grabstein die Wahrheit stehen."

Olivia blickte empört drein und versuchte, Aiko unter dem Tisch zu treten. Schnell wie ein Blitz zog Aiko ihre Beine weg, bevor Olivia sie treffen konnte.

„Was meinst du, das Wort ‚unfähig' sollten wir in Großbuchstaben schreiben, oder?", fragte Aiko an Darragh gewandt.

Er musste über die Dynamik zwischen Aiko und Olivia herzlich lachen, die beiden waren wie Feuer und Eis oder wie Erde und Luft. Als Olivia die Arme vor der Brust verschränkte und mit verbitterter Miene ihre letzten Blaubeeren von ihrem Teller pickte, schaute Darragh sie grinsend an. Selbst jetzt sah sie einfach wunderschön aus.

Der Tag, den Darragh sich „freigenommen" hatte von den Mädels, hatte rein gar nichts geändert. Olivias Anziehungskraft war immer noch dieselbe, sein Verlangen, sie zu berühren, war immer noch unbändig stark und das Problem dabei war immer noch nicht gelöst. Das war doch wirklich zum Mäusemelken! Er musste sich schnell etwas einfallen lassen, bevor er sich Gedanken über seine Grabsteininschrift machen musste, weil er vor lauter Verzweiflung sterben würde.

Frau Roggenkamp wollte wissen, wer seine Kräfte direkt in der ersten Woche auf Dahlow hatte erweitern können. Sie war ziemlich beeindruckt von ihren Fortschritten, als Olivia und Darragh vom Waffentraining erzählten.

„Brennende Pfeile … so, so", sagte sie zu Olivia gewandt mit einem Blick über ihre große runde Hornbrille, die nur noch auf ihrer Nasenspitze saß. „Deine Feuermagie an sich kannst du aber weiterhin nicht auf Kommando hervorrufen?"

„Nein, nicht auf Kommando. Sie setzt willkürlich ein", antwortete Olivia kleinlaut.

Frau Roggenkamp hakte nach. „Immer, wenn du besonders wütend, fröhlich oder traurig bist?"

Olivia blickte sie grüblerisch an. „Nein … nicht wirklich … also … nicht, dass ich wüsste."

„Achte mal drauf!" Ihre weiteren Worte richtete sie wieder an die gesamte Klasse. „Wie viele von Ihnen sicher schon wissen, ist jede einzelne unserer magischen Kräfte stark an unsere Emotionen gebunden. Vor allem, wenn die Kräfte sich neu in uns entwickeln, fällt es schwer, unsere Gefühle nicht die Oberhand bei der Kontrolle unserer Kräfte gewinnen zu lassen. Einige davon, wie die Telepathie und die Zielmagie, können einen Emotionsschub gut nutzen und daran wachsen. Die ganzen Kräfte, die mit den Elementen hantieren, Wasser-, Feuer, Frost-, Wind- oder Elektrizitätsmagie zum Beispiel, werden eher negativ von jeglicher Art von Gefühlen beeinflusst. Sei es Wut, Hass, Anspannung, aber auch Liebe, Freude oder Verlangen – all das kann Ihre Kräfte durcheinanderbringen."

Darragh fragte sich, ob die Lösung seines Problems vielleicht doch die naheliegendste war. Konnte es sein, dass seine Auramagie verrückt spielte, nur, weil er Gefühle für Olivia hatte? Selbst, wenn es so war, erklärte es noch lange nicht die

Frage, warum er sie nicht anfassen konnte. Schließlich waren seine Berührungen keine seiner magischen Kräfte.

„Hier werden Sie lernen, Ihre Emotionen mit Ihren Kräften zu verbinden, aber sie auch so weit voneinander zu trennen, dass das eine nicht das andere dominiert. Darüber sprechen wir auch in meinem Unterricht, aber eine wirkliche Hilfe dabei ist Herrn Schwarz' Meditationslehre. Meditation ist eine der wichtigsten Grundlagen der Magie."

Darragh sah zu Olivia, die bei Frau Roggenkamps letzten Worten über Meditation und Herrn Schwarz' Unterricht die Augen verdrehte. Dass sie Meditation nicht prickelnd fand, hatte Darragh bereits geahnt, bevor sie es ihm am Freitag beim Abendessen erzählt hatte. Olivia war einfach nicht der Typ dafür. Entspannen, in sich gehen, ruhig sein – dafür war sie viel zu hibbelig und energiegeladen. Ihm hingegen fiel es zwar nicht immer leicht, seine Gedanken abzuschalten, aber im Meditationsunterricht zusammen mit der beruhigenden Musik und Herrn Schwarz' befreienden Worten hatte er sich letztens gut fallen lassen und Olivia für einen Augenblick aus seinen Gedanken verbannen können. Die Abneigung, die Olivia gegen den Meditationslehrer seit dem ersten Moment hegte, konnte Darragh nicht verstehen. Herr Schwarz war ein netter, unaufgeregter Mann, dessen Aura Darragh sehr angenehm fand und dessen Stimme ihn irgendwie beruhigte. Wobei eine ruhige Stimme wahrscheinlich mit dem Job als Meditationslehrer einherging.

Nachdem Frau Roggenkamp ihre Fragerunde fortgesetzt und zu ihrer Überraschung erfahren hatte, dass fast die Hälfte der Klasse in der vergangenen Woche einen Magieschub erlebt hatte, war sie sichtlich zufrieden mit ihnen. So war Aiko beispielsweise nun in der Lage, einen glaskugelähnlichen Ball aus Gas zu erzeugen, der sogar Flüssigkeit in sich einschließen konnte. Lucy schaffte es, mit ihrer Wassermagie Duschköpfe und Wasserhähne von allein anzumachen, und Joris konnte mittlerweile einige Kilometer weit über den Campus teleportieren, wobei er sich immer näher an den Orten materialisierte, zu denen er teleportieren wollte. Alles in allem war Frau Roggenkamp ziemlich erfreut, was Darragh vor allem daran festmachte, dass sie ihnen keine Hausaufgaben aufgab.

Als am Montag zum letzten Mal die Schulklingel läutete, folgte Darragh Joris auf dem Weg zu ihrem gemeinsamen Zimmer. Er hatte sich fest vorgenommen, sein Versprechen an Olivia zu halten und verfolgte einen Plan.

„Joris! Warte mal! Ich muss etwas mit dir besprechen", rief er ihm hinterher, als sie den Flur zum Zimmer 413 erreicht hatten und er sich sicher sein konnte, dass niemand in ihrer Nähe war.

„Ich habe mich schon gefragt, wann du auf mich zukommst, Pisano."

Darragh schaute verdutzt drein.

„Als ob ich nicht ahnen würde, dass du mich dazu überreden willst, am Mittwoch Gnade walten zu lassen bei deiner kleinen Freundin. Hör zu, als Rarlim müsste sie meiner Kampfmagie Stand halten. Wenn sie nicht so stark ist, wie die Prophezeiung behauptet, dann kann ich ihr auch nicht helfen. Ich werde mich jedenfalls nicht zurückhalten." Joris steckte den Schlüssel ins Schloss und sperrte die Tür zum Zimmer 413 auf.

„Woher weißt du–"

Joris unterbrach ihn schnippisch „Woher ich weiß, dass du mich darauf ansprechen willst? Du hast in der letzten Woche kaum ein Wort mit mir gewechselt und dich das ganze Wochenende allein in dein Zimmer eingesperrt. Ich kann eins und eins zusammenzählen, weshalb du jetzt auf einmal mit mir sprechen möchtest."

„Gut, wenn du so fix im Kombinieren bist, dann weißt du sicher auch, dass die Prophezeiung nichts von außergewöhnlicher Stärke sagt, ja?", entgegnete Darragh in scharfem Ton.

Joris verdrehte die Augen. „Ungeahnte Kraft – das könnte alles sein, ebenso gut übermenschliche Stärke. Eine kleine Herausforderung bewirkt bei ihren Kräften vielleicht Wunder und sie versetzt uns alle in Staunen, sieh es mal so."

„Kann ich dich nicht irgendwie überreden, Gnade walten zu lassen?", hakte Darragh nach. „Komm schon, jeder hat seinen Preis."

„Vergiss es. Deine Kleine in ihre Schranken zu weisen, kann nichts übertreffen."

„Olivia ist nicht meine Kleine." Darragh spürte das Blut in seinen Adern pulsieren.

„Ach, hör auf. Das sieht doch ein Blinder, wie du sie anschaust. Als ob du für *irgendwen* den großen Beschützer spielen würdest. Vielleicht springt für dich ja auch etwas dabei raus und du kannst sie dann im Krankenbett pflegen, wenn ich ihr den ein oder anderen Knochen gebrochen habe." Er zwinkerte Darragh mit einem überheblichen Grinsen zu und wandte sich ab, um in sein Zimmer zu verschwinden.

Darragh merkte, wie sein Gesicht vor Zorn heiß wurde und seine Muskeln sich anspannten. Das Spiel, das Joris spielen wollte, beherrschte Darragh allemal.

„Ich weiß nicht, ob Maurice es cool fände, wenn du so heftig den Angeber raushängen lässt", rief er Joris entgegen, bevor er seinen Schlafraum betreten konnte.

Joris machte auf dem Absatz kehrt und blickte ihn mit versteinerter Miene an. „Was willst du damit sagen? Wieso sollte mich das interessieren? Es ist mir ziemlich egal, was Maurice denkt."

Er versuchte, sich nichts anmerken zu lassen, aber Darragh merkte, dass Joris nervös wurde.

„Ich kann mir vorstellen, dass du Maurice eher beeindruckst, wenn du fair spielst. Schließlich weiß ich, dass du ihm am Samstag ziemlich imponiert hast, wie du mit ihm auf einer Augenhöhe gekämpft und deine Kampfmagie nicht an ihm ausgelassen hast. Das muss man schließlich erst mal können." Darragh hielt Joris' Blick stand. Er bemerkte ein kurzes Zucken in den Gesichtszügen seines Mitbewohners.

„Ich weiß nicht, was du willst. Ich habe mit Maurice auf einem Level gekämpft, so, wie ich mit dir am Mittwoch auf einem Level gekämpft habe. Da steckte nichts außer Selbstbeherrschung dahinter."

„Ach, hör auf. Das sieht doch ein Blinder, wie du ihn anschaust", ahmte Darragh ihn nach.

Plötzlich machte Joris einen Satz auf ihn zu, streckte seinen muskulösen Arm nach ihm aus und drückte ihn heftig gegen die Wand. Sein Gesicht so nah vor Darraghs, dass gerade noch ein Blatt Papier zwischen ihnen Platz gehabt hätte.

„Ich weiß nicht, was du glaubst, zu wissen. Aber lass dir gesagt sein, sobald ich mitbekomme, dass du es irgendjemandem erzählst, bist du geliefert."

„Damit ich es niemandem erzähle, gibt es eine ganz einfache Lösung", presste Darragh schmerzverzerrt hervor.

Joris ließ von ihm ab und lachte trocken. „Ich soll deine kleine Freundin verschonen? Okay, gut. Aber dafür hältst du schön deine Klappe. Gegenüber Maurice und allen anderen."

„Abgemacht", willigte Darragh ein und rieb über seine schmerzende rechte Schulter.

Joris funkelte Darragh wütend an und drehte sich um, im Begriff, sein Zimmer zu betreten.

„Warum machst du eigentlich so ein großes Geheimnis darum? Da ist doch nichts Schlimmes bei. Ich bin mir sicher, der Großteil der Menschen in Dahlow hätte kein Problem damit und würde dich so akzeptieren, wie du bist."

Joris blieb stehen, drehte sich aber nicht zu Darragh um.

Darragh erwartete keine Antwort. „Wenn du die Welt am echten Joris Elverding teilhaben lässt, dann würdest du merken, dass viele den eigentlichen Joris lieber mögen, und ich glaube, auch Maurice könnte er sehr gut gefallen."

„Du verstehst das nicht", sagte Joris leise, ging in sein Zimmer und schloss die Tür hinter sich.

Darragh hatte ein schlechtes Gewissen, Joris mit etwas erpresst zu haben, was ihm anscheinend großen Kummer bereitete. Warum er nicht einfach ehrlich zu sich selbst und zu allen anderen war, konnte Darragh nicht verstehen. Und

Joris machte nicht den Anschein, als würde er ihm liebend gern den Grund verraten. Vielleicht würde er irgendwann auftauen und mit jemandem darüber reden. Vielleicht sogar mit ihm. Doch fürs Erste hatte Darragh zumindest erreicht, dass er Olivia im Kampftraining verschonen würde – und das war alles, was ihn im Moment interessierte.

„Ich hoffe, du hast deine Grabsteinbestellung noch nicht aufgegeben, denn den brauchst du am Mittwoch noch nicht. Joris hat mir versprochen, dass er dich mit seiner Kampfmagie verschont und nicht unfair kämpft", sagte Darragh am Abend im Speisesaal, als er sich neben Olivia ans Büfett stellte und sich ein Stück Quiche auf seinen Teller legte.

„Echt? Wie hast du das denn geschafft?" Freudestrahlend blickte Olivia ihn an.

„Ich habe so meine Tricks." Darragh zwinkerte ihr zu.

„Alle Achtung. Wenn er jetzt auch noch sein Wort hält, schulde ich dir was."

Sie gingen gemeinsam zum Tisch, an dem bereits Aiko Platz genommen hatte. „Wo ist Lucy?", erkundigte sich Darragh.

„Die hat sich nur kurz etwas zu essen geholt und ist dann mit Phileas in sein Zimmer gegangen. Die wollen wohl bei ihm einen Film schauen", sagte Aiko, die gerade einen Flyer betrachtete.

„Was liest du da?", fragte Olivia und hob ein Exemplar des Flyers auf, der in der Tischmitte lag.

„Es gibt wohl eine Halloweenfeier."

„Ist das nicht noch etwas früh? Wir haben September!", meinte Darragh.

Aiko zuckte mit den Schultern. Olivia las den Text vor. „Mit Musik, Tanz und einem Kostümwettbewerb für das schaurigschönste Gruseloutfit."

Aiko täuschte ein Würgen an und legte den Flyer zurück

auf den Tisch. „Nicht mit mir." Dann widmete sie sich ihrem Nudelsalat.

„O doch. Ganz sicher mit dir. Das wird spaßig und ich lasse nicht zu, dass du das verpasst!", sagte Olivia.

Aiko verdrehte die Augen.

Darragh lachte. „Na, dass du dich darüber freust, war mir klar. Und sicher tüftelst du heute Nacht in deinen Träumen das perfekte Kostüm aus, damit du den Wettbewerb gewinnst."

Olivia öffnete den Mund und schloss ihn wieder, ohne etwas zu sagen. Stattdessen widmete sie sich ihrem Grießbrei. Aß sie eigentlich auch mal etwas, dass nicht vollgepackt mit Zucker war? Amüsiert über Olivias Vernarrtheit in Süßes schüttelte Darragh den Kopf und blickte fragend zu Aiko.

„Also, Lucy und Phileas, ja? Das habe ich nicht kommen sehen."

„Warum nicht? Sie ist Fische, er ist Krebs. Das passt doch bestens", entgegnete Aiko.

Darragh schnaubte. „Du glaubst doch nicht etwa an den Quatsch, dass gewisse Sternzeichenkombinationen gut zusammenpassen und andere nicht?"

Aiko zog die Augenbrauen nach oben. „Du etwa nicht?"

„Ganz sicher nicht, das ist doch ausgedachter Humbug. Genauso, wie ich nicht glaube, dass unsere Sternzeichen und Aszendenten unsere Persönlichkeit bestimmen. Sie beeinflussen unsere Kräfte und dadurch in gewisser Weise unseren Charakter, aber viel mehr auch nicht."

„Na, lass das bloß nicht Herrn Bischop hören", sagte Olivia.

„Wieso glaubst du nicht daran? In Unterricht hat sich doch gezeigt, dass bei fast allen die Beschreibung ihrer Aszendenten oder Sternzeichen zutrifft", hakte Aiko nach.

„Nur, weil jeder aus dreißig verschiedenen Persönlichkeitseigenschaften einige für sich zutreffend findet, bedeutet das noch lange nicht, dass wir durch unsere Sternzeichen geformt werden. Müssten sich nach dieser Theorie Sabriel und Joris nicht total ähnlich sein, wenn man bedenkt, dass Sabriel Widder/

Waage und Joris Waage/Widder ist?!"

„Angenehme Zeitgenossen sind sie beide nicht. Das haben sie schon mal gemeinsam", warf Olivia ein.

„Ich glaube, Joris ist gar nicht so schlimm, er will mit seinem harten Äußeren vielleicht nur etwas überspielen", sagte Darragh leise.

Aiko blieb unbeeindruckt von Darraghs Argumenten. „Also, ich finde, man kann nicht von der Hand weisen, dass sich manche Sternzeichen ähneln. Vor allem unter den Elementen wird es deutlich. Ich habe noch nie ein Feuerzeichen kennengelernt, das nicht von sich selbst überzeugt ist und gern mal den Ton angibt–"

„Hey!", protestierte Olivia mit vollem Mund, was Aiko nur mit einem abwertenden Blick würdigte.

„Oder ein Erdzeichen, das nicht mit beiden Beinen im Leben steht, ein Wasserzeichen, das nicht seine Gefühle auf der Zunge trägt oder ein Luftzeichen, das nicht über den Dingen steht und in hitzigen Situationen einen kühlen Kopf bewahrt."

„Oder rechthaberisch und eingebildet ist." Olivia streckte Aiko die Zunge heraus.

„Hey!", kam es diesmal von Darragh, der jedoch amüsiert dreinsah, als Olivia ihm einen erschrockenen Blick schenkte.

„Oh, sorry! Du bist ja auch ein Luftzeichen …" Sie blickte wieder zu Aiko. „Siehst du, du und Darragh ihr seid beide Luft- und Erdzeichen und ihr ähnelt euch nicht wirklich."

„Oh, wir ähneln uns wahrscheinlich mehr, als du denkst", erwiderte sie.

Vielleicht stimmte das sogar. Darragh kannte Aiko zwar noch nicht lange und sie war die Königin des Sarkasmus, aber einige ähnliche Züge konnte auch er nicht von der Hand weisen.

„Du glaubst also daran, dass unsere Sternzeichen unseren Charakter bestimmen, Einfluss darauf haben, mit wem wir niemals auskommen werden, mit wem wir Freundschaft schließen oder eine Beziehung anfangen sollten?", fragte Darragh, wobei er es bei den letzten Worten tunlichst vermied, Olivia anzusehen. „Dass unsere Sternzeichen uns mehr beeinflussen als unsere elterliche Prägung, unser soziales Umfeld und unsere gesammelten Erfahrungen?"

Aiko zuckte mit den Schultern und widmete sich wieder ihrem Nudelsalat. Wurde sie etwa ein wenig rot?

Darragh sah zu Olivia hinüber, die genauso verwirrt aussah, wie er sich fühlte. Hatten sie gerade Aikos wunden Punkt gefunden? Als sich ihre Blicke trafen und er in ihre funkelnden, blauen Augen blickte, hoffte er insgeheim, dass Olivia an diesen ganzen Quatsch nicht glaubte, denn Wassermann und Löwe waren laut Sternenkonstellation kein ideales Liebespaar.

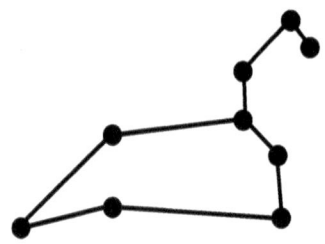

Kapitel 10

Der Kämpfer mit dem weichen Herz

„Oh, wie toll! Ich liiiebe Halloween! Als was wollt ihr euch verkleiden? Habt ihr schon eine Idee? Eher sexy, süß oder total eklig und gruselig? Wollen wir Outfits, die zusammenpassen, oder macht jeder etwas Eigenes?" Lucy war gerade von ihrem Filmabend mit Phileas ins Zimmer 207 zurückgekehrt und Olivia hatte ihr direkt den Flyer für die Halloweenfeier gezeigt.

Olivia ließ sich neben Lucy auf die Couch fallen und legte ihre Beine in einer Schneidersitzpose übereinander. „Die wichtigere Frage ist wohl eher, wie wir an geeignete Kostüme kommen. Soweit ich weiß, dürfen wir am Wochenende das Akademiegelände nicht verlassen, um in die Stadt zu fahren. Ich könnte meine Oma fragen, ob sie uns etwas zuschicken kann, aber–"

„O ja, und dann kann sie direkt noch ein paar von diesen unglaublichen Schokokeksen mitschicken", unterbrach Lucy Olivia.

„Oder wir könnten unsere Kostüme selbst nähen", sagte Aiko zur Überraschung von Olivia und Lucy, die sich bis jetzt nicht am Gespräch beteiligt hatte und in ihr Buch über brasilianische Kampftechniken vertieft gewesen war.

Olivia schnaubte. „Genau, wenn wir uns als Clown verkleiden wollen, denn das, was dabei rauskommt, wenn ich nähe, würde ziemlich lächerlich aussehen."

Mit einem bedeutungsvollen Blick knickte Aiko eine Ecke der aktuellen Seite ihres Buches, um zu markieren, wo sie stehengeblieben war. Sie klappte es zu und legte es vor sich auf den Tisch. „Oh, wenn ihr nur eine Mitbewohnerin hättet, die eine Nähmaschine im Zimmer stehen hat und die meisten ihrer Klamotten selbst schneidert!"

Erstaunt über diese Information blickte Olivia zu Aiko hinüber. „Ist nicht dein Ernst?!"

Sie hatte sich schon gefragt, wo Aiko ihre ausgefallenen Outfits herbekam, wie die schwarze Oversize-Bluse, die sie heute trug, mit dem roten Seidenband, das sich durch die Außenseiten der Ärmel zog und sie in einem coolen gerafften Look zusammenschnürte.

„Das wusste ich ja noch gar nicht über dich!", sagte selbst Lucy vollkommen baff von dieser Neuigkeit.

Aiko zuckte mit den Schultern. „Meine Mama hat mir früher immer viel geschneidert und nach ihrem Tod habe ich angefangen, es mir selbst beizubringen. Also, wir können jetzt kein superglitzriges, rosa Prinzessinnenoutfit nähen." Sie schenkte Olivia einen strengen Blick. „Aber anderen Stoff habe ich hier, und damit können wir sicher einiges anstellen."

Lucy klatschte freudig in die Hände und Olivia murmelte: „Als glitzernde Prinzessin wäre ich ja wohl auch nicht zu einer Halloweenparty gegangen."

Aiko zog die Augenbrauen hoch. „Ich würde mit so viel Rosa wie du allgemein nicht aus dem Haus gehen, deshalb sage ich es nur zur Vorsicht."

Olivia zog eine Grimasse in Aikos Richtung, die unbeeindruckt erneut nach ihrem Buch griff. Lucy stand auf, tänzelte in ihr Zimmer und kam einen Augenblick später mit ihrem Laptop unter dem Arm zurück.

„Dann lasst uns mal überlegen, wer was anzieht"

„Jetzt schon? Halloween ist in über einem Monat. Was mich viel brennender interessieren würde: Wie war dein Date?" Aiko zuckte mit ihren Augenbrauen und ließ ihr Buch zugeklappt auf ihrem Schoß liegen.

„Es war kein Date. Phileas und ich verstehen uns gut und teilen eine Leidenschaft für Horrorfilme. Vor allem für die alten Slasher, in denen noch richtig viel Filmblut vergossen wird. Die sind wirklich ikonisch. Manchmal auch einfach unfassbar schlecht, aber das macht den Charme dieser Filme aus. Phileas ist davon genauso begeistert wie ich. Das war's auch schon."

Lucy tippte die Wörter „Halloweenkostüme Inspo" in das Suchfeld auf ihrem Laptop und mied dabei tunlichst die Blicke ihrer Mitbewohnerinnen. Wobei Olivia eindeutig sehen konnte, wie die Röte ihren Nacken hinaufstieg.

„Nur Freunde, na klar", sagten Olivia und Aiko wie aus einem Munde und schauten Lucy mit einem vielsagenden Blick an.

„Mit euch kann ich so etwas ja nicht schauen. Aiko will lieber irgendeinen Actionstreifen sehen und du … Auf welche Filme stehst du eigentlich, Olivia?" Mit einem fragenden Blick sah Lucy von ihrem Laptop auf und drehte ihren Kopf in Olivias Richtung.

Noch ehe Olivia antworten konnte, ergriff Aiko das Wort. „Lass mich raten: Liebesschnulzen?"

„Falsch. Fantasy."

„Fantasy?" Lucy kniff die Augen zusammen. „Ist unser Leben denn nicht schon fantastisch genug?"

„Du vergisst, dass es in meinem Leben bis zum letzten Weihnachten keine echte Magie gegeben hat. Außerdem haben Fantasyfilme einfach alles. Von Action über Magie bis hin zu einer packenden Liebesgeschichte und manchmal sogar auch Horrorelemente." Dabei ließ Olivia außen vor, dass sie es absolut nicht ausstehen konnte, wenn ein Film zu gruselig wurde.

Aiko nickte anerkennend. „Du überraschst mich immer wieder aufs Neue, Olivia."

„Gut. Da wir unsere Vorlieben für die verschiedenen Filmgenres jetzt geklärt hätten, sollten wir uns wirklich unserer Kostümwahl widmen. Auch wenn uns Halloween jetzt noch in weiter Ferne erscheint. Die Zeit vergeht sicher wie im Flug, wenn Olivias Oma uns Stoffe und Accessoires besorgen soll und die Kostüme von Aiko noch geschneidert werden müssen." Lucy zog den Laptop auf ihren Schoß, Aiko und Olivia rückten näher, um auf den Bildschirm zu schauen.

Sie planten Designs, schauten sich Stoffmuster an und recherchierten, welche Accessoires sie brauchten. Gemeinsam hatten sie eine Menge Spaß und einiges zum Lachen. Als Olivia auf die Uhr blickte, war sie überrascht, dass es bereits ein Uhr nachts war. Die Zeit war wie im Flug vergangen und sie fühlte sich den Mädels jetzt noch näher als zuvor. Selbst Aikos harte Schale war aufgetaut, nachdem sie sich als großer Fluch-der-Karibik-Fan geoutet hatte und Jack Sparrows Kostüm als Inspiration für ihr eigenes Halloweenoutfit heranziehen wollte.

„Wir sollten so langsam ins Bett gehen, wenn wir morgen bei ‚Geschichte der Stellari' nicht vollkommen durchhängen wollen", sagte Olivia gähnend.

In dieser Nacht lag sie trotz der späten Uhrzeit noch lange wach und dachte an die Halloweenfeier. Würde das so eine „Wer geht mit wem?"-Sache werden, oder ging man einfach mit seinen Freunden, ohne ein Date zu wählen? Und wenn, würde Darragh sie fragen, ob sie zusammen zur Party gingen? Sollte sie ihn fragen, ob er mit ihr zusammen hingehen wollte?

Als sie endlich eingeschlafen war, träumte sie davon, wie sie als hässlicher Zombie verkleidet eine Party in der Turnhalle betrat und dort Darragh als Dracula verkleidet sah, der mit zwei hübschen Mädchen tanzte. Die Eine war als sexy Meerjungfrau verkleidet, mit nichts weiter als einem Bikinitop als Oberteil, und die Andere hatte einen glänzenden Catwoman-Anzug an, der so eng anlag, dass er der Fantasie keinen Spielraum ließ.

Bereits während ihres Traums fragte sie sich, wieso sie schon wieder träumte, dass Darragh ein anderes Mädchen küsste? Erst Sabella und nun die zwei sexy Unbekannten. Wollte ihr Unterbewusstsein ihr weismachen, dass sie ihn in die Arme eines anderen Mädchens trieb, wenn sie weiterhin die Freundschaftsschiene fuhr? Was für ein Schwachsinn! Sie kannten sich noch nicht einmal zwei Wochen. Manchmal waren Träume einfach nur Träume. Wirre Hirngespinste, sonst nichts. Oder?

Die Frage, ob das so eine „Wer geht mit wem?"-Sache werden würde, hatte sich bereits am nächsten Morgen geklärt. Denn diese Frage war von nun an das Hauptthema im Speisesaal, obwohl die Party erst in einigen Wochen stattfinden würde.

Am Mittwochmittag kam der erste Kandidat auf Olivia zu. Justus Sommer, ein großer, athletischer Junge aus dem dritten Jahr mit blonden Haaren, Sommersprossen und strahlend blauen Augen. Olivia, Lucy, Aiko und Darragh waren gerade mit dem Mittagessen fertig, als Justus an ihren Tisch kam.

„Hey, Rarlim, wie sieht es aus, du und ich zusammen zur Halloweenfeier?", fragte er mit einem selbstsicheren Grinsen und wandte sich anschließend an Darragh „Außer natürlich, du hast etwas dagegen …"

Was war das denn bitte für ein eingebildeter Typ? Meinte er wirklich, sie würde darauf anspringen, wenn er so mit ihr redete? Er stellte sich Olivia noch nicht einmal vor und hatte anscheinend keinen Gedanken daran verschwendet, nach ihrem Namen zu fragen. Er nannte sie einfach Rarlim. Sehr einfallsreich. Das war für die meisten hier in Dahlow das Einzige, was Olivia auszeichnete, sie war der Rarlim, der dazu bestimmt war, die Welt zu retten oder zu zerstören, einen Krieg zu beginnen oder zu beenden. Anscheinend reichte das auch als Grund aus, um Olivia nach einem Date zu fragen. Genervt stand sie auf und bedeutete Darragh, still zu sein, der gerade etwas sagen wollte.

„Also, erst mal ist mein Name Olivia, nicht Rarlim. Da dich mein Name aber anscheinend nicht interessiert, ist es mir ebenso egal, wie du heißt. Eins möchte ich direkt mal klarstellen: Ich kann sehr wohl für mich selbst sprechen, also frag lieber mich, ob ich etwas dagegen habe, dass du mich hier so charmant von der Seite anquatschst, statt Darragh. Und falls das jetzt noch nicht ganz klar war: Dein äußerst sympathisches Angebot muss ich leider ablehnen, ich werde nicht mit dir zur Halloweenfeier gehen."

Justus wirkte vor den Kopf gestoßen und seine Miene verzog sich zu einem bösen Lächeln. „Gut, mit so einer Zicke will eh keiner ausgehen." Er machte auf dem Absatz kehrt und ging zurück zu seinen Freunden, die ein lautes Raunen von sich gaben, weil sie die Abfuhr von Olivia mit angehört hatten.

„Mensch, Olivia, so einen Emanzen-Move hätte ich dir gar nicht zugetraut", sagte Aiko beeindruckt.

Olivia sah sie fragend an. „Was? Nur weil ich gern Rosa trage und Make-up liebe, kann ich nicht emanzipiert sein? Und außerdem brauche ich nicht viel Emanzipation, um einen oberflächlichen Schwachmaten zu enttarnen."

Aiko lachte. „Da hast du wohl recht."

„Langsam sollten wir uns auf den Weg zum Kampftraining machen. Schließlich möchte ich nicht zu spät zu meiner Beerdigung erscheinen, sollte Joris es sich anders überlegt haben und mir heute doch den Garaus machen wollen." Mit einem nervösen Grinsen schnappte sie sich ihr Tablett.

Sie scherzte über das Training mit Joris und ihren bevorstehenden Tod schon eine ganze Weile, dabei war ihr bei dem Thema gar nicht zum Scherzen zumute, denn sie hatte tatsächlich große Angst vor der heutigen Trainingsstunde. Könnte sie sich nicht einmal in Watte einpacken? Ein Wattezauber, das wäre jetzt mal eine richtig hilfreiche Magie.

Nach dem Aufwärmtraining, das Olivia schon völlig außer Atem gebracht hatte, standen sie alle in der Mitte der Turnhalle. Jetzt war es so weit, der Moment der Wahrheit war gekommen. Wahrscheinlich würde sie gleich mächtige Schmerzen erleiden und dastehen wie der Oberloser. Noch hatte sie Zeit, um einfach wegzulaufen. Sie blickte zur Tür auf der rechten Seite, die zurück zu den Umkleiden führte und zu der Tür auf der linken Seite, von der der Flur zum Speisesaal und zu den anderen Zimmern abging. Wenn sie jetzt einfach drauflosrennen würde, würde sie zwar immer noch dastehen wie der Oberloser, aber immerhin mit heilen Knochen.

Nach einem lauten Pfiff in seine Trillerpfeife ergriff Herr Folten das Wort. „Okay, jeder weiß, mit welchem Partner er heute trainiert. Bitte geht zusammen zu einer Matte. Ich habe heute extra gemischte Teams zusammengestellt. An die fortgeschrittenen Kämpfer: Zeigt ein wenig Erbarmen. An die Anfänger: Nutzt diese Chance!"

Beim letzten Part blickte er auffällig lange in Olivias Richtung. Anscheinend war ihm bereits bewusst, dass Olivia in Sachen Kampftraining nichts draufhatte. Womit er auch nicht ganz Unrecht hatte, doch das war noch lange kein Grund, sie mit Joris in ein Team zu stecken. Mit zittrigen Knien ging sie auf die Matte in der linken Ecke der Halle zu, wo Joris bereits wartete.

Eine der Türen, die sie für ihre Flucht durchqueren musste, war nun unmittelbar in ihrer Nähe. Eine unsichtbare Macht ging von ihr aus, die Olivia direkt in ihre Richtung zog. Für einen kurzen Augenblick blieb sie stehen, schüttelte kurz den Kopf und besann sich anschließend wieder auf die Trainingsstunde. So schlimm würde es schon nicht werden.

Sie nahm also all ihren Mut zusammen und gesellte sich zu Joris auf die Matte. Er hatte eine enge blaue Radlershorts, weiße Kniestrümpfe und ein weites, weißes Tanktop an. Es setzte seine riesigen Oberarmmuskeln gut in Szene und sie wirkten noch bedrohlicher als sonst schon in seinen bunt bedruckten Hawaiihemden. Um dem Kopf trug er ein Stirnband und er wickelte seine Handknöchel gerade mit einer Bandage ein. Machten das nicht nur Profiboxer, um bei einem harten Schlag ihre eigenen Knöchel zu schonen? Olivia schluckte. Ihr war ganz flau im Magen.

„Hey", sagte sie mit trockener Kehle.

Joris blickte von seinen Händen zu ihr auf. „Kann gleich losgehen, ich habe meine Handknöchel mit Schaumstoff gepolstert und werde mir jetzt noch die hier vor meine Schienbeine schnallen." Joris holte Schienbeinschoner aus seiner Sporttasche, die ebenso gepolstert waren. „Ich kann meine Kampfmagie nicht immer zu hundert Prozent kontrollieren und bevor ich dir vielleicht doch wehtue und Ärger mit Darragh bekomme, gehe ich so auf Nummer sicher."

Olivia blickte zu Darragh, der durch die Turnhalle schritt und erneut die Paare beim Training beobachtete, da er immer noch nicht selbst trainieren durfte. Wie hatte er es geschafft, dass Joris so viel Rücksicht nahm? Sie hatte nicht geglaubt, dass Joris überhaupt auf Darragh hören würde, dass er überhaupt auf irgendjemanden hören würde, aber dass er sich sogar so viel Mühe gab, erstaunte sie. Vielleicht hatte sie ihn doch falsch eingeschätzt oder Darragh war ein besserer Überredungskünstler, als sie geahnt hatte.

Sie blickte wieder zu Joris, der nun bereit zum Kämpfen war, und presste ein leises Danke hervor.

„Bedank dich bei Darragh, ich hätte dir am liebsten in den Hintern getreten, Rarlim", gab er zurück.

Da war es wieder. Rarlim – mittlerweile hörte sich dieses Wort wie eine Beleidigung für Olivia an. Sie hatte es satt, auf etwas reduziert zu werden, wofür sie nichts konnte, und mit einer Prophezeiung in Verbindung gebracht zu werden, von der sie bis vor kurzem noch gar nichts gewusst hatte und deren Deutung noch im Dunkeln lag.

Wut stieg in ihr auf. Wut, die sie seit dem Tag, an dem ihre Mutter sie verlassen hatte, unterdrückt hatte. Wut, die in Dahlow stetig unter der Oberfläche gewachsen war. Darüber, dass sie darauf reduziert wurde, ein Rarlim zu sein, darüber, dass sie ihre Kräfte nicht unter Kontrolle bekam und darüber, dass sie aus ihrem früheren Leben gerissen und nun mit dieser ganzen Magie konfrontiert wurde, die sie absolut überforderte. Vielleicht war hier und jetzt der ideale Zeitpunkt, ihre Magie herauszulassen. Sie würde Joris zeigen, dass sie kein so zerbrechliches Püppchen war, wie alle dachten.

Sie setzte zum Schlag an. Links. Rechts. Joris wehrte sie mit Leichtigkeit ab und ehe Olivia die Ursache dafür ausmachen konnte, lag sie rücklings auf dem Boden.

So schnell gab sie nicht auf, die Wut kochte immer noch in ihr. Ruckartig sprang sie auf die Beine und versuchte es erneut. Uppercut. Kick! Joris griff ihr Bein. Krach! Sie lag wieder auf dem Boden.

Erneut sprang sie auf. Rechts. Links. Ausweichen. Kick! Boden.

Als sie zum sechsten Mal zu Boden fiel und der Schmerz die Wut ablöste, war sie bereit, zu akzeptieren, dass sie wohl doch das zerbrechliche Püppchen war, wofür sie alle hielten.

Joris beugte sich über sie und half ihr auf. „Wollen wir jetzt vielleicht an deiner Verteidigung arbeiten anstatt an deinen lächerlichen Angriffsfähigkeiten?"

„Hey!", entgegnete Olivia entrüstet.

„Sorry, Kleines, aber damit kannst du wirklich keinen Preis gewinnen."

Olivia funkelte ihn böse an. „Ich weiß wirklich nicht, wieso du immer so ein Angeber sein musst. Falls du denkst, dass das bei den Mädels gut ankommt, hast du dich gewaltig geirrt." Sie rieb sich ihren schmerzenden Rücken.

Joris lachte. „Keine Sorge, das ist beim besten Willen nicht meine Intention!"

Also versuchte Joris nicht, den Bad Boy raushängen zu lassen, um Mädels zu beeindrucken, sondern war einfach aus Spaß an der Freude ein riesiger Idiot. Gut zu wissen!

„Du musst wirklich an deiner Verteidigung arbeiten. Zurzeit setzt du alles, was du hast, in deinen Angriff. Sagen wir zum Beispiel, du setzt zum Schlag mit deiner rechten Faust an, dann vernachlässigst du deine linke Seite und vor allem deine Beine komplett. Dann kann ich zuschlagen. Dein Angriff ist noch nicht so schnell und ausgefeilt, dass ich davon überrascht bin. Ich kann sehr schnell umdenken, wenn ich merke, was du vorhast. Dann kann ich auf deine vernachlässigten Körperteile gehen, und damit habe ich dich. Das liegt nicht an meiner Kampfmagie, jeder halbwegs trainierte Kämpfer würde deine Schwachstelle schnell erkennen und direkt darauf losgehen. Setz mal langsam zum Schlag an, ich zeige dir, was ich meine."

Olivia hob ihre rechte Hand und Joris griff nach ihrer linken, drehte sich und schob seinen Fuß so zwischen ihre Beine, dass er sie mit einer weiteren Bewegung wieder rücklings auf die Matte hätte werfen können.

„Siehst du, was ich meine? Wenn ich meinen Fuß jetzt weiter nach links bewege, dann ist dein Gleichgewicht weg, du liegst auf der Matte. Im Ernstfall wäre es das und dein Gegner könnte dich direkt erledigen."

Olivia nickte.

Den Rest der Stunde nutzten die beiden dazu, um Olivias tote Winkel auszumerzen, mehr Weitsicht für den kompletten Kampfbereich zu schaffen und ihre Verteidigung aufzubauen. Tatsächlich war Joris ein wirklich guter Kampftrainer und sie konnte viel von ihm lernen. Er taute im Laufe der Stunde sogar ein bisschen auf und sie scherzten ab und an über Olivias Tollpatschigkeit oder Herrn Foltens Schnurrbart, der beim Pfiff in seine Trillerpfeife an ein Eichhörnchen erinnerte, das sich gerade eine Nuss geschnappt hatte. Am Ende landete Olivia sogar einen Schlag in Joris' Seite, der zugegebenermaßen gerade durch Maurice abgelenkt war. Der hatte diese Stunde mit Bjarki neben ihnen auf der Matte trainiert und lobte Joris gerade dafür, wie viel Ausdauer er mit Olivia bewies.

Joris schaute sie unberührt von dem Schlag an und lachte. „Das war ja nichts. Hast du Pudding in den Armen? Das üben wir dann in der nächsten Stunde."

„In der nächsten Stunde?", fragte Olivia verdutzt.

„Du brauchst dringend jemanden, der dir hilft, deine Kampffähigkeit zu verbessern. Ach, was sage ich, sie überhaupt aufzubauen. Und warum nicht von dem besten Lehrer profitieren, wenn du schon einen Widderaszendenten in der

Klasse hast?! Schließlich möchte ich nicht dafür verantwortlich sein, wenn die Obscurati dich auf ihre Seite ziehen, nur weil du dich nicht verteidigen kannst", sagte er mit einem Zwinkern. „Außerdem war es tatsächlich nicht so furchtbar, mit dir zu trainieren, wie ich erwartet hätte."

Olivia verdrehte amüsiert die Augen und nahm einen Schluck aus ihrer Wasserflasche. Die Stunde war zu Ende und die meisten Schüler waren bereits auf dem Weg in die Umkleiden. Joris wickelte gerade die Bandagen von seinen Händen, als Maurice auf ihn zukam, um mit ihm zu reden. Genau konnte Olivia nicht hören, worüber die beiden sich unterhielten, aber sie merkte, wie Joris leicht rosa anlief und Maurice einen dieser Blicke zuwarf, die sie sonst bei Phileas sah, wenn er mit Lucy redete. Konnte das sein?

„Jetzt versteh ich", sagte Olivia zu Joris, als Maurice sich in Richtung Umkleiden begab und nur noch die beiden in der Turnhalle waren. „Die Masche des harten Kerls soll keine Frauen beeindrucken, sondern Männer, richtig?"

Joris wurde kreidebleich im Gesicht und blickte sie mit weit aufgerissenen Augen an. Schnellen Schrittes ging er auf sie zu und griff ihren Arm. „Was willst du damit sagen?", fragte er sie mit leiser, aber bestimmter Stimme.

Olivia wich einen Schritt zurück und versuchte vergeblich, ihren Arm aus Joris' Griff zu befreien. Sein Ton machte ihr Angst. „Nichts? Ich dachte, wegen Maurice? Nein? Dann habe ich das falsch gedeutet, sorry."

„Und wenn es so wäre?", knurrte er und verstärkte den Griff um ihren Arm.

Olivia zuckte mit den Schultern. Ihr Arm schmerzte jetzt zunehmend. „Was soll dann sein? Ich habe kein Interesse an Maurice, oder worauf willst du hinaus?"

Joris' Gesicht veränderte sich und er lockerte seinen Griff, so dass Olivia ihren Arm zurückziehen konnte. „Was? Nein. Ich ... Du hättest kein Problem damit, wenn ich ... na ja, du weißt schon ..."

Olivia rieb ihren schmerzenden Arm. „Wenn du auf Männer stehen würdest? Nein, wieso? Das ist doch vollkommen normal. Ich hätte es bei dir nur nicht erwartet, weil du einen auf harten Kerl machst, weißt du?"

„Vollkommen normal!" Joris lachte trocken.

„Etwa nicht?"

„Für meinen Vater ganz sicher nicht", sagte er und wandte sich ab, um zu gehen.

„Weißt du, Eltern haben nicht immer recht und wissen auch nicht immer, was das Richtige für ihre Kinder ist."

„Woher willst du das schon wissen?", murmelte Joris kleinlaut.

„Weil meine Mutter mir mein ganzes Leben lang verheimlicht hat, dass ich ein Rarlim bin. Sie hat mir nichts von der magischen Welt erzählt und mir vorgemacht, dass es Magie nicht gäbe. Wegen ihr bin ich als Nubiqui aufgewachsen. Meine Oma hat mich darüber aufgeklärt, was ich bin und dass Magie existiert. Dann hat meine Mutter mich vor die Wahl gestellt: Entweder Dahlow oder sie. Als ich mich für Dahlow entschieden habe, hat sie mich verlassen und ich habe sie seitdem nicht mehr gesehen. Nicht mal zu meinem siebzehnten Geburtstag ist sie gekommen oder hat auch nur eine Karte geschickt. Nichts." Sie war ganz überrascht davon, dass sie sich Joris öffnete und ihm davon erzählte. Doch insgeheim wusste sie, dass sie einen Schritt auf ihn zu machen musste, bevor er sich ihr öffnen würde.

Er drehte sich zu ihr um und sah Olivia überrascht an. „Wirklich? Du hast seitdem nichts mehr von ihr gehört?"

„Nicht ein Wort. Kein Brief, kein Anruf, keine E-Mail." Ein Kloß bildete sich in ihrer Kehle.

Joris schluckte und hing seinen Gedanken nach. Nach einer langen Pause fragte er sie schließlich: „Hast du deine Entscheidung je bereut und dir gewünscht, du hättest dich anders entschieden? Einfach, damit sie noch bei dir wäre?"

Olivia schaute Joris mit festem Blick in die hellblauen Augen.

„Ich vermisse sie schrecklich, keine Frage, und besonders, wenn ich meine Kräfte nicht unter Kontrolle habe, oder mich fühle, als würde jeder hinter meinem Rücken reden, weil ich der Rarlim bin, zweifle ich an meiner Entscheidung."

Joris sah beklommen drein.

„Doch dann stell ich mir immer vor, was die Alternative gewesen wäre. Nicht nach Dahlow gehen und weiterhin als Nubiqui leben, während meine Kräfte ab und an ganz zufällig verrückt spielen? Meine eigene Identität aus Liebe zu meiner Mutter hintenanstellen, nur, weil sie der Meinung ist, das wäre sicherer für mich? Auf die Möglichkeit verzichten, mich, meine Kräfte und meine Bestimmung zu ergründen?"

Sie wandte den Blick nicht von Joris ab. Sie wollte, dass er wusste, dass es sie stark gemacht hatte, sich gegen ihre Mutter durchzusetzen und ihren eigenen Weg zu gehen. Auch wenn ihre Mutter ihr viel bedeutete und ihre Reaktion furchtbar schmerzte.

„Also, die Antwort ist nein, ich bereue meine Entscheidung nicht, denn sonst hätte ich mich immer gefragt, wie mein Leben in der magischen Welt ausgesehen hätte und ich hätte meine Mutter dafür immer ein klein wenig gehasst, dass sie mich vor die Wahl gestellt hat. Unsere Familie sollte uns nicht dabei im Weg stehen, im Leben glücklich zu werden und unsere eigenen Entscheidungen zu treffen. Sie sollte uns unterstützen und hinter uns stehen."

Joris blickte auf den Boden. Ein trauriger Schatten zog sich über sein Gesicht.

„Unsere Familie sollte erkennen, dass wir unser eigenes Leben in der Hand haben. Und auch, wenn sie vielleicht nicht mit jeder Wahl einverstanden ist, sollte sie es akzeptieren. Zumindest habe ich früher immer gehofft, dass es so ist. Dass die Liebe meiner Mutter über jedem Streit stehen würde und wir uns am Ende immer wieder vertragen können." Ein resignierter Seufzer entfuhr Olivia.

Joris sah von seinen Füßen auf und blickte sie an, als würde er sie zum ersten Mal wirklich sehen. „Tut mir leid, dass ich so ein Arsch war und dich dafür aufgezogen habe, dass du ein Rarlim bist."

„Ach, alles gut. Fehler machen gehört zur Selbstfindung dazu."

Olivia schenkte Joris ein vergebendes Zwinkern und seine Miene hellte sich etwas auf. Vielleicht hatte Darragh recht und Joris war doch nicht so übel. Sie fragte sich insgeheim, ob Darragh von Joris' Geheimnis wusste und ihr deshalb nicht erzählen wollte, wie er Joris überredet hatte, dass er sie beim Training keinen Kopf kleiner machen würde.

„Habt ihr das Kapitel für ‚Geschichte der Stellari' über Marlene van Dijk schon gelesen?", fragte Olivia beim Abendessen in die Runde.

Professor Toffin hatte ihnen in der letzten Stunde aufgegeben, das Kapitel zu lesen und Stichpunkte zu einigen Fragen zu notieren.

„Oh, Mist, ich hatte bis eben total vergessen, dass wir das machen sollten. Gar keine Lust, das als Bettlektüre zu lesen", sagte Lucy geknickt.

Olivia konnte nicht mit ansehen, wie Lucy mit einer betrübten Miene durch ihre Buchstabensuppe rührte. Also bot sie ihr an, dass sie ihre Notizen abschreiben durfte.

Aiko hob einen mahnenden Finger. „Ich wäre vorsichtig, sonst wird das noch zur Gewohnheit."

„Ey!", entgegnete Lucy empört und wollte soeben einen Streit mit Aiko anzetteln, als sie jemand unterbrach.

„Hey, habt ihr noch einen Platz frei?"

Aiko, Lucy und Darragh sahen verblüfft drein, als sie Joris erblickten. Nur Olivia war davon wenig überrascht. „Na klar. Hol dir einen Stuhl."

Aiko beugte sich im Flüsterton zu ihr, als Joris außer Hörweite war. „Was zur Hölle will der denn hier?"

„Gebt ihm eine Chance, er ist eigentlich nicht so ein Arsch, wie er immer tut." Olivia bedachte Aiko mit einem Blick, der ihr verdeutlichen sollte, dass sie ihnen später alles Weitere erklären würde. „Hast du schon die Aufgabe für ‚Geschichte der Stellari' gemacht?", fragte sie Joris anschließend, um das Eis zu brechen.

„Ich hätte dich ja nicht für so einen Streber gehalten, dass du sogar am Abendessenstisch über Hausaufgaben redest."

Joris wollte einen Scherz machen, doch Aiko nahm es anders auf.

„Pass mal auf. Wenn du ein Problem damit hast, worüber wir hier sprechen, dann kannst du dich gleich wieder vom Acker machen. Nur weil Olivia heute beim Kampftraining anscheinend einmal zu hart mit dem Kopf aufgeschlagen ist und nun denkt, dass du ganz okay bist, heißt das nicht, dass wir anderen dich hier am Tisch sitzen haben möchten."

„Aiko!", rief Olivia.

Bevor es noch hitziger wurde, meldete sich Darragh zu Wort. „Also, ich habe kein Problem damit, dass er mit uns am Tisch sitzt."

Aiko verschränkte schmollend die Arme vor der Brust. „Gut, dann steht es fifty-fifty. Meinetwegen."

„Okay, passt auf. Ich weiß, dass ich mich in der ersten Woche hier angestellt habe wie der größte Vollidiot, aber Olivia hat mir heute die Augen geöffnet und mir gezeigt, dass ich mich nicht verstellen muss, damit ich akzeptiert werde." Joris schluckte und rieb sich unsicher den muskelbepackten Oberarm. „Wisst ihr, es gibt da eine Sache, von der ich bis jetzt niemandem erzählt habe. Ich dachte immer, dass mit mir etwas nicht stimmt, weil mein Vater mir diesen Eindruck vermittelt hat. Also habe ich als Schutzschild die Fassade des harten Machos um mich herum aufgebaut, damit es nicht an die Oberfläche kommt. Eigentlich bin ich nicht so ein Rüpel und ich möchte mich für mein Verhalten entschuldigen."

„Okay, also mich hast du überzeugt. So viel Mut muss man erst mal aufbringen, um sich zu entschuldigen. Findest du nicht auch, Aiko?" Lucy versuchte, ihre Freundin zu beschwichtigen.

Aiko sah Joris skeptisch mit hochgezogenen Augenbrauen an. „Und was ist dieses schreckliche Geheimnis, weswegen du dich wie ein Vollidiot aufgeführt hast?"

Lucy verdrehte die Augen. „Das Konzept eines Geheimnisses verstehst du schon, oder?"

Währenddessen schaute Joris fragend zu Olivia. Ihre Augen trafen sich und sie nickte ihm bestärkend zu. Sie wollte ihm auf diese Weise zeigen, dass es in Ordnung war, wenn er sich Lucy und Aiko anvertraute, und dass auch die beiden ihn deshalb nicht verurteilen würden. Joris verstand den Wink und offenbarte sich der Gruppe. Er erzählte auch von seinem strengen Vater und dass er wahrscheinlich nie damit einverstanden sein würde, dass sein Sohn schwul sei, aber er es satthabe, sich zu verstellen.

Als er fertig war, entspannten sich Aikos Gesichtszüge. „Okay, gut. Aber wenn du bei uns sitzen willst, solltest du wissen, dass wir hier keine Fieslinge dulden. Also zeigst du uns ab jetzt besser dein wahres Ich."

Olivia und Lucy sahen sich an.

„Willst du es ihr sagen oder soll ich?", fragte Olivia.

Aiko sah verdutzt drein. „Was?"

Olivia und Lucy lachten und Darragh übernahm den Part, Aiko aufzuklären.

„Die beiden versuchen, dir schonend beizubringen, dass wir dich auch mögen, obwohl du manchmal mehr als fies sein kannst."

Genüsslich biss Darragh in sein Truthahnsandwich, während sich zwischen Aikos Augenbrauen eine tiefe Grübelfalte abzeichnete.

„Ich kann mich an kein Mal erinnern, an dem ich zu irgendwem hier am Tisch fies gewesen bin."

Lucy kicherte. „Wenn ich jedes einzelne Mal aufzählen würde, dann sitzen wir morgen noch hier."

„Ich könnte sicher auch ein ganzes Blatt damit füllen und ich kenne dich noch nicht ganz zwei Wochen." Um ihrer Aussage Ausdruck zu verleihen, zeigte Olivia mit der Gabel in ihrer Hand auf Aiko. „Allein jeder bissige Kommentar zu meinen rosa Klamotten kommt zusammengerechnet auf eine ganze A4-Seite."

„Das würde ich nicht als fies bezeichnen", verteidigte sich Aiko. „Jemand muss dich ja darauf hinweisen, dass wir hier nicht im Film ‚Barbie und die Prinzessinnenakademie' sind. Sonst kommst du noch auf die Idee, Lucy und mir passende Pyjamas zu kaufen und mit uns eine Kissenschlacht zu veranstalten. Das muss ich präventiv unterbinden."

Verdutzt blickte Olivia sie an. „Barbie und die was?" Sie konnte gar nicht glauben, dass Aiko Barbie kannte und dann auch noch einen Filmtitel von ihr herunterbeten konnte.

„Oh, ich erinnere mich. Diesen Film haben wir doch damals in deinem Kinderzimmer geschaut. Da waren wir ... fünf Jahre alt, glaube ich. Damals fandest du Kissenschlachten und Pyjamapartys noch super. Hast du mir da nicht auch–"

„Shhhhh!" Aiko blickte beschämt in ihre Schüssel mit Buchstabensuppe.

Olivia prustete los und stimmte in Lucys schallendes Gelächter ein. Aiko war also noch nicht immer die vermeintlich mies gelaunte Sarkasmuskönigin gewesen. Nun ja ... Vermutlich kam niemand so zur Welt, sondern wurde durch die Welt so geformt. Auch Joris und Darragh konnten sich ein Lachen nicht verkneifen und zu guter Letzt bemerkte Olivia sogar, dass Aikos Mundwinkel zuckten.

Die fünf saßen noch eine ganze Weile am Tisch und vergaßen vollkommen die Zeit, bis sie von der Küchenchefin höchstpersönlich gebeten wurden, zu gehen, weil sie den Speisesaal abschließen wollte.

Von diesem Tag an verstellte sich Joris nicht länger und wurde ein eingeschworener Teil der Gruppe. Er ergänzte ihre kleine Clique wunderbar. Mit Lucy teilte er die geringe

Begeisterung, ihre Hausaufgaben zu erledigen. Beide wandten sich immer wieder flehend an Olivia oder Darragh, die sich viel zu oft überreden ließen, ihre Aufzeichnungen zu teilen. Aiko bedachte dies immer nur mit einem „Ich habe es dir ja gesagt"-Ausdruck. Darragh und Joris stellten schnell fest, dass sie sich auf einem vollkommen falschen Fuß kennengelernt hatten, und wurden bald zu richtig guten Freunden. Sogar Aiko konnte Joris mit dem einen oder anderen Konter gegen ihren ewig andauernden Sarkasmus überraschen. Im Kampftraining waren Olivia und er bald eingeschworene Partner – zu Herrn Foltens Begeisterung - und auch außerhalb verbrachten sie viel Zeit miteinander, in der sie sich gegenseitig ihre Herzen ausschütteten.

Kapitel 11

Ein Schlag zum Ritter

Der September ging vorüber, die Bäume erstrahlten in den verschiedenen Herbstfarben. Auch der Oktober neigte sich allmählich dem Ende zu, die Tage wurden kürzer und es wehte ein kühler Wind.

An diesem Freitagmorgen umgab ein dichter Nebel die Akademie, der es unmöglich machte, die prächtig leuchtenden Blätter in grellem Gelb, Rot und Orange zu sehen. Durch den Nebel verstärkte sich die Halloweenstimmung, die - nicht allein durch die üppige Deko - mittlerweile die gesamte Schülerschaft in Dahlow gepackt hatte.

Darragh nahm die leise, beruhigende Musik, die das Klassenzimmer erfüllte, gar nicht wirklich wahr. Stattdessen dachte er schon den ganzen Morgen während der Meditationsstunde über die bevorstehende Halloweenfeier nach. Gestern hatte er, ohne zu begreifen, was er da eigentlich tat, Olivia gefragt, ob sie mit ihm zur Party gehen wolle.

In den letzten Wochen hatte er unzählige Male überlegt, ob er sie fragen sollte oder nicht. Oft genug hatte er sich dabei ertappt, wie er diese Frage kaum hatte zurückhalten können, wenn er mit ihr allein gewesen war. Während sie zusammen für „Geschichte der Stellari" gelernt oder in „Kräuter und ihre

Wirkung" Augentrost umgetopft hatten, waren sie fernab von ihren Freunden zu zweit gewesen. Die Frage hatte ihm jedes Mal unter den Nägeln gebrannt. Doch immer hatte ihn etwas zurückgehalten. Die Tatsache, dass er immer noch nicht herausgefunden hatte, wie er sie ohne das Gefühl der Verbrennung berühren konnte, lag ihm wie ein riesiger, schwerer Stein im Magen. Gelegentlich hatte er kurz ihren Arm gestreift oder *aus Versehen* ihre Hand berührt, einfach, um zu überprüfen, ob das Gefühl immer noch da war, oder ob sich das Problem bereits von allein erledigt hatte.

Leider hatte es das nicht getan. Auch die vielen Besuche in der Bibliothek halfen ihm nicht weiter. Manchmal hatte er das Gefühl, er hätte bereits jedes Buch der Akademie durchgelesen, das auch nur im Entferntesten eine Lösung parat haben könnte. Er ertappte sich dabei, wie er gelegentlich einfach so die deckenhohen Regalen entlangstreifte, in der Hoffnung, ihm würde wie durch Zauberhand das richtige Buch in die Hände fallen.

Als er Olivia gefragt hatte, ob sie mit ihm zur Halloweenfeier gehen würde, hatte er sich keine Chancen ausgemalt. Im Gegenteil, er hatte sogar gehofft, dass sie ihn wie die ganzen anderen Anwärter einfach abblitzen lassen würde. Denn wenn sie ihn nicht berühren wollte, hätte sich das Problem auf eine gewisse Art und Weise auch erledigt. Sie hatte so vielen Jungs eine Absage auf ihre Einladung zur Halloweenfeier erteilt, dass das Gerücht im Umlauf gewesen war, sie würde auf Mädchen stehen. Aber als sie auch Einladungen weiblicher Kandidatinnen ausschlug, war auch dieses Gerücht schnell vergessen gewesen. Er war sich so sicher gewesen, sie würde ihn auch abweisen. Seine Vermutungen waren sogar schon so weit gegangen, dass er in Erwägung gezogen hatte, sie hätte einen heimlichen Freund oder eine heimliche Freundin in der Nubiqui-Welt, außerhalb der Akademie, und würde deshalb alle Einladungen ablehnen. Schließlich hatte er sie nie gefragt, ob sie in festen Händen war. Und wenn ja, würde er sie sich hoffentlich endlich aus dem Kopf schlagen können, hatte er gedacht. Damit er auf Nummer sicher gehen konnte, hatte er sie einfach fragen müssen.

Also hatte er sie gestern nach dem Abendessen gebeten, noch kurz mit ihm an die frische Luft zu gehen, und sie gefragt. Selbst in dem spärlichen Licht der Laternen auf dem Vorhof der Akademie hatte Darragh erkennen können, wie sich Olivias Wangen rosa gefärbt hatten, als er sie gefragt hatte. Mit seiner Auramagie hatte er gespürt, dass sie sich über seine Einladung wirklich gefreut hatte. Dieses niedliche Grinsen, als sie zugesagt hatte, würde ihm eine Weile nicht aus dem Kopf gehen.

Im ersten Moment war er selbst erstaunt und glücklich zugleich gewesen, doch als sie zurück zur Akademie gegangen waren, war die harte Realität wieder bei ihm angekommen. Er hatte gerade das Mädchen zu einer Tanzparty eingeladen, das er nicht mit bloßen Händen berühren konnte. Er musste sich also entscheiden: Entweder, er würde Olivia erzählen, was los war, oder er würde sich bei jedem romantischen Song auf die Toilette entschuldigen, um zu vermeiden, sie beim Tanzen zu berühren, oder …

Darragh kam jetzt endlich die zündende Idee. Es war eine Kostümparty!

Der restliche Unterricht zog sich wie Kaugummi und er konnte es gar nicht abwarten, nach der letzten Stunde – „Entfachung deiner Kräfte" - das Klassenzimmer zu verlassen, schließlich hatte er bis morgen noch viel zu tun. Doch ausgerechnet heute fragte Herr Schwarz ihn, ob sie kurz unter vier Augen reden könnten.

„Darragh! Schön, dass du dir kurz Zeit nimmst. Bitte setz dich noch einmal kurz", sagte er und deutete auf das bunte Kissen in der ersten Reihe, hinter dem Darragh stand.

Widerwillig stellte er seinen Rucksack ab und setzte sich. Seine Beine zappelten selbst im Schneidersitz hibbelig auf und ab. Er legte seine Hände auf die Knie, in der Hoffnung, er könnte das Zappeln so etwas verringern.

„Ich merke, dass du zurzeit nicht in deiner Mitte bist, und ich mache mir Sorgen."

Nicht in seiner Mitte? Wie sollte er denn auch in seiner Mitte sein, bei all dem, was ihm zurzeit durch den Kopf ging? Konnte Herr Schwarz überhaupt erwarten, dass irgendein Teenager in seiner Mitte war? Genau diese Ausdrucksweise war es, über die sich Olivia immer lustig machte, wenn sie über den Meditationsunterricht sprachen. Bei dem Gedanken daran, was sie sagen würde, wenn er ihr von diesem Gesprächsbeginn erzählte, musste er ein Lächeln unterdrücken.

„Herr Schwarz, ich kann Ihnen nicht ganz folgen. Ich fühle mich gut, alles ist gut. Ich habe meine Kräfte immer mehr unter Kontrolle, mache von Woche zu Woche Fortschritte …", begann Darragh.

„Das ist wahr, deine Fortschritte sind wirklich bemerkenswert. Dennoch sehe ich dich in letzter Zeit oft in der Bibliothek, weiß aber, dass eure ersten Monate hier in Dahlow allein auf den praktischen Teil eurer Magie abzielen. Ich frage mich also, was dich so beschäftigt, dass du deine Freizeit den Büchern der Bibliothek opferst." Herr Schwarz hielt kurz inne und sah Darragh besorgt an. Er verschloss beide Hände ineinander vor seinem Körper und lehnte sich mit dem Rücken gegen das Lehrerpult.

Das war seltsam. Seit wann waren Lehrer besorgt, wenn sie einen Schüler oft in der Bibliothek sahen?

„Wenn es um deine Kräfte geht, wenn dir irgendetwas merkwürdig vorkommt, kannst du jederzeit mit mir oder einem anderen Lehrer darüber reden. Wir können manchmal bessere Ratschläge geben als die Bücher, Darragh!"

Für einen kurzen Moment fragte er sich, ob Herr Schwarz ihm bei seinem Problem vielleicht wirklich helfen könnte, doch dann schüttelte er diesen Gedanken schnell wieder ab. Wenn er darüber auch nichts wusste, würde Darragh nur kostbare Zeit verschwenden, die er heute definitiv nicht hatte.

„Herr Schwarz, das ist ein sehr nettes Angebot, worauf ich bei Gelegenheit gern zurückkomme, aber ich muss jetzt wirklich los. Meine Besuche in der Bibliothek müssen Sie ganz sicher nicht beunruhigen, ich mache gern Extraaufgaben und will mich stetig verbessern", sagte er kurz angebunden und verließ hastig den Klassenraum.

„Du weißt, wo du mich findest, wenn du Rat brauchst, Darragh!", rief ihm Herr Schwarz in einem väterlichen Tonfall hinterher.

Die direkte Nachfrage seines Meditationslehrers, ob ihm etwas an seinen Kräften merkwürdig vorkomme, machte Darragh stutzig. Wusste er, was ihm durch den Kopf ging, oder war es so offensichtlich für Außenstehende?

Zweifellos war es mittlerweile gar nicht mehr so abwegig, dass Darragh sich bei jemandem Rat suchen würde. Doch er konnte nicht riskieren, dass Olivia davon erfuhr. Herr Schwarz hätte sicher vorgeschlagen, dass er seine und Olivias Kräfte in Kombination sehen müsse, um das Problem zu erkennen. Dafür müsste Darragh Olivia aber von dem ganzen Dilemma erzählen, und er wusste nicht, wie sie darauf reagieren würde. Schließlich hatte er es mittlerweile schon so lang geheim gehalten, dass er nicht mehr wusste, wie er dort herauskommen sollte. Vielleicht kannte Herr Schwarz aber doch eine Lösung, ohne Olivia involvieren zu müssen … Er hielt an, damit er nachdenken konnte.

„Wusstest du, dass dieser grübelnde Gesichtsausdruck dir wirklich gut steht? Lässt dich so geheimnisvoll und unnahbar wirken."

Darragh zuckte zusammen. Olivia stand plötzlich neben ihm. Er war so in seine Gedanken vertieft gewesen, dass er gar nicht mitbekommen hatte, dass sie sich genähert hatte. Als er seine Umgebung realisierte, bemerkte er, dass sie bereits an der Treppe hinunter zum Speisesaal standen.

Halt! Hatte sie ihm gerade ein Kompliment gemacht? Darragh schaute sie verdutzt an und bemerkte, wie hübsch sie heute aussah. Olivia trug zur Abwechslung kein rosafarbenes, sondern ein rotes Sommerkleid mit Gänseblümchen drauf mit einer weißen Strickjacke und dazu ein glänzendes erdbeerrotes Gloss auf den Lippen.

„Hat es dir die Sprache verschlagen?", fragte Olivia.

„Ein wenig, bei dem schönen Kleid."

„Oh, danke." Olivias Wangen liefen rot an. Gemeinsam gingen sie die Treppenstufen hinunter. „Was bedrückt dich?"

„Wie kommst du darauf, dass mich etwas bedrückt?" Darragh setzte eine Unschuldsmiene auf. Anscheinend war er heute wirklich schlecht darin, seine Emotionen zu verbergen.

Olivia zog die Augenbrauen hoch. „Es ist ein herrlicher sonniger Tag draußen und du schaust wie sieben Tage Regenwetter. Also, irgendwas muss sein, oder gehst du als Trauerkloß zu Halloween und übst schon mal den passenden Gesichtsausdruck?" Olivia schmunzelte und stieß ihm neckisch den Ellenbogen in die Seite.

Darragh zuckte bei ihrer Berührung schnell weg und drehte sich zu ihr. „Haha, und du als Spaßvogel oder wie? Und was meinst du eigentlich mit sonnig, es ist doch–"

Darragh blickte aus dem Fenster und sah, dass der Nebel sich tatsächlich verzogen hatte und die Sonnenstrahlen den Campus in den herrlichsten Herbstfarben erstrahlen ließen. Er war den ganzen Vormittag so in seine Gedanken vertieft gewesen, dass er den Wetterumschwung nicht mitbekommen hatte.

„Hatte Herr Schwarz wieder die Vorhänge zugezogen?"

„Nein, ich war wohl einfach in Gedanken", sagte er verträumt.

„Und noch ein Beweis dafür, dass dich was bedrückt. Also, was ist los?"

„Ach, nur der Unterricht. Ich habe nur darüber nachgedacht, dass Herr Schwarz heute zu mir meinte, dass …" Er versuchte, sich schnell etwas zu überlegen, damit Olivia nicht bemerkte, dass er etwas zu verbergen hatte. „… dass ich mich bei der Meditation mehr fallen lassen muss, da ich nicht in meiner Mitte bin." Er zuckte mit den Schultern.

Olivia verzog ihr Gesicht, als hätte sie einen fiesen Geruch unter der Nase. „Herr Schwarz. Ganz ehrlich, der wird mir von Stunde zu Stunde unsympathischer. Irgendwie kauf ich ihm seine nette Art so überhaupt nicht ab. Was ist eigentlich mit seiner Aura. Ist die okay?"

Darragh lachte. „Ja, Herrn Schwarz' Aura ist ziemlich okay. Er hat eine sehr ruhige und ehrliche Aura. Ich kann ihn gut leiden."

„Da bist du nicht der Einzige. Lucy ist auch hin und weg von ihm und hängt förmlich an seinen Lippen, wenn er spricht. Na ja, dann ist es vielleicht einfach meine Abneigung gegen dieses ganze Meditationsgelaber, das finde ich echt anstrengend." Sie tänzelte die letzten Stufen der Treppe hinunter. „Findet zu eurer inneren Mitte. Die Kraft steckt in euch, ihr müsst sie nur entfesseln. Öffnet euer zweites Chakra und lasst die Energie fließen." Olivias Singsang hallte von den hohen Wänden im Flur vor dem Speisesaal wider.

Darragh lachte. „Das zweite Chakra ist das Sexualchakra. Wenn er euch im Unterricht dazu animiert, dieses Chakra zu öffnen, dann ist das wirklich seltsam." Er spürte, wie er bei diesem Satz rot anlief.

„Dann halt das vierte oder sechste. Was weiß denn ich." Olivia verdrehte die Augen. „Ist auf jeden Fall nicht mein Lieblingsfach. Vermutlich werde ich nach meinen zwei Stunden mit diesem Typen heute Nachmittag auch so ein Gesicht ziehen wie du."

„Meditation ist die Grundlage, damit wir unsere Kräfte channeln können, und nur mit einem ausgeglichenen Selbst können wir wirklich all unsere Kräfte entfalten. Ich muss also wirklich lernen, mich mehr fallen zu lassen", sagte er mit gespielt ernster Miene.

Olivia stieß eine der großen Flügeltüren zum Speisesaal auf. „Na, zum Glück hast du heute Nachmittag frei und kannst dich gemütlich ins Bett fallen lassen."

Der Saal war bereits rappelvoll mit Schülern, die am Büfett ihre Teller befüllten, oder an den Tischen den neusten Klatsch und Tratsch beredeten. Der Duft von geschmolzenem Käse trat Darragh in die Nase und bei dem Gedanken an die leckere Lasagne der Küchenchefin lief ihm bereits das Wasser im Mund zusammen.

„Das mit dem Ins-Bett-Fallen wird leider nichts werden. Ich muss noch etwas für mein Kostüm besorgen", sagte er zu Olivia, als er freudestrahlend eine große Auflaufform mit Lasagne entdeckte.

„Na, du bist ja richtig früh dran", sagte Lucy, die am Buffet zu ihm und Olivia stieß. „Typisch Mann, immer auf den letzten Drücker."

„Ihr seid wahrscheinlich schon perfekt durchgestylt?"

Olivia und Lucy sahen sich an und sagten dann beide wie aus einem Munde: „Und wie!"

„Was aber auch nicht schwer ist, wenn man seine eigene Schneiderin als Mitbewohnerin hat", gab Olivia zu.

Darragh sah sie fragend an.

„Aiko hat unsere Kostüme genäht. Sie hat eine eigene Nähmaschine und verschiedene Stoffe dabei. Zumindest verschiedene Stoffarten. Die Farbe ist meist gleich."

„Lass mich raten. So, wie ich Aiko kenne, sind die Stoffe sicher alle in einem leuchtenden, fröhlichen Sonnengelb", scherzte Darragh.

„Schön wär's! Aber für Halloween passt Schwarz zumindest sehr gut. Demnach haben wir die besten Voraussetzungen für die coolsten Kostüme." Olivia lief um den Nachspeisentisch herum und griff nach einem Himbeersorbet. Heute mal nichts mit Schokolade, das war neu. „Gib dir also keine große Mühe, den Wettbewerb gewinnen schon wir drei."

Irgendeinen Wettbewerb zu gewinnen, war definitiv Darraghs kleinste Sorge. Er wollte mit seinem Kostüm nicht unbedingt umwerfend aussehen, sondern verfolgte einen bestimmten Zweck. „Keine Angst. Da lass ich euch gern den Vortritt."

Olivia und Lucy wollten nicht erzählen, wie sie sich verkleiden würden, schließlich würde das die Überraschung verderben. Als die Anderen nach dem Mittagessen zu ihrem Nachmittagsunterricht gingen, machten sich Joris und Darragh auf den Weg in ihr Zimmer.

Als er sicher war, dass keiner die beiden belauschte, sagte Darragh: „Joris, ich habe ein Problem. Ich brauche deine Hilfe."
Überrascht schaute Joris ihn an. „Meine Hilfe? Wofür denn?"
„Bei meinem Kostüm für die Party morgen."
„Und was hast du dir vorgestellt?"
„Eine Ritterrüstung."
Joris schaute Darragh verwundert an. „Also, mal abgesehen davon, dass ich nicht weiß, wie du an eine Ritterrüstung rankommen willst ... Wieso ausgerechnet eine Rüstung? Du gehst doch mit Olivia zur Party. Willst du denn nicht eng mit ihr tanzen? Das wird mit so viel Metall schwer möglich sein."
„Genau das ist ja das Ziel", murmelte Darragh.
„Okay, jetzt versteh ich gar nichts mehr."
Ein tiefer Seufzer entfuhr Darragh. Vielleicht war es an der Zeit, wenigstens Joris in sein Geheimnis einzuweihen, schließlich hatte Darragh damals auch als Erster von seinem Geheimnis erfahren – auch, wenn er es ihm nicht unbedingt freiwillig verraten hatte. Langsam musste er sich jemandem anvertrauen, oder er würde verrückt werden.
„Ich muss dir was erzählen, aber erst, wenn uns wirklich niemand hören kann."
Im Zimmer 413 setzten sich beide auf die Couch im Gemeinschaftsraum. Phileas war beim Nachmittagsunterricht, also konnten sie ungestört reden. Darragh erzählte Joris die ganze Problematik. Angefangen bei seiner Auramagie, die seit dem ersten Tag an der Akademie bei Olivias Aura total verrücktspielte, bis zu dem Punkt, dass es sich bei jeder Berührung anfühlte, als würde er in offenes Feuer fassen. Auch von seinen vielen verschwendeten Stunden in der Bibliothek erzählte er.
Joris hatte ihm aufmerksam zugehört und blickte ihn nachdenklich an.
„Und jetzt sag mir bitte nicht, dass ich mir das einbilde und ich einfach nur verliebt in sie bin. Das meinte nämlich Frau Rothschild – die Bibliothekarin."

„Das sage ich dir ganz sicher nicht. Soweit ich das beurteilen kann, fühlen sich solche Berührungen nämlich gut an und nicht so, als würde man verbrennen." Ein sehnsüchtiger Ausdruck legte sich auf Joris' Gesicht.

„Apropos, wie läuft es mit Maurice?", fragte Darragh. Joris hatte ihm letztens erzählt, dass er Maurice zur Party einladen wollte.

Joris presste die Lippen zusammen. „Frag nicht. Er geht mit so einem Typ aus dem zweiten Jahr zur Feier. Immerhin weiß ich jetzt, dass er auf Männer steht, aber auch, dass ich zu lange gebraucht habe, um ihn um ein Date zu bitten. Aber zurück zu deinem Problem: Meinst du, irgendwas stimmt mit ihrer Feuermagie nicht, wenn es sich anfühlt, als würdest du verbrennen?"

„Ich glaube, dass es eher etwas mit meiner Magie zu tun hat, da niemand sonst Probleme mit ihren Berührungen hat, aber ich kann nichts dazu in irgendeinem Buch finden. Ich habe bereits alles über Auramagie, Rarlim, Löwen, Wassermännern und Steinbockaszendenten gelesen, was ich finden konnte. Nichts. Deshalb ist meine einzige Lösung für die Party morgen eine Ritterrüstung. So spüre ich nichts, wenn Olivia mich berührt. Und dann kommt meine Reaktion auf ihre Berührungen nicht merkwürdig rüber."

Joris sah zweifelnd drein. „Na, ob du in einer Ritterrüstung nicht merkwürdig rüberkommst, kann ich dir nicht versprechen. Außerdem bekämpfst du damit doch nur die Symptome, nicht das Problem."

„Ich weiß, ich weiß! Eine Lösung finde ich bis morgen nicht mehr, aber es bringt mich immerhin durch den Abend. Danach frage ich wahrscheinlich Herrn Schwarz."

„Herrn Schwarz? Wie kommst du denn auf den?"

„Er wollte heute nach dem Unterricht mit mir reden, weil ich ihm zerstreut vorkam, und hat mir seine Hilfe angeboten."

„Na gut, vielleicht hat er wirklich eine Antwort. Vermutlich legt er dir aber nur nahe, intensiver und bewusster zu meditieren", feixte Joris, der wie Olivia kein Fan von Meditation war. „Aber jetzt mal Spaß beiseite, hast du dir denn schon Gedanken gemacht, was passiert, wenn dir morgen auf der Party unter dieser Rüstung zu warm wird? Willst du darin vor dich hin schwitzen? Wie willst du überhaupt an eine Rüstung kommen, wie soll ich dir dabei helfen und das wohl größte Problem: Was, wenn Olivia dich küssen möchte am Ende der Party?"

Darragh schaute Joris erschrocken an.

„Jetzt sag mir nicht, dass du über diese Möglichkeit noch nicht nachgedacht hast? Zielen Dates auf solchen Partys nicht darauf ab, dass man sich am Ende küsst, sich dann weiter datet und zusammen ist? Vorausgesetzt, sie verlaufen gut, versteht sich. Drama-Dates gibt es natürlich auch."

Joris hatte vollkommen recht. Wieso hatte Darragh über diese Möglichkeit noch nicht nachgedacht? Natürlich hatte er schon darüber sinniert, wie es wäre, Olivia zu küssen, und nicht seltener hatte er davon geträumt. Aber jetzt, da die beiden zusammen zu dieser Party gingen, rückte diese Möglichkeit in greifbare Nähe! Ein Gefühl aus Vorfreude und Angst stieg in Darragh auf. Wenn er sie schon nicht berühren konnte, ohne zu verbrennen, wie würde es sich dann erst anfühlen, sie zu küssen? So sehr er es sich auch wünschte, das durfte morgen nicht passieren.

Angespannt starrte er auf den schwarzen Teppichboden mit dem goldenen Schulwappen. Seine Gedanken überschlugen sich. Wie konnte er es verhindern? Wenn sein Kopf ebenso aussetzen würde, wie gestern Abend, als er Olivia um ein Date gebeten hatte, dann würde er sich auf einen Kuss einlassen. Und wenn er dann das Verbrennungsgefühl verspüren und zurückzucken würde, stünde er da wie der schlechteste Küsser überhaupt.

„Bitte mach aus dem Date kein Drama-Date! Einen Streit mit einem Löwen willst du lieber nicht starten, und außerdem wüsste ich nicht, für wen ich mich entscheiden soll, wenn ihr nicht mehr miteinander redet." Joris wollte sichergehen, dass er Darragh nicht auf noch dümmere Ideen brachte.

„Ich mache daraus kein Drama-Date, was hätte ich davon? Und wie ich reagiere, wenn sie mich küssen möchte, muss ich spontan entscheiden. Wo ich eine Rüstung herbekomme, weiß ich aber schon. Du kennst doch den Gang im dritten Stock, der von der Bibliothek zu den Lehrerzimmern geht? Dort stehen Ritterrüstungen und du musst mir helfen, eine … auszuleihen."

Joris schaute skeptisch drein. „Ich sehe mehrere Probleme. Erstens: Wie willst du das anstellen, ohne entdeckt zu werden? Zweitens: Was machst du, wenn die Lehrer mitbekommen, dass eine Rüstung fehlt? Und drittens: Was, wenn du nicht in diese Rüstung reinpasst?"

Darauf hatte Darragh drei Antworten. „Erstens: heute Nacht. Zweitens: Diesen Samstag wird kein Lehrer in den Lehrerzimmern sein. Wir haben dann keinen Unterricht wegen der großen Party, und eine verschwundene Rüstung fällt an Halloween eh nicht besonders auf. Wir stellen einfach einen Kürbis an die Stelle. Und drittens: Magie."

„Shhh … Pass doch auf!", zischte Joris, als er und Darragh die Rüstung die Treppe hinuntertrugen.

„Ja, sorry das Teil ist doch unhandlicher als gedacht", flüsterte Darragh zurück.

Es war zwei Uhr nachts. Die beiden hatten die Ritterrüstung im dritten Stock gegen eine Kürbisdeko aus einem anderen Flur ausgetauscht. Jetzt, als er diese Rüstung mit Joris zusammen in ihr Zimmer trug, war sich Darragh doch nicht mehr so sicher, ob es seine beste Idee gewesen war. Vielleicht sollte er es einfach ganz sein lassen und Olivia sagen, er hätte Bauchschmerzen. Aber das konnte er ihr nicht antun und er wollte auch nicht, dass sie allein auf die Party gehen musste. Oder noch schlimmer, dass sie in der Eile einem anderen Date zusagte und derjenige dann all das mit Olivia erlebte, was Darragh mit ihr erleben wollte. Es würde funktionieren. Es musste funktionieren!

„Stopp! Hörst du das?", fragte Joris und hielt inne. Die beiden waren bereits im Gang zu ihrem Zimmer angekommen.

„Ich muss jetzt wirklich los. Die Mädels werden mich mit Fragen durchlöchern, wenn ich morgen früh nicht in meinem Zimmer bin."

Darragh hörte eine vertraute Mädchenstimme kichern. Er schaute um die Ecke. Eine Zimmertür stand einen Spalt offen und erleuchtete mit einem Lichtstrahl den Flur. Im Türrahmen zum Zimmer 413 stand ein Mädchen. Als er genauer hinsah, erkannte er Lucy, die ihre Arme um Phileas geschlungen hatte.

„Das sind Lucy und Phileas, wir können also getrost weitergehen", sagte Darragh zu Joris.

Als die beiden um die Ecke bogen, sahen sie, wie Phileas und Lucy sich leidenschaftlich zum Abschied küssten. Durch das Klackern der Rüstung drehte sich Lucy in ihre Richtung und erschrak.

„Darragh, Joris! Was macht ihr denn hier um diese Uhrzeit?"

„Wir stellen dir keine Fragen, wenn du uns keine stellst, Süße", bedeutete Joris geheimnisvoll. „Und jetzt mach mal Platz, das Teil ist nämlich genauso schwer, wie es aussieht." Gemeinsam quetschten sie sich, vorbei an dem turtelnden Pärchen, in ihr Zimmer.

„Okay, ich frag nicht." Lucy sah verwirrt aus.

Darragh setzte seinen strengsten Blick auf. „Kein Wort darüber zu niemandem!"

Lucy reagierte sofort. „Gleichfalls." Sie zwinkerte Darragh zu. „Wir sehen uns dann morgen auf der Party."

„Darf *ich* fragen?", erkundigte sich Phileas, nachdem Lucy gegangen war und er die Tür hinter sich geschlossen hatte.

„Besser nicht", antworteten Darragh und Joris wie aus einem Munde.

Phileas nickte und ging grinsend zurück in sein Zimmer.

Joris wischte sich den Schweiß von der Stirn, als sie die Ritterrüstung auf den Boden in Darraghs Schlafraum abgelegt hatten. „Ich glaube nicht, dass du es lange in diesem Ding aushalten wirst."

„Irgendwie muss es gehen, ich habe keine andere Wahl."

„Du könntest Olivia sagen, dass du abstinent lebst bis zur Ehe und dass dabei sogar Anfassen verboten ist. Erzähl ihr meinetwegen, dass du einer unheimlichen Sekte angehörst. Alles ist besser als dieses schwere Ding."

„Ha ha, sehr witzig." Darragh bedankte sich für Joris' Hilfe, er machte sich auf den Weg zu seinem Schlafraum und Darragh schloss die Tür hinter ihm.

Mit zweifelndem Blick musterte er die unhandliche Rüstung. Irgendwie würde es schon funktionieren, ansonsten blieb immer noch Joris' Ausrede. Eine Sekte und das Zölibat bis zur Ehe klangen immerhin besser als „Ich verbrenne innerlich bei jeder Berührung von dir", oder?

„Warum willst du unbedingt eine Rüstung zu Halloween tragen? Wolltest du nicht eigentlich als Ninja gehen?", fragte Maggie Pisano ihren Bruder am Telefon.

„Maggie! Das Wieso ist hier vollkommen irrelevant. Sag mir doch bitte einfach, wie ich dieses Teil tragbar zaubern kann."

Darragh saß am Samstagnachmittag vor der Ritterrüstung in seinem Zimmer und versuchte, sie tragbar zu machen. Seine Schwester war seine letzte Hoffnung. Er hatte sie schon einige Klamotten verzaubern sehen, vor allem hatte sie ein Talent für Kostüme. Vor zwei Jahren hatte sie aus einer Tischdecke ein viktorianisches Kleid gezaubert und war als kopflose Marie Antoinette zu Halloween gegangen.

„Okay, okay. Ich sag es dir, aber das wird dich nicht glücklich stimmen. Es ist alles eine Täuschung. Mit meiner Täuschungsmagie habe ich aus dem Nichts tolle Kostüme gezaubert. Eigentlich waren es immer noch alte Fummel oder eine Tischdecke, aber jeder hat gesehen, was ich wollte", sagte Maggie.

Darragh überlegte.

„Hallo?! Bist du noch da?", fragte seine Schwester am anderen Ende der Leitung.

Das Unbequeme an der Rüstung war die Hose, die ihm bei aller Liebe nicht ansatzweise passen wollte. Das Oberteil der Rüstung passte dagegen einigermaßen. Da kam ihm sein schmaler Oberkörper zugute.

„Kann ich dir ein Paar Jeans per Ofenpost schicken und du verwandelst sie in Ritterhosen?", fragte er mit flehender Stimme.

„Die Jeans wird zusammengelegt in den Ofen passen, aber wie soll ich eine Ritterhose zusammenlegen?"

Mist. Das hatte er nicht bedacht.

„Könntest du kurz vorbeikommen?", fragte Darragh.

Maggie war vom Sternzeichen Waage – wie Joris – und besaß somit Teleportationsmagie.

„Du weißt, dass euer Campus von einer magischen Barriere umzogen ist, nicht wahr? Du müsstest also bis zum Anfang des Waldes kommen mit der Hose, damit ich dir helfen kann. Ich kann nicht einfach die Schule besuchen, wie ich lustig bin."

„Mist. Das dauert zu lange!" Darragh blickte auf seine Uhr. Es war bereits drei Uhr nachmittags. Zu Fuß bräuchte er sicher eine Stunde und mindestens genauso lange zurück, wenn nicht sogar länger mit der schweren Hose unterm Arm.

„Hast du keinen Skorpion-Aszendenten in deiner Klasse?", fragte Maggie.

„Doch, schon." Nur war das die letzte Person, die er um Hilfe bitten wollte. „Danke, Maggie, ich muss jetzt los."

„Hey, du willst mir wirklich nicht sagen, was los ist? Wieso du unbedingt als Ritter zu dieser Party gehen willst? Geht es um ein Mädchen? Bei so etwas geht es doch immer um ein Mädchen, wie heißt sie?"

Mit neugieriger Stimme wollte Maggie ihm sein Geheimnis aus der Nase ziehen. Wäre sie mit ihm in einem Raum gewesen, hätte es früher oder später geklappt. Maggie war hartnäckig ohnegleichen und bis jetzt hatte Darragh ihr immer nachgegeben. Doch war sie im Moment nicht hier, sondern weit entfernt.

„Bye, neugieriges Schwesterherz, wir sehen uns zu Weihnachten. Mach's gut." Darragh ignorierte Maggies weitere Worte und legte auf.

Verzweifelt presste er die Hände auf sein Gesicht. Ihm blieben zwei Optionen: Entweder, er fragte jemanden um Hilfe, den er eigentlich nicht um Hilfe bitten wollte, oder er ging als halbfertiger Ritter zur Party. Jetzt war er bereits so weit gekommen, dass er wohl oder übel in den sauren Apfel beißen musste. Er ging hinüber in den Ostflügel und konnte von Glück sprechen, dass er auf dem Weg dahin niemandem in die Arme lief, den er kannte. Es wäre sonst äußerst peinlich gewesen, zu erklären, was er im Korridor der Mädchen in Zimmer 206 machen wollte. An der gewünschten Tür angekommen blieb er stehen und klopfte.

Cressida öffnete und blickte ihn mit verwunderter Miene an. „Was machst du denn hier, Pisano? Hast du dich in der Tür geirrt? Deine Schnecke wohnt ein Zimmer weiter."

Das fing ja schon gut an. Cressida und Sabella hatten sich in den vergangenen Wochen angefreundet. Und je mehr Cressida auf Sabella hörte, desto weniger schien sie Darragh, Olivia und die Anderen ihrer Clique leiden zu können.

„Auch schön, dich zu sehen, Cressida. Ich denke, wir können die Förmlichkeiten sein lassen und du kannst mich ruhig Darragh nennen", sagte er sarkastisch. „Ich wollte zu Sabella, ist sie da?"

Cressida verdrehte hinter dem Rahmen ihrer markanten Brille auffällig stark die Augen, nickte dann aber und bat Darragh in den Gemeinschaftsraum, der identisch mit dem von Darraghs Appartement war, bloß spiegelverkehrt.

„Rechts die erste Tür ist ihr Zimmer", sagte Cressida.

Entschlossen klopfte er an die dunkelbraun lackierte Holztür, in deren Rahmen Sabella kurze Zeit später erschien. „Pisano, was willst du denn hier?"

„Ich möchte dich um einen Gefallen bitten."

Eine neugierig klingende männliche Stimme ertönte hinter Sabella. „Uuuh, ein Gefallen. Lass hören, was kann mein Schwesterherz für dich tun?"

Sabriel. Warum hingen die beiden immer zusammen rum? Darragh mochte seine Schwester Maggie, aber wenn er mit ihr auf dieselbe Schule ginge, wäre sie sicher nicht die Person seiner Wahl fürs Abhängen nach dem Unterricht. Vielleicht war das ja etwas anderes bei Zwillingsgeschwistern, wobei Darragh eher vermutete, dass die beiden sich mittlerweile durch ihre arrogante Art so unbeliebt gemacht hatten, dass niemand sonst mit ihnen Zeit verbringen wollte.

Darragh atmete tief ein. „Ich könnte deine Täuschungsmagie gebrauchen. Für die Party heute Abend."

Sabella suchte den Blick ihres Bruders und feixte. „Und was genau hast du dir vorgestellt? Ich kann dein Gesicht wohl kaum so ansehnlich machen, dass du heute Abend bei unserem Rarlim zum Zuge kommst. So stark ist meine Magie auch wieder nicht. Da müsstest du schon auf ihren schlechten Geschmack bauen, wobei du Glück haben könntest bei den Fummeln, die sie immer trägt."

Er hätte es besser wissen müssen. Sabellas Hilfe war aber seine letzte Möglichkeit, damit er heute Abend nicht wie ein Vollidiot dastehen würde. Also ignorierte er ihren Kommentar und formulierte seine Bitte mit der ruhigsten Stimme, die er aufbringen konnte.

„Ich möchte bei der Party heute als Ritter verkleidet gehen und habe ein Oberteil einer Ritterrüstung, jedoch keine Hose. Ich brauche deine Fähigkeit, um eine einfache Jeans als Ritterhose erscheinen zu lassen."

„Ich dachte, nur wir Mädels wären so wählerisch mit unseren Kostümen. Warum ist es dir so wichtig, dass du ausgerechnet mich um Hilfe bittest? Geht unser kleiner Rarlim etwa als Prinzessin und du möchtest ihren Ritter spielen?", stichelte Sabella.

„Nein, das ist es nicht. Ich habe keine Alternative und dachte, du könntest das sicher im Handumdrehen erledigen. Aber anscheinend ist es wohl doch eine Aufgabe, der deine Magie noch nicht gewachsen ist." Darragh zuckte kurz mit den Schultern, drehte sich um und schritt langsam zur Tür.

„Das lässt du dir doch nicht bieten, Schwesterchen! Gib dir einen Ruck und zeig ihm, dass das sehr wohl eine Leichtigkeit für dich ist."

Bingo. Genau darauf hatte Darragh abgezielt. Er war sich sicher, dass Sabella schon allein zum Angeben nachgeben würde, wenn er sie nur ein wenig provozierte.

„Ist ja gut. Dann zeig uns mal die Rüstung und deine Jeans. Mal sehen, was ich damit anstellen kann. Dafür schuldest du mir aber was, Pisano. Merk dir das", sagte sie eindringlich und bohrte ihm mit weit geöffneten Augen ihren Zeigefinger in die Brust.

Dass man einen Gefallen von Sabella nicht ohne Gegenleistung bekam, war Darragh von Anfang an bewusst gewesen, aber damit würde er sich beschäftigen, wenn es so weit war. Jetzt wollte er es einfach über die Bühne bringen, damit er die Halloweenparty einigermaßen glimpflich überstehen konnte. Gemeinsam gingen sie in Darraghs Zimmer und er zeigte ihnen die Rüstung, während er ein Paar Jeans aus seinem Schrank zog.

Sabella schaute ihn argwöhnisch an. „Diese Rüstung sieht aus wie die aus dem dritten Stock vor den Lehrerzimmern."

„Oh, findest du? Die Ähnlichkeit ist mir noch gar nicht aufgefallen", flunkerte Darragh. „Schaffst du das jetzt oder nicht?

„Okay, okay. Ist ja gut. Mir war bloß nicht bewusst, dass hinter unserem Prince Charming auch ein kleiner Rebell steckt, der Schuleigentum entwendet."

Sie schritt auf das Bett zu, wo Darragh seine Jeans abgelegt hatte, und fuhr mit beiden Händen vom Bund bis zu den Beinen und zurück. Die schwarze Jeans verfärbte sie zuerst silbern und plusterte sich dann auf die doppelte Größe auf. Anschließend verhärtete sich der Stoff und aus dem weichen, biegsamen Jeansmaterial wurde hartes, unbewegliches Metall. Zu guter Letzt erschienen auf der Rüstungshose ein paar

Gebrauchsspuren und der glänzende Silberton verfärbte sich an den Scharnieren in einen rötlichen Bronzeton. Die Hose vor ihm auf dem Bett glich nun in ihrem Erscheinungsbild derjenigen, die gestern noch im dritten Stock gestanden hatte. Bloß würde sie Darragh jetzt passen.

Als sie ihr Werk vollendet hatte, klatschte Sabella zufrieden in die Hände und begab sich zugleich zur Tür. Bevor sie mit ihrem Bruder endgültig Darraghs Zimmer verließ, drehte sie sich noch einmal zu ihm um. „Und denk dran, du schuldest mir was."

Darragh gefiel Sabellas Ton ganz und gar nicht. Sie ließ es so klingen, als hätte er gerade seine Seele an sie verkauft. Noch nie hatte er jemanden kennengelernt, der so übertrieben egoistisch, machtgierig und einfach undurchschaubar war. Bei jeder Gelegenheit im Unterricht wollte sie die Beste sein, jede Diskussion schlachtete sie bis aufs Letzte aus und sie gönnte ihren Mitschülern nichts. Er wusste definitiv, dass er mit ihr keine Geschäfte mehr machen würde, sofern es sich vermeiden ließ.

Sabriel war zwar ebenso eigenwillig, aber nicht so verbissen wie seine Schwester. Er war der Vernünftigere von beiden, wenn man sie überhaupt mit diesem Wort in Verbindung bringen konnte. Trotzdem fiel es Darragh schwer, Herrn Schwarz als Vater der Zwillinge zu sehen. Er hatte ganz und gar nichts mit ihnen gemeinsam, denn er war fürsorglich, ruhig, ausgeglichen und hatte ein großes Herz – eindeutig etwas, was er seinen Kindern nicht mitgegeben hatte. Nicht zuletzt sahen sie sich kein Stück ähnlich, vor allem die pechschwarzen Haare des Meditationslehrers und die hellblonde Mähne der Zwillinge passten nicht zusammen. Aber das hatte nichts zu sagen, wie Darragh nur zu genau wusste. Er sah er seinem Vater schließlich auch kein Stück ähnlich.

Erleichtert darüber, dass er nun endlich ein Kostüm hatte, in dem er den Abend mit Olivia überstehen konnte, ließ er sich neben der Ritterhose auf sein Bett fallen. Immerhin wäre sein

Problem nun für einen Abend gelöst. Oder besser gesagt: Er hatte es für einen Abend übergangen. Über eine endgültige Lösung würde er sich ab morgen wieder Gedanken machen. Jetzt wollte er einfach nur die Party mit Olivia genießen.

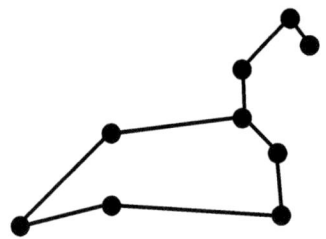

Kapitel 12

Halloweenparty

„Bist du sicher, dass das nicht zu viel ist?", fragte Olivia Lucy, als sie ihr Make-up im Spiegel betrachtete.

„Nein, finde ich nicht. Das ist La Catrina, so, wie wir es uns auf den Bildern angeschaut haben. Das sieht klasse aus, glaub mir."

Olivia schaute ganz genau hin und musste Lucy zustimmen. Es war tatsächlich genau, wie sie recherchiert hatten. La Catrina, die mexikanische Totenmaske, zierte mit weißem Untergrund, tiefschwarzen Augenhöhlen und blutroten Lippen mit zugenähten Mundwinkeln ihr Gesicht.

„Zieh dazu am besten das Kostüm an, dann kommt es gleich viel besser rüber", versicherte Lucy.

Da hatte sie wahrscheinlich recht. Mit einem rosa Hoodie und einer grauen Leggins sah es in der Tat wenig authentisch aus. Sie ging zu ihrem Bett, auf dem das Kostüm bereitlag: eine schwarze Corsage, ein roter, kurzer Petticoat und schwarze Lederhandschuhe, die ihr bis über die Ellenbogen gingen. Dazu trug sie schwarze Overknees zum Schnüren.

Als sie alles angezogen hatte und vor dem Spiegel stand, wirkte das Kostüm perfekt. Aiko hatte sich bei dem Petticoat und den Handschuhen wirklich selbst übertroffen. Corsagen besaß Aiko einige und hatte Olivia eine davon ausgeliehen. Die Schminke hatte Olivias Oma besorgt und auch die Schuhe hatte sie ihr mitgeschickt. Sie gehörten ihrer Mutter. In der Eile ihres Aufbruchs hatte sie damals manche ihrer Habseligkeiten zurückgelassen, unter anderem diese Stiefel. Rosalie hatte sich an sie erinnert, als ihr Olivia von ihrer Kostümidee berichtet hatte. Sie waren ihr zwar eine Nummer zu groß, aber mit einem dicken Paar Socken an den Füßen passten sie.

Olivia ging in den Gemeinschaftsraum, wo Aiko schon auf sie wartete. Sie sah atemberaubend aus in ihrem Piratenkostüm, das aus einem engen, schwarzen Lederoverall bestand, über den sie einen purpurnen Blazer gezogen hatte. Dazu trug sie einen passenden schwarzen Hut, in dem eine große Feder in der gleichen Farbe wie der des Blazers steckte. Auf dem einen Auge trug sie einen perfekten Lidstrich und über dem anderen eine Augenklappe. Sie hatte ihre Füße in den passenden schwarzen Lederboots auf dem Tisch abgelegt. Als sie Olivia bemerkte, schaute sie zu ihr auf.

„Du hast dich wirklich selbst übertroffen", sagte Olivia bei dem Blick auf die Kostüme, die Aiko zusammengestellt hatte. „Wenn du nach dem Abschluss ein großes Modelabel gründest, lass es mich wissen."

„Ach, das mit dem Nähen ist nur ein Hobby. Ich werde einmal ein gefürchteter Procieri werden und erst Ruhe geben, wenn ich den letzten Obscurati zur Strecke gebracht habe", erklärte sie. „Bist du fertig?"

„Fertig und abmarschbereit."

„Fabelhaft. Dann warten wir ja nur noch auf Lucy." Aiko stand vom Sofa auf und schnappte sich ihre Schlüssel. „Luc, beeil dich mal."

Im selben Moment erschien Lucy aus ihrem Zimmer hinter Aiko. „Bin ja schon da!"

Die vielzähligen großen Pailletten an den Enden ihrer zahlreichen Schals klimperten. Lucy ging als Wahrsagerin und trug einen weißen Body, darüber einen langen lila Rock, der leicht durchsichtig und mit goldenen Sternen verziert war. Ihr Oberkörper war bedeckt mit luftigen Schals in Lila, Türkis und Rosa. Ihr farbenfrohes und glitzerndes Make-up harmonierte perfekt mit ihrem bronzenen Hautton.

„Ich bin immer noch der Meinung, dass du mit diesen Farben auf der Party total auffallen wirst", sagte Aiko zu ihr. „Aber ich muss zugeben, dass du echt klasse aussiehst in diesem Kostüm."

Olivia nickte. „Da muss ich Aiko recht geben. Zumindest mit dem zweiten Teil des Satzes, denn ich kann mir nicht vorstellen, dass alle in Schwarz kommen werden."

„Und selbst wenn, das ist mir vollkommen egal", erwiderte Lucy. „Jetzt sollten wir uns aber auf den Weg zum Speisesaal machen."

Der Speisesaal war die Location für die heutige Halloweenfeier. Da Aiko kein Date für die Party hatte, wollten sie die Jungs dort treffen, damit sie sich nicht ausgeschlossen fühlte – obwohl sie mehrfach beteuert hatte, dass ihr das gar nichts ausmachen würde.

Joris pfiff, als die drei die Treppe hinunterkamen. „Wow, Mädels! Das sind ja ein paar hammercoole Kostüme, da lasst ihr uns aber ganz schön alt aussehen dagegen."

Das stimmte in Olivias Augen nicht ganz, denn die Jungs sahen selbst sehr gut aus. Joris war als Wikinger verkleidet und hatte sich eine Axt auf den Rücken geschnallt. Sein blanker Oberkörper war nur von einem Stück Fell über den Schultern bedeckt und jeder seiner gestählten Muskeln glänzte selbst im spärlichen Licht des Flurs im Keller.

Phileas war als Joker aus den Batman-Comics kostümiert. Für besagten Bösewicht hatte Olivia schon als Zwölfjährige einen Fable besessen. Der lila Anzug und die grün gefärbten Haare standen ihm sehr gut und er passte in diesem Kostüm farblich hervorragend zu Lucy. Schade nur, dass sie sich nicht als Harley Quinn verkleidet hatte.

„Danke für das Kompliment, Olivia", sagte Phileas mit

einem breiten Grinsen, was in dieser Verkleidung sehr verstörend wirkte.

Verflixte Telepathie. Olivia hatte sich immer noch nicht daran gewöhnt, dass sie in Phileas' Gegenwart aufpassen musste, was sie dachte.

„Sorry, ich kann das nicht kontrollieren", räumte er entschuldigend ein.

Olivia wandte sich an Darragh. Seine Kostümwahl brachte sie zum Schmunzeln. Am Anfang des Schuljahres hatte er ihren Beschützer gespielt und nun stand er vor ihr: ihr leibhaftiger Ritter in stählerner Rüstung. Das abgegriffene, bronzeähnliche Metall betonte das Grün seiner Augen und seiner Haare. Schade, dass Darragh nicht anstelle von Phileas als Joker ging. Er hätte sich nicht einmal die Haare färben müssen. Sie war selbst schuld! Schließlich war es ihre Idee gewesen, ihre Kostüme geheim zu halten. Jetzt brauchte sie es auch nicht mehr bedauern, dass sie nicht Darraghs Harley Quinn sein konnte.

Als sie sich zusammen in Richtung Speisesaal bewegten, ließ die Rüstung ein merkliches Quietschen verlauten. Wie er darin tanzen wollte, war ihr ein Rätsel. Darragh bot ihr seinen Arm an und Olivia hakte sich fröhlich unter, wobei sie das kalte Metall kurz frösteln ließ, als sie es umklammerte. Er musterte sie von oben bis unten mit einem Blick, den Olivia nicht zu deuten vermochte.

„Was denn? Gefällt dir mein Kostüm etwa nicht?"

„Oh, doch, du siehst umwerfend aus!" Ein breites Grinsen verstärkte seine Aussage. „Aber ich muss sagen, ich wäre jede Wette eingegangen, du verkleidest dich als Mystique von den X-Men, so, wie du immer von ihr schwärmst."

Olivia schnaubte. „Vollkommen nackt und blau angemalt. Das hättest du wohl gern." Bei ihren eigenen Worten wurde ihr ganz heiß. Sie hatte Darragh gerade unterstellt, dass er sie nackt sehen wollte. Und das bei ihrem ersten Date! Peinlich. Unter ihrer dicken Schicht von Make-up sah immerhin keiner, dass sie feuerrot anlief.

Darraghs Röte wurde jedoch nicht von Make-up bedeckt. Er biss sich verlegen auf die Lippen und blickte von ihr weg in den Speisesaal, durch dessen große Flügeltüren sie gerade gegangen waren.

Als Olivia seinem Blick folgte, vergaß sie im Handumdrehen das peinlich berührte Gefühl in ihrer Brust. Die Partylocation raubte ihr wortwörtlich den Atem. Der Speisesaal war kaum wiederzuerkennen. Die sonst so purpurnen Wände waren nun mit schwarzer Tapete verkleidet und mitternachtsblaue Fliesen zierten den sonst so hellen Fußboden, der im Licht funkelte. Man konnte fast denken, sie würden sich über den Sternenhimmel bewegen. Von der Decke hingen unechte Fledermäuse und überall verzierten Kürbisse und Spinnennetze den Raum. Wenige kleine Tische und Stehtische ersetzten die Sitzreihen, die zu den Mahlzeiten aufgestellt waren, damit es genügend Raum zum Tanzen gab. Außerdem waren kleine Stände mit Getränken im Raum verteilt, hinter denen jeweils ein Lehrer stand, der überwachte, dass kein Schüler Alkohol hineinmixte.

Olivia staunte. „Wow, wie haben sie das denn so schnell alles umgeräumt? Zum Mittagessen war doch alles noch wie immer? Ich meine, der Boden und die Wände …"

„Vermutlich Täuschungsmagie", antwortete Aiko. „Ein Lehrer lässt die Wände und den Boden nur so erscheinen und morgen zum Frühstück sieht alles wieder aus wie immer."

„Oh …" Wieder einmal war Olivia überrascht, was man alles mit Magie zaubern konnte und aufs Neue davon überwältigt, dass sie in dieser Welt lebte. Immer wieder erwartete sie, einfach aufzuwachen und aus dieser wundervollen Welt gerissen zu werden, um festzustellen, dass all das nur ein Traum gewesen war. Keine Stellari, kein Dahlow, keine Magie, kein Darragh …

„Hast du etwa gedacht, die haben hier neu tapeziert und einen neuen Boden verlegt, nur für die Halloweenparty?" Mit dieser Frage riss Joris sie aus ihren Gedanken.

„Natürlich nicht. Das wäre ja ganz schön doof." Olivia kam sich ein wenig naiv vor.

„Das muss dir nicht peinlich sein. Du bist nicht mit Magie aufgewachsen. Klar, dass das für dich alles neu ist", sagte Darragh.

Sie holten sich alle ein Glas Bowle und sahen zu, wie sich nach und nach die Tanzfläche füllte.

„Darf ich bitten?", fragte Darragh und hielt Olivia seine Hand hin.

Mit einem breiten Grinsen griff sie nach ihr, oder besser gesagt nach dem Metallhandschuh der Rüstung, der sich unter ihren Fingern seltsam kalt anfühlte. Sie folgte Darragh auf die Tanzfläche. Die Zeit verging wie im Flug und Olivia amüsierte sich bestens. Sie tanzten zu den verschiedensten Songs, lachten über Joris, der seine Breakdancekünste zum Besten geben wollte und dabei einem Jungen aus dem zweiten Jahr seinen roten Punsch auf sein weißes Karateoutfit kippte. Das Missgeschick entpuppte sich zu einer glücklichen Fügung, denn Joris und der mysteriöse Fremde schienen einen Draht zueinander zu haben und unterhielten sich über den ganzen Abend hinweg.

Den Kostümwettbewerb hatten Olivia, Lucy und Aiko leider nicht gewonnen, aber die zwei Mädchen, die den Preis absahnten, hatten ihn wahrlich verdient. Die erste Gewinnerin - ein großes, schlankes Mädchen aus dem vierten Jahr - hatte sich als Walküre verkleidet. Ihr goldener Bodysuit bestand komplett aus Metall. Dazu trug sie ein schwarzes Cape und hatte eine Armbrust auf den Rücken geschnallt. Sie wirkte, als wäre sie aus einem Superheldenfilm entsprungen. Die zweite Gewinnerin war als Elfe verkleidet und die transparenten, grünen Flügel sahen so echt aus, dass Olivia glaubte, sie könnte damit wirklich gleich abheben und davonfliegen.

Lucy und Phileas hatten sich kurz vor Mitternacht bereits von der Party verabschiedet, was die Zurückbleibenden wenig überraschte. Joris, Darragh und Aiko hatten sogar eine Wette am Laufen gehabt, wann die beiden von der Party verschwinden würden. Schon lange glaubte keiner mehr, dass da nicht mehr als Freundschaft zwischen ihnen war. Aiko hatte die

Wette gewonnen, da sie mit ihrer Vermutung, die beiden würden gegen Mitternacht die Biege machen, am nächsten dran gewesen war.

Kurz nach eins leerte sich die Party allmählich und auch die Musik ging in eine ruhigere Richtung. Das war der Zeitpunkt, an dem Aiko sich von der Party verabschiedete und Darragh, Olivia, Joris und seine neue Bekanntschaft allein zurückließ. Als das Lied „Sweet Goodbyes" von Krezip gespielt wurde, zog Olivia Darragh zurück auf die Tanzfläche. Er hatte schon ziemlich früh jegliche rhythmische Bewegung an den Nagel gehangen, da ihm in seiner Rüstung unfassbar warm geworden war. Olivia hatte stattdessen mit Aiko und Lucy getanzt, aber für ihr Lieblingslied würde sie Darragh keine Ausnahme gewähren!

„Zieh doch deine Rüstung aus, wenn du dich darin nicht bewegen kannst", drängte Olivia ungeduldig.

„Besser nicht, hier drunter ist es so warm, das will ich euch nicht antun", entgegnete Darragh verlegen.

„Aber wenigstens die Handschuhe könntest du doch ausziehen."

Darragh schien sie nicht gehört zu haben, denn in dem Moment wirbelte er sie geschwind umher. Und als der Refrain des Songs ertönte, der davon sprach, dass das Einzige, was in diesem Moment zählte, eine feste Umarmung eines geliebten Menschen war, zog er sie ganz nah zu sich heran.

Dieses Lied erfüllte Olivia bereits seit Jahren mit Glücksgefühlen, und nun hier mit Darragh dazu zu tanzen, bescherte ihr Gänsehaut am ganzen Körper. Tausende kleine Schmetterlinge wirbelten wild in ihrem Bauch umher. Obwohl sie nur das Metall der Rüstung auf ihrer Haut spürte, wurden ihre Knie ganz weich. Sie bewegten sich nicht mehr, sondern standen fest verschlungen da.

Sie war Darragh nun so nah, dass sie jede einzelne Farbnuance in seinen waldgrünen Augen erkennen konnte. Wie hypnotisiert war sie in ihren Bann gezogen und konnte den Blick nicht abwenden. Selbst die schwarzen Wimpern schimmerten grün.

Sein Gesicht und ihres trennten nur noch wenige Millimeter. Olivia konnte das Knistern in der Luft zwischen ihnen spüren. Das Gefühl war so stark, dass sie dachte, alle um sie herum müssten wahrhaftige Funken zwischen ihnen fliegen sehen. Sie blickte auf seine vollen, weichen Lippen und fragte sich unweigerlich, wie sie sich auf ihren anfühlen würden. Sein Gesicht näherte sich ihrem noch mehr. Olivias Herz schlug schneller.

Darraghs typischer Lavendel-Minze-Duft trat ihr in die Nase. Sie konnte diesen Kräutermix beinahe auf ihren Lippen schmecken. Er würde sie küssen. Hier im Speisesaal vor all den Leuten! Gerade, als Olivias Magen eine Unmenge an Saltos schlug und sie vor Anspannung die Luft anhielt, bewegte er seinen Kopf vorbei an ihren Lippen, zu ihrem Ohr. Sein warmer Atem auf ihrer Haut ließ ihr alle Nackenhaare zu Berge stehen.

„Wollen wir die Nacht für beendet erklären?"

Enttäuschung breitete sich in ihrer Brust aus. Vollkommen perplex blinzelte sie. Raum und Zeit hatte sie für einen kurzen, magischen Moment komplett ausgeblendet. Einen Moment, der so schnell vorübergegangen war, dass Olivia alles dafür gegeben hätte, in der Zeit zurückreisen zu können, um ihn immer wieder zu erleben. Das Lied, zu dem sie getanzt hatten, war zu Ende. Mittlerweile spielte ein Song von *NSYNC – die Rausschmeißer-Musik wurde aufgelegt. Es war wirklich an der Zeit, zu gehen. Darragh begleitete sie noch bis zu ihrem Zimmer, vor dem sie stehen blieb und ihn ansah.

„Das war ein wirklich schöner Abend." Ihre Stimme klang ganz anders als sonst. Unsicher und zugleich erwartungsvoll.

„Ich fand ihn auch wirklich wundervoll." Auch Darraghs Stimme klang ungewöhnlich. Steif und angespannt.

In einer schnellen Bewegung beugte er sich zu ihr vor und legte seine Arme um ihren Rücken. Ehe Olivia realisierte, was gerade geschah, zog er sie zu einer festen Umarmung an sich. Der metallische Geruch der Ritterrüstung wehte ihr entgegen, als das kühle Eisen gegen ihren Oberkörper drückte.

Bis auf den einen magischen Moment, in dem sie davon überzeugt gewesen war, dass er sie küssen würde, hatte sie seinen markanten Duft von Minze und Lavendel den ganzen Abend über vermisst, den sie mittlerweile untrennbar mit ihm verband. Sein Gesicht, sein Hals und seine Haare waren nun so nah, dass sie seinen wunderbaren Geruch über den der Ritterrüstung hinweg wahrnehmen und ihn mit einem kräftigen Atemzug aufnehmen konnte. Sie fühlte die Wärme seiner Haut an ihrer Wange und verfluchte in diesem Augenblick seine Kostümwahl. Wie gern würde sie mehr von ihm spüren ... Mit ihren Fingern über seine Arme streicheln, die Wärme seines Bauches an ihrem spüren und so die Kühle dieser frostigen Oktobernacht vergessen.

„Du frierst", hauchte er und löste sich aus ihrer Umarmung. „Ich sollte dich besser in dein Zimmer entlassen, nicht, dass du dich noch erkältest."

Er hatte recht. Sie zitterte am ganzen Körper. Das war ihr gar nicht aufgefallen.

„Damit muss man leben, wenn man sich so ein Kostüm aussucht", scherzte sie, in der Hoffnung, den Abend mit Darragh noch ein paar Augenblicke in die Länge ziehen zu können. Sie wollte nicht, dass er schon zu Ende war.

„Trotzdem sollte ich jetzt wohl besser gehen. Danke für den schönen Abend. Ich habe wirklich jede Sekunde mit dir genossen."

Erwartungsvoll lächelte sie ihn an, doch anstatt sich zu nähern, entfernte er sich einen Schritt von ihr und blickte sie mit einem merkwürdigen Ausdruck an. Olivia konnte ihn nicht ganz deuten, doch er erinnerte sie an den Moment, wenn der Superheld im Film einen inneren Kampf mit sich führte, weil er sich entscheiden musste, welche Seite er wählen sollte. Doch so schnell der Ausdruck auf seinem Gesicht erschienen war, war er wieder verschwunden. Hatte sie es sich doch nur eingebildet? Mit einem gewohnt kecken Lächeln verabschiedete er sich von ihr und schritt den Gang zurück zu seinem Zimmer.

Verträumt steckte Olivia den Schlüssel in das Schloss. Auch wenn die Nacht nicht mit dem ersehnten Kuss geendet hatte, so konnte sie die Schmetterlinge, die wild in ihrem Bauch herumwirbelten, nicht mehr leugnen.

Klopf. Klopf. Klopf. Ein hartes Trommeln an ihrer Zimmertür riss Olivia am nächsten Morgen aus ihrem Schlaf.

„Olivia! Olivia, bist du wach? Hallo?" Lucys Stimme ertönte. Mit weiteren raschen Schlägen hämmerte sie gegen die Tür.

„Jetzt schon!", rief Olivia verschlafen aus ihrem Bett.

Mit einem schnellen Ruck öffnete sich die Tür und ihre Mitbewohnerinnen kamen in ihren Schlafraum. Lucy warf sich auf Olivias Bett.

„Es ist schon zehn Uhr, du kannst uns nicht länger auf die Folter spannen. Erzähl, was ist zwischen dir und Darragh gestern passiert?"

Aiko, die ihren üblichen desinteressierten Blick zur Schau trug, setzte sich an Olivias Bettende und beobachtete ihre Reaktion.

„Ist das euer Ernst? Ich war erst um zwei im Bett, da wird man ja wohl mal etwas länger schlafen dürfen." Olivia grummelte und zog sich die Decke über den Kopf.

Mit einem Ruck zog Lucy Olivia die Decke wieder vom Gesicht. „Nicht nach dem ersten Date mit dem Kerl, in den du seit dem ersten Schultag verknallt bist."

„Und offensichtlich nicht bei dieser Mitbewohnerin", fügte Aiko hinzu.

Olivia richtete sich in ihrem Bett auf und starrte Lucy an. „Erstens: Ich habe nie gesagt, dass ich in Darragh verknallt bin." Dann blickte sie zu Aiko ans Fußende ihres Bettes. „Und zweitens: Du hättest sie aufhalten können, damit sie nicht wie eine Wilde an meiner Zimmertür klopft."

„Du weißt doch, wie sie ist, wenn sie sich erst einmal was in den Kopf gesetzt hat. Was hätte ich da machen sollen? Sie an einen Stuhl fesseln?", fragte Aiko schulterzuckend.

„Tu nicht so, als würde das nicht auf deiner Liste stehen", entgegnete Olivia scherzend.

„Liste?"

„Na, auf deiner Liste von Dingen, die du noch unbedingt machen willst, bevor du irgendwann mal stirbst."

Aiko lachte.

„Ha ha. Ja, okay, das habe ich verdient dafür, dass ich dich geweckt habe, aber ich habe dir extra eine Tasse Kaffee gemacht. Genau wie du ihn magst, mit Milch und Zucker. Und jetzt erzähl schon." Lucy drückte Olivia die Tasse mit wunderbar duftendem Kaffee in die Hand, aus der sie genüsslich einen Schluck nahm. Die heiße Flüssigkeit breitete sich langsam in ihrem Magen aus. Ein herrliches Gefühl.

„Es gibt nichts zu erzählen, zumindest nichts in der Richtung, die du dir erhoffst."

Lucy drängte weiter. „Nun hör aber auf, wir haben doch alle eure Blicke gestern gesehen. In einem Cartoon hätten sich eure Augen zu hervorstehenden Herzen verformt. Jetzt erzähl uns genau, was passiert ist!"

„Fein, wenn du meinst." Olivia nahm einen weiteren Schluck aus ihrer Tasse. „Nachdem Aiko gegangen ist, haben wir zu meinem Lieblingssong getanzt. Da gab es einen Moment, als er mich zu sich gezogen hat und wir uns einige Zeit in die Augen geschaut haben. Da dachte ich wirklich, er würde mich gleich küssen. Aber das hat er nicht. Später hat er mich noch zu meinem Zimmer gebracht und mich vor der Tür fest in den Arm genommen. Auch hier kein Kuss. Dann ist er gegangen. Ende."

Lucy sah enttäuscht drein. „Das war's?"

„Ja, das war's. Aber wie hätte er mich mit dem ganzen Make-up im Gesicht auch küssen sollen? Danach hätten wir beide ausgesehen wie traurige Clowns."

Schulterzuckend versuchte Olivia, das Thema für beendet zu erklären. Ihr Abend war ohne romantische Küsse verlaufen, aber sie hatte das Gefühl, dass das nicht für alle im Raum galt.

„Jetzt erzähl mal lieber von deinem restlichen Abend, Lucy. Phileas und du seid ja schon recht früh von der Party verschwunden. Gibt es da etwa ein paar aufregende Details, die du mit uns teilen möchtest?"

„Ach, nichts Besonderes", murmelte Lucy und lief leicht rosa an.

Aiko konterte sofort. „Flunkere uns doch nicht an. Ich habe heute Morgen gegen acht die Appartementtür gehört. Entweder, du bist erst nach Hause gekommen, oder Phileas ist in sein Zimmer verschwunden."

Olivia sah mit großen Augen erst Aiko und dann Lucy an. „Nicht dein Ernst! Jetzt aber raus mit der Sprache."

Lucy stand von Olivias Bett auf und ging im Zimmer auf und ab. „Wir haben nur zusammen bei ihm übernachtet, mehr ist nicht passiert. Ich schwöre." Sie pausierte und schaute zu Olivia und Aiko, die beide die Augenbrauen hochzogen. „O Mann, vor euch kann man aber auch nichts verheimlichen!"

„Ha! Ich wusste es. Du musst uns alles erzählen", forderte Olivia sie auf.

Mit einem breiten Grinsen legte sich Lucy zurück neben sie ins Bett und auch Aiko gesellte sich zu ihnen unter die wärmende Decke. Zusammen verbrachten sie den Vormittag damit, über die Party zu quatschen, Kekse zu essen und brisante Geheimnisse auszutauschen.

Kick! Tritt! Olivia wollte ausweichen, doch sofort spürte sie Joris' Fuß zwischen ihren Beinen und im nächsten Moment lag sie rücklings auf der Matte.

Joris reichte ihr die Hand und half ihr auf. Schwer atmend stützte sie sich auf ihre Knie.

„Können wir eine Pause machen?"

Joris und sie hatten seit geraumer Zeit eine Extratrainingsstunde am Sonntagnachmittag angesetzt, um Olivias immer noch nicht vorhandene Kampfkünste zu verbessern. Denn Joris war der Meinung, dass die zwei Unterrichtsstunden in der Woche nicht ausreichten, um Olivia wirklich fit in Abwehr, Verteidigung und Angriff zu bekommen.

„So lange warst du doch gestern gar nicht auf den Beinen, oder habe ich was verpasst und du und Darragh seid nach der Party noch anderweitig aktiv gewesen?", fragte Joris neugierig.

Olivia schaute ihn an und verzog das Gesicht zu einer Grimasse. „Nein, ich bin direkt ins Bett, nachdem Darragh mich an der Tür abgesetzt hat. Aber mit meinen zwei neugierigen Mitbewohnerinnen ist Ausschlafen ein Luxus, der mir nicht gegönnt wird." Durstig nahm sie einen Schluck aus ihrer Wasserflasche. „Und du und Narek, wie lang wart ihr gestern noch auf der Party?"

„Wir sind kurz nach euch weg und waren dann noch etwas spazieren, um uns besser kennenzulernen." Joris lief leicht rosa an.

„Euch besser kennenzulernen", sagte Olivia mit einem wissenden Blick. „Verstehe. Verstehe."

„Kann ja nicht jeder so prüde sein wie Darragh."

„Prüde? Ich würde ihn eher als Gentleman bezeichnen." Mit hochrotem Kopf ging sie zurück auf die Matte.

„Also ein waschechter Ritter in stählerner Rüstung", scherzte Joris.

„Das kann man so sagen." Olivia überlegte kurz. „Wie kam er eigentlich auf dieses unfassbar unhandliche Kostüm? Er konnte ja nicht mal zu zwei Songs am Stück tanzen. Ich mag mir gar nicht vorstellen, wie heiß es unter diesem Teil gewesen sein muss."

„Ich habe alles versucht, es ihm auszureden, aber er wollte es unbedingt anziehen."

Seltsam. Joris hatte versucht, Darragh zu einem anderen Kostüm zu überreden? Weshalb hatte er unbedingt an seiner

Wahl festhalten wollen?

„Und was genau ist das jetzt zwischen dir und Narek?"

„Wir haben uns für nachher zu einem Filmabend verabredet und wollen sehen, wo die Sache hinläuft." Joris grinste verlegen.

„Und? Magst du ihn?"

„Ja, sehr."

„Mehr als Maurice?"

Joris überlegte kurz. „Noch nicht. Aber vielleicht kommt das ja noch. Ich muss schon sagen, dass es mich gestern ziemlich mitgenommen hat, Maurice mit diesem anderen Typen zu sehen. Ich war unsicher, ob er überhaupt auf Jungs steht, und wenn ja, dann hatte ich gehofft, dass er mich zur Halloweenparty einlädt."

„Vielleicht sind ihm ja die gleichen Gedanken durch den Kopf gegangen und er hat nur darauf gewartet, dass du ihn fragst", spekulierte Olivia.

„Dann hätte er die andere Einladung ebenso gut ablehnen können. So, wie du bis zum letzten Tag alle Einladungen abgewiesen hast, bis Darragh dich endlich gefragt hat."

„Ich habe nicht darauf gewartet, dass Darragh mich einlädt, eigentlich wollte ich gar kein Date und mit den Mädels zusam–"

„Sicher! Du denkst auch, ich glaube noch an den Weihnachtsmann, oder wie? Jeder weiß doch, dass du seit dem ersten Schultag auf Darragh stehst", redete ihr Joris dazwischen.

„Jeder?" Eine ordentliche Portion Panik schwang in Olivias Stimme mit.

„Na ja, jeder außer Darragh, der selbst so verknallt in dich ist, dass er nicht sieht, wie du ihn anhimmelst."

Ihr Herz schlug bei Joris' Worten so wild, dass sie Angst hatte, es würde ihr gleich aus der Brust springen. Ein Gefühl von kalter Hitze wollte ihren gesamten Körper einnehmen.

„Wirklich? Darragh ist verknallt in mich?", fragte Olivia aufgeregt.

„Ach, Kleine, was denkst du, warum er dich sonst zur Halloweenparty eingeladen hat?", fragte Joris mit wissendem Blick.

Olivia zuckte mit den Schultern. „Das dachte ich auch, als er mich eingeladen hat. Aber weil er mich gestern nicht geküsst hat, bin ich doch etwas verunsichert, ob es nicht nur eine freundschaftliche Einladung war."

Joris verdrehte die Augen. „O Mann, ihr zwei macht es einem aber auch nicht leicht, dabei zuzuschauen, wie ihr umeinander herumscharwenzelt."

Mit grüblerischem Blick musterte sie ihn. „Hat Darragh mit dir darüber gesprochen, warum er mich nicht geküsst hat gestern?"

Unbeholfen mied Joris ihren Blick. „Also, das solltest du besser ihn fragen."

„Es war das starke Make-up, oder? Er wollte danach nicht aussehen, als wäre er in einen Farbeimer gefallen, nehme ich an." Mit ihrer Vermutung wollte sie ein wenig mehr aus Joris herauslocken.

„Oh, Mäuschen. Das hat ihn ganz sicher nicht daran gehindert!"

Es hatte also nicht am Make-up gelegen? Doch was war es dann? Joris schien mehr zu wissen, doch als sie gerade zu einer neuen Frage ansetzen wollte, kam er ihr zuvor.

„Pass auf. Ich bin mit euch beiden befreundet und ihr dürft gern eure Herzen bei mir ausschütten, aber ich rede mit Darragh nicht über das, was du mir anvertraust, und andersrum. Das bringt mich in eine missliche Lage."

Joris hatte recht. Sie war ihm dankbar, dass er diese Grenze zog und hoffte inständig, dass er ihre Unterhaltungen nicht im Nachgang mit Darragh bequatschte. Es wäre ganz schön peinlich, wenn er wissen würde, welche Gedanken sie sich zu dem gestrigen Abend machte.

„Jetzt aber ab auf die Matte, ich habe schließlich noch Pläne."

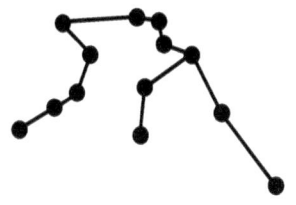

Kapitel 13

Seherische Fähigkeiten

Darragh war die ganze Woche nach der Halloweenfeier nicht wirklich bei der Sache gewesen. In „Einführung in deine magischen Kräfte" am Montag hatte er mit seiner Windmagie ein Fenster zerschmettert, obwohl er es eigentlich nur hatte schließen sollen. Just in diesem Moment war ihm Olivias Parfüm entgegengeweht und er hatte sich an ihre Umarmung nach der Party zurückerinnert, als er diesen lieblichen Duft von Orangenschalen und Zimt eingeatmet und sich sehnlichst danach verzehrt hatte, sie zu küssen. Diese Erinnerung hatte ihn glatt die Kontrolle über seine Magie verlieren lassen.

Am Dienstag in „Geschichte der Stellari" hatte er nicht ein Wort mitbekommen von dem, was Professor Toffin erzählt hatte. Seine Aufmerksamkeit war während der kompletten Stunde auf Olivia fixiert gewesen, die vor ihm gesessen und deren kupfernes Haar durch die Sonnenstrahlen, die durchs Fenster auf ihren Platz gefallen waren, wie flüssiges Gold geschimmert hatte.

Der Höhepunkt hatte sich dann am Mittwoch zugetragen, als er beim Kampftraining über einen Plan nachgedacht hatte, wie er endlich aus diesem Teufelskreis herauskommen würde, und dadurch ein wenig unaufmerksam gewesen war. Das hatte

Maurice die Gelegenheit gegeben, ihm im Zweikampf einen so brutalen rechten Haken zu verpassen, dass er danach wieder zur Schulkrankenschwester gedurft hatte und seitdem mit einem Veilchen durch die Gegend lief.

Am Freitag war er nach einem Alptraum aufgewacht, in dem er Frau Roggenkamp aufgetragen hatte, Olivia zu Eis zu verzaubern, damit er sie endlich berühren konnte. Daraufhin hatte er nur noch eine Möglichkeit dafür gesehen, wie er herausfinden konnte, was hier vor sich ging. Er musste sich jemandem anvertrauen, jemandem, der mehr Ahnung hatte als ein Erstklässler, und vielleicht sogar mehr Ahnung als die Bücher in der Bibliothek.

Er wartete also nach der Stunde „Entfachung deiner Fähigkeit" darauf, dass alle Mitschüler den Klassenraum verlassen hatten und er mit Herrn Schwarz allein war.

„Herr Schwarz ...", begann Darragh zögerlich. „Ich ... ich würde gern auf ihr Angebot von letzter Woche zurückkommen."

Mit einem freundlichen Lächeln blickte der jugendlich wirkende Mann von seinem Lehrerpult auf und lehnte sich in seinem Stuhl zurück. „Natürlich, gern. Ich bin ganz Ohr, Darragh."

Mit rasendem Herzen sog er schnell die Luft ein. „Ich habe da etwas, was mich beschäftigt."

„Nur zu, Darragh, was liegt dir auf dem Herzen?" Herr Schwarz bestärkte ihn mit ruhiger Stimme.

Darragh erzählte ihm all das, was er vor wenigen Tagen bereits Joris verraten hatte. Nur, dass er dabei seine Gefühle für Olivia und den Drang, sie zu küssen, außen vorließ. Er beendete seine Erläuterungen, indem er Herrn Schwarz offenbarte, dass seine vielen Besuche in der Bibliothek mit dieser Problematik zusammenhingen.

„Ich würde gerne verstehen, wieso das passiert, und vor allem, wie ich es abschalten kann."

Herr Schwarz sah Darragh einen Moment schweigend an. Seine Miene war unergründlich. All die Fröhlichkeit, die er sonst an den Tag legte, war verschwunden und einer ernsten Besorgnis in seinen Augen gewichen. Ohne ein Wort stand er auf und bewegte sich langsam durch den Klassenraum. Nach einigen Momenten der Ruhe, in denen Darragh nur das leise Quietschen von Herrn Schwarz' üblichen Gesundheitslatschen über dem Boden des Klassenzimmers gehört hatte, sagte er: „Gut, dass du zu mir gekommen bist, Darragh. Auramagie ist etwas Besonderes. Sie ist weder eine Elementar- noch eine Aszendentenmagie und kommt nur sehr selten unter Stellari vor. Sie ist meist vererbt. Es gibt nur wenige Bücher darüber, weshalb du in der Bibliothek sicher nicht viel Neues über deine Magie gelernt hast, richtig?"

Darragh nickte.

„Wenn ich mich recht entsinne, dann ist dein Aszendent Steinbock?"

Herr Schwarz musterte Darragh, der erneut nickte.

„Als Steinbock-Aszendent hast du seherische Fähigkeiten. Dies in Kombination mit der Auramagie ist unfassbar selten. Ich habe tatsächlich noch von keinem Fall gehört, in dem ein Steinbock-Aszendent Auramagie besessen hat. Ich denke, dass sie deine seherischen Fähigkeiten verstärkt und andersherum."

„Aber Herr Schwarz, meine seherischen Fähigkeiten habe ich noch nicht entwickelt. Ich hatte noch nie eine Vision oder auch nur eine Ahnung, was als Nächstes passieren wird."

Der Lehrer verengte die Augen zu schmalen Schlitzen. „Schon mal jemanden kennengelernt und gewusst, dass dieser Mensch etwas verheimlicht?"

„Ja, schon …"

„Schon mal gespürt, dass jemand lügt?"

„Ja, auch das, aber …"

„Schon mal unabhängig davon, welche Aurafarbe dein Gegenüber besaß, gewusst, dass du dich mit demjenigen gut oder gar nicht verstehen wirst?"

Darragh nickte. Zögerlich sagte er: „Aber ich dachte immer, dass das mit meiner Auramagie zusammenhängt."

„Wer in deiner Familie besitzt noch Auramagie?"

„Mein Großvater."

„Kann dein Großvater das auch?"

Darragh überlegte kurz. „Er hat es zumindest nie erwähnt, wenn er mit mir über die Auramagie gesprochen hat."

„Das liegt daran, dass es ein Teil deiner seherischen Fähigkeit ist, der hier aktiv wird. Seherische Fähigkeiten äußern sich nicht immer in klaren Visionen von der Zukunft. Sie sind meist versteckt und beeinflussen deine Gefühle, deine Auramagie und deinen ersten Eindruck von jemandem." Herr Schwarz nahm sich einen Stuhl und setzte sich vor Darragh hin. „Was ich dir jetzt sage, wird nicht leicht aufzunehmen sein, aber ich möchte, dass du es dir anhörst und danach rational über die Sache nachdenkst, in Ordnung?"

Darragh nickte.

Herr Schwarz atmete tief ein. „Ich glaube, deine seherischen Fähigkeiten wollen dich warnen. Warnen vor Olivia. Die Verbrennungen, die du spürst, jedes Mal, wenn du sie berührst, zeigen dir deine Zukunft auf."

Darragh war verwirrt. Er verstand nicht ganz. Seine Zukunft? Was wollte Herr Schwarz sagen?

Der Lehrer merkte, dass Darragh noch nicht verstand, worauf er hinauswollte. „Darragh! Ich glaube, deine Magie zeigt dir deinen Tod auf. Deinen Tod, verursacht durch Olivia. Durch ihre Feuermagie."

„Das kann nicht sein!" Darragh sprang auf. Das bunte Sitzkissen, auf dem er Platz genommen hatte, rutschte einige Zentimeter nach hinten, bis es durch das nächste Kissen abgebremst wurde.

„Darragh! Ich habe dich gebeten, rational darüber nachzudenken. Es ist die einzig logische Erklärung."

„Ich bin rational, Herr Schwarz. Glauben Sie mir, es ist nicht möglich. Olivias Aura ist gut. Zu hundert Prozent rein und gut. Niemals könnte sie mich oder irgendjemand anderen mit ihrer Magie verletzen, ohne dass sie einen triftigen Grund dafür hat! Das spüre ich einfach. Es muss eine andere Erklärung dafür geben." Darragh lief nun selbst nervös im Klassenzimmer auf und ab.

„Dein Großvater hat dir bestimmt erklärt, dass Auren sich verändern. Vielleicht hast du es sogar selbst schon mal erlebt? Ihre Aura kann jetzt rein und gut sein, aber in drei Jahren tiefschwarz und verdorben. Eine Aura entwickelt sich im Laufe eines Lebens und formt sich anhand der erlebten Geschichten."

Darragh dachte an Joris, dessen Aura sich verändert hatte, nachdem er endlich ehrlich zu sich selbst gewesen war und seine steinharte Fassade hatte fallen lassen. Entgeistert schüttelte er den Kopf. Das konnte nicht sein! Das konnte nicht die Lösung für dieses Problem sein. Resigniert ließ Darragh sich wieder auf sein Kissen fallen, ihm war übel und der Raum um ihn herum drehte sich.

Herr Schwarz stand auf und ging zu einem Bücherregal, nahm ein dickes Buch mit schwarzem Einband heraus, blätterte es kurz durch, ging damit zurück zu Darragh und drückte es ihm in die Hand. Darragh blickte das Buch an, in goldenen Buchstaben war <<Seherische Fähigkeiten von A–Z>> auf den Einband gedruckt.

„Ich weiß, das ist jetzt viel auf einmal, nimm dir Zeit. Vielleicht hilft dir das Buch, deine Fähigkeiten besser zu verstehen. Es steht wirklich viel Wissenswertes zu allen Arten seherischer Fähigkeiten darin. Vielleicht belegt es meine Theorie oder zeigt dir doch eine andere Möglichkeit auf. Ich bin auch nicht unfehlbar, weißt du?" Herr Schwarz ging wieder zu seinem Pult und packte seine Tasche.

Darragh steckte das Buch in seinen Rucksack und machte sich auf den Weg aus dem Klassenzimmer.

„Ich bin heute Abend bis um acht im Lehrerzimmer und auch morgen von zehn bis vierzehn Uhr dort anzutreffen, wenn du noch Redebedarf hast."

Darragh verließ ohne ein weiteres Wort den Klassenraum und ging schnellen Schrittes direkt in sein Zimmer. Dort angekommen warf er seinen Rucksack in die Ecke und ließ sich auf sein Bett fallen.

Konnte er jetzt nicht einfach aufwachen und die Unterhaltung mit Herrn Schwarz war nur ein erneuter Alptraum gewesen? Er konnte einfach nicht fassen, dass das die Lösung sein sollte. Dass seine seherischen Fähigkeiten ihn die ganze Zeit warnen wollten. Warnen davor, dass Olivia seinen Tod bedeutete, dass Olivia ihn mit ihren eigenen Händen töten würde. Genauer noch, ihn verbrennen würde. Er wollte es nicht glauben! Das konnte einfach nicht stimmen. Und doch ergab es irgendwie Sinn. Es fühlte sich an wie das fehlende Puzzleteil, wonach er in den vergangenen Wochen gesucht hatte. Er setzte sich auf und holte das Buch, das ihm Herr Schwarz mitgegeben hatte, aus seinem Rucksack. Er musste wissen, ob seine Magie ihm einen Streich spielte und die Theorie des Meditationslehrers vielleicht doch nicht zutraf …

„Hey, ich will ja nicht stören, aber ist es nicht ein wenig kalt, um hier draußen auf dem Boden zu sitzen?"

Darragh blickte nach oben und sah ein Mädchen mit schulterlangen, rosa Haaren vor sich, das einen großen durchsichtigen Regenschirm über sich aufgespannt hatte.

Er saß am Ende des Schulhofes unter einem Baum, das Buch über seherische Fähigkeiten lag zugeklappt neben ihm. Es war ein kühler, nebliger Novembermorgen und es nieselte leicht. Kein Wetter, um sich draußen niederzulassen, aber Darragh fiel in seinem Zimmer die Decke auf den Kopf. In der Hoffnung, die kühle, frische Luft würde ihm dabei helfen, seine Gedanken zu ordnen, war er zu einem Spaziergang aufgebrochen und unter diesem Baum gelandet. Die Natur gab ihm Kraft, doch auch sie konnte seinen Schmerz nicht heilen.

Darragh zuckte mit den Schultern. „Immerhin ist man bei dieser Kälte hier draußen ungestört." Mit steinerner Miene blickte er das Mädchen an. „Meistens zumindest."

Ein gekränkter Ausdruck blitzte in ihren Augen auf. „Okay, verstanden. Dann will ich dich nicht weiter stören. Ich wollte nur sichergehen, dass alles in Ordnung ist." Sie machte auf dem Absatz kehrt, um zu verschwinden. Bevor sie fortging, drehte sie sich noch einmal kurz zu Darragh um und zeigte auf das Buch, das neben ihm lag. „Wenn du Hilfe mit deinen seherischen Fähigkeiten brauchst, kann ich dir ein paar gute Bücher empfehlen. Es ist am Anfang ziemlich überwältigend, vor allem, wenn man Dinge sieht, die man nicht einordnen kann oder die man nicht wahrhaben will."

„Wem sagst du das?!", murmelte Darragh und starrte weiter auf den Boden.

Das Mädchen presste die Lippen zusammen und ging zurück Richtung Akademie. Gedankenverloren schaute Darragh ihr hinterher und dann auf sein Buch. Wenn sie ihm gute Bücher zur Thematik empfehlen konnte, musste das bedeuten, dass sie ebenfalls Steinbock im Aszendenten war und seherische Fähigkeiten besaß. Vielleicht war es an der Zeit, nicht nur in Büchern zu stöbern, sondern mit jemandem zu reden, der wirklich verstand, wie er sich fühlte? Hastig schnappte er sich sein Buch, sprang auf und rannte dem Mädchen hinterher.

„Hey, warte mal kurz!"

Das Mädchen blieb stehen.

„Tut mir leid, dass ich gerade so abweisend war. Ich bin Darragh." Er streckte ihr die Hand entgegen.

„Ich bin Amelie." Sie schüttelte seine Hand. „Ist schon okay, im ersten Jahr ist einem schnell mal alles zu viel. Das ging mir letztes Jahr genauso."

„Besitzt du auch seherische Fähigkeiten?", fragte Darragh.

„Ja, und ich sage dir, ich wünsche diese Fähigkeit keinem. Gestern, als ich meinen Freund geküsst habe, habe ich eine Vision davon bekommen, wie er mich mit meiner besten Freundin betrügt. Und jetzt weiß ich nicht, wie ich auch nur einem von beiden jemals wieder vertrauen kann. Dabei haben sie in der Gegenwart noch gar nichts verbrochen." In Amelies Stimme klang ein Anflug von Verzweiflung mit und auch in ihren großen, gelben Augen spiegelte sich dieser Ausdruck wider. „Deinem Blick kann ich entnehmen, dass du verstehst, was ich meine?"

„Das kannst du laut sagen. Ich habe herausgefunden, dass das Mädchen meiner Träume mich irgendwann mit seiner Feuermagie töten wird. Ich bin vollkommen aufgeschmissen und weiß nicht, wie ich mit dieser Information umgehen soll."

Amelie schaute erstaunt drein. „Oh. Okay, ich gebe mich geschlagen. Deine Geschichte gewinnt den Preis für die furchtbarste Vision."

Darragh schmunzelte bedrückt. „Welch Ehre."

„Magst du vielleicht eine heiße Schokolade mit mir trinken und ich zeige dir in der Bibliothek ein paar Bücher, die mir geholfen haben, meine Kräfte besser zu verstehen?"

Darragh, der mittlerweile bis auf die Knochen durchnässt war, nahm das Angebot einer heißen Schokolade dankend an und hoffte, dass sie zusammen vielleicht doch Herrn Schwarz' Theorie widerlegen konnten.

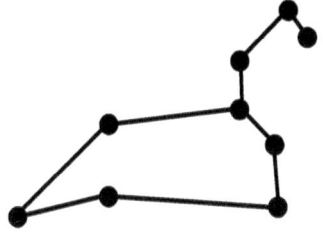

Kapitel 14

Bücher von A (wie abendliche Knutschereien) bis Z (wie zerbrochene Herzen)

„Darragh verhält sich heute schon den ganzen Tag merkwürdig und jetzt kommt er nicht zum Abendessen? Weißt du, wo er ist?", fragte Lucy am Montagabend an Joris gewandt.

Joris zuckte mit den Schultern, als er sich gerade eine große Gabel mit Spaghetti Carbonara in den Mund schob.

Olivia hatte Darragh abseits des Unterrichts heute noch nicht gesehen. Weder in der Klasse noch in den Pausen hatte er auch nur ein Wort mit ihr gewechselt. Er hatte sie förmlich ignoriert. Auch am Wochenende hatte sie ihn nicht gehört oder gesprochen. Sollte sie sich Sorgen machen? Vermutlich hatte er einfach nur einen schlechten Tag oder das Wetter schlug ihm auf die Laune. Schließlich war die Sonne seit Tagen nicht rausgekommen und der Himmel war mit dicken Regenwolken verhangen.

„Ich habe keine Ahnung. Er hat seit Freitag kein Wort mit mir gewechselt. Er hat mich nur kurz am Samstag gefragt, ob ich ihn beim Unterricht entschuldigen kann, weil er sich nicht wohlfühlte. Danach habe ich ihn kaum zu Gesicht bekommen und weiß nicht einmal, ob er überhaupt in seinem Zimmer gewesen ist", erklärte Joris, nachdem er seine Nudeln hinuntergeschluckt hatte.

„Vielleicht braucht er einfach nur ein bisschen Zeit für sich. Aiko ist auch gerade in ihrem Zimmer und liest ein Buch", sagte Olivia fröhlicher, als sie sich fühlte. Sie stocherte lustlos in ihrem Gemüsereis herum.

Nachdem sie mit dem Abendessen fertig waren, verabschiedete sich Olivia von ihren Freunden, da sie noch ein Buch in die Bibliothek zurückbringen wollte. Sie hatte sich am Freitag, auf Herrn Schwarz' Rat hin, ein Buch über Feuermagie ausgeliehen. Angeblich habe er gespürt, dass es dort noch Unklarheiten in ihrer Mitte gebe oder so einen Quatsch. Obwohl sie ungern auf den Rat ihres Meditationslehrers hörte, war sie doch neugierig geworden. Vor allem, da ihre Magie noch nicht ihr volles Potenzial erreicht hatte. Da sie am Wochenende nichts Besseres zu tun gehabt und sich das Wetter nicht zum Joggen geeignet hatte, hatte sie direkt am Freitagabend angefangen, das Buch zu lesen und es regelrecht verschlungen. Es war wahnsinnig interessant gewesen, zu lesen, wozu ihre Feuermagie imstande sein könnte, wenn sie sie richtig beherrschen würde.

„Ich würde gern dieses Buch zurückgeben und mir ein Neues ausleihen." Olivia war am Tresen im Eingangsbereich der Bibliothek angekommen, hinter dem Frau Rothschild stand.

„Oh, na dann aber flott." Die Bibliothekarin blickte auf die Uhr. „Es ist kurz vor sieben, in zehn Minuten schließe ich hier ab."

„Ich beeile mich und stelle auch gleich das Buch zurück ins Regal", versicherte Olivia.

Die Bibliothek war fast leer. Zwei Schüler packten gerade ihre Sachen zusammen und streiften Olivias Weg, als sie sich zu ihren Zimmern aufmachten. Mit schnellem Schritt ging sie durch die Reihen und suchte nach dem Buchstaben F für Feuermagie. In der richtigen Regalreihe angekommen stellte sie das ausgeliehene Buch zurück und schaute nach einem weiteren über diese Art von Magie. Vielleicht könnte sie sich bei der Gelegenheit direkt ein Buch über Lichtmagie ausleihen, wenn sie schon einmal hier war.

<<Feuermagie – Über die zerstörerischen Kräfte und die Magie, Neues zu erschaffen>> – das klang interessant. Olivia nahm das Buch an sich und suchte weiter. Ein Band mit roter Schrift auf blauem Grund fiel ihr ins Auge und sie zog ihn heraus. <<Feuermagie – Bändige deinen inneren Löwen und lasse dein Selbstbewusstsein strahlen>> lautete der Titel. Sehr esoterische Wortwahl, aber sie behielt es in der Hand.

Plötzlich hörte Olivia ein Kichern und drehte sich um. Sie konnte jedoch niemanden sehen. Das Kichern erklang erneut und sie war sich sicher, dass sie diesmal zwei Stimmen vernahm. Ein hohes, piepsiges Kichern, gefolgt von einem tiefen, männlichen Raunen. Lächelnd schüttelte sie den Kopf. Anscheinend nutzten zwei Turteltäubchen die Bibliothek nicht nur zum Lesen.

„Darragh, ich meine es ernst. Hör auf, ich werde rot", sagte eine Mädchenstimme.

Olivia erstarrte. Hatte sie gerade wirklich Darraghs Namen gehört? Oder hatte sie es sich nur eingebildet? Sie ging aus der Regalreihe zurück in den Sitzbereich der Bibliothek. Von dort aus versuchte sie, die Stimmen zu lokalisieren. Das Gekicher erklang erneut, es kam von weiter hinten.

Langsam ging sie die Regale entlang, blickte in jede Reihe, bis sie an der Quelle ankam. Sie traute ihren Augen nicht: Darragh stand am Ende der Regalreihe mit dem Buchstaben L, nah bei einem hübschen Mädchen mit rosa Haaren, das seine Arme um seinen Hals gelegt hatte. Er hielt mit seinen Händen die Hüfte des Mädchens umklammert. Bevor Olivia etwas sagen konnte, beugte sich Darragh zu der Fremden nach unten und küsste sie.

Erschrocken ließ Olivia die Bücher fallen, die sie in den Armen gehalten hatte, drehte sich um und rannte, so schnell sie ihre Beine trugen, aus der Bibliothek.

„Doch kein Buch dabei gewesen, Liebes?", rief ihr Frau Rothschild hinterher, als Olivia aus der großen Flügeltür hechtete.

Blitzschnell preschte sie die Treppen zum Erdgeschoss hinunter, wo sie nach links zu ihrem Zimmer abbog. Ihr war warm. So unfassbar warm. Die Hitze kroch ihre Wangen empor und sie spürte, wie sich ihre Augen mit heißen Tränen füllten. Am Zimmer 207 angekommen fand Olivia das Schloss kaum, weil ihre Hände so stark zitterten. Als sie es geschafft hatte, die Tür aufzusperren und sie hinter sich ins Schloss fallen ließ, sah sie Aiko auf der Couch sitzen.

Genervt blickte sie von ihrem Buch auf und sagte: „Knall doch nicht so–" Doch sie beendete ihren Satz nicht, als sie in Olivias Gesicht sah, die ihre Tränen nun nicht mehr halten konnte und am ganzen Körper zitterte. Aikos Miene veränderte sich, sie legte ihr Buch beiseite, sprang auf und eilte zu Olivia, um sie in den Arm zu nehmen.

„Ganz ruhig. Was ist passiert? Willst du darüber reden?"

Olivia schüttelte den Kopf. Mehr als ein markerschütterndes Schluchzen konnte sie nicht hervorbringen

„Alles klar. Musst du auch nicht. Ich bin für dich da." Aiko strich Olivia besänftigend über den Rücken.

Die beiden setzten sich zusammen aufs Sofa, Olivia legte ihren Kopf in Aikos Schoß und ließ all ihren Tränen freien Lauf, während ihre Freundin ihr über den Kopf strich. Das war das Schöne an Aiko, sie versuchte nicht immer, alles zu kitten und eine Lösung zu finden, sondern war einfach für einen da. Olivia wusste nicht, wie lange sie dagelegen hatte, doch irgendwann kam Lucy ins Zimmer und fand die beiden an eben dieser Stelle vor.

„Was ist passiert?", fragte sie besorgt.

Aiko legte einen Finger auf die Lippen und bedeutete Lucy, dass jetzt nicht der Zeitpunkt für Antworten war. Lucy verstand und setzte sich zu den beiden aufs Sofa. Nach einigen Minuten stand Olivia auf und ging ohne ein weiteres Wort ins Bett.

Noch einige Stunden lag sie wach und grübelte vor sich hin. Was hatte sie erwartet? Sie und Darragh waren schließlich nicht zusammen. Im Grunde waren sie nicht mehr als Freunde. Freunde, die ein Date an Halloween gehabt hatten, mehr nicht. Trotzdem musste sie sich eingestehen, dass der Anblick von

Darragh mit diesem anderen Mädchen ihr Herz hatte in tausend kleine Stücke zerspringen lassen. Dass sie für Darragh mehr empfand als für einen Freund, war ihr ziemlich schnell klar gewesen, denn er ging ihr seit dem ersten Schultag nicht mehr aus dem Kopf. Auch wenn sie es vor Lucy und Aiko meistens verheimlichen wollte, lag es klar auf der Hand. Eigentlich hatte sie gedacht, dass er ähnlich für sie empfände, vor allem, als er sie zur Halloweenparty eingeladen hatte. Dann hatte Joris ihr auch noch erzählt, dass Darragh seiner Meinung nach ebenso verknallt in sie war. Daraufhin hatten sich die Schmetterlinge in ihrem Bauch noch stärker vermehrt.

Wieso küsste Darragh dann jetzt ein anderes Mädchen? Hatte er an Halloween etwa gemerkt, dass er doch keine romantischen Gefühle für sie hatte? Hatte er deswegen gezögert, als sie vor ihrem Zimmer gestanden hatten? Hatte er ihr da etwa mitteilen wollen, dass er den Abend genossen hatte, aber sie nicht mehr als Freunde waren? Sie nie mehr als Freunde sein würden?

Für diese rosahaarige Kuh empfand er anscheinend mehr als nur Freundschaft, dabei hatte Olivia ihn noch nie mit ihr gesehen. Obwohl sie viel Zeit mit Darragh verbrachte, wusste sie natürlich nicht, was er in jeder Minute seiner Freizeit trieb. Vielleicht kannte er dieses Mädchen schon länger? Vielleicht hatte er sie auch deshalb nicht geküsst nach der Halloweenparty, weil er an dieses Mädchen gedacht hatte? Wieso hatte sie ihn aber vorher nie mit seiner neuen Flamme zusammen gesehen? All diese Fragen ließen Olivias Kopf nicht zur Ruhe kommen. Als sie zum letzten Mal auf ihre Uhr sah, war es bereits drei Uhr morgens.

Dementsprechend müde wachte sie am nächsten Morgen auf. Als sie an die Szene gestern in der Bibliothek zurückdachte, wich ihre Trauer unbändiger Wut. Sie ging ins Bad und machte sich fertig. Um sich nicht anmerken zu lassen, dass sie etwas bedrückte, wählte sie einen besonders farbenfrohen Lippenstift und zog sich ein Pulloverkleid in leuchtendem Rosa an.

„Guten Morgen. Geht es dir gut?" Lucy steckte ihren Kopf in Olivias Zimmer, als diese gerade den Reißverschluss ihrer Stiefel zuzog.

Olivia nickte und zwang sich zu einem Lächeln. „Blendend."

Lucy musterte sie. „Magst du drüber reden?"

„Später vielleicht, jetzt brauche ich erstmal einen Kaffee!"

Die drei gingen zusammen in den Speisesaal und als sie sich mit ihren Tabletts an einen Tisch setzen wollten, sahen Aiko und Lucy direkt, was der Grund für Olivias tränenreichen Zusammenbruch gestern Abend gewesen war.

Darragh saß mit dem Mädchen aus der Bibliothek an einem Tisch und die Fremde fütterte ihn mit einem Stück Waffel. Olivia konnte ihr Gesicht nun besser erkennen. Sie war recht hübsch. Große ungewöhnlich gelbe Augen, rote Wangen und eine kleine Stubsnase. Zusammen mit den rosa Haaren fand Olivia zwar, dass sie aussah wie eine Zwölfjährige, aber eine gewisse Attraktivität konnte auch sie nicht von der Hand weisen. Irgendwie kam sie ihr bekannt vor. Ihre rosafarbene Mähne weckte etwas in ihrer Erinnerung, doch sie konnte es nicht greifen. Aiko und Lucy starrten zu den beiden hinüber.

„Das ist nicht sein Ernst? Wer ist denn bitte dieses Mädchen und woher kennt er die und warum füttert sie ihn mit einer Waffel?" Das Entsetzen in Lucys Stimme war so stark, dass man fast hätte denken können, ihr Herz wäre soeben in kleine Teile zersprungen.

„Und die wohl brennendste Frage des Tages: Warum küsst er sie in der Bibliothek zwischen den Regalen?" Olivia versuchte, in ruhigem Ton zu sprechen und das Zittern ihrer Hand zu verbergen, als sie ihre Kaffeetasse zum Mund führte.

Ihre Freundinnen schauten sie mit weit aufgerissenen Augen an. Olivia dachte, Aiko würde gleich ihren Kaffee über den ganzen Tisch spucken, so überrascht war sie von dem Ausdruck in ihrem sonst so emotionslosen Gesicht.

Stattdessen sagte sie nur mit leiser, mitleidiger Stimme: „Das war also der Grund."

Olivia nickte und presste ihre Lippen zusammen.

„Dieser kleine Verräter. Ich dachte wirklich, er würde auf dich stehen." Wut schwang in Lucys Stimme mit.

Belustigt merkte Olivia, wie ihre Freundin ein Brötchen in ihrer Hand zerdrückte. „Das Brötchen kann am wenigsten etwas dafür."

Sie nickte zu Lucys Hand. Voller Verwunderung ließ sie das Brötchen los, strich es glatt und bestrich es perplex mit Marmelade.

„Tja, ich kann ihm nicht mal böse sein. Wir haben nie darüber geredet, was wir füreinander empfinden, noch lief etwas zwischen uns. Eigentlich sind wir nur Freunde. Und als gute Freundin sollte ich mich freuen, dass er jemanden gefunden hat, den er mag."

„Bullshit! Du hast jedes Recht, sauer zu sein. Auch, wenn ihr nie darüber geredet habt, ich bitte dich! Dass es zwischen euch knistert, konnte jeder sehen."

Aikos Miene verfinsterte sich. Der Blick, den sie Darragh über ihre Schulter zuwarf, hätte ihn zu Stein verwandelt, hätte Aiko diese Fähigkeit besessen. Olivia und Lucy schauten sich an.

„Himmel, Aiko! So einen Gefühlsausbruch habe ich ja schon ewig nicht mehr bei dir erlebt", sagte Lucy.

„Und ich wusste gar nicht, dass du deine Gefühle so artikulieren kannst", pflichtete Olivia ihr bei.

Die drei schauten sich an und lachten. In diesem Moment kam Joris mit Phileas um die Ecke und setzte sich zu ihnen.

„Ihr habt aber Spaß, was ist das aktuelle Thema?"

„Das Thema ist – neben der brandheißen Neuigkeit, dass Darragh gerade von seiner Freundin dort hinten am Tisch mit einer Waffel gefüttert wird – ein emotionaler Ausbruch von Aiko, von dem Lucy und ich glaubten, ihn in diesem Leben nicht mehr erleben zu dürfen."

Olivia schaute dabei zu, wie Joris sein Stück Omelett von der Gabel fiel. Mit heruntergeklappter Kinnlade brauchte er einen Moment, um sich zu sammeln.

„Ist nicht dein Ernst!"

„Doch, tatsächlich, ein wahrhaftiger emotionaler Ausstoß, es war wirklich unerwartet und sehr mitreißend." Olivia verkniff sich ein Schmunzeln.

„Nicht das, das andere."

Joris blickte drein, als ob er Olivia gleich schütteln wollte, dafür dass sie nach außen hin so ruhig blieb, bei der Neuigkeit über Darragh und seine Freundin, die sie ihm gerade offenbart hatte.

„Na, davon kannst du dich selbst überzeugen. Da drüben." Olivia nickte in die Richtung, in der Darragh und seine neue Flamme saßen.

„Wer ist das?", fragte Phileas, der ebenso fassungslos wirkte wie Joris.

„Wenn ihr das nicht wisst, wir wissen es auch nicht." Liebevoll tätschelte Lucy Phileas' Hand. „Kannst du nicht mal deine Telepathie spielen lassen?"

„Die sitzen zu weit weg. Über diese Distanz und unter all den Menschen im Speisesaal funktioniert das leider nicht. Außerdem sind die Gedanken am Tisch gerade so stark und emotionsgeladen, dass ich froh sein kann, wenn ich meine eigenen noch höre." Mit einem entschuldigenden Blick sah er seine Freundin an.

„Du wirkst ganz schön gefasst, Olivia. Was ist hier los? Ich versteh gerade die Welt nicht mehr!", bekundete Joris leise. Er kannte die unbekannte Frau in Darraghs Leben also auch nicht.

„Ich hatte bereits eine Nacht Zeit, um meine Gefühle auszuschalten und den Fakt zu akzeptieren, dass er ein freier Mann ist, wir kein Paar waren und ich keine Ansprüche auf ihn habe."

Ihre Stimme klang kalt und emotionslos. Es verlangte von ihr jede Menge Selbstbeherrschung, ihre Emotionen zu unterdrücken, aber sie durfte Darragh nicht merken lassen, wie sehr es sie mitnahm. Ihre Gefühle schienen ihm vollkommen egal zu sein, also waren ihr seine ebenso schnuppe.

Joris sah verwirrt zu Lucy. „Sie hat die beiden gestern knutschend zwischen den Buchreihen in der Bibliothek erwischt", flüsterte Lucy ihm zu.

Olivia erhaschte einen mitfühlenden Blick von Phileas und versuchte, ihre Gedanken irgendwie von ihm und seiner Magie abzuschirmen.

„Ich erkenne, dass deine Reaktion gerade nur eine Fassade ist. Dazu brauche ich nicht mal meine Telepathie", sagte er.

Joris legte seine Hand auf Olivias Schulter und schaute sie verständnisvoll an. Im Augenwinkel sah sie, wie Darraghs neue Bekanntschaft ein affektiertes Lachen aufsetzte und ihre Haare über die Schulter warf. Als Olivia sie eingehend musterte, erinnerte sie sich endlich.

Mit argwöhnischer Miene wandte sie sich an Lucy und Aiko. „Wisst ihr noch, dass ich euch von dem Mädel erzählt habe, das ich in unserer ersten Woche in Herrn Schwarz' Klassenzimmer gesehen habe?"

„Du meinst das Mädel, weswegen du es dir in den Kopf gesetzt hattest, dir deine Haare rosa–" Aiko riss die Augen auf, als sie realisierte, worauf Olivia hinauswollte. „O mein Gott! Das war sie? Darraghs neue Flamme?"

„Mal abgesehen davon, dass ich dich mit den rosa Haaren nur verarscht habe, ist das tatsächlich das Mädel", erklärte Olivia.

Joris kniff die Augen zusammen und sah verwirrt zwischen den Mädchen hin und her. „Ich versteh nicht ganz."

„Kannst du auch nicht. Das war in unserer allerersten Woche hier in Dahlow." Olivia senkte die Stimme. „Nach unserer ersten Meditationsstunde musste ich zurück zum Klassenzimmer, weil ich meine Jacke vergessen hatte. Und dort habe ich eine Unterhaltung zwischen Herrn Schwarz und einem Mädchen belauscht. Es ging um mich und irgendeinen Plan. Ich konnte leider nicht viel mit anhören, da Herr Schwarz mich schnell entdeckt hatte. Das Mädchen konnte ich leider nur von hinten sehen, aber die rosa Haare sind mir im Gedächtnis geblieben."

„Und du denkst, dass das Darraghs Neue war?"

„Wie viele Mädels mit rosa Haaren hast du zuletzt in Dahlow gesehen?"

Joris nickte zustimmend. „Aber wenn es deine erste Stunde mit ihm war, hat er ihr vielleicht einfach von dir erzählt. Schließlich war es für alle sehr interessant, dass ein Rarlim an der Akademie ist."

Aiko nickte überlegend. „Das haben wir damals auch gesagt."

„Mhm … vielleicht habt ihr damit auch recht."

Olivia blickte gedankenverloren zu dem mysteriösen Mädchen. Vielleicht war es nur purer Zufall gewesen, dass sie damals genau diesen Gesprächsfetzen aufgefangen hatte. Und vielleicht war sie auch nur bei ihm gewesen, um sich Rat zu einem unterrichtsbezogenen Thema zu holen. Aber irgendwie ließ Olivia der Gedanke nicht los, dass vielleicht doch mehr dahinterstecken könnte.

Als sich die Unbekannte zu Darragh hinüberbeugte und ihm einen dicken Schmatzer auf die Wange drückte, unterbrach Olivia ihr Starren. Ihr Magen fühlte sich unangenehm schwer an, obwohl sie noch keinen Happen ihres Müslis angerührt hatte. Wahrscheinlich interpretierte sie mehr in die Unterhaltung zwischen Herrn Schwarz und Darraghs neuer Freundin hinein, weil sie einfach nicht glauben wollte, dass sie ihr Darragh direkt vor der Nase weggeschnappt hatte.

„Ich bin schon fertig mit meinem Frühstück, nehme mir noch einen Kaffee und werde dann eine Runde über den Schulhof gehen. Heute ist so ein schöner Tag, perfekt, um den Kopf freizubekommen." Mit einem aufgesetzten Lächeln schob sie ihren Stuhl zurück. „Wir sehen uns in Geschichte." Dann stand sie auf und ließ ihr Frühstück unangerührt auf dem Tablett liegen.

„Das bezeichnest du als schönes Wetter? Es nieselt und– AU!" Aiko trat Joris unter dem Tisch gegen das Schienbein und versetzte ihm einen vielbedeutenden Blick. Er verstand, verstummte und wünschte Olivia viel Spaß bei ihrem Spaziergang.

Das Wetter war tatsächlich alles andere als schön. Es war neblig und trüb und es wurde nicht wirklich hell, aber Olivia ging trotzdem eine Runde über den Schulhof, um dem überfüllten Speisesaal zu entfliehen, und in der Hoffnung, dass die frische Luft ihren Kopf frei machen würde.

Olivia beschloss, sich Darragh gegenüber im Unterricht und in den Pausen ganz normal zu verhalten, als würde sie seine neue Freundin gar nicht interessieren. Doch dazu kam sie gar nicht, denn er war derjenige, der sich ihr gegenüber abweisend und kalt verhielt. In „Geschichte der Stellari" bat er sogar Phileas, mit ihm den Platz zu tauschen und am Donnerstag in „Kräuter und ihre Wirkung", wo sie eigentlich Partner in einer Gruppenarbeit waren, tauschte er mit Helena den Platz und arbeitete mit Sabriel und Tahmoh zusammen anstatt mit Maurice und ihr. Dass er sogar einen der Zwillinge ihr gegenüber bevorzugte, versetzte ihr einen gefühlten Schlag in die Magengegend. Was hatte sie ihm nur angetan, dass er jetzt sogar ihre bloße Gesellschaft unausstehlich fand?

In den nächsten Wochen sprachen Olivia und Darragh kein Wort miteinander. Er saß im Speisesaal nicht mehr mit ihr und den anderen zusammen am Tisch und verbrachte, wie es aussah, jede freie Minute mit seiner rosahaarigen, waffelverfütternden Schnepfe von Freundin. Olivia hatte mittlerweile herausgefunden, dass sie Amelie Niebuhr hieß, im zweiten Jahr die Dahlow-Akademie besuchte und vom Sternzeichen her Widder, im Aszendenten Steinbock war. Somit mussten ihr ihre Erinnerungen an die Unterhaltung mit Herrn Schwarz einen Streich gespielt haben, da das Mädchen von damals definitiv eine Waage mit Teleportationsfähigkeit sein musste, so schnell, wie sie damals aus dem Klassenraum verschwunden war. Amelie plante also keine Verschwörung mit Herrn Schwarz, sondern war einfach nur die Person, für die Darraghs Herz schlug.

Joris fand etwas über sie heraus. Narek, seine Halloweenbekanntschaft, ging mit ihr in eine Klasse. Er erzählte ihm, dass sie vor Darragh mit einem Jungen namens Ron Breitbach gegangen sei. Keiner, auch nicht ihre beste Freundin Sandra Herzog, könne sich erklären, wieso sie auf einmal einen neuen Freund habe und woher sie Darragh überhaupt kenne.

Die ganze Angelegenheit war also nicht nur für Olivia und ihre Freunde ein Rätsel, sondern auch für Amelies Freunde. Sie versuchte, es gelassen zu nehmen und sich auf andere Dinge zu konzentrieren. Doch der Herzschmerz, den sie immer verspürte, wenn sie Darragh sah, nahm einfach nicht ab.

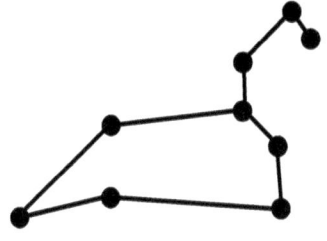

Kapitel 15

Weihnachten der anderen Art

Am Morgen des ersten Tags der Weihnachtsferien wachte Olivia noch vor ihrem Wecker auf. Sie konnte es kaum erwarten, die Akademie für zwei Wochen zu verlassen. Die bevorstehende Zeit mit ihrer Oma würde sie in vollen Zügen genießen. Ganz ohne Darragh, Drama und Unterricht.

In Letzterem war sie nämlich in den vergangenen Wochen besonders schlecht. Sie wusste nicht, ob es daran lag, dass ihre Gefühlswelt aus der Balance geraten war, schließlich konnte dies, laut Frau Roggenkamp, ihre Kräfte negativ beeinflussen, oder ob sie einfach zu unbegabt war. Auf jeden Fall hatte sie seit Wochen keinen Funken Feuermagie mehr hervorgebracht. Ihre Lichtmagie flackerte, als müsste man bei einer Taschenlampe die Batterien wechseln, und selbst mit ihren geliebten Kräutern wurde sie in letzter Zeit nicht richtig warm. Das Einzige, was zurzeit besser funktionierte, war das Loslassen bei der Meditation.

Ausgerechnet Meditation! Aber Olivia hatte mittlerweile wirklich Gefallen daran gefunden, sich der Musik hinzugeben und all ihre Gedanken und Gefühle von sich wegzuschieben. Herrn Schwarz fand sie zwar immer noch unsympathisch, aber diese Stunde gab ihr ungemein viel Kraft. Kraft, die sie in den letzten Wochen verlassen hatte. Sie ging sogar schon so weit, dass sie am Wochenende selbst versuchte, einige Meditationspraxen auszuprobieren, und fuchste sich dabei auch immer mehr in die Kunde der Edelsteine ein, die beim Meditieren unterstützend wirken konnten.

„Ich werde euch vermissen, Mädels! Viel Spaß beim Skifahren, ihr Hübschen und kommt mir heil wieder. Ich will euch nicht auch nur mit einer gebrochenen Gliedmaße hier sehen!" Mit einer festen Umarmung verabschiedete sie ihre Freundinnen in die Ferien.

Aikos Vater und Lucys Familie verbrachten wie jedes Jahr die Feiertage miteinander und fuhren zusammen in eine Skihütte nach Ischgl.

„Danke, und keine Angst. Wir sind schon geübte Skiprofis. Sag deiner Omi ganz liebe Grüße von uns. Wenn du in zwei Wochen ein paar Plätzchen mitbringen willst, dann wären wir, vor allem ich, dir nicht böse!" Lucy zwinkerte ihr zu.

Olivia lachte. Sie selbst liebte die Backkünste ihrer Großmutter, doch Lucy kam, seit sie das erste Mal die Kekse ihrer Oma probiert hatte, nicht mehr aus dem Schwärmen heraus.

Sie verließ das Zimmer 207 und ging hinaus in den weihnachtlich geschmückten Flur. An den Wänden hingen Girlanden aus Tannenzweigen, die mit sternenförmigen Christbaumkugeln verziert waren. In der Eingangshalle ging sie vorbei an dem überdimensional großen Weihnachtsbaum, der mit seinen ausladenden Tannenzweigen fast den ganzen Eingangsbereich einnahm. Abertausende Kugeln in Gold und Silber schmückten den riesigen Baum und eine Vielzahl an Kerzen erhellte die Halle in warmem Licht. Als sie aus dem Haupteingang der Akademie auf den roten Sandweg trat, der direkt zum eisernen, ebenfalls mit Tannengrün und einer bunten Lichterkette behangenen Tor führte, erblickte sie Joris.

„Joris, warte!"

Er drehte sich um und blieb stehen. Olivia ging zu ihm, umarmte ihn und wünschte ihm schöne Weihnachten in Paris.

Dort besuchte er mit seinen Eltern seine Schwester, die zusammen mit ihrem Mann und ihren zwei Töchtern seit einigen Jahren in Frankreich lebte.

„Schauen wir mal, ob ich es bis nach Paris schaffe", sagte er kleinlaut.

Olivia schaute ihn irritiert an. „Wie meinst du das?"

„Ich habe mir vorgenommen, heute Abend meinen Eltern zu erzählen, dass ich schwul bin. Und je nachdem, wie sie reagieren, fliege ich morgen mit nach Paris oder verbringe Weihnachten mit Darragh und seiner Familie."

Seine Stimme klang zittrig und er steckte verlegen die Hände in die Hosentaschen seiner Jeans. Joris war der Einzige aus ihrem Freundeskreis, mit dem Darragh noch redete. Zwar wollte er Joris auch nicht erzählen, woher er Amelie kannte und warum er Olivia komplett aus seinem Leben verbannt hatte, aber ansonsten verstanden die beiden sich weiterhin gut. Das war auch der Grund, warum Joris und sie das Thema „Darragh" tunlichst vermieden. Olivia wollte ihn nicht in eine komische Situation bringen, wenn sie ihm ihr Herz darüber ausschüttete, wie wütend sie doch auf seinen besten Freund war.

„Wow! Sehr gut. Ich bin stolz auf dich und wünsche dir ganz viel Glück. Du schaffst das! Du bist ein toller Mensch, egal, wen du liebst, denk daran. Deine Eltern werden dich deshalb nicht weniger lieben! Du bleibst dir selbst treu, das ist das Wichtigste, vergiss das nie."

Olivia wollte ihm gut zureden. Es war ein großer Schritt, vor dem Joris Angst hatte. Sie hoffte inständig, dass seine Eltern ihn nicht enttäuschen würden. Das hatte er beim besten Willen nicht verdient.

„Bei meiner Mutter kann ich mir das sogar vorstellen, aber vor der Reaktion meines Vaters habe ich echt Angst." Joris schaute geknickt auf seine Turnschuhe.

Olivia umarmte ihn erneut, um ihm Kraft zu geben. „Du schaffst das!" Gemeinsam gingen sie zum Tor, wo bereits Olivias Oma neben ihrem schwarzen SUV wartete.

„Oma!"

Olivia ließ freudig ihren Koffer stehen und rannte mit offenen Armen ihrer Großmutter entgegen. Sie umarmte sie fest und ihre Großmutter übersäte ihre Wangen mit einer Vielzahl von Küssen.

„Omi! Ist ja gut."

Unweigerlich verzog sich Olivias Mund zu einem breiten Grinsen. Ihre Lachmuskeln machten sich sogleich bemerkbar. In den letzten Wochen war ihr selten zum Lachen zumute gewesen und sie hatte schon fast geglaubt, ihr Gesicht hätte verlernt, wie das geht. Doch ihre Oma konnte ihr immer wieder ein Lächeln auf die Lippen zaubern. Sie hatte ihr sehr gefehlt und umso mehr freute sie sich auf die gemeinsame Zeit mit ihr allein.

„Oh, habe ich dich vermisst, Kleines!" Rosalies hübsche und vertraute Züge blickten Olivia freudestrahlend entgegen. „Wo hast du dein Gepäck gelassen?"

Olivia wollte gerade zurück zum schwarzen Eisentor gehen, als sich Joris mit ihrem Gepäck im Schlepptau neben sie stellte. Olivia machte die beiden miteinander bekannt und ihre Oma drückte auch Joris herzlich. In diesem Augenblick kam ein großer roter Geländewagen angefahren. Joris hob seinen Arm und winkte den Insassen zu. Sie verabschiedeten sich ein letztes Mal, bevor Joris mit hängenden Schultern zu seiner Familie ins Auto stieg.

„Nun steig aber ein, damit wir schnell nach Hause kommen."

Rosalie ging mit flotten Schritten um das Auto zur Fahrertür. Ein letztes Mal schaute sich Olivia kurz zu dem Geländewagen um und winkte Joris zu. Seine Mutter, eine schlanke, hübsche, blonde Frau, saß auf dem Beifahrersitz und lächelte sie an. Joris' Vater, ein streng wirkender, muskulöser Mann mit Halbglatze, musterte sie prüfend. Er wirkte unheimlich, streng und von Grund auf zornig. Olivia dachte, dass er sie ein wenig an den früheren Joris erinnerte, als er noch versucht hatte, verbissen seine Identität zu verstellen. Sie schluckte, diesem Mann würde sie auch nicht unbedingt jedes Geheimnis anvertrauen wollen.

Sie nahm auf dem Beifahrersitz neben ihrer Großmutter Platz. Da sah sie Darragh, der gerade am Tor ankam und wohl auf seine Familie wartete. Ihre Blicke trafen sich zum ersten Mal seit Wochen und sie spürte die Hitze in ihren Wangen aufsteigen. Er hielt ihrem Blick mit regungsloser Miene stand. Die Verbindung endete erst, als sich der SUV in Bewegung setzte und Darragh langsam außer Sichtweite geriet.

Sie schüttelte den Gedanken an ihn ab. Sie würde Ferien ohne Dahlow, ohne Darragh und ohne Drama verbringen, erinnerte sie sich. Nur ihre Oma, Weihnachtsmusik und Kekse. Viele Kekse.

„Ein netter Kerl, dieser Joachim. Welches Sternzeichen ist er?"

Und wieder brachte ihre Großmutter sie zum Grinsen. „Er heißt Joris, Oma! Und er ist Waage."

„Joris. Joachim. Das ist doch vollkommen schnuppe! Wichtig ist, dass er nett ist." Sie betätigte den Blinker und bog auf die menschenleere Landstraße ab. „Und gut küssen sollte er auch können."

Olivia hatte gerade einen Schluck Tee aus der Thermoskanne genommen, die ihre Oma auf dem Beifahrersitz für sie bereitgelegt hatte, verschluckte sich direkt und musste lauthals husten. „Joris und ich sind nur Freunde!"

„Nur Freunde ... Das habe ich meiner Mutter früher auch immer erzählt, wenn ich mit einem Jungen ausgegangen bin. Olivia, mir kannst du das doch sagen!"

Belustigt schüttelte Olivia den Kopf. „Joris steht auf Männer. Wir sind wirklich nur Freunde."

„Oh! Na, wenn das so ist. Schade, Waagen und Löwen passen sehr gut zusammen, weißt du." Mit einer beinahe unmerklichen Handbewegung betätigte Rosalie die Scheibenwischer. Die ersten Schneeflocken des Jahres prasselten auf die Frontscheibe des Autos. „Dann gibt es doch aber bestimmt einen anderen Verehrer, der versucht, dein Herz zu erobern? Vielleicht ein Waage-Aszendenten?"

Waage-Aszendent? Bei dem Gedanken an Sabriel Schwarz und wie er Olivias Herz erobern könnte, drehte sich ihr Magen um. „Schlechtes Thema, Oma. Lass uns bitte über was anderes reden."

Olivia drehte das Autoradio auf. Es lief „Last Christmas" von Wham!. Wie hoch war wohl die Chance, dass man zu dieser Zeit das Radio aufdrehte und nicht auf diesen Song stieß?

„Susi hat vor ein paar Tagen bei mir geklingelt", unterbrach Rosalie den schnulzigen Song über Herzschmerz an Weihnachten. Welch Ironie.

„Oh, wirklich? Was wollte sie?" Susi war Olivias beste Freundin seit dem Kindergarten.

„Sie hat gefragt, ob du in den Ferien zu Hause bist. Ich soll dir ausrichten, dass sie sich gern mit dir treffen würde. Du sollst sie einfach anrufen, wenn du Zeit hast."

Ein freudiges Gefühl breitete sich in Olivias Magen aus. Seit sie nach Dahlow gegangen war, hatte Olivia nur sporadisch auf Susis Textnachrichten reagiert und befürchtet, sie hätte sie damit vergrault. Ein Treffen mit ihr über Weihnachten wäre sicherlich eine wundervolle Ablenkung.

„Oh, klasse! Das mach ich!"

Glücklich über die zwei Wochen, die vor ihr lagen, lehnte sich Olivia in ihren Sitz zurück und sah dabei zu, wie die wunderschönen, eisigen Schneeflocken auf die Straße fielen.

Am zweiten Weihnachtsfeiertag ging Olivia eine Runde joggen, nachdem sie bis dahin nur Kekse gegessen, Weihnachtsfilme geschaut und Glühwein getrunken hatte. Nach einem Glas Glühwein zu viel hatte sie ihrer Oma unter Tränen alles von Darragh, der Halloweenparty, seiner doofen Freundin und seinem Verhalten ihr gegenüber erzählt. Daraufhin hatte ihre Großmutter sie nur mit noch mehr Leckereien verwöhnt, was sie nun dringend mit etwas Sport kompensieren musste. Sonst würde sie so träge aus den Ferien nach Dahlow zurückkehren, dass sie beim Kampftraining noch mehr abstinken würde als zuvor – und das wollte sie dringlich vermeiden. Joris' Kommentare dazu konnte sie jetzt schon hören.

Es war bereits dunkel und ihre Oma bereitete gerade das Abendessen zu, also wollte Olivia nur eine kleine Runde drehen. Einfach, um zu sehen, ob sich in ihrer kleinen Heimatstadt in den letzten Monaten irgendetwas verändert hatte. Als sie eine Kleingartenanlage erreichte, die um diese Jahreszeit wie ausgestorben wirkte, hörte sie ein lautes Knacken. Sie drehte sich um, doch sie sah nichts außer Dunkelheit und das Flackern einer Straßenlaterne in der Ferne. Vermutlich ein Waschbär oder der Auspuff eines Autos. Unwillkürlich erinnerte sie sich an ihren ersten Abend in Dahlow und ihr unheimliches Erlebnis im Wald.

Mit einem mulmigen Gefühl im Magen schüttelte sie diesen Gedanken ab und rannte tiefer in die Kleingartenanlage. Bei einigen der vereinzelten Straßenlaternen war die Sicherung durchgebrannt. Es fiel also nur sehr wenig Licht auf den Weg vor ihr. Die Dunkelheit um sie herum wurde immer schwärzer und bald schon sah sie nur noch die schwache Helligkeit der bunten Lichterketten an den Gartenzäunen. Ein Schauer, der nichts mit der Kälte dieses Winterabends zu tun hatte, durchfuhr sie. Sie versuchte, sich selbst gut zuzureden. Es war Weihnachten, sie war in ihrer Heimatstadt. Hier würde ihr nichts Schlimmes passieren! Die wenigen Menschen, die hier lebten, waren größtenteils im Alter ihrer Großmutter. Und vor einem grummeligen Opa mit Krückstock musste sie nun wirklich keine Angst haben.

Doch plötzlich hörte sie auf einmal Schritte hinter sich, die immer lauter wurden. Und das war ganz sicher kein grummeliger Opa mit Krückstock, dafür näherten sich die Schritte zu schnell. Vielleicht war jemand genau wie sie bereits am zweiten Weihnachtsfeiertag vollkommen übersättigt von den ganzen Leckereien und wollte die überschüssigen Kalorien abtrainieren? Mit wild schlagendem Herzen drehte sich Olivia in die Richtung um, aus der die Schritte kamen. Vielleicht konnte sie sehen, wer sich ihr näherte. Die Dunkelheit ließ sie jedoch nichts weiter als eine große Gestalt in dunkler Kleidung erkennen.

„Jetzt bleib ruhig, es wird schon kein Mörder hinter dir her sein", dachte sie. Olivia schüttelte den Kopf und drehte sich zurück zur Straße, die durch die Kleingartenanlage führte.

Uff! Sie war gegen etwas gelaufen. Benommen taumelte sie ein paar Schritte zurück. Olivia blinzelte. Im spärlichen Licht der flackernden Laterne konnte sie eine Person schemenhaft erkennen. Es war eine Frau – das war aber auch schon alles, was sie ausmachen konnte. Sie stand da wie eingefroren und bewegte sich nicht vom Fleck.

„Entschuldigung, ich habe Sie nicht–" Olivia war irritiert. Ein flackernder Lichtstrahl ließ sie das Gesicht der Frau erkennen. Der Ausdruck in ihren Augen ließ ihr das Blut in den Adern gefrieren. Irgendetwas stimmte hier nicht! Panik stieg in ihr auf. Kalte, lähmende Panik.

Hinter sich hörte sie nun die dumpfen, schnellen Schritte der anderen Gestalt von vorhin. Sie musste sich fast auf ihrer Höhe befinden. Vielleicht konnte ihr diese Person helfen! Ihr die Angst nehmen und mit ihr zusammen zurück zu der beleuchteten Straße zum Haus ihrer Großmutter joggen, wo sie in Sicherheit wäre. Gerade, als sich Olivia zu ihrem vermeintlichen Joggingpartner umdrehen wollte, griffen zwei große Hände nach ihr. Panisch entwich Olivia ein Schrei. Der Griff der Gestalt war so fest, Olivia war sich sicher, dass es ein Mann war. Ein Mann, der gut zwei Köpfe größer war als sie. Der widerliche Gestank von nassem Hund fuhr ihr in die Nase, als sie versuchte, zu entkommen.

Ihr Herz schlug wie wild. Was ging hier vor sich? Was wollten die beiden von ihr? Sie musste jetzt all ihre Sinne schärfen und sich auf das konzentrieren, was Joris ihr im Kampftraining beigebracht hatte. Ihr rechtes Bein verankerte sie in einem festen Stand auf dem Boden. Das linke schob sie zurück, zwischen die Beine des Mannes. Glücklicherweise stand er breitbeinig hinter ihr. Mit aller Wucht, die sie aufbringen konnte, hob sie ihr linkes Bein und kickte es ihrem Angreifer genau in Weichteile. Es funktionierte! Vor Schmerzen stöhnte er auf. Sein warmer Atem kitzelte sie unangenehm am Hals. Er beugte sich nach vorn und lockerte seinen Griff. Olivia nutzte ihre Chance, zog ihre Arme zu sich und setzte zum Sprint an.

Platsch! Mit dem Gesicht voran fiel sie auf den harten, gefrorenen Boden. Ein gellender Schmerz durchzog ihre Wange. Die Frau hatte ihr ein Bein gestellt! Blitzschnell drehte sie sich auf den Rücken, stützte sich ab und kroch, so rasch sie konnte, rücklings von ihren Angreifern weg. Angsterfüllt blickte sie nach rechts und links. Nichts als meterhohe Gartenzäune mit blinkenden bunten Lichtern um sie herum. Sie war gefangen! Der einzige Weg, den Angreifern zu entkommen, lag vor oder hinter ihr.

Da ertönte die keifende Stimme der Frau. „Von einem Rarlim hätte ich ein wenig mehr erwartet. Dieser hier ist ja wirklich kinderleicht zu fangen."

Der Mann lachte gehässig.

Rarlim? Das war kein normaler Überfall, sondern ein magischer! Angestrengt krabbelte sie im Krebsgang von ihren Angreifern weg, die ihr unaufhaltsam folgten. Sie stoppte, streckte ihre Hand aus und konzentrierte sich angestrengt auf ihre Lichtmagie. Ein Leuchten, so hell wie die Sonne, schoss flutartig aus ihrer geöffneten Handfläche. Schützend hielten sich die Frau und der Mann ihre Arme vor ihre Gesichter, um sich dem Schein des Lichts zu entziehen. Hastig sprang Olivia auf und nutzte den Moment, um vor den beiden wegzurennen.

„Du glaubst doch nicht wirklich, dass uns so ein bisschen Lichtmagie aufhält, Püppchen?", raunte der Mann mit rauchiger Stimme.

Olivia hörte seine schweren, dumpfen Schritte immer näher bei sich. Er war zwei Köpfe größer als sie. Demnach waren seine Schritte enorm und er musste sich nicht sonderlich anstrengen, um sie einzuholen. Sie wollte sich stark auf ihre Feuermagie konzentrieren, aber zwischen der Angst, die in ihrer Brust pulsierte, und der kalten Winterluft, die in ihrer Kehle brannte, war alles, woran Olivia denken konnte, so schnell wie möglich zum Haus ihrer Großmutter zu gelangen. Zusammen mit ihr hätte sie eine Chance gegen die beiden Angreifer. Doch was, wenn die beiden ihrer Oma etwas antun würden? Verdammt! Das konnte Olivia nicht zulassen. Ihr Haus war also keine Option. Gut, dafür lief sie bis jetzt sowieso in die völlig falsche Richtung.

Was zum ... Ein riesiger Baumstamm schoss genau vor ihr in die Höhe. Mitten aus dem Asphalt! Gerade so schaffte sie es, auszuweichen. Erschaffungsmagie - der Mann war also ein Stier. Als sie einen Eisstrahl direkt neben ihrem Ohr entlangsausen spürte, wusste sie, dass die Frau ein Skorpion sein musste. Gut kombiniert, doch was konnte sie damit jetzt anfangen? Keine ihrer Kräfte taugte etwas gegen die Erschaffungsmagie eines Stiers. Die einzige Waffe, die sie bei sich trug, war eventuell einer der Schnürsenkel ihrer Schuhe. Aber daran zu gelangen, war genauso unwahrscheinlich, wie mit ihrer unbeständigen Feuermagie gegen die Frostmagie der Frau anzukommen.

Im nächsten Moment übersah Olivia einen Stein, der aus dem Nichts vor ihr erschien. Platsch! Erneut lag sie auf dem Boden. Ihr Bein gab ein unheilvolles Knacken von sich und sie verspürte einen teuflischen Schmerz. Das war's. Sie war geliefert! Sie konnte nicht weiterrennen, zumindest nicht in einem angemessenen Tempo, und die Angreifer waren schon fast auf ihrer Höhe. Die Idee, zwei trainierte Stellari mit ihrem Schnürsenkel zu attackieren, zog sie nicht einmal mehr in Betracht. Sie sah keinen Weg, dieser misslichen Lage zu entkommen. Olivia machte sich bereit, ihrem Schicksal in die Augen zu blicken, und hoffte einfach nur, dass der Tod nicht schmerzhaft werden würde.

Plötzlich erschien eine Figur in der Dunkelheit vor ihr. Sie spürte, wie große starke Hände nach ihr griffen. Der Unbekannte warf sie mit einer Leichtigkeit über seine Schulter, als wäre sie ein kleiner Weihnachtsbaum. Mit großen Schritten verschwand er mit ihr in der nächsten Seitenstraße, die deutlich besser beleuchtet war als die Kleingartenanlage. Olivia hielt den Atem an. Erleichterung breitete sich in ihrer Brust aus. Jemand war ihr zu Hilfe gekommen? Doch wer war es? Niemand außer ihrer Oma wusste, wo sie sich gerade aufhielt. Und die Hände, die sie hochgehoben hatten, gehörten definitiv einem Mann, nicht einer schmalen, alten Dame. Zumal ihre Großmutter sie sicher nicht mit dieser Leichtigkeit über ihre Schulter hätte werfen können. Als der vermeintliche Fremde sie absetzte, blickte Olivia in ein bekanntes Gesicht.

„Joris?"

„Für Erklärungen haben wir später Zeit. Hier, nimm, und wehe, du zögerst! Die zwei machen keinen Halt davor, dich zu töten, also solltest du sie besser nicht verschonen und mitten aufs Herz zielen. Wie wir es im Unterricht geübt haben."

Joris drückte ihr einen Bogen und einen Köcher mit Pfeilen in die Hand, den sie sich direkt über die Schulter schnallte. Sie mussten nicht lange warten, bis der große Mann in die Seitengasse einbog. Joris rannte direkt auf ihn zu. Das Überraschungsmoment war auf seiner Seite: Er verpasste ihm einen rechten Haken und traf direkt ins Schwarze. Der Mann taumelte ein Stück zurück. Ein zorniges Knurren entfuhr ihm. Olivia erkannte, dass Blut aus seiner Nase lief. Joris ließ nicht locker und wollte mit einem neuen Schlag seinem Gegner den Garaus machen.

Doch dieser war nun auf den Angriff vorbereitet. Er ging in Abwehrhaltung, blockte Joris' Schlag mit seinem rechten Unterarm. Mit seiner linken Faust setzte er selbst zum Schlag an und traf Joris nur knapp unterm Auge. Eine Platzwunde zierte sogleich seinen Wangenknochen. Olivia schnappte sich einen Pfeil, spannte die Sehne des Bogens und versuchte, auf den Mann zu zielen. Die beiden kämpften so eng miteinander, dass Olivia keine Chance hatte, den Mann zu treffen, ohne vielleicht Joris zu verletzen.

Nur wenige Sekunden später kam die Frau in die Gasse. Bevor Olivia den Pfeil loslassen konnte, feuerte die ausgebildete Kämpferin einen Froststrom in Olivias Richtung ab. Im letzten Moment konnte Olivia dem unheilvollen, eisigen blau-weißen Magiestrahl ausweichen. Sie spannte ihren Bogen neu und schoss einen Pfeil in die Richtung der Frau. Mit voller Konzentration schaffte sie es, ihn auf halbem Weg in Flammen aufgehen zu lassen. Volltreffer! Die Frau kreischte wütend. Olivias Pfeil steckte in ihrem Oberarm. Zumindest konnte sie hier ihre einzige Magie ausspielen, die sich in den letzten Wochen als zuverlässig erwiesen hatte. Wenn Olivia einen Bogen in der Hand hielt, stand der Rest der Welt still, sie fühlte sich in ihrem Element, als wäre sie die geborene Bogenschützin. Oder zumindest eine ganz passable.

Mit einem zornigen Raunen, das an den Mauern der Gasse widerhallte, zog sich die Frau den Pfeil aus der blutenden Wunde. Sie schrie.

„Ah! Du kleines Biest, das wirst du bezahlen!"

„Du sollst sie am Leben lassen, denk dran, Portia!", rief der Mann, der daraufhin einen ordentlichen Kick von Joris kassierte und rücklings zu Boden fiel.

„Pass du besser auf, dass du nicht von einem Kind fertiggemacht wirst, Harald", blaffte sie zurück.

Olivia spannte erneut ihren Bogen und wollte den Pfeil gerade abschießen, da war die Frau verschwunden.

„Wo ist sie hin?"

„Tarnmagie, Olivia, sie steht genau hinter dir!", alarmierte Joris sie, was seinem Gegner die Chance gab, ihn in den Schwitzkasten zu nehmen. Joris röchelte angespannt und schnappte nach Luft.

Verdammt! Sie konnte nicht zulassen, dass der Mann Joris etwas antat. Anstatt sich umzudrehen und ihre Angreiferin zu attackieren, preschte Olivia nach vorn, auf Joris und den Mann zu. Joris' Gesicht war schmerzverzerrt und blau angelaufen. Ohne zu überlegen, warf sie ihren Bogen auf den Boden. Mit dem einzelnen Pfeil in der Hand rannte sie auf ihren Freund zu. Den Schmerz in ihrem Bein blendete sie dabei vollkommen aus.

In koordinierten Zickzack-Bewegungen wich sie den Froststürmen der Frau aus. Sie hatte absolut keine Ahnung, wie sie das machte, da sie mit dem Rücken zu ihrer Angreiferin stand. Entweder hatte sie unverschämtes Glück oder den besten Schutzengel, den sie sich wünschen konnte.

Auf der Höhe des riesenhaften Mannes angekommen drückte sie ihr gesundes Bein mit voller Kraft vom Boden ab. Sie sprang dem Angreifer auf den Rücken und klammerte sich, so fest es ging, um seine Schultern. Dabei schmerzte ihr Knie unheilvoll, das sie sich vorhin beim Sturz angeschlagen hatte. Doch sie versuchte, es zu ignorieren.

Der Mann schrie und zappelte, er wollte Olivia von seinem Rücken werfen. So leicht ließ sie sich jedoch nicht abschütteln. Bei seinen wilden Bewegungen wurde er von einem Eisstrahl am Oberarm getroffen, der eigentlich für Olivia bestimmt gewesen war. Überrascht sog er scharf die Luft ein und zog seinen Arm zurück. Dabei ließ er Joris los, der keuchend zu Boden fiel und sich hustend die Kehle rieb.

„Verdammt, Portia! Pass doch auf!", schrie der Mann der Frau entgegen.

Olivia nutzte den Moment der Ablenkung. Noch immer hielt sie den Pfeil in ihrer rechten Hand. Sie verstärkte den Griff ihres linken Arms um die Schultern des Mannes, hob ihren rechten Arm und rammte ihm den Pfeil mit voller Wucht in den Hals.

Warmes, klebriges Blut spritzte in ihr Gesicht und floss in den Ärmel ihres Pullovers. Entsetzt ließ sie von ihm ab. Mit zittrigen Händen sah sie dem Mann dabei zu, wie er mit beiden Händen seinen Hals umfasste, laut und rasselnd röchelte und ihr dabei direkt in die Augen blickte. Eine Träne tropfte aus seinem rechten Auge, bevor das Leben daraus verschwand und er reglos zur Seite fiel.

Er war tot. Fassungslos blickte Olivia auf ihre zitternden, blutverschmierten Hände. Er war tot. Sie hatte ihn getötet. Sie hatte einem anderen Menschen einen Pfeil in den Hals gerammt und ihn damit getötet.

Olivias Herz schlug wie wild. Der Gedanke an das, was sie getan hatte, schürte ihr die Kehle zu. Beklemmung breitete sich in ihrem ganzen Körper aus. Könnte sie jetzt bitte aus diesem Alptraum erwachen?

Joris stieß einen warnenden Ruf aus, doch zu spät. Olivia war in eine Schockstarre gefallen. Sie konnte sich nicht bewegen. Die Frostmagie der Frau traf sie an ihrem verletzten Bein. Der jähe Schmerz riss sie aus ihrer Trance. Keuchend fiel sie zu Boden. Jetzt war es Joris, der blitzschnell handelte. Er teleportierte sich hinter die Frau und zog ihr beide Arme hinter den Körper, während er sein Knie in ihren Rücken drückte. Die Frau schrie wild auf und versuchte, sich mit zappelnden Bewegungen zu befreien. Erfolglos. Joris war zu stark für sie.

„Olivia, Feuermagie. Jetzt! Ich weiß, du schaffst das!", rief Joris in ihre Richtung.

Olivia konzentrierte sich, doch nichts geschah. Angespannt versuchte sie es noch einmal, zweimal, der Schmerz in ihrem Bein vernebelte ihre Sinne.

„Olivia, los!"

„Innere Mitte, innere Mitte ...", dachte Olivia, versuchte, ruhig zu atmen und sich an ihre Meditationsstunden zu erinnern. Mit geschlossenen Augen wollte sie das Feuer visualisieren, dachte an das Kaminfeuer zu Hause bei ihrer Großmutter, an die Lagerfeuer auf den Festen, die sie als Kind mit ihrer Mutter besucht hatte, an die rot und gelb lodernden, heißen Flammen, an die Wärme und die Gefahr, die von ihnen ausgingen ...

Auf einmal wurden ihre Hände heiß, und als sie ihre Augen öffnete, sah sie Feuer auflodern. Sie nahm all ihre Kräfte zusammen und schoss es mit voller Energie auf die Frau. Sie schrie auf, als sie die Flammen mitten in der Brust trafen. Das Feuer wurde immer größer und breitete sich von ihrer Brust über ihren Hals bis hin zu ihrem Gesicht aus. Es erfasste sogar ihre kurzen roten Haare, die einen unheimlichen Einklang mit der

Farbe des Feuers bildeten. Ihre klagenden Schreie verstummten.

Joris ließ von ihr ab, die Flammen erloschen und gaben ein verbranntes und entstelltes Gesicht frei. Mit einem dumpfen Knall fiel sie reglos vor Joris' Füßen zu Boden. Freudestrahlend kam er auf Olivia zu.

„Das war der Hammer! Du hast mir da drüben das Leben gerettet. Dieser Typ hat mit seiner Flüssigkeitsmagie mein Blut zum Kochen gebracht, als er mich im Schwitzkasten hatte."

Joris beugte sich zu der Leiche neben Olivia hinunter. Mit zwei Fingern prüfte er den Puls am Hals des Mannes und fand keinen. Der Kerl war wirklich tot. Langsam wandte Olivia ihren Blick von dem leblosen Körper ab.

„Das war doch das Mindeste, was ich tun konnte, nachdem du mir hier heute Abend mehrfach den Arsch gerettet hast."

Sie zwang sich zu einem schmerzverzerrten Lächeln. Mit dem letzten Fünkchen Energie stützte sie sich vom Boden ab, nur, um in der nächsten Sekunde unter einem Keuchen zusammenzusacken.

„Hey, Kleine. Du musst nicht aufstehen, aber wenigstens so lange wach bleiben, dass du mir den Weg zum Haus deiner Großmutter zeigen kannst", sagte Joris eindringlich und hob sie von der Straße hoch.

In seinen Armen trug er sie zurück nach Hause. Nach einem kurzen Bericht von Joris zu den Geschehnissen des heutigen Abends rief Rosalie sofort Frau Roggenkamp an, die mit dem halben Komitee für magische Ordnung und der Schulkrankenschwester im Schlepptau herbeieilte. Olivia nahm überhaupt nicht wahr, was um sie herum geschah, wie lange es dauerte, oder worüber sich die Anderen unterhielten. Sie saß in ihren blutverschmierten Joggingklamotten auf der Couch im Wohnzimmer und starrte apathisch vor sich hin. Selbst ihr Kater Charly, der mit seinem kleinen Köpfchen gegen ihre Hand stupste, konnte Olivia nicht aus ihrem Delirium reißen.

Irgendwie schaffte sie es in ihr Zimmer, wo die Krankenschwester sie verarztete, während Joris an ihrer Seite blieb.

Die Mitglieder des Komitees berieten sich in der Zeit unten im Wohnzimmer mit Frau Roggenkamp und Olivias Großmutter. Sie warteten darauf, dass Olivia bereit war, über die Geschehnisse des heutigen Abends zu reden.

„Die Verletzungen durch die Frostmagie kann ich im Handumdrehen beheben, Olivia", sagte Frau Marquardt. „Doch leider hast du dir durch den Sturz das Knie verdreht und der Aufprall der Frostmagie hat eine Fibula-Fraktur verursacht. Den gebrochenen Knochen kann ich zwar schneller heilen lassen als ein Nubiqui-Doktor, einen Gips wirst du aber trotzdem für mindestens drei Wochen tragen müssen."

„Okay", sagte Olivia teilnahmslos. Sie fühlte sich benommen und durcheinander, sie hatte heute Abend zwei Menschen getötet, zwar in Notwehr, aber das machte es auch nicht erträglicher. Frau Marquardts Anweisungen, welchen Trank sie für welche Verletzung trinken musste, hörte sie kaum und nickte nur automatisch.

Als Schwester Marquardt den Raum verließ, fragte sie: „Kann ich Herrn Tanaka hochschicken? Fühlst du dich bereit, mit dem Komitee zu reden?"

Olivia hob den Kopf und sah der Krankenschwester zum ersten Mal an diesem Abend in die Augen. „Er soll mir bitte noch ein paar Minuten geben. Ich möchte kurz mit Joris sprechen."

Frau Marquardt nickte und schloss die Tür hinter sich. Olivia blickte Joris an, der neben ihr auf dem Bett saß und die ganze Zeit ihre Hand gehalten hatte.

„Was war das heute Abend und wie kommt es, dass du in genau dem richtigen Moment aufgetaucht bist? Dass du überhaupt aufgetaucht bist? Was machst du hier? Solltest du nicht in Paris sein?"

Joris stand auf und ging zum Fenster. Traurig blickte er sie an. „Mein Vater hat reagiert, wie ich es befürchtet hatte. Er ist total ausgerastet und wollte mich aus dem Haus werfen. Meine Mutter hingegen war sehr verständnisvoll und wollte ihn beschwichtigen, aber er hat es nicht verstanden und braucht

Zeit, um alles zu verdauen. Meine Schwester war vollkommen außer sich über die Reaktion meines Vaters und wollte ihn ausladen. Das konnte ich ihr aber ausreden, schließlich hätte es die ganze Sache nur noch schlimmer gemacht. Meine Eltern sind allein nach Paris geflogen. Ich bin zu Darragh und seiner Familie und bleibe dort, bis meine Eltern in drei Tagen aus Frankreich zurückkommen."

„Oh!" Olivia konnte nicht glauben, dass Joris' Vater in diesem Maße auf das Outing seines Sohns reagiert hatte. „Das tut mir leid, Joris."

„Es ist okay. Ich wusste, dass wir uns nicht in die Arme fallen würden, wenn ich ihm davon erzähle. Und bei Darraghs Familie ist es wirklich nett."

Ein bitterer Schmerz erfüllte Olivias Herz bei der Erwähnung von Darraghs Namen. Vor ein paar Wochen wäre er der erste Mensch gewesen, dem Olivia von heute Abend hätte erzählen wollen. Und nun? Nun hätte es ihn wahrscheinlich nicht einmal interessiert, wenn sie heute Abend draufgegangen wäre.

„Das freut mich." Olivias Stimme klang trocken und jedes Wort kratzte in ihrer Kehle. „Das erklärt mir aber nicht, wieso du heute Nacht hier aufgetaucht bist und mein Leben gerettet hast."

„Das kann ich dir auch nicht erklären", sagte Joris langsam.

Olivia blickte ihn verwirrt an. „Warum? Hat dich deine Teleportationsmagie einfach in dieser Straße rausgeworfen, zufällig zu dem Zeitpunkt, als ich in Gefahr war?"

„Nein, nicht so ganz. Oh, Olivia, ich habe Darragh versprochen, dass ich nichts verrate. Wenn du mehr wissen willst, musst du ihn fragen."

Darragh? Was hatte der denn mit dem Ganzen zu tun? Warum sollte sie Darragh, der seit Wochen kein Wort mit ihr gewechselt hatte, fragen, wieso Joris zum richtigen Zeitpunkt an die richtige Stelle teleportiert war, um ihr das Leben zu retten? Olivia öffnete den Mund und schloss ihn wieder. Sie wusste nicht so recht, was sie dazu sagen sollte, und entschied sich für ein dickes, fettes Dankeschön. Schließlich würde sie ohne Joris nicht mehr hier sitzen.

„Danke auf jeden Fall, Joris. Ohne dich hätte ich heute Abend wirklich alt ausgesehen. Ich schulde dir was!"

„Ich habe gehört, das gibt es im Freundschaftspaket gratis dazu. Und für meine beste Freundin mache ich das doch, ohne mit der Wimper zu zucken. Du schuldest mir also gar nichts!"

Joris' Aussage traf Olivia mitten ins Herz. Er sah sie als seine beste Freundin? Gerührt breitete sie die Arme aus und Joris setzte sich zu ihr aufs Bett, wo sie in eine lange Umarmung verfielen.

Als sie sich voneinander lösten, sah Olivia Joris zum ersten Mal seit dem Kampf richtig vor sich. „Deine Wange!" Mit ihrer Hand streichelte sie Joris' rechte Gesichtshälfte, an der eine lange Platzwunde klaffte.

„Ach, halb so wild!" Er streifte sanft ihre Hand beiseite. „Ist nur ein Kratzer. Schwester Marquardt hat mir eine Salbe zugesteckt, als sie dich verarztet hat. Das ist im Handumdrehen wieder heile."

„Wenn du meinst." Olivia schaute geknickt an Joris hinab. Das rote Hemd mit den ulkigen Motiven, das einmal sehr weihnachtlich ausgesehen haben musste, hing nur noch in Fetzen von ihm. An den übrigen Stoffresten klebte über und über dunkles, krustiges Blut. „Ich kauf dir ein neues Hemd, als Dankeschön!"

„Olivia! Ich bitte dich. Nichts hab ich an Weihnachten lieber getan, als dich vor diesen Fieslingen zu beschützen. Scheiß doch mal auf das Hemd oder den Kratzer an meiner Wange!"

Olivia presste die Lippen zusammen. Sie war Joris so dankbar. Und sie wollte es ihm zeigen, nicht nur mit bloßen Worten. Irgendetwas würde ihr noch einfallen. Fürs Erste mussten jedoch Worte genügen. „Gut, dann danke."

„Einen Gefallen könntest du mir tatsächlich tun."

Gespannt sah Olivia ihn an.

Ein strenger Blick zeichnete sich auf seinem Gesicht ab. „Komm bitte ohne weitere Verletzungen nach den Ferien in die Schule zurück. Und geh bis dahin vielleicht allen potenziellen

Mördern aus dem Weg." Der ernste Ausdruck auf seinem Gesicht wich einem Schmunzeln.

Potenzielle Mörder … Das erinnerte Olivia an etwas, was der Angreifer heute Abend zu seiner Komplizin gesagt hatte. Mit nachdenklicher Miene wandte sie ihren Blick von Joris ab.

„Was ist los? Zu früh für Scherze?"

„Nein, das ist es nicht. Kannst du dich daran erinnern, was der Mann zu der Frau meinte? Dass sie daran denken solle, mich nicht zu töten? Was denkst du, was es damit auf sich hat? Warum haben sie mich sonst angegriffen?"

Joris blickte nachdenklich drein, zuckte dann aber mit den Schultern. „Ich habe keine Ahnung. Aber vielleicht solltest du das Komitee dazu befragen."

„Gute Id–" Der Song „Quit Playing Games" von den Backstreet Boys erklang und etwas in Joris' Hosentasche vibrierte. Gestresst blickte er auf sein Smartphone. „Olivia, ich muss los. Ich schau morgen nochmal nach dir, okay?"

„Ja, mach das. Bis morgen. Und danke noch mal."

Einen kurzen Moment später war Joris verschwunden und es klopfte an Olivias Tür. Ihre Großmutter, Frau Roggenkamp und ein dunkelhaariger, athletischer Mann in einem schwarzen Rollkragenpullover traten ein. Rosalie stellte den dunkelhaarigen Mann vor.

„Olivia, das ist Nilay Tanaka – der Vorsitzende des Komitees für magische Ordnung."

„Aikos Vater", stellte Olivia fest.

„In der Tat. Ich freue mich, Sie kennenzulernen, Frau Fuchs. Aiko hat nur Gutes von Ihnen erzählt und ich bedaure, dass wir uns unter diesen Umständen kennenlernen müssen." Als Nilay Tanaka näherkam, bemerkte Olivia eine lange, unebene Narbe über seiner rechten Wange. „Als Selma mich anrief und erzählte, was passiert ist, musste ich sofort herkommen."

„Sie waren ganz schön schnell da. Sollten Sie nicht eigentlich gerade in einer Skihütte in Österreich sein?"

„Teleportationsmagie, genau wie Ihr Freund Joris Elverding."

Nilay Tanakas Stimme klang ruhig und sachlich. Er war vom Sternzeichen her also Waage. Olivia nickte verständnisvoll.

„Frau Fuchs, mögen Sie uns bitte genau schildern, was heute Abend passiert ist?"

Olivia erzählte alles von dem Moment, in dem die zwei Angreifer an der verlassenen Kleingartensiedlung aufgetaucht waren, und auch von der Verfolgungsjagd, ihrem Sturz und dass Joris aus dem Nichts aufgetaucht war. So gut sie konnte, beschrieb sie die beiden Angreifer.

„Und ich glaube, die beiden hießen Patricia und Herbert? Nein, Persia und Harro? Ich kann es nicht genau sagen, es ging alles so schnell und mit Namen bin ich sowieso nicht so gut."

„Alles in Ordnung, Frau Fuchs. Das ist nicht schlimm. Hat Ihnen Joris erzählt, woher er wusste, dass Sie genau an diesem Ort waren und Hilfe brauchten?", unterbrach sie Nilay Tanaka.

„Ich habe ihn gefragt, aber er meinte, er hätte Darragh versprochen, nichts zu sagen, und wenn ich dazu etwas wissen wolle, dann müsse ich ihn fragen. Was auch immer das heißen soll. Ich habe wirklich keine Ahnung, Herr Tanaka."

„Darragh?" Ein fragender Ausdruck erschien auf dem eh schon grüblerischen Gesicht des Komiteeleiters.

„Darragh Pisano. Ein Klassenkamerad von Joris und mir." Olivia versuchte, so beiläufig wie möglich zu klingen, und spürte einen wissenden Blick ihrer Großmutter im Nacken.

„Ah, Pisano. Ich kenne seinen Vater. Vielleicht werde ich ihm vor dem Ende der Ferien einen Besuch abstatten. Aber bitte, fahren Sie mit Ihrer Geschichte fort."

Olivia kam nun zum schwierigen Teil und erzählte von dem Kampf zwischen Joris und dem Angreifer und dass sie selbst die Frau mit einem brennenden Pfeil getroffen hatte.

„Und dann hat der Angreifer zu der Frau gemeint, dass sie daran denken solle, dass sie mich nicht töten dürften." Olivia pausierte kurz, da die Erwachsenen wissende Blicke austauschten. „Was hat das zu bedeuten?"

Nilay Tanaka lief mit bedachten Schritten langsam im Zimmer auf und ab. „Wir glauben, dass der Angriff heute Abend nicht darauf abzielte, Sie zu töten oder zu verletzen, sondern dass die Obscurati geschickt wurden, um Sie zu entführen." Plötzlich waren seine beinahe schwarzen Augen eindringlich auf sie geheftet. „Sie sind mit der Prophezeiung vertraut?"

Olivia schluckte. „Ja, Professor Toffin hat sie uns vorgetragen. Sie meinen also, dass die Obscurati–"

„Sie benutzen wollen, um Schlangenträger aus der Gefangenschaft zu befreien, ja", beendete Nilay Tanaka Olivias Satz. „Wir haben das Haus Ihrer Großmutter bereits nach dem Tod Ihres Vaters mit einigen Schutzzaubern belegt, sodass die Obscurati Sie hier nicht finden können. Allerdings müssen sie herausgefunden haben, in welcher Stadt Rosalie lebt. Wir haben bis jetzt immer gehofft, dass diese Information den Obscurati unbekannt ist und bleibt. Als erweiterter Schutz wird dieses Haus, bis Sie wieder zurück zur Schule gehen, fortan durchgängig von Mitgliedern des Komitees überwacht."

„Und wenn ich wieder in der Akademie bin, wer beschützt dann meine Oma?"

„Ein Mitglied des Komitees wird zu Rosalies Schutz in dieses Haus einziehen. Zusammen mit den Schutzzaubern, die das Haus vor den Obscurati verbirgt, sollte sie so in Sicherheit sein", erklärte Nilay Tanaka.

„Weißt du schon, wer hier einziehen wird, Nilay?", wollte Rosalie wissen.

„Das können wir später bereden, Rosalie. Aber bis jetzt habe ich an Arnold gedacht. Seine Frau ist vor ein paar Jahren gestorben, deshalb kann er es am ehesten verschmerzen, seine gewohnte Umgebung zurückzulassen. Du müsstest ihn–"

„Arnold Sommer?" Rosalies Stimme klang verblüfft.

„Ganz genau", bestätigte Nilay Tanaka.

„Ich wusste gar nicht, dass Berta gestorben ist."

Rosalie flüsterte es eher zu sich selbst als in die große

Runde. Doch Olivia sah, wie die Wangen ihrer Großmutter eine leichte Rosafärbung annahmen. Der Leiter des Komitees wandte sich mit ernster Miene erneut an Olivia.

„In Ordnung. Zurück zu Ihrer Geschichte, Frau Fuchs. Wie haben Sie und Herr Elverding die Angreifer besiegt?"

Olivia berichtete von der Tarnmagie der Angreiferin, dass Joris die Oberhand im Kampf verloren und der Angreifer ihn in den Schwitzkasten genommen hatte.

„Und dann habe ich blitzschnell geschaltet. Ehe ich wirklich realisiert habe, was ich da tue, habe ich dem Mann den Pfeil in den Hals gerammt, Joris ist hinter die Frau teleportiert und hat sie festgehalten. Er hat mir zugerufen, dass ich meine Feuermagie einsetzen soll. Es hat mich einige Versuche gekostet, bis ich tatsächliche Flammen zustande gebracht habe, denn Feuermagie ist noch nicht wirklich meine Spezialität, müssen Sie wissen. Aber als es dann funktioniert hat, habe ich die Flammen gegen die Angreiferin eingesetzt, bis sie reglos zu Boden fiel."

Olivias Worte überschlugen sich. Unfassbare Angst überkam sie. Bis jetzt hatte sie nur darüber nachgedacht, wie furchtbar es sich angefühlt hatte, einem Menschen das Leben zu nehmen. Doch plötzlich begriff sie voller Panik, dass sie dafür sogar verhaftet werden könnte! Nilay Tanaka könnte sie ins Gefängnis stecken. Frau Roggenkamp könnte sie der Schule verweisen.

„Ich wollte niemanden töten, Herr Tanaka. Das müssen Sie mir glauben. Aber hätte ich nicht gehandelt, dann hätte der Angreifer Joris getötet. Er hatte nämlich Flüssigkeitsmagie und ich musste ihm helfen, schließlich hat er mir auch geholfen, und die Angreiferin hätte ihn ganz sicher auch nicht verschont und alles dafür getan, ihren Plan zu vollenden."

Olivia schluchzte. Ihre Großmutter setzte sich neben sie und nahm ihre Hand.

„Olivia, keine Sorge. Keiner macht Ihnen hier Vorwürfe. Im Gegenteil. Sie haben genau richtig gehandelt", beschwichtigte Nilay Tanaka sie. „Und wir müssen Ihnen auch sagen, dass Sie wahrscheinlich keine zwei Menschen getötet haben, sondern nur einen. Als wir an die Stelle kamen, die Joris uns beschrieben hat, haben wir nur den Angreifer mit dem Pfeil im Hals gefunden. Von der Frau oder einem Brandopfer war keine Spur."

Olivia schaute ihn schockiert an. „Aber … Das ist nicht möglich!"

„Ich glaube, wir haben jetzt alles gehört, was wir wissen müssen, und lassen Sie nun besser allein. Sie sollten sich ausruhen und Ihre Tränke zu sich nehmen, damit Sie schnell wieder auf die Beine kommen."

Nilay Tanaka verabschiedete sich. Zusammen mit Frau Roggenkamp verließ er Olivias Zimmer und ließ sie mit ihrer Großmutter zurück. Ihre Oma stellte sicher, dass Olivia den Anweisungen der Krankenschwester folgte, und blieb bei ihr, bis sie eingeschlafen war.

In den nächsten Nächten wachte Olivia immer wieder aus demselben Alptraum auf. Sie erlebte den Abend des Angriffs immer und immer wieder. Jedes Mal, nachdem sie schweißgebadet und mit rasendem Herzen aufgewacht war, weinte sie sich in den Schlaf. Die heißen Tränen kamen in erster Linie wegen der furchtbaren Angst, die sie in ihren Träumen verfolgte, aber auch, weil sie sauer auf sich selbst war, dass sie immer wieder diesen Traum hatte, und irgendwann nur noch aus Erschöpfung. Das Einzige, das ihr in diesen einsamen Nächten Halt gab, war ihr Kater Charly, der sich zu ihr legte und sie mit seinem beruhigenden Schnurren wieder in den Schlaf wog.

Die Tage verliefen dagegen Stück für Stück ein bisschen besser. Nachdem Aiko und Lucy sie direkt um acht Uhr morgens nach dem traumatisierenden Angriff aus dem Bett geklingelt hatten, riefen sie zweimal täglich bei Olivia an und erkundigten sich nach ihrem Befinden. Auch Joris kam jeden Tag vorbei und brachte Olivia Blumen, Pralinen und alte Ausgaben der X-Men-Comicbücher. Sie hätte nicht gedacht, dass Joris wusste, was die X-Men waren, geschweige denn, dass sie Olivias absolute Lieblingssuperhelden waren. Vermutlich hatte er ihre Oma gefragt, womit er ihr eine Freude bereiten konnte.

Ihre alte Schulfreundin Susi stattete ihr ebenfalls einen Besuch ab. Von dem Vorfall erwähnte Olivia ihr gegenüber natürlich nichts. Stattdessen erzählte sie ihr, sie wäre beim Joggen über eine Baumwurzel gestolpert. Bei einer Tasse heißer Schokolade berichtete Olivia ihr von Dahlow – zumindest von den unmagischen Dingen, die dort vor sich gingen – und erkundigte sich, was es in ihrer alten Clique Neues gab.

Ihre Freunde gaben ihr den Halt und die Ablenkung, die sie brauchte. Es war ihr unmöglich, in Worten zu äußern, wieviel es ihr bedeutete, dass sie so für sie da waren. Doch die Angst konnten auch sie ihr nicht nehmen. Anfangs war Olivia so schreckhaft, dass sie bei jedem Geräusch zusammenzuckte. Dabei gingen ihre Hände oft unkontrollierbar in Flammen auf. Einmal hätte sie beinahe einen Feuerball auf die Komiteeswache Arnold geschossen, weil sie nicht wusste, dass er gerade die Toilette im Erdgeschoss benutzte.

Am letzten Sonntag der Ferien verabschiedete sie sich vor dem Haus von ihrer Großmutter und wurde von einem Auto mit drei Procieri zur Akademie gebracht. Frau Roggenkamp hatte ihr versichert, Dahlow sei einer der sichersten Orte der Welt, da der Campus mit allen möglichen Schutzzaubern belegt war und eine unsichtbare Barriere Eindringlinge abhielt. Diese Barriere wurde durch das Komitee verstärkt, sodass nur noch registrierte Schüler und Lehrer sie unbeschadet durchschreiten konnten. Diese Tatsache nahm ihr die Angst. So war sie zumindest dort vor den Obscurati sicher.

Olivia freute sich auf die Akademie und hoffte, dass der Unterricht und ihre Freunde ihre Gedanken von dieser schrecklichen Nacht ablenken konnten. Beinahe wünschte sie sich ein bisschen Teenagerdrama, das sie beschäftigte – schließlich musste sie dabei niemanden töten oder um ihr Leben rennen. Um ihr Leben rennen war im Moment sowieso schwierig, da sie sich mit ihren Krücken nur einige Meter fortbewegen konnte.

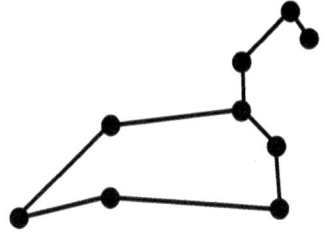

Kapitel 16

Tränen, Eisberge und heimliche Küsse

Die Fahrt nach Dahlow ohne ihre Großmutter zog sich ewig lang hin. Die Komiteeswachen waren beim besten Willen keine Plaudertaschen. So saß Olivia nachdenklich auf dem Rücksitz und lauschte der Musik aus dem Radio. Nicht mal mit einem Buch konnte sie sich ablenken, da ihr zum einen schlecht wurde, wenn sie während der Fahrt las, und zum anderen hatte sie bereits alle Bücher durchgelesen. Die Schulbücher, die tollen Comics, die ihr Joris geschenkt hatte und sogar die superkitschigen Groschenromane ihrer Großmutter. Umso mehr freute sie sich, als das Auto des Komitees von der Straße abfuhr, anhielt und einer der Procieri das magische Ritual vollführte, das die durch Magie verborgene Straße zur Akademie freigab. Was sie jedoch gar nicht erfreute, war das unerwartete Empfangskomitee, das sie am Eingang überraschte. Da kam sie aus den Horrorferien schlechthin zurück und wurde direkt von Herrn Schwarz, Sabella und Sabriel begrüßt. Neben einem mordhungrigen Pack Obscurati waren sie die letzten Menschen, die sie jetzt sehen wollte.

„Frau Roggenkamp ist verhindert und bat mich, dir mit deinem Gepäck zu helfen", erklärte Herr Schwarz mit einem väterlichen Ausdruck im Gesicht, der wahrscheinlich fürsorglich wirken sollte, aber Olivia reine Übelkeit bescherte. „Und falls du jemanden zum Reden brauchst, dachte ich, dass meine Kinder dir vielleicht Gesellschaft leisten könnten. Jemand in deinem Alter ist dir sicher lieber als ein Lehrer."

Ein aufgesetztes Lächeln breitete sich auf Sabellas Gesicht aus. Olivia wollte Herrn Schwarz am liebsten sagen, dass sie mit keinem von ihnen sprechen wollte, doch verkniff sie sich jeglichen bissigen Kommentar. Sie wollte einfach ihre Ruhe haben und nicht erklären müssen, weshalb sie keinen der drei ausstehen konnte.

„Ähm ... vielen Dank, aber ich warte in meinem Zimmer einfach auf Aiko und Lucy. So lange komme ich schon alleine klar."

Gerade, als sie ihren Koffer nehmen und an den dreien vorbeigehen wollte, rutschte ihr die linke Krücke weg. Sie wäre zu Boden gefallen, wenn Sabriel sie nicht aufgefangen hätte.

„Damit hast du gerade das Gegenteil bewiesen. Gib mir die Krücken und leg deinen Arm um meinen Hals, das geht doch sicher einfacher", sagte er mit ruhiger Stimme.

Total überrascht davon, dass er zu einer anderen Tonlage als seiner sonst so überheblichen und eingebildeten Art fähig war, willigte Olivia ein, legte ihren linken Arm auf seine Schultern und ging mit seiner Hilfe in die Akademie. Zwar war Sabriel der Letzte, um den sie ihren Arm legen wollte, aber diese Krücken waren ein echtes Folterinstrument. Bevor sie sich doch noch auf den Boden packte, erschien es ihr als das geringere Übel.

Ein lieblicher Duft von Himbeeren und Nadelbäumen wehte ihr mit einem Mal entgegen. Sie fragte sich, ob es Sabriel war, der so gut roch. Da sie ihm noch nie näher als zwei Schultische gekommen war, konnte sie ihm keinen eindeutigen Duft zuordnen, im Gegensatz zu den meisten Menschen, mit denen sie zu tun hatte und mit denen sie bereits nach kurzer Zeit einen bestimmten Geruch verband.

Herr Schwarz begleitete sie zusammen mit Sabella bis vor das Zimmer 207 und stellte Olivias Koffer ab. „Ich habe leider keine Zeit mehr, die Koffer reinzubringen. Kannst du das bitte übernehmen, Sabriel? Sabella, dich brauche ich noch in meinem Büro, meine Liebe, du musst mir bitte helfen, einige Bücher zu sortieren."

Genervt sah Sabella ihren Vater an, willigte aber ein. Sie warf ihrem Bruder einen bösen Blick zu, als wäre es allein seine Schuld, dass sie nun den Nachmittag damit verbringen musste, mit ihrem Vater Bücher zu sortieren. Zusammen verschwanden die beiden in Richtung Haupteingang, von dem die Treppen zu den Lehrerzimmern abgingen.

„Meine Schlüssel sind in meiner Tasche." Olivia nahm ihren Arm von Sabriels Schultern und wollte in ihrer kleinen rosa Handtasche wühlen, die ihr um die Schulter hing.

„Die dürftest du in diesem kleinen Täschchen ja schnell finden." Sabriels Stimme klang amüsiert, als er ihr dabei zusah, wie sie sich abmühte.

„Wenn du wüsstest, wie es darin aussieht, würdest du das nicht mehr sagen", murmelte Olivia, die Schwierigkeiten hatte, auf einem Bein und mit den Händen in ihrer Tasche das Gleichgewicht zu halten.

„Hier! Aber, o nein, diese verdammten–"

Olivia hatte den Schlüssel zwar gefunden, jedoch hatte sich der Henkel ihrer Tasche in ihrer Krücke verheddert, was ihre Balance beeinträchtigte und sie beinahe zu Boden fallen ließ. Wäre da nicht erneut Sabriel gewesen.

Sanft schob er seinen Arm unter ihre Taille und bewahrte sie vor einem Sturz. Wieder wehte ihr dieser fruchtige Waldduft entgegen. Jetzt war sie sich sicher: Es war definitiv Sabriels Duft.

Sie fand sich in seinem festen Griff und eng gegen seinen Oberkörper gedrückt wieder. Sein markantes, schlankes Gesicht war nur wenige Zentimeter von ihrem entfernt, seine sturmgrauen Augen fixierten die ihren. Sabriel hatte wunderschöne, porzellangleiche Haut. Seine hellblonden Haare ließen ihn zusammen mit seiner hellen Haut recht blass wirken, doch seine dunkelgrauen Augen, die von ebenso dunklen Wimpern eingerahmt wurden und sich kontrastreich von seinem cremefarbenen Teint abhoben, verliehen ihm einen unbestreitbaren Charme, der ihr so zuvor noch nie aufgefallen war.

Gedankenverloren biss sie sich auf die Unterlippe. Sabriels Augen glitten zu ihren Lippen hinunter. Ihre Wangen wurden heiß und Panik stieg in ihr auf. Er würde doch nicht ...

Sie räusperte sich. Ungeschickt versuchte sie, sich aus seinem Griff zu befreien. Ein schelmisches Grinsen huschte über Sabriels Gesicht, als er Olivia losließ und sie sich nach einem gemurmelten Danke daran machte, die Tür aufzusperren.

„Welches Zimmer ist deins?", fragte er mit ihrem Koffer in der Hand.

Sie deutete auf das linke Zimmer neben dem Bad und er brachte ihren Koffer hinein, Olivia blieb noch im Gemeinschaftsraum.

„Soll ich dir beim Auspacken helfen?", fragte Sabriel zögerlich.

Meinte er das ernst? Als ob sie ihn ihre Klamotten anfassen lassen würde. Ihre Unterwäsche war immerhin in diesem Koffer.

„Nee, lass mal, das mache ich nachher mit Aiko und Lucy."

„Kann ich dir sonst noch bei irgendwas behilflich sein? Magst du ein Glas Wasser?"

Olivia wollte schnellstmöglich aus dieser peinlichen Situation herauskommen und schlug sein Angebot dankend aus. Im nächsten Moment knallte Aikos offene Zimmertür heftig ins Schloss. Olivias ganzer Körper gefror zu Eis. Sofort fühlte sie sich in die Nacht des Angriffs zurückversetzt. Kalte Angst stieg in ihr auf und in ihrer rechten Hand entflammte ein kleines Feuer.

„Verdammt!", fluchte sie und schüttelte schnell ihre Hand, um das Feuer zu löschen, wobei sie ihr Herz laut schlagen hörte.

„Das war nur der Windzug. Ich habe in deinem Zimmer das Fenster gekippt, um ein wenig frische Luft hereinzulassen." Sabriels Worte sollten Olivia beruhigen, doch der gewünschte Effekt blieb aus.

Sie nickte. „Ja, das weiß ich. Ich bin nur zurzeit ein wenig schreckhafter als sonst."

„Und tollpatschiger." Sabriel grinste süffisant.

Olivia sah ihn finster an. „Ich will dich mal sehen, wie du dich mit diesen Dingern anstellst." Sie deutete auf ihre Krücken.

„Vermutlich nicht besser als du, und zudem hätte ich nicht mal ein Paar starke männliche Arme, die mir beim Laufen helfen könnten."

Olivia schnaubte. „Sabella würde dir schon unter die starken männlichen Arme greifen."

„Sabella wäre wahrscheinlich der Grund, weshalb ich Krücken bräuchte. Erst mal ein Messer ins Knie, damit sie auch ganz sicher die Beste in was auch immer wird."

Olivia ließ sich auf die Couch fallen und sah Sabriel verwundert an. „So was traust du deiner Schwester zu?"

„Du kennst sie doch, traust du ihr das etwa nicht zu?", fragte er verdutzt.

„Doch, voll und ganz, aber du bist ihr Bruder …"

„Glaub mir, aus diesem Grund würde sie es sogar noch lieber machen."

Sabriels trockene Art brachte Olivia zum Schmunzeln. Es machte den Anschein, als wäre er mit seiner Schwester doch nicht so dicke, wie es immer aussah.

„Wenn du nichts mehr brauchst, geh ich wieder. Wir sehen uns morgen im Unterricht."

Sabriel wandte sich ab, um den Raum zu verlassen. In Olivia stieg ein beklemmendes Gefühl auf. Seit dem Angriff war sie nicht mehr allein gewesen. Selbst, wenn ihre Oma das Haus zum Einkaufen verlassen hatte, waren da die Wachen des Komitees und natürlich ihr Kater Charly gewesen, die ihr eine gewisse Sicherheit gegeben hatten. Der Gedanke, nun mutterseelenallein und mit diesen verflixten Krücken vollkommen hilflos hier auf der Couch zu sitzen, bereitete ihr Unbehagen …

„Sabriel?"

Mit der Hand am Türknauf blieb er stehen und drehte sich

zu ihr um. „Ja?"

„Magst du vielleicht doch noch warten, bis Aiko und Lucy da sind? Sie müssten eigentlich jeden Moment kommen, aber ..." Olivia rieb sich verlegen ihren rechten Arm. „Ich würde mich einfach sicherer fühlen, wenn ich nicht allein sein muss. Ich weiß, das klingt sicher paranoid und wenn du etwas Anderes vorhast, da–"

Sie musste ihren Satz gar nicht beenden, da Sabriel direkt zurück ins Zimmer ging, zwei Gläser aus dem Regal mit Wasser füllte und sich neben sie aufs Sofa setzte.

„Kein Problem. Ich bin nicht sonderlich scharf darauf, meinem Vater dabei zu helfen, irgendwelche Bücher zu sortieren, das kann Sabella gern allein machen. Sozusagen ist es eine Win-win-Situation."

Er lächelte freundlich, als er ihr das Glas reichte.

In der Tat dauerte es noch zwei Stunden, bis Aiko und Lucy in Dahlow ankamen. In dieser Zeit unterhielt sich Olivia erstaunlicherweise gut mit Sabriel. Sie hatten anscheinend doch mehr gemeinsam, als sie es jemals für möglich gehalten hätte. Ohne seine Zicke von Schwester war er gar nicht so furchtbar. Über die ganze Zeit hinweg kam der Angriff nicht einmal zur Sprache, stattdessen unterhielten sie sich über ihr Weihnachtsfest, Geschenke, Schulstoff und ihre Klassenkameraden. Als Olivia amüsiert fragte, ob sie wenigstens zu Hause Ruhe vor dem Meditieren hätten, meinte Sabriel ernst, dass ihr Vater auf Familienmeditation morgens, mittags, abends und vor dem Schlafengehen bestehe, dass sie keinen Fernseher haben würden und den ganzen Tag Frequenzmusik liefe. Doch bei Olivias entsetztem Blick konnte er sich das Lachen nicht verkneifen und stellte klar, dass er sie nur veräppelt habe und sein Vater zu Hause nicht wirklich meditiere. Wenn, dann für sich allein.

„Und was ist bitte Frequenzmusik, oder war das auch nur ein Scherz?"

„Oh, frag das besser meinen Vater. Das kommt sicher auch noch im Unterricht dran. Musik, die auf unterschiedlichen Frequenzen, unterschiedliche Wehwehchen heilt, oder so ein Firlefanz."

Sabriel verdrehte die Augen. Seine Abneigung gegenüber Meditation und allem Drum und Dran machte ihn fast sympathisch. Als das Thema auf Weihnachtsgeschenke fiel, erzählte er ihr, dass die Familie Schwarz plane, sich im nächsten Sommer einen Hund zuzulegen. Er und seine Schwester hatten deshalb einige Hundeerziehungsratgeber zu Weihnachten bekommen. Da Sabriel darüber nicht wirklich erfreut zu sein schien, hakte Olivia nach. Sie erfuhr, dass er viel lieber eine Katze haben wollte, aber Sabella und sein Vater ihn überstimmt hatten, woraufhin Olivia ihm von ihrem Kater Charly erzählte und er sie wahrhaft beneidete. Nach einer Weile, in der sie sich wirklich gut miteinander amüsierten, blickte er sie ernst an.

„Ich muss mich bei dir entschuldigen."

„Wofür?"

„Dafür, dass ich zu Beginn des Schuljahres so ein Arsch zu dir gewesen bin. Wenn meine Schwester in der Nähe ist, dann ... Na ja, sie bringt irgendwie immer das Schlechte in mir heraus." Verlegen wandte er seinen Blick von Olivia ab und starrte an eine leere Stelle im Raum. „O Mann, das ist keine gute Entschuldigung, und ich sollte es nicht auf Sabella schieben. Es tut mir leid, ich war einfach ein riesengroßer Vollidiot."

Eine wahrhaftige Entschuldigung von Sabriel Schwarz. Olivia traute ihren Ohren kaum.

„Vergeben und vergessen."

Zur Untermalung ihrer Worte legte sie ihm liebevoll eine Hand auf die Schulter. Sie konnte die Wärme seiner Haut durch den dicken Stoff seines grauen Pullovers spüren. Ihre Geste brachte ihn dazu, seinen Blick wieder auf sie zu richten. Als ihre Augen sich trafen, spürte Olivia erneut, dass ihre Wangen heiß wurden. Da kamen ihr die Worte ihrer Großmutter in den Sinn: Waagen und Löwen passen hervorragend zusammen.

Rasch nahm sie ihre Hand von seiner Schulter und wandte ihren Blick ab. Sie wusste nicht, wieso, aber Sabriel machte sie irgendwie nervös. Die Art und Weise, wie er sie anblickte, die Tatsache, dass sie mit ihm allein in ihrem Zimmer war und sein verführerischer Duft lösten Gefühle in ihr aus, die sie zuvor nur für einen bestimmten Jungen empfunden hatte.

Als ob Sabriel ihre Gedanken lesen konnte, unterbrach er die peinliche Stille. „Was ist eigentlich mit dir und Darragh? Ihr wart am Anfang des Schuljahres doch so dicke und nun seh ich euch gar nicht mehr zusammen."

„Frag das am besten ihn. Ich habe keine Ahnung, wieso er nicht mal mehr ein Wort mit mir wechselt, seit er eine Freundin hat."

„Das ist auch noch so ein Ding! Wo kommt denn dieses Mädel her, dass er auf einmal datet? Sabella und ich, ach, eigentlich alle in unserer Klasse, waren fest davon überzeugt, dass Darragh auf dich steht und es nur eine Frage der Zeit wäre, bis ihr zusammenkommt. Dann diese Aktion zu Halloween und plötzlich füttert ihn ein unbekanntes Mädchen am Frühstückstisch mit Waffeln, als wäre es das Normalste der Welt."

Olivia schnaubte abfällig. Gut zu wissen, dass all ihre Klassenkameraden genauso überrascht über Darraghs Handlungen waren wie sie selbst. Doch hatte Sabriel noch etwas anderes gesagt, was ihr zu denken gab ... „Halloween?"

„Er kam am Nachmittag vor der Halloweenparty zu Sabella und bat sie um Hilfe bei seinem Kostüm. Die Hose seiner Rüstung passte ihm nicht und er wollte, dass sie mit ihrer Täuschungsmagie seine Jeans wie eine Rittershose aussehen lässt. Ich habe bis heute keine Ahnung, warum er unbedingt diese Rüstung tragen wollte."

Das war merkwürdig. Wieso sollte Darragh sich so viel Mühe mit einem so unbequemen Kostüm geben und dafür sogar Sabella Schwarz um Hilfe bitten? Schließlich konnte er sie auf den Tod nicht ausstehen. Zumindest glaubte Olivia das, aber mittlerweile musste sie davon ausgehen, dass sie keine Ahnung hatte, wen Darragh mochte und wen nicht. Ein unangenehm drückendes Gefühl breitete sich in ihrer Brust aus. Sie wollte nicht weiter über Darragh reden. Morgen hatte sie noch etwas mit ihm zu klären und dann musste sie sich früh genug mit ihm auseinandersetzen, also wollte sie das Thema wechseln.

„War es nicht super, dass es sogar geschneit hat zu Weihnachten? Das habe ich schon einige Jahre nicht mehr erlebt."

Sabriel verstand den Wink und erwähnte Darragh nicht mehr. Zu ihrer eigenen Verwunderung genoss Olivia die Unterhaltung mit Sabriel sehr und fragte sich kurz, ob sie ihn wirklich die ganze Zeit über falsch eingeschätzt hatte, oder ob sie sich bei ihrem Sturz auch den Kopf verletzt und nun eine veränderte Wahrnehmung hatte. Danach würde zumindest Aiko fragen, wenn sie ihr erzählte, dass sie sich gut mit Sabriel Schwarz unterhalten hatte.

Als Aiko und Lucy endlich im Zimmer 207 ankamen, verabschiedete sich Sabriel und ließ die Freundinnen allein. Olivia war unfassbar froh, die beiden wiederzusehen und hoffte, sie hatten ihr Spannendes aus ihren Ferien zu berichten. Lucy umarmte Olivia lang und fest und fragte mit besorgter Miene, wie es ihr gehe.

„Und die wohl wichtigere Frage: Was hat Sabriel Schwarz in unserem Zimmer gemacht?" Aiko sah drein, als hätte sie einen fiesen Geruch in der Nase.

„Herr Schwarz und die Zwillinge waren heute mein Empfangskomitee, weil Frau Roggenkamp verhindert war. Ihr könnt euch vorstellen, wie ich mich gefreut habe. Aber irgendjemand musste mir helfen, weil ich meinen Koffer mit den Dingern nicht allein tragen kann." Olivia deutete auf ihre Krücken. „Also war Sabriel so nett und hat mein Gepäck in mein Zimmer gebracht."

Aiko wusste sofort, dass es nur ein Teil der Wahrheit war. Sie musterte Olivia intensiv, bis sie einknickte.

„Okay, fein, ich habe ihn darum gebeten, dass er bleibt, bis ihr kommt, weil ich seit der Nacht des Angriffs nicht allein sein kann. Zufrieden?"

Aikos Miene wurde weicher und nun umarmte auch sie Olivia.

„Okay, ist ja gut. Wenn du mich nicht bald loslässt, bekomme ich noch das Gefühl, dass etwas wirklich Schlimmes passiert ist", sagte Olivia scherzhaft.

„Wer hat Lust auf Geschenke?", fragte Lucy und klatschte dabei freudig in ihre Hände.

Sie holte ein kleines Paket aus ihrem Rucksack hervor. Es war in blaues Papier gewickelt und mit silbernen Schneeflocken verziert. Auch Aiko holte ein Geschenk aus ihrer Tasche.

„O ja, Bescherung! Wartet, ich muss eure Präsente holen." Olivia humpelte mit ihren Krücken in ihr Zimmer, aus dem sie mit zwei liebevoll in rosa Folie eingepackten Schachteln wieder herauskam.

„Warum überrascht mich die Wahl des Geschenkpapiers nicht?", fragte Aiko, als sie ihr Mitbringsel entgegennahm.

„Das pechschwarze mit Fledermäusen drauf war leider überall vergriffen. Ist wohl dieses Weihnachten besonders gefragt." Lucy prustete bei Olivias Antwort und sie wandte sich zu ihr. „Meine Oma hat auch eine riesige Dose Kekse eingepackt, die musst du dir aber selbst aus meinem Zimmer holen, die konnte ich nicht mehr tragen."

Lucy bekam bei diesen Worten große Augen, sprang direkt auf und rannte in Olivias Zimmer, um kurz darauf mit der weihnachtlichen Keksdose in den Händen, die größer war als ihr Kopf, und einem Keks im Mund zurück in den Wohnbereich zu kommen.

„Hey, iss nicht alle allein auf!" Aiko schnappte sich ebenfalls ein Plätzchen.

„Aw, danke schön, Lucy, das ist wirklich hübsch!"

Olivia hatte das Geschenk von Lucy geöffnet und bewunderte eine Schneekugel mit einer rosa Ballerina darin. Das

Präsent von Aiko war klein und länglich und für die kompakte Größe schwerer, als Olivia erwartet hätte. Als sie es auspackte, erkannte sie ein Klappmesser. Der Griff und die Klinge wirkten sehr edel und gut verarbeitet, doch das besondere war die Farbe: Das Metall des Messers schimmerte bunt in allen Farben des Regenbogens.

„Danke schön", sagte Olivia zögerlich.

„Ich hatte zuerst einen Thermobecher mit einer Meerjungfrauenkatze und so Glitzerzeugs drauf, aber nach dem Angriff habe ich das Geschenk in etwas Nützliches umgetauscht und extra darauf geachtet, dass es trotzdem schön aussieht, damit du es auch wirklich benutzt", erklärte Aiko.

Olivia lachte. „Schade, ein Thermobecher klingt wirklich cool, vor allem mit Glitzer und einer Meerjungfrauenkatze."

„Versuch, bis zum nächsten Weihnachten nicht mehr in Gefahr zu geraten, und er gehört dir", sagte Aiko mit einem Zwinkern.

„Aber Spaß beiseite, das Messer ist wirklich genial. Hätte ich es zu Weihnachten bei mir gehabt, hätte ich gegen die Obscurati nicht so alt ausgesehen. Das ist ab jetzt das absolut Wichtigste, egal, wohin ich gehe!"

Olivia hob ihre Hand zur Brust. So wie es die Zeugen in amerikanischen Gerichtssendungen taten, wenn sie einen Eid ablegen mussten. Sie hatte schon selbst überlegt, sich eine Waffe zuzulegen, die sie immer bei sich tragen konnte. Olivia hoffte inständig, dass sie nicht noch einmal in eine solche Situation geraten würde. Aber wenn es sich nicht vermeiden ließ, war sie jetzt immerhin vorbereitet.

„Jetzt macht schon eure Geschenke auf!"

Olivia hatte für Aiko, Lucy und sich selbst jeweils einen Stimmungsring besorgt.

„Ich war vor Weihnachten in so einem Schmuckgeschäft, von dem meine Oma meinte, dass die Besitzerin ein Stellari sei, die ihren Schmuck mit verschiedenen Zaubern belegt. Diese Ringe funktionieren also wirklich und spiegeln eure Stimmung wider, nicht so wie diese billigen Dinger aus den Neunzigern, die einfach nur auf Wärme und Kälte reagiert haben. So können wir keine Gefühle mehr voreinander verheimlichen."

Bei dem letzten Satz blickte sie vor allem Aiko an, die amüsiert die Augen verdrehte.

„Die funktionieren also so ähnlich wie Darraghs Auramagie", stellte Lucy fest und bemerkte kurz darauf, was sie gesagt hatte. „Oh, ich meine, wie Auramagie. Nur Auramagie. Nicht, dass irgendwer, den wir kennen, Auramagie besitzt und selbst, wenn wir jemanden kennen würden, der das kann, dann ist der für uns gestorben und wir wollen nichts, was uns an ihn erinnert."

Lucy lief feuerrot an und ihre Worte überschlugen sich wie wild. Olivia und Aiko tauschten amüsierte Blicke und verfielen in schallendes Gelächter.

Sie prusteten so sehr, dass Olivia sogar vor lauter Lachen eine Träne über die Wange rollte. Es war nicht unbedingt Lucys ungeschickter Versuch, von Darraghs Namen abzulenken, sondern eher die allgemeine Situation, die Olivia so zum Lachen brachte. Sie hatte die Mädels so sehr vermisst in den letzten Tagen, dass sie einfach nur überglücklich war, jetzt mit ihnen hier zu sitzen, Kekse zu futtern und Scherze zu machen. Die Ähnlichkeit zu Darraghs Auramagie war Olivia bereits im Schmuckladen aufgefallen, doch fand sie die Ringe so besonders, dass sie sie trotzdem gekauft hatte. Oder vielleicht gerade deswegen?

„Lucy, es ist schon okay. Du kannst Darraghs Namen ruhig vor mir erwähnen", sagte Olivia, als sie sich ein wenig beruhigt hatte.

Lucy studierte gerade die Farbtabelle, die der Ringschatulle beilag. „Laut deinem Ring gefällt dir das aber gar nicht, denn er zeigt mir gerade, dass du aufgewühlt oder genervt bist."

Olivia blickte auf ihren goldverzierten Ring mit dem großen ovalen Stein in der Mitte, dessen Farbe orange aufleuchtete.

„Na, bereust du dein Geschenk schon?", fragte Aiko amüsiert, die sich ihren silbernen, schlichten Ring mit dem dreieckigen Stein an den Finger steckte und sich einen Keks von Olivias Großmutter genehmigte.

„Also, ich finde ihn klasse", sagte Lucy mit einem Mund voller Kekskrümel. Sie musterte ihren rosegoldenen Ring mit dem herzförmigen Stein.

„Jetzt erzählt mir mal etwas Fröhliches, wie war euer Skiurlaub?"

„Aiko hat jemanden kennengelernt. Einen Nubiqui. Sie heißt Loretta und lebt in der Schweiz. Du hättest mal sehen müssen, wie Aiko sie angehimmelt hat. Da ist die sonst so harte Fassade ganz schnell gebröckelt", stichelte Lucy.

Aiko wirkte eher verlegen als genervt. „Ach, hör doch auf!"

„Du stehst auf Mädchen?", fragte Olivia überrascht, nun selbst mit einem Keks zwischen den Zähnen.

„Sowohl als auch." Beiläufig zuckte Aiko mit den Schultern.

„Ich wäre so gern bei eurem Urlaub dabei gewesen." Olivia war ein wenig neidisch. Nicht nur, weil sie alles dafür gegeben hätte, Aiko mit Herzen in den Augen zu sehen, sondern, weil es sicher Spaß gemacht hätte, mit den beiden außerhalb der Akademiemauern Zeit zu verbringen. Und nicht ganz zuletzt deshalb, weil sie dadurch den Angriff hätte umgehen können. Um sich von den Erinnerungen abzulenken, griff sie zu ihrem Wasserglas und spülte die letzten Keksrümel hinunter.

„Kein Problem, ich habe Fotos und sogar Videos. Sicher wolltest du schon immer mal sehen, wie Aiko betrunken drauf ist!" Lucy holte ihr Smartphone raus.

„Verschone uns, das will keiner sehen!", grummelte Aiko.

Olivias Augen weiteten sich und sie verschluckte sich beinahe an ihrem Wasser. „Und ob ich das sehen will!"

Sie lachten und quatschten stundenlang. Das Abendessen ließen sie aufgrund der unzähligen Kekse ausfallen und vor dem Schlafen gönnten sie sich noch eine Tasse heiße Schokolade. Genau die Ablenkung, die sich Olivia erhofft hatte, und zum ersten Mal seit langem träumte sie nicht von dem Angriff, sondern von einem harmlosen Skiurlaub. Zumindest begann der Traum harmlos, im Schnee, wie sie lachend mit Lucy und Aiko die Pisten hinuntersauste. Irgendwann verwandelte sich die Stimmung im Traum und sie saß in einem schicken Abendkleid mit einem Glas Rotwein und Sabriel Schwarz bei Kerzenlicht in einer Skihütte vor dem Kamin …

Olivia starrte an die Decke ihres Zimmers und lauschte gespannt darauf, wann ihr Wecker endlich klingeln würde. Die Nacht war zwar nicht von Alpträumen und Erinnerungen an den Abend des Angriffs geprägt gewesen, doch ein romantischer Traum mit Sabriel zählte vielleicht doch zur Kategorie der Alpträume.

Plötzlich packte sie die Einsamkeit. Ihre Gedanken kreisten wieder um den Überfall der Obscurati, darum, was passiert wäre, wenn Joris nicht aufgetaucht wäre, und wie so oft auch darum, wieso er überhaupt an Ort und Stelle gewesen war. Ganz oben auf ihrer To-do-Liste für den heutigen Tag stand: Darragh zur Rede stellen. Sie würde nicht aufgeben, bis sie erfahren hatte, was dieses große Geheimnis sein sollte, von dem Joris gesprochen hatte. Wieso durfte sie nicht wissen, wie Darragh es geschafft hatte, Joris an den richtigen Ort zu schicken und ihr somit das Leben zu retten? Die einzig plausible Erklärung, die Olivia bis jetzt in den Sinn gekommen war: Darragh hatte mittels seiner seherischen Fähigkeiten eine Vision des Angriffs gehabt. Warum das aber ein Geheimnis bleiben sollte, konnte sie sich nicht erklären. Ohne ein Gespräch mit ihm konnte sie nicht wissen, was wirklich vor sich gegangen war.

Piep. Piep. Piep.

Endlich ertönte Olivias Wecker. Sie konnte ihren Gedanken entfliehen und in den Tag starten! Ein brandneuer Tag in Dahlow, der hoffentlich einige Antworten bereithielt.

Sie fragte sich, wie viele ihrer Mitschüler von dem Angriff gehört hatten, und hoffte, dass Frau Roggenkamp nichts im Unterricht erwähnen würde. Doch leider sollte sie davon nicht verschont bleiben. Noch vor ihrer Stunde „Einführung in deine magischen Kräfte" kamen vereinzelte Schüler auf sie zu und wollten sie ausfragen.

„Ich weiß nicht, was du meinst. Das Bein habe ich mir beim Skilaufen verletzt, ansonsten waren meine Ferien sehr unspektakulär."

Olivia flunkerte ein Mädchen aus dem dritten Jahr an, als es wissen wollte, wie sie im ersten Jahr dazu imstande gewesen war, zwei Obscurati zu besiegen. Olivia beugte sich über ihr Müsli und vermied Blickkontakt mit dem Mädchen, bis es endlich von ihrem Frühstückstisch verschwunden war. Als sie von ihrer Schüssel aufsah, merkte sie, dass einige Schüler im Speisesaal sie anstarrten und hinter vorgehaltener Hand tuschelten.

Olivia beschwerte sich leise bei Aiko und Lucy. „Ich komm mir vor wie eine Attraktion im Zoo. Woher wissen die denn alle davon?"

„Viele Eltern arbeiten für das Komitee. Sie werden entweder eine Unterhaltung belauscht haben, oder ihre Eltern wollten sie warnen und haben ihnen von dem Vorfall erzählt", erklärte Aiko.

„Super." Olivia presste ihre Lippen zusammen und rührte mit einem Löffel gedankenverloren in ihrem Kaffee.

Im Augenwinkel nahm sie einen schlaksigen Jungen wahr, der sich auf ihren Tisch zubewegte. Oh, bitte nicht schon wieder!

„Hey, Rarlim! Stimmt es, dass du an Weihnachten von den Obscurati angegriffen wurdest? Wie bist du entkommen? Ist es wahr, dass du einen davon mit bloßen Händen umgebracht hast, ohne Magie?"

Bevor Olivia auch nur ein Wort erwidern konnte, erklang eine Stimme hinter ihr. „Lass sie in Ruhe, oder ich bring dich mit bloßen Händen um! Siehst du nicht, dass sie keine Lust hat, deine Fragen zu beantworten?"

Als sie sich umblickte, entdeckte sie Sabriel, der zu ihrem Tisch gelaufen kam.

„Man wird ja wohl noch fragen dürfen", sagte der andere Junge angriffslustig.

„Nein, wird man nicht, und jetzt verpiss dich."

Sabriel ließ langsam Rauch aus seinen Händen aufsteigen. Der andere Junge verzog das Gesicht. Einen Moment lang dachte Olivia, er würde sich auf einen Kampf einlassen. Doch dann drehte er sich um und ging zurück zu einem Tisch mit drei Mädchen, die ihn gespannt erwarteten.

„Du musst nicht den Obermacker spielen. Mit neugierigen kleinen Nervensägen wie dem kommen wir schon selbst klar." Aiko blickte Sabriel böse an.

„Lass gut sein, Aiko", sagte Olivia zu ihrer Freundin und wandte sich zu Sabriel um. „Danke, das war wirklich nett von dir."

Er lächelte sie an.

„Nett? Olivia, er hätte den Typen verprügelt, wenn er sich drauf eingelassen hätte!", sagte Lucy.

Olivia zuckte mit den Schultern. „Immerhin wäre dann über etwas Anderes geredet worden als über mich und die Obscurati, die mich angegriffen haben."

Sabriel beugte sich herunter, um Olivias Schultasche aufzuheben. „Brauchst du Hilfe mit deinen Büchern?"

„Dafür hat sie uns!", zischte Aiko und schnappte Olivias Tasche unter Sabriels Fingern weg. „Du kannst abzischen und mit deiner merkwürdigen Schwester abhängen. Olivia braucht deine Hilfe nicht."

„Aiko!" Olivia wandte sich mit einem entschuldigenden Blick an Sabriel. „Sorry! Danke für dein Angebot, aber das schaff ich auch so."

Ein verständnisvolles Lächeln huschte über sein Gesicht und er zwinkerte ihr zu. „In Ordnung. Wenn du irgendwas brauchst, weißt du, wo du mich finden kannst", sagte er leise und verließ den Speisesaal.

Olivia wandte sich mit genervtem Blick an Aiko. „War das wirklich notwendig?"

„Olivia! Wir reden hier von Sabriel Schwarz. Der Typ ist ein arroganter, aufgeblasener Schnösel. So was hast du nicht nötig. Du hast uns! Bitte fall nicht auf diesen Kerl rein, nur, weil dir Darragh gerade keine Aufmerksamkeit schenkt."

„Aiko!", keuchte Lucy.

Der Schlag saß tief. Olivia spürte, wie die Hitze in ihre Wangen kroch und ihre Kehle sich zusammenzog. So dachte Aiko also über sie?

„Olivia, ich wollte nicht ... Das kam falsch rüber. Ich ... ich möchte nur nicht, dass ... Sabriel ist kein guter Kerl ... Ich wollte doch nur–"

Olivia wollte ihre Ausflüchte nicht hören. Aikos übliche Sticheleien war sie mittlerweile gewohnt, aber das war absolut nicht lustig gewesen. Sie konnte ihrer Freundin jetzt nicht in die Augen blicken, zu gekränkt war sie durch ihre Worte.

„Dein Ring sagt sehr wohl, dass du es ernst gemeint hast."

Olivia deutete auf Aikos Stimmungsring, der sich schwarz verfärbt hatte. Sie hing sich ohne ein weiteres Wort ihre Tasche um die Schulter und verließ auf ihre Krücken gestützt den Speisesaal.

Lucy lief hinter ihr her. „Olivia, jetzt warte doch! Aiko hat es nicht so gemeint, lass uns doch wenigstens helfen und deine Tasche mit in den Unterricht nehmen."

Olivia schüttelte den Kopf. „Ich ... ich möchte kurz ein bisschen alleine sein, okay? Wir sehen uns im Unterricht."

Sie zwang sich zu einem kurzen Lächeln, dann wandte sie sich von Lucy ab. Aiko sah sie also als naives kleines Ding, das auf den erstbesten Typen reinfiel, der ihr Aufmerksamkeit schenkte? Da hatte ihre Freundin ja ein tolles Bild von ihr.

Als Olivia an der Treppe zu den Klassenzimmern angekommen war und nach oben blickte, verfluchte sie diesen Morgen, nahm ihre Krücken in die rechte Hand und stützte sich mit der linken am Geländer ab. Wie froh sie darüber war, dass dieser Gips in zwei Wochen endlich runterkam!

„Olivia, warte!", rief eine bekannte Stimme von oben, als

sie die Hälfte der Stufen erklommen hatte. Es war Sabriel, der zu ihr kam, ihr die Tasche abnahm und ihren linken Arm um seine Schultern legte. „Ich dachte, deine zwei Beschützer würden dir helfen. Was machst du denn jetzt ganz allein hier?"

„Frag besser nicht", sagte sie leise. „Weißt du, ich kann dir nicht sagen, ob ich Krebse um ihre Fähigkeit der Telepathie beneiden soll oder nicht. Auf der einen Seite weiß man immer genau, was die Leute wirklich denken und muss keine Angst vor bösen Überraschungen haben, aber manchmal will man besser gar nicht wissen, was in den Köpfen der anderen vorgeht."

„Das sagt mein Vater auch oft. Manchmal wünscht er sich auch, die Fassade der Menschen zu sehen, und nicht das, was eigentlich in ihnen vorgeht."

Herr Schwarz war also Krebs. Irgendwie passte das zu seinem Unterrichtsfach, aber es beunruhigte Olivia auch. Musste sie besser aufpassen, was sie im Meditationsunterricht dachte? Wusste Herr Schwarz, dass Olivia ihn für affektiert und uncharmant hielt? Sie schluckte. Besser, sie dachte nicht so genau darüber nach, vor allem nicht bei der nächsten Meditationsstunde.

Im Klassenzimmer erblickte sie Darragh, der bereits auf seinem Platz saß und etwas in sein Notizheft kritzelte. Sie meinte, seinen Blick auf sich zu spüren, als Sabriel ihr zu ihrem Tisch half, doch als sie zu ihm sah, war er wieder in seine Kritzelei vertieft.

Mit angespanntem Rücken und zusammengepressten Lippen saß er an seinem Platz. Olivia bemerkte, dass er mitgenommen aussah. Seine Haare waren durcheinander, unter seinen Augen hingen tiefe Schatten und seine Haut wirkte fahl und ausgemergelt. So ähnlich hatte Olivia in den Tagen nach dem Angriff ohne Make-up ausgesehen, nachdem sie sich nächtelang in den Schlaf geweint hatte.

Was wohl der Grund war, dass er nach den Ferien so ausgelaugt aussah? Vielleicht hatte er sich die letzte Nacht mit seiner Freundin um die Ohren geschlagen und vor lauter

Wiedersehensfreude kein Auge zubekommen. Bei diesem Gedanken zog sich Olivias Magen unangenehm zusammen. Warum fühlte sie in seiner Nähe immer noch diesen Schmerz und diese Sehnsucht? Sie verzehrte sich trotz allem nach einem Gespräch mit ihm.

Darragh hatte Joris an diesem Abend zwar zu ihrer Rettung geschickt, doch war sie ihm anscheinend so egal, dass er nicht einmal gefragt hatte, wie es ihr ging. Und jetzt konnte er ihr nicht einmal in die Augen schauen? Nicht, dass sie es erwartet hatte, so, wie er sich vor den Ferien verhalten hatte. Trotzdem lag ihr die Tatsache, dass Darragh und sie keine Freunde mehr waren, wie ein Stein im Magen. Ein schwerer, schmerzhafter Stein. Und ein kleiner Teil in ihr hatte gehofft, dass sie sich nach den Geschehnissen in den Weihnachtsferien vielleicht wieder annähern würden. Stattdessen benahm sich Sabriel Schwarz, den sie kaum kannte, wie ein besserer Freund, als es Darragh wohl je wieder sein würde.

Aiko kam in den Klassenraum gestürzt und direkt auf Olivia zu. Mit entschuldigender Miene nahm sie vor ihrem Tisch Platz.

„Olivia, es tut mir wirklich leid. Ich wollte das so nicht sagen. Es war nicht so gemeint, wie es rüberkam. Wirklich nicht. Ich weiß nicht, woher diese Worte kamen, das musst du mir glauben."

Ein Streit mit Aiko war das Letzte, was sie gerade gebrauchen konnte und Olivia merkte, dass es ihr wirklich leidtat. Zwar schmerzten sie Aikos Worte immer noch, jedoch wollte sie nicht noch einen Freund verlieren.

„Ist schon gut, wirklich. Ich habe vielleicht auch ein bisschen überreagiert in dem Moment."

„Nein, hast du nicht. Es war wirklich ein furchtbarer Satz von mir und ich möchte, dass du weißt, dass das nicht das ist, was ich von dir denke."

Olivia lächelte. „Vergeben und vergessen." Dann senkte sie die Stimme, um sicherzugehen, dass nur Aiko sie hören konnte. „Und zu deiner Info: Sabriel ist wirklich nicht so schlimm, wie du denkst. Wenn seine Schwester nicht bei ihm ist, kann man sich echt gut mit ihm unterhalten."

Aiko blickte finster drein und öffnete den Mund, um etwas zu sagen, doch schloss sie ihn wieder und nickte stattdessen. Auch Aiko war der Frieden mit Olivia wichtiger, als ihre Meinung zu vertreten.

„Ich versuche, argwöhnisch gegenüber seiner neuerlichen Freundlichkeit zu sein, aber sei du bitte offen dafür, dass er eine nette Seite hat und mir ab und an mit Dingen hilft, die für mich mit diesem bescheuerten Gips einfach viel zu schwer sind. Sieh es einfach als Erleichterung für dich und Lucy. So müsst ihr mir nicht meine Sachen durch die Gegend tragen oder mich stützen."

Aiko atmete tief ein und verdrehte die Augen, sagte dann aber: „Okay, fein. Ich versuche es."

Da meldete sich Joris zu Wort, der während ihrer Unterhaltung den Klassenraum betreten und neben Olivia Platz genommen hatte. „Du weißt schon, dass ich dich auf einem Arm durch die Akademie tragen kann und auf dem anderen deine Sachen? Du musst dafür nicht auf die Hilfe von dem arroganten Schnösel zurückgreifen."

Aiko unterstützte Joris' Aussage. „Siehst du, arroganter Schnösel, meine Worte."

Nun verdrehte Olivia die Augen, grinste aber dabei. „Ich versteh schon, hier ist keiner Team Sabriel, ich werde mich der Mehrheit beugen und euch für die nächsten zwei Wochen zu meinen persönlichen Sklaven ernennen."

Frau Roggenkamp betrat das Zimmer mit noch strengerer Miene als sonst. Das dunkle Haar hatte sie wie üblich zu einem Dutt zusammengebunden und ihre Hornbrille hing an einer silbernen Kette von ihrem Hals. An ihrem Lehrerpult angekommen, drehte sie sich zur Klasse um und setzte ihre Brille auf die Nase.

„Guten Morgen und willkommen zurück. Ich hoffe, die meisten von Ihnen konnten Ihre Ferien genießen. Bevor wir heute mit dem Unterricht beginnen, möchte ich von einem Ereignis berichten, das sich über Weihnachten zugetragen hat und es wichtiger als je zuvor werden lässt, dass Sie Ihre Kräfte zu kontrollieren lernen."

O nein! Bitte nicht! Olivias Befürchtungen wurden wahr. Peinlich berührt rutschte sie auf ihrem Stuhl ein Stück nach unten.

„Die Obscurati, die Anhänger des mächtigsten dunklen Stellari aller Zeiten, bekannt als Schlangenträger, scheinen sich neu zu formieren. Wir hatten gehofft, dass wir nach dem Krieg vor siebzehn Jahren die meisten von ihnen gefangen genommen hatten. Einige von ihnen, das war uns bewusst, lebten weiterhin unerkannt unter uns. Wir hatten jedoch Hoffnung, dass die Zahl so gering wäre, dass sie nicht erneut eine Revolution wagen würden."

Ein tiefer Seufzer entfuhr der Schulleiterin.

„Doch wir haben uns getäuscht. Sie sind zurück und das Komitee für magische Ordnung glaubt, dass es nur eine Frage der Zeit ist, bis sie einen Versuch wagen werden, Schlangenträger aus seiner Gefangenschaft zu befreien."

Ein Raunen ging durch die Klasse. Frau Roggenkamp erhob ihre Stimme, um dagegen anzukommen und ihren Worten mehr Ausdruck zu verleihen.

„Wir können alle nur hoffen, dass der Versuch, sollte es so weit kommen, missglückt. Bis dahin jedoch müssen wir mit dem Schlimmsten rechnen und unsere Kräfte sammeln, um für einen neuen Krieg gewappnet zu sein."

Plötzlich herrschte eine eisige Stille im Klassenraum. Frau Roggenkamp hatte eine besondere Art, Angst und Schrecken zu streuen, sodass Olivia sich selbst hier nicht mehr sicher fühlte.

„Sie fragen sich nun bestimmt, wie ich darauf komme und von welchem Ereignis ich spreche. Einige von Ihnen haben wahrscheinlich bereits davon gehört, dass zwei Obscurati an Weihnachten einen Stellari attackiert haben."

Olivia schluckte und merkte, dass sie mittlerweile vor Nervosität eine Seite aus ihrem Notizbuch so klein gerissen hatte, dass gefühlt tausende Papierfetzen auf ihrem Tisch verteilt lagen.

„Das Opfer konnte entkommen und einen der Obscurati tödlich verletzen, der andere Angreifer ist jedoch geflohen und auf freiem Fuß."

Olivias Anspannung löste sich ein wenig. Die Art und Weise, wie Frau Roggenkamp Olivias Namen vermied, zeigte ihr, dass die Schulleiterin nicht verraten wollte, wer an diesem Abend angegriffen worden war – oder doch?

„Ich möchte, dass Sie wissen, dass Sie auf dem Akademiegelände sicher sind. Das Gelände kann nur von Schülern, Lehrern oder anderem Personal der Akademie betreten werden. Der magische Bann, der das Gelände umgibt und sich vom Eingangstor vor der Akademie bis weit in den Wald auf dem Hinterhof erstreckt, wurde vom Komitee überprüft und durch einige weitere Schutzzauber verstärkt."

Bjarki hob zögerlich die Hand und Frau Roggenkamp bat ihn, zu sprechen.

„Weiß man denn, warum die Obscurati den Stellari angegriffen haben? War das Zufall? Kann das jedem von uns außerhalb des Akademiegeländes passieren?"

Frau Roggenkamp sah zu Olivia, die nervös auf ihrer Unterlippe kaute. Sie wollte nicht, dass ihre Mitschüler sich unbehaglich fühlen oder Angst haben mussten, dass ihnen so etwas Schreckliches überall passieren könnte. Mit einem zögerlichen Nicken bedeutete sie der Schulleiterin, dass es in Ordnung war, wenn sie klarstellte, wer an diesem Abend angegriffen wurde und weshalb.

„Wir glauben, dass der Angriff kein Zufall war. Das Opfer wurde aus einem bestimmten Grund gewählt. Wie ich weiß, sind Sie alle mit der Prophezeiung vertraut … Wir denken, die Angreifer waren hinter Olivia – dem Rarlim der hiesigen Zeit – her, um die Prophezeiung zu erfüllen und sie für Schlangenträgers Befreiung einzusetzen."

Bei diesen Worten drehten sich fast alle Köpfe zu Olivia

um, nur Darragh hing weiterhin gespannt an den Lippen der Schulleiterin.

„Wie Sie alle wissen, steht in der Prophezeiung, dass es ein Rarlim sein wird, der Schlangenträger zu neuer Macht verhilft. Nun ja, da es bis jetzt immer nur einen Rarlim alle einhundertfünfzig Jahre auf der Erde gegeben hat, gehen die Obscurati davon aus, dass die Prophezeiung Olivia meint. Das Komitee vermutet stark, dass sie an diesem Abend nicht getötet, sondern entführt werden sollte, um bei Schlangenträgers Befreiung zu helfen. Das ist auch der Grund, warum sie seit diesem Tage unter besonderem Schutz steht."

Immer noch ruhten einige Augen auf Olivia. Bjarki und Helena schauten sie entsetzt und besorgt an, wohingegen Sabella sie mit einem Blick musterte, den Olivia nicht deuten konnte. War das Eifersucht, die in ihren Augen funkelte? Sie konnte wohl kaum eifersüchtig sein, dass Olivia wegen so eines schrecklichen Vorfalls nun all die Aufmerksamkeit bekam, die sie gern hätte. Liebend gern würde Olivia mit Sabella den Platz tauschen. Sollte sie sich doch mit den Obscurati rumschlagen und versuchen, dieser bescheuerten Prophezeiung zu entkommen.

„Also gut. Das sei nun gesagt. Jetzt konzentrieren wir uns mit voller Kraft auf den Unterricht. Ich hoffe, Sie haben in den Ferien alle geübt? Hat jemand mit seiner Elementarmagie ein neues Level erreicht?"

Alle Mitschüler schauten nun wieder nach vorn und lauschten Frau Roggenkamps Worten über die verschiedenen Level der Elementarmagie und wie sie ihre Kräfte am besten hochleveln konnten.

Olivias Ohren pfiffen, ihr ganzes Gesicht fühlte sich heiß an und sie bemerkte ein drückendes Gefühl in ihrer Brust. Ihr war übel und ihr Mund war trocken. Am liebsten wäre sie kurz an die frische Luft gegangen, aber mit den Krücken dauerte es ewig und sie würde erneut alle Blicke auf sich ziehen, wenn sie jetzt das Klassenzimmer verließ. Stattdessen beugte sie sich nach unten und holte ihre Wasserflasche aus ihrer Tasche.

Als sie sich aufsetzte und gerade zum Trinken ansetzen wollte, spürte sie im Augenwinkel, dass jemand sie ansah. Der Blick kam von der Tür des Klassenzimmers, neben der Darragh saß. Olivia schaute zu ihm und für einen kurzen Moment trafen sich ihre Blicke. Interpretierte sie es falsch oder sahen seine Augen traurig aus? Der Moment dauerte nicht lange genug, als dass Olivia den Ausdruck in Darraghs Augen genauer hätte ergründen können. So unverhofft, wie er gekommen war, war er wieder vorbei. Angestrengt versuchte sie, Darragh aus ihren Gedanken zu verbannen und sich wieder auf den Unterricht zu konzentrieren. Es reichte schon aus, dass er ihr in ihrer Freizeit nicht aus dem Kopf ging. Die Attacke zu Weihnachten hatte ihr gezeigt, dass sie noch einiges an Übung brauchte, um ihre Elementarmagie zu beherrschen. Ihr Fokus sollte sich jetzt auf die Entwicklung ihrer Kräfte richten.

Am Nachmittag stand Olivia vor Zimmer 413 und klopfte an die Tür. Dabei schlug ihr Herz so schnell, dass sie befürchtete, es würde ihr gleich aus der Brust springen.

Joris erschien im Türrahmen. „Oh, hey, Olivia. Wie kann ich dir behilflich sein?"

„Ich würde gern mit Darragh sprechen. Ist er da?"

Joris zog verwundert die Augenbrauen nach oben. „Ja, er ist in seinem Zimmer. Möchtest du reinkommen?"

„Ist er allein?", fragte Olivia kleinlaut. Ungern wollte sie ihn mit seiner Freundin überraschen.

Joris nickte. „Komm rein, ich sag ihm, dass du da bist."

„Dann sag ihm aber auch, dass ich mich nicht abwimmeln lasse, auch wenn er nicht mit mir sprechen möchte."

„Verstanden, wird gemacht."

Olivia betrat hinter Joris herschlurfend den Gemeinschaftsraum.

„Darragh, Olivia ist hier. Sie möchte mit dir reden!" Joris hämmerte unsanft gegen Darraghs geschlossene Zimmertür.

„Ich kann jetzt nicht", ertönte Darraghs Stimme dahinter.

„Sie sagte, sie geht nicht weg, bis du mit ihr gesprochen hast, und sie klang sehr überzeugend."

Aus dem Zimmer kamen polternde Geräusche und nach einer kurzen Weile öffnete Darragh.

„Was?"

Die Schatten unter seinen Augen traten nur noch mehr hervor, bei dem genervten Blick, den er ihr in diesem Moment zuwarf. Er vermied den direkten Augenkontakt mit ihr, stattdessen fixierte er einen Punkt knapp neben ihrem Gesicht. Seine Haare und sein Gesicht waren mit verschieden farbigen Sprenkeln versehen. Vermutlich saß er gerade an einem seiner Kunstwerke.

„Kann ich bitte reinkommen? Ich möchte mit dir unter vier Augen reden." Olivias Stimme zitterte.

„Das passt mir gerade nicht. Sag mir doch einfach, was du zu sagen hast", erwiderte Darragh kühl.

„Gut, kein Thema. Ich bleib einfach stehen. Ist auch viel bequemer mit diesem Gips, weißt du. Sitzen wird eh überbewertet."

Darragh musterte sie kurz, öffnete dann doch seine Zimmertür und bedeutete ihr mit einer Geste, dass sie eintreten konnte.

„Oh, welch Ehre." Sie ging mit einem flauen Gefühl im Magen hinein.

Darraghs Zimmer war ein kreatives Chaos. Sein Bett war zwar gemacht, aber der Schreibtisch war übersät mit Stiften und Farbtuben, auf dem Boden um ihn herum häuften sich zerknüllte Blätter Papier. Zwischen dem Geruch von Farbe und Pergament konnte Olivia seinen markanten Lavendel-Minz-Duft wahrnehmen.

Unweigerlich zog sich Olivias Herz zusammen. Es war keine gute Idee gewesen, Darragh in seinem Zimmer aufzusuchen. Alles hier fühlte sich so vertraut an und erinnerte sie an die

Zeit, in der er noch ihr Freund gewesen war. Aber da er sie überall ignorierte, war dies der einzige Ort, an dem sie ihn zur Rede stellen konnte. Mit klopfendem Herzen setzte sie sich auf die äußerste Kante seines Bettes, um nicht zu viel zu berühren. Sie fasste sich ein Herz und atmete tief ein.

„Joris hat gemeint, wenn ich wissen will, wie es zu dem glücklichen Zufall kam, dass er mich am zweiten Weihnachtsfeiertag vor den Obscurati gerettet hat, muss ich dich fragen." Sie pausierte und blickte in Darraghs Richtung, der sie nicht ansah. „Er hat gesagt, er hätte dir versprochen, dass er mir nichts erzählt. Du lässt mir also keine andere Wahl, als dich damit zu konfrontieren." Keine Antwort. Mit Nachdruck versuchte sie, endlich eine Reaktion bei Darragh zu erzeugen. „Sag mir doch bitte einfach, wie Joris zum richtigen Zeitpunkt an den richtigen Ort gekommen ist?"

Darragh stand mittlerweile mit dem Rücken zu ihr und starrte aus seinem Fenster auf den Hinterhof der Akademie.

„Er ist teleportiert", sagte Darragh trocken.

„Das Wie ist mir schon klar. Ich frage dich, woher er wusste, dass er zu mir teleportieren und einen Bogen mitbringen musste."

Darragh schwieg.

„Okay, so kommen wir nicht weiter." Olivia fuhr sich verzweifelt mit beiden Händen über ihr Gesicht. „Hattest du eine Vision von dem Angriff? Du hast seherische Fähigkeiten, das ist ja kein Geheimnis. Ich weiß doch, dass du vom Aszendenten her Steinbock bist."

Darragh drehte sich zu ihr um und für einen Moment huschte derselbe traurige Blick wie heute im Unterricht über sein Gesicht. In der nächsten Sekunde nahm es wieder den gleichgültigen Ausdruck an, den er ihr gegenüber in letzter Zeit immer zur Schau stellte. Wow. Er machte mit diesem Blick sogar Aiko Konkurrenz. Was war sein Problem? Was hatte sie ihm getan, dass er ihr nicht wenigstens eine normale Antwort geben konnte? Womit hatte sie es verdient, dass er so abweisend zu ihr war?

„Gut erraten, Sherlock. Ich wollte einfach nicht, dass du weißt, dass ich eine Vision von dir hatte, damit du dir keine falschen Hoffnungen machst." Darraghs Stimme klang kalt und abweisend. Sein Blick war wieder auf den Hinterhof gerichtet, als er mit ihr sprach.

„Falsche Hoffnungen?!" Olivia fühlte sich, als hätte man ihr ins Gesicht geschlagen. „Ist das gerade dein Ernst? Du meinst, anstatt einfach dankbar zu sein, dass du eine Vision von dem schlimmsten Moment in meinem Leben hattest und auch noch so geistesgegenwertig warst und Joris zu meiner Rettung geschickt hast, würde ich das so interpretieren, dass du heimlich auf mich stehst und deshalb Visionen von mir hast?" Ihre Stimme bebte vor lauter Zorn.

„Na ja, man kann ja nie wissen." Darraghs Rücken wirkte angespannt. „Ihr Mädchen interpretiert offensichtliche Dinge meist falsch und ich wollte nicht, dass Amelie denkt, dass ich etwas für dich empfinde."

Olivia lachte trocken auf. Stand sie gerade vor demselben Darragh, den sie am Anfang des Schuljahres kennengelernt hatte? Seine kalte, abweisende Art ließ ihn unnahbar wirken. Es war kein Vergleich zu dem fröhlichen, witzigen und charmanten Jungen, den sie einst gekannt hatte.

„Keine Sorge, ich habe hier sicher nichts falsch interpretiert und mache mir auch keine Hoffnungen, weil du eine Vision von mir hattest." Sie schnappte ihre Krücken und erhob sich von seinem Bett. „Die letzten Wochen waren mehr als eindeutig und ich bin froh, dass ich jetzt den wahren Darragh kennenlernen durfte, bevor ich noch Amelies Schicksal erleide und mit dir als Freund ende."

Insgeheim hoffte sie, dass sie ihn mit ihren Worten verletzen würde. Ihn ein klein wenig verletzen konnte, sodass er zumindest einem Bruchteil ihres Schmerzes empfand. Sie humpelte Richtung Tür. Kurz, bevor sie sein Zimmer verließ, nahm sie noch einmal all ihren Mut zusammen und stellte ihm die Frage, die sie seit geraumer Zeit am meisten plagte.

Schließlich hatte sie absolut nichts zu verlieren.

„Kannst du mir eigentlich verraten, was vorgefallen ist, dass du von heute auf morgen so anders zu mir bist? Ich dachte, wir waren Freunde."

Darragh brauchte eine ganze Weile, bevor er reagierte. Schon fast hatte Olivia die Hoffnung aufgegeben, dass er überhaupt antworten würde.

„Manchmal merkst du erst, dass du mit der falschen Person Zeit verbracht hast, wenn die richtige Person in dein Leben tritt."

Olivia stand da wie eingefroren. Hätte er sich umgedreht und ihr mit bloßen Händen das Herz aus der Brust gerissen, hätte es sich in diesem Moment kein Stückchen anders angefühlt.

„Bitte schließe die Tür hinter dir", sagte er, nachdem Olivia einige Augenblicke stumm dagestanden hatte.

Wütend machte sie auf dem Absatz kehrt, verließ sein Zimmer und trat, auf ihre Krücken gestützt, mit ihrem gesunden Bein und voller Wucht gegen seine Tür, sodass sie mit einem ohrenbetäubenden Krach ins Schloss fiel.

„Hey, Kleine, lass die Einrichtung ganz", sagte Joris.

Fassungslos über das, was Darragh ihr gerade an den Kopf geworfen hatte, verließ sie das Zimmer 413, ohne Joris Beachtung zu schenken. Sie wollte nur noch eins: So schnell wie möglich aus diesem Alptraum entkommen. Doch als sie um die Ecke bog, außer Sicht- oder Hörweite von Darragh oder Joris, machte sie halt. Heiße Tränen liefen ihr übers Gesicht. Wutentbrannt warf sie ihre Krücken in die Ecke und sank schluchzend an einer kalten Wand zu Boden. Sie zog ihr gesundes Knie zu sich und legte ihren Kopf zwischen ihre Hände.

Was um alles in der Welt bildete sich Darragh eigentlich ein? Er wollte nicht, dass sie sich falsche Hoffnungen machte? Als ob sie sich noch irgendwelche Hoffnungen machen würde, nach allem, was zwischen ihnen vorgefallen war ... Wenn er nicht wollte, dass ein Mädchen, das er anscheinend nicht auf diese Art mochte, sich irgendetwas von ihm erhoffte, sollte er vielleicht nicht den großen Beschützer spielen oder es zur Halloweenparty einladen.

Doch noch tiefer saß der Schmerz über seinen letzten Satz. Sie war also die falsche Person für ihn? Nie hatte sie sich vorgestellt, dass Worte sie so verletzen könnten. Ihr Herz fühlte sich an, als wäre es in tausend kleine Scherben zertrümmert. Scharfe, spitze Scherben, die im Inneren gegen ihren Brustkorb drückten. Wie zu Stein erstarrt saß sie auf den kalten Fliesen und die Tränen liefen ihr unkontrollierbar über das Gesicht. Unfähig, einen klaren Gedanken zu fassen oder aufzustehen, blieb sie sitzen und ließ die Minuten an sich vorbeiziehen.

Plötzlich hörte sie Schritte. Verdammt. Jemand kam den Flur entlanggelaufen. Hastig versuchte sie, ihre Tränen wegzuwischen und aufzustehen, doch leider gelang es ihr nicht schnell genug.

„Olivia! Alles in Ordnung?"

Mit einem Blick in die Richtung, aus der die Stimme kam, erkannte sie Sabriel. Wieso war er in den letzten zwei Tagen immer zur Stelle, wenn Olivia Hilfe brauchte? Vorsichtig half er ihr auf die Beine und wischte ihr behutsam eine Träne von der Wange. Bei seiner sanften Berührung spürte sie, wie sich Gänsehaut auf ihrem ganzen Körper ausbreitete.

„Soll ich dich zurück zu deinem Zimmer bringen?"

Olivia schüttelte den Kopf. Lucy war mit Phileas unterwegs und Aiko wollte sie sich nach heute Morgen nicht anvertrauen.

„Willst du reden? Du kannst mit zu mir kommen und ich mach dir einen Tee."

Warum nicht? Sie nickte.

„Magst du darüber reden, was dich so traurig macht?", fragte er sie, als er den Wasserkocher aufsetzte und sie es sich auf der Couch im Zimmer 412 bequem machte.

„Nicht wirklich", gab Olivia zu. Was sollte sie ihm auch sagen? Von ihren Gefühlen für Darragh und davon, wie sehr er sie soeben verletzt hatte, wollte sie ihm nicht erzählen. So sehr vertraute sie Sabriel nun auch wieder nicht, dass sie direkt einen Seelenstriptease vor ihm hinlegen wollte. Vorsichtig stellte er eine dampfende Teetasse vor Olivia auf den Tisch und setzte sich dann zu ihr aufs Sofa.

„Wenn du nicht drüber reden willst, wollen wir dann vielleicht einen Film schauen zur Ablenkung? Vielleicht eine Komödie, das könnte dich aufmuntern?"

„Besser einen Horrorfilm oder irgendwas, wo am Ende alle sterben, Titanic oder so."

Sabriel schaute sie überrascht an.

„Dann sieht mein Leben weniger schlimm aus", sagte sie schulterzuckend.

Sabriel lachte. „Gut, dann am besten Titanic. Horror hast du in den letzten Tagen, glaube ich, genug erlebt."

„Oh, kann ich da etwa heraushören, dass du dich vor Horrorfilmen gruselst?" Sie wollte ihn ein wenig aufziehen, dabei musste sie ihm eigentlich zustimmen. Nach den Ereignissen der vergangenen Wochen brauchte sie keinen Film, der ihr neue Albträume bescherte.

„Ich soll mich vor Horrorfilmen gruseln? Vergiss es! Ich möchte nur nicht, dass du dich am Ende so gruselst, dass du nicht alleine einschlafen kannst."

Im selben Moment beugte er sich über sie, um nach der Fernbedienung für den Fernseher zu greifen. Dabei streifte sein schlanker Oberkörper ihre Schulter, der Duft von Himbeeren und verregneten Wäldern wehte ihr entgegen. Ein leichtes Kribbeln machte sich in ihrem Magen breit. Als er sich mit der Fernbedienung in der Hand zurück zu seinem Platz bewegen wollte, machte er auf halbem Weg halt. Sein markantes Gesicht ganz nah an ihrem eigenen. So nah, dass sie seinen Atem spüren konnte.

Plötzlich war Olivia unangenehm warm. Ihre Wangen glühten. Sabriels dunkle, sturmgraue Augen sahen sie eindringlich an und ein verstohlenes Lächeln erschien auf seinem Gesicht.

Leise sagte er: „Aber, wenn du unbedingt einen Horrorfilm schauen möchtest, kann ich dir nachts auch Gesellschaft leisten, wenn du dich zu sehr gruselst."

Olivia stieß ihn scherzhaft von sich weg. „Überzeugt. Titanic also!"

Schmunzelnd machte sich Sabriel daran, den Film einzustellen, wobei sie bemerkte, dass sein Gesicht zartrosa geworden war. Tatsächlich bereute sie es schnell, dass sie sich ein so schnulziges Liebesdrama ausgesucht hatte, doch mit seinen sarkastischen Kommentaren zu jedem neuen Handlungsstrang, der sich auftat, machte Sabriel für Olivia eine Komödie daraus. Als die Titanic den Eisberg rammte und Olivia ihn für seinen schmutzigen Kommentar über das Rammen von etwas ganz anderem auf den Arm boxte, lehnte er sich nah zu ihr, strich ihr eine ihrer feuerroten Haarsträhnen hinters Ohr und flüsterte leise: „Wenn wir zusammen auf einem sinkenden Schiff wären, wüsste ich ganz genau, was ich tun würde, bevor wir untergehen."

Olivia schluckte. Ihr Herz schlug schnell und laut, so laut, dass Sabriel es ebenfalls hören musste, zumal er ihr mittlerweile so nah war, dass sie erkennen konnte, wie weich und rosig seine Lippen wirkten. Wollte er darauf hinaus, worauf Olivia dachte, dass er hinauswollte? Sie wusste nicht, wie sie das finden sollte.

„Und das wäre?", fragte sie zögerlich.

Mit der Hand in ihren Haaren näherte er sich ihr nun so weit, dass auch die letzten Millimeter zwischen ihnen verschwanden und sie seine Lippen auf ihren spürte. Er schmeckte süß, wie Himbeermarmelade, und sein Körper schmiegte sich angenehm warm an ihren. Der Kuss war sanft und zugleich leidenschaftlich. In Olivias Magen löste er ein kleines Feuerwerk aus.

„Das", sagte er, als er sich von ihrem Kuss löste und sie verschmitzt anlächelte.

Der Kuss mit Sabriel hatte sich schön angefühlt. Unfassbar schön. Träumerisch erwiderte sie sein Lächeln und beugte sich zu ihm vor, um ihn erneut zu küssen.

Die Titanic sank, der Abspann des Films lief und selbst, als weder Bild noch Musik aus dem Fernseher kamen, hatten die beiden noch nicht wieder Notiz von ihrer Außenwelt genommen.

Als Olivia am nächsten Morgen erwachte, brauchte sie einige Minuten, um in ihrem Kopf zu sortieren, was gestern wirklich alles passiert war und was davon sie geträumt hatte.

Die Erinnerungen an das Gespräch mit Darragh trafen sie erneut wie ein Faustschlag in den Magen. Das hätte sich gern als Traum herausstellen können. Der Gedanke an den Abend mit Sabriel entspannte ihren Bauch nur mäßig. Zwar musste sie lächeln, als sie sich an Sabriels weiche Lippen, seine zarten Berührungen und die Verbundenheit erinnerte. Jedoch plagte sie auch das schlechte Gewissen. Hatte sie seinen Kuss nur erwidert, weil er sie von den Gedanken an Darragh abgelenkt hatte? Konnte sie für ihn solche Gefühle entwickeln, wenn Darragh noch immer so präsent in ihren Gedanken war? War es Sabriel gegenüber fair oder war es ihr selbst gegenüber unfair, wenn sie Gefühle für Darragh in den Weg von etwas Echtem kommen ließ? Schließlich waren die Gefühle für Darragh nur in ihrem Kopf, und wie er ihr gestern unmissverständlich klargemacht hatte, wollte er nichts von ihr wissen. Vielleicht sollte sie also einfach sehen, worauf das mit Sabriel hinauslief …

Und plötzlich kam ihr ein Gedanke: Wie sollte sie Aiko davon erzählen? Konnte sie es ihr verschweigen? Geheimnisse führten nie zu etwas Gutem, sie musste wohl oder übel ehrlich zu ihr sein und hoffen, dass sie ihr nicht den Kopf abriss. Sie war ihre Freundin – sollte sie dann nicht wollen, dass sie glücklich war, auch wenn ihr Glück nun mal Sabriel Schwarz hieß?

„Hey, Langschläfer, hast du deinen Wecker nicht gehört?", rief Lucy vor Olivias Zimmertür.

„Doch, doch. Ich komm ja schon!" So schnell es mit dem

Gips möglich war, kroch sie aus dem Bett und gestellte sich zu Aiko und Lucy ins Bad.

„Na, du Nachteule, ich habe dich gestern ziemlich spät durch die Tür kommen hören. Das Gespräch mit Darragh verlief wohl gut?" Lucy zwinkerte ihr verheißungsvoll zu.

Olivia presste die Lippen aufeinander. „Die Unterhaltung mit Darragh war ein komplettes Desaster. Er hat mir deutlich zu verstehen gegeben, dass er nichts mehr mit mir zu tun haben möchte."

„Wie meinst du das? Was hat er denn gesagt? Hat er dir erzählt, was es mit dem Abend des Angriffs und dem großen Geheimnis auf sich hatte?", fragte Aiko, die gerade das letzte bisschen Zahnpasta ins Waschbecken spuckte.

Olivia erzählte den beiden von dem gestrigen Gespräch und was ihr Darragh an den Kopf geworfen hatte. Als sie sich ihre Zahnbürste in den Mund steckte, sah sie in zwei vollkommen entsetzte Gesichter.

„Das … das hat er nicht gesagt. Das hat er nicht so gemeint. Was stimmt denn nicht mit ihm?" Lucy konnte keinen klaren Gedanken fassen.

„Doch, das hat er so gemeint. Jedes einzelne Wort, schließlich hat er nicht lange um den heißen Brei herumgeredet und nicht einmal versucht, das Ganze freundlich zu formulieren. Aber das Beste kommt noch: Wütend wie ich war, habe ich ihn zur Rede gestellt, warum er mich seit Wochen ignoriert." Olivia spülte sich den Mund aus.

„Und was hat er gesagt?", drängte Lucy neugierig.

„Er meinte, man merkt, dass man seine Zeit mit der falschen Person verschwendet hat, wenn man endlich die richtige Person findet. Und in seinem Fall hat die richtige Person rosa Haare."

Olivia tuschte sich ihre Wimpern, mit dem festen Vorsatz, ihr Make-up heute nicht durch Tränen über irgendeinen Kerl verschmieren zu lassen. Lucy und Aiko beschimpften Darragh so ausgiebig, dass Olivia nicht zu Wort kam, solange sie sich schminkte. Solange sie sich anzog. Und solange sie ihre Schultasche packte. Erst, als sie zu dritt das Zimmer verließen, um zum Speisesaal zu gehen, holen die beiden Luft, sodass Olivia etwas sagen konnte.

„Können wir nun das Thema wechseln?" Sie wollte nicht mehr über Darragh oder das gestrige Gespräch reden.

„Aber wenn es so ein Reinfall war, warum bist du dann erst so spät nach Hause gekommen?", fragte Lucy.

Olivia merkte, dass sie rot wurde, und wünschte sich, sie hätte die beiden nicht unterbrochen. „Ähm ... ich war im Wald spazieren."

„Bis elf Uhr nachts?" Argwöhnisch blickte Lucy sie an.

„Ja, mit den Dingern hier läuft es sich nicht so schnell."

Olivia hob eine ihrer Krücken hoch. So viel zu ihrem Vorhaben, die Wahrheit zu sagen, weil aus Lügen nie etwas Positives hervorging.

„Bei minus zehn Grad und ohne Jacke?" Aiko zog die Augenbrauen hoch.

„Können wir bitte beim Frühstück darüber reden? Ich brauche einen Kaffee, und Aiko, du brauchst erst etwas im Magen, bevor ich dir das erzähle."

Olivia wusste, dass sie diese Neuigkeit lieber einer satten Aiko mitteilen sollte als einer hungrigen. Aiko blieb abrupt stehen und sah Olivia entsetzt an.

„Wenn es das ist, was ich denke, was du uns erzählen willst, dann will ich lieber nichts im Magen haben, weil es mir sonst direkt wieder hochkommt."

„Ich habe zwar keine Ahnung, worum es hier gerade geht, aber wir wollen doch nicht, dass der Tag so beginnt wie gestern, oder, Aiko?!" In Lucys Stimme schwang ein ermahnender Ton mit, als sie mit vorwurfsvollem Blick ihre Freundin ansah.

„Okay, ich beruhige mich. Du kannst uns gleich alles erzählen und ich versuche, gelassen zu bleiben. Aber ich kann nicht versprechen, dass ich glücklich sein werde."

Erleichterung breitete sich in Olivia aus. „Das erwarte ich auch nicht."

„Also, schieß los! Wo warst du gestern Abend?" Lucy ließ nicht locker und brachte das Thema sofort wieder auf den Tisch, nachdem es sich alle drei an ihrem gewohnten Fensterplatz bequem gemacht hatten.

„Aiko, möchtest du uns mitteilen, was du vermutest?"

Erwartungsvoll blickte Olivia ihre Freundin an, die sich gerade Kaffee in ihre Tasse goss. Sie war neugierig, ob Aiko wirklich richtiglag.

„Gern, und ich hoffe inständig, dass ich falsch liege. Bitte sag mir nicht, dass du bei Sabriel Schwarz warst." Aiko biss in ihr Buttercroissant.

„Also … Als ich gestern von Darragh weggestürmt bin, so gut ich mit diesem Gips eben stürmen kann, konnte ich schon bald nicht mehr laufen und hatte einen kleinen Nervenzusammenbruch, kurz vor der Eingangshalle. Sabriel hat mich gefunden und ich wollte nicht zurück zu euch und euch schon wieder die Ohren vollheulen mit dem ganzen Darragh-Drama. Also bin ich mit zu ihm und wir haben einen Film geschaut."

„Aber genau dafür sind wir doch da. Für Drama wegen Jungs, fürs Ohrenvollheulen und anschließend zum Aufmuntern." Lucys Stimme klang liebevoll.

„Da hat sie vollkommen recht. Du kannst damit immer zu uns kommen. Vor allem, wenn die Alternative Schwarz mit Nachnamen heißt", bestätigte Aiko.

„Ich weiß doch, aber irgendwie wollte ich nicht darüber reden. Und weil ich Sabriel damit schlecht die Ohren vollheulen konnte, kam er mir wie die perfekte Ablenkung vor."

„Und … konnte er dich ablenken?", wollte Lucy wissen.

„Mehr oder weniger, ja." Olivia merkte, wie ihr die Röte ins Gesicht stieg. „Er hat mich geküsst."

Lucys Mundwinkel verzogen sich zu einem breiten Grinsen. „Uh! Und, kann er gut küssen?"

„Lucy!", riefen Aiko und Olivia gleichzeitig. Olivia in einem beschämten und Aiko eher in einem genervten Ton.

„Was denn? Ihr habt mich auch alles Mögliche zu Phileas gefragt."

Mit hochrotem Kopf griff Olivia nach der Milchkanne. Bei den Erinnerungen an den Kuss mit Sabriel spürte sie ein Kribbeln in ihrem Bauch. Sie erwiderte Lucys Blick mit einem schwärmerischen Lächeln.

„Ja, ich würde mal meinen, er kann sehr gut küssen."

Lucys Augenbrauen zogen sich zusammen. „Du würdest meinen?"

„Ich habe jetzt nicht sonderlich viel Vergleichsmaterial."

Tausend Fragezeichen zeichneten sich auf Lucys Gesicht ab.

„Na ja, da war dieser Junge, Kevin, beim Flaschendrehen auf der Party zu meinem sechzehnten Geburtstag. Aber um ehrlich zu sein, hatte ich da schon ganz schön viel getrunken und kann mich nicht wirklich daran erinnern. Und danach hatte ich mehr damit zu tun, damit klarzukommen, dass ich magische Kräfte habe, als meine Zeit mit Jungs zu verbringen. Dann kam ich hier auf die Akademie, und seitdem wisst ihr ja über mein klägliches Liebesleben Bescheid."

Aiko zeigte sich unbeeindruckt von Olivias Erzählung zu ihren kaum vorhandenen Erfahrungen im Küssen. „Bist du verliebt in Sabriel?" Ihre Lippen verzogen sich angestrengt, als müsste sie ein Würgen unterdrücken.

„Ich habe absolut keine Ahnung. Ich weiß ja nicht mal, ob ich Sabriel geküsst habe, weil ich es wollte, oder nur, weil ich ... na ja ... ich Darragh vergessen wollte." Olivia stocherte in ihrem Haferbrei herum.

Aikos Gesichtszüge entspannten sich. „Gott sei Dank, sie ist noch nicht verloren!"

Lucy stieß Aiko ihren Ellenbogen in die Seite, verdrehte die Augen über die Reaktion ihrer Freundin und wandte sich dann wieder an Olivia. „Hat es gekribbelt, als er dich geküsst hat?"

Erneut rief sich Olivia den Moment in Erinnerung, als Sabriels weiche Lippen ihre berührt hatten. Sie konnte das Aroma von Himbeermarmelade immer noch an ihren Lippen schmecken. „Ein wenig."

Aiko stöhnte, was Lucy keiner Reaktion würdigte. „Also, ich bin dafür, dass du sehen solltest, wie es sich weiter anfühlt ... Was hast du zu verlieren?"

„Aber ich will nicht seine Gefühle verletzen, wenn ich am Ende merke, dass da doch nichts ist."

Aiko schnaubte. „Olivia, Sabriel Schwarz hat ganz sicher keine Gefühle, die du verletzen könntest. Mach dir lieber Sorgen, dass er dir nicht das Herz bricht."

„Wer bricht hier wem das Herz? Wen muss ich mir vorknöpfen?" Joris zog den Stuhl links von Olivia zur Seite, stellte sein Tablett ab und setzte sich mit einem breiten Grinsen neben sie.

„Sabriel Schwarz unserer Olivia." Aiko wartete erwartungsvoll auf Joris' Reaktion. Sie hoffte, in ihm einen Verbündeten in ihrer Tirade gegen Sabriel gefunden zu haben.

Verdutzt blickte Joris Olivia an und dann auf seine Uhr. „Wir haben uns vor vierzehn Stunden zum letzten Mal gesehen und da hattest du einen heftigen Streit mit Darragh. Wie zur Hölle kommt in der Zwischenzeit Sabriel zur Sprache und warum in aller Welt bricht er dir das Herz?"

Und so erzählte sie ihm alles. Auch Joris war der Meinung, dass Sabriel kein guter Einfluss für Olivia sei und das nur in einem erneuten Drama und mit noch mehr Herzschmerz enden könne. Wundervoll! Also hatten all ihre Freunde ihren Senf zu ihrem Liebesleben hinzugegeben. Jetzt musste sie nur noch in sich gehen und ihr eigenes Herz befragen, obwohl sie insgeheim schon wusste, welchen Namen es ihr unaufhaltsam entgegenschreien würde ...

Die nächsten Wochen verflogen wie ein Wimpernschlag. Olivias Gips wurde entfernt. Sie freute sich, dass sie nun wieder schneller von A nach B kam und dass sie langsam wieder mit dem Joggen beginnen konnte. Im Kampftraining musste sie noch einige Wochen aussetzen, was sie tatsächlich schade fand. Nach dem Angriff der Obscurati hatte sie sich vorgenommen, es ernster zu nehmen. Sie wollte nicht nur ihre Verteidigung ausbauen, sondern auch besser im Angriff werden. Bei einer erneuten Attacke konnte sie sich nicht darauf verlassen, dass ihr jemand zu Hilfe eilen würde. Sie musste lernen, sich selbst zu verteidigen.

In den anderen Unterrichtsfächern wurde sie stetig besser. Ihre Feuermagie hatte sie mittlerweile wieder mehr unter Kontrolle, auch wenn die Flammen, die sie zustande bekam, nicht überdimensional groß waren.

Bei ihrer Lichtmagie konnte sie sogar eine Erweiterung feststellen: Sie konnte Lichtstrahlen nun in verschiedenen Farben aufleuchten lassen – sie wusste zwar nicht, was genau ihr das brachte, aber es war eine Weiterentwicklung und irgendwie cool.

„Kräuter und ihre Wirkung" und „Basiswissen Edelsteine" waren mittlerweile Olivias beste Fächer. Hier musste sie kein Talent beweisen oder Fähigkeiten hervorbringen, hier konnte sie mit Wissen und Intuition überzeugen. Auch im Fach Meditation machte Olivia große Fortschritte und setzte sogar Edelsteine ein, wenn sie merkte, dass sie an einem bestimmten Chakra besonders arbeiten musste. Zu Herrn Schwarz' großer Überraschung, der sie dafür sogar lobte.

Im Waffentraining konzentrierte sich Olivia neben dem Bogen, der immer noch ihre Lieblingswaffe war, vermehrt auf Wurfsterne und kleine Messer. Schließlich musste sie ihre Nahkampftechniken aufbessern und so lernte sie, wie sie das Messer, das sie von Aiko bekommen hatte, effektiv einsetzen konnte. Einmal entflammte Olivia sogar alle sechs Zacken ihres Wurfsterns, als sie ihn auf eine Trainingspuppe warf. Der brennende Stern traf genau das Auge der Puppe.

An den Wochenenden telefonierte sie oft mit ihrer Großmutter. Sie und Arnold, der zu ihrem Schutz bei ihr zu Hause eingezogen war, unternahmen in ihrer Freizeit immer mehr zusammen. So hatte ihre Oma sogar ein Meeting ihres geliebten

Bridge-Clubs ausfallen lassen, um mit Arnold im Schwarzwald klettern zu gehen.

Immer öfter traf Olivia sich mit Sabriel, wenn sie nicht mit Lucy, Aiko oder Joris abhing. Den romantischen Teil ihrer Beziehung hatte sie jedoch schnell beendet, da sie unsicher war, ob ihre Gefühle für ihn stark genug waren. Zu Olivias Überraschung war eine Freundschaft für Sabriel in Ordnung und er wollte weiterhin Zeit mit ihr verbringen. Je öfter sie ihn sah, desto mehr bereute sie es, dass sie den romantischen Part beendet hatte. Sie fühlte sich von Mal zu Mal wohler bei ihm, konnte mit ihm lachen sowie Zeit und Raum um sich herum vergessen. Ab und an spürte sie, wie kleine Feuerwerke in ihrem Bauch explodierten, wenn sie an ihn dachte oder ihre Haut sich berührte. Es schien fast so, als würde sie doch mehr als nur Freundschaft für ihn empfinden.

So verging die Zeit, bis der letzte Schnee schmolz und die ersten Blumen blühten – der Frühling war in Dahlow eingekehrt.

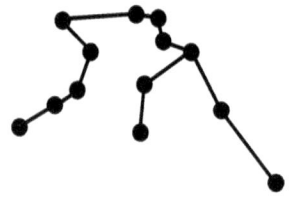

Kapitel 17

Enttarnt

Die Sonnenstrahlen fielen durch das offene Fenster, Darragh genoss das Gefühl der Wärme auf seiner Haut. Die Temperaturen waren für einen Tag Anfang März schon ziemlich hoch. Mit starrem Blick auf die Skizze vor ihm saß er an diesem Sonntag an seinem Schreibtisch. Er hatte den Vormittag über versucht, eine Katze zu zeichnen, die er heute Morgen auf der Schulmauer hatte sitzen sehen. Diese majestätischen Geschöpfe waren ein furchtbar schwieriges Motiv und es hatte ihn einige Versuche gekostet, die Eleganz und Grazie der Katze in seine Zeichnung zu übertragen. So langsam war er mit dem Ergebnis einigermaßen zufrieden.

Ein leises Klopfen ertönte an seiner Zimmertür. „Ich bin beschäftigt", rief er, in dem Glauben, dass es Joris war, der mit ihm sprechen wollte.

„Ich bin's!"

Nicht Joris' Stimme drang durch die verschlossene Tür, sondern eine Mädchenstimme, die er sofort erkannte. Mit einem Seufzen legte er seinen Bleistift nieder, stand auf und öffnete ihr.

„Was willst du, Amelie? Es ist Sonntag. Wir haben vereinbart, dass am Wochenende jeder für sich sein kann."

Amelie drückte sich an Darragh vorbei in sein Zimmer und setzte sich auf sein Bett. Er schloss die Tür hinter sich und setzte sich auf den Stuhl an seinem Schreibtisch, von wo aus er sie mit verschränkten Armen anschaute.

„Ich habe dir gesagt, dass wir nicht jedes Wochenende getrennt voneinander verbringen können. Die Leute werden misstrauisch."

Darragh atmete tief ein. „Und? Dann sollen sie doch misstrauisch werden. Meinst du nicht, dass wir unser Ziel inzwischen erreicht haben? Ron hat dir schon länger keine Avancen mehr gemacht und Olivia und ich haben seit Wochen, ja, sogar seit Monaten, nicht mehr miteinander gesprochen. Oder fast nicht."

„Was willst du damit sagen?"

„Ich will damit sagen, dass wir nicht mehr so tun müssen, als wären wir ein Paar. Wir haben beide bekommen, was wir wollten, und, um ehrlich zu sein, bin ich es leid."

„Oh, du machst also mit mir Schluss?"

Darragh schaute Amelie mit hochgezogenen Augenbrauen an. „Willst du es wirklich so nennen?"

Als er Amelie kennengelernt hatte, waren sie beide in einer verzweifelten Lage gewesen. Zu dieser Zeit klang eine vorgespielte Beziehung nach einem guten Plan, damit Olivia und Ron sie meiden würden. Es hatte wohl funktioniert, denn bisher waren Darraghs und Amelies furchteinflößende Visionen nicht eingetreten.

„Und deine Gefühle für Olivia sind verschwunden?"

Darragh gab ein spöttisches Schnauben von sich. „Nein. Sie geht mir immer noch nicht aus dem Kopf, aber diese gespielte Beziehung wird auch nichts daran ändern, Amelie. Im Gegenteil."

„Verstehe."

Ein verletzter Ausdruck erschien auf ihrem zarten Gesicht. Darragh stand auf und setzte sich neben sie aufs Bett.

„Warum willst du es denn noch weiter vorspielen? Und jetzt erzähl mir bitte nicht, dass du Gefühle für mich entwickelt hast. Ich weiß, dass du mich nur geküsst hast, wenn Ron oder

Olivia in der Nähe waren. Ansonsten haben wir uns nicht mal berührt."

Amelie schüttelte den Kopf. „Ach, Quatsch, ich sehe uns nur als Freunde. Ich habe einfach Angst, dass ich bei Ron wieder schwach werde. Ich habe immer noch Gefühle für ihn und will nicht verletzt werden."

„Vielleicht solltest du ihm oder deiner besten Freundin von deiner Vision erzählen. Vielleicht eliminierst du so auch die Chance, dass die Vision wahr wird."

Amelie schaute ihn vorwurfsvoll an. „Mir eine Medizin verschreiben, die du selbst nicht nehmen willst, hm?"

„Bei mir ist es anders. Wenn ich Olivia davon erzähle, dann muss ich ihr auch alles andere sagen. Und es wird nichts ändern, weil ich sie immer noch nicht berühren kann. Außerdem möchte ich sie damit nicht belasten. Ich habe gespürt, wie schwer es für sie war, damit klarzukommen, dass sie diesen Obscurati getötet hat. Ich will ihr nicht auch noch offenbaren, dass sie für meinen Tod verantwortlich sein wird."

Sie saßen eine Weile schweigend nebeneinander. Amelie brach schließlich die Stille.

„Also dann trennen sich hier unsere Wege, ja?"

Darragh nickte. „Ich glaube, das ist das Beste."

Amelie umarmte ihn kurz. Als sie aus der Tür war, ließ sich Darragh rücklings auf sein Bett fallen. Nun war es vorbei. Er mochte Amelie zwar und am Anfang hatten sie wirklich eine gute Zeit miteinander verbracht – als Freunde. Mittlerweile war es jedoch einfach nur noch anstrengend. Sie hatten sich nicht mehr viel zu erzählen, und Darragh vermisste immer mehr die Zeit mit Olivia und den Anderen.

Wie üblich verließ Darragh tagsüber sein Zimmer nicht, doch als es Abend wurde, die Sonne unterging und das Akademiegelände frei von anderen Schülern war, wollte er eine Runde spazieren gehen. Trotz des milden Wetters war die Luft am Abend rau und kühl, aber Darragh genoss die frische Brise, da sie seinen Kopf ein wenig von den schweren Gedanken befreite. Als er zurück ins Akademiegebäude ging, beschloss er, sich noch eine Kleinigkeit im Speisesaal zu holen und mit auf sein Zimmer zu nehmen. Es war zwei Minuten vor acht, er begegnete keinem einzigen Schüler und das Buffet wurde bereits abgeräumt. Darragh konnte noch ein Sandwich und einen Apfel ergattern.

Als er zurück in sein Zimmer gehen wollte, vernahm er Stimmen aus der Turnhalle. Wer war da wohl an einem Sonntagabend in der Turnhalle? Es klang nach einem hitzigen Gespräch. Darragh konnte seine Neugierde nicht zügeln und schlich sich vorsichtig näher heran, um einen Blick auf die Szene zu erhaschen. Er hörte eine weibliche Stimme, sie klang erzürnt.

„Das dauert mir alles zu lange. Solltest du sie mittlerweile nicht längst überredet haben?"

Die Stimme kam ihm bekannt vor, aber er konnte sie nicht ganz zuordnen. Eine männliche Stimme reagierte.

„Es ist nicht so leicht, wie du denkst! Ich kann sie nicht einfach aus dem Nichts davon überzeugen, dass Schlangenträger die richtigen Ansichten hat und sie uns helfen muss, ihn zu befreien, wenn all ihre Freunde ihr das Gegenteil erzählen. Ich muss das langsam angehen."

Schlangenträger, die richtigen Ansichten? Darragh versuchte, noch näher an die Turnhalle heranzukommen. Anscheinend unterhielten sich hier zwei Obscurati. Das konnte nicht sein!

„Wie langsam denn noch?", kreischte die weibliche Stimme. „Datet ihr nicht seit einigen Wochen? Meinst du nicht, dass sie dir mittlerweile vertraut?"

„Noch nicht genug, nein. Und wir daten nicht. Ich habe dir erzählt, dass sie nach unserem Kuss meinte, dass sie gerade keine romantische Beziehung mit mir möchte. Wir sind also wieder auf der Freundschaftsebene."

„Du hast anscheinend deinen Charme verloren, Bruderherz. Bis zum Ende des Schuljahres solltest du sie überzeugt haben. Du kennst den Plan. Wir haben nur noch drei Monate. Wenn sie bis dahin nicht kooperiert, erschwert uns das die ganze

Sache nur", sagte das Mädchen.

Bruderherz? Jetzt fiel es Darragh wie Schuppen von den Augen. Da unterhielten sich Sabella und Sabriel! Sabriel erhob erneut die Stimme.

„Ja, das weiß ich alles. Denkst du, mir macht diese Aufgabe Spaß?"

„Tatsächlich glaube ich das mittlerweile, ja. Du scheinst Gefallen daran gefunden zu haben, mit dem Rarlim abzuhängen. Hat sie dir vielleicht doch den Kopf verdreht?"

Er hatte es geahnt, hier ging es um Olivia. Hieß das … Hatte er richtig gehört? Olivia und Sabriel hatten sich geküsst? Sein Magen wand sich, als hauste ein oktopusartiges Monster darin. Er hatte absolut kein Recht darauf, eifersüchtig zu sein. Und doch stand er hier und musste sich zurückhalten, damit er nicht in die Turnhalle stürmte und Sabriel windelweich prügelte. Nicht einmal deswegen, weil er sie geküsst hatte. Aber dass er es anscheinend nur wegen eines bösen Plans tat, den er zusammen mit seiner Schwester ausgeheckt hatte, war unverzeihlich.

„Nun hör aber auf! Ich tue nur das, worauf wir uns geeinigt haben."

„Wir haben uns nicht darauf geeinigt, dass du dich in sie verliebst", stichelte Sabella.

Sabriel lachte trocken. „Ich soll in sie verliebt sein? Schwesterchen, ich bitte dich! Wenn überhaupt, ist *sie* kurz davor, sich in *mich* zu verlieben."

Darragh ballte seine Hände zu Fäusten. Das Monster in seinem Bauch schrie vor Wut. Wenn er diese kleine, dreckige Ratte in die Finger bekam … Es bereitete ihm Übelkeit, dass Sabriel so mit Olivias Gefühlen spielte.

„Deine Blicke sagen aber manchmal etwas ganz Anderes", entgegnete Sabella.

„Das nennt man gute Schauspielkünste, meine Liebe. Wenn du deinen Charakter nicht auf der Zunge tragen würdest, müsste ich nur halb so viel Überzeugungsarbeit leisten."

„Und die leistest du ziemlich intensiv. Ich habe dich in den letzten Wochen kaum zu Gesicht bekommen."

„Bist du etwa eifersüchtig?" Sabriel zog seine Schwester auf. „Hör zu, ich mach das wirklich nur für unseren Plan. Ich könnte mich niemals in so eine weinerliche, untalentierte Tussi vergucken. Wie sehr sie dieser Angriff an Weihnachten mitgenommen hat, ist wirklich erbärmlich. Genau wie ihre Kräfte. Ich sehe echt nicht, wie sie Schlangenträger zu neuer Macht verhelfen soll. Außer, dass er vielleicht ihre Tränen trinkt, um so irgendwie zurückzukehren, denn glaube mir, davon hat sie mehr als genug."

Sabella und Sabriel lachten gehässig. Darragh hatte genug gehört, er musste hier weg, sonst würde das Monster in seinem Bauch die Oberhand gewinnen und er könnte sich nicht mehr zügeln. Mit großen Schritten entfernte er sich von der Turnhalle. Er hatte immer geahnt, dass die Zwillinge nicht ganz koscher waren, schließlich waren ihre Auren äußerst unangenehm, aber dass die beiden zu Schlangenträgers Anhängern gehörten, hätte er ihnen nicht zugetraut. Nicht bei diesem Vater. Und als wäre das noch nicht genug, hatten sie einen Plan ausgeheckt, mit dem sie Olivia auf ihre Seite ziehen und somit die Prophezeiung erfüllen wollten.

Darragh bog nach links ab, als er oberhalb der Treppe angekommen war. Er sprintete fast den Flur entlang. Als er an seinem Ziel angekommen war, blieb er stehen und klopfte an die Tür von Zimmer 207. Olivia öffnete ihm lachend.

„Darragh?"

Ihr Lachen verstummte, als sie ihn sah. In einem kurzen Augenblick wich ihrem überraschten Blick unnahbare Kälte. Dass sie ihn mit so einer Abscheu in den sonst so sanften blauen Augen betrachtete, brach ihm das Herz. Das war seine eigene Schuld.

„Was willst du hier?"

„Ich ..." Mist. Er war planlos schnurstracks zu ihrem Zimmer marschiert. „Ich muss mit Aiko sprechen."

Er konnte ihr nicht selbst erzählen, was er gerade gehört hatte. Sie würde ihm nicht glauben, dafür hatte er sie zu sehr enttäuscht. Irritation breitete sich in Olivias Gesicht aus, doch sie zuckte nur mit den Schultern und rief nach Aiko, während sie Darragh die Tür mitten ins Gesicht knallte. Die Gleichgültigkeit mit der sie ihn behandelte, versetzte ihm ein scharfes Stechen in seiner Brust.

Einige Augenblicke später öffnete sich die Tür erneut. Er konnte die gleiche kurze Überraschung in Aikos Augen sehen, die zuvor in Olivias Gesicht aufgeblitzt war, doch auch bei ihr wich dieser Ausdruck schnell einer kalten, gleichgültigen Miene. Mit verschränkten Armen betrachtete sie ihn.

„Ich wüsste nicht, was wir zwei zu bereden haben."

„Es ist wirklich wichtig, sonst wäre ich nicht vorbeigekommen", sagte er eindringlich. „Kannst du bitte rauskommen und mit mir unter vier Augen reden?"

Misstrauisch blickte sie von Darragh zurück in das Zimmer hinter ihr, wo Lucy und Olivia auf der Couch lümmelten und einen Film schauten.

„Biiitte." Er zog das Wort in einem flehenden Tonfall in die Länge.

„Okay, du hast fünf Minuten. Aber wenn deine Geschichte nicht wirklich gut ist, verpass ich dir einen Tritt in den Hintern, sodass du in den nächsten Wochen nicht darauf sitzen kannst!" Sie wollte die Tür hinter sich schließen.

„Nimm bitte eine Jacke mit, ich kann es dir nicht hier im Flur erzählen, das ist nicht sicher", ergänzte er leise.

Aiko verdrehte die Augen, nahm aber ihre schwarze Lederjacke von der Garderobe und trat zu Darragh in den Flur. Schweigend gingen sie den Weg durch die Akademie, vorbei an all den Vitrinen, den Treppen und der Eingangshalle. Darragh sagte nichts, bis sie auf dem Hof vor dem Haupteingang standen.

„Was ist denn jetzt so wichtig und wieso musstest du mich dafür bis nach hier draußen schleppen?"

„Pass auf, ich weiß, in den letzten Monaten habe ich mich wie ein Arsch verhalten und ich verstehe, dass du mir nicht zuhören willst. Aber ich habe mich aus einem guten Grund so verhalten. Ich kann dir nicht erzählen, warum, aber darum geht es hier auch nicht. Ich habe heute eine Unterhaltung mitbekommen. Eine Unterhaltung zwischen Sabriel und Sabella."

Bei dem letzten Satz hatte er Aikos Aufmerksamkeit gewonnen. Er zog sie weiter in die Schatten des Akademiegebäudes, um sicherzugehen, dass sie nicht belauscht wurden.

„Die beiden haben sich in der Turnhalle unterhalten und ich konnte nicht anders, als zu lauschen. Sie sind auf Schlangenträgers Seite und wollen Olivias Vertrauen erschleichen, um die Prophezeiung zu erfüllen. Ihren Plan haben sie nicht bis ins kleinste Detail dargelegt, aber irgendwas soll am Ende des Schuljahres passieren."

Aiko schaute ihn einen Moment schweigend und mit verschränkten Armen misstrauisch an. Für den Bruchteil einer Sekunde wirkte es auf ihn, als würde sie abschätzen, ob sie ihm vertrauen sollte oder nicht. Schließlich verhärteten sich ihre Gesichtszüge.

„Oh, dieser kleine Bastard! Ich habe Olivia gesagt, dass sie ihm nicht trauen kann. Ich wusste, dass mit ihm etwas nicht stimmt." Aiko ging vor ihm auf und ab. „Wieso erzählst du das mir und nicht Olivia?"

„Du glaubst doch nicht, dass sie mir nach den letzten Wochen trauen würde, oder?"

„Vermutlich nicht, nein." Grüblerisch kaute sie auf ihrer Unterlippe herum. „Aber mir wird sie auch nicht glauben. Ich bin von Anfang an dagegen gewesen, dass sie sich mit ihm trifft. Es ist wahrscheinlich das Beste, wenn du Joris um Hilfe bittest, die beiden sind in letzter Zeit sehr eng."

„Joris will nichts mehr mit meinen Geheimnissen vor Olivia zu tun haben. Auf ihn können wir hierbei nicht zählen."

„Geheimnisse? Mehrzahl? Was verheimlichst du Olivia denn alles?"

Aikos Augen verengten sich zu schmalen Schlitzen. Darragh zog die Augenbrauen hoch.

„Wenn ich dir das sage, wäre es keine Geheimnisse mehr, oder?"

Aiko verzog das Gesicht. „Okay, ich hab's verstanden. Mir willst du es auch nicht erzählen. Dann kommen wir zurück zum aktuellen Geheimnis, das wir beide jetzt teilen." Sie pausierte kurz und musterte ihn eindringlich von oben bis unten. „Du weißt, dass es alles andere als gesund ist, wenn man so viele Geheimnisse hat, oder?"

„Erzähl mir was Neues, Aiko. Ich habe auch nicht darum gebeten, aber es ist besser für alle Beteiligten. Glaube mir."

„Ich wollte es nur gesagt haben. Du sahst nämlich schon mal fitter aus."

Darragh schürzte die Lippen. „Vielen Dank für den Hinweis. Ich weiß, dass ich zurzeit nicht aussehe wie das blühende Leben. Wenn mir das jeder unter die Nase reibt, ändert es auch nichts."

„Jeder?"

„Von Joris darf ich mir das auch ständig anhören", sagte Darragh gereizt. „Können wir jetzt bitte zurück zum eigentlichen Punkt kommen?"

„In Ordnung! Lass mal überlegen: Mit Joris nicht im Boot, dir und mir als ungeeignete Kandidaten, wer könnte uns helfen, damit Olivia von Sabriels Machenschaften erfährt?"

„Lucy?"

„Nein, bei Lucy können wir uns nicht sicher sein, dass sie Olivia nicht doch erzählt, woher die Information ursprünglich kommt. Sie ist absolut grauenhaft im Flunkern", sagte Aiko.

„Vielleicht sollten wir ihre Großmutter einweihen?"

„Ja, genau. Und wie soll sie Olivia sagen, dass Sabriel einer von den Bösen ist und sie nur ausnutzt? Sie kann schlecht eine Konversation zwischen ihm und irgendwem überhört haben und, soweit ich weiß, besitzt Rosalie keine seherischen Fähig– ICH HAB'S! Wir weihen Phileas ein! Er muss nicht mal vom Lauschen erzählen. Mit seinen mentalen Fähigkeiten kann er es einfach Sabriels Gedanken entnommen haben."

Phileas! Wieso war er nicht von selbst darauf gekommen?

„Okay, ich rede mit ihm, wenn ich gleich zurück in meinem Zimmer bin."

„Und ich gebe meinem Vater Bescheid, damit er weiß, dass es einen Plan gibt, der die Schwarz-Familie involviert", sagte Aiko.

„Gute Idee. Ich glaube nicht, dass Herr Schwarz selbst involviert ist, aber definitiv die Zwillinge."

Darragh wollte gerade zurück zum Haupteingang gehen, als Aiko ihn aufhielt. „Was sag ich Olivia, wenn sie fragt, was du mit mir besprochen hast?"

Er überlegte einen Augenblick. Es musste etwas Überzeugendes und doch Unverfängliches sein.

„Lucy hat doch bald Geburtstag, oder? Sag ihr einfach, dass ich dich rauslocken sollte, damit Phileas mit dir eine Überraschung für Lucys Geburtstag besprechen konnte."

„Du weißt schon, dass das einen riesigen Rattenschwanz mit sich zieht und wir dann wirklich eine Überraschung für Lucys Geburtstag planen müssen?!"

Darragh sah entschuldigend drein und zuckte mit den Schultern. Dann wandte er sich ab, um zum Haupteingang des Gebäudes zurückzugehen. Aiko schüttelte mit dem Kopf und folgte ihm.

„Und alles nur, weil du irgendein Geheimnis vor Olivia hast und, seit du eine Freundin hast, nicht mehr mit ihr redest."

„Also zum einen ist es nicht irgendein Geheimnis und zum anderen bin ich nicht mehr mit Amelie zusammen, und–"

Aiko umklammerte mit Nachdruck Darraghs Schulter. Er blieb stehen, und der Blick, den sie ihm zuwarf, ließ Darragh das Blut in den Adern gefrieren.

„Du Vollidiot!"

Aiko ließ von Darraghs Schulter ab und ballte ihre Hände zu Fäusten. Mit voller Kraft hämmerte sie auf seine Brust ein.

„Du absoluter Vollidiot! Wie kannst du Olivia sagen, du hättest wegen Amelie gemerkt, dass sie nicht die Richtige für dich ist!" Darragh hob seine Arme zum Schutz und stolperte bei der Wucht von Aikos Schlägen ein paar Schritte zurück. „Nur, um jetzt nicht mehr mit dieser bescheuerten Barbiepuppe zusammen zu sein?"

„Ich … Ich …"

Doch Aiko ließ ihn nicht zu Wort kommen. „Ich kann es einfach nicht fassen." Und erneut traf eine Faust nach der anderen Darraghs Brust.

„Amelie und ich waren nie wirklich ein Paar!"

Wie zu Stein erstarrt stand Aiko nun vor ihm. Die Arme hingen mittlerweile regungslos neben ihrem Körper. Minuten verstrichen, während die beiden in der kalten Abendluft dastanden und sich schweigend ansahen.

Darragh überlegte, ob er Aiko einweihen sollte, doch entschied sich dagegen. Er hatte bereits Joris mit etwas belastet, was er vor Olivia verschweigen musste, er sollte Aiko nicht auch noch mit hineinziehen. Zu seiner Erleichterung brach sie die Stille.

„Weißt du was, Pisano? Zu deinem und vor allem Olivias Wohl tue ich jetzt so, als hätte ich diesen letzten Satz nicht gehört. Lass dir nur eins gesagt sein: Irgendetwas läuft bei dir gehörig falsch." Mit diesen Worten wandte sie sich ab und verschwand zurück in das Akademiegebäude.

„Wem sagst du das?", murmelte Darragh in die dunkle Nacht hinein.

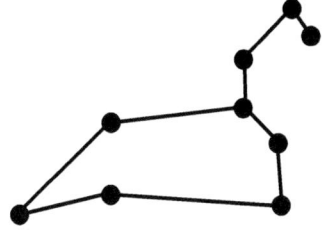

Kapitel 18

Doublifox

„Und? Was genau plant ihr für Lucys Geburtstag? Kann ich irgendwas bei den Vorbereitungen helfen?", fragte Olivia Aiko am Montagnachmittag.

Aiko hatte ihr gestern Abend noch das Lügenmärchen erzählt, das sie sich mit Darragh ausgedacht hatte. Lucy war gerade bei ihrem Freund, Olivia war allein mit Aiko in ihrem Zimmer.

„Ähm ... puh, ich muss mal Phileas fragen, wobei er noch genau Hilfe benötigt."

„Wo soll die Überraschungsparty denn steigen?"

„Hier."

„Habt ihr schon überlegt, wie ihr sie ablenken wollt?" Olivia legte sich rücklings auf ihr Bett.

„Mhm ... ja, das soll ich übernehmen, während die Jungs unser Zimmer schmücken. Da kannst du bestimmt helfen. Du weißt ja, Männer und Deko."

Bei den letzten Worten verzog Aiko das Gesicht. Olivia lächelte.

„Ja, da würde mir schon was einfallen. Soll die Party ein Motto haben? Was schenken wir Lucy eigentlich? Legen wir alle zusammen oder schenkt ihr jeder etwas Individuelles?"

„Du stellst aber viele Fragen, Olivia."

„Na, du warst gestern ziemlich lange weg, und Lucys Geburtstag ist diesen Samstag. Ich dachte, ihr hättet schon konkrete Pläne geschmiedet." Olivia naschte ein Stück von der Schokolade, die neben ihr auf dem Bett lag. „Oh, ich könnte Oma fragen, ob sie Lucy ein paar ihrer Schokokekse backt, die liebt sie doch so."

„Das ist eine supertolle Idee!", stimmte Aiko ihr zu. „Warum rufst du Rosalie nicht gleich an? Wie du gesagt hast, der Geburtstag ist schon nächsten Samstag. Ich geh mal in mein Zimmer und überlege mir die organisatorischen Details, okay?"

Aiko sprang von Olivias Stuhl auf und eilte hektisch aus dem Zimmer. Sie verhielt sich merkwürdig, aber sie hatte recht, wenn Olivias Großmutter Kekse backen sollte, dann musste sie ihr besser direkt Bescheid geben. Ihre Oma willigte natürlich liebend gern ein. Als Olivia Rosalie von ihrer Geschenkidee erzählte, schlug sie vor, dass sie diese ebenfalls besorgen und ihr zusammen mit den Keksen per Ofenpost schicken würde.

Nach dem Telefonat mit ihrer Großmutter legte sich Olivia wieder auf ihr Bett und blickte gedankenverloren an die Decke. Sie fragte sich, was Darragh an seinem Geburtstag gemacht hatte, schließlich war er vor gut einem Monat achtzehn geworden. Sie hätte ihm zwar auf keinem Fall gratuliert, auch, wenn sie ihn an diesem Tag gesehen hätte. Zusätzlich war sein Geburtstag ein Freitag gewesen und dann bekam sie ihn nie zu Gesicht, da sie in verschiedenen Gruppen Unterricht hatten. Wahrscheinlich hatte er den Tag mit seiner Freundin verbracht. Bei dem Gedanken an Darragh und einen romantischen Abend mit Amelie wurde ihr flau im Magen. Wieso dachte sie ausgerechnet jetzt an ihn?

Kopfschüttelnd setzte sie sich auf und zog sich um. Sie wollte noch eine Runde laufen gehen, bevor es dunkel wurde. Ihr Bein war mittlerweile vollumfänglich abgeheilt. Auch am Kampftraining durfte sie wieder teilnehmen. Zu Joris' Leidwesen! Olivia hatte als kleines Dankeschön für Joris' Rettung zu

Weihnachten dafür gesorgt, dass er während ihrer Schonphase mit Maurice das Kämpfen hatte üben können. Die beiden waren sich in den letzten Wochen beim Training nähergekommen, und obwohl Joris ihr versicherte, dass er Olivia liebend gern auf neue Obscurati-Angriffe vorbereitete, fühlte sie sich schlecht dabei, dass sie ihm die Nahkampfstunden mit seinem Schwarm zunichtemachte.

Als Olivia gerade ihre Laufschuhe zubinden wollte, klopfte es an der Tür. „Komm rein!", rief sie, weil sie dachte, dass es Aiko wäre, die mit ihr weiter über die Planung der Überraschungsparty sprechen wollte. Jedoch stand auf einmal Phileas und nicht Aiko im Türrahmen.

„Hey, hast du kurz ein paar Minuten oder ist es gerade unpassend?", fragte er.

„Ich wollte gerade los, eine Runde laufen, aber ich habe keinen Zeitdruck. Was ist los?"

Phileas kam rein und schloss die Tür hinter sich.

„Ich muss etwas mit dir besprechen, was mir nicht leichtfällt."

„Aiko hat mir von der Überraschungsparty für Lucy erzählt, gibt es ein Problem?"

„Es geht nicht um die Überraschungsparty. Es geht um Sabriel."

Olivia war überrascht. Was hatte Phileas mit Sabriel zu tun? Eine Sorgenfalte zwischen seinen Augenbrauen zeichnete sich auf Phileas' Gesicht ab.

„Am besten setzt du dich. Das wird jetzt nicht einfach zu verdauen sein, was ich dir zu erzählen habe."

Er klang ernst. Olivia machte sich Sorgen. „Ist etwas mit Sabriel passiert? Geht es ihm gut?"

„Ja, das ist es nicht. Ihm geht es blendend."

Erleichterung breitete sich in Olivias Brust aus.

„Vielleicht erinnerst du dich daran, dass ich am Samstag beim Waffentraining mit Sabriel und Sabella an der Station mit den Schwertern trainiert habe?", fragte Phileas.

Olivia nickte. Phileas verzog das Gesicht, als müsse er sich stark konzentrieren.

„Ich habe dabei die Gedanken der beiden mitbekommen. Olivia, die beiden gehören zu Schlangenträgers Anhängern."

Für einen Moment starrte sie Phileas mit aufgerissenen Augen an. „Das kann nicht sein. Da musst du etwas falsch interpretieren. Also bei Sabella kann ich es mir vorstellen, aber bei Sabriel ..."

Er schenkte ihr einen mitleidigen Blick. „Ich weiß, dass das schwer zu glauben ist, deswegen komme ich auch jetzt erst zu dir. Ich wollte dir nichts Falsches sagen, darum habe ich die beiden etwas genauer im Auge behalten und bin mir mittlerweile sicher, dass Sabriel dein Vertrauen gewinnen möchte, weil er an die Prophezeiung glaubt. Er und Sabella denken, dass du der Schlüssel dazu bist, um Schlangenträger zu neuer Macht zu verhelfen."

Olivia wusste nicht, was sie denken sollte. Sie fühlte sich schummrig und ihr war schlecht. Wie vor den Kopf gestoßen fuhr sie sich mit den Händen durchs Gesicht und verfiel in ein bitteres Lachen.

„O Mann, ich muss ja wirklich einen unterirdischen Männergeschmack haben, wenn ich mich innerhalb kurzer Zeit so in zwei Kerlen täuschen kann. Erst Darragh und jetzt Sabriel." Sie stand von ihrem Bett auf und atmete tief ein. „Aiko wird sich freuen, jetzt kann sie mir unter die Nase reiben, dass sie recht hatte mit Sabriel."

Phileas sagte nichts, sondern musterte sie nur mit einem besorgten Blick.

„Danke, dass du mir das gesagt hast. Ich ... ich muss jetzt los."

Olivia ging aus ihrem Zimmer und ließ Phileas allein zurück. Im Gemeinschaftsraum wollten Lucy und Aiko mit Olivia reden, aber sie stürmte an den beiden vorbei, raus aus dem Zimmer 207 und raus aus der Akademie auf den Hinterhof. An der frischen Luft angekommen rannte sie los.

Sabriel war also ein Obscurati. Wie konnte sie sich nur so in ihm getäuscht haben? Irgendetwas hatte sie in den vergangenen Wochen zurückgehalten, sich vollkommen auf ihn einzulassen. Sie hatte vermutet, dass es daran lag, dass ihr Darragh noch immer im Kopf rumgeisterte. Dass er ein Obscurati war, hätte sie allerdings nicht vermutet. Nicht seit Weihnachten. Am Anfang des Schuljahres war ihr der Gedanke bei den Zwillingen schon ein paarmal gekommen, aber insgeheim hatte sie gedacht, dass die beiden einfach nur stinknormale Fieslinge waren.

Das war doch zum Verrücktwerden! Was stimmte nicht mit ihr? Erst verguckte sie sich in den erstbesten Typen, der sie dann aus dem Nichts von heute auf morgen ignorierte und mit einem anderen Mädchen ausging, und jetzt in einen Anhänger der dunklen Stellari. Hatte er sie wirklich die ganze Zeit nur benutzt, um sie auf seine Seite zu locken? Sie musste eindeutig an ihrer Fremdwahrnehmung arbeiten.

Völlig außer Atem blieb sie stehen und presste ihre Hände in die Taille. Aus Wut war sie so schnell gerast, als würde sie um ihr Leben rennen. Das bereute sie nun. Als sich ihr Atem langsam beruhigte, merkte sie, wie die Wut erneut in ihr hochkochte. Eine heiße, brennende Wut, die ihr die Tränen in die Augen trieb. Sie fühlte sich, als hätte sie in ihrem Leben nichts unter Kontrolle. Nicht ihre Kräfte, nicht ihre Vorherbestimmung durch diese dumme Prophezeiung und schon gar nicht ihr Liebesleben. Die Wut schnürte ihr die Kehle zu und gleichzeitig wollte sie ganz laut schreien. Einfach alles rauslassen und ihre Brust von diesem immensen Druckgefühl befreien, das sich wie eine Klaue um ihr Herz schloss. Sie ballte ihre Hände zu Fäusten, die sofort in Flammen aufgingen.

Hallo, emotionsgeladene Feuermagie! Noch etwas, das Olivia nicht unter Kontrolle hatte. Wütend schlug sie heftig mit ihrer brennenden rechten Faust gegen einen Baum. Sie erwartete Schmerz und dass die Knöchel ihrer Hand blutig und wund sein würden. Doch der Schmerz blieb aus. Als schützten die Flammen ihre Hand vor einer Verletzung. Wieder und immer wieder schlug sie mit ihren brennenden Fäusten auf den Baumstamm ein, bis sie erschöpft auf ihre Knie sank und den kalten Waldboden unter sich spürte. Mit ihrem Gesicht in den Händen und vor sich hin schluchzend verharrte sie eine Weile, während ihr die Tränen über die Wangen flossen.

Auf einmal ließ sie etwas Nasses an ihrer Hand zusammenzucken. Als sie aufblickte, traute sie ihren Augen kaum. Vor ihr im Gras stand ein kleiner Fuchs. Aber es war kein gewöhnlicher Fuchs! Dieser hatte zwei Köpfe. Mit seinen vier großen schwarzen Augen schaute er Olivia an und kam ein paar Schritte auf sie zu. Er leckte ihr über die Hand, die mittlerweile flammenfrei war.

„Hallo, Kleiner, wer bist du denn?"

Als ob ihr der Fuchs antworten würde … Aber wer wusste das schon … Vor ihr saß ein Fuchs mit zwei Köpfen. Schwer zu sagen, was er alles konnte. Er ließ sich von Olivia die Köpfchen streicheln und kurze Zeit später zog er an ihrem Ärmel.

„Soll ich dir folgen? Willst du mir etwas zeigen?"

Immer noch keine Antwort. Sprechen konnte er wirklich nicht. Jedoch sprang er erwartungsvoll auf und ab. Olivia spürte, dass sie ihm folgen sollte. Zögerlich stand sie auf und wischte sich ihre Tränen an den Ärmeln ihres Pullovers ab. Die Sonne ging bereits unter und die Dämmerung brach über den Wald herein. Ob es jetzt eine gute Idee war oder nicht – Olivia beschloss, dem kleinen Fuchs zu folgen, der sie weiter in den Wald hineinführte.

Nach einer Weile hatte Olivia komplett die Orientierung verloren und wusste nicht, wie tief sie in den Wald vorgedrungen war. Mit ihrer Lichtmagie erleuchtete sie den Weg, da es zwischen den dichten Bäumen beinahe stockfinster war und sie schon bald die Hand vor Augen nicht mehr erkennen konnte. Dem Fuchs machte die Dunkelheit nichts aus. Immer weiter lief er in den Wald hinein und blickte sich ab und an zu ihr um, um sicherzugehen, dass sie ihm noch folgte. Er hatte definitiv ein bestimmtes Ziel, zu dem er Olivia locken wollte.

Langsam zweifelte sie daran, dass es eine gute Idee gewesen war, dem kleinen Wesen blind zu folgen. Unsicher blickte sie immer wieder über ihre Schulter. Olivia war plötzlich ganz unbehaglich. Sie hatte Angst, sich weiter in den Wald hineinzuwagen. Die Gedanken an die Kleingartenanlage, die dunkle Gasse und die zwei dunklen Gestalten blitzte vor ihrem inneren Auge auf. Angespannt blieb sie stehen.

„Ich denke, ich gehe besser zurück, Kleiner. Für mich ist es nicht sicher, so tief im Wald."

Sie redete zwar in einem Flüsterton, doch hallte ihre Stimme in der Dunkelheit wider. Hoffentlich hatte sie mit ihrem Gequatsche nicht irgendetwas oder irgendjemanden auf sich aufmerksam gemacht.

Klack. Gerade, als Olivia mit leisen Schritten zurück in die Richtung gehen wollte, aus der sie gekommen war, ertönte ein metallenes Geräusch. Ihr Herz raste und sie hörte ihr Blut in den Ohren pulsieren. Plötzlich hörte sie den Fuchs jämmerlich aufheulen, gefolgt von einem wehleidigen Winseln. Jeder Überlebenssinn in Olivia schaltete sich aus. Das kleine hilflose Wesen hatte sich bestimmt verletzt! Sie musste sich jetzt zusammenreißen. Olivia rannte in die Richtung des kleinen Geschöpfs, weiter in die Dunkelheit.

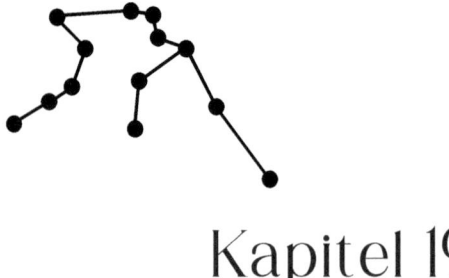

Kapitel 19

Schluss mit der Geheimnistuerei

Darragh lag auf seinem Bett und starrte an die Decke seines Zimmers. Olivias Gefühle prasselten wie ein Regenschauer auf ihn ein.

Um sich von ihren Gefühlen abzulenken, ging er zum Fenster, öffnete es und blickte auf den Hinterhof der Akademie. Es war ein wunderschöner sonniger Tag, doch die Sonne stand bereits tief am Horizont und bald würde es dämmern. Plötzlich sah er jemanden über den Hof in Richtung Wald hechten. Die roten Haare, die unter den letzten Sonnenstrahlen glitzerten und das leuchtend pinke Sportoutfit ließen keinen Zweifel daran, dass es Olivia war. So plötzlich, wie sie in sein Blickfeld getreten war, war sie bereits in den Wald verschwunden. Ihre Wut konnte er ungefiltert spüren.

Seine eigenen Gefühle überforderten ihn, er konnte nicht auch noch ihre Wut und Enttäuschung mit sich vereinbaren. Also ging er zu seinem Nachttisch und schaltete das Radio ein. Mit Herrn Schwarz zusammen hatte er in den letzten Wochen einen Weg gefunden, wie er Olivias Aura weniger stark wahrnehmen konnte: Frequenzmusik. Sie wurde als Heilmittel in der Meditationslehre genutzt. Verschiedene Frequenztöne beeinflussten unterschiedliche Teile des Gehirns und des Körpers.

So konnten sie die verschiedenen Chakren und Gefühle in Einklang bringen. Gemeinsam mit Herrn Schwarz hatte er nach einigen missglückten Versuchen die Frequenz gefunden, bei der er Olivias Aura bis auf ein Minimum ausblenden konnte.

Den beruhigenden Klängen lauschend legte er sich also wieder auf sein Bett, blickte an die immer noch unveränderte, weiße Zimmerdecke und versuchte, sich der Musik hinzugeben und alles andere um ihn herum auszublenden.

Darragh hatte keine Ahnung, wie lang er dort im Bett gelegen und mit starrem Blick die Zimmerdecke fokussiert hatte. Die Gänsehaut, die sich auf seinen nackten Armen ausbreitete, ließ ihn nach einiger Zeit zusammenzucken. Er hatte nicht bemerkt, dass die Sonne untergegangen war. Die Luft, die nun durch das geöffnete Fenster in sein Zimmer strömte, war frisch und kühl. Als er aufstand, um das Fenster zu schließen, fühlte sich irgendetwas anders an. Irgendetwas stimmte nicht! Er schloss das Fenster, ging zurück zu seinem Bett und schaltete die Frequenzmusik aus. Ruhe erfüllte sein Zimmer. Ruhe erfüllte seinen Kopf. Vollkommene Ruhe. Er fühlte nichts, außer seinen eigenen Gefühlen.

Dann bemerkte er es: Olivias Aura war verschwunden!

Die Ruhe, die er für einen Moment gespürt hatte, wich kalter, zermürbender Panik. Was hatte das zu bedeuten? Warum nahm er ihre Aura nicht mehr wahr? Die Frequenzmusik war dieselbe gewesen, die er seit Wochen hörte. Also musste es an Olivia liegen. Sie konnte jedoch nicht so weit gelaufen sein, dass ihre Distanz über den Radius von Darraghs Magie hinausging, denn zu Weihnachten waren sie hunderte Kilometer voneinander getrennt gewesen und es hatte nichts geändert. Es konnte eigentlich nur bedeuten, dass ihre Aura nicht mehr existierte … Und das bedeutete …

Darragh konnte den Gedanken nicht zu Ende denken. Bittere, alles vereinnahmende Übelkeit stieg bei der bloßen Erwägung dieser Möglichkeit in ihm auf. Er musste herausfinden, was passiert war!

Gedankenverloren schnappte er sich seinen schwarzen Hoodie von seinem Stuhl, zog ihn über und sprintete aus dem Zimmer. Zuerst klopfte er hektisch bei Joris an, danach bei Phileas.

„Was ist los?"

Mit sorgenvollem Gesicht öffnete Joris seine Tür. Phileas war nicht in seinem Zimmer.

„Es geht um Olivia. Ich kann ihre Aura nicht mehr spüren, ich glaube, ihr ist etwas zugestoßen!"

„Beruhige dich. Wo war sie zuletzt, als du sie noch spüren konntest?"

Darragh ging schnellen Schrittes im Gemeinschaftsraum auf und ab. „Ich weiß es nicht genau." Angestrengt versuchte er, sich zu erinnern. „Ich habe gesehen, wie sie zum Laufen in den Wald gerannt ist. Danach habe ich die Frequenzmusik gehört, um ihre Gefühle auszublenden."

„Also könnte sie auch wieder zurück in ihrem Zimmer sein und euer Band ist einfach unterbrochen?"

Mit zittrigen Beinen blieb Darragh stehen und blickte Joris an. „Ich meine, es ist möglich." Möglich, aber bis jetzt noch nie vorgekommen. Das konnte nicht die Lösung sein. Vor lauter Nervosität biss er sich so stark auf seine Unterlippe, dass er Blut schmeckte.

„Warum sollte das Band einfach so abbrechen? Ich glaube eher, ihr ist etwas zugestoßen." Die bittere Übelkeit erfasste Darragh abermals.

Joris schnappte sich seine Sportjacke und versuchte, ihn zu beruhigen. „Ganz ruhig. Wir gehen jetzt zu ihr und schauen nach, ob sie in ihrem Zimmer ist. Wenn nicht, gehen wir in den Wald und suchen dort nach ihr. Okay?"

Darragh nickte. Er war froh, Joris als Freund zu haben, denn er konnte sich immer darauf verlassen, dass er einen kühlen Kopf behielt. Wie an Weihnachten.

Zusammen eilten sie in den Ostflügel und hechteten in schnellem Tempo den Flur entlang, bis sie an Zimmer 207 angekommen waren. Heftig und ohne Unterbrechung hämmerte Darragh an die Tür.

„Chill doch mal, was ist dein Problem?", fragte Aiko genervt, als sie die Tür aufriss.

Darragh ging an ihr vorbei und stürmte in Olivias Zimmer. Es war menschenleer. „Wo ist Olivia?" Er verließ es wieder. Die Tür flog hinter ihm lauthals ins Schloss. Seine Windmagie spielte verrückt. Kein Wunder, so angespannt wie er war. „Ist sie von ihrem Lauf schon zurückgekehrt?" Hibbelig riss er sogar die Badezimmertür auf, um zu sehen, ob Olivia vielleicht dort war.

„Nein, sie ist vor einer Dreiviertelstunde los, und meistens geht sie eine Stunde laufen. Sie ist genau nach der Nachricht über Sabriel los, deswegen wird sie vielleicht sogar ein wenig länger unterwegs sein, um–" Loses Papier flog durch den Raum. Bücher fielen von ihren Regalen und die Schubladen der kleinen Küchenzeile sprangen mit einem lauten Klirren auf. „Jetzt beruhig dich doch mal, Darragh! Was ist denn los?" Sorge schwang in Aikos Stimme mit. Sie blickte sich mit angsterfülltem Gesicht um und machte sich ein Bild davon, was Darraghs Windmagie gerade anstellte.

„Verdammt, wir müssen sie suchen!"

„Was ist denn hier los?", fragte Lucy, die mit Phileas aus ihrem Zimmer kam.

„Ich bin mir nicht sicher", antwortete Aiko ihr mit einem Schulterzucken und einer Sorgenfalte zwischen den Augenbrauen.

„Ich kann euch sagen, was los ist. Olivia ist in Gefahr! Wir müssen sie suchen!" Warum verstand ihn denn keiner? Sie mussten los, bevor es zu spät war.

„Woher willst du wissen, dass sie in Gefahr ist?", fragte Lucy.

Darragh biss sich nochmals auf die bereits blutige Lippe. Wieso musste immer jeder nach dem Grund fragen? Reichte es nicht, dass er ihnen sagte, dass Olivia in Gefahr schwebte?

„Ich weiß es einfach."

Aiko, Lucy und sogar Phileas sahen ihn fragend an. Joris kam auf ihn zu und legte ihm eine Hand auf die Schulter.

„Ich glaube, du solltest dein Geheimnis nicht länger für dich behalten, Darragh. Wir brauchen jede Hilfe, die wir kriegen können, wenn wir das gesamte Waldstück nach ihr absuchen wollen."

Darragh war in die Enge getrieben, er konnte nicht klar denken, allmählich wuchs ihm alles über den Kopf. Joris hatte recht. Ohne die Anderen würden sie es niemals schaffen, den kompletten Wald zu durchsuchen. Ihm war gerade alles egal, Hauptsache, sie würden Olivia finden. Hoffentlich war es noch nicht zu spät. Dann würde er eben sein Geheimnis mit ihnen teilen, was nützte es ihm, es zurückzuhalten, wenn Olivia–

Er schüttelte den Gedanken ab und atmete tief ein. „Okay, fein. Aber wir verschwenden kostbare Zeit, je länger wir hier untätig rumstehen. Schnappt euch eure Jacken und los! Ich weihe euch auf dem Weg ein."

„Noch einen Nachschlag, Joris Darling?" Ava Pisanos liebreizende Stimme übertönte die sich immer wiederholenden Weihnachtssongs aus dem Radio nur mäßig.

„Oh, furchtbar gern. Ich muss wirklich sagen, mit diesem Weihnachtsessen haben Sie sich selbst übertroffen, Frau Pisano. Und das muss schon was heißen bei der wundervollen Gans an Heiligabend."

Dankend nahm Joris die Schüssel mit den Klößen entgegen. Sein weihnachtliches rotes Hemd, mit Tannenbäumen und Schneemännern bedruckt, spannte unheilvoll an seinen muskulösen Oberarmen, als er sich noch zwei faustgroße Batzen auf den Teller lud. Darraghs Mutter kicherte verlegen und Röte lief in ihre Wangen.

„Bitte, nenn mich Ava, Honey!"

Selbst im spärlichen Kerzenlicht des Esszimmers konnte Darragh sehen, dass ihr Gesicht die Farbe der Christbaumkugeln hinter ihr angenommen hatte. Das Rot in ihren rostbraunen Haaren leuchtete dadurch noch mehr. Mit der Sauciere in den Händen wandte sie sich an Darragh.

„Sweetheart, magst du auch noch etwas?"

Darragh, der mit seiner Gabel auf seinem noch fast vollen Teller herumstocherte, schüttelte kurz den Kopf.

„Du siehst doch, dass der Junge noch den ganzen Teller voll hat, Ava", kam es von seinem Vater.

„Schmeckt es dir etwa nicht, Love?"

„Doch, ich –"

Ehe sich Darragh erklären konnte, fiel ihm sein Vater ins Wort. „Er war doch noch nie ein guter Esser!" Mit seiner dicken schweinchenrosafarbenen Hand griff er nach seinem Bierglas, nahm einen Schluck und setzte es mit einem dumpfen Knall wieder auf dem Tisch ab. „Sieh dir doch an, wie schmächtig er ist."

Darraghs Vater, der mit hochrotem Kopf – nicht aus Verlegenheit wie bei seiner Mutter, sondern vom bereits vierten Bier des Abends – am Kopfende des Tisches saß, griff nach rechts und umklammerte den Oberarm seines Sohnes. „Mit diesen Armen wirst du es in der Procieri-Ausbildung sichtlich schwer haben." Darragh zog genervt seinen Arm zurück, um dem Griff seines Vaters zu entkommen. „Nimm dir besser ein Beispiel an Joris. Er ist ein guter Esser und bestens trainiert. So muss ein junger Stellari aussehen."

Darragh war es leid. Auch ohne Joris als Paradebeispiel des Sohns, den sein Vater sich immer gewünscht hatte, durfte er sich in regelmäßigen Abständen anhören, dass er zu schmächtig, zu schüchtern oder zu untalentiert sei. Er hatte es satt, seinem Vater zu erklären, dass er nicht trainiert sein musste, weil er niemals die Procieri-Ausbildung antreten würde. Doch das ging bei seinem Vater zum einen Ohr rein und zum anderen Ohr raus, also ließ Darragh es mittlerweile direkt bleiben und verkniff sich jeden Kommentar.

„Dad! Verdammt noch mal! Kannst du deine Sticheleien nicht mal an Weihnachten sein lassen?" Mit wutentbrannter Miene blickte Maggie zu ihrem Vater und begann eine hitzige Diskussion mit ihm. Seine Schwester hatte Darragh schon immer vor ihrem Vater in Schutz genommen und eine endlose Debatte nach der anderen darüber *angefangen, wie unfair er ihn behandelte. Es hatte nichts gebracht. Darragh liebte Maggie dafür, dass sie es immer wieder versuchte, doch sah er selbst den Sinn darin nicht.*

Er tauschte einen Blick mit Joris, der zu seiner Rechten saß. Es war ihm peinlich, dass sein Freund diese Szene miterleben musste. Zum wiederholten Male. Selbst an Heiligabend hatte sein Vater sich die Kommentare in Joris' Gegenwart nicht verkniffen.

„Sorry!"

„Ach das ist noch harmlos im Vergleich zu den Weihnachten bei meiner Familie", scherzte Joris.

Die andauernden Sticheleien seines Vaters nahm Darragh schon kaum noch wahr. Es belastete ihn schon lange nicht mehr so wie früher. Nur eins schmerzte ihn dabei noch: Seine Mutter wirkte bei den bissigen Kommentaren seines Vaters jedes Mal so traurig, dass er sich fragte, wieso sie überhaupt noch mit ihm zusammenblieb. Aber Darragh kannte ja nur die Momente, in denen er dabei war. Vielleicht lag es ganz allein an ihm, dass sein Vater sich so verhielt. Wenn die beiden allein waren, war er vielleicht ganz anders.

Plötzlich veränderte sich etwas. Die Szenerie im Esszimmer verschwamm vor seinen Augen, die weihnachtliche Musik trat in den Hintergrund. Ihn beschlich Panik. Sein Atem ging schneller. Die Luft blieb ihm weg. Die Gabel fiel ihm aus der Hand und klirrte beim Aufprall auf den Tellerrand.

„Alles okay?", fragte Joris.

Darragh schüttelte den Kopf. „Olivia. Irgendetwas stimmt nicht." Ruckartig schob er seinen Stuhl nach hinten und bedeutete Joris, ihm zu folgen. Seine Schwester stritt immer noch mit ihrem Vater und seine Mutter saß teilnahmslos dazwischen. Mit einer Hand um den sternförmigen Anhänger an ihrer Lieblingskette blickte sie den beiden hinterher, ohne ein Wort zu sagen.

Darragh und Joris erklommen die Stufen der hölzernen Treppe, hinauf in den ersten Stock, wo Darragh hastig die Tür zu seinem Zimmer aufstieß.

„Was ist mit Olivia?" Sorge zeichnete sich auf Joris' Gesicht ab, der die Zimmertür hinter sich schloss.

„Ich kann es nicht genau deuten, aber sie ist in Gefahr."

Aufgewühlt schritt Darragh in seinem Zimmer auf und ab: Viel Platz war dafür nicht, da eine zusätzliche Matratze, auf der Joris übernachtete, den Großteil des Bodens einnahm. Fernab der lauten Stimmen und des nervigen Gedudels im Essbereich versuchte er, sich genauer auf Olivias Gefühle zu konzentrieren. Angst. Furcht. Hilflosigkeit. Vollkommen überwältigt von diesen Gefühlen ließ sich Darragh auf sein Bett sacken. Er vergrub sein Gesicht in seinen Händen, absolut überfordert. Er wusste nur eins: Olivia brauchte Hilfe, und zwar schnell!

Im nächsten Moment flackerten Bilder auf. Bilder von einer dunklen Gasse. Zwei Gestalten verfolgten ihn. Darraghs Herz schlug wie wild und er rannte um sein Leben. Nein, Olivia rannte um ihr Leben! Er sah, was sie sah. Er wollte sich genauer konzentrieren, ausmachen, wo sie sich befand, und plötzlich blitzte ein Straßenname vor seinem inneren Auge auf.

„Finkenkrugallee!"

„Was?"

Darragh sprang auf, packte Joris an den Schultern und schüttelte ihn wild. Wieso verstand er ihn denn nicht? „Da ist Olivia gerade! Sie braucht Hilfe! Joris, wie können wir ihr helfen? Das ist hunderte Kilometer entfernt, wie–"

„Beruhige dich, Mann! Ich kann dorthin teleportieren!"

Teleportationsmagie! Richtig. Joris war der Einzige, der Olivia jetzt aus dieser misslichen Lage befreien konnte.

„Du brauchst Waffen. Sie wird verfolgt. Von zwei Gestalten."

Darragh wandte sich von Joris ab, riss seine Zimmertür erneut auf und ging in das Zimmer nebenan. Joris folgte ihm.

„Ich kann nicht sehen, mit welcher Magie ihr es zu tun haben werdet."

Das Zimmer war das Waffenlager seines Vaters. Darragh griff nach einem Holzbogen, der einst seiner Schwester gehört hatte. Er war klein und leicht. Perfekt für eine Frau, und vor allem für Olivia, die immer besser mit Pfeil und Bogen umgehen konnte.

„Hier, nimm!" Er warf Joris den Bogen entgegen und suchte nach

einem Köcher mit einem vollen Set an Pfeilen. Als er einen gefunden und ihn Joris überreicht hatte, sah er ihn eindringlich an. „Was ist deine Waffe der Wahl? Mein Vater hat fast alles hier. Wurfsterne, Pistolen, Bo–"

„Kampfmagie, schon vergessen?", unterbrach ihn Joris mit ruhiger Stimme. Wie immer behielt er einen kühlen Kopf.

„Ah!" Ein gellender Schmerz ließ Darragh aufschreien. Das beißende Gefühl ging von seinem rechten Knie aus. „Sie ist verletzt! Du musst dich beeilen! Finkenkrugallee, Joris!"

Ohne ein weiteres Wort schnallte sich Joris den Bogen um die Schultern und verschwand. Nur wenige Augenblicke später wusste Darragh, dass Joris sein Ziel erreicht hatte. Erleichterung breitete sich für einen kurzen Moment in seiner Brust aus. Beflügelt davon ging Darragh in sein Zimmer und verschloss die Tür. Nervös schritt er zum wiederholten Male auf und ab. Die Anspannung machte ihn wahnsinnig! Er konnte nichts tun, außer warten und Olivias Gefühle über sich ergehen lassen.

Papier flog im Zimmer um ihn herum, sein Fenster klapperte in einem melodischen Takt auf und zu. Er hatte die komplette Kontrolle über seine Windmagie verloren – sie tat, was sie wollte.

Nach einer Weile füllte sich sein Mund mit dem metallischen Geschmack von Blut und sein Herz rutschte in ihm in die Hose. War Olivia so stark verletzt, dass er ihr Blut schmeckte? Fieberhaft fuhr er sich über die Lippen und erblickte kurz darauf eine rot schimmernde Flüssigkeit an seiner Hand. Es war nicht Olivias Blut, das er schmeckte, sondern sein eigenes. Vor lauter Stress hatte er so stark auf seiner Unterlippe gekaut, dass ihm Blut in den Mund floss. Übelkeit überkam ihn und er versuchte, sich wieder auf Olivias Empfindungen zu konzentrieren. Da ertönte ein lautstarkes Klopfen an der Tür.

„Darragh! Ich habe mit Dad gesprochen und er wird sich ab jetzt zusammenreißen."

Es war Maggie. Er wollte einen Schmerzensschrei unterdrücken, als eine höllische Pein durch sein rechtes Bein schoss. Noch intensiver als zuvor spürte er, welche Qualen Olivia in diesem Moment litt.

„Ich weiß, dass er sich wieder wie ein kompletter Vollpfosten verhalten hat, aber es ist Weihnachten. Kannst du mit Joris noch für ein paar Stunden nach unten kommen?"

Darragh bekam vor lauter Schmerz kein Wort heraus. Maggie sprach vor der Tür weiter.

„Ich kann ihm auch ein bisschen Baldrian in sein Bier mischen. In Nullkommanichts ist er auf seinem Sessel eingepennt und wir hören, außer seinem lauten Schnarchen, den ganzen Abend nichts mehr von ihm."

„Gute Idee", presste Darragh hervor. „Mach das. Wir kommen gleich."

Der Schmerz wich Wut. Seine Hände fühlten sich heiß an. Erschöpfung. Schuldgefühle. Leere. Darragh sackte auf seinem Zimmerboden zusammen. Es war vorbei. Die Angreifer schienen besiegt zu sein und Olivia war definitiv noch am Leben. Erleichterung überkam ihn. Erleichterung, die er selbst fühlte.

Die Zeit verstrich, doch Joris tauchte nicht auf. Er musste seine Schwester zweimal vertrösten, als sie nach ihnen rief. Darragh griff zu seinem Smartphone und wählte Joris' Nummer, doch er antwortete nicht. Er wählte seine Nummer erneut. Diesmal ging sein Anruf direkt zur Voicemail. Gerade, als Darragh ein drittes Mal den grünen Hörer auf dem Display betätigen wollte, erschien Joris vor ihm. Das Herz rutschte ihm beinahe in die Hose.

„Mein Gott, hast du mich erschreckt." *Neugierig sprang er auf und näherte sich Joris.* „Wie geht es Olivia? Ist alles in Ordnung? Ist sie unversehrt?" *Als er Joris' blutende Wange und sein zerrissenes Hemd bemerkte, rutschte ihm das Herz in die Hose.* „Bist du unversehrt?"

In der Nacht schlief Darragh noch unruhiger als sonst. Mehrmals rissen ihn Panikattacken aus dem Schlaf, die Olivia in diesem Moment ergriffen. Er konnte spüren, dass es sie mitnahm, zwei Menschen auf dem Gewissen zu haben.

Bei diesem Gedanken empfand er noch mehr Zuneigung für sie. Zwei Killer wollen sie in einer dunklen Gasse ermorden und sie hatte Schuldgefühle, weil sie sich gewehrt hatte? Olivias Seele war so rein, so unschuldig. Er konnte sich einfach nicht vorstellen, dass seine Vision stimmen konnte. Die Olivia, die er kannte, die Olivia, die sich gerade weinend in den Schlaf wog, würde ihn nicht töten. Nicht, wenn er ihr keinen triftigen Grund lieferte.

Am nächsten Morgen erwachte Joris durch die Sonne, die in Darraghs Zimmer strahlte. Er streckte sich genüsslich und blickte zum Bett seines Freundes auf, das etwas höher war als seine Matratze. Doch es war verlassen. Er zog sich einen Hoodie über und schlürfte in den Flur.

„Guten Morgen, Langschläfer!" Frau Pisano kam ihm grinsend mit einem riesigen Berg Wäsche in den Händen entgegen.

„Guten Morgen!", erwiderte er mit einem ebenso freundlichen Lächeln. „Darragh ist schon unten beim Frühstück?"

„Oh, nein! Darragh ist auf dem Dachboden und sucht nach irgendeinem alten Comicheft oder so etwas." Sie deutete auf eine hölzerne Leiter am Ende des Flurs, die zu einer Luke in der Decke hinaufführte.

„Ein Comicheft?" Joris runzelte die Stirn.

„Ich weiß doch auch nicht, was sich mein Sohn da wieder in den Kopf gesetzt hat. Am besten gehst du zu ihm und fragst ihn selbst." Mit dem Wäscheberg in den Händen begab sie sich ins Badezimmer.

Joris ging zu der Leiter am Ende des Flurs und kletterte durch die Öffnung in der Decke. Der Dachboden war geräumig und voller Kisten, Schränke und alter Geräte. In der Mitte hing eine Glühbirne, die den Raum nur spärlich erhellte. Darragh kniete in einer Ecke mit einer Taschenlampe zwischen den Zähnen und wühlte durch verschiedene Kisten. Joris räusperte sich.

„Morgen! Darf man fragen, was du hier treibst?"

„Ich suche etwas", erwiderte Darragh kurz angebunden und warf ein zeitungsartiges Heft, das er gerade durchgeblättert hatte, auf einen großen Stapel mit weiteren Broschüren hinter sich.

„So weit war ich auch schon, ich meinte eher das Warum, als das–"

„Ha!"

Ein freudiger Laut entfuhr Darragh. Joris zuckte vor Überraschung kurz zusammen.

„Ich gehe davon aus, dass du gefunden hast, wonach du suchst?"

„Und ob!" *Freudestrahlend und mit einem Stapel an Comicheften bepackt folgte Darragh Joris nach unten, der vor ihm die Leiter hinabstieg.* *„Du gehst doch heute sicher Olivia besuchen, oder?",* *fragte er ihn, als sie unten angekommen waren.*

Joris nickte. *„Das hatte ich vor, aber–"*

„Hier!"

Darragh drückte Joris eins der Comichefte entgegen. Mit irritiertem Blick nahm Joris es in die Hände.

„Die X-Men?"

„Olivias Lieblingssuperhelden. Ich habe ein paar Ausgaben davon als Kind gelesen. Hauptsächlich, weil ich den Art-Style cool fand. Bring ihr das doch bitte vorbei. Das ist sicher eine gute Ablenkung."

„Oh, wow, Darragh! Da wird sie sich sicher freuen." *Ein strahlendes Grinsen erschien in Joris' Gesicht.* *„Endlich kommst du zur Vernunft und willst dich mit Olivia versöhnen! Das ist wirklich eine liebe Geste von dir."*

Das Lächeln verschwand aus Darraghs Gesicht. *„Es ist eine liebe Geste von* dir, *Joris."*

„Was? Darragh ... aber–"

„Keine Widerrede. Es soll kein Versöhnungsgeschenk sein. An der Situation hat sich nichts geändert. Olivia darf nicht erfahren, dass–"

„In Ordnung", *unterbrach ihn Joris.* *„Aber danach ist Schluss. Ich kann das nicht mehr. Ich belüge Olivia nicht mehr oder verschweige ihr irgendetwas, nur, weil du dir in den Kopf gesetzt hast, dass es so das Beste ist. Ich schenke ihr die Comichefte in meinem Namen, weil es eine unfassbar liebe Geste ist und sie sich freuen wird, egal, wer ihr dieses Geschenk bereitet. Aber danach ist Schluss! Ich mach bei keiner deiner Lügengeschichten mehr mit. Verstanden?"*

Darragh senkte den Kopf, nickte aber.

Zurück in der Akademie hätte Darragh sein ganzes Lügenkonstrukt gern einfach über Bord geworfen und Olivia alles gebeichtet. Er saß am Schreibtisch in seinem Zimmer und kritzelte abwesend ziellose Striche auf ein Blatt Papier. Nutzlos und feige – so fühlte er sich gerade. Im Unterricht hatte er es nicht einmal geschafft, ihr in die Augen zu blicken, die seit dem Vorfall so viel Schmerz in sich trugen.

Unsanft hämmerte jemand gegen Darraghs Tür und Joris' gedämpfte Stimme erklang. „Darragh, Olivia ist hier. Sie möchte mit dir reden!"

Darraghs Herz setzte kurz aus. Was wollte Olivia denn jetzt von ihm? „Ich kann jetzt nicht", sagte er forsch.

Joris ließ nicht locker. „Sie sagte, sie geht nicht weg, bis du mit ihr gesprochen hast, und sie klang sehr überzeugend."

Verdammt. Er blickte sich in seinem Zimmer um. Auf seinem Bett, auf seinem Schreibtisch, überall lagen halbfertige Zeichnungen von Olivia. Schnell suchte er all seine Skizzen zusammen und stopfte sie in den Beistellcontainer neben dem Schreibtisch. Dann ging er zur Tür.

„Was?" Er versuchte eine gleichgültige Miene aufzusetzen, wobei es ihn innerlich zerriss, dass er Olivia so anfahren musste. In ihre Augen konnte er ihr nicht schauen. Zu groß war die Angst, sein Blick könne ihn verraten.

„Kann ich bitte reinkommen? Ich möchte mit dir unter vier Augen reden." Olivias Stimme zitterte.

Am liebsten hätte er sie reingebeten, doch er traute sich selbst nicht über den Weg in ihrer Nähe, deshalb war es wahrscheinlich das Beste, wenn sie mit ihm zwischen Tür und Angel redete.

„Das passt mir gerade nicht. Sag mir doch einfach, was du zu sagen hast."

Ein gekränkter Ausdruck huschte über ihr hübsches Gesicht. Darragh konnte es ihr nicht verdenken.

„Gut, kein Thema. Ich bleib einfach stehen. Ist auch viel bequemer mit diesem Gips, weißt du. Sitzen wird eh überwertet."

Verdammt, der Gips. Wie unsensibel konnte man sein? In dem Versuch, unbeeindruckt zu wirken, öffnete er seine Tür ein Stück weiter und bedeutete ihr mit einer Geste, dass sie eintreten sollte.

„Oh, welch Ehre." Sie humpelte an ihm vorbei in sein Zimmer. Dabei wehte ihm der vertraute Duft von Orangen entgegen und er musste sich zusammenreißen, damit er ihr weiter Gleichgültigkeit vorspielen konnte. Olivia nahm zögerlich auf der Kante seines Bettes Platz.

„Joris hat gemeint, wenn ich wissen will, wie es zu dem glücklichen Zufall kam, dass er mich am zweiten Weihnachtsfeiertag vor den Obscurati gerettet hat, muss ich dich fragen." Darragh mied ihren Blick.

Er hatte gewusst, dass sie ihn irgendwann zur Rede stellen würde. Für diesen Tag hatte er sich auch eine Ausrede überlegt. Doch jetzt, wie sie allein in seinem Zimmer vor ihm saß, brachte er es nicht über die Lippen.

„Er hat gesagt, er hätte dir versprochen, mir nichts zu erzählen. Du lässt mir also keine andere Wahl, als dich damit zu konfrontieren."

Sie hatte recht. Er ließ ihr keine andere Wahl, außer die, ihn zu ignorieren und zu vergessen. Wieso entschied sie sich nicht einfach dafür? Das würde es für sie beide leichter machen.

„Sag mir doch bitte einfach, wie Joris zum richtigen Zeitpunkt an den richtigen Ort gekommen ist?"

Darragh konnte ihren Anblick nicht mehr ertragen. Es brach ihm das Herz, dass er ihr nicht die Wahrheit sagen konnte. In diesem Moment brachte er nichts über die Lippen. Nicht einmal die neuste Lüge, die er sich überlegt hatte. Er wandte seinen Blick zum Fenster, sodass er mit dem Rücken zu ihr stand. Traurig starrte er durch die Scheibe, auf den Hinterhof der Akademie.

„Er ist teleportiert", sagte Darragh, um die Stille zu unterbrechen.

„Das Wie ist mir schon klar. Ich frage dich, woher er wusste, dass er zu mir teleportieren und einen Bogen mitbringen musste."

Seine Hände zitterten. Um es vor Olivia zu verbergen, verschränkte er die Arme vor der Brust.

„Okay, so kommen wir nicht weiter."

Hoffnung stieg in Darragh auf. Hoffnung, dass er Olivia dazu gebracht hatte, einzusehen, dass er nicht mit ihr reden und sie ohne eine Antwort verschwinden würde. Doch sie ließ nicht locker.

„Hattest du eine Vision von dem Angriff? Immerhin hast du seherische Fähigkeiten, das ist ja kein Geheimnis. Ich weiß doch, dass du vom Aszendenten her Steinbock bist."

Die Hälfte der Lüge, die er ihr auftischen wollte, hatte sie bereits erraten. Wobei das immerhin die Hälfte war, die teilweise stimmte.

Nur, dass es nicht seine seherischen Fähigkeiten waren, die Darragh zu Olivia geführt hatten, sondern seine Auramagie. Wobei ... Laut Herrn Schwarz waren diese beiden Kräfte eng miteinander verbunden und er hatte in der Tat Bilder von dem Angriff vor seinem inneren Auge gesehen, also war es vielleicht eine Kombination aus beiden Kräften gewesen. Er nahm jetzt allen Mut zusammen und drehte sich zu ihr um.

„Gut erraten, Sherlock. Ich wollte einfach nicht, dass du weißt, dass ich eine Vision von dir hatte, damit du dir keine falschen Hoffnungen machst."

„Falsche Hoffnungen?!" Der Aufruhr stand Olivia ins Gesicht geschrieben. „Ist das gerade dein Ernst? Du meinst, anstatt einfach dankbar zu sein, dass du eine Vision von dem schlimmsten Moment in meinem Leben hattest und auch noch so geistesgegenwärtig warst und Joris zu meiner Rettung geschickt hast, würde ich das so interpretieren, dass du heimlich auf mich stehst und deshalb Visionen von mir hast?" Ihre Stimme bebte.

„Na ja, man kann ja nie wissen." Darraghs gesamter Körper verkrampfte sich, als er die nächsten Worte aussprach. „Ihr Mädchen interpretiert offensichtliche Dinge meist falsch und ich wollte nicht, dass Amelie denkt, dass ich etwas für dich empfinde."

Olivia lachte trocken auf. „Keine Sorge, ich habe hier sicher nichts falsch interpretiert und mache mir auch keine Hoffnungen, weil du eine Vision von mir hattest." Sie schnappte ihre Krücken und stand von seinem Bett auf. „Die letzten Wochen waren mehr als eindeutig und ich bin froh, dass ich jetzt den wahren Darragh kennenlernen durfte, bevor ich noch Amelies Schicksal erleide und mit dir als meinem Freund ende."

Mit einem stechenden Schmerz in der Brust wandte er sich wieder dem Ausblick aus seinem Fenster zu. Er hatte es getan. Diese furchtbare Lüge, von der er wusste, dass sie Olivia verletzen würde, war raus. Wenn er es zuvor noch nicht geschafft hatte, dann hatte er sie jetzt endgültig von sich weggestoßen.

Kurz, bevor Olivia sein Zimmer verließ, sprach sie noch einmal. Er hatte gehofft, dass sie diese Frage nie stellen würde.

„Kannst du mir eigentlich verraten, was vorgefallen ist, dass du von heute auf morgen so anders zu mir bist? Ich dachte, wir waren Freunde."

Darragh schloss die Augen. Hier und jetzt war der Moment gekommen, in dem er Olivia endlich die Wahrheit sagen konnte – oder sie für immer verlieren würde. Heiße Tränen flossen über seine Wangen. Seine letzte Anstrengung brachte er dafür auf, dass seine Stimme fest und überzeugend klang.

„Manchmal merkst du erst, dass du mit der falschen Person Zeit verbracht hast, wenn die richtige Person in dein Leben tritt."

Angespannt wartete er darauf, dass Olivia verschwand. Doch das tat sie nicht? Wieso ließ sie ihn selbst nach diesen verletzenden Worten nicht allein?

Er versuchte sie zum Gehen zu animieren. „Bitte schließ die Tür hinter dir."

Es funktionierte.

Das Zuknallen der Tür untermauerte das Brechen seines Herzens, das mit Olivias Weggang unwiderruflich in tausende kleine Teile zersprang.

„Du weißt, dass du Olivia die Wahrheit erzählen musst, wenn wir sie finden, oder?", sagte Aiko.

Lucy und sie hatten bereits minutenlang auf Darragh eingeredet, dass Herrn Schwarz' Theorie nie und nimmer wahr sei und dass er sich wie ein unfassbares Arschloch verhalten habe. Sie waren mitten im Wald angekommen und Darragh konnte kein einziges Blatt mehr erkennen, so duster war es um sie herum.

„*Wenn* wir sie finden, werde ich das sicher tun. Jetzt brauchen wir aber erstmal Licht. Ich sehe nämlich gar nichts mehr."

Lucy tastete in der Dunkelheit nach ihrem Freund. „Phileas? Kannst du einen elektrischen Strahl erzeugen, der uns den Weg leuchtet?"

„Ich könnte es versuchen, aber das Risiko ist zu groß, dass ich einen Baum treffe und ein Feuer ausbricht, das wir nicht kontrollieren können."

„Aiko, kannst du so eine Gaskugel erzeugen wie letztens im Unterricht bei Frau Roggenkamp?", fragte Joris.

„Ja, sicher, aber was soll uns das bringen?"

„Vielleicht können wir unsere eigene kleine Lampe erzeugen, wenn Phileas die Gaskugel mit Elektrizität füllt", schlug Joris vor. „Natürlich darf es kein explosives Gas sein."

Aiko und Phileas schauten sich an. „Mit Helium könnte es klappen", sagte Aiko und erschuf einen kleinen Gasball aus dem Nichts. Phileas schoss einen lila leuchtenden Lichtstrahl aus seinen Fingern auf den kleinen Ball, doch er zerplatzte durch den harten Aufprall des Blitzes. Vorsichtig versuchten sie es noch einmal, und tatsächlich funktionierte es beim zweiten Anlauf. Der knisternde Lichtstrahl traf auf das kugelförmige Gasgebilde, und wie Joris es vorhergesagt hatte, bildete sich in der kleinen Gaskugel ein elektrisches Feld mit genug Licht, um ihnen den Weg zu erleuchten.

„Klasse Idee, Joris!", lobte Lucy ihn.

Aiko und Phileas erschufen drei weitere dieser kleinen Gaslampen, damit die fünf sich aufteilen konnten, um den Wald zu durchsuchen. Darragh rief nach Olivia, bis er heiser war und hielt Ausschau nach Hinweisen, wo sie sein könnte. Immer noch konnte er ihre Aura nicht im Geringsten spüren. Mittlerweile waren sie schon kilometerweit in den Wald gegangen und Darragh fuhr die Kälte der Nacht in alle Glieder. Weder seine Finger noch seine Ohren konnte er jetzt fühlen. Seine Lippen waren rissig und trocken, doch er konnte nicht aufgeben. Olivia musste hier irgendwo sein! Und zwar lebendig.

„Ich glaube, wir sind an der Barriere angekommen", rief Aiko. Alle versammelten sich bei ihr.

„Was meinst du damit?", fragte Darragh.

Aiko erinnerte sie an Frau Roggenkamps Worte, dass sie in Dahlow sicher waren, da sie eine magische Barriere von Bösem abschirmte. "Mein Vater hat mir erzählt, wo diese Barriere ungefähr entlanggeht. Und wenn ihr hier an der Seite genau hinseht, seht ihr einen leichten lilafarbenen Schleier, ähnlich wie Phileas' Blitz."

Sie bewegte den leuchtenden Gasball näher an die vermeintliche Barriere heran. Jetzt erkannte Darragh den Schleier. Eine magische Barriere, die alles abschirmte … Ihm kam ein Gedanke.

"Das könnte es sein! Olivia könnte hinter dieser Barriere sein und die magische Kraft verhindert, dass ich ihre Aura spüren kann."

"Ich weiß nicht, ob wir die Barriere durchbrechen sollten. Schließlich ist sie aus einem guten Grund da", ermahnte Aiko ihn zaghaft.

Darragh blieb beharrlich. "Wenn Olivia hinter dieser Barriere ist und in Gefahr schwebt, dann muss ich sie durchbrechen! Ich geh nur schnell dahinter, um zu sehen, ob ich ihre Aura spüre. Wenn ich in zehn Minuten nicht zurück bin, könnt ihr Hilfe holen, okay?"

"Wir werden dich dahinter nicht sehen können", erklärte Aiko. "Wir können nur den Wald und die Bäume sehen. Ebenso kann man von der anderen Seite uns nicht sehen. Der Täuschungsbann funktioniert in beide Richtungen, meinte mein Vater."

Darragh nickte. "Zehn Minuten."

Entschlossen schritt er durch die Barriere. Es fühlte sich überraschenderweise nicht anders an, als durch den Rest des Waldes zu gehen. Das Licht der Gaskugel war verschwunden, und als er sich zu den anderen umdrehte, sah er nur noch Bäume, wie Aiko gesagt hatte. Doch er spürte, wie seine Hände und Ohren langsam wärmer wurden, wie eine Last von seiner Seele fiel und wie ein Teil zu ihm zurückkehrte, ohne den er nicht mehr leben konnte. Eine vertraute, wärmende Präsenz umgab ihn – Olivias Aura. Er konnte sie wieder spüren.

"Olivia!", rief er in den Wald hinein.

"Hier drüben!", rief ihre Stimme ihm entgegen.

Erleichtert atmete er auf. Sie klang zittrig, und Darragh spürte, dass sie Angst hatte und traurig war, doch sie war am Leben. Im nächsten Moment sah er ein Leuchten durch die Bäume. Das musste Olivias Lichtmagie sein. Er rannte los, dem Licht entgegen. Als es immer heller wurde, konnte er sie sehen. Sie kniete auf dem Boden und beugte sich schützend über etwas. Er bewegte sich mit schnellen Schritten auf sie zu.

„Olivia, ist alles in Ordnung? Bist du verletzt?"

Olivia blickte zu ihm auf. Ihr Gesicht war von Tränen überströmt und ihre Augen waren rot, doch er konnte deutlich die Verwunderung in ihrem Gesicht erkennen.

„Darragh?"

Er blickte an ihr herunter und sah, dass sie über und über mit einer dunklen, roten Flüssigkeit beschmiert war.

„Ist das Blut?"

„Ja, aber nicht meins", antwortete sie und blickte auf den Waldboden.

Als er näherkam, sah er, was sie beschützte. Ein kleiner Fuchs mit zwei Köpfen lag wimmernd vor ihren Knien. Darragh keuchte vor Überraschung. Ein Doublifox! Diese Kreaturen hatte er zuletzt gesehen, als er seine Großeltern in Italien besucht hatte. Dort streiften sie oft durch die großen Olivenplantagen. Ihm war nicht bewusst, dass sie so weit nördlich vorkamen. Ausgewachsene Doublifoxe konnten sehr gefährlich werden, vor allem, wenn sie Hunger hatten oder ihre Sprösslinge beschützen wollten. Der Fuchs, der vor Olivia auf dem Boden lag, sah jedoch sehr jung aus. Als Darragh genauer hinsah, entdeckte er, woher das Blut kam, das an Olivias gesamtem Körper klebte.

„Was ist passiert?", fragte er und beugte sich zu Olivia nach unten.

„Er ist in eine Bärenfalle getreten und ich bekomme seine Pfote einfach nicht aus diesem verdammten Teufelswerk raus."

Olivias Stimme ging in ein tiefes Schluchzen über. Bärenfallen in diesem Waldstück? Darragh erinnerte sich an den einen Sommer im Pfandfindercamp, als er klein gewesen war. Dort hatte man ihm beigebracht, dass diese Art von Fallen nicht in Wäldern genutzt werden durften, die Menschen betreten könnten. Er hatte dabei auch erfahren, wie diese Fallen zu öffnen waren, wenn sie einmal zugeschnappt hatten. Allein war das so gut wie unmöglich.

„Nimm du die eine Seite der Falle, ich nehme die andere und dann drücken wir sie gemeinsam nach unten", wies Darragh Olivia an.

Sie tat, was er sagte. Mit vereinter Kraft versuchten sie, die beiden Eisenbügel auseinanderzudrücken. Ächzend öffneten sie sich und Olivia befreite die Pfote des Doublifox aus der Falle. Darragh nahm einen Ast vom Boden und warf ihn in die Falle, sodass sie wieder zuschnappte und sich niemand weiter an ihr verletzen konnte. Beschützend hielt Olivia das verletzte Kerlchen in den Armen.

„Wir müssen zu einem Tierarzt mit ihm."

Der kleine Fuchs atmete schwer und ihm fielen allmählich die Augen zu. Er hatte so viel Blut verloren. Darragh befürchtete, dass sie es nicht rechtzeitig zu einem Arzt schaffen würden, zumal sie mit einem Doublifox nicht bei einem Nubiqui-Tierarzt auftauchen konnten. Er wusste nicht, ob die Schulkrankenschwester dem Kleinen helfen konnte.

„Olivia, ich glaube, es ist zu spät."

„Nein, nein! Das lass ich nicht zu, wir müssen ihm helfen!", rief sie verbissen unter ihren Tränen hervor.

Darragh sah sie mitfühlend an. Wie schon in der Nacht nach dem Angriff fragte er sich, warum Olivia ihn jemals absichtlich verletzen oder sogar töten sollte. Wenn die Vision wahr wäre, wäre er bestimmt der Böse in der Geschichte. Er schämte sich dafür, wie er sie in den letzten Wochen behandelt hatte, und wollte nichts lieber, als sie in den Arm zu nehmen und ihr beizustehen.

Plötzlich hörte er ein Rascheln im Gebüsch hinter Olivia. Im Augenwinkel nahm er eine Bewegung wahr, gefolgt von einem leisen Knurren. Als er hinter Olivias Rücken spähte, sah er vier leuchtende, große Augen, die sich ihnen näherten. Das hatte ihnen gerade noch gefehlt: Ein Elternteil des kleinen Doublifox war gekommen, um seinen Welpen zu beschützen.

Ohne nachzudenken warf sich Darragh auf den Boden hinter Olivia, beugte sich beschützend über sie und legte dabei einen seiner Arme um ihre Schultern. Den anderen Arm hielt er schützend vor sein Gesicht, in die Richtung des Fuchses, der sich aus dem Gebüsch hinter ihnen näherte. Darragh hatte die Augen geschlossen und erwartete, den Schmerz der großen Fangzähne zu spüren, doch es geschah nichts. Er spürte nur das Gefühl von Feuer an seinem linken Arm, mit dem er Olivia umklammerte. Als er die Augen öffnete, sah er einen goldenen Schleier um sich herum. Einen Schleier, der dem der magischen Barriere ähnelte – bloß erstreckte er sich um ihn und Olivia wie ein Schutzfeld und hielt die große Kreatur davon ab, sie anzugreifen. Hatte er gerade ein Schutzfeld erzeugt? Das dürfte er doch eigentlich gar nicht können?

Ein fassungsloses Keuchen entfuhr Olivia. „Darragh!"

„Ich kann es mir auch nicht er–"

Mit einem Blick zu ihr bemerkte er, dass sie nicht über sein Schutzfeld erstaunt war, sondern darüber, dass sie gerade selbst grüne magische Energie aus ihren Händen strömen ließ. Ihre Hände berührten den kleinen Fuchs und die grünen Funken heilten die Wunde des verletzten Wesens. Der Welpe öffnete seine Augen und zuckte mit der verletzten Pfote. Olivias Magie erlosch und Darragh ließ sie los, das Schutzfeld um sie herum blieb aktiv.

Der kleine Doublifox schaute ihn mit seinen vier funkelnden Augen an und sprang energisch auf alle vier Pfoten. Beide Köpfe leckten Olivias Hände ab und er spürte, wie glücklich sie darüber war, dass es der kleinen Kreatur wieder gut ging.

„Ich glaube, deine Mama oder dein Papa wartet auf dich", sagte sie an den kleinen Fuchs gewandt, der immer noch mit einem Kopf ihre Hand ableckte und mit dem anderen Kopf in die Richtung des ausgewachsenen Fuchses blickte. Er war mittlerweile aus dem Gebüsch getreten und Darragh sah ihn nun vollständig. Der kleine Fuchs hatte noch die Größe eines normalen Rotfuchses, aber der ausgewachsene Doublifox kam an einen Grizzlybären heran, jeder seiner zwei Köpfe so groß wie ein Autoreifen. Darragh schluckte. Ein Biss oder ein Krallenhieb von diesem Wesen und sie waren auf der Stelle tot.

Olivia schubste den kleinen Fuchs in die Richtung seines Elternteils. Vergnügt flitzte er auf sein großes Pendant zu. Der ausgewachsene Doublifox schleckte sein Junges ab, sah dann kurz zu Olivia, bevor sich die beiden abwandten und verschwanden. Darragh senkte seinen Arm und das goldene Schutzfeld erlosch.

„Was zur Hölle machst du hier?", fragte ihn Olivia, die vom nassen Waldboden aufgestanden war.

Noch ganz benommen von dem, was gerade geschehen war, stand auch Darragh vom Boden auf und sagte mit zittriger Stimme: „Dich suchen."

„Mich suchen?" Olivia blinzelte. „Woher wusstest du denn, wo–"

Olivia wurde unterbrochen von Fußgetrampel und Stimmen, die ihre Namen riefen.

„Hier drüben. Ich habe sie gefunden", sagte Joris, der gerade neben ihnen auftauchte, gefolgt von Phileas, Lucy und Aiko.

Lucy schrie. „O Gott, Olivia, ist das dein Blut? Was ist passiert?"

„Nein, das ist nicht mein Blut. Das ist von einem zweiköpfigen Fuchs. Dem geht es aber zum Glück wieder gut. Was macht ihr alle hier?"

„Nach dir suchen, du Dummerchen!", sagte Lucy und umarmte Olivia. „Wir sind so froh, dass es dir gut geht. Darragh hat uns einen totalen Schrecken eingejagt, als er uns alarmiert hat, dass dir etwas zugestoßen sein könnte."

Olivia schaute ihn misstrauisch an. „Woher–"

Aber sie kam wieder nicht dazu, ihre Frage zu beenden, weil Joris sie unterbrach. „Ein zweiköpfiger Fuchs? Du meinst einen

Doublifox? In diesem Teil des Landes? Das kann nicht sein."

„Doch, ich habe ihn mit meinen eigenen Augen gesehen. Es waren sogar zwei. Ein Ausgewachsener mit seinem Jungen", bestätigte Darragh.

Joris fiel die Kinnlade herunter.

„Doublifox oder nicht. Wir sollten schleunigst zurück hinter die Barriere, bevor ein Doublifox unser kleinstes Problem ist", warf Aiko ein.

„Doublifox? Barriere? Und was zur Hölle macht ihr alle hier?" Olivia verstand die Welt nicht mehr.

„Wir haben genug Zeit für Fragen, und Darragh kann dir einige davon beantworten, aber zuerst müssen wir wieder hinter die Barriere. Kommt schon." Aiko drängte sie beinahe panisch.

Alle folgten ihr, keiner traute sich, ein Wort zu sagen, bevor sie durch den violetten Schleier gegangen waren. Aiko preschte mit den anderen im Schlepptau in die Richtung der Akademie und ließ Olivia mit Darragh allein zurück.

„Der lila Schimmer ist mir vorhin gar nicht aufgefallen." Olivia musterte die magische Barriere. „Ich war so fasziniert von dem Dublofuchs."

„Doublifox", berichtigte Darragh sie.

„Doublifox. Stimmt. Und was ist das für eine Kugel, die neben den anderen schwebt?"

Mit einem leichten Zittern strich sie sich über die Arme. Darragh sah, dass sie fror. Er zog seinen schwarzen Hoodie aus, und streckte ihn ihr entgegen. Mit bösem Blick sah sie das Kleidungsstück an, beinahe so, als würde Darragh ihr ein Messer hinhalten.

„Diese Lichtkugel haben Aiko und Phileas zusammen erschaffen. Aiko hat einen Heliumball hervorgezaubert und Phileas hat ihn mit einem Blitz gefüllt", beantwortete er ihre Frage.

„Ah, cool!"

Fröstelnd stand Olivia vor ihm. „Jetzt nimm schon", drängte Darragh, der ihr immer noch den Hoodie hinhielt.

„Nein, danke. Nicht, dass ich noch auf falsche Gedanken komme, wenn ich deinen Pulli trage. Oder schlimmer noch: Was, wenn Amelie uns aus dem Wald kommen sieht und ich trage deinen Pullover? O nein, das wollen wir mal nicht riskieren."

Der Zynismus in ihrer Stimme war unverkennbar. Das hatte Darragh verdient. Olivia sah ihn abschätzend an.

„Magst du mir jetzt vielleicht erklären, warum du mit den Anderen hier bist, anscheinend auf der Suche nach mir? Und was Lucy damit meinte, du hättest sie alarmiert, dass mir etwas zugestoßen wäre? Wie kommst du darauf? Und woher wusstest du, wo ich bin? Hattest du wieder eine Vision?"

Darragh holte tief Luft. Hier und jetzt war der Moment gekommen, den er in den letzten Monaten hatte umgehen wollen. Doch jetzt wussten die Anderen davon und er musste es Olivia erzählen. Es war besser, wenn sie es von ihm erfuhr.

„Keine Vision, nein. Dazu muss ich aber ein ganzes Stück ausholen. Versprich mir, dass du mich ausreden lässt und nicht wegrennst, okay?"

Olivia schaute ihn argwöhnisch an. „Muss ich auch versprechen, dich nicht zu schlagen?"

Darragh schmunzelte. „Nein, das steht dir jederzeit offen. Aber erst, nachdem ich alles erzählt habe."

„Klingt fair. Leg los."

„Also, von meiner Auramagie weißt du ja."

Olivia nickte. Darragh erzählte ihr alles von dem ersten Tag, an dem er ihr begegnet war, bis hin zu Weihnachten, als seine Auramagie dabei geholfen hatte, sie zu retten.

„Du kannst jede meiner Gefühlsregungen wahrnehmen?" Im spärlichen Schein von Olivias Lichtmagie, mit der sie die Dunkelheit erhellte, sah er, dass ihre Wangen rot wurden. „Jede?"

„Jede starke zumindest. Wut, Trauer, überschwängliche Euphorie."

„Dann spürst du hoffentlich, wie wütend ich gerade auf dich bin."

Und ob Darragh das spüren konnte! Olivia hatte nun die Arme fest um ihren Körper geschlungen und versuchte so, ihr Zittern zu unterdrücken.

„Warum hast du mir das nie erzählt?"

„Es war mir irgendwie peinlich. Ich konnte es nicht erklären und wusste nicht, was es zu bedeuten hat. Das weiß ich bis heute nicht."

Sie schaute ihn überlegend an und biss sich auf die Lippe. „Ist das auch der Grund, warum du mich in den letzten Monaten ignoriert hast? Wolltest du so die Verbindung zu meiner Aura kappen? Hat dich die Präsenz meiner Aura so gestört, dass du mit mir nichts mehr zu tun haben wolltest? Meintest du, dass ich die falsche Person bin, weil meine Aura so schrecklich ist?"

„Nein, im Gegenteil." Er blickte beschämt auf seine Füße. „Deine Aura war nie störend oder gar schrecklich, und das mit der falschen Person war eine Ausrede. Da gibt es nämlich noch etwas." Mit seinem rechten Schuh wühlte er ein paar Steinchen auf dem Waldboden von links nach rechts.

„Okay, ich bin ganz Ohr."

„Gut." Er pausierte und fuhr sich mit einer Hand über die Haare an seinem Hinterkopf. „Wie erkläre ich das am besten?"

Ungeduldig zappelte Olivia mit ihrer Fußspitze und wühlte dabei die Erde des Bodens auf. „Vielleicht versuchst du es mal mit der Wahrheit, und zwar der ganzen Wahrheit. Nur so eine Idee."

Darragh holte tief Luft. „Immer, wenn ich dich berühre, fühlt es sich für mich an, als würde ich verbrennen, als würde ich in eine offene Flamme greifen."

Olivia öffnete den Mund, um etwas zu sagen, und schloss ihn dann wieder. Ein nachdenklicher Ausdruck trat auf ihr Gesicht. „Immer? Jedes Mal? Nur kurz? Hört das dann wieder auf?"

„Immer, jedes Mal. Bis jetzt habe ich keine längere Berührung ausgehalten und immer schnell abgebrochen. Ist dir nicht aufgefallen, dass ich dich nie umarmt habe? Ich habe zu Halloween sogar extra mit Joris zusammen eine Ritterrüstung aus dem dritten Stock geklaut, damit ich beim Tanzen eine Schutzbarriere zwischen uns habe. Das war vielleicht ein Akt, sag ich dir. Die Hose hat nicht gepasst, also musste ich sogar Sabella um Hilfe bitten!"

Olivia schmunzelte. „Das hat mir Sabriel bereits erzählt. Ich habe mich schon gefragt, was diese Aktion sollte. Warum wolltest du dann überhaupt mit mir auf die Party gehen, wenn es für dich so ein Aufwand war?"

„Ich wollte mit dir auf die Party gehen, weil …" Er atmete tief ein. Sein Herz sprang ihm fast aus der Brust, so wild schlug es bei dem Gedanken daran, was er ihr jetzt endlich offenbaren würde. „Weil ich dich mag, Olivia. Weil ich dich wirklich sehr mag. Und in dem Moment, als ich dich gefragt habe, hat mein Kopf einfach ausgesetzt. Wie ich mit dir tanzen soll, habe ich mich erst im Nachhinein gefragt. Auch weil ich felsenfest davon ausgegangen bin, dass du nicht mit mir zur Party gehen würdest."

Er hielt nun wirklich nichts mehr vor ihr geheim. Warum sollte er auch? Wenn er schon mit der Wahrheit rausrückte, dann vollständig. Mit jedem Detail, egal, wie unangenehm es war. Die Zeit der Geheimnisse war nun vorbei. Allmählich merkte er, wie es ihm leichter ums Herz wurde, eine große Last fiel von ihm. Es fühlte sich unheimlich befreiend an.

Olivia spielte mit einer Strähne ihrer feuerroten Haare, die sich sogar im Dunkeln der Nacht leuchtend von ihrer Umgebung abhoben. Dabei blickte sie gedankenverloren zu Boden. „Darüber bist du ja schnell hinweggekommen. Schließlich hast du dich nur kurz darauf mit deiner kleinen Freundin abge–"

„Amelie und ich waren nie zusammen", unterbrach er sie.

Olivia schaute ihn ungläubig an. „Aber …"

„Wir hatten einen Pakt. Sie wollte mit mir ihren Exfreund loswerden, und ich wollte–"

Olivia fiel ihm ins Wort. „Du wolltest mich loswerden!" Sie schürzte die Lippen. „Euer Schauspiel sah aber sehr überzeugend aus."

Darraghs Hände waren klitschnass vor Nervosität. „Wir haben uns nur ein paarmal geküsst, wenn du oder Ron in der Nähe wart. Nie, wenn wir alleine waren. Da lief nichts, neben dem Pakt."

Mit einem Mal kam Olivia ein paar Schritte auf ihn zu. Darragh war auf alles gefasst und glaubte beinahe, sie wollte ihm eine Ohrfeige verpassen. Doch Olivias Hand landete nicht in Darraghs Gesicht, sondern auf seinem Hoodie, der immer noch in seiner Hand verweilte. Entweder, die Kälte hatte gesiegt, oder der Fakt, dass es keine Freundin gab, der sie in die Arme laufen konnten.

Olivia zog sich das Sweatshirt über. An ihr wirkte es riesig, als wäre sie in eine große kuschlige Decke gehüllt. Darragh kam nicht umhin, ein Schmunzeln zu unterdrücken.

„Erklär mir mal bitte, wieso du seit vier Monaten eine vorgetäuschte Beziehung führst, anstatt mit mir über das eigentliche Problem zu reden. Du weißt, dass das absolut verrückt klingt, oder?" Die Wut in Olivias Stimme war immer noch deutlich herauszuhören, aber sie hatte ihren eisigen Unterton verloren.

Darragh seufzte. „Jetzt kommen wir zum schweren Teil."

„Das war noch nicht alles?"

Er überging ihren Kommentar. „Ich habe wochenlang in der Bibliothek nach einer Lösung gesucht und Bücher über Auramagie, Rarlim und Feuermagie gewälzt, aber nichts gefunden. Ich musste mich an jemanden wenden. An jemanden, der mehr Ahnung von der ganzen Materie hat als ich. Also habe ich mich Herrn Schwarz anvertraut, in der Hoffnung, dass er irgendetwas sieht, was ich übersehe. Immerhin ist er ein Lehrer, und–"

„Stopp! Du vertraust dich also lieber Herrn Schwarz an als mir oder deinen Freunden? Von allen Menschen Herrn Schwarz?" Olivias Stimme wurde laut. Ein ungläubiger Gesichtsausdruck erschien auf ihrem Gesicht. Sie war enttäuscht.

„Herr Schwarz ist ein ehrlicher und intelligenter Mann. Dazu hat er eine äußerst vertrauenswürdige Aura. Er kam mir in dem Moment wie die richtige Wahl vor."

Olivia verschränkte die Arme vor der Brust und verdrehte die Augen, den Blick von Darragh abgewandt. Mit dieser Offenbarung hatte er einen Schritt in die falsche Richtung gemacht. Sie war nun wütender als je zuvor. Mit rasendem Herzen ging er auf sie zu und griff nach der Bauchtasche des Hoodies, um sie zu sich zu ziehen. Er wollte ihr begreiflich machen, wieso er so gehandelt hatte. Angestrengt vermied sie jeden Augenkontakt und schlang in Abwehrhaltung die Arme weiterhin verschränkt um ihren Oberkörper.

„Weißt du eigentlich, wie gern ich dich in der Nacht an Halloween küssen wollte, Olivia?" Darragh wusste, dass er in diesem Moment rein gar nichts mehr vor ihr geheim halten durfte. Er würde ihr seine Gefühle offenlegen, um sie vielleicht davon zu überzeugen, dass sie ihm eine zweite Chance geben sollte. „Und in wie vielen Momenten ich dich seit unserem ersten Treffen küssen wollte?"

Olivias Körperhaltung entspannte sich. Sie ließ ihre Arme neben ihren Körper sinken, dann drehte sie ihren Kopf zu ihm und ihre Blicke trafen sich. Im Schein des Mondes, der mittlerweile durch die Baumkronen leuchtete, konnte Darragh ein Funkeln in ihren dunkelblauen Augen erkennen. Er hatte seine Hände immer noch fest im Stoff des Pullovers vergraben. Olivias Gesichtszüge wurden sanfter, ihr Blick weich. Er meinte, die Luft zwischen ihnen knistern zu hören wie ein flackerndes Lagerfeuer. Obwohl er wegen der Kälte der Nacht in seinem T-Shirt frieren müsste, spürte er die Hitze zwischen ihnen.

„Ich wollte das zwischen uns, das, was ich gern zwischen uns gesehen hätte, nicht mit der Bürde beginnen, dass ich dich nicht berühren kann. Also war ich mit meinem Problem bei Herrn Schwarz und er hatte tatsächlich eine Erklärung für das Ganze." Schweren Herzens ließ er von Olivia ab und entfernte sich einen Schritt von ihr. Mit beiden Händen fuhr er sich nervös durch die Haare. „Er erklärte mir, dass sich hier meine Aszendentenmagie meldet, dass ich eine Vision von der Zukunft habe, in der …" Er pausierte und schaute in ihre azurblauen Augen. „… in der du mich mit deiner Feuermagie verbrennst."

Ein bitteres Lachen entfuhr ihr. Entgeistert sah sie ihn an. „Darragh, das kann nicht dein Ernst sein?! Das ist absoluter Bullshit!"

„Es ergibt Sinn, Olivia. Es ist das Einzige, was wirklich Sinn ergibt. Herr Schwarz meinte auch, dass meine Auramagie eng mit meinen seherischen Kräften verbunden sei und ich deine Aura wahrscheinlich aus demselben Grund stärker wahrnehme. Er hat mir sogar ein Buch mitgegeben, mit Fällen von seherischen Kräften, die durch Berührung ausgelöst worden sind."

„Und du dachtest dir ganz einfach: Okay, die erste Lösung, die ansatzweise Sinn ergibt, muss stimmen. Auch wenn Olivia keinen Grund hat, mich zu töten, und ich es ihr niemals zutrauen würde, höre ich auf Herrn Schwarz, vertraue mich keinem anderen an und gebe ihr einen Grund, mich umbringen zu wollen, indem ich sie ignoriere und eine vorgetäuschte Beziehung mit irgendeinem Mädchen eingehe?"

„Olivia–"

Doch sie wollte ihn nicht anhören. Zorn flackerte in ihren Augen auf und ließ sie beinahe rot leuchten. „Nein! Dir ist schon bewusst, dass du mit deinem Verhalten in den letzten Monaten fast eine sich selbsterfüllende Prophezeiung geschaffen hast, weil ich dich zeitweise wirklich am liebsten umgebracht hätte?!"

„Ja, das ist–"

Wieder ließ Olivia keine Entschuldigung zu. „Was du mir alles an den Kopf geworfen hast. Weißt du eigentlich, wie ich mich dabei gefühlt habe?"

„Es tut mir–"

„Natürlich weißt du, wie ich mich dabei gefühlt habe! Du hast es ja hautnah miterlebt!"

Mit großen Schritten und wütendem Gesichtsausdruck ging sie auf ihn zu. Darragh wich unwillkürlich vor ihr zurück. Diesmal war er sich sicher, dass sie auf ihn einprügeln würde, und durch den Berührungsschmerz würde es um einiges schmerzhafter werden als bei Aiko.

„Du wusstest ganz genau, wie ich mich fühle, und hast mich trotzdem immer weiter verletzt!"

Ihre Nasenflügel weiteten sich und sie ballte ihre Hände zu Fäusten. Plötzlich erstrahlte ein rötliches Licht zwischen ihnen. Irritiert versuchte Darragh, auszumachen, woher diese unerwartete Helligkeit kam, und sah Olivias Fäuste in Flammen stehen.

„Fuck!", entfuhr es ihr. „Nicht schon wieder!"

Sie blieb stehen und schaute finster auf ihre Hände. Schon wieder? Passierte ihr das etwa öfter? Darragh wollte sie beruhigen. „Olivia! Es tut mir leid. Es ist mir wirklich nicht leichtgefallen, das musst du mir glauben." Er machte einen Schritt auf sie zu.

„Bleib weg von mir!" Als sie ihn ansah, konnte Darragh erkennen, dass ihr Tränen die Wangen hinunterliefen. „Bleib weg von mir, oder diese unsinnige Vision geht doch noch in Erfüllung!"

Ihre Stimme zitterte, von Panik und Angst erfüllt. Doch Darragh hatte keine Angst. Tief in sich wusste er, dass Olivia ihn nicht verletzen würde. Mit einem Satz eliminierte er den letzten Abstand, der sie voneinander trennte, und packte sie. Diesmal griff er nicht nur nach dem Stoff des Pullis, sondern nach ihrem Körper. Fest umklammerte er ihre Taille. Das lodernde Gefühl der Verbrennung, das ihn überkam, wollte er ausblenden, dagegen ankämpfen. Die Flammen in Olivias Händen erloschen, als er seinen Körper gegen ihren drückte. Perplex blickte sie zu ihm auf. Tränen glitzerten in ihren Augen wie die Sterne am Nachthimmel.

„Aber ... ich dachte ..."

Mit festem Blick fokussierte er sich auf ihre Augen, hielt sie weiter fest. Ihr strahlendes Blau gab ihm Kraft, während sich der brennende Schmerz, der in seinen Händen begonnen hatte, mittlerweile über seine Arme bis hoch zu seinen Schultern zog. Olivias Feuer schoss durch seine Adern. Brennende, heiße, stechende Flammen krochen Stück für Stück durch seine Blutbahn.

Darragh unterdrückte einen Schmerzensschrei. Als das Gefühl sein Herz erreichte und sich in seiner Brust ausbreitete, befürchtete er für den Bruchteil einer Sekunde, dass dies sein Ende war. Er biss die Zähne zusammen. Plötzlich wurde ihm schwarz vor Augen. Es fehlte nicht viel und er wäre in Olivias Armen ohnmächtig zusammengebrochen. Doch kurz bevor das Gefühl überhandnahm und ihn vollkommen einnehmen konnte, verblasste der qualvolle Schmerz nach und nach und machte Platz für etwas Neues. Wohlig warme Energie durchströmte ihn. Es kam ihm vor, als wäre das Feuer nun ein Teil von ihm, als wäre Olivias Magie auf ihn übergegangen und hätte von ihm Besitz ergriffen. Er war sich sicher, ohne dieses Feuer könnte er nicht mehr leben.

Der Schmerz war verschwunden, er war einfach fort. Zaghaft öffnete Darragh die Augen und blickte in Olivias wunderschönes Gesicht. Besorgnis und Hilflosigkeit hatten sich darin ausgebreitet und die Wut verdrängt. Als er sie mit einem breiten Grinsen anlächelte, erkannte er Erleichterung in ihren Augen. Ein Schmunzeln breitete sich nun auch auf ihrem Gesicht aus. In diesem Moment realisierte er es: Er hielt Olivia in seinen Armen und hatte keine Schmerzen. Das, was er so lang ersehnt hatte, war endlich möglich. Er konnte sie berühren!

Er scannte ihr ganzes Gesicht mit seinem Blick, beginnend mit den Augen, die dem Sternenhimmel glichen, dann die Sommersprossen, von denen jede einzelne sie nur noch schöner machte, die porzellangleiche Haut und zuletzt die erdbeerfarbenen Lippen. In diesem Moment realisierte er, dass er sie jetzt schmerzfrei berühren konnte, und das hieß … Er konnte sie bestimmt auch küssen! Sein Herz schlug schneller, jeder Nerv seines Körpers war in Alarmbereitschaft. Das Verlangen, das seit Monaten in ihm schlummerte, konnte er nicht mehr unterdrücken. Ihre Lippen zogen ihn magisch an.

Vorsichtig hob er eine Hand an ihre Wange. Mit einem Prickeln in seinen Fingern, das nichts mit dem Gefühl von Verbrennung zu tun hatte, streichelte er ihre zarte Haut – als würden seine Finger über Seide streichen. Behutsam ließ er seine Hand in ihren Nacken gleiten, bevor er sich zu ihr hinunterbeugte und ihre weichen Lippen küsste.

Ein Gefühl überkam Darragh, intensiver als der Schmerz des Feuers in seinen Adern, überwältigender als jede Emotion, die er bisher verspürt hatte, und schöner, als er es sich jemals hätte ausmalen können. Für den Bruchteil einer Sekunde bemerkte er, wie Olivia zusammenzuckte, wie sich ihr Körper anspannte, bevor sie sich dem Kuss hingab und ihn mit einer ebenso starken Hingabe erwiderte. Ein Feuerwerk explodierte in seinem Bauch, farbenfroher als an Neujahr zur Jahrtausendwende, Glück durchfuhr jede Faser seines Körpers. Unzählige Gedanken schossen mit einem Mal durch Darraghs Kopf, bevor …

Plötzlich bemerkte er, wie Olivias Körper sich eigenartig anspannte. Ihre Muskeln verhärteten sich und ihre Atmung setzte aus. Irgendetwas passierte hier. Irgendetwas, das er nicht unter Kontrolle hatte. Irgendetwas, das nichts Gutes verhieß.

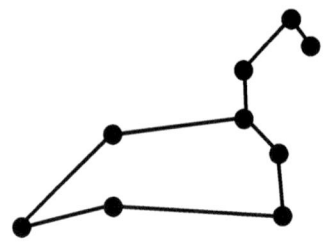

Kapitel 20

Im Mondschein

Angespannt stand Olivia da, Darraghs Arme um sich geschlungen. Sie fühlte, wie sich seine Muskeln unter seiner Haut verhärteten. Er wollte es sich nicht anmerken lassen, doch seine Gesichtszüge sprachen Bände. Waren das die brennenden Schmerzen, von denen er ihr berichtet hatte? Seine Kiefermuskeln zuckten angespannt und er kniff schmerzverzerrt die Augen zusammen.

Verängstigt versuchte Olivia, einen Schritt zurück zu machen, doch Darraghs Griff war so fest und entschlossen, dass sie sich nicht daraus befreien konnte. Seine Arme fühlten sich so unfassbar gut an und sie wollte bei ihm bleiben, doch sie wollte ihm auch nicht wehtun. Was, wenn Herr Schwarz doch recht gehabt hatte? Was, wenn sie Darragh durch ihre bloße Berührung umbrachte? Das wollte sie nicht! Nichts lag ihr ferner, als erneut einen Menschen zu töten, Darragh zu töten. Hilfesuchend blickte sie im Wald umher, doch sie sah nichts, außer Bäume, Moos, Erde und Steine. Nichts, was ihr weiterhelfen konnte.

Da erinnerte sie sich daran, wie sie auf wundersame Weise dem Doublifox mit ihrer Magie die Schmerzen genommen hatte. Könnte es auch bei Darragh funktionieren? Mit aller

Macht konzentrierte sie sich auf den bloßen Willen, Darragh den Schmerz zu nehmen. Ihm ein gutes Gefühl zu geben. Ihn mit ihrer Magie zu trösten, nicht zu verletzen.

Mit einem Mal entspannte sich Darraghs Griff. Seine Schultern sackten unweigerlich nach unten, als würde eine untragbare Last von ihnen fallen. Er schlug die Augen auf und sah sie mit einem seltsamen Ausdruck an. Einer Mischung aus Glück und Neugier. Seine Mundwinkel verzogen sich zu einem breiten Lächeln, und da wusste sie es: Der Schmerz war vorbei. Sie hatte es geschafft, sie hatte ihm den Schmerz genommen.

Plötzlich löste er seinen Griff um ihren Körper. Enttäuschung flackerte in Olivia auf. Sie wollte nicht, dass dieser intime Moment mit ihm schon vorbei war. Am liebsten hätte sie seine Hände gepackt und sie wieder um ihren Körper gelegt. Sie wollte nicht, dass die Distanz zwischen ihnen zurückkehrte. Wenn es nach ihr gegangen wäre, hätten sie noch ewig in dieser Umarmung verharren können. Sein warmer, schlanker Körper gegen ihren gepresst.

Mit klopfendem Herzen stellte sie fest, dass er seinen Griff nicht gelöst hatte. Seine linke Hand war immer noch um ihre Taille gelegt und zog sie bestimmt gegen seine Brust. Aber seine rechte Hand bewegte sich jetzt auf ihre Wange zu. Mit seinen Fingern streichelte er behutsam über ihr Gesicht. Ein Kribbeln jagte von ihrer Wange über ihren Nacken und ihre ganze Wirbelsäule hinunter. Es war so stark, dass es sie viel Selbstbeherrschung kostete, nicht zusammenzuzucken. Seine Hand bewegte sich von ihrer Wange zu ihrem Ohr, durch ihre Haare und landete anschließend in ihrem Nacken, wo er sie zärtlich ruhen ließ.

Das Kribbeln hatte nun jeden Teil ihres Körpers erreicht. Als Darragh seinen Kopf nach unten neigte und ihn langsam auf sie zubewegte, realisierte sie viel zu spät, was er vorhatte. Er würde sie küssen! Noch ehe sie entscheiden konnte, ob sie das überhaupt wollte, spürte sie seine vollen, warmen Lippen auf ihren.

Die Anspannung des Abends fiel mit einem Mal von ihr ab. Ihr ganzer Körper wurde zu Pudding und sie merkte wie in Trance, wie sie den Kuss erwiderte und sich ihm vollends hingab. Ein unbeschreibliches Gefühl ergriff Olivia. Beinahe so, als bliebe ihr der Atem weg.

Halt! Irgendetwas stimmte nicht. Es war nicht so, als bliebe ihr der Atem weg. Ihr blieb der Atem wirklich weg! Unweigerlich wurde ihr bewusst, dass sich ihr Brustkorb ausdehnte und sich ihre Lungen mit Luft füllten, mit mehr Luft, als Olivia brauchte, mehr Luft, als ihr Körper fassen konnte. Ihre Lunge ertrank in Luft. Sie fühlte sich, als würde sie jeden Moment ersticken! Wie war das möglich? Wie konnte man an zu viel Luft ersticken? Ihre Adern dehnten sich aus und Olivia befürchtete, dass ihre Gefäßwände dem Druck nicht standhalten und bald explodieren würden. Das Gefühl überwältigte sie, doch sie konnte sich nicht bewegen, nichts sagen, nichts denken.

Darragh hatte bemerkt, dass etwas nicht stimmte, und löste sich aus der Umarmung. Mit den Händen unsicher an ihren Schultern sah er sie besorgt an.

„Olivia! Olivia, was ist los? Was ist passiert, was tut dir weh?"

Olivia versuchte, zu atmen, versuchte, zu sprechen, doch aus ihrem Mund kam nur ein rasselndes Geräusch, bis sie langsam auf den Boden sank.

„Ich hol Hilfe!"

Darragh wollte gerade losrennen, als ihn Olivia, auf ihre Knie gestützt, am Arm packte und den Kopf schüttelte. Sie wollte nicht, dass er verschwand. Er durfte sie nicht im Wald allein zurücklassen. Sein Schmerz war verschwunden. Irgendetwas sagte ihr, dass auch sie nur lange genug durchhalten musste, bis auch ihrer verebbte. Es war der richtige Weg, der einzige Weg, das fühlte sie einfach.

Sie griff nach Darraghs Hand und er kniete sich neben ihr auf den Boden. Nichts geschah. Noch immer konnte sie die Luft, mit der sich ihre Adern füllten, nicht zum Atmen nutzen. Bei Darragh hatte es doch auch geklappt, wieso wollte es bei ihr nicht funktionieren?

Jeden Moment würde sie ohnmächtig werden. Es fühlte sich an, als würde die Welt um sie herum gleich in ewige Schwärze verfallen. Darraghs Rufe drangen aus weiter Ferne zu ihr. Fast sackte sie vollends in seinen Armen zusammen.

Doch dann dachte sie daran, dass sie sich an die Heilung des Doublifox erinnert hatte, bevor Darraghs Schmerz abgeebbt war. Vielleicht konnte sie so auch sich selbst helfen! Mit geschlossenen Augen konzentrierte sie sich erneut auf die heilende Magie in ihrem Herzen. Ihre Haut kribbelte plötzlich, ihre Adern weiteten sich noch etwas mehr und endlich strömte wieder Luft in ihre Lunge, und zwar nur in ihre Lunge! Genau in der richtigen Menge, die sie zum Überleben brauchte. Zügig inhalierte sie die kalte, holzig frische Waldluft und spürte, wie eine Last von ihr abfiel.

Sie hustete und atmete einige Male schnell ein und aus, bis sich ihre Atmung normalisiert hatte. Als sie zu Darragh aufsah, bemerkte sie, dass sein Gesicht kreidebleich war.

„Dieser Kuss hat mir doch glatt den Atem geraubt", scherzte sie mit kratziger Stimme.

Darragh lachte erleichtert auf. „Was ist passiert?"

Olivia fuhr sich mit der Hand über den Hals und die Brust. „Ich habe keine Ahnung. Mein ganzer Körper ist in Luft ertrunken. Wenn das irgendwie Sinn ergibt."

„Nicht wirklich, aber die Hauptsache ist, dass es dir gut geht!"

Mit festem Griff zog er sie zu sich heran und nahm sie in den Arm. Olivia genoss seine Wärme, die ihr in dieser kalten Nacht Halt gab, doch das eben Geschehene ging ihr nicht aus dem Kopf.

Bei jeder Berührung hatte sich Darragh gefühlt, als würde er verbrennen. Durch ihre Feuermagie verbrennen. In dem Moment, als dieses Gefühl von ihm abgelassen hatte, war Olivia fast an Luft erstickt. Luft, die sie immer noch durch ihre Adern fließen spürte. Es fühlte sich an, als hätten sich die Elemente Feuer und Luft in ihrem Körper vereint. Als würden sie getrennt voneinander, aber auch miteinander in ihr existieren.

Darragh ließ von ihr ab und blickte sie nachdenklich an. „Dir geht es wirklich gut?"

Sein besorgter Tonfall riss sie aus ihren Gedanken. „Ja, ich frage mich nur, was das alles zu bedeuten hat."

Darragh schmunzelte. „Ich kann dir sagen, was es auf jeden Fall bedeutet. Herr Schwarz hatte unrecht, du bedeutest nicht meinen Tod."

Ein überlegenes Grinsen breitete sich auf Olivias Gesicht aus, als sie aufstand und mit beiden Händen die Erde von ihrer Hose klopfte. „Auch wenn es mir wie Zucker auf der Zunge zergeht, dass ich recht hatte und Herr Schwarz nicht, habe ich noch nicht endgültig entschieden, ob ich dich am Leben lasse."

Diesen kleinen Scherz musste sie sich jetzt erlauben, nachdem Darragh die letzten Monate so viel vor ihr verheimlicht hatte. Mit einem breiten Grinsen auf dem Gesicht richtete er sich ebenfalls vom Boden auf und kam auf sie zu.

„Musik in deinen Ohren."

„Was?"

Darragh stand nun so nah vor ihr, dass gerade einmal ein Blatt Papier zwischen sie gepasst hätte. Doch er berührte sie nicht.

„Das Sprichwort heißt nicht ‚Das zergeht mir wie Zucker auf der Zunge', sondern ‚Das klingt wie Musik in meinen Ohren'."

Olivia blinzelte. „*Das* stört dich an meiner Aussage? Hast du nicht gehört, was ich danach gesagt habe?"

„Dass du noch überlegen musst, ob du mich am Leben lässt? Doch, das habe ich gehört."

Darragh hielt den Kopf nach unten geneigt, als er zu ihr hinunterblickte. Seine Wimpern warfen einen tiefen Schatten über seine Augen, sodass Olivia den Ausdruck darin nicht wahrnehmen konnte. Doch das zufriedene Grinsen, das sich unaufhörlich über sein Gesicht zog, sprach Bände.

„Du nimmst mich nicht ernst!" Natürlich meinte es Olivia auch nicht ernst, aber dass Darragh so rigoros darüber hinwegging, konnte sie nicht auf sich sitzen lassen. Sie trat einen Schritt zurück. „Ich könnte dich töten, wenn ich wollte, weißt du?"

Das Grinsen auf Darraghs Gesicht wurde breiter und das Olivia so bekannte Grübchen auf seiner linken Wange trat zum Vorschein.

„Oh, ich weiß!"

Er setzte einen Fuß vor den anderen und schloss zu Olivia auf. Der Abstand, den sie zwischen ihnen mit ihrem kurzen Zurückweichen aufgebaut hatte, war vollends verschwunden.

„Die Frage ist nur, ob du das wirklich willst."

Ihre Wangen wurden heiß. Zum Glück konnte er in der Dunkelheit des Waldes nicht sehen, dass ihr Kopf feuerrot anlief. Doch so laut, wie ihr Herz schlug, hörte er es bestimmt.

„Lass mich raten, deine Auramagie zeigt dir gerade meine komplette Gefühlswelt wie ein offenes Buch?"

Kaum merklich schüttelte Darragh den Kopf. „Gerade überschatten meine eigenen Gefühle den Teil meiner Magie so sehr, dass mein Kopf aussetzt. Ohne es zu wissen, könnte ich in diesem Moment in eine offene Klinge laufen."

Sie spürte, wie er noch näher zu ihr kam. Das letzte bisschen Raum zwischen ihnen würde sich bald in Luft auflösen. Reflexartig setzte Olivia einen Schritt nach hinten und bemerkte einen Widerstand in ihrem Rücken. Erschrocken griff sie hinter sich und ertastete die raue, kühle Rinde eines Baumstamms. Erleichtert lehnte sie sich dagegen. Der große, kräftige Baum gab ihr Halt. Erst jetzt bemerkte sie, wie stark ihre Knie zitterten.

„Welche Gefühle sind das denn, die deine Magie in den Hintergrund treten lassen?"

Ihre Stimme klang zittriger, als sie es für möglich gehalten hatte. Wie froh sie in diesem Moment war, den Baum hinter sich zu wissen, der ihre weichen Knie kompensierte. Darragh beugte sich zu ihr vor und stützte sich mit einer Hand gegen den Baumstamm, kurz neben ihrem Ohr.

„Was meinst du wohl, was ich gerade fühle, Olivia?"

Die Art und Weise, wie er ihren Namen aussprach, klang nun wirklich wie Musik in ihren Ohren. Mehr noch als Herrn Schwarz' Irrtum. Sie war sich sicher, dass in der Luft zwischen Darragh und ihr gefährliche Funken flogen. Obwohl Olivia die Wärme seines Körpers auf ihrem fühlte und sein Atem in ihrem Gesicht kitzelte, was ihr am ganzen Körper Gänsehaut bescherte, berührte er sie nicht. Jetzt konnte er es endlich ohne Schmerzen tun und er tat es noch immer nicht! Dabei sehnte sie sich gerade so sehr danach.

Olivia hob ihren Kopf und blickte in Darraghs Gesicht, das die Strahlen des Mondscheins erhellten. Seine grünen Augen funkelten. Zusammen mit dem perlmuttfarbenen Licht des Mondes wirkten sie, als wären sie nicht von dieser Erde. Als würden sie Olivia eine ganz neue Welt eröffnen, eine, von der sie schon immer geträumt hatte.

Darragh hob langsam seine Hand und streichelte kaum merklich über ihre Wange. Da war sie endlich, die langersehnte Berührung. So flüchtig und doch so schön. Olivia fühlte sich, als wäre sie nie zuvor in ihrem Leben richtig berührt worden. Sie verzehrte sich nach mehr.

Wem machte sie hier eigentlich etwas vor? Sie spielte eine harte Fassade vor, um Darragh wenigstens noch einige Momente für sein Verhalten der letzten Monate zappeln zu lassen. Doch damit bestrafte sie nur sich selbst.

Sie sog scharf die Luft ein, umklammerte mit beiden Händen den Kragen von Darraghs T-Shirt, stellte sich auf die Zehenspitzen und zog ihn zu sich heran. Das Gefühl, als seine Lippen die ihren berührten, war unbeschreiblich. Die Schmetterlinge in ihrem Bauch feierten die größte Insektenparty des Jahrhunderts und jeder einzelne Nerv auf ihrer Haut verwandelte sich in eine kleine Rakete, die abgeschossen wurde und einmal quer durch Olivias Körper flog.

Olivias Initiative lockte Darragh durch und durch aus der Reserve. Er erwiderte ihren Kuss mit so einer Leidenschaft, dass es ihr fast den Boden unter den Füßen wegzog, wären da nicht seine Arme gewesen, die sie fest an ihn drückten. Sie spürte Darraghs Hand auf ihrem Rücken, die andere in ihren Haaren. Vorsichtig ließ sie von seinem Kragen ab und schlang ihre Arme fest um seinen Hals. Die Hand in ihren Haaren wanderte an ihr Schulterblatt, wo er seine Finger mit sanftem Druck in ihrer Haut vergrub. Sie lehnte sich noch mehr in seine Umarmung hinein und die Sehnsucht nacheinander nahm sie beide vollkommen ein.

Olivia hatte keine Ahnung, wie lange sie fest umschlungen mit Darragh im Wald stand und sie sich einfach nur küssten. Mit seinen Händen streichelte Darragh jeden Teil ihres Körpers und vergrub anschließend fest die Finger in ihrem Rücken, als könnte er es einfach nicht glauben, dass er sie endlich berühren konnte. Ohne ein Wort zu sagen, ohne ein Gefühl für Zeit und Raum, um sich herum. Das Einzige, was sie wusste: Sie hatte noch nie zuvor in ihrem Leben eine solche Nähe gespürt.

Eine Nähe, die ihr Halt gab.
Eine Nähe, die sie mit unbändigem Glück erfüllte.
Eine Nähe, die ihr das Gefühl gab, sie wäre angekommen.

Als Olivia völlig durchgefroren und durcheinander von den Eindrücken und Erkenntnissen des Abends das Zimmer 207 betrat, war es bereits kurz nach Mitternacht. Lucy und Aiko schliefen schon und Olivia war froh darüber, die heutigen Geschehnisse noch ein wenig für sich ganz allein zu haben.

Das Einzige, was sie jetzt noch wollte, bevor sie sich hundemüde in ihr Bett fallen ließ, war eine heiße Dusche. Im Badezimmer befreite sie sich von ihren mit Blut getränkten Laufklamotten und merkte in diesem Moment, dass sie noch Darraghs Hoodie trug. Als sie ihn über den Kopf zog, atmete sie eine Brise seines Dufts ein. Diesen holzigen Geruch, gemischt mit Minze und Lavendel, hatte sie so lange vermissen müssen. Er fühlte sich direkt wieder so vertraut an und zauberte ihr ein Lächeln auf die Lippen.

Die heiße Dusche tat furchtbar gut und Olivia hätte noch Stunden umhüllt von dem wohlig warmen Wasser verbringen können. Doch es siegten schließlich die Müdigkeit und die Neugier, denn sie wollte unbedingt überprüfen, ob sie mit ihrer Vermutung richtiglag und sie Herrn Schwarz' wahnwitzige Idee übertrumpfen konnte. Das Adrenalin in ihrem Blut schob die Müdigkeit beiseite.

Sie setzte sich an ihren Schreibtisch, kramte in ihrer Tasche und holte ihr Notizbuch heraus. Direkt auf der ersten Seite fand sie das, wonach sie gesucht hatte. Nun würden die Informationen, die sie in der ersten Woche zu ihren Klassenkameraden aufgeschrieben hatte, doch noch nützlich werden.

Name	Geb. Dat Uhrzeit	Sternzeichen	Aszendent	Fähigkeit 1. Sternzeichen 2. Aszendent
Helena Wattholz	03.09.1994 01:02 Bayreuth	Jungfrau	Krebs	Immun gegen Elektrizität, Flüssigkeitsmagie
Sabriel Schwarz	04.04.1995 21:03 Warnemünde	Widder	Waage	Rauchmagie, Unsichtbarkeitsmagie
Sabella Schwarz	04.04.1995 21:40 Warnemünde	Widder	Skorpion	Rauchmagie, Täuschungsmagie
Bjarki Runarson	14.11.1994 14:54 Arstu, Finnland	Skorpion	Fische	Frostmagie, Traummagie
Maurice Dubois	02.01.1995 19:31 Èze, Frankreich	Steinbock	Löwe	Lichtmagie, Versteinerungsmu_
Tahmoh Baake	05.12.1994 00:04 Luanda, Angola	Schütze	Jungfrau	Aschemagie, Tarnmagie
Cressida Thoma	29.04.1995 00:24 Polychrono, GR	Stier	Schütze	Erschaffungsmagie, Zielmagie
Phileas Echberg	23.06.1995 03:51 Lilienthal, NI	Krebs	Zwillinge	Telepathie, Elektrizitätsmagie
Lucy Klingenberg	16.03.1995 21:00 Koblenz	Fische	Waage	Wassermagie, Unsichtbarkeitsmagie
Aiko Tanaka	02.06.1995 04:07 Koblenz	Zwilling	Stier	Gasmagie, Balancemagie ??
Joris Elverding	25.09.1994 19:09 Ebstrup, Dänemark	Waage	Widder	Kampfmagie, Teleportationsmu_
Darragh Pisano	01.02.1995 07:48 Midleton, Irland	Wassermann	Steinbock	Windmagie, Auramagie seherische Fähigkeiten

Sie suchte die Zeile, in der sie die Informationen zu Darragh aufgeschrieben hatte. Geboren am 01.02.1995 um 07:48. Aus dem Regal neben ihrem Schreibtisch holte sie das Buch über Aszendenten heraus, schlug die Seite zur Bestimmung auf. Nach der Berechnung der Koordinaten suchte sie nach der Tabelle für das Sternzeichen Wassermann. Da war es!

Die Erinnerung hatte sie also nicht getäuscht. Sie wusste doch, dass Herr Bischop es in ihrer ersten Stunde erwähnt hatte. Sie blätterte einige Seiten weiter zu der Übersicht über die magischen Kräfte der verschiedenen Aszendenten. Ha! Auch das passte perfekt ins Bild. Um sicherzugehen, dass ihre Theorie möglich war, musste sie mit jemandem telefonieren. Doch konnte sie zu dieser späten Stunde niemanden mehr behelligen und eigentlich sollte sie selbst besser schlafen gehen.

Ob ihre Theorie fundierter oder logischer war als Herrn Schwarz' Aussage, konnte sie nicht beurteilen, aber sie war ihrer Meinung nach um einiges wahrscheinlicher. Zumal sich die Spekulation ihres Meditationslehrers heute Nacht unbestreitbar als falsch herausgestellt hatte. Jetzt mussten sie nur noch dahinterkommen, was die Berührungsschmerzen tatsächlich verursacht hatte.

Sie griff nach Darraghs Pulli, der ungewöhnlich sauber wirkte, wenn man bedachte, dass sie ihn über ihre blutverschmierte Trainingsjacke gestreift hatte. Das Blut des Doublifox musste schon eingetrocknet gewesen sein, als sie ihn angezogen hatte. Als sie sich den Hoodie überstreifte, ging eine wohlige Wärme davon aus, die nur bedingt etwas mit dem kuschligen Material zu tun hatte. Die kurze Dusche hatte die Kälte durch die vielen Stunden im Wald, in denen sie bis auf die Knochen durchgefroren war, nicht verschwinden lassen. Noch immer fühlte sich jeder ihrer Muskeln an wie ein Stück Steak in einer Tiefkühltruhe. Als sie sich in ihre heimelige Bettdecke einrollte, brach die Erschöpfung über sie herein. Heute war so viel passiert, dass Olivia nicht genau wusste, ob sie gerade träumte oder wach war.

Die Tatsache, dass Sabriel allen Anschein nach ein Obscurati war, der Kuss mit Darragh, ihre neue Magie und der verletzte Doublifox, dem es zum Glück wieder gut ging. Das war selbst in der Welt der Stellari eindeutig zu viel für einen Tag …

Ihre Muskeln wurden schwer und allmählich fielen ihre Augen zu, die schon seit Stunden nach Ruhe und Entspannung schrien. Der Gedanke, den sie gerade begonnen hatte, verflüchtigte sich. Die Nacht war durchzogen mit den seltsamsten Träumen. Angefangen bei einem zweiköpfigen Darragh, der sie mit einem Kopf küsste und mit dem anderen beleidigte, während er ihr mit Blut beschmierte Fuchspelzmäntel reichte, über Herrn Schwarz, der sie als Mörderin vor dem Stellari-Gericht hinrichten lassen wollte, bis hin zu Sabriel, der sie einer riesigen Schlange zum Fraß vorwarf.

Kapitel 21

Brennende Herzen

Darragh brauchte nach dem Aufwachen am nächsten Morgen eine ganze Weile, bis er begriff, was gestern Nacht geschehen war, und bis er realisierte, dass er es nicht nur geträumt hatte. Er starrte an die weiße Zimmerdecke seines Schlafzimmers in der Dahlow-Akademie und zum ersten Mal fühlte er sich hier zu Hause, er fühlte sich angekommen, er fühlte sich ganz.

Er hatte Olivia geküsst! Das Kartenhaus aus Lügen und Geheimnissen, das er seit der ersten Minute an der Akademie um sich herum aufgebaut hatte, war endlich eingestürzt. Und ganz anders, als er es vermutet hatte, lag seine Welt nicht in Trümmern, sondern erstrahlte in neuem Glanz vor ihm. Wenn er sich konzentrierte, konnte er noch immer den Geschmack von Olivias süßen Lippen auf seinen kosten.

Er hatte keine Ahnung, wie lange die beiden im Wald gestanden und sich geküsst hatten. Sie hätten Tage, sogar Wochen dort verbringen können und es wäre ihm vorgekommen wie wenige Minuten. Alles, woran er sich jetzt freudestrahlend erinnerte, waren ihre sanften Lippen auf seinen, ihre zarte Haut unter seinen Fingern und ihr warmer Körper, gegen seinen gedrückt.

Die Tatsache, dass er sie endlich berühren konnte, verlieh ihm ein ganz neues Gefühl. Es beflügelte ihn regelrecht. Langsam fuhr er sich über seinen linken Unterarm, an dem die grünlichen Adern gut sichtbar hervortraten. Es fühlte sich seit ihrer ersten Berührung gestern im Wald, nachdem der Schmerz abgeebbt war, so an, als würde sein Blut kochen. Genauer noch: Als würde Feuer durch seine Adern fließen.

Ein Gedanke kam ihm … Es hatte sich gestern regelrecht so angefühlt, als wäre Olivias Magie auf ihn übergegangen. Konnte es sein? Er richtete sich in seinem Bett auf und betrachtete seine Hände. Mit aller Kraft konzentrierte er sich nur auf das Feuer in seinen Adern und blendete alles andere um ihn herum aus. Seine andere Magie schob er in den Hintergrund, damit er nur das Gefühl der Flammen in seinem Blut spürte.

Nichts. Ein kurzer Anflug von Enttäuschung keimte in ihm auf, bevor er sich im nächsten Moment vorkam wie ein Vollidiot. Was hatte er erwartet? Er hatte schließlich noch nie davon gehört, dass die Magie eines Stellari auf einen anderen übergehen konnte. Er musste sich das Gefühl nur einbilden. Wegen der Nachwehen des Schmerzes von gestern.

Er nahm die Ecke seiner Bettdecke, um sie von sich zu streifen und sein Bett zu verlassen, als er plötzlich einen stechenden Geruch von verkohltem Stoff wahrnahm. Der Teil seiner Decke, den er gerade noch in der Hand gehalten hatte, brannte! Genau wie seine Hand. Mit unbeholfenen Bewegungen schüttelte er seine Decke. Er stellte sich unfassbar dämlich an. Worauf wartete er? Dass Wind zuwedeln gegen das Feuer half? So funktionierte das ganz sicher nicht! Panisch sprang er aus seinem Bett auf und lief ins Bad, um nur einen Augenblick später einen randvollen Becher mit Wasser über seine Bettdecke zu schütten. Das Feuer erlosch.

Erleichtert ließ sich Darragh auf dem trockenen Teil seines Bettes nieder. Was zur Hölle war das gewesen? Er wollte sich gerade mit den Händen durch das verschlafene Gesicht fahren, als ihm auffiel, dass seine rechte Hand immer noch brannte. Seine Hand stand in Flammen, aber er fühlte keinen Schmerz, keine Hitze!

„Alles in Ordnung bei dir?"

Darragh erschrak und sah Joris' besorgten Blick durch den Spalt seiner Zimmertür. „Ähm ... Ich denke ..." Er blickte zurück zu seiner Hand, doch die Flammen waren verschwunden.

Joris betrat Darraghs Zimmer und schaute zuerst zu Darragh, dann auf die nasse Stelle auf seinem Bett und zu dem Zahnputzbecher auf dem Boden, bevor er seinen Blick zurück zu Darragh wandte.

„Nope, dazu werde ich keine Fragen stellen. Ich bin mir ziemlich sicher, dass ich nicht wissen will, was hier vor sich geht. Ich wollte gerade zum Speisesaal und nur sichergehen, dass du wach bist, also–"

„Warte auf mich! Ich brauche zehn Minuten." Hastig sprang Darragh auf, hob seinen Zahnputzbecher vom Boden auf und sprintete ins Badezimmer.

„Ich soll warten? Seit wann isst du denn wieder im Speisesaal?"

Darragh war schon einige Zeit nicht mehr zu den üblichen Essenszeiten dort gewesen. Erst, um Amelie aus dem Weg zu gehen, und danach, weil er niemanden hatte, mit dem er essen wollte. Joris hatte es ihm zwar angeboten, doch Darragh hatte ihn nicht auch noch von der Gruppe isolieren wollen. Schließlich hatte er durch seine Geheimniskrämerei schon einiges von ihm abverlangt.

„Olivia und ich ... geklärt ... esse mit euch ... alles fein", brabbelte er, während er seine Zähne putzte und zeitgleich versuchte, in seine schwarze Jeans zu schlüpfen und sein purpurfarbenes Hemd zuzuknöpfen.

Mit belustigter Miene beobachtete Joris Darraghs miserables Multitasking. „Na, die Aussprache gestern im Wald muss ja gut gelaufen sein."

Im Speisesaal angekommen erblickte Darragh direkt Olivia. Sie saß mit Lucy, Phileas und Aiko an einem Tisch nahe den bodentiefen Fenstern, die zum Hinterhof hinausblicken ließen.

Er schnappte sich schnell einen Kaffee, ein Croissant und einen Apfel, dann ging er zu ihr. Ihre Haare glitzerten im Sonnenlicht, das an diesem wolkenlosen Morgen den Raum erhellte. Als sie zu ihm aufblickte und ihn mit einem breiten Lächeln begrüßte, sprang ihm sein Herz fast aus der Brust. In ihrem sonnengelben Kleid und der rosa Strickjacke sah Olivia einfach nur bezaubernd aus. Konnte es sein, dass sie über Nacht noch hübscher geworden war?

„Guten Morgen, Sonnenschein!", sagte er.

„Sind wir jetzt schon bei Kosenamen, ja?", fragte Olivia in einem amüsierten Tonfall.

„Ich meinte das eigentlich wegen des Kleids." Er grinste zurück.

„Würde ich an deiner Stelle jetzt auch sagen."

Als er sich neben sie setzte, wusste er nicht, ob er sie küssen sollte. Ob sie das wohl hier im Speisesaal vor ihren Freunden gut fände? Er entschied sich dagegen und biss stattdessen in sein Croissant. Lucy und Aiko schauten ihn mit hochgezogenen Augenbrauen an.

„Olivia scheint dir ja wie aus dem Nichts verziehen zu haben, aber du hast dich uns gegenüber nicht weniger wie ein Arsch verhalten. Vergiss das nicht! Nur, weil wir gestern mit dir durch den Wald gezogen sind, bedeutet das nicht, dass wieder alles schick ist", sagte Lucy in ernstem Ton.

Darragh schluckte. Sie hatten recht, er hatte sich nie für sein Verhalten bei ihnen entschuldigt. Dabei hatte er Lucy und Aiko ebenso abrupt wie Olivia von heute auf morgen ignoriert.

„Ihr habt recht. Das war falsch von mir und ich schäme mich. Es tut mir wirklich leid und ich hoffe, dass ihr mir verzeiht."

Lucy und Aiko blickten sich an. Dann zuckte Lucy mit den Schultern.

„Also, mir reicht das. Zumindest fürs Erste. Aber ich behalte dich im Auge, Pisano!"

Darragh nickte und musste sich ein Schmunzeln verkneifen. Den vorwurfsvollen Ton nahm er Lucy nicht ab. Er blickte zu

Aiko, die einen unergründlichen Gesichtsausdruck aufgelegt hatte. Bei ihr machte er sich hingegen Sorgen, dass sie ihm nicht verzeihen würde. Aiko blickte ihn finster mit zusammengekniffenen Augen an und hatte die Arme vor der Brust verschränkt.

„Erster Strike. Noch zwei und du bist raus!"

Darragh schluckte. „Keine Angst, ich werde mir keinen weiteren Strike erlauben."

„Gut."

Joris kam mit einem vollgepackten Tablett zum Tisch. „Bei mir musst du dich nicht entschuldigen, Bro. Vergeben und vergessen."

Misstrauisch beäugte Lucy ihn. „Was hat er dir denn getan?"

„Er hat mich gezwungen, dass ich seine Geheimnisse für mich behalte. Das war beim besten Willen nicht leicht."

Während Lucy, Joris und Aiko darum stritten, ob Joris eine Entschuldigung von Darragh verdient hatte oder ob er selbst schuld war und sich eigentlich bei ihnen entschuldigen musste, drehte sich Darragh zu Olivia.

„Wie hast du geschlafen?", fragte er sie leise.

„Wie ein Stein. Und du?"

Darragh grinste. „So gut wie noch nie zuvor."

Olivia nahm einen Schluck von ihrem Kaffee, dann zwinkerte sie ihm mit einem bezaubernden Lächeln zu. Dieses Lächeln und diese erdbeerfarbenen Lippen … Er hielt es nicht mehr aus, ihm war egal, wer um sie herumsaß. Der ganze Speisesaal hätte in diesem Moment zu ihnen schauen können, er musste sie einfach küssen. Darragh spürte, wie sie kurz vor Überraschung zusammenzuckte, als er sich ihr näherte. Doch als seine Lippen die ihren trafen und er den zuckersüßen Kaffeegeschmack davon kostete, merkte er, wie sie sich nach vorn lehnte und in seinen Kuss einwilligte. Sanft legte sie eine Hand auf seiner Brust ab. Zärtlich streichelte er ihr über den Arm. Der Stoff ihrer Strickjacke war weich unter seinen Fingern. Der Raum um sie herum verblasste. Für Darragh gab es in diesem Moment nur noch Olivia und ihn. Doch Joris holte ihn abrupt in die Wirklichkeit zurück.

„Okay, anscheinend haben wir hier irgendwas verpasst. Wann ist das denn passiert?"

Darragh drehte sich zu ihm um. „In einem der seltenen Augenblicke, in denen du deine Nase nicht in den Geheimnissen anderer stecken hattest."

Alle am Tisch lachten, auch Joris. „Heißt das jetzt, alle Geheimnisse sind vom Tisch?", fragte Phileas schließlich.

Darragh nickte. „Jap."

„Puh." Erleichterung machte sich in Phileas' Gesicht breit. „Ich hasse es, zu lügen, wirklich."

Empört blickte Lucy ihn an. „Du hast auch davon gewusst, mir aber nichts erzählt?"

„Nein, o Gott. Ich wusste nichts von dieser ganzen Berührungskiste. Ich meinte die Sache mit Sabriel. Davon hab ich dir erzählt."

„Ach so."

Lucys Miene hellte auf und sie lehnte sich an Phileas' Schulter. Allein Olivia blickte fragend in die Runde.

„Ähm … welche Sache mit Sabriel, bitte?"

Mist. Da war noch eine klitzekleine Kleinigkeit, zu der Darragh ihr gestern keinen reinen Wein eingeschenkt hatte.

„Nichts Wildes, wirklich. Nur, dass Phileas Sabriels dunkle Gedanken nicht wirklich gehört hat."

Olivias Blick kam dem von gestern Nacht gleich und Darragh erwartete schon fast, dass ihre Hände in Flammen aufgehen würden. Also sprach er schnell weiter.

„Ich habe eine Unterhaltung zwischen ihm und Sabella belauscht, in der sie über ihren bösen Plan gesprochen haben und dass Sabriel nur mit dir abhängt, weil er dich dazu überreden will, dass du mitmachst."

Fassungslos schüttelte sie den Kopf. „Unglaublich." Sie nahm einen großen Schluck von ihrem Kaffee. „Das war es jetzt aber wirklich mit den Lügen, oder?"

„Versprochen."

„Könnten wir dann zu der Geschichte zurückkehren,

weshalb ihr euch jetzt küsst? Unser letzter Stand war, dass selbst Händchen halten nicht drin ist?", hakte Aiko nach.

Darragh und Olivia blickten sich an. Beide sprachen gleichzeitig.

„Wenn wir das wüssten ...", sagte Darragh.

„Ich hab da so eine Ahnung", kam es von Olivia.

Darragh sah sie verwirrt an. „Hast du?"

„Ich muss noch etwas überprüfen, aber ich denke schon, dass es stimmen könnte. Heute Abend bei mir?"

„In Ordnung." Darragh erinnerte sich an seinen feurigen Morgen. „Ich habe da auch etwas, was vielleicht zur Lösung des Rätsels beitragen könnte."

Aiko räusperte sich. „Ähm ... Hallo?! Erde an das verliebte Pärchen. Wir verstehen nur Bahnhof."

Bei Aikos Worten merkte Darragh, wie ihm die Röte ins Gesicht stieg. Pärchen? Olivia und er hatten noch nicht darüber gesprochen, aber der Gedanke, mit ihr zusammen zu sein ...

Olivia ergriff das Wort. „Also, wir wissen es selbst noch nicht genau. Wir arbeiten ein paar Theorien aus und weihen euch ein, sobald wir mehr wissen, okay?"

Joris sah Darragh schon seit geraumer Zeit mit zusammengekniffenen Augen an. „Der Berührungsschmerz ist weg? Einfach so?"

Darragh wollte gerade zu einer Antwort ansetzen, als er Olivias Hand in seinen Haaren spürte. „Vollkommen weg", sagte sie und wuschelte ihm zur Veranschaulichung wild durch die Haare, wobei sie herzhaft lachte.

Darragh grinste und wandte sich scherzhaft an Joris. „Ich weiß nicht, ob ich das vielleicht irgendwann bereue." Hastig zog Olivia ihre Hand weg und Darragh spürte eine Veränderung in ihrer Aura. Er drehte sich zu ihr, um ihr zu erklären, dass das nur ein Scherz gewesen sei. Aber dabei bemerkte er, dass sie nicht ihn ansah, sondern an ihm vorbeistarrte.

Er folgte ihrem Blick und erspähte Sabriel, der mit seinem Rucksack über der Schulter gegenüber von ihrem Tisch stand.

Sein Gesicht wirkte wie zu Stein erstarrt, als er von Olivia zu Darragh und dann zurück zu ihr blickte. Ein Ausdruck erschien in seinem Gesicht, den Darragh nicht recht zu deuten wusste. War es Traurigkeit? Das konnte nicht sein. Es musste die Einsicht sein, dass sein Plan, Olivia auf die dunkle Seite zu ziehen, gescheitert war. Sabriel machte auf dem Absatz kehrt und marschierte zum Ausgang.

„Verdammt, ich muss los!" Olivia griff nach ihrer Tasche und wollte Sabriel hinterherrennen.

„Olivia! Was machst du denn? Er ist ein Obscurati. Er spielt nur mit dir", zischte Aiko leise.

Olivia wandte sich um und blickte Aiko direkt in die Augen, dabei stützte sie die Hände auf den Tisch. „Ich weiß. Trotzdem hatte ich vorgehabt, die ganze Sache anders zu beenden. Es kann doch sein, dass er mich mag, obwohl er ein Obscurati ist. Und aus eigener Erfahrung weiß ich, wie beschissen man sich fühlt, wenn man die Person, die man mag, aus heiterem Himmel mit jemand anderem sieht."

Bei dem letzten Satz schenkte sie Darragh einen markerschütternden Blick. Mit einem Mal verschwand all die Freude aus seinem Herzen. Zurück blieb nur der bittere Geschmack von Schuld und Reue.

Dann hastete Olivia Richtung Ausgang, Sabriel hinterher.

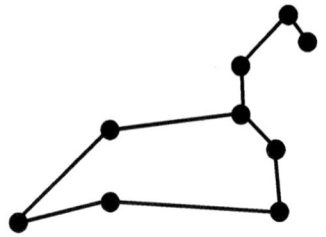

Kapitel 22

Rarlim

„Sabriel! Warte!"

Vollkommen außer Atem kam Olivia neben Sabriel zum Stehen, der mit vor der Brust verschränkten Armen vor seinem Zimmer haltmachte und sich zu ihr umdrehte.

„Man müsste meinen, dass einer geübten Joggerin ein paar Treppenstufen und der kurze Weg von der Eingangshalle hierher nichts ausmachen." Mit einem abfälligen Blick bedachte er Olivia, die sich die Hände in die Seiten stemmte und schwer atmete.

„Nicht zu vergessen ... der Weg ... durch den Speisesaal."

„Richtig, weg von dem Tisch, an dem du fröhlich mit deinem neuen, alten Freund Darragh gescherzt hast." Er drehte sich zu seiner Zimmertür und schloss sie auf.

„Sabriel ..."

„Nein, Olivia, ich habe genug gesehen."

Doch Olivia ließ sich nicht so einfach abwimmeln. In dem Moment, als er ihr die Tür vor der Nase zuschlagen wollte, stellte sie ihren Fuß in den Spalt und versuchte mit aller Kraft, die Tür aufzudrücken.

„Bitte, lass es mich dir erklären!"

Widerwillig öffnete Sabriel die Tür. „Du hast fünf Minuten."

„Darf ich reinkommen?" Sie wollte diese Angelegenheit nicht zwischen Tür und Angel besprechen.

„Fein, komm rein. Aber es bleibt bei den fünf Minuten."

Gemeinsam gingen sie in sein Zimmer, wo Olivia wieder den süßlich-herben Duft von Himbeeren und Kiefernnadeln wahrnahm. Er versetzte ihrem Herzen einen kleinen Stich. Früh in ihrem Leben hatte sie gemerkt, dass Menschen, mit denen sie nicht auf einer Wellenlänge war, oder die von Grund auf böse waren, für sie einen unangenehmen Geruch versprühten. Wie dieses Mädchen Luisa-Seline, das sie in der vierten Klasse wegen ihrer roten Haare gehänselt hatte. Sie hatte für Olivia immer nach Teer und nassem Hund gerochen, obwohl sie gar keinen Hund gehabt hatte. Oder der Onkel ihrer Freundin Susi – er hatte immer nach Zigarre und Urin gestunken. Als Olivia und Susi vierzehn Jahre alt gewesen waren, war er verhaftet und als Sexualstraftäter verurteilt worden.

Doch Sabriel roch für Olivia mehr als angenehm, was in ihrem Kopf einfach nicht mit der Tatsache zusammenpassen wollte, dass er sie nur für seine Pläne benutzte. Seiner Schwester Sabella kaufte Olivia die dunkle Seite ohne Frage ab, denn sie roch nach Schweiß und Karamell, was in Kombination furchtbar in der Nase brannte. Vielleicht musste sie in diesem Fall jedoch ihre Intuition außen vorlassen und darauf vertrauen, was Darragh mitangehört hatte. Schließlich war ihr Geruchssinn keine magische Gabe, sondern einfach etwas, worauf sie sich bis jetzt unterbewusst verlassen hatte.

„Dann sag, was du loswerden willst."

Ein verletzter Tonfall schwang in Sabriels Stimme mit, als er die Tür zu seinem Zimmer hinter sich schloss. Sabriels Zimmer war sehr ordentlich, beinahe klinisch rein. An der Wand hing ein Poster einer Harley Davidson und auf seinem Schreibtisch stand ein gerahmtes Kinderfoto von ihm und seiner Schwester. Ansonsten konnte sein Zimmer, mit der penibel glattgestrichenen Bettdecke, dem ordentlich sortierten Bücherregal und den immergrünen Topfpflanzen am Fenster, gut und gern für ein

Katalogbild herhalten. Sollte Frau Roggenkamp ein Bild für einen Prospekt über die Akademie benötigen, wäre Sabriels Zimmer dafür perfekt.

Olivia schüttelte den Kopf. Sie war nicht hergekommen, um Sabriels Ordnungssinn zu bewundern. Entschlossen drehte sie sich zu ihm um und sah ihn an. Gerade eben war sie noch so entschieden gewesen, ihn zur Rede zu stellen. Doch jetzt, allein mit ihm in seinem Zimmer, wusste sie nicht, ob es eine gute Idee wäre, ihn damit zu konfrontieren, dass er ein Obscurati sein sollte. Zumal sie bei dem Anblick seiner vertrauten Gesichtszüge und der treuen, sturmgrauen Augen selbst nicht glauben konnte, dass Darragh recht haben sollte. Konnte Sabriel ihr in den vergangenen Monaten wirklich alles nur vorgespielt haben? Diese Frage sollte sie sich nach dem, was Darragh ihr gestern erzählt hatte, eigentlich nicht mehr stellen.

Wenn Darragh ihr monatelang vorspielen konnte, dass er sie nicht leiden konnte, damit sich eine Vision nicht erfüllte, warum sollte Sabriel ihr dann nicht auch vorspielen können, dass er sie mochte, damit sich eine gewisse Prophezeiung erfüllte? Trotz alledem entschied sich Olivia dagegen, ihn mit seinem Obscurati-Dasein zu konfrontieren. Schließlich wusste sie nicht, was er tun würde, um sein Geheimnis zu bewahren.

„Ähm, nun ja ...", stotterte sie. „Also, Darragh und ich haben uns wieder versöhnt. Ich wollte nicht, dass du es so erfährst. Aber es hat sich so ergeben."

Sabriel schürzte die Lippen. „Er ignoriert dich also monatelang und von jetzt auf gleich ist alles wieder vergessen?"

„Ganz so einfach ist das nicht, er hatte seine Gründe ..."

„Ja, ein anderes Mädchen, Olivia! Jetzt haben sie sich wahrscheinlich getrennt und er kommt zurück zu dir. Sei doch nicht so naiv und nimm ihn direkt wieder. Bei der nächsten Gelegenheit behandelt er dich abermals wie Dreck."

Verbitterung lag in seiner Stimme. Olivia schluckte. Auf Sabriel mochte es diesen Eindruck machen, doch konnte sie ihm schlecht die ganze Wahrheit erzählen. Sie wusste schließlich selbst nicht einmal genau, was die ganze Wahrheit war.

„Es ist nicht so, wie du denkst ... wir sind nur Freunde", stammelte Olivia.

Sabriel zog ungläubig die Augenbrauen hoch. „Und wegen einer reinen Freundschaft bist du jetzt hier, um die Freundschaft ..." Er setzte das letzte Wort mit seinen Fingern in Apostrophe. „... mit mir zu beenden?"

„Ich ... also ... ich ..." Olivia wusste nicht, was sie sagen sollte. Hätte sie sich nur vorher besser überlegt, wie sie das Ganze mit Sabriel beenden wollte. Aber gab es überhaupt einen schönen Weg, eine Freundschaft oder angehende Romanze, oder was auch immer es war, zu beenden? Vor allem unter diesen verwirrenden Umständen?

„Du musst dich nicht erklären, Olivia, ich habe auch so verstanden." Er schaute sie mit einem hasserfüllten Blick an. „Ich denke, die fünf Minuten sind rum."

Olivia fühlte sich elend und ihr Herz machte sich unangenehm schmerzvoll bemerkbar. Sie wandte sich von Sabriel ab. Als sie gerade die Zimmertür öffnen wollte, sagte er leise und mit brüchiger Stimme: „Weißt du, was das Schlimme daran ist, Olivia? Ich hatte wirklich starke Gefühle für dich und war bereit, dir mein Herz zu öffnen. So habe ich noch nie für jemanden empfunden."

Mit der Hand auf der Türklinke erstarrte sie mitten in der Bewegung. Bei Sabriels Worten lief ihr ein kalter Schauer über den Rücken, zeitgleich wurde ihr ganz heiß und ihr Herz schmerzte noch mehr. Sie traute sich nicht, Sabriel anzublicken, und verließ nach kurzem Zögern mit heißen Tränen in den Augen sein Zimmer.

Sabriels Worte trafen sie wie ein Pfeil ins Herz. Sie schrieb Lucy eine SMS, sie solle Olivia in ihrer Geschichtsstunde wegen Bauchschmerzen entschuldigen. Gedankenverloren schlurfte sie über den Flur zu ihrem Zimmer, wo sie sich niedergeschlagen auf ihr Bett fallen ließ.

Sabriel war ein Obscurati, einer der Bösen, und wollte sie nur dazu bringen, die Prophezeiung zu erfüllen! Das musste sie sich auf dem Weg in ihr Zimmer immer wieder einreden, um den Schmerz zu übertünchen, den seine Worte in ihrem Herzen hinterlassen hatten.

Wieso fiel es ihr so schwer, hinter seine Fassade zu blicken und es zu glauben? Konnte es wirklich sein, dass er so gut schauspielern konnte, oder hatte Olivia einfach wirklich absolut keine Menschenkenntnis?

Ein lautes Klopfen gegen die Tür des Zimmers 207 riss Olivia aus ihren Gedanken. Irritiert blickte sie auf ihre Armbanduhr. Es war kurz nach neun. Der Unterricht hatte bereits angefangen. Wer konnte das sein? Sie hatte keine Lust, mit jemanden zu reden, also ignorierte sie das nervige Geräusch. Aber es hörte nicht auf. Da ließ jemand wohl nicht so schnell locker.

„Ist ja gut! Hier kann man nicht mal fünf Minuten seine Ruhe haben", murmelte sie, als sie durch den Gemeinschaftsraum zur Tür schlenderte.

Das Klopfen ertönte erneut, aber bei genauerem Hinhören klang es eher, als würde jemand die Tür eintreten. Was zur Hölle?

Genervt riss Olivia die Tür auf und sah zu ihrer Verwunderung Darragh vor sich stehen, die Arme hinter dem Rücken verschränkt.

„Was–", begann sie, doch Darragh ließ sie nicht zu Wort kommen.

„Hi, schön dich zu sehen. Ich hoffe, das Gespräch mit Sabriel war nicht so furchtbar. Darf ich reinkommen?" Er wartete keine Antwort von Olivia ab und quetschte sich, weiterhin mit dem Armen hinterm Rücken, an ihr vorbei in den Gemeinschaftsraum. „Vielen Dank. Das Gespräch war gut, ja? Freut mich. Ich brauch deine Hilfe."

Was faselte er denn da und wieso wartete er ihre Antwort nicht ab? Kopfschüttelnd schloss Olivia die Tür und als sie sich zu Darragh umdrehte, sah sie, was ihn belastete. Er hatte endlich die Arme hinter seinem Rücken hervorgenommen und mit Erstaunen sah Olivia, dass seine Hände in Flammen standen.

„Ähm ... seit wann–"

„Heute Morgen habe ich meine Bettdecke in Flammen gesetzt und als ich gerade in den Klassenraum gehen wollte, haben meine Hände auf einmal gebrannt!" Panik schwang in seiner Stimme mit und etwas Flehendes lag in seinen Augen. „Ich habe keine Ahnung, wie ich sie wieder löschen kann."

Olivia überlegte angestrengt und trat einen Schritt vor den anderen. Sie dachte an jeden Moment, in dem ihre Feuermagie verrückt gespielt hatte. Jedes Mal war sie aufgebracht oder besorgt gewesen.

„Was beschäftigt dich gerade?"

Ein Ausdruck der Ungläubigkeit erschien auf Darraghs Gesicht. „Willst du mich verarschen? Meine brennenden Hände beschäftigen mich im Moment, würde ich mal meinen."

„Nein." Olivia ging auf ihn zu. „Emotional. Woran hast du gedacht, als deine Hände in Flammen aufgingen?"

Darragh mied ihren Blick. Röte stieg seinen Hals hinauf und im Nullkommanichts hatte sein Gesicht die Farbe einer Tomate.

„Wenn du es mir nicht sagst, kann ich dir nicht helfen."

„Ich habe an dich gedacht", murmelte er leise.

Olivias Mundwinkel zuckten. „Und was hast du gefühlt, als du an mich gedacht hast?"

Darragh schluckte und mied weiterhin ihren Blick. „Ich war sauer."

„Sauer?" Olivia hatte mit allem gerechnet, aber nicht damit. Wieso war er auf einmal sauer auf sie? Weil sie Sabriel nachgerannt war?

„Sauer, wegen all dem, was ich dir die letzten Wochen angetan habe. Dein Kommentar im Speisesaal hat mir zu denken gegeben und–"

„Mein Kommentar?" Olivia konnte sich nicht mehr erinnern, was sie Besonderes zu Darragh gesagt haben sollte.

„Darüber, dass du genau weißt, wie Sabriel sich fühlen muss, falls er Gefühle für dich hat. Weil du dich in den letzten Wochen auch so gefühlt hast, als du mich mit Amelie gesehen hast."

„Oh!"

„Olivia, es tut mir wirklich leid. Ich weiß nicht, was ich gedacht habe, ich–"

Behutsam legte sie eine Hand auf seine Schulter und lächelte ihn an. Vollkommen perplex starrte Darragh auf seine Hände. „Wie hast du das gemacht?" Das Feuer, das sie umgeben hatte, war erloschen.

„Ich denke, meine Hand auf deiner Schulter hat dich beruhigt. So, wie mich gestern deine Berührung beruhigt hat, als ich im Wald so wütend geworden bin."

„Das konnte ich mir tatsächlich schon denken, ich meinte eher, wie du es geschafft hast, dass deine Magie auf mich übergegangen ist." Seine grünen Augen fixierten sie.

„Ach, das. Ja, ich hab dich mit einem Fluch belegt." Als seine Augen sich weiteten und er leicht den Mund öffnete, ohne etwas zu sagen, konnte Olivia nicht ernst bleiben. „Ach Darragh. Du bist wirklich süß, wenn du geschockt bist, aber wir müssen noch daran arbeiten, dass du meine Witze erkennst."

„Entschuldige, wenn ich gerade nicht zum Scherzen aufgelegt bin. Mittlerweile klingt jede noch so hirnrissige Idee plausibel für mich."

„Mhm ... wollen wir es auf einen Versuch ankommen lassen?"

Fragend zog Darragh die Augenbrauen hoch. „Wie meinst du das?"

„Komm mit! Dann kann ich dir meine Theorie präsentieren." Olivia schnappte sich Darraghs Arm und zog ihn hinter sich her in ihr Zimmer. „Setz dich."

Sie bedeutete ihm, auf ihrem Bett Platz zu nehmen, während sie nach ihren Notizen suchte.

„Du kannst dich sicher noch an Herrn Bischops Worte aus unserer ersten Stunde ‚Aszendentenmagie' erinnern, als du erzählt hast, wann du geboren bist, oder?"

Als Darragh sie ahnungslos anschaute, führte sie weiter aus. „Er hat gesagt, dass du eine Minute zu früh geboren bist, um der nächste Rarlim zu werden. Und ich weiß noch, dass ich mich gefragt habe, ob ich zu einer anderen Zeit geboren wäre, wenn du nur eine Minute später auf die Welt gekommen wärst und ich dadurch kein Rarlim geworden wäre."

Darragh konnte ihr nicht folgen. „Was willst du damit sagen?"

„Du hast gestern Schutzmagie eingesetzt, nicht wahr?"

„Ja ...", entgegnete er zögerlich mit zusammengekniffenen Augen.

„Weißt du, welchem Aszendenten Schutzmagie zugeordnet wird?" Sie zog das Buch über Aszendentenmagie aus dem Regal und öffnete es an der Stelle, die sie gestern Nacht mit einem Lesezeichen markiert hatte. Vor Aufregung zitterten ihre Hände, als sie Darragh das geöffnete Buch mit der Textstelle über den Aszendenten Wassermann entgegenstreckte.

„Olivia, du willst doch nicht etwa sagen–"

„Dass du ein Rarlim bist, doch. Und ich habe noch mehr Beweise."

Darragh setzte sich kerzengerade hin und schaute sie fassungslos an.

„Ich habe heute Morgen nach dem Aufstehen mit deiner Mutter telefoniert."

Darragh unterbrach sie. „Mit meiner Mutter? Woher hast du denn ihre Telefonnummer?"

„Von Joris, aber das tut hier nichts zur Sache. Ich habe ihr gesagt, dass ich eine Klassenkameradin von dir bin und wir für ein Projekt herausfinden sollen, wie die Sternzeichenkombination den Charakter unseres Projektpartners beeinflusst, und dass ich mich dazu entschieden habe, die Familie meines Partners zu befragen. Also habe ich sie ein wenig interviewt und nebenbei gefragt, ob sie wegen deiner Geburtszeit damals kurzzeitig gedacht hat, dass du ein Rarlim sein könntest. Und du wirst nicht glauben, was sie mir gesagt hat! Sie meinte, sie hat bei der Geburt nicht genau auf die Uhrzeit geachtet! Als sie dann nach einer gewissen Zeit auf die Uhr geschaut hat, war es bereits sieben Uhr einundfünfzig. Sie wusste, dass ein paar Minuten seit deiner Geburt verstrichen waren, aber nicht genau, wie viele. Nach einem Blick auf die Aszendententabelle, die ihr sagte, dass ab sieben Uhr neunundvierzig der Wassermannaszendent griff, entschied sie sich dafür, sieben Uhr achtundvierzig einzutragen. Und zwar, weil sie nicht glauben konnte, dass du ein Rarlim warst und sie verhindern wollte, dass dein Vater zu hohe Ansprüche an dich stellen würde. Sie hatte Angst, dass er dich deine Kindheit nicht genießen lassen würde. Er war nicht bei deiner Geburt dabei, weil er auf der Arbeit aufgehalten wurde, und sollte nie etwas von ihrer Entscheidung erfahren. Als sie dann im August davon hörte, dass ein Rarlim geboren worden war, waren all ihre Zweifel beiseite gefegt, denn es hatte noch nie zuvor zwei Rarlim gleichzeitig gegeben."

Darragh sah sie entgeistert an.

„Ich weiß, das ist schwer zu glauben und viel zu verdauen, aber überleg doch mal: Wenn wir beide Rarlim sind, erklärt das doch, warum du meine Aura so intensiv wahrnimmst, oder? Ich meine, die ersten zwei Rarlim, die gleichzeitig auf der Erde leben, müssen doch auf eine gewisse Art und Weise verbunden sein, oder?" Olivia setzte sich neben Darragh auf ihr Bett, mit aufgeregt schlagendem Herzen blickte sie ihn an. „Ich weiß nicht, wie es dir gestern ging, aber als wir uns geküsst haben, hat es sich angefühlt, als würde deine Magie–"

„Auf dich übergehen", beendete Darragh ihren Satz. „Genau so hat es sich für mich auch angefühlt."

„Und tada. Sie ist auf dich übergegangen, wie du vorhin unschwer bewiesen hast." Olivia wippte freudig mit ihren Beinen. Jetzt, als sie ihre Theorie laut aussprach, ergab sie sogar noch mehr Sinn als zuvor in ihrem Kopf. „Ich denke, das wird auch der Grund für deinen Verbrennungsschmerz gewesen sein. Unsere Kräfte wollten miteinander verschmelzen. Das kann ich sogar auch beweisen."

Hibbelig sprang Olivia vom Bett auf und lief vor Darragh auf und ab. Es war kalt und zugig in ihrem Zimmer geworden, dabei hatte sie gar kein Fenster geöffnet. Doch ihre Aufregung schirmte die Kälte von ihr ab.

„Ich habe in meinem Tagebuch nachgeschaut, und habe jeden Tag geprüft, an dem sich meine Magie verändert hat."

„Tagebuch?", fragte Darragh mit einem verschmitzten Grinsen, das dieses süße Grübchen an seiner liken Wange zum Vorschein brachte.

„Ja, ich schreibe Tagebuch. Darüber kannst du dich später lustig machen, hör mir jetzt bitte zu", schnitt ihm Olivia das Wort ab. „An jedem Tag, an dem ich eine Weiterentwicklung meiner Fähigkeiten gespürt habe, haben wir uns vorher berührt!"

„Du hast in deinem Tagebuch vermerkt, wann wir uns berührt haben?"

Darraghs Grinsen wurde breiter. Olivia merkte, dass sie rot anlief.

„Konzentrier dich doch mal bitte auf das Wesentliche. Kannst du dich noch an den ersten Tag an der Akademie erinnern? Ich kam hier an, ohne eine Magie, die ich auch nur ansatzweise beherrschen konnte. Als ich am Abend joggen ging, zeigte sich auf einmal meine Lichtmagie, und du hast am nächsten Morgen davon berichtet, dass du zum ersten Mal deine Windmagie eingesetzt hast. An dem Abend habe ich im Speisesaal deinen Arm berührt. Erinnerst du dich?"

Darragh runzelte die Stirn. „Ja, ich erinnere mich. Das war das erste Mal, dass wir uns berührt hatten, und ich dachte noch, ich hätte nur einen elektrischen Schlag davon bekommen."

Olivia zählte weitere Beispiele auf. „Wow. Ich bin also ein Rarlim." Darragh starrte wie hypnotisiert auf das Buch über Aszendentenmagie, das aufgeschlagen neben ihm lag und dessen Seiten leise raschelten. Hier schien doch irgendwo ein Fenster offen zu sein. Lucy vergaß ständig, ihr Fenster zu schließen, wenn sie das Zimmer verließ.

„Du glaubst mir also? Einfach so?"

Freudestrahlend blieb Olivia vor Darragh stehen, der seinen Blick von dem Buch neben sich abwandte und zu ihr hinaufsah.

„Ich meine, ich muss noch checken, ob ich auch Windmagie besitze, aber–"

„Olivia! Mit deiner Windmagie kühlst du schon die ganze Zeit, seit du hier auf und ab tigerst, die Temperatur im Zimmer herunter. Außerdem bringst du die Buchseiten zum Rascheln und die Enden deiner Bettdecken zum Flattern."

Irritiert blickte sich Olivia im Raum um. Darragh hatte recht! Die Seiten der Bücher, die aufgeschlagen auf ihrem Schreibtisch und vor ihr auf dem Bett lagen, raschelten, und die Enden der floralen Tagesdecke flatterten.

„Oh. Das habe ich gar nicht mitbekommen. Du bist sicher, dass du den Wind nicht erzeugst?"

„Ganz sicher."

„Ihr glaubt also, dass Olivias Theorie korrekt ist und ihr beide Rarlim seid?", fragte Aiko ungläubig.

Nach ihrer Entdeckung waren Darragh und Olivia zurück in den Unterricht gegangen. Danach hatten sie sich mit ihren Freunden in das Zimmer der Jungs zurückgezogen und ihnen gemeinsam von der Theorie der zwei Rarlim berichtet.

„Ich weiß, das ist noch nie vorgekommen, aber wie willst du dir das sonst erklären?" Olivia blickte ihre skeptische Freundin eindringlich an.

„Habt ihr denn jetzt beide gleichzeitig Feuer- und Luftmagie?" Lucys Stimme klang im Vergleich zu Aikos interessiert und nicht skeptisch.

Darragh ergriff das Wort. „Ich habe heute Morgen tatsächlich mehr oder weniger beeindruckende Flammen zustande gebracht, aber so wirklich hatten wir noch keine Zeit, es auszuprobieren."

Joris' Augen weiteten sich gespannt. „Dann probiert es jetzt!"

Darragh und Olivia schauten sich an. „Ladies first", sagte Darragh.

Olivia schloss die Augen und konzentrierte sich. Bis jetzt hatte sie die Windmagie erst einmal hervorgebracht, und das ohne ihren Willen. Sie bezweifelte, dass es auf Anhieb funktionieren würde, nur weil … Ein plötzlicher Windzug wehte durchs Zimmer, fegte die Magazine vom Tisch und blies ihr einige ihrer Haarsträhnen ins Gesicht. Freudestrahlend wandte sie sich an Darragh.

„Gentlemen next!"

Es dauerte nicht lang, da erschienen Flammen von gleicher Farbe und Gestalt wie Olivias in seinen Händen.

„Cool!", sagten Joris, Phileas und Lucy gleichzeitig. Nur Aiko blickte unbeirrt kritisch drein.

„Ihr wisst, dass ihr das dem Komitee mitteilen müsst, richtig? So was hat es noch nie gegeben und bevor ihr euch selbst oder andere mit diesen Kräften verletzt, solltet ihr das KMO in Kenntnis setzen."

„Ja, das machen wir noch." Olivia blickte zu Darragh. „Aber gerade möchten wir erst mal selbst damit klarkommen, bevor wir es an die große Glocke hängen."

Darragh griff ihre Hand, um ihr zu signalisieren, dass er genauso dachte. Ein wohliges Gefühl überkam sie. Nach dem Vorfall mit Sabriel heute Morgen hatten sie kaum Zärtlichkeiten ausgetauscht. Doch seine Hand auf ihrer fühlte sich gut an. Unbeschreiblich gut. Kurzzeitig hatte sie Angst gehabt, dass die Theorie mit den zwei Rarlim ihm über den Kopf wachsen und er ihre Gefühle füreinander infrage stellen würde. Doch ein Blick in seine waldgrünen Augen bestärkte sie, dass sie beide so schnell nichts mehr auseinanderbrachte.

„Und dass ihr eklig süß seid, wisst ihr auch, oder? Ich

weiß nicht, ob ich euch lieber mochte, als ihr kein Wort miteinander geredet habt."

„Aiko!" Lucy warf ihr einen grimmigen Blick zu. „Jetzt sei doch nicht so. Nur weil du Loretta erst in den Ferien wiedersiehst."

Aiko zog eine Grimasse.

„Loretta?", fragte Darragh Olivia leise, während sich die Anderen unterhielten.

„Du hast einiges verpasst, als du einen auf unnahbar gemacht hast."

„Das darf ich mir wohl noch ewig anhören, oder?"

Sie lachte kurz auf. „Darauf kannst du wetten. Verdient hast du es schließlich allemal."

„Ich stimme dir voll und ganz zu, aber willst du mich zur Strafe wirklich im Unklaren darüber lassen, wer Loretta ist?"

„Loretta ist eine Bekanntschaft, die Aiko und Lucy in den Weihnachtsferien gemacht haben und für die Aiko wohl mehr übrighat. Keine Ahnung, ob sie zusammen sind oder so, du kennst ja Aiko, sie trägt ihre Gefühle nicht gerade auf der Zunge, aber sie telefonieren regelmäßig und haben einen gemeinsamen Urlaub in den Sommerferien geplant", sagte Olivia im Flüsterton.

„Oh, eine Fernbeziehung also, das erklärt zumindest, wieso Aiko in letzter Zeit noch schlechter drauf ist als sonst."

Hitze stieg Olivia den Nacken hinauf. Da saßen sie und redeten über Aikos Fernbeziehung. Dabei hatten sie selbst noch nicht definiert, was das zwischen ihnen genau war. Sie fragte sich, wie Darragh darüber dachte. Ob die Ereignisse der vergangenen Stunden doch etwas an seinen Gefühlen geändert hatten?

Als sich die Anderen auf den Weg zum Abendessen machten, hielt Darragh sie zurück. „Ich wollte noch kurz mit dir über etwas Wichtiges reden."

Etwas Wichtiges? Olivias Herz rutschte ihr in die Hose. „Klar, was gibt es denn?"

„Also, ich dachte mir … Was ich dich fragen wollte … Ich mein …"

Er stammelte unsicher unzusammenhängende Wortgruppen vor sich hin. Bevor er jedoch einen zusammenhängenden Satz formulieren konnte, kam Lucy zurück ins Zimmer 413.

„Wo bleibt ihr Turteltäubchen? Wir warten."

Olivia drehte sich zu ihr um. „Geht schon mal vor, wir kommen nach."

„Verstehe, verstehe." Lucy grinste verheißungsvoll und verschwand aus der Tür.

„Was wolltest du sagen?"

Doch bevor Darragh antworten konnte, wurden sie erneut unterbrochen, diesmal von Joris. „Lasst euch von mir nicht stören, ich habe nur meine Jacke vergessen." Kurz darauf verschwand er schnellstmöglich mit besagter Jacke.

„Wollen wir kurz in mein Zimmer gehen, bevor uns noch jemand stört?" Darraghs Stimme zitterte.

„Gern."

Er hielt ihr die Tür auf und zusammen betraten sie sein kreatives Reich. Derselbe Duft von Farbe und Pergament, den sie zum ersten Mal nach Weihnachten gerochen hatte, kroch ihr in die Nase. Er erinnerte sie schmerzlich an das letzte Mal, als sie mit Darragh allein ihn seinem Zimmer gewesen war. Plötzlich wurde ihr ganz heiß. Was wollte er ihr sagen? Etwa, dass der Kuss ein Fehler gewesen war?

„Also?", fragte Olivia erwartungsvoll und spielte nervös an ihren Fingernägeln.

Darragh atmete tief ein. „Hör zu, das zwischen uns … Also, ich mein, ich mag dich wirklich gern … sehr gern … Ich …"

Olivias Magen verkrampfte sich. Ihre Ohren dröhnten. Ein ungutes Gefühl beschlich sie. Das konnte nichts Gutes bedeuten. Das konnte nicht sein Ernst sein … Mit aufgebrachter Stimme unterbrach sie seine unzusammenhängenden Satzfetzen.

„Oh, nein, nein, nein. Du willst mir jetzt doch hoffentlich nicht sagen, dass der Kuss ein Fehler war und du keine romantischen

Gefühle für mich hast? Oder dass du dich jetzt mit deinen neuen Kräften beschäftigen musst und keine Zeit für eine Freundin hast?" Ihr Atem beschleunigte sich.

„Was? Nein! Ich wollte genau das Gegenteil sagen! Nur wusste ich nicht, wie."

Er ging zu ihr und nahm ihre Hand. Olivia spürte die wohlige Wärme seiner Haut. Ihr Atem beruhigte sich, doch ihr Herz schlug wie wild gegen ihre Brust.

„Das Gegenteil?", fragte sie verunsichert.

„Der Kuss mit dir gestern war das Beste, was mir seit Langem passiert ist. Ich würde fast sagen, das Beste, was mir in meinem Leben passiert ist." Ein Lächeln umspielte seine vollen Lippen. „Wobei ich zu meinem fünften Geburtstag einmal zwölf Runden hintereinander mit der Achterbahn fahren durfte, und danach habe ich sogar noch zwei Kugeln Eis bekommen. Ich bin mir nicht ganz sicher, ob der Kuss das schlagen kann. Dafür musst du mir vielleicht noch eine Kostprobe geben."

Olivia schmunzelte. Darragh näherte sich ihr und ließ die Hand in ihren Nacken gleiten. Seine Augen glänzten. Das Einzige, woran Olivia noch denken konnte, war, wie sehr sie seine Lippen auf ihren spüren wollte. Wie gerufen zog er sie zu sich und küsste sie leidenschaftlich.

Da erwachten die Schmetterlinge in ihrem Bauch auf ein Neues. Die kleinen Flügelschläge breiteten sich durch ihren ganzen Körper aus und erfüllten sie mit einem so starken Glücksgefühl, dass sie zeitweilen dachte, sie würde platzen.

Wie hatte sie nur einen Moment an seinen Gefühlen zweifeln können? Die Art und Weise, wie er sie küsste, zeigte ihr, dass sie für ihn das einzige Mädchen war, das er küssen wollte. Und genauso ging es ihr mit ihm. Darraghs wunderbaren Lavendelduft in der Nase, seine weiche Haut unter ihren Fingern und seine vollen, honigsüßen Lippen auf ihren – das war es, was sie wollte, was sie immer wollen würde. Für sie gab es nur ihn. Niemand anderes auf der Welt zählte in diesem Moment.

Darragh unterbrach den Kuss. Zärtlich streichelte er ihr über die Wange und seine wundervollen, grünen Augen strahlten so facettenreich wie der Wald bei Sonnenaufgang.

„Ich wollte mit dir allein sprechen, weil ich dich fragen wollte, was das zwischen uns ist, denn ich möchte gern mit dir zusammen sein und wollte sichergehen, dass du genauso denkst." Der Kuss hatte ihm die Worte gereicht, die er zuvor so mühsam gesucht hatte.

„Oh." Olivias Magen schlug eine ganze Reihe an Saltos. Doch sie versuchte, ihre Freude im Zaum zu halten, damit den Schmetterlingen nicht schlecht wurde. „Mhm ... also, ich weiß nicht so recht, vielleicht sollte ich Amelie fragen, ob du dich als Freund eignest oder nicht."

Darragh kitzelte Olivia und schubste sie sanft auf sein Bett. Als die beiden lachend auf der Matratze lagen und er ihr eine Haarsträhne sanft aus dem Gesicht strich, sah sie ihn liebevoll an und sagte dann leise: „Natürlich möchte ich mit dir zusammen sein."

Dann beugte sie sich vor, griff mit einer Hand nach seinem Shirt und zog ihn für einem leidenschaftlichen Kuss zu sich heran. An diesem Abend gingen Darragh und Olivia nicht zum Abendessen, sondern verbrachten den ganzen Abend damit, auf seinem Bett zu liegen und zu quatschen.

„Übrigens bist du mir noch eine Antwort schuldig", sagte sie, während er einen Vorrat verschiedener Tafeln Schokolade aus seinem Schrank holte.

„Bin ich? Zu welcher Frage denn?"

Olivia zog ihre Beine zu einer Schneidersitzpose heran. „Welche Farbe meine Aura hat. Du hast am ersten Tag zu mir gesagt, wenn ich meinen ersten Drachen erledigt habe, dann verrätst du es mir. Ich würde mal meinen, dass die Obscurati, die mich zu Weihnachten angegriffen haben, sehr wohl als Drachen gelten, oder?" Sie griff nach einer Tafel weißer Schokolade mit Keks, brach sich ein Stück ab und steckte es sich in den Mund.

„Ja, das kann man definitiv gelten lassen." Er schmunzelte.

„Schon mal ein Mohnblumenfeld bei Sonnenuntergang gesehen? So sieht deine Aura aus."

„Oh, ich liebe Mohnblumen! Also orange-rot?"

„Nicht nur. Die Hauptfarbe ähnelt einer Mohnblume, orangerot, absolut. Das ist nicht selten für ein Feuerzeichen. Meistens haben die Auren von Stellari den Grundton des Elements ihrer Sternzeichen. Rot für Feuer, Blau für Wasser, Grün für Luft und Gelb für Erde. Aber deine Aura ist zudem durchzogen von weißen, goldenen und violetten Farbnuancen. Außerdem glitzert sie besonders auffällig, wenn du glücklich bist."

„Glitzert sie in diesem Moment?"

„Ja, das tut sie."

„O Mann, das würde ich ja wirklich gern mal sehen."

„Ich hab's gezeichnet, wenn du magst, zeige ich es dir bei Gelegenheit."

Olivia schaute ihn überrascht an. „Du hast meine Aura gezeichnet?"

„Ähm, ja. Vielleicht einmal ganz kurz."

Röte stieg Darragh den Hals hinauf und Olivia wusste sofort, dass er es bereute, ihr dieses Geheimnis verraten zu haben.

„Zeichnest du alle Auren von Bekannten?"

„Nein, aber deine ist so besonders, dass ich sie zeichnen musste. Zumal ich sie ständig um mich herum spüre, da musste ich es mir einfach von der Seele pinseln", sagte er kleinlaut.

Olivia schaute ihn mit einem sinnierenden Blick an. „Hast du meine Aura gezeichnet, bevor du dir überlegt hast, dass du nicht mehr mit mir sprichst, oder währenddessen?"

„Sowohl als auch."

„Das ist genauso seltsam, wie mit einer Ritterrüstung zu einer Halloweenparty zu gehen, sich dabei halb zu Tode zu schwitzen, nur, um meine Haut nicht zu berühren", sagte sie amüsiert und ließ ihren Blick durch Darraghs Zimmer schweifen.

Ein buntes Comicheft in seinem Regal zog ihre Aufmerksamkeit auf sich. Interessiert stand sie auf und ging dorthin. Sie traute ihren Augen nicht! Darragh hatte auch einen X-Men-

Comic – und zwar genau das Heft, das ihr zu der Reihe noch fehlte, die sie von Joris geschenkt bekommen hatte.

„O mein Gott! Der Teil fehlt mir noch." Sie nahm das Heft mit zurück zum Bett, wo sie sich wieder neben Darragh setzte und den Comic durchblätterte. „Darf ich mir den mal ausleihen?"

„Ähm … also …" Darragh kratzte sich verlegen am Hals.

„Ich werde ihn dir unbeschadet zurückgeben. Versprochen."

„Das ist es nicht."

„Was dann?" Gedankenverloren blätterte sie die Seiten durch, gespannt darauf, wie es mit Cyclops und Emma Frost weiterging. Erstaunt fiel ihr auf, dass Darraghs Ausgabe genau wie die von Joris auf Englisch war. „Sag mal, hast du das Heft etwa auch von Joris zu Weihnachten bekommen, er hat mir–" Als sie aufblickte und Darragh sie mit einem hervorgepressten Lächeln ansah, fiel es ihr wie Schuppen von den Augen. „Die Hefte, die Joris mir nach dem Angriff vorbeigebracht hat, waren von dir!"

„Das war die letzte Lüge, ich schwöre!"

Olivia unterdrückte ein Lachen. Sie schlug das Comicheft zu, stand vom Bett auf und legte es auf Darraghs Schreibtisch.

„Olivia, es tut mir leid. Ich wollte dich nicht anlügen. Ich habe es vergessen."

Olivia schritt zurück zum Bett, zu der Seite, auf der Darragh saß.

„Und ich hatte gehofft, dass dir die Comics dabei helfen, die Geschehnisse wenigstens für eine Zeit zu vergessen, und–"

Darragh konnte nicht weitersprechen. Wie auch? Olivia hatte beide Arme um seinen Hals geschlungen und küsste ihn. Mit ihren Lippen auf seinen war er mit anderen Dingen beschäftigt, als zu reden.

„Wie kann es eigentlich sein, dass all deine wahnwitzigen Aktionen der letzten Monate sowohl seltsam als auch süß waren?", fragte Olivia, als sie ihn kurz nach Atem schnappen ließ.

Er zuckte mit den Schultern und küsste sie erneut.

Kapitel 23

Von Tonleitern und Partyhüten ...

„Schließt eure Augen und lauscht der Musik, werdet eins mit eurer Magie und konzentriert euch nur auf sie."

Herr Schwarz lief mit seiner Klangschale durch das Klassenzimmer. Wenn Darragh nicht aufpasste, würde ihm diese ganze Entspannung noch das letzte Fünkchen Energie nehmen, sodass er wahrhaftig einschlief. Zusammen mit Olivia hatte er gestern Abend noch Ewigkeiten wachgelegen und über all die Dinge gesprochen, die ihm in den letzten Monaten entgangen waren. Irgendwann waren beide zusammen in seinem Bett eingeschlafen und heute Morgen wäre er beinahe zu spät zum Unterricht erschienen.

Sein Magen knurrte und er freute sich bereits auf das Mittagessen. Am gestrigen Abend hatten sie sich nur von Schokolade ernährt und das Frühstück hatte er verschlafen. Sein Magen war also leer, bis auf das liebeskranke Monster, das bei jedem Gedanken an Olivia zufrieden schnurrte.

„Darragh, kann ich dich kurz sprechen?", fragte Herr Schwarz nach der Stunde „Entfachung deiner Fähigkeit".

„Was gibt es, Herr Schwarz?"

„Ich wollte dich nur fragen, wie du mit der Frequenzmusik klarkommst? Hilft es dir, Olivias Aura auszublenden?"

„Ähm …"

Darragh mied den Blick des Meditationslehrers. Sollte er ihn einweihen und ihm berichten, dass seine Theorie falsch gewesen war und er selbst eigentlich der zweite Rarlim war? Nein. Olivia und er hatten bis jetzt nur ihren Freunden davon erzählt. Herr Schwarz stand auf der Liste der Leute, die davon als Nächstes erfahren sollten, sicher ganz weit unten. Zuerst mussten sie es dem Komitee für magische Ordnung offenbaren und sich wahrscheinlich mit einigen Fragen durchlöchern lassen.

„Ja, danke. Es hilft sehr gut", sagte er und wandte sich zur Tür, um den Klassenraum zu verlassen. Aber Herr Schwarz hielt ihn zurück.

„Das freut mich. Kamst du denn mit deinen seherischen Kräften weiter? Hattest du seit Weihnachten eine weitere Vision?" Er bedachte Darragh mit einem besorgten Blick.

„Nein, nicht wirklich. Aber Herr Schwarz, ich muss jetzt wirklich los. Ich bin zum Mittagessen verabredet."

Erneut wollte er den Klassenraum verlassen. Plötzlich stellte ihm der Meditationslehrer eine unerwartete Frage.

„Mit Olivia?"

Darragh blieb in der offenen Tür stehen und drehte sich mit verwirrter Miene um.

„Ich habe euch gestern Morgen zusammen im Speisesaal gesehen. Möchtest du mir vielleicht etwas erzählen, Darragh?"

„Ähm …" Darragh dachte angestrengt nach. Wenn er Herrn Schwarz erzählen würde, dass er Olivia nun doch ohne Schmerzen berühren konnte, würde das noch mehr Fragen aufwerfen, aus denen er sich nicht herauswinden könnte. „Nun ja, ich habe mich doch für das Motto ‚Halte deine Freunde nah und deine Feinde näher' entschieden. Also haben Olivia und ich uns ausgesprochen und ich verbringe jetzt wieder Zeit mit ihr, damit ich … damit ich mehr über die Vision herausfinde."

Das war die schnellste Erklärung, die ihm in diesem Moment einfiel. Obwohl Herr Schwarz wenig überzeugt wirkte, hakte er nicht weiter nach. Darragh machte auf dem Absatz kehrt und verließ endlich das abgedunkelte, verräucherte Zimmer.

Auf dem Weg zum Essen traf er auf Olivia und erzählte ihr von dem Gespräch mit dem Meditationslehrer.

„Vielleicht sollten wir uns im Speisesaal nicht mehr berühren. Nicht, dass er noch misstrauischer wird", meinte Darragh.

Olivias Augen verengten sich. Sie machte einen Schritt auf ihn zu, sodass nur wenige Zentimeter Platz zwischen ihnen waren. Mit einer Hand streichelte sie sanft über seinen Arm. Ein Schauer lief ihm über den Rücken, ihre Finger fuhren kaum über seine Haut, doch die zärtliche Berührung kitzelte durch seinen ganzen Körper.

„Du meinst also, du schaffst es, mich außerhalb unserer Zimmer nicht zu berühren?" Sie trat noch näher, sodass er ihren Atem spüren konnte. „Mich nicht zu küssen?"

Ihre Finger strichen immer noch in vertrauten Bewegungen über seinen Arm. Der liebliche Duft von Orangen stieg ihm in die Nase. Ein Blick in Olivias große blaue Augen ließ ihn alles um sich herum vergessen und seinem Verlangen nachgeben. Er umklammerte ihre Hüfte, zog sie in eine feste Umarmung zu sich heran und küsste sie.

Ein breites Grinsen erschien auf ihrem Gesicht, als sie sich aus ihrem Kuss löste. „Siehst du!" Sie tänzelte die Treppe zum Speisesaal hinunter. „Du hältst es keine Minute aus, ohne mich zu berühren. Also vergiss doch Herrn Schwarz. Vermutlich weiß er eh schon Bescheid. Wusstest du, dass er Krebs ist, also wahrscheinlich all unsere innersten Geheimnisse und Wünsche kennt?"

Darragh war überrascht. „Nein, woher weißt du das?"

„Sabriel hat es mal nebenbei erwähnt."

Bei der Erwähnung von Sabriels Namen und dem Gedanken daran, dass er und Olivia sich einmal so nahe gewesen waren, wie Darragh und sie es jetzt waren, drehte sich ihm der Magen um.

„Seitdem versuche ich sehr stark, in seinem Klassenraum an nichts zu denken, was irgendwie wichtig sein könnte. Meistens singe ich die vollen drei Stunden einen Ohrwurm vor mich her, in der Hoffnung, es macht ihn genauso verrückt wie mich. Meinen heutigen Horrorsong habe ich mir auch schon rausgesucht. Ich hoffe, die Backstreet Boys gehen ihm so richtig auf die Nerven."

Olivia lachte gehässig und sang „Quit Playing Games" – Joris' Klingelton, der Darragh nur all zu bekannt war – in … beinahe der richtigen Melodie vor sich her. Darragh beobachtete sie dabei mit einem Schmunzeln. Wie konnte eine Person nur so süß sein? Die Gedanken an Sabriel waren nach Olivias Offenbarung wie weggeblasen. Er stimmte in ihr Lachen ein.

„Du kannst ihn echt nicht ausstehen, oder?"

„Null! Er ist so ein furchtbarer Schmierlappen. Ich weiß, ich weiß, er hat eine nette Aura, bla, bla, aber, wenn ich mir vorstelle, dass er meine Gedanken lesen kann, wird mir ganz übel."

Olivia beendete ihren Satz mit einem vorgetäuschten Würgelaut. Sie betraten den Speisesaal und Darragh lud sein Tablett voll mit Pasta, Pizza, Brot – alles mit einer Extraportion Käse. Sein Magen fühlte sich so leer an, dass er das Gefühl hatte, er könnte die Menge an Essen vertilgen, die normalerweise für eine Fußballmannschaft reichen würde.

Sie stellten ihre Tabletts auf dem Tisch ab und setzten sich. Darragh dachte, das Thema rund um Herrn Schwarz wäre abgeschlossen, als Olivia ihn grüblerisch ansah.

„Weißt du, was ich vor allem nicht verstehe?"

„Was?"

„Dass du dich von allen Lehrern Herrn Schwarz anvertraut hast. Ihm. Warum nicht Frau Roggenkamp oder Herrn Bischop? Schließlich unterrichten die Elementar- und Aszendentenmagie. Meiner Meinung nach sind sie bessere Ansprechpartner für Probleme mit deinen Kräften als unser Meditationsguru."

„Da hast du wohl recht, aber irgendwie hatte ich das Gefühl, Herr Schwarz und ich haben eine Verbindung. Außerdem hat er mir seine Hilfe angeboten und seine Lösung klang zu diesem Zeitpunkt sinnig."

Olivia zog die Augenbrauen hoch.

„Jetzt schau nicht so. In den letzten Monaten sind wir wohl beide auf einen aus der Schwarz-Familie reingefallen. Nur, dass Herr Schwarz kein Obscurati ist, das kann ich dir mit Gewissheit sagen. Dafür ist seine Aura zu gut."

Olivia blickte Darragh finster an. Er merkte, dass er einen wunden Punkt getroffen hatte.

„Themenwechsel. Wann ist denn die Überraschungsparty für Lucy morgen?"

„Achtzehn Uhr."

„Darf ich denn als dein Date auch mit?"

„Nur, wenn du dich nicht wieder als Ritter verkleidest."

„Warum sollte er sich als Ritter verkleiden? Geht ihr auf eine Party?", fragte Lucy, die sich mit Aiko zusammen an ihren Tisch setzte.

„Ähm ... was? Nein, wir haben gerade über ... ähm ... etwas Anderes geredet." Olivia blickte hilfesuchend zu Darragh.

Lucy schaute die beiden argwöhnisch an.

„Wahrscheinlich reden die beiden über Rollenspiele, Luc, du siehst doch, wie peinlich es ihnen ist", warf Aiko ein.

„Aiko!", rief Olivia.

Aber Darragh verstand, dass Aiko ihnen mit diesem Kommentar eine Möglichkeit gab, schnell vom Thema abzulenken. „Erwischt. Aber uns ist das ein bisschen unangenehm, also ... Können wir das Thema wechseln?"

Olivia lief feuerrot an, als Darragh ihr zuzwinkerte.

„Uh, Olivia! Ich wusste ja gar nicht, dass du auf solche Sachen stehst", sagte Lucy ganz interessiert.

Aiko, die gerade aus ihrer bloßen Hand Helium in einige bunte Luftballons füllte, hielt Darragh zurück, der gerade das

Zimmer 207 betrat. Unter jedem Arm trug er einen Stuhl aus dem Zimmer der Jungs. „Darragh, kannst du bitte mit deiner Luftmagie diese Girlande an der Decke aufhängen?"

Es war Samstagabend. Zusammen mit Olivia und Joris schmückten Aiko und er das Zimmer der Mädchen für Lucys Überraschungsparty. Der Ehrengast war gerade von Phileas zu einem ausgiebigen Spaziergang entführt worden. So konnten die Anderen alles in Ruhe herrichten.

„Ich könnte das jetzt auch", merkte Olivia kleinlaut an.

„Schon, aber da wir nicht mehr viel Zeit haben, sollte es besser Darragh machen, bevor die ganze andere Deko mit einem Windstoß weggeweht wird. Du kannst dich um die Kerzen auf der Torte kümmern, die müssen auch noch angezündet werden."

Aiko war in ihrem Element. Leuten Anweisungen zu geben, machte ihr wirklich Spaß. Olivia warf Darragh einen genervten Blick zu und verdrehte die Augen. Ihr machte es definitiv keinen Spaß, herumkommandiert zu werden. Mit einem gekonnten Schlenker ihrer Hand in Richtung Torte brannten kurz darauf alle achtzehn Kerzen.

„Erledigt. Was steht noch an, Chefin?"

Das letzte Wort sprach Olivia mit so viel Sarkasmus in der Stimme aus, wie Darragh es sonst nur von Aiko selbst gewohnt war. Aiko sah sich zufrieden im Raum um.

„Ich glaube, wir sind so weit fertig." Sie ging zu einer Kiste in der Ecke des Raums und kramte darin herum. „Jetzt müssen wir nur warten, bis Lucy und Phileas kommen. Ich habe Phileas gesagt, er soll pünktlich um sechs mit ihr hier sein. Bis dahin sind es nur noch zehn Minuten." Aiko kam mit kunterbunten Partyhüten zurück zu ihnen und drückte jedem von ihnen einen in die Hand. „Hier. Setzt die schon mal auf und versteckt euch dann."

Joris wandte sich flüsternd an Darragh und Olivia. „Partyhüte?"

„Ja, und sie sind farbig! Selbst ihr eigener Hut ist nicht

schwarz", sagte Olivia.

Joris spähte misstrauisch zu Aiko. „Sollten wir uns Sorgen machen?"

Darragh schmunzelte. „Ich denke, wir haben einfach endlich Aikos Schwachstelle gefunden. Sie liebt Geburtstage."

Joris und Olivia stimmten in Darraghs Grinsen ein.

„Ich hatte schon fast aufgegeben, nach ihrer menschlichen Seite zu suchen." Olivia spannte das Gummiband an ihrem rot-gelb gestreiften Partyhut und setzte ihn sich auf. „Umso froher bin ich, dass wir sie jetzt gefunden haben."

Auch Joris spannte das Band an seinem blau-rot gestreiften Hut, der sich grässlich mit seinem grünen Hemd mit den pinken Donuts darauf biss, und setzte ihn auf den Kopf. „Ihr wisst schon, was das bedeutet?"

„Beeilt euch! Bevor sie reinschneit und ihr alle wie gackernde Hühner einfach nur rumsteht", zischte Aiko. Sie winkte Joris zu sich, damit er sich mit ihr – wie abgemacht – in Lucys Zimmer versteckte. Darragh setzte sich ebenfalls seinen grün-violetten Partyhut auf und verschwand mit Olivia in dem Versteck, das ihnen zugeteilt worden war: hinter die Couch.

„Was meinte Joris gerade?"

„Dass wir für Aiko im Juni wohl oder übel auch eine Überraschungsparty planen müssen, wenn sie so darauf abfährt." Olivia sah ihn mit einem breiten Grinsen an. „Wenn man bedenkt, dass das alles als Lüge angefangen hat, um eins deiner Geheimnisse zu vertuschen, ist es schon witzig, dass wir jetzt hier sitzen und bunte Partyhüte tragen."

„Ich hätte ja nicht gedacht, dass Aiko die Party durchzieht, obwohl alle Geheimnisse jetzt vom Tisch sind."

„So was macht man eben für seine beste Freundin."

„Dass die beiden beste Freundinnen sind, ist mir immer noch ein Rätsel. Sie sind so verschieden wie Tag und Nacht."

Olivia grinste ihn an. „Manchmal ist das das Geheimnis."

Zur Untermalung beendete sie ihren Satz mit einem kecken Zwinkern. Was wollte sie ihm denn mit diesem Zwinkern sagen?

„Ich würde nicht sagen, dass wir beide von Grund auf verschieden sind."

„Wer sagt denn, dass ich das gemeint habe?" Doch Olivia bedachte ihn mit einem verstohlenen Lächeln. „Wobei … In einem Märchen wärst du der mysteriöse Geheimniswahrer und ich die tapfere Kriegerin, die in den alles entscheidenden Schlachten die dunkelsten Kreaturen bezwingt. Also schon ziemlich unterschiedlich."

„Bitte?" Darragh ließ eine gespielte Empörung erklingen. „Ich kann ja wohl genauso viele Kreaturen bezwingen wie du."

Olivia zog die Augenbrauen nach oben. „Ach ja? Als ich zuletzt gezählt habe, stand es im Drachengame Zwei zu Null für mich."

Darragh beugte sich über Olivia und kitzelte sie. Beide lachten. „Shhh!", kam es von Aiko, die Lucys Zimmertür angelehnt hatte und durch den Spalt lugte. Mit gespielt ernster Miene setzten sich Darragh und Olivia wieder aufrecht hin.

Doch Darraghs vorgetäuschter seriöser Blick wich einem wirklich ernsthaften Ausdruck. Er hob seine rechte Hand und umklammerte Olivias mit festem Griff. Mit ihren großen sternenhimmelblauen Augen blickte sie ihn an.

„Du weißt, dass ich dich beschützt hätte, wenn ich dagewesen wäre, oder?"

Ein sanfter Ausdruck legte sich auf ihr Gesicht. Leise hauchte sie ihre Antwort, bevor Darragh sie küsste. In dem Moment hörten sie die Tür zum Zimmer 207 aufgehen. Darragh ließ von Olivia ab und zusammen sprangen sie freudestrahlend aus ihrem Versteck hervor. Auch Aiko und Joris kamen aus Lucys Schlafraum gestürmt und zu viert riefen sie: „Überraschung!"

Alle erstarrten in ihrer Pose, da neben Lucy und Phileas zwei weitere Personen im Türrahmen standen. Frau Roggenkamp und ein großer, schlanker Mann mit schwarzen Haaren und einer markanten Narbe über der rechten Wange.

„Papa? Was machst du denn hier?", fragte Aiko überrascht.

Papa? Darragh staunte. Der Mann war also der berühmte

Leiter des Komitees und derjenige, der Schlangenträger im legendären Zweikampf besiegt und festgenommen hatte.

Mit einem liebevollen Blick sah Nilay Tanaka zu Aiko. „Tut mir leid, dass wir eure Überraschung stören, Kleines. Frau Roggenkamp und ich müssen dringend mit deinen Freunden sprechen." Er drehte sich zu Darragh und Olivia, der Ausdruck in seinem Gesicht nahm eine geschäftliche Mimik an. „Frau Fuchs, Herr Pisano, würden Sie mir bitte in das Büro der Schulleiterin folgen?"

Darragh schaute zu Olivia und entnahm ihrem Gesichtsausdruck, dass sie ebenso ahnungslos war wie er. Was hatte das alles zu bedeuten? Wieso war der Komiteeleiter extra nach Dahlow gekommen, um mit ihnen und der Schulleiterin zu sprechen? Darragh fiel nur ein Grund dafür ein, weswegen Nilay Tanaka an einem Samstagabend zur Akademie kommen würde. Doch von der ganzen Rarlim-Sache konnte er eigentlich gar nichts wissen. Bis jetzt hatten sie nur Joris, Aiko, Lucy und Phileas davon erzählt. Vielleicht ging es um die Attacke an Weihnachten? Hatten sie die Angreiferin gefangen, die entkommen war?

Wenige Tage nach dem Überfall hatte Nilay Tanaka bei Darragh zu Hause angerufen und verlangt, ihn zu sprechen. Olivia hatte ihm verraten, dass Darragh Joris zum Ort des Geschehens geschickt hatte. Darragh hatte dem Komiteeleiter daraufhin von seiner Vision erzählt. Nilay Tanakas Nachfragen hatten sich damals nur auf die entkommene Frau bezogen, Darraghs Kräfte hatte er nicht eine Sekunde infrage gestellt. Ihn interessierte nur, ob Darragh wusste, wer die Angreifer waren oder mit wem sie zusammenarbeiteten. Als Darragh ihm dazu nichts verraten konnte, hatte sich der Komiteeleiter bedankt und ihm schöne restliche Ferien gewünscht. Vielleicht erhoffte er sich eine weitere Vision, die preisgab, mit wem sie zusammenarbeitete, wenn er Darragh mit Schlangenträgers Anhängerin konfrontieren würde? Dann würde er Aikos Vater leider enttäuschen müssen, denn wie sie jetzt wussten, besaß er gar keine seherischen Fähigkeiten. Seine Visionen bezogen sich allein auf Olivia, ihre Gefühle und Erlebnisse.

Auf dem Weg zu Frau Roggenkamps Büro nahm Darragh Olivias Hand. „Hast du eine Ahnung, was das zu bedeuten hat?", fragte er sie im Flüsterton.

„Nicht den geringsten Schimmer."

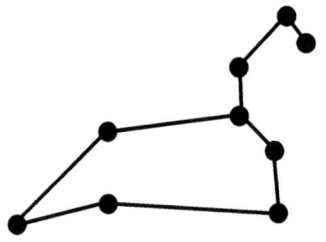

Kapitel 24

Eine schwarze Zukunft

Sie betraten das Büro der Schulleiterin, in dem Olivia noch nie zuvor gewesen war, doch als sie den Raum betrat, fühlte sie sich, als wäre sie schon einmal hier gewesen. Alles erinnerte an Frau Roggenkamp. Das geräumige, ordentliche Zimmer versprühte mit seinem dunklen Holzboden, den kobaltblauen Wänden und bodentiefen Fenstern, an dessen beiden Seiten bordeauxrote Vorhänge hingen, einen magischen Charme, der an die siebziger Jahre erinnerte. An den Wänden hingen etliche Porträts von unterschiedlichen Frauen und Männern. Olivia vermutete, dass es sich hierbei um die Schulleiter der Dahlow-Akademie der letzten Jahrhunderte handelte.

Nilay Tanaka deutete zu einem massiven, dunklen Holztisch in der Nähe des Schreibtisches, vor dem zwei große alte Armlehnenstühle mit einem senfgelben Bezug platziert waren. „Bitte setzen Sie sich."

Olivia, deren Hände vor Nervosität schweißgebadet waren, nahm auf einem der sesselartigen Stühle Platz. Darragh setzte sich zögerlich neben sie. Frau Roggenkamp ließ sich hinter ihrem Schreibtisch nieder, nur Nilay Tanaka blieb stehen.

„Sicher muss ich Ihnen nicht erklären, wieso Sie hier sind?"

Seine Stimme klang hart. Erschrocken blickte Olivia in seine unergründliche Miene. Wusste er von der Rarlim-Sache? Sie hatten es doch niemandem erzählt, nur ... Sie seufzte innerlich. Aiko! Verdammt! Sie wollte jedoch keine voreiligen Schlüsse ziehen und setzte eine ahnungslose Miene auf.

„Doch, das wäre schon ganz nett, denn wir wissen es nicht wirklich."

Mit einem Blick zu Darragh stellte sie erleichtert fest, dass er Nilay Tanaka ebenfalls mit einer Unschuldsmiene ansah.

„Meinen Sie wirklich, Sie können vor dem Komitee für magische Ordnung die Existenz eines zweiten Rarlims verheimlichen, Frau Fuchs?"

Nilay Tanakas anklagender Tonfall ließ sie unweigerlich zusammenzucken. Tatsächlich! Wie Olivia befürchtet hatte, ging es genau um dieses Thema. Das Komitee hatte davon Wind bekommen.

„Wir wollten es doch nicht verheimlichen", sagte sie abwehrend.

Mit vorwurfsvoller Stimme schaltete sich Frau Roggenkamp ein. „Ich bin entsetzt, dass Sie nicht direkt zu mir gekommen sind!"

Darragh wollte ihre Entscheidung verteidigen. „Wir wollten Ihnen und dem Komitee Bescheid geben. Wir haben nur auf den richtigen Zeitpunkt gewartet. Schließlich wissen wir es auch erst seit wenigen Tagen."

Olivia fand sein Argument aussagekräftig. Sie wussten es selbst gerade mal seit Mittwoch. Hätten sie direkt in der Nacht das Büro der Schulleiterin stürmen sollen?

„So etwas ist von höchster Dringlichkeit und hätte sofort gemeldet werden müssen, Herr Pisano! Ich dächte, Ihr Vater hätte Ihnen die Wichtigkeit des Komitees beigebracht." Eindringlich starrte Nilay Tanaka Darragh an. „Jetzt erzählen Sie uns bitte genau, was passiert ist. Ich kenne die Kurzfassung meiner Tochter, aber ich möchte es noch einmal aus Ihrer Sicht hören."

Darraghs und Olivias Blicke trafen sich für einen kurzen Moment, doch sofort wusste sie, dass er dasselbe dachte wie sie. Wie konnte Aiko ihrem Vater nur davon erzählen? Sie hatten ihr versprochen, es dem KMO zu sagen, nur eben noch nicht jetzt. Hätte sie ihnen nicht mal eine Woche geben können, bevor sie bei ihrem Vater petzte?

Gezwungenermaßen erzählte Darragh Nilay Tanaka und der Schulleiterin alles, was zu dem magischen Moment im Wald geführt hatte, an dem sich ihre Kräfte vereint hatten. Den romantischen Part ließ er jedoch sorgsam aus. In Darraghs Version der Geschichte vereinten sich ihre Kräfte in dem Moment, als er den ausgewachsenen Doublifox von ihnen abschirmte und Olivia sein Junges mit ihrer Heilmagie kurierte.

Nilay Tanaka verlangte sofort eine Kostprobe ihrer neuen Kräfte. Nachdem Olivia mit ihrem Windstoß die Ordnung in Frau Roggenkamps Büro mächtig durcheinandergebracht und sogar einige Porträts von der Wand gefegt hatte, wich der anklagende Ausdruck im Gesicht des Komiteeleiters aufrichtigem Staunen.

„Faszinierend! Es ist also wirklich wahr. Das ist unglaublich! Es gab noch nie zwei Rarlim gleichzeitig!" Er wandte sich an Darragh. „Sie haben also keine seherischen Fähigkeiten, und das an Weihnachten–"

„Das war einzig und allein meine Auramagie, die mir gezeigt hat, dass Olivia in Gefahr ist." Entschuldigend hob Darragh seine Schultern und ließ sie wieder fallen.

Nilay Tanaka strich sich mit der Hand übers Kinn und schritt mit grüblerischer Miene durch den Raum. Einige Zeit sagte er nichts und ging schweigend an den Porträts der ehemaligen Schulleiter und Schulleiterinnen entlang, wobei er sie eingehend musterte.

„Eine ganz schön mächtige Auramagie haben Sie da, Herr Pisano", sagte er nach seinem langen Schweigemarsch.

„Die Magie an sich ist nicht so mächtig. Nicht mächtiger als die meines Großvaters, würde ich meinen. Die Verbindung zu Olivia ist es. Nur bei ihr ist die Magie stärker als je zuvor."

Mit einem ruhigen Lächeln, das Olivias Schmetterlinge

– die sich mittlerweile in ihrem Bauch häuslich eingerichtet hatten – verrückt spielen ließ, griff Darragh nach ihrer Hand. Er drückte sie sanft, ehe er wieder von ihr abließ.

Nilay Tanaka, der noch immer vor den Porträts an der Wand postiert stand, blickte über seine Schulter und bedachte Olivia mit einem grüblerischen Blick. „Und Sie haben diesen Doublifox tatsächlich mit ihrer Magie geheilt?"

„Ja."

„Haben Sie danach noch einmal jemanden oder etwas geheilt?"

Etwas? Olivia gefiel es nicht, dass der Komiteeleiter eine magische Kreatur wie den Doublifox als „etwas" bezeichnete, doch sie wollte in diesem Moment keine Grundsatzdiskussion beginnen.

„Ich habe mich seither nicht verletzt oder jemanden verletzt vorgefunden."

Olivia erwähnte nicht, dass sie bei der Übertragung ihrer Kräfte ihre Heilmagie eingesetzt hatte, um Darragh seinen Schmerz zu nehmen, oder um sich selbst vor dem Ersticken zu bewahren. Sie wusste schließlich nicht, ob es wirklich ihre Heilmagie gewesen war, oder doch nur Einbildung. Vielleicht hatte die Kraft ihrer Gedanken sie in diesem Moment an der Nase herumgeführt.

Mit starkem Schritt ging Nilay Tanaka auf den Schreibtisch der Schulleiterin zu. „Einen Brieföffner, bitte, Selma."

„Was hast du–"

„Bitte!"

Ohne ihre Frage weiter auszuführen, reichte Frau Roggenkamp dem Komiteeleiter eine lange, silberne Klinge. Der Brieföffner erinnerte Olivia an das Taschenmesser, das ihr Aiko zu Weihnachten geschenkt hatte, nur um einiges kleiner und vor allem schmaler.

Dankend nahm Nilay Tanaka die silberne Klinge entgegen, legte die kurze Distanz vom Schreibtisch zu Darragh und ihr zurück und streckte Olivia seine rechte Hand entgegen. Mit der linken Hand hob er den Brieföffner, setzte die scharfe Spitze auf seiner rechten Handfläche an. Die Klinge hinterließ eine tiefe, lange Wunde. Als er den Brieföffner sinken ließ, strömte sofort Blut aus der aufgeschlitzten Handfläche. „Heilen Sie mich!", verlangte er knapp.

Okay, wow. Olivia konnte erahnen, wieso Aiko so war, wie sie nun mal war. Langsam hob sie ihre rechte Hand und ließ sie kurz über der Wunde des Komiteeleiters schweben. Wenn es nicht funktionierte und ihre Heilmagie ein einmaliges Ding war, würde Nilay Tanaka eine ordentliche Narbe davontragen, ähnlich wie die auf seiner linken Wange.

Nichts. Keine Magie strömte aus Olivias Fingerspitzen. Vielleicht funktionierte ihre Magie nur bei Tieren?

„Ich denke nicht, dass–"

Doch Nilay Tanakas drängender Ton unterbrach sie. „Strengen Sie sich an, Frau Fuchs!"

Sie versuchte es! Druck hatte noch nie viel geholfen. Schon gar nicht bei … Verstohlen sah sie zu Frau Roggenkamp und erinnerte sich an ihre erste Begegnung und den Moment, in dem sie mit einer ähnlichen Methode die Magie aus Olivia hatte herauskitzeln wollen. Als ihre Feuermagie noch nicht auf Kommando funktioniert hatte, hatte Olivia sich das Feuer visualisiert, die Flammen vor ihrem inneren Auge erscheinen lassen. Das hatte immer geholfen, also probierte sie es jetzt auch mit dieser Methode.

Sie fixierte ihren Blick eindringlich auf die aufgeschlitzte Haut, aus der noch immer Nilay Tanakas Blut floss, und konzentrierte sich darauf, wie die verheilte Haut aussehen würde, wenn das Blut zurück unter die Haut gelaufen wäre und sich das Gewebe rundherum wieder verschlossen hätte.

Sie sah erst einen, dann zwei Magiefunken, die in einem wunderschönen Grün leuchteten. Kurz darauf gesellten sich unzählige dazu und in einem Wimpernschlag war Nilay Tanakas Haut verheilt, als wäre nie auch nur ein Kratzer in seiner Handfläche zu sehen gewesen. Mit einem bewundernden Blick starrte er Olivias Hände an. Kurz darauf ließ er sich in den freien senfgelben Stuhl sacken, gegenüber von Darragh und ihr.

„Wie ich weiß, sind Sie beide mit der Prophezeiung vertraut …", sagte er nach einer langen Pause.

Darragh und Olivia nickten.

„Dann wissen Sie sicher, dass jetzt alles nur noch mehr darauf hindeutet, dass Sie Frau Fuchs–" Er blickte Olivia direkt an. Ein besorgter Ausdruck lag in seinen dunkelbraunen, beinahe schwarzen Augen. „der Rarlim aus der Prophezeiung sind …"

„Wieso das?", fragte Olivia verunsichert. Soweit sie sich erinnern konnte, sagte die Prophezeiung nichts über einen zweiten Rarlim oder Heilmagie.

Darragh ergriff das Wort. „Die Verbindung, die anschürt und zu Schlangenträgers Befreiung führt. Sie meinen, damit ist die Verbindung zwischen Olivia und mir gemeint?"

Diese Assoziation wäre Olivia nicht gekommen, aber es ergab Sinn, schließlich hatte die Verbindung zwischen ihr und Darragh sowohl ihm als auch ihr zu neuer Macht verholfen. Olivias Bauch verkrampfte sich. Alle Schmetterlinge zogen sich zurück. Wie konnte etwas so Wundervolles zu Schlangenträgers Befreiung beitragen? Das war unmöglich! Es musste ein Irrtum sein. Konnten sie wirklich sicher sein, dass die Prophezeiung ihre Beziehung zu Darragh meinte?

„Ganz genau. Wir denken tatsächlich, dass Ihre Verbindung diejenige ist, die in der Prophezeiung beschrieben wird. ‚Ein Rarlim wird geboren mit ungeahnter Macht' – Heilmagie ist unter den Stellari sehr selten und gilt als eine der mächtigsten Fähigkeiten. Was Ihnen umso mehr die Zielscheibe auf den Rücken spannt", erklärte Nilay Tanaka.

Olivia schluckte. „Also gehen Sie davon aus, dass zweifellos ich der Rarlim bin, der laut der Prophezeiung Schlangenträger freilässt. Und nicht Darragh?"

„Zumindest ist es aktuell am wahrscheinlichsten, dass die Obscurati genau das denken, wenn sie von Ihrer besonderen Fähigkeit erfahren. Außerdem drängt die Zeit, denn dieses

Jahr steht die wohl bedeutendste Sonnenfinsternis seit tausend Jahren an und wir glauben, dass die Obscurati die Befreiung für diesen Tag planen – den dritten November." Aufrichtige Sorge erschien in Nilay Tanakas Gesicht. Die Wut und die Enttäuschung vom Anfang waren verblasst.

An den Passus der Prophezeiung erinnerte sich Olivia, sie hatte selbst schon darüber nachgedacht, was er bedeuten könnte. „Doch wird zugleich dem Mond die Sonne entführt", murmelte sie leise.

„Exakt", bestätigte Nilay Tanaka.

Ihr war bereits der Gedanke gekommen, dass dieser Passus vielleicht auf eine Sonnenfinsternis hindeuten könnte, doch hatte sie diese Idee recht schnell wieder verworfen, weil es logisch einfach falsch war.

„Bei einer Sonnenfinsternis wird doch die Sonne vom Mond bedeckt und nicht dem Mond die Sonne entführt. Finden Mond und Sonne bei diesem Ereignis nicht sogar eher zusammen? Mir erscheint eine Sonnenfinsternis in dem Zusammenhang doch sehr weit hergeholt."

„Die meisten Prophezeiungen beinhalten Metaphern." Nilay Tanaka stand auf und schlenderte nun wieder durch den Raum. „Schon in dem Jahr, als diese Prophezeiung niedergeschrieben wurde, war man sich sicher, dass mit diesem Vers nur eine Sonnenfinsternis gemeint sein kann."

Und nur, weil jemand vor Jahren genau das hineininterpretiert hatte, musste man nicht darüber nachdenken, ob sich vielleicht neue Aspekte aufgetan hatten? Das fand Olivia nicht fair, doch sie behielt ihre Meinung für sich. Fürs Erste zumindest.

„Mitglieder des Komitees haben sich lange Zeit mit der Erörterung und Deutung von Prophezeiungen auseinandergesetzt, es gibt einen eigenen Beruf zu deren Interpretation, Olivia", erklärte Frau Roggenkamp, die Olivias skeptische Miene zu deuten wusste.

Wenn das Komitee dieser Auffassung war, dann würde es wohl doch mehr Sinn ergeben, als Olivia momentan ahnen konnte. Also musste sie sich jetzt noch mehr vor Obscurati in Acht nehmen bis zum dritten November? War das der Grund, warum Nilay Tanaka sie hierher gerufen hatte? Um sie zu tadeln, weil sie dem KMO nicht sofort über die Existenz eines zweiten Rarlims Bescheid gegeben hatten, und um ihr zu sagen, dass sie nun in noch größerer Gefahr war? Dafür hatte er sich die Mühe gemacht, extra in die Akademie zu kommen? Da musste doch noch mehr dahinterstecken.

„Wir sehen ein, dass wir dem KMO direkt hätten Bescheid geben sollen, dass Darragh auch ein Rarlim ist, und ich verstehe, dass ich mich nun noch mehr vor den Obscurati in Acht nehmen muss. Am besten sollte ich mich am dritten November nicht aus dem Haus bewegen. Aber irgendetwas sagt mir, dass sie uns nicht nur deswegen hierhergebeten haben." Olivia war es leid, dass sie Nilay Tanaka alles aus der Nase ziehen musste.

„Da liegen Sie richtig." Der Komiteeleiter trat hinter den Stuhl, auf dem er eben noch gesessen hatte, und umklammerte die breite gepolsterte Lehne mit beiden Händen. „Sie sind heute hier, damit ich Ihnen sagen kann, dass Sie ab Montag auf eine andere Akademie gehen werden, Frau Fuchs. Auf die Aberdeen-Akademie an der Ostküste Schottlands."

„Wie bitte? Warum denn das?"

Vor lauter Entsetzen über das, was sie gerade gehört hatte, sprang sie von ihrem Stuhl auf. Nilay Tanaka musste sich einen Scherz erlauben. Sie sollte an eine andere Akademie versetzt werden, und das schon ab Montag? Ungläubig blickte sie zu Darragh, der wie versteinert in seinem Stuhl saß und den Leiter des Komitees mit fassungslosem Blick anstarrte.

„Werde ich auch an diese Akademie versetzt?"

Mit abgeklärtem Blick widmete sich Nilay Tanaka zuerst Darragh, um ihm zu sagen, dass er nicht die Akademie wechseln würde, und dann Olivia, mit der Bitte, sich zu beruhigen.

Olivia setzte sich widerwillig und spürte ihr Herz schneller schlagen. Ihr Blut pulsierte schnell in ihren Adern. Nilay

Tanakas weitere Worte hörte sie gedämpft, als würde sie eine unsichtbare Wand von ihr abschirmen.

„Sehen Sie, die Obscurati dürfen nicht erfahren, dass Herr Pisano auch ein Rarlim ist, und erst recht nicht dürfen sie von Ihrer Verbindung Wind bekommen, sonst wird der Prophezeiung noch mehr Aufmerksamkeit geschenkt als ohnehin", erklärte er. „Aktuell glauben wir nicht, dass alle Obscurati an der Prophezeiung festhalten und Frau Fuchs als Schlangenträgers Befreierin sehen. Doch sollte sich der Teil der Prophezeiung zu einer ungewöhnlichen Verbindung als wahr herausstellen, werden viele mehr daran glauben, dass die Befreiung zum Zeitpunkt der Sonnenfinsternis ebenfalls eintreten wird. Schlussendlich und nicht zu einem minder wichtigen Teil besagt der letzte Part der Prophezeiung, dass Sie und Herr Pisano gemeinsam durch Ihre Verbindung Schlangenträger besiegen können. Demnach werden die Obscurati auch Jagd auf Herrn Pisano machen, sobald sie von der Verbindung wissen." Nilay Tanakas Miene verhärtete sich. „Diese Jagd wird schlussendlich Herrn Pisanos Tod zum Ziel haben."

Ein eisiges Gefühl breitete sich in Olivias Magen aus. Die Obscurati würden Darragh aufgrund der Prophezeiung töten wollen, damit sie zusammen keine Gefahr für Schlangenträger darstellten? Mit einem traurigen Blick sah sie Darragh an. Seine unbeschreiblich ausdrucksvollen grünen Augen waren starr auf Nilay Tanaka gerichtet. Das bedeutete, dass sie auf eine ironische Art und Weise nun doch seinen Tod bedeuten würde.

„Warum kann ich nicht die Akademie wechseln? Dann kann Olivia hierbleiben, bei ihren Freunden, und wird nicht wieder mit neuen Stellari konfrontiert, die in ihr nur den Rarlim sehen und sie dafür verurteilen. Für mich wäre es sicher einfacher, mich anzupassen, weil ich in Irland aufgewachsen bin und fließend Englisch spreche. Für mich wäre es also nur ein Schulwechsel und ich wäre einfach nur der Neue. Keiner müsste erfahren, dass ich auch ein Rarlim bin."

Da war er wieder, sein Drang, den Helden zu spielen. Allein, dass er an Olivias Stelle die Akademie wechseln wollte, war so selbstlos und liebenswert. Es bedeutete ihr die Welt, auch wenn sie nicht wollte, dass er alles aufgab, damit sie es leichter hatte. An der schlimmsten Sache, die mit dem Schulwechsel verbunden war, würde es sowieso nichts ändern: In beiden Fällen wären sie voneinander getrennt. Ein trauriges Lächeln huschte so schnell über Nilay Tanakas Gesicht, dass Olivia unsicher war, ob sie es sich vielleicht nur eingebildet hatte.

„Es ist sehr bemerkenswert von Ihnen, dass Sie diese Möglichkeit anbieten, aber das würde die Aufmerksamkeit unnötig auf Sie und Ihre neuen Fähigkeiten lenken." Darragh öffnete den Mund, um ihm zu widersprechen, doch Nilay Tanaka hob die Hand und bedeutete ihm so, dass er ihn ausreden lassen solle. „Hier in Dahlow werden wir die Lehrer von Ihren neuen Fähigkeiten unterrichten und Sie werden Einzelunterricht erhalten, damit Sie die Kontrolle darüber erlernen. Wenn Sie sich diesen Kräften nicht widmen, werden Sie in Ihnen unterdrückt, und was unterdrückte Feuermagie anstellen kann, können Sie sich sicher vorstellen."

Darragh blickte betrübt zu Olivia. Beide wussten, dass Nilay Tanaka recht hatte. Sie selbst hatte am eigenen Leib erlebt, wie unvorhersehbar Feuermagie sein konnte, und sie musste sich täglich im Unterricht und in ihrer Freizeit darauf fokussieren, die Kontrolle darüber zu behalten. Wenn niemand Darragh dabei unterstützte, könnte es schlimme Folgen haben.

„Die Aberdeen-Akademie ist eine hervorragende Privatschule, die sich vor allem auf die Ausbildung von Feuerzeichen spezialisiert und die nur Kinder besuchen, deren Eltern für das Komitee arbeiten. Dadurch sind Sie dort vor den Obscurati geschützt, Frau Fuchs. Die Akademie wird sehr streng überwacht, strenger noch als die Dahlow-Akademie. Das liegt daran, dass sich direkt daneben die Ausbildungsstelle der Procieri des KMO befindet. Sollten die Obscurati also in nächster Zeit mitbekommen, dass Sie über Heilmagie verfügen, dann sind Sie in der Aberdeen-Akademie vor ihnen in Sicherheit. Der ideale Platz für Sie, im Angesicht der aktuellen Lage."

In der Tat klang dieser Ort sehr sicher. Beinahe so sicher wie ein Gefängnis, fand Olivia ...

„Außerdem werden wir Sie nicht allein dorthin schicken. Es wird also kein kompletter Neustart werden und Sie haben jemanden, dem Sie sich anvertrauen können."

Für einen kurzen Augenblick keimte Hoffnung in Olivia auf. Würden Aiko und Lucy etwa mit ihr die Akademie wechseln? Doch im selben Moment fiel ihr ein, dass die beiden keine Feuerzeichen waren. Aber Joris war eins! Doch Nilay Tanaka erschütterte diesen Hoffnungsschimmer mit dem schlimmstmöglichen Szenario.

„Einer Ihrer Lehrer hat sich bereit erklärt, Sie an die Akademie zu begleiten und wird dort ein Auge auf Sie haben."

O nein. Nein, nein, nein ...

„Zusätzlich werden auch seine Kinder an diese Schule versetzt, diese kennen Sie bereits."

Olivia vergrub ihr Gesicht in ihren Händen, denn sie musste Nilay Tanaka nicht weiter zuhören, um zu wissen, welche Namen er gleich nennen würde.

„Ich rede von Herrn Schwarz, seiner Tochter Sabella und seinem Sohn Sabriel."

Bis jetzt hatte Olivia dieses Gespräch noch für eine realistische Konversation gehalten. Ja, dass sich der Leiter des Komitees vor ihren Augen mit einem Brieföffner die Hand aufgeschlitzt hatte, um ihre Heilmagie zu provozieren, war etwas viel gewesen. Mittlerweile war sie sich jedoch sicher: Sie musste träumen. Anders konnte sie sich nicht erklären, was hier gerade vor sich ging.

„Sabriel und Sabella sind Obscurati!" Mit vor Zorn geballten Fäusten erhob sich Darragh von seinem Stuhl. „Ich habe mitgehört, wie sie über ihren Plan gesprochen haben, dass sie Schlangenträger befreien wollen."

Nilay Tanaka blieb von dieser Anschuldigung vollkommen unberührt. „Herr Pisano, meine Tochter hat mir bereits von Ihrem Verdacht erzählt und ich versichere Ihnen, dass Sie da etwas falsch interpretieren."

„Es ist keine Anschuldigung. Ich habe es mit meinen eigenen Ohren gehört, da konnte ich gar nichts falsch interpretieren."

„Herr Schwarz und ich sind zusammen zur Schule gegangen, wir haben zusammen gegen die Obscurati gekämpft und ich versichere Ihnen, dass er nichts mit den dunklen Künsten zu tun hat, genauso wenig wie seine Kinder, und damit ist das Thema für mich beendet."

Nilay Tanaka verlieh dem letzten Satz so viel Autorität, dass Olivia sich nicht traute, Widerworte zu geben. Womöglich würde er dann seine Fassung verlieren und die beiden gleich wegen Verleumdung ins Vintenculo stecken, das Stellari-Gefängnis. Darragh hingegen gab sich mit Nilay Tanakas Aussage nicht geschlagen.

„Ich schwöre Ihnen, ich habe Sabriel und Sabella dabei gehört, wie sie darüber geredet haben, dass sie Olivia auf ihre Seite ziehen und Schlangenträger befreien wollen."

„Herr Pisano, ich will nichts mehr–"

Frau Roggenkamp unterbrach ihn. „Nilay, vielleicht sollten wir wirklich kurz zuhören, was der Junge zu sagen hat. Herr Pisano ist ein vertrauenswürdiger junger Mann und ich weiß nicht, wieso er sich so eine Geschichte ausdenken sollte. Schließlich würde dich das nicht davon abhalten, Frau Fuchs wegzuschicken, sondern nur davon, sie mit der Familie Schwarz wegzuschicken."

Nilay Tanaka betrachtete sie mit einem grüblerischen Gesichtsausdruck. „Nun gut. Kannst du Silas anrufen und ihm sagen, dass er mit seinen Kindern herkommen soll?"

Frau Roggenkamp griff direkt nach dem Hörer ihres alten Drehscheibentelefons. Verwundert blickte Olivia das Telefon an, sie hatte gedacht, dass es nur Deko wäre. Ihr war nicht bewusst, dass diese alten Teile noch funktionierten.

Als sie auf Herrn Schwarz warteten, ergriff Darragh kurz Olivias Hand und flüsterte ihr ins Ohr. „Ich lass nicht zu, dass er dich mit den zwei Verrätern allein auf eine Schule schickt." Bei einem Blick in seine waldgrünen Augen zog sich ihr Herz schmerzhaft zusammen. Was machte das für einen Unterschied, wer mit ihr die neue Akademie besuchen würde? Solange es nicht Darragh wäre, wäre es nicht die richtige Person.

Dann endlich klopfte es an der Tür. Olivia und Darragh lösten ihre Hände voneinander. Nilay Tanaka begrüßte Herrn Schwarz herzlich, als er ihm die Tür öffnete.

„Silas! Schön, dass du es einrichten konntest. Du hast deinen Kindern bestimmt schon erzählt, was ab morgen auf sie zukommt, oder?"

„Natürlich." Herr Schwarz trat, gefolgt von Sabriel und Sabella, in Frau Roggenkamps Büro.

„Selma und ich haben Frau Fuchs gerade die Neuigkeiten offenbart. Herr Pisano behauptet, deine Kinder bei einem Gespräch belauscht zu haben, wodurch er denkt, sie seien Obscurati. Er ist der Auffassung, sie wollen Frau Fuchs zu Schlangenträgers Befreiung überreden. Wir haben euch hergerufen, um Licht in das Ganze zu bringen", erklärte Nilay Tanaka.

Olivia blickte von Herrn Schwarz, der in seiner weiten Meditationsgurukleidung mit belustigter Miene dastand, zu Sabella, die Darragh mit einer Miene musterte, als würde sie ihm am liebsten ins Gesicht spucken, zu Sabriel.

Seine sonst klaren, sturmgrauen Augen hatten eine dunkle, trübe Färbung angenommen wie ein wolkenbehangener Himmel, kurz vor einem Gewitter. Ihm schien in diesem Moment klarzuwerden, dass er gerade den wahren Grund dafür erfuhr, weshalb Olivia die Freundschaft, oder was auch immer zwischen ihnen gewesen war, beendet hatte. Er sah ihr direkt in die Augen. Sein Blick wirkte verletzt und traurig, und das Schlimmste daran war, dass er für Olivia zu einhundert Prozent aufrichtig wirkte.

Ihr Herz zog sich so unangenehm zusammen, als hätte jemand die Hand darumgelegt und würde es kräftig zusammendrücken. Wie viele schmerzliche Neuigkeiten sollte es an diesem Abend noch geben? So viele herzschmerzverursachende Dinge konnte sie nicht auf einmal verarbeiten.

„Das ist doch lächerlich, Nilay." Ein gedrücktes Glucksen entfuhr Herrn Schwarz, der dem Komiteeleiter freundschaftlich auf die Schulter klopfte.

„Ich denke auch, dass es sich hier um ein Missverständnis handelt."

„Ich glaube, ich weiß, was Darragh meint", mischte sich Sabella ein. „Sabriel und Olivia hatten mal was am Laufen und ich wollte, dass er sicherstellt, dass sie nicht doch vielleicht für die Erfüllung der Prophezeiung verantwortlich sein wird. Er sollte ausprobieren, ob sie sich dazu überreden lässt, Schlangenträger zu befreien. Damit wollten wir prüfen, ob sie einen schwachen Geist hat oder tatsächlich eine von den Guten ist. Bis zum letzten Tag blieb sie stark und ist auf keine der Andeutungen eingegangen, das muss sogar ich ihr hoch anrechnen."

Sabellas graue Augen blitzten höhnisch. Ihr Grau war so anders als Sabriels. Es hatte keinerlei Tiefe, keine gelben Sprenkel, die Olivia an den Moment erinnerten, an denen sich die Sonne nach einem Gewitter hinter den dunklen Wolken hervorkämpfte. Sie waren einfach nur grau. Es war ein kaltes Grau wie das eines leblosen, nutzlosen Steins.

So schnell, wie Sabella sich diese Ausrede ausgedacht hatte, hätte Olivia sie ihr fast abgekauft, wenn da nicht eine gravierende Sache wäre, die sie nicht bedacht hatte: Sabriel hatte ihr gegenüber nie Andeutungen in diese Richtung gemacht oder sie durch irgendwelche Aussagen getestet. Schlangenträger oder die Prophezeiung hatten sie in ihren Gesprächen nie auch nur mit einer Silbe behandelt.

Olivia dachte, dass es Darragh vor Entsetzen die Sprache verschlagen hatte. Einen Moment lang sah er Sabella ungläubig mit offenem Mund an, bevor er die Fähigkeit, zu sprechen, wiederfand.

„Das ist–"

Doch Sabella ließ ihn nicht ausreden. „Was machst du eigentlich hier, Pisano? Ich dachte, es geht darum, dass Olivia an eine andere Akademie versetzt wird, nicht du?"

„Das ist richtig." Nilay Tanaka übernahm die Antwort für Darragh. „Herr Pisano hatte Frau Fuchs von dem belauschten Gespräch erzählt. Ich hielt es für angebracht, ihn selbst dazuzuholen, damit er genau schildern kann, was er gehört hat." Mit einem strengen Gesichtsausdruck, der keine Widerrede zuließ, wandte er sich an Darragh. „Ich denke, damit ist das auch geklärt, oder, Herr Pisano?"

Doch Darragh schüchterte Nilay Tanakas Gesichtsausdruck ganz und gar nicht ein. „Nein, so war das nicht! Ich weiß ganz genau, was ich gehört habe! Sabriel hat gesagt, dass er nur deshalb Zeit mit Olivia verbracht hat, weil er sie überreden wollte, die Seiten zu wechseln! Er hat seiner Schwester geschworen, dass er keine Gefühle für sie entwickeln würde!" Darraghs Stimme zitterte vor Aufregung.

„O Mann, Darragh, du bist aber auch naiv!" Sabriel verdrehte genervt die Augen. „Als ob ich meiner Schwester auf die Nase binde, wie sehr mein Herz für ein bestimmtes Mädchen schlägt. Ist ja wohl klar, dass ich vor ihr einen auf harten Kerl mache und ihr nicht sage, dass Olivia mir total den Kopf verdreht hat und ich sie nicht mehr aus meinen Gedanken bekomme."

Sabriels Blick war starr auf Darragh gerichtet, sein Kiefer mahlte. Obwohl Olivia direkt neben Darragh saß und Sabriel bei diesen Worten mit großen Augen anstarrte, mied er ihren Blick.

Sabriels Worte brachten Darragh so aus der Fassung, dass er ihn nur noch verdutzt anblickte und kein weiteres Argument anbrachte. Auch Olivia war kurz fassungslos. Die Worte kamen so überzeugend aus seinem Mund, dass sie feuerrot anlief. Hatte Sabriel das zwischen ihnen doch nicht vorgetäuscht?

„Aha, ich sehe ... Ein Fall von jugendlicher Eifersucht", sagte Herr Schwarz, als wäre damit das Rätsel gelöst. „Ich denke, die Tatsachen liegen klar auf dem Tisch. Darragh hat ein Gespräch überhört, was sich vielleicht ein wenig zweideutig angehört hat, und durch seine Gefühle für Olivia und die Eifersucht gegenüber Sabriel hat er etwas zu viel hineininterpretiert."

Mit hochgezogenen Augenbrauen blickte Nilay Tanaka zu Frau Roggenkamp. Als Darragh erneut seine Theorie verteidigen wollte, unterbrach ihn die Schulleiterin.

„Herr Pisano, ich glaube, Herr Schwarz hat hier valide Punkte zur Sprache gebracht. Gehen Sie bitte nochmals in sich und überlegen Sie, ob Sie nicht doch etwas falsch verstanden haben."

Darragh, der vor Erregung aufgesprungen war, ließ sich erschöpft auf den Stuhl zurückfallen. Mit entsetzter Miene blickte er zu Olivia und schüttelte den Kopf. Sie wusste, dass Darragh weiterhin an dem festhielt, was er gehört hatte. Sie glaubte ihm, doch konnte sie spüren, dass es nichts brachte, diese Thematik hier weiter zu vertiefen. Es stand schließlich fünf gegen zwei.

Als Herr Schwarz, Sabriel und Sabella das Büro der Schulleiterin verließen, trafen sich Olivias und Sabriels Blicke zum letzten Mal an diesem Abend. Sie wurde das Gefühl nicht los, dass zumindest ein Mitglied der Familie die Wahrheit gesagt hatte.

„Also, morgen geht es bereits los, ja?", fragte sie an den Komiteeleiter gewandt, in der Hoffnung, sie könnten nun diese Unterhaltung schnell beenden.

„Genau, es ist beschlossene Sache. Morgen Mittag gegen dreizehn Uhr fährt Herr Schwarz mit Ihnen dreien zum Flughafen."

„Dann entschuldigen Sie mich bitte, ich möchte gern noch Lucys Geburtstag feiern und den letzten Abend mit meinen Freunden genießen."

Olivia versuchte, einen aufgesetzt freundlichen Ton hervorzubringen, und zwang sich zu einem bitteren Lächeln. Sie war es leid, über eine besiegelte Sache zu diskutieren, die sie nicht ändern konnte, und verschwand mit Darragh aus dem Büro der Schulleiterin.

Einige Augenblicke später stand Olivia im Badezimmer und blickte traurig in den Spiegel. Nachdem sie mit Darragh zurück ins Zimmer 207 gekommen war, hatten ihre Freunde sie sofort über das Gespräch ausgequetscht. Doch Olivia hatte die Flucht ergriffen. Es wuchs ihr alles über den Kopf. Bevor sie allen erzählen konnte, dass sie ab morgen nach Schottland reisen und ab Montag die Akademie dort besuchen würde, brauchte sie ein paar Minuten für sich, um das Ganze zu realisieren.

Schottland, von allen Plätzen auf der Erde. Regnete es da nicht ständig, das Essen war furchtbar und riesige Monster lebten in den Seen? Aber das war wieder typisch. Konnte sie nicht im Gegenzug wenigstens mit einem schönen Ort wie der Toskana belohnt werden? Nein, sie musste von ihren Freunden weg und war verdammt dazu, das Regenwetter in Schottland zu ertragen. Als Kirsche auf der Sahne gratis im All-in-one-Paket mit dem Titel „Wie versauen Sie das Leben von Olivia Fuchs in drei Schritten" kam noch erschwerend hinzu, dass die komplette Familie Schwarz sie in ihren neuen Lebensabschnitt begleiten würde.

Olivia spritzte sich kaltes Wasser ins Gesicht und auf ihren Nacken. Sie blickte in den großen runden Spiegel über dem Waschbecken und nahm sich vor, stark zu sein. Immerhin sollte ihre Versetzung die Obscurati davon ablenken, dass Darragh ebenfalls ein Rarlim war. Es sollte sie davon abbringen, Darraghs Tod zu wollen, und das allein war es wert. Wenn sie ihn so vor dem unausweichlichen Schicksal eines Gejagten bewahren könnte, würde sie eben die Akademie wechseln. Nun hieß es nur, gute Miene zu bösem Spiel zu machen. Denn wenn sie ihren Freunden jetzt zeigte, wie traurig sie war, würde sie es nicht durchstehen. Lucy würde mit ihr in Tränen ausbrechen, Aiko würde versuchen, ihren Vater zu überreden, dass Olivia in Dahlow bleiben dürfte und die Jungs würden einen Plan aushecken, wie sie Olivia in ein fernes Land bringen könnten, wo sie inkognito ein neues Leben beginnen könnte, oder so etwas in der Art. Aber all das würde nichts bringen. Sie wusste einfach, dass der Plan des Komitees wahrscheinlich der einzige Weg war, damit Darragh und sie sicher waren. Jetzt wollte sie die Zeit, die ihr mit ihren Freunden blieb, in vollen Zügen genießen.

Als sie aus dem Bad kam, warteten die Anderen bereits gespannt darauf, was sie zu berichten hatte. Schnell verschwand jegliches Lächeln aus ihren Gesichtern, als Olivia ihnen alles erzählte.

„Es tut mir so leid, Olivia! Ich wollte meinem Vater eigentlich nichts sagen, aber mir ist aus Versehen etwas rausgerutscht und dann hat er nicht lockergelassen." Aiko war kreidebleich. In ihren Augen glitzerten Tränen. Bei so viel Emotionen in ihrem sonst so gefühllosen Gesicht konnte Olivia ihr nicht lang sauer sein. „Ich hätte nie gedacht, dass er so reagieren würde."

„Es ist jetzt offiziell eine Geburtstags- und Abschiedsparty." Lucy schlug sich tapfer. In ihren Augen glitzerten sogar weniger Tränen als in Aikos.

„Ganz genau. Also hoch die Gläser!", rief Olivia, in dem überzeugendsten, fröhlichsten Ton, den sie zustande bekam, trank ihr Glas mit Erdbeerbowle in einem Zug aus und drehte die Musik auf volle Lautstärke.

Das unangenehme Thema von Olivias Weggang hing den ganzen Abend wie eine dunkle, drückende Regenwolke über ihnen, doch sie vermieden es peinlichst. Stattdessen tanzten sie, lachten ausgelassen und versuchten, so viel Spaß wie möglich zu haben.

Wie sie alle vermissen würde. Lucy und ihre unbeschwert fröhliche Art. Aiko mit ihrem Sarkasmus und ihrem dauerhaft genervten Blick, hinter dem, wie Olivia wusste, ein so großes und liebevolles Herz steckte. Joris, der ihr so viel im Kampftraining beigebracht hatte und der eine echte Schulter zum Anlehnen geworden war, und auch Phileas, mit dem Olivia eine große Liebe zu Tieren teilte. Und natürlich Darragh. Darragh, der zugleich witzig und ernst sein konnte. Dessen Lachen für sie so ansteckend war wie keines sonst. Mit einer

Leidenschaft, die ihr jedes Mal den Atem raubte, wenn er sie mit seinem sanften, aber bestimmten Griff zu sich zog und küsste. Seine Küsse ... Wie sehr würden Olivia neben allem anderen seine Küsse fehlen? Seine zarten, vollen Lippen auf ihren, sein honigsüßer Geschmack und seine warme Haut unter ihren Fingerspitzen.

Darraghs starke Arme waren um ihren Körper geschlungen. Er stand hinter ihr und wog sich mit ihr zu ihrem Lieblingslied. „Das ist unser Lied."

Olivias Herz machte einen Satz. „Du erinnerst dich?"

„Aber sicher. Wie könnte ich unseren ersten Tanz vergessen? Ich kann mich noch ganz genau daran erinnern, wie unfassbar gern ich dich in diesem Moment geküsst und nie wieder losgelassen hätte."

Sein warmer Atem kitzelte ihr Ohr und seine Worte legten sich wie eine wohlig warme Decke um ihr Herz. Mit einem träumerischen Lächeln lehnte sie sich fester in seine Umarmung und genoss den Augenblick.

„Ich habe einen Vorschlag", flüsterte er ihr leise ins Ohr, als das Lied vorbei war und die Party sich langsam dem Ende zuneigte.

Olivia kippte den Kopf zur Seite, als sie sich ahnungslos zu ihm umdrehte. Mit sanftem Blick musterte er sie. Seine Hand legte er um ihre Wange und mit seinem Daumen streichelte er zärtlich ihre Haut.

„Was hältst du davon, wenn ich heute bei dir übernachte? So haben wir wenigstens noch die ganze Nacht für uns."

„Ich bestehe darauf." Olivia grinste breit.

Sie wollte jede Minute mit Darragh auskosten, die ihr noch blieb, und sie nahm sich fest vor, in dieser Nacht kein Auge zuzumachen. Dann würde sie morgen früh eben aussehen wie ein Zombie und sich fühlen wie erschlagen. Na und? Es war ja nicht so, als hätte sie etwas Wichtiges vor ...

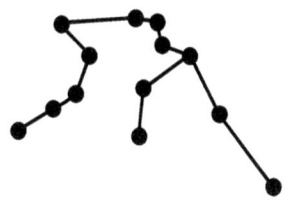

Kapitel 25

Abschiedsvorbereitungen

Kling!
 Das Geräusch des Backofens ertönte und Darragh nahm die erwartete Post heraus. „Danke, Maggie, du hast was gut bei mir", sagte er zu seiner Schwester am Telefon.
 „Ach, was macht man nicht alles für die junge Liebe?", flötete ihre Stimme am anderen Ende.
 Darragh verabschiedete sich und warf das Smartphone auf sein Bett. Joris und Phileas waren beim Kampftraining. Dort müsste er eigentlich auch sein, aber es gab gerade Wichtigeres als Unterricht.
 Er hatte eine kleine Überraschung für Olivia in petto. Mit einem Lächeln betrachtete er, was Maggie ihm geschickt hatte. Darragh hoffte inständig, dass er Olivia damit den Weggang erleichtern könnte.
 Es war immer noch so unwirklich, dass sie tatsächlich die Akademie wechseln musste, nur, um ihn vor den Obscurati zu beschützen. Er mochte sich noch gar nicht ausmalen, dass er bald nicht mehr in ihre wunderschönen, funkelnden, blauen Augen blicken oder ihr dieses bezaubernde Lächeln entlocken konnte. Durch die magische Schutzbarriere rund um die Akademie würde er auch ihre Aura nicht mehr spüren

und nicht einmal mehr in dieses wohlig warme Gefühl von Geborgenheit und Unschuld abtauchen können, das er mit ihr verband.

Natürlich war sie nicht aus der Welt und sie könnten immer noch miteinander telefonieren und sich über Videochat sehen, doch das wäre einfach nicht dasselbe. Er wusste nicht, ob ihre Beziehung all das überstehen würde, schließlich waren sie gerade einmal wenige Tage zusammen. Olivia würde an der neuen Akademie schnell neue Freunde finden, neue Jungs kennenlernen ...

Dieser Gedanke bereitete Darragh Bauchschmerzen. Er spürte das neuerliche Feuer in seinen Adern knistern und musste sich konzentrieren, damit seine Magie nicht die Oberhand über seine Gefühle erlangte.

Als er auch noch daran dachte, dass Sabriel Schwarz Olivia an die neue Akademie begleiten würde, war jede Zurückhaltung verflogen. Feuerfunken sprühten aus seinen Händen und er bewegte sich einige Schritte nach hinten. Seine Zeichnungen und Bücher waren ihm im Moment zu nah, als dass er Funken riskieren konnte.

Ihm war egal, welche Show Sabriel und seine Schwester gestern Abend im Büro der Schulleiterin abgezogen hatten. Er wusste es einfach: Die Schwarz-Zwillinge bedeuteten Ärger! Bei dem Gedanken an Sabriels Liebesbekundung für Olivia drehte ihm sich jetzt noch der Magen um. Zugegebenermaßen hatte es sich aufrichtig angehört. Beinahe so, als hätte Sabriel Schwarz wirklich Gefühle für Olivia. Wenn er dieses Schauspiel an der neuen Akademie aufrechterhielt, wusste Darragh nicht, wie sie reagieren würde. Was, wenn Sabriel sie wirklich davon überzeugte, dass Darragh etwas falsch verstanden hatte und er kein Obscurati war? Nach den ganzen Lügen in den vergangenen Wochen würde er es ihr nicht übelnehmen, wenn sie Sabriels Aussage über seine stellen würde.

Seit er Olivia zum ersten Mal gesehen hatte, wusste er, dass sein Herz niemals für jemand anderen so schlagen könnte wie für sie. Das musste er ihr zeigen. Er würde ihr jetzt verdeutlichen müssen, wie stark seine Gefühle für sie waren. In der Hoffnung, dass es reichte, damit sie an ihrer beider Liebe festhielt – auch, wenn sie Sabriels Worten Glauben schenkte.

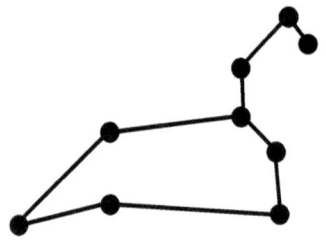

Kapitel 26

Auramagie to go

„Ich melde mich, sobald ich angekommen bin, mach dir bitte keine Sorgen. Ich hab dich lieb." Olivia sprach am Telefon mit ihrer Großmutter, der sie gerade alles von ihr und Darragh und dem gestrigen Gespräch mit Nilay Tanaka und der Schulleiterin erzählt hatte.

Rosalie hatte ihr – genau wie Aiko – versprochen, dass sie mit Frau Roggenkamp und dem Komiteeleiter reden und alles daransetzen würde, dass Olivia bald wieder an die Dahlow-Akademie gehen könnte. Ihretwegen könnten sie es gern alle versuchen, aber sie wusste nicht, wie die Tochter des Komiteeleiters oder die Großmutter des Rarlims – besser gesagt einer der beiden Rarlim – es schaffen wollten, irgendetwas an der Entscheidung des KMO zu ändern.

Nachdem sie aufgelegt hatte, widmete sie sich dem leeren Koffer auf ihrem Bett. Er wollte mit ihren Habseligkeiten befüllt werden, damit sie für ihre Abreise in zwei Stunden startklar war. Nacheinander nahm sie ihre Shirts, Kleider, Blusen und andere Kleidungsstücke aus dem Schrank und legte sie sorgfältig zusammen.

Es schien ihr, als würde sie jetzt erst realisieren, wie wundervoll alles hier in Dahlow war. Ihr Zimmer war nur ein kleiner Teil dieser wunderbaren magischen Welt. Da war noch die Akademie an sich mit ihren hohen Decken, dem hellen Marmorboden und den majestätisch verzierten Tapeten, die Olivia das Gefühl gaben, sie wäre eine Prinzessin in einem verwunschenen Schloss. Selbst den Hinterhof würde sie vermissen, und auch den angrenzenden Wald, den Olivia so oft zum Joggen durchquert hatte und der trotzdem immer wieder neue, erstaunliche Wunder für sie offenhielt wie die Doublifoxe. Gott weiß, welche weiteren magische Kreaturen dort lebten. Sie begriff jetzt erst, wie sehr ihr all das ans Herz gewachsen war.

Aber das war nichts im Vergleich dazu, wie sehr ihr ihre Freunde fehlen würden. Selbst wenn sie in der neuen Akademie nette Mitbewohnerinnen bekommen sollte, würden diese bei weitem nicht an Lucy und Aiko herankommen. Mit wem würde sie denn jetzt über Sabellas fürchterliche Outfits herziehen oder eine Extratrainingseinheit neben dem Unterricht einlegen, wenn Joris nicht bei ihr war? Mit Sabriel würde sie wohl weder das eine noch das andere tun. Nach gestern Abend wusste sie überhaupt nicht mehr, wie sie ihn einschätzen sollte. Hatte er es ernst gemeint, dass sie ihm den Kopf verdreht hatte und er seiner Schwester nur vorgespielt hatte, dass sie ihm nichts bedeuten würde? Sie schüttelte benommen den Kopf und versuchte, das Stechen in ihrem Herzen auszublenden. Wie auch immer, eigentlich konnte es ihr doch vollkommen egal sein, ob seine Gefühle für sie echt oder gelogen waren. Sie war mit Darragh zusammen und daran würde niemand etwas ändern, auch kein Sabriel Schwarz.

Ihre Trennung von Darragh würde nur räumlicher Natur sein. Olivia half die Vorstellung, dass sie nur in der Unterrichtszeit getrennt waren. In den Ferien könnten sie sich gegenseitig besuchen – Olivias Oma hatte ganz sicher nichts dagegen, Darragh bei sich wohnen zu lassen. Die beiden würden sich vermutlich blendend verstehen. Nach Abschluss ihrer Ausbildung konnten sie dann endlich jede freie Minute miteinander verbringen. Es waren nur noch etwas mehr als drei Jahre. Neununddreißig Monate.

Mit einem bittersüßen Lächeln machte sie sich nun daran, ihren Schreibtisch abzuräumen. Der Gedanke an ein Leben mit dem Jungen ihrer Träume nach der Zeit in der Akademie verbannte für kurze Zeit all den Ärger und die Aufregung aus ihrem Kopf.

Plötzlich klopfte es an der Tür. Mit einem kurzen Blick auf die Uhr stellte sie fest, dass es erst kurz vor elf war, sie hatte also noch zwei Stunden Zeit. Wenn Herr Schwarz doch schon eher losfahren wollte, hatte er die Rechnung ohne sie gemacht! Obwohl sie bereits einen Großteil ihrer Sachen gepackt hatte, würde sie ihre Abreise aus der Dahlow-Akademie bis Punkt ein Uhr hinauszögern. Doch als sie die Tür öffnete, sah sie weder Herrn Schwarz noch Sabriel oder Sabella, sondern Darragh, der sie breit angrinste.

Bei seinem Anblick schlug ihr Herz schneller. Er hatte sich umgezogen und trug nun ein weißes Hemd, was ihn reifer und seine Haare noch dunkler wirken ließ. In seiner Hand bemerkte sie eine Papierrolle. Sie fragte sich, ob es ein Grundriss der Akademie war und er gekommen war, um sie mit einem Fluchtplan durch die unterirdischen Dahlow-Katakomben zu überraschen. Zumindest würde die Geschichte so enden, wenn sie in einem ihrer geliebten Fantasyfilme feststecken würde …

Sie schenkte ihm einen misstrauischen Blick. „Müsstest du nicht beim Kampftraining sein?"

„Du glaubst ja wohl nicht, dass ich zum Kampftraining gehe, wenn meine Freundin die Akademie verlässt? Joris entschuldigt mich wegen Magenproblemen."

„Und jetzt bist du gekommen, um mir beim Packen zu helfen, ja?"

„Tatsächlich habe ich dir etwas mitgebracht, das du direkt mit einpacken kannst", sagte Darragh, als sie in Olivias Zimmer gingen.

„Jetzt bin ich aber neugierig!"

„Wir haben doch letztens noch darüber gesprochen, dass ich dich gemalt habe, also habe ich dir das schönste Bild von allen mitgebracht. Ich hoffe, es gefällt dir." Er rollte das Gemälde auf Olivias Bett aus.

„Von allen? Wie viele Bilder von mir has–", begann sie, doch dann verschlug es ihr die Sprache. Es war, als würde sie in den Spiegel schauen. In einen Spiegel, der alle Makel beseitigt hatte und sie mit nichts als geballter Schönheit darstellte. Ihre Silhouette war umgeben von einem Schleier aus unterschiedlichen Orange- und Rottönen, kombiniert mit kleinen Sprenkeln, die in den unbeschreiblichsten Farbnuancen glitzerten.

Olivias Wangen wurden heiß. Sie war sich sicher, dass ihr Gesicht einen intensiveren Rotton angenommen hatte als ihre Haare. Bei dem Anblick der Zeichnung und dem Wissen, dass Darragh sie auf diese Art und Weise sah, strahlte ihr plötzlich all die Liebe entgegen, die er in dieses Bild gesteckt hatte. Sie fühlte sich plötzlich so geliebt und wahrgenommen wie noch nie zuvor in ihrem Leben.

„So siehst du mich?" Ihre Stimme war dünn und zittrig.

„Ja. Also ..." Verlegen biss sich Darragh auf die Unterlippe, wie er es immer tat, wenn er nervös war. „Meine Zeichenkünste kommen nicht ganz an das Original heran, das ist klar. In Gänze konnte ich deine Schönheit nicht fassen, aber–"

Olivia konnte ihre Emotionen nicht länger zurückhalten. Mit einem stürmischen Kuss unterbrach sie ihn. Sie wollte all die unausgesprochenen Dinge in diesen Kuss legen, die Freude und die Rührung über dieses wundervolle Bild, die Verbundenheit, die sie mit ihm seit dem ersten Tag spürte, und die Sehnsucht, die bereits jetzt an ihr nagte, obwohl er noch bei ihr war.

Nach einem Moment, der ihr zugleich vorkam wie eine halbe Ewigkeit und der Bruchteil einer viel zu kurzen Sekunde, lösten sie sich voneinander.

„Dir gefällt das Bild, ja?"

Mit einem breiten Grinsen strahlte Darragh ihr entgegen. Sie blickte ihn an und versuchte, seinen Anblick in ihr Gedächtnis einzubrennen. Seine waldgrünen Augen, seine vollen Lippen und das zuckersüße Grübchen, das bei jedem Lächeln erschien. Olivia nickte eifrig.

„Na, dann bin ich mal gespannt, wie du auf das Nächste reagierst, denn das Bild war noch nicht alles." Darragh holte aus seiner Tasche zwei runde, goldene Ringe, die ringsherum an der breiten Seite perlweiß schimmerten.

Ringe? Olivia rutschte das Herz in die Hose. Was hatte Darragh vor? So groß ihre Gefühle für ihn auch waren, hatten sie objektiv betrachtet in den letzten Monaten kein Wort miteinander gewechselt und waren erst wenige Tage ein Paar. Außerdem war sie gerade einmal siebzehn …

Darragh griff nach ihrer Hand.

„Meine Schwester Maggie war als Kind ziemlich traurig, dass sie keine Auramagie besaß."

Er steckte ihr den kleineren Ring an ihren linken Ringfinger.

„Eines Tages kam meine Mutter mit diesen zwei Ringen nach Hause. Es war ein Erbstück mit einer langen Tradition in ihrer Familie. Als sie nach irgendwelchen Briefen auf dem Dachboden meines Opas gesucht hat, sind sie ihr in die Hände gefallen. Im Prinzip funktionieren sie wie meine Auramagie."

Er steckte sich selbst den anderen Ring an.

„Maggie und ich haben sie schon ewig nicht mehr getragen und ich hatte sie schon beinahe vergessen. Bei dem Gedanken daran, dass ich deine Aura durch die magische Barriere nicht mehr wahrnehmen kann, wenn du Dahlow verlässt, kamen sie mir wieder in den Sinn."

Er hob seinen Kopf und sah ihr tief in die Augen.

„Also habe ich vorhin mit Maggie telefoniert und sie gebeten, mir die Ringe zu schicken. Im Prinzip funktionieren sie wie die Gefühlsringe, die du, Lucy und Aiko haben. Nur, dass dir dein Ring meine Gefühle anzeigt und mein Ring mir deine. Sie sind auf jeden anwendbar, nur müssen sie immer von zwei Personen gleichzeitig getragen werden, damit sie funktionieren. So können wir uns auch noch hinter der magischen Barriere spüren."

Olivia war erleichtert. Was hatte sie sich auch gedacht? Etwa, dass Darragh ihr einen Antrag machen würde? Stattdessen kam er mit dieser wundervollen Idee um die Ecke! Olivias Herz sprang fast aus ihrer Brust. Die Zuneigung, die sie in diesem Moment für Darragh empfand, war so stark. Nun hatte sie auch ein wenig Auramagie und konnte Darraghs Gefühle immer bei sich tragen!

Darragh griff nach ihrer Hand. Sie betrachtete die beiden Ringe nebeneinander und sah, dass beide sich im gleichen Violettton verfärbt hatten.

„Was be–"

„Das bedeutet, dass wir gerade sehr viel Liebe empfinden", sagte er leise und strich sich eine Strähne seiner tannengrünen Haare aus dem Gesicht, während er sie ansah.

„Und die funktionieren auch über die magische Barriere hinweg?"

„Bei Maggie und mir haben sie zumindest funktioniert, als sie an der Akademie war. Natürlich hat sie ihren nicht den ganzen Tag getragen, aber manchmal, wenn sie mich vermisst hat, schon, und es hat immer funktioniert."

Darraghs Blick verriet ihr, dass er gerade in Erinnerungen schwelgte. Nachdenklich betrachtete Olivia das Grübchen auf seiner linken Wange. Darragh und seine Schwester hatten trotz des Altersunterschiedes eine enge Verbindung. Wie schon so oft fragte sie sich, wie es wohl war, mit einem Geschwisterteil aufgewachsen zu sein, und wie sich dieses Band anfühlen musste. Manchmal fand sie es schade, dass sie dieses Gefühl nie erlebt hatte.

Blitzartig wurde ihr etwas klar. „Oh, ich habe gar nichts für dich. Warte!" Sie ging hinüber zu ihrem Bett, nahm eins ihrer Kissen mit dem floralen Aufdruck und gab es ihm. „Es ist nicht so etwas Besonderes, wie du mir gegeben hast, aber

es riecht nach mir und … Oh, da kommt mir noch eine Idee!"
Aus ihrem Nachttisch holte sie einen halbvollen Flakon ihres Lieblingsparfums heraus. „Es wird nicht lange nach mir riechen, aber damit kannst du es immer wieder auffrischen."

„Orange und Vanille mit einem Hauch von Zimt?", fragte er mit einem Blick auf den Flakon.

„Ja!" Olivia war erstaunt, dass Darragh ihren Duft so genau kannte.

„Du musst mir nichts geben, außer deinem Versprechen, dass sich zwischen uns nichts verändert. Und dass ich, wenn wir uns im Sommer wiedersehen, immer noch einen großen Teil in deinem Herzen einnehme."

Er küsste sie sanft.

„Den größten!", versprach sie ihm.

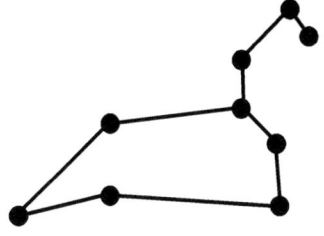

Kapitel 27

Ein unbekanntes Ziel

Pünktlich, aber keine Minute zu früh, betrat Olivia widerwillig den Vorderhof der Akademie. Als sie sich auf das große schwarze Eisentor zubewegte, sah sie bereits Sabriel dort stehen. Ihr Herz setzte einen Schlag aus, bevor es in einem viel zu schnellen Tempo weiterhämmerte. Seit dem Gespräch in Sabriels Zimmer war sie nicht mehr mit ihm allein gewesen. Bis gestern Abend im Büro der Schulleiterin hatte sie nicht einmal mehr ein Wort mit ihm gewechselt.

Olivia hatte zwar keinen Zweifel daran, dass Darragh genau wusste, was er belauscht hatte. Aber trotzdem ließ sie ihr Bauchgefühl nicht los, dass zumindest Sabriel gestern ehrlich gewesen war. Vielleicht war es die Tatsache, dass er nie auch nur ansatzweise vor ihr über die dunklen Mächte, Schlangenträger oder die Obscurati gesprochen hatte. Wahrscheinlich diente seine Showeinlage aber nur dazu, die wahre Identität der Zwillinge als Obscurati zu vertuschen.

Wieso ließ sie dieser Gedanke bloß nicht los? Warum prallten Sabriels Worte nicht einfach von ihr ab? Sie liebte Darragh. Das war für sie so gewiss wie ihre Liebe zu Schokolade. Einfach unbezweifelbar. Doch ihre Gefühle für Sabriel konnte sie nicht einfach ausschalten, schließlich war sie kein Roboter und er war ihr in der Zeit nach Weihnachten mächtig ans Herz gewachsen.

„Bist du bereit?", fragte er, als sie auf seiner Höhe angekommen war.

„So bereit, wie man es nur sein kann, wenn man mitten im Schuljahr die Schule wechseln muss, oder?"

„Recht hast du. Ich habe mir das auch nicht ausgesucht, nur damit du es weißt."

Er blickte auf seine Füße. Bevor sie diese Reise antrat, musste sie die Wahrheit wissen, also fasste sie sich ein Herz.

„Sag mal, Sabriel, das, was du gestern im Büro der Schulleiterin gesagt hast, war das wahr?"

Sabriel schaute sie an. Seine sturmgrauen Augen waren heute so dunkel wie die Wolken eines fürchterlichen Unwetters. Die lichten, gelben Punkte, in denen sie sich gern verloren hatte, waren verschwunden. Sein Blick ließ sie unweigerlich zusammenzucken. Ein frostiger Schauer durchfuhr sie. Es fühlte sich an, als wären seine Augen ein dichter, dunkler Nebel, der sie in den Abgrund reißen würde.

Er öffnete den Mund, um etwas zu sagen, doch in diesem Moment bog ein großer weißer Geländewagen um die Ecke. Sabella, die auf dem Beifahrersitz saß, rief bei heruntergelassenem Fenster: „Los, springt rein, wir haben nicht den ganzen Tag Zeit."

Sie vereitelte Olivia die Chance auf eine Antwort von Sabriel, doch so leicht würde sie die Sache nicht auf sich beruhen lassen. In Aberdeen angekommen würde sie versuchen, eine Minute allein mit ihm zu erhaschen.

„Sabella, setzt du dich bitte mit deinem Bruder auf den Rücksitz, damit Olivia vorn sitzen kann?", fragte Herr Schwarz. Er war aus dem Auto gestiegen, um ihnen mit dem Gepäck zu helfen.

Sabellas trotzige Stimme ertönte. „Oh, Papa, warum denn? Nur, weil sie der Rarlim ist?"

„Nein, weil sie unser Gast ist und ich noch einige Dinge mit ihr besprechen möchte. Dabei möchte ich nicht quer durchs Auto schreien müssen."

Sabella verzog verärgert das Gesicht und stieg aus dem Auto aus, um auf der Rückbank des Geländewagens Platz zu nehmen. Herrn Schwarz' Tonfall war bestimmt und unerbittlich gewesen. Ganz anders, als Olivia es aus seinem Unterricht gewohnt war.

Als Herr Schwarz ihr das Gepäck abnahm, um es im Kofferraum zu platzieren, trat Olivia ein beißender Geruch von Pfeffer und verkohltem Laub in die Nase. Jetzt fiel es ihr auf: Zwischen all den Räucherstäbchen und verbrannten Kräutern in seinem Klassenraum hatte Olivia noch nie die Gelegenheit gehabt, seinen Duft wirklich zu analysieren! Nun kannte sie ihn und er passte hervorragend zu ihrer restlichen Einschätzung über ihn.

Ups! Olivia rief sich schnell den erstbesten Songtext ins Gedächtnis, als ihr einfiel, dass sie in seiner Gegenwart besser nicht zu viel darüber nachdenken sollte, wie wenig sie ihn mochte.

„Vielen Dank, Herr Schwarz", sagte sie knapp angebunden, nachdem er ihr die Tür aufgehalten hatte.

„Ach, weißt du, meine Liebe, nenn mich bitte Silas. Wir werden demnächst eine Menge Zeit miteinander verbringen und ich möchte, dass wir ein Verhältnis auf Augenhöhe pflegen."

„Okay, Silas. Dann werde ich das tun."

Olivia war überhaupt nicht wohl dabei, die Beziehung zu Herrn Schwarz auf eine vertrautere Ebene zu bringen, willigte aber um des Friedens willen ein. Schließlich hatte er recht, sie würden bald wirklich viel Zeit miteinander verbringen und saßen alle vier im selben Boot. Olivia nahm auf dem Beifahrersitz des geräumigen Geländewagens Platz und musste sich das Würgen verkneifen, als ihr ein widerwärtiger Geruch von künstlicher Vanille in die Nase stieg.

Das Auto war übersät mit Duftbäumen. An jedem Fenster hing einer. Vanille war einer von Olivias Lieblingsdüften, aber dieser Geruch war so künstlich, dass es nichts mit echter Vanille zu tun hatte. Bereits nach wenigen Sekunden kündigten sich Kopfschmerzen an.

„Sie mögen Duftbäume, was?", fragte Olivia.

„Was haben wir gerade ausgemacht?"

Sie korrigierte sich. „Ach ja, stimmt. Du magst Duftbäume, nicht wahr, Silas?" Bei dem Klang von Herrn Schwarz' Vornamen aus ihrem Mund musste sie ein Schaudern unterdrücken.

„Ja, sie wirken beruhigend, findest du nicht?"

„Doch, ja. Total", log Olivia.

„Oh, du magst sie nicht. Das ist kein Problem, ich kann sie abhängen."

Mist. Olivia hatte vergessen, in Gedanken ihren Popsong vor sich herzuträllern.

„O Mann, Papa, jetzt mach doch nicht direkt eine Extrawurst für sie. Dein Auto, deine Regeln", sagte Sabella vom Hintersitz aus.

Damit es keinen Stress gab, stimmte Olivia ihr zu. „Sabella hat recht. Es ist wirklich nicht schlimm. Ich komm schon klar."

„Na gut, dann kann ich dir aber hoffentlich mit einem kühlen Eistee eine Freude bereiten?"

Herr Schwarz lehnte sich rüber zum Handschuhfach, das Olivia bei genauerem Hinschauen ungewöhnlich groß für ein normales Auto erschien. Als er es öffnete, bemerkte sie, wieso.

Ins Handschuhfach war ein kleiner Kühlschrank eingebaut. Er war zwar gerade einmal groß genug, um zwei halbe Literflaschen und ein paar Tafeln Schokolade darin unterzubringen, aber das reichte für eine Autofahrt in der Regel vollkommen aus.

„Gern!" Sie nahm sich eine Flasche des Eistees aus dem Handschuhfachkühlschrank.

„Für euch sind auch welche hinten", sagte Herr Schwarz zu seinen Kindern, als er das Auto anließ und losfuhr.

Olivia blickte zu Sabella und Sabriel auf den Rücksitz, die in der Mittelkonsole ebenfalls ein kleines Fach öffneten und sich ihre eiskalten Getränke herausnahmen. Als Lehrer in Dahlow schien man gut zu verdienen, wenn Herr Schwarz sein Auto mit einer so extravaganten Ausstattung ausrüsten konnte.

„Wir haben für später auch noch Sandwiches und Schokolade, wenn jemand hungrig wird."

Er grinste väterlich. Olivia zog an ihrem Gurt und steckte ihn in das dafür vorgesehene Schloss.

„Hast du vor, uns nach Schottland zu *fahren*? Ich dachte, wir fliegen?"

Herr Schwarz zuckte mit den Schultern. „Ich bin nur gern vorbereitet."

Nach einigen schweigsamen Minuten, in denen sie durch den Wald bei der Akademie fuhren, nahm Olivia einen großen Schluck von dem kühlen Getränk. Sie war durstig und konnte so der unangenehmen Stille kurz entfliehen. Der Eistee schmeckte erfrischend nach Kräutern, Zitrone und wahrscheinlich einer Unmenge an Zucker, aber so mochte Olivia ihre Getränke am liebsten – richtig schön pappsüß. Der Nachgang war jedoch etwas bitter und Olivia fragte sich, ob der Eistee mit grünem Tee gebrüht worden war. Er war wegen des bitteren Geschmacks nicht gerade Olivias Lieblingstee, aber dafür hatte er ein wenig Koffein. Das konnte sie gebrauchen, nachdem sie in der gestrigen Nacht kein Auge zugemacht hatte. Sabella riss Olivia mit einem bissigen Kommentar aus ihren Gedanken.

„Schicker Ring, Rarlim."

Olivia blickte auf ihre linke Hand, an der sie Darraghs Ring trug, und mit der sie die Flasche umklammerte. Er schimmerte leuchtend orange. Das bedeutete, wenn Olivia sich richtig erinnerte, dass Darragh momentan besorgt und unruhig war.

„Danke? Also, falls das ein echtes Kompliment war und nicht wieder eine sarkastisch verpackte Beleidigung."

„Nimm es auf, wie du willst. Den Ring habe ich vorher noch nie an dir gesehen, ist er von deinem Loverboy?", stichelte Sabella.

Olivia schnaubte. „Ich wusste gar nicht, dass du meine gesamte Schmuckkollektion in- und auswendig kennst. Scheint mir fast so, als hätten wir doch denselben Geschmack. Das hätte ich nicht gedacht."

Sie drehte sich zu ihr um und schaute Sabella von oben bis unten mit einem herablassenden Blick an. Was Sabella konnte, konnte Olivia schon lange. Sie musste ihr endlich zeigen, dass sie nicht länger das Alphamädchen war. Olivia hatte keine Lust, dass diese Scharade an der Aberdeen-Akademie so weiterging wie bisher.

Sabella setzte abermals eins obendrauf. „Das Metall, das du sonst so trägst, hat nur meinen Blick angezogen, weil es so potthässlich ist, das brennt sich ein, weißt du?"

Bevor Olivia den Mund öffnen konnte, um etwas zu erwidern, meldete sich Herr Schwarz zu Wort.

„Mädels bitte! Lasst die Streitereien doch sein. Ihr habt beide einen tollen Stil. Jede auf eine andere Art und Weise."

Olivia und Sabella schauten ihn mit hochgezogenen Brauen an. Wollte er diesen Streit wirklich so schlichten? Indem er ihnen beiden ein Kompliment zu ihrem Stil machte? Typisch Vater. Olivias Vater war genauso gewesen. Einen Streit zwischen ihrer Mutter und ihr hatte er immer so diplomatisch wie möglich beenden wollen, auch, wenn er damit so gut wie nie Erfolg gehabt hatte.

Olivia verdrehte die Augen und ließ ihren Blick wieder auf die Straße wandern. Bei dem Gedanken an ihren Vater schnürte sich ihre Kehle zu und heißes Blut schoss ihr ins Gesicht. Sie vermisste ihn, und Herrn Schwarz in der Vaterrolle zu sehen, verdeutlichte ihr das noch einmal mehr. Erneut setze sie die Flasche an und nahm einen großen Schluck des süßlichen, kalten Kräutertrunks. Beim Absetzen fiel ihr Blick wieder auf ihren Ring. Immer noch leuchtete er in einem grellen Orange. Darragh war über ihre Abreise weiterhin verärgert und besorgt, und wahrscheinlich würde sich die Farbe erst ändern, wenn sie heute Abend telefonierten und Olivia ihm erzählen würde, dass sie heil und unversehrt in Schottland angekommen war.

Sie setzte die Flasche abermals zu einem großen Schluck an und hatte bald mehr als die Hälfte getrunken. Wenn sie so weitermachte, müssten sie bald schon an einem Rastplatz anhalten. Ein Blick aus dem Seitenfenster auf die dunkelgrünen Laub- und Nadelbäume um sie herum verriet ihr, dass sie das Waldgelände nach wie vor nicht verlassen hatten.

Plötzlich zog eine schnelle Bewegung im Augenwinkel Olivias Aufmerksamkeit auf sich. Als sie nach rechts zwischen die Bäume blickte, wo sie die Rührung wahrgenommen hatte, sah sie eine große animalische Gestalt. Sie meinte, rötlich glänzendes Fell zu erkennen. Konnte es sein? War das der ausgewachsene Doublifox, dessen Welpe sie vor einigen Tagen gerettet hatte, oder gab es hier in den Wäldern weitere Doublifoxe, von deren Existenz die Stellari bisher nichts wussten?

Nach einem weiteren Schluck aus der Flasche fühlte sich Olivias Kopf schwer an, die Duftbäume vernebelten anscheinend ihre Sinne und die Müdigkeit durch den Schlafentzug brach über sie herein. Kurzzeitig schloss sie die Augen, und als sie sie wieder öffnete, konnte sie kaum etwas erkennen, alles wirkte verschwommen. Sie blinzelte, doch nichts veränderte sich. Ihr Kopf wurde immer schwerer und langsam wurde ihr flau im Magen. Womöglich würde sie sich gleich übergeben müssen.

„Können wir anhalten? Mir geht es gar nicht gut", sagte sie mit abfallender Stimme.

Wie aus der Ferne hörte sie Herrn Schwarz sprechen. „Kein Problem, das geht bald vorbei."

Der Schwindel und das Gefühl, dass sie die Kontrolle über ihren Körper verlor, wurde stärker. „Nein! Ich glaube nicht, dass ich es bis zum Flughafen schaffe."

Sie versuchte, ihre letzte Kraft zusammenzukratzen, doch vergebens. Langsam, aber sicher fielen ihre Augen zu, die Welt um sie herum drehte sich und wurde immer schwärzer. Die letzten Worte, die Olivia hörte, bevor sie ohnmächtig wurde, kamen von Herrn Schwarz.

„Oh, wir fahren nicht zum Flughafen, denn unser Reiseziel ist nicht Schottland, Liebes!"

Fortsetzung folgt ...

Autorenvita

Julie Finsterberg, geboren 1992, wohnt zusammen mit ihrem Freund und ihren zwei Katzen in der schönen Metropole Berlin. Schon von klein auf begeisterten sie Fantasyromane und Hörbücher. Mit Harry Potter fand sie den Einstieg in die magische Welt und schnell folgten weitere fantastische Geschichten rund um Zauberei, Fabelwesen und das Unfassbare. Mit elf Jahren verfasste Julie bereits kleine Kurzgeschichten mit sprechenden Tieren und fünf Jahre später folgte dann ihr erster handgeschriebener Fantasyroman. 2017 entstand die Idee zu „Stellari-Chroniken" – vorerst blieb es jedoch nur bei einer Idee. Zu Beginn des Jahres 2021 ließ sie diese Idee neu aufleben und verfasste die mehrteilige Romanreihe rund um die Geschichte von Olivia und Darragh als ihren Debuttitel.

Folgt ihr gern auf Instagram unter @julie.finsterberg für mehr Infos rund um die magische Welt der Stellari.

Danksagung

Die letzten Seiten möchte ich dazu nutzen Danke zu sagen.

Das erste und lauteste Danke geht an dich! Ja, an jeden einzelnen Leser, der mein Buch mit Freude zu Ende gelesen hat und mit Vorfreude dem nächsten Teil entgegenfiebert. Ich hoffe, dass du dich in der Welt der Stellari ebenso verlierst wie ich. *Lasse deine innere Magie strahlen!*

Danke an die zauberhafte Mia (Michèle Gries von Federrauschen), die nicht nur mit ihren Anmerkungen im Lektorat das Beste aus meinem Buch herausgeholt hat und meinen Schreibstil so herauskitzelt, dass ich über mich selbst hinauswachse, sondern mir auch immer mit einem offenen Ohr zur Seite steht. Ich kann mir niemand besseren wünschen, der die Magie, die ich zu Papier bringe, noch magischer macht.

Danke an die wundervolle Désirée (Désirée Riechert von Kiwibytes Buchdesign), die mir nicht nur mein Traumcover und einen atemberaubenden Buchsatz gestaltet hat, sondern mir auch bei vielen anderen Dingen rund um mein Buch und das Marketing zur Seite steht. Sie inspiriert mich jeden Tag und versteht wie mein Herz tickt.

Ein enormer Dank gebührt der begabten Anastasia, die meine Charaktere mit ihrem unglaublichen Zeichentalent zum Leben erweckt und wundervolle Illustrationen zu Papier bringt. Zusammen stehen wir vor einem großen Projekt und ich freue mich sehr darauf!

Ein großes Dankeschön geht auch an meine Testleser, die von der Rohfassung bis zum fertigen Werk dabei waren und fleißig die Zeilen verschlungen haben. Dank eures Feedbacks gibt es Geschehnisse und Wendungen, die so nie geplant waren. Danke Anika, Maria und Lisi!

Danke an meine Buchpatinnen Nadine und Michelle, die immer ein offenes Ohr für jede neue Idee haben und mich mit ihren Anregungen und musikalischen Empfehlungen unheimlich inspirieren.

Auch meinem Freund Lukas möchte ich danken, der sich mehr als jeder andere die zahlreichen Ideen in meinem Kopf anhören darf und meine Verrücktheit mit einer solchen Gelassenheit erträgt, die mein Herz jeden Tag aufs Neue zum Hüpfen bringt.

Last but not least geht ein dickes, fettes Dankeschön an meine Seelenschwester Luise, die mich supportet als gäbe es kein Morgen mehr und mein Fels in der Brandung ist. Wenn ich irgendwann einmal kurz davor sein sollte, alles hinzuschmeißen, könnt ihr euch sicher sein, dass sie mich aus meinem Tief zurückholt!